Drei in einem Haus

Die Autorin

Jill Mansell hat viele Jahre in einem Krankenhaus gearbeitet, bevor sie sich ganz dem Schreiben widmete. Sie hat zahlreiche erfolgreiche Romane verfasst und lebt mit ihrem Mann und ihren Kindern in Bristol.

Jill Mansell

Drei in einem Haus

Roman

Aus dem Englischen
von Elfi Jäger

Scherz

Besuchen Sie uns im Internet:
www.scherzverlag.de

Die Originalausgabe erschien unter dem Titel
»Kiss« bei Bantam Books, London

Erste Auflage 2003

Published by Arrangement with Jill Mansell
Dieses Werk wurde vermittelt durch die Literarische Agentur
Thomas Schlück GmbH, 30827 Garbsen
Erschienen 1995 unter dem Titel »Kiss« bei Droemersche
Verlagsanstalt Th. Knaur Nachf., München

ISBN 3-502-51948-X
Umschlaggestaltung: ja DESIGN, Bern:
Julie Ting & Andreas Rufer
Umschlagbild: Getty Images, München
Gesamtherstellung: Ebner & Spiegel, Ulm

Für
Cino und Lydia
in Liebe

1

»Ich möchte lediglich wissen«, sagte Katerina gedehnt, »ob du ehrbare Absichten meiner Mutter gegenüber hast.«
Trotz des Schneetreibens hatte sie sich in der Tür aufgebaut und verweigerte Ralph den Zutritt.
»Du bist mir vielleicht ein Schätzchen.« Er grinste und zerzauste ihr Haar, weil er wußte, wie sehr er sie damit ärgern konnte. »Womit, um alles in der Welt, hat deine ehrlose Mutter nur eine Tochter wie dich verdient? Wenn du ein paar Jahre älter wärst, Kat, würde ich dich höchstpersönlich auf der Stelle nach Gretna Green entführen.«
»Ah, aber ob ich so verrückt wäre mitzukommen? Nebenbei bemerkt, wir reden nicht über meine Heiratsaussichten«, fuhr sie mit strenger Miene fort. »Ich habe dir eine Frage gestellt und warte immer noch auf eine Antwort.«
»Natürlich. Nun, habe ich ehrbare Absichten?« Er runzelte die Stirn und dachte eine Sekunde lang über seine Antwort nach. Schneeflocken schmolzen in seinem Haar und rutschten seinen Nacken hinab. Es war wirklich kalt. »Nein, leider«, sagte er schließlich, »in keinster Weise.«
Katerina zuckte die Achseln. »Dann ist ja alles in Ordnung«, erwiderte sie freundlich, trat zur Seite und winkte ihn herein. »Mum kann Männer mit ehrbaren Absichten nicht ausstehen. Sie ist übrigens in der Küche und färbt sich die Haare.«
»Raus hier«, brummte Izzy mit gedämpfter Stimme, den Kopf ins Spülbecken getaucht. »Du bist zu früh dran.«
»Nein, bin ich nicht.« Ralph kniff sie in den Po, der ihm in engen Jeans herausfordernd entgegengestreckt war. »Du

bist zu spät dran. Wie dem auch sei, was für eine Farbe soll's denn werden?« Er schaute sich den tropfenden Haarschopf genauer an und sah, daß das Wasser in der Spülschüssel einen bedenklichen Indigo-Schimmer hatte. Die letzte Kanne warmes Wasser ergoß sich über die Haare, platschte ins Spülbecken und von dort auf den Fußboden. Izzy wrang ihre Haare aus, schlang ein enormes rosafarbenes Handtuch wie einen Turban um ihren Kopf, richtete sich auf und drückte Ralph einen nassen Kuß auf die Wange, bevor er ausweichen konnte.
»Aubergine. Es wird unwiderstehlich aussehen, Liebling.« Sie ist bereits unwiderstehlich, dachte er, als er ihr in das unaufgeräumte Wohnzimmer folgte – unordentlich, aber unwiderstehlich. Sie wollten eigentlich zu einer Party in Hampstead gehen, aber seine Gedanken begannen in eine andere Richtung zu wandern, selbst wenn das Gerücht umging, daß ein äußerst nützlicher Filmproduzent dort erwartet wurde. Es würde mindestens noch eine Stunde dauern, bis Izzy fertig war, und draußen herrschte arktische Kälte. Die Aussicht auf einen gemütlichen Abend – nur sie beide vor dem Kamin – erschien ihm immer verlockender.
»Gehst du aus?« fragte er hoffnungsvoll, an Katerina gewandt. Sie hatte sich auf dem kissenübersäten Sofa ausgestreckt, ihre nackten Beine baumelten über der Lehne, und war in ein Buch vertieft.
Sie machte sich nicht mal die Mühe hochzusehen.
»Nein.«
Warum konnte Katerina nicht wie andere Teenager sein, dachte er mit einem Anflug von Wut, und an einem Freitagabend ausgehen? Die Mutter-Tochter-Kombination hatte sicherlich auch ihre kleinen Vorzüge – und die Tatsache, daß Katerina in der Lage war, Izzy zu *organisieren*,

war zweifellos so ein Vorteil –, aber ihr völliges Desinteresse am gesellschaftlichen Treiben konnte zeitweise wirklich weh tun. Er zweifelte ernsthaft daran, daß Katerina auch nur die Bedeutung des Wortes Vergnügen in seinem allgemein akzeptierten Sinn bekannt war. Sie war siebzehn, hatte keinen Freund, mochte keine Discos oder Parties und mißbilligte Teenie-Zeitschriften. Und sie schwatzte nie drauflos. Ihre Vorstellung von wirklich gelungenem Zeitvertreib schien darin zu bestehen, das Sofa mit Beschlag zu belegen und einige Kapitel von *Gray's Anatomie* zu verschlingen. Sie war, weiß Gott, ein Mädchen, das *nett* genug war, gute Manieren und Charme hatte, das lustig sein konnte, wenn es wollte, und sie war zweifellos schön. Es ging ihm einfach nicht in den Kopf, warum sie nicht jeden Abend ausging und das Leben genoß.

Tatsache aber war, daß sie nicht ausging, und da sie auch nicht so aussah, als würde sie Anstalten machen, sich vom Sofa wegzubewegen, fand Ralph sich mit dem Gedanken ab, daß sie im Grunde genommen genausogut zur Party gehen konnten.

»Es dauert nur fünf Minuten«, behauptete Izzy dreist und steuerte auf ihr Schlafzimmer zu. Dabei zog sie ihr feuchtes rosafarbenes Handtuch hinter sich her wie ein Matador seinen Umhang.

»Mum, deine Haare sind blau.« Katerina war es völlig schleierhaft, warum jemand überhaupt seine Haarfarbe verändern wollte, geschweige denn dies auch noch jeden Monat tat. Sie sah ihrer Mutter mit einer Mischung aus Verärgerung und Verständnis nach.

»Nein, sind sie nicht«, antwortete Izzy über ihre Schulter hinweg. »Es ist Aubergine, und es wird unwiderstehlich aussehen. Wenn's fertig ist.«

Es gab wirklich kaum einen größeren Luxus im Leben als das, beschloß Izzy. Chronischer Geldmangel, die frustrierende Tatsache, unglaublich talentiert und bis heute unentdeckt zu sein, der Dauerverdruß, sich zu fragen, wie lange sie wohl noch in ihrer nicht gerade luxuriösen Wohnung bleiben könnten, der Hauswirt machte schon Aufstände... alle diese Probleme verblaßten zur völligen Bedeutungslosigkeit, wenn man mit einem wunderbaren Mann in einem warmen Bett lag, einen herrlich warmen Körper streichelte und wußte, daß man in den nächsten Stunden nicht aufstehen mußte. Das war wahre Glückseligkeit.

»Hautkontakt«, verkündete sie, mit sich selbst zufrieden, weil sie seine Wichtigkeit erkannt hatte.

»Hm?«

»Die drei angenehmsten Erfahrungen, die der Mensch kennt.« Sie lächelte, rutschte noch näher zu ihm und schmiegte sich in voller Länge an seine Seite. »Sex, Niesen und Hautkontakt. Nein, mach Sex, Hautkontakt und Niesen draus. Haut zu berühren ist das zweitgrößte Vergnügen. Und sicherlich lustvoller als eine Erkältung.«

Ein Fuß streifte ihr Schienbein, bewegte sich forschend rauf und runter. »Nur wenn die andere Person daran denkt, ihre Beine zu rasieren.«

Izzy zog ihm aus Protest ihre Fingernägel quer über die Brust. »Ich habe dran gedacht! Ich hab sie erst letzte Nacht gemacht.«

»Während du dir die Haare gefärbt hast?« sagte Mike. »Stell dir mal vor, du hättest dir aus Versehen die Beine gefärbt und den Kopf rasiert. Was für ein Bild.«

»Wie kannst du nur an einem Sonntag morgen um zehn Uhr so sarkastisch sein?« fragte Izzy mürrisch. Sie stellte fest, daß sie hungrig war, und überlegte, ob Katerina wohl der Idee gewogen sein würde, ein gigantisches Frühstück zuzubereiten.

»Es kommt einfach so über mich.«

»Das ist nicht fair.«

»Das Leben ist nicht fair.« Mike setzte sich mühsam auf, inzwischen war er endgültig wach geworden. »Daß ich dich nur zwei Nächte die Woche sehen kann, ist auch nicht fair. Izzy, wenn wir eine intensivere Beziehung haben wollen, dann müssen wir uns besser organisieren.«

Das ist das Problem mit Mike, dachte Izzy, und lächelte unter ihrer Bettdecke. Aber es war auch ein Teil seines Charmes; nur Mike konnte von ihr erwarten, daß sie sich »besser organisierte«. Soweit es sie betraf, war ihre Beziehung perfekt. Jede Woche verbrachte sie zwei Nächte mit Mike, zwei mit Ralph und zwei mit Arbeit. An den Montagen gönnte sie sich Ruhe und Entspannung. Und wenn das nicht perfekt war, wußte sie nicht, was überhaupt perfekt sein sollte.

»Du hast viel zu tun, ich hab viel um die Ohren...«, murmelte sie unbestimmt und kuschelte sich wieder an ihn. »Außerdem würdest du dich bald langweilen. Ich führe alles in allem ein sehr prosaisches Leben. Du würdest mich bald nicht mehr mögen, wenn du in der Küche sitzen und mir beim Schrubben des Bodens oder beim Staubsaugen des Flures zuschauen müßtest.«

Nichts, was Izzy je getan hat, ist prosaisch, dachte Mike. Außerdem bezweifelte er ernsthaft, daß sie auch nur wußte, wie ein Staubsauger aussah, außerdem hatte er das Gefühl, daß es zwecklos wäre, diesen Punkt weiter zu diskutieren. »Okay«, sagte er, nahm sie wieder in die Arme und atmete den schwachen, unverwechselbaren Geruch von Izzys Körper ein. »Ich geb auf. Ich werde also mein Geschäftsimperium ausbauen, und du kannst nach

Herzenslust staubsaugen. Solange es *dir* nicht langweilig wird und du dir einen anderen Mann suchst.«
»Mit einer Tochter wie meiner, die alles auffliegen läßt?« erwiderte Izzy lächelnd. »Tolle Aussichten.«

2

»Ich versteh nicht«, sagte Gina zögernd, und sie löschte die Worte sofort wieder aus ihrem Gedächtnis, die sie falsch verstanden haben mußte. »Was du sagst, ergibt keinen Sinn. Ich mach dir schnell einen Drink... heute abend gibt's Lammbraten, aber das dauert sicher noch eine halbe Stunde.« Als sie etwas steif zur Hausbar in der Wohnzimmerecke ging, wurde ihr unangenehm bewußt, daß sie nicht wußte, was sie mit ihren Händen anfangen sollte. Sie wirkten riesengroß und linkisch und schlenkerten wie Fremdkörper an ihren Seiten. Es war eine Erleichterung, die Flasche Gordon's in die Hand zu nehmen und den Drink für Andrew zu machen – ein Fingerbreit Gin und sechs Fingerbreit Tonic, so wie er ihn immer trank, wenn er von der Arbeit nach Hause kam.
Aber jetzt war sie mit einem neuen Problem konfrontiert: Wohin sollte sie schauen? Andrew, das wußte sie, beobachtete sie, und obwohl er unmöglich gemeint haben konnte, was er eben gesagt hatte, war sie nicht in der Lage, seinen Blick zu erwidern. Sie konnte ihren Körper nicht mehr koordinieren. Sie wußte nicht, ob sie stehen bleiben oder sich hinsetzen sollte.
Wie konnte ihrem Körper nur etwas so Verrücktes passieren, wenn es doch nur ein simples Mißverständnis war? Sicherlich würden sie jeden Moment über ihren albernen Fehler lachen, und ihre Hände und ihre Augen würden sich wieder normal verhalten.

Aber Andrew lachte nicht. Er schüttelte den Kopf, als sie ihm endlich den Drink hinhielt, und deutete statt dessen auf einen Sessel in der Nähe.
»Setz dich. Du brauchst den Drink mehr als ich. Mein Gott, es tut mir leid, Gina – du mußt denken, daß ich ein richtiger Dreckskerl bin, aber ich habe wirklich nicht mit so etwas gerechnet. Ich wollte dir nicht weh tun...«
Gina erstarrte, unfähig, etwas anderes zu tun, als abzuwarten. Er würde jeden Augenblick anfangen zu schmunzeln und sagen: »Das war nur Spaß, wo denkst du hin«, und dann könnte sie sich wieder entspannen und würde sich weiter um das Abendessen kümmern. Die Schwarzwurzeln mußten in die Kasserolle, und die Zwiebelsoße, die auf dem Herd köchelte, sollte mal umgerührt werden.
»Ich hatte eigentlich erwartet, daß du mir jetzt irgendwelche Sachen nachwirfst«, fuhr Andrew fort und haßte sich selbst für das, was er gerade machte, aber er wollte irgendeine Reaktion provozieren. Als Gina schließlich zu ihm hochsah, bemerkte er Angst und Verwirrung in ihrem Blick.
»Machst du Witze?« flüsterte sie endlich, und das bißchen Hoffnung in ihrer Stimme war bereits kaum auszuhalten.
Andrew wappnete sich dagegen, indem er tief durchatmete und sich anschickte, die Worte zu wiederholen, von denen er gehofft hatte, er müßte sie nur einmal sagen.
»Gina, das ist kein Scherz«, sagte er schroffer, als er beabsichtigt hatte. »Ich ziehe aus, und ich möchte die Scheidung. Ich habe eine andere Frau kennengelernt – wir treffen uns seit nunmehr sechs Monaten –, und wenn ich hierbliebe, wäre das euch beiden gegenüber unfair. Ich habe mir eine Wohnung in Barbican gemietet, und ich werde heute nacht dorthin fahren. Es tut mir leid«, wie-

derholte er hilflos. »Ich wollte dir wirklich nicht weh tun, aber manchmal passieren solche Dinge nun mal...«

»Aber du bist mein Mann«, flüsterte Gina. Ihre Knie begannen unkontrollierbar zu zittern – er hatte immer gesagt, wie sehr er ihre Knie mochte –, sie konnte kaum mehr schlucken. Sie stellte das Glas Gin-Tonic vorsichtig auf den Tisch neben sich, bevor sie es verschüttete, stand auf und sank sofort wieder zurück in den Sessel. »Wir sind verheiratet«, sagte sie ungläubig. »Wir sind *glücklich* verheiratet! Alle sagen immer, wie glücklich wir sind.«

Mitleid vermischte sich mit Zorn. Warum, um Gottes willen, schleuderte sie ihm nichts an den Kopf? Warum heulte sie nicht, schrie oder fluchte oder schlug einfach richtig Krach? Das würde es ihm leichter machen, dachte er bitter, ihr den Rest zu erzählen.

»Ich war glücklich«, sagte er zu ihr und wünschte sich, daß sie reagierte. »Aber jetzt habe ich mich in eine andere verliebt.«

»Du sagtest, du wolltest mir nicht weh tun!« Ginas Knöchel wurden weiß, so fest ballte sie die Fäuste in ihrem Schoß. Mit einer gewaltigen Anstrengung brach es aus ihr heraus: »Ich könnte dir deine Affäre verzeihen... Wir müssen uns nicht scheiden lassen... wenn du mir nicht weh tun willst, dann kannst du ihr sagen, daß alles aus ist, und wir machen weiter, als ob nichts geschehen wäre. Du hast eben mal über die Stränge geschlagen«, schloß sie außer Atem, die Worte herauswürgend – als nun endlich die Tränen zu fließen begannen. »Es macht mir nichts aus, wirklich, das tut's nicht. Viele Männer machen so was durch... das bedeutet nicht, daß wir uns scheiden lassen müssen...«

»Ich möchte sie heiraten«, sagte Andrew tonlos.

Gina starrte ihn verständnislos an. Sie gab ihm doch wirklich jede Chance. Sie war doch so verständnisvoll, wie eine Frau überhaupt nur sein konnte? »Aber warum?«
Er griff nach dem Gin-Tonic und stürzte ihn runter. »Weil«, er betonte jede Silbe, »sie schwanger ist.«

Während sie ihren Mascarastift wie einen Zauberstab schwang und ihren Wimpern einen zweiten Anstrich verpaßte, schmetterte Izzy die zweite Strophe von *New York, New York!* »Kat, soll ich dich in die Bücherei mitnehmen, ich bin nämlich in fünf Minuten weg.«
Im selben Moment tauchte Katerina hinter ihr im Spiegel auf. Izzy wurde von Liebe für ihre wundervolle, kluge Tochter überwältigt, wirbelte herum und drückte sie an sich. »Was würde ich ohne dich nur anfangen, hm?«
»Du würdest in einem ganz schönen Schlamassel stecken«, antwortete Katerina, wie immer auf das Praktische bedacht. »Also, wird einer von den beiden heute abend anrufen?«
»Vielleicht Ralph. Er möchte, daß ich morgen mit ihm essen gehe... Sag ihm, ich treffe ihn um halb neun im Vampir. Mike ruft hoffentlich nicht an, aber sollte er es trotzdem tun, sag ihm nur...«
»Du bist beim Vorsingen«, ergänzte ihre Tochter. »Keine Sorge, ich werd's nicht vergessen.«
»Du bist ein Engel.« Izzy umarmte sie noch mal, trat dann einen Schritt zurück und sah sie mit einem feierlich-spöttischen Blick an. »Bin ich wirklich ein lasterhaftes Weib?«
Katerina hatte mit ihren siebzehn Jahren eine sehr klare, ausgeprägte Meinung. Izzy hatte ihre Fehler – und ihre chronische Schlamperei konnte manchmal wirklich nerven –, aber sie war eine der besten Mütter, die man sich vorstellen konnte. Und wer konnte eine so warmherzige,

großzügige, optimistische und liebevolle Person schon als lasterhaft bezeichnen?

»Du triffst Mike jetzt seit mehr als einem Jahr«, antwortete sie ruhig. »Und wie lange gibt's Ralph schon, beinahe zwei Jahre, oder? Du bist ehrlich zu ihnen. Du hast keinem von beiden versprochen, ihn zu heiraten. Alle sind glücklich... was kann denn daran so falsch sein? Wenn ich erwachsen bin«, fügte sie lebhaft hinzu, »dann habe ich ernsthaft vor, mir mehrere Teilzeitliebhaber zuzulegen.«

»Und lange mögen sie davon begeistert sein«, sagte Izzy, die immer wieder über die unschlagbare Logik ihrer Tochter erstaunt war. Sie sah auf ihre Uhr. »Hilfe, ich bin schon wieder zu spät dran. Soll ich dich jetzt mitnehmen oder nicht?«

Katerina schüttelte den Kopf. »Zu kalt draußen. Ich spring morgen auf dem Schulweg schnell rein. Außerdem muß ich mich heute abend mit meinem Aufsatz beschäftigen.«

Im Gang war es kühl. Izzy zog sich die lederne Fliegerjacke an und schlang sich einen weißen Wollschal um den Hals. Sie schnappte sich die Schlüssel und ihren Helm und gab ihrer Tochter einen letzten Kuß. »Ich werd gegen halb zwei zurück sein, falls die Fans mich lassen.«

»Du bist sicher viel früher zurück«, bemerkte Katerina trocken und hielt die Tasche hoch, die Izzy vergessen hatte, »wenn du deine Klamotten nicht mitnimmst.«

Izzy summte leise vor sich hin. Ihre Zähne klapperten so, daß sie es nicht riskieren konnte zu singen, sonst würde sie sich die Zunge durchbeißen. Im Sommer war es wirklich eine Wonne, mit ihrem geliebten Motorrad, einer schnittigen, schwarzen Suzuki 250, zu fahren, und es war auch sparsam im Benzinverbrauch. Aber bei Temperaturen unter Null zur Arbeit zu fahren und wieder zurück war – sie fand keinen passenderen Ausdruck dafür – einfach beschissen.

Heute abend waren die Straßen – zumindest bis jetzt – nicht zu eisig. Falls nicht irgendwelche Verrückten ihren Weg kreuzten, wäre sie in weniger als zwanzig Minuten im Club. Und wer weiß, vielleicht war diese Nacht dazu bestimmt, ihr Leben zu verändern...

Nachdem sie die Reste ihres frühen Abendessens weggeräumt hatte, tauschte Katerina ihre Schuluniform gegen ein schwarzes Sweatshirt und Leggings, leerte eine Packung Lakritze in eine Puddingschüssel, damit sie besser rankam, machte es sich vor dem Kamin bequem und überlegte, wie es für Leute sein mußte, die das Alleinsein nicht ertragen konnten.

Katerina liebte es ebenso, wie sie ihre kleine, aber gemütliche Wohnung liebte, die über einem Eisenwarengeschäft lag, in einer ruhigen Straße ganz in der Nähe der Clapham High Street. Sicherlich, sie war nur gemietet, aber Izzy hatte sich mit ihrem üblichen Enthusiasmus und ihrem Hang zum Dramatischen auf die Renovierung gestürzt, als sie vor achtzehn Monaten hier eingezogen waren. Und obwohl sie sich nicht den Luxus neuer Tapeten leisten konnten, hatte sie das mehr als wettgemacht durch reichlich schattierte Anstriche, umwerfende Umrandungen und das ihr eigene Stilgefühl. Stundenlang hatte sie mit Schablonen Farben aufgetragen und danach kunstvoll Bilder dazwischen gehängt. Und der Effekt war so sensationell, wie Katerina es erwartet hatte. Innerhalb weniger Tage war aus der Wohnung ein Heim geworden. Es war eines der Talente, die man Izzy am wenigsten zutraute, und wäre Katerina weniger loyal gewesen, hätte sie sich vielleicht gewünscht, ihre Mutter würde eine Laufbahn als Innenarchitektin in Erwägung ziehen oder auch nur als Anstreicherin oder Dekorateurin. Zugegeben, das würde ihr nicht soviel Ruhm und Glück bringen, wie sie es sich in ihren wildesten Träumen erhoffte, aber es war ein anständiger Beruf, und man sagte, daß es auch ein vernünftiges regelmäßiges Einkommen einbrachte... Aber Katerina konnte sich einfach nicht vorstellen, wie es wohl gewesen wäre, mit einer Mutter aufzuwachsen, die nicht Sängerin war. Seit sie sich erinnern konnte, schlitterte Izzy von einer finanziellen Krise in die nächste und war gleichzeitig immer voller Zuversicht, daß der unausweichliche große Durchbruch unmittelbar bevorstand. Als sie noch sehr klein gewesen war, hatte Katerina in schäbigen, verräucherten Kneipen und Arbeiterclubs auf Bierkästen gesessen, an ihrer Cola genippt und ihrer Mutter beim Singen zugehört, während rings um sie herum das Publikum sich ernsthaft der Aufgabe widmete, sich wie jeden Samstagabend anständig zu besaufen. Manchmal gab es anerkennenden Beifall, und das war es, wofür Izzy lebte. Ein andermal kam es zu einer Rauferei zwischen den Gästen, und Izzys Lieder gingen in dem Trubel völlig unter. Und regelmäßig gab es irgendwelche Zwischenrufer, die ihre eigenen obszönen Sprüche zu den Liedern beitrugen, oder sie hatten es direkt auf Izzy abgesehen und lachten sich krumm, weil sie sich für besonders geistreich hielten. Katerina schossen immer die Tränen in die Augen, wenn das passierte, und das Bedürfnis, den Übeltätern ihre sieben Jahre alte Faust auf die Nase zu hauen, wurde so übermächtig, daß sie sich am Bierkasten, auf dem sie saß, festhalten mußte, um es nicht zu tun. In ihren Augen war ihre Mutter Jeanne

d'Arc, eine Heldin, die von einfältigen Bauern gehetzt wurde. Hinterher würde Izzy lachen und sagen, daß es nichts ausmache, weil sie drei Pfund und vierzig Pence verdient habe, sie würde die vierzig Pence ihrer Tochter in die kleine Hand drücken und sie umarmen. Es habe wirklich nichts ausgemacht, würde sie munter erklären, denn jeder müsse schließlich irgendwo anfangen; so war das nun mal im Leben. Und jeder, der imstande war, einen Abend in einem Arbeiterclub am Stadtrand von Blackpool zu überleben, würde im Vergleich damit Las Vegas für ein Kinderspiel halten.
Am nächsten Schultag fand Katerinas Lehrerin sie in den Atlas vertieft auf der Suche nach dieser unbeschreiblichen Stadt. Auf ihre Frage »Wie ist es denn in Las Vegas?« antwortete Miss Brent mit einem mißbilligenden Naserümpfen: »Es ist eine Stadt, in der alle nur spielen«, und Katerina war sehr beruhigt. Sie stellte sich Las Vegas wie einen riesigen Spielplatz vor, einen überdimensionalen Park mit Klettergerüsten, Bolzplätzen, Rutschen, Wiesen zum Federballspielen, und alle Einwohner spielten, lachten, waren freundlich zueinander. »Meine Mutter wird mit mir nach Las Vegas gehen«, vertraute sie der Lehrerin glücklich an. »Wenn wir dort sind, dann spiele ich auch jeden Tag.«

Sie waren, überflüssig, es zu sagen, nie nach Las Vegas gekommen. Izzys großer Durchbruch war hartnäckig ausgeblieben, und das Leben hatte seinen willkürlichen und nicht mit Geld gesegneten Verlauf genommen, obwohl zu guter Letzt die Arbeiterclubs nunmehr der Vergangenheit angehörten. Das *Podium Eins,* wo Izzy seit nunmehr achtzehn Monaten arbeitete, war sicherlich nicht so exklusiv wie *Ronnie Scott's,* aber es lag in Soho, und die Kundschaft hatte zumindest ein bißchen Musikverständnis. Hier in London, dabei blieb Izzy, gab es wenigstens die *Chance* einer Chance... man wußte nie, ob nicht eines Nachts jemand durch die Tür kam, sie singen hörte und sofort wußte, daß *sie* diejenige war, die er für die Hauptrolle in der Show brauchte, die er gerade produzierte...

Das war nie passiert, natürlich nicht, aber Izzy war nie müde geworden, davon zu träumen. Singen war ihre Leidenschaft, darin war sie am besten. Sie tat, was sie tun *mußte,* und Katerina mißbilligte es nicht einen einzigen Augenblick. Wer konnte schließlich eine Mutter mißbilligen, die ihr Geld für einen schlüsselblumengelben Mohairpullover für ihre Tochter ausgab und dann die nächste Woche nur von Erdnußbutterbroten lebte, um das labile finanzielle Gleichgewicht wiederherzustellen. Sicher, ihre impulsive Großzügigkeit brachte Mike immer wieder aus der Fassung, er gehörte nämlich zu der Sorte Mensch, die schlaflose Nächte verbrachte, wenn ihre Stromrechnung nicht umgehend bezahlt war. Aber Katerina bewunderte ihre Mutter für ihre nonchalante Mißachtung so banaler Dinge wie finanzieller Sicherheit. Wenn morgen die Bombe fallen würde, hätte sie lieber einen herrlich weichen Mohairpullover, um sich zu wärmen, als zwischen Schutt und Trümmern herumzuirren und sich zu fragen, wie sich das alles wohl auf ihre Altersversorgung auswirken würde.

Sie hatte ein Drittel der Lakritze gegessen und war bereits bei der zweiten Seite ihres Aufsatzes, als das Telefon läutete. Es war zwei Minuten nach acht. Katerina lächelte in sich hinein – denn trotz seiner zur Schau gestellten Intellektualität brachte Ralph es nie fertig, auch nur eine Folge von *Coronation Street* zu verpassen – und nahm den Hörer ab.

»Ich vermute, deine Mutter ist nicht da«, das war die barsche Stimme von Lester Markham.
Katerina antwortete sanft: »Ich fürchte, nein. Wie geht es Ihnen, Mr. Markham? Und wie geht es ...«
»Kümmere dich nicht darum«, unterbrach er sie schroff. »Mir würde es weitaus besser gehen, wenn ich die Miete für die letzten beiden Monate kriegen würde, die deine Mutter mir schuldet. Richte ihr aus, daß ich morgen früh so um neun zum Kassieren komme. Und zwar den vollen Betrag.«
Katerina stopfte sich schnell noch ein Lakritzbonbon – ein dreifaches schwarzbraunes, ihr Lieblingsbonbon – in den Mund und dachte kurz über die Angelegenheit nach. Lester Markham sah Bobby Ewing aus Dallas sehr ähnlich. Aber er hatte unglücklicherweise noch weniger Humor als dieser widerwärtige J. R.
»Ich dachte, wir wären Ihnen nur einen Monat schuldig«, sagte sie behutsam.
»Und einen Monat im voraus«, schnappte Lester Markham, »das hat sie im Dezember aufgebraucht und anscheinend praktischerweise gleich wieder vergessen.«
Hoppla, dachte Katerina. So also hatte Izzy sich das Geld für ihr großartiges Weihnachtsdinner bei *Chez Nico* verschafft.
»Natürlich«, antwortete sie versöhnlich. »Ich werde es ihr sagen, sobald sie nach Hause kommt, Mr. Markham. Machen Sie sich keine Gedanken darüber.«
»Ich mache mir keine Gedanken«, erwiderte er wütend. »Du bist diejenige, die sich Gedanken machen müßte. Sag deiner Mutter nur, wenn ich das Geld *nicht* morgen früh bekomme – und ich meine die gesamte Summe –, werdet ihr beide Ende der Woche aus der Wohnung raus sein.«
Er schniefte, dann fügte er überflüssigerweise hinzu: »Und ich scherze nicht, da kannst du sicher sein.«

3 Gina wußte nicht, warum sie das tat – sie war sich nicht einmal mehr sicher, wo sie gerade war –, aber sie wußte, daß sie nicht nach Hause konnte. Alles war besser, als in das leere Haus zurückzukehren und den Alptraum von Andrews Auszug nochmals durchleben zu müssen.

Ihre Finger waren völlig verkrampft und packten das Lenkrad des Golf so fest, daß sie sich fragte, ob sie sie je wieder losreißen könne. Jetzt hatte sie sich endgültig verfahren, aber da sie nirgendwohin mußte, war es wahrscheinlich ohnehin egal.

Andrew hatte, von Schuldgefühlen geplagt, in aller Eile ein paar Koffer gepackt und ihre Wohnung in Kensington um zehn nach sechs verlassen. Und Gina, die nicht wußte, was sie sonst tun sollte, hatte den Herd abgeschaltet und sich ein heißes Bad einlaufen lassen. Dann aber hatte sie nicht einmal den Gedanken ertragen können, sich jetzt auch noch auszuziehen – sie fühlte sich ohnehin schon verwundbar genug. Sie hatte den Stöpsel rausgezogen und zugesehen, wie das nach Flieder duftende, schäumende Badewasser in den Abfluß gurgelte, und sich ihren Mantel und die Autoschlüssel geschnappt.

Vierzig Minuten lang in Barbican rumzukurven war sowohl dumm als auch unproduktiv gewesen. Gina wußte das. Aber sie wußte auch, daß irgendwo inmitten dieser mehrstöckigen Häuser, die behagliche Wohnungen beherbergten, ihr Ehemann war. Und sie hatte sich eingeredet, daß sie ihn nur ausfindig machen müßte, dann würde er zu ihr zurückkehren. Sie hatte sogar zu den erleuchteten Fenstern hinaufgestarrt und sich gewünscht,

daß er an einem erscheinen möge. Wenn er auf die Straße schauen würde, würde er das Auto erkennen. Er würde, von Reue gepackt, herunterstürmen, die Arme um sie schlingen und um Verzeihung bitten...
Aber das war natürlich nicht passiert, weil es einfach zu viele Wohnungen gab und weil um diese Zeit sein silbergrauer BMW sicher in einer dieser teuren, alarmgesicherten Tiefgaragen stand. Hinzu kam noch, daß ihr Ehemann zweifellos weitaus interessantere Beschäftigungen hatte, als aus dem Fenster zu sehen. Er hatte eine Geliebte, eine schwangere Geliebte, die vermutlich in dieser Minute bei ihm war, über ihren Sieg frohlockte und ihm mit stiller Belustigung zuhörte, während er ihr von den Ereignissen des Abends berichtete. Wie wird man eine ungeliebte Frau los, Gina fiel ein trostloser Schlager ein, und sie spürte wieder einen Kloß im Hals, als sie beschleunigte und das Steuer herumriß, um einem ungünstig geparkten Wagen auszuweichen. Andrew und seine Geliebte würden wahrscheinlich genau in diesem Moment darüber sprechen und sich gegenseitig beteuern, daß nichts anderes mehr zählte, seit sie sich liebten. Was bedeutete denn schon eine abgelegte Frau, mal unter Freunden? Vielleicht lagen sie auch im Bett, liebten sich leidenschaftlich und lachten gleichzeitig, weil Andrew so schlau gewesen und alles so wunderbar *einfach* gewesen war...
Blind vor Tränen sah sie die Kreuzung, die vor ihr auftauchte, erst, als es bereits zu spät war. Im selben Moment gab es einen gräßlich dumpfen Schlag, und das Kreischen von Metall gegen Metall erfüllte den Wagen. Gina schrie, trat auf die Bremse und brachte den Wagen, nach einer Drehung um die eigene Achse, zum Stehen, da hallte ein weiterer dumpfer Schlag schmerzhaft an ihr Trommelfell.

Sie zitterte so, daß sie kaum ihren Sicherheitsgurt lösen konnte. Sie kämpfte gegen aufsteigenden Brechreiz und riß die Tür auf. Angst und Panik trieben sie irgendwie zu der Gestalt eines Motorradfahrers, die bewegungslos im eisblauen Lichtschein lag, der von einer nahen Cocktailbar auf die Straße fiel. Mein Gott, dachte sie, und wimmerte vor Angst, ich habe ihn umgebracht... er ist tot... o bitte, lieber Gott, laß nicht zu, daß das passiert ist...

Izzy war nicht tot. Sie war benommen und verblüfft über den unglaublichen Schmerz, der durch ihre Beine raste – und über die erstaunliche Tatsache, daß sie sich nicht großartig darüber aufregte. Sie lag in einer verdrehten Haltung am Straßenrand und hörte die Stimme einer hysterisch schreienden Frau: »Ich hab ihn umgebracht... so helft mir doch... ich hab ihn umgebracht!«
Sie riskierte einen Blick und fand sich in einer unangenehmen Lage wieder. Jetzt begann *alles* weh zu tun; was das Ganze noch viel schlimmer machte, die eisige Nässe der Straße drang langsam durch ihre Kleidung. Aber schließlich konnte sie ihr Motorrad sehen, was sie auf seltsame Weise beruhigte, auch wenn das Vorderrad ziemlich verbogen war und die Lenkstange so aussah, als wäre sie völlig verdreht. Dann sah sie die Beine der Frau, die diesen Lärm verursachte. Dünne, hellbestrumpfte Beine in schlammbespritzten Stöckelschuhen ragten drohend vor ihr auf.
»Er ist nicht tot!« schrie die Stimme, die zu den Beinen gehörte, und Izzy verlor langsam die Geduld. Sie versuchte, den Kopf zu heben, um selbst nach dem Verletzten Ausschau zu halten – wie viele Leute waren denn, um Himmels willen, in diesen Unfall verwickelt? –, und mußte erstaunt feststellen, daß sie dazu nicht in der Lage war.

Von ihrer eigenen Schwäche peinlich berührt, starrte sie wütend auf die mageren, blöden Beine vor sich und sagte gereizt: »Kommen Sie mal zu sich! Und hören Sie *bitte* endlich auf zu schreien! Er braucht auf jeden Fall einen verdammten Rettungswagen, ob er nun tot ist oder nicht.«

»Sie ist noch nicht bei Bewußtsein, aber Sie müssen sich deshalb keine Sorgen machen«, erklärte der junge Arzt beruhigend. Er vergaß zu erwähnen, daß Izzy ihm bereits – zum Entzücken der Nachtschwester – mitgeteilt hatte, daß er einen prachtvollen Körper habe. »Das sind nur die Nachwirkungen des Schocks in Verbindung mit den Beruhigungsmitteln, die wir ihr geben mußten«, fuhr er fort und sah sie dabei freundlich an. »Sie hat keine Gehirnerschütterung.«

Es war halb vier Uhr morgens, und der Rest der Station lag im Dunkeln, als der Arzt Katerina in den Teil der Station hinter dem Schwesternzimmer führte. Mit trockenem Mund und zitternd stand Katerina am Ende des Bettes und schaute auf ihre Mutter, die von Bergen von Kissen abgestützt wurde und offensichtlich schlief. Wie sie so dalag, mit über die Schultern hängendem Haar und völlig verschmiertem Augen-Make-up, sah sie so klein und blaß aus, daß Katerina kaum glauben konnte, daß sie lediglich Schnittwunden, Prellungen und ein gebrochenes Bein abgekriegt hatte.

Dann, als ob sie gespürt hätte, daß jemand bei ihr war, öffnete Izzy die Augen.

»Liebling!« rief sie und streckte die Arme aus. »Komm her, und umarme deine arme lädierte Mutter mal ordentlich.«

»Wie fühlst du dich?« fragte Katerina, küßte Izzys Wange und schickte ein stilles Dankgebet zum Himmel für denjenigen, der Sturzhelme erfunden hatte.

»Gut, um die Wahrheit zu sagen, einfach prächtig, aber das kommt von den Tabletten, die sie in mich reingeschaufelt haben. Morgen wird mir zweifellos alles höllisch weh tun. Haben sie dir von der Verrückten erzählt, die mich umgemäht hat? Offenbar bin ich wie ein Trapezkünstler durch die Luft gesegelt und dann ... patsch!«

»Aber du bist am Leben«, sagte Katerina mit Tränen in den Augen, als sie ihre Mutter noch mal küßte.

»Und du bist einfach unanständig«, antwortete Izzy und machte die obersten Knöpfe am weißen Baumwoll-T-Shirt ihrer Tochter zu. »Du mußt respektabel aussehen, Kind, sonst kommt dieser junge Adonis hinter dir noch auf dumme Gedanken.«

»Mum!« Sie unterdrückte ein Lächeln und wagte nicht, sich umzudrehen.

»Lach nicht. Ich weiß, wie diese Ärzte sind. Hören Sie mich, junger Mann?« fuhr sie fort, mit dem Finger drohend in seine Richtung wedelnd. »Das ist meine Tochter, siebzehn Jahre alt und so unschuldig wie schön. Ich möchte also, daß Sie sich unter Kontrolle haben.«

»Machen Sie sich meinetwegen keine Sorgen, Mrs. Van Asch.« Der Doktor, der damit beschäftigt war, die Karte am Fußende des Bettes auszufüllen, klang amüsiert. »Ich bin ein verheirateter Mann.«

»Das ist die allerschlimmste Sorte«, sagte Izzy düster, und ihre Augen verengten sich zu Schlitzen, als Katerina versuchte, ihr den Mund zuzuhalten. »Und Sie sollten sich schämen, Ihre Frau zu betrügen. Warum? Wahrscheinlich ist sie jetzt zu Hause, kocht für Sie und denkt, Sie würden arbeiten, während Sie niederträchtiger Mann sich hier unterdessen wie ein Gigolo für meinen unschuldigen Teenager begeistern...«

»Mutter!« Es klang wie ein gequälter Seufzer. Sie war zwar schon lange an Izzys abscheuliches Talent gewöhnt, Menschen die Schamröte ins Gesicht zu treiben, die nie zuvor rot geworden waren, aber das war zuviel. Es war wirklich demütigend.

»Es ist wirklich alles in Ordnung«, versicherte ihr der Arzt lächelnd, als die Tür zum Seitentrakt noch einmal aufging. »Ah, Sie bekommen anscheinend noch einen Besucher. Nur fünf Minuten. Ich glaube, dann braucht Mrs. Van Asch wirklich ein bißchen Ruhe.«

Katerina hatte nach dem Anruf aus der Klinik die Panik gepackt, denn für einen Moment glaubte sie nicht, daß Izzy nur »geringfügig verletzt« sei, und sie hatte Ralph angerufen und ihn glücklicherweise zu Hause angetroffen. Ralph hatte sie auch zur Klinik gefahren, Ralph, der auf dem spärlich erleuchteten Flur vor der Station gewartet hatte, und Ralph, blond und lieb, der nun ins Zimmer kam und an Izzys Seite trat, mit Liebe und Sorge im Blick.

»Mein Herz, wir haben uns solche Sorgen um dich gemacht ...«

»Mir geht's gut«, sagte Izzy glücklich und hob ihren Kopf für einen Kuß. Dann zeigte sie auf das Metallgestell um ihr Bein und warf ihm einen sorgenvollen Blick zu. »Ja, mir geht's gut, aber meinem Bein nicht. Wir werden *wochenlang* nicht in der Lage sein, Sex zu haben. O Mike«, schloß sie herzzerreißend, »ist das nicht das Niederschmetterndste, das du je gehört hast?«

4 Medizinisch ausgedrückt hieß so etwas geheimnisvoll »Komplikationen«, und diese wendeten am nächsten Tag alles auf schreckliche Art hin zum Schlimmeren. Ha-

stig hatte Katerina Ralph erklärt, daß Izzy unter dem Einfluß starker Beruhigungsmittel stand, und sie hatte ihn nur teilweise – sogar nur ansatzweise – davon überzeugen können, daß alles nur ein lächerlicher Versprecher war. Und als Mike am nächsten Morgen in der Wohnung angerufen hatte, um Izzy zu sprechen, und Katerina ihm von dem Unfall erzählt hatte, hätte sie schwerlich etwas anderes machen können, überlegte sie. Der Mann liebte ihre Mutter schließlich. Er mußte erfahren, daß sie im Krankenhaus war.
Und nichts war natürlicher, als daß Mike sofort ins Krankenhaus geeilt war, um Izzy zu besuchen, und ganze Arme voller exotischer Treibhausblumen rund um ihr Bett verteilte. Es war einfach schlechtes Timing, kombiniert mit Ralphs gewecktem Mißtrauen, das zu dem anschließenden verhängnisvollen Tête-à-tête-à-tête führte. Obwohl Katerina kein Feigling war, war sie froh, daß sie nicht dabeigewesen war. So wie Izzy ihr es später erzählte, war es eine Farce gewesen, die jeder Beschreibung spottete. »...also hier war Mike, er saß neben meinem Bett, wickelte meterweise Zellophan von diesen unglaublichen Blumen und verstaute sie in diesen scheußlichen dünnen Vasen, als urplötzlich Ralph die Tür aufriß und wie Rumpelstilzchen ins Zimmer stürmte.« Izzy erschauerte, als sie die Szene schilderte. »Dann stand er da im Türrahmen und sagte: ›Sag mir jetzt nicht, das sei Mike.‹ Und natürlich sagte Mike: ›Ja, ich bin Mike. Und wer sind Sie?‹, und Ralph – mein Gott, Liebling, laß dich nie auf einen Schauspieler ein – machte sich so groß wie möglich und sagte – nein, proklamierte: ›Ich bin Izzys anderer Liebhaber.‹«
Sie wußte, daß sie nicht von der Geschichte fasziniert sein sollte, aber Katerina konnte nicht anders.

»Erzähl weiter«, drängte sie und wünschte sich im stillen, daß Izzy es irgendwie gemanagt hatte. Wenn überhaupt jemand fähig war, eine derart ausweglose Situation zu meistern, dann ihre Mutter.
Izzy zuckte die Achseln, gleichsam gedankenlesend. »Tut mir leid, Liebling, aber was konnte ich machen. Die Schwestern haben mir hinterher erzählt, daß Ralph stundenlang im Korridor gelauert hat; er hat offenbar darauf gewartet, daß Mike auftaucht. Und du kennst seinen Stolz und seine dramatische Ader. Er hat nur seinen Spruch aufgesagt – ›Es ist aus, Izzy. Du wirst mich nie wiedersehen‹ – und ist aus dem Zimmer gerauscht.«
Katerina hatte beide gemocht, Ralph ebenso wie Mike, auch wenn Ralph zweifellos der lustigere war. Außerdem hatte er, ihrem Gefühl nach, besser zu Izzy gepaßt, während Mike ruhiger war, ernsthafter und von Natur aus zuvorkommend. »Und Mike?« fragte sie hoffnungsvoll, war sich aber bewußt, daß sie sich an einen Strohhalm klammerte. Er mochte zuvorkommend sein, aber er war nicht völlig bescheuert.
»Und Mike«, wiederholte Izzy nachdenklich. »Also, es war alles ziemlich traurig, wirklich. Er warf mir einen dieser Blicke zu – denselben Blick, den er hat, wenn ich Hühnchenkeulen mit den Fingern esse – und sagte: ›Tut mir leid, Izzy, aber ich dachte, ich könnte dir vertrauen. Aber anscheinend ist dem nicht so.‹ Dann nahm er alle Blumen aus den Vasen, wickelte sie wieder in das verdammte Zellophan und ging.«
»Oh, Mum«, sagte Katerina mit gebrochener Stimme. Es war alles so traurig und unnötig. Und es war – zumindest teilweise – ihre Schuld.
Izzy drückte ihren Arm. »Es kommt, wie es kommen muß«, meinte sie philosophisch. »Ich weiß, es ist eine

Pleite, aber ich schätze, ich kann ihnen wirklich nicht die Schuld dran zuschieben. Außerdem«, fügte sie mit einem Schulterzucken und einem Lächeln hinzu, »es wird andere Blumen geben.«

Ihre Mutter war so entschieden tapfer, daß Katerina wußte, sie mußte aus dem Gleichgewicht geraten sein. Ralph und Mike hatten Izzys Leben glücklich und vollständig gemacht. Nun hatte sie beide ohne eigenes Verschulden verloren. Diese Ungerechtigkeit traf Katerina wie ein Hammerschlag.

»Es ist einfach nicht fair«, wiederholte sie laut. Izzy wußte bis jetzt noch nicht einmal von der drohenden Zwangsräumung der Wohnung, und was ein gebrochenes Bein für ihren Job bedeutete, war ihr offenbar noch nicht zu Bewußtsein gekommen. »Und vielleicht ist es gar nicht deren Schuld. Aber ich weiß, wer daran schuld ist...«

Es war erstaunlich einfach, das Haus zu finden, obwohl es am Ende von Kingsley Grove versteckt war, in einer Sackgasse, ein paar hundert Meter vom Holland Park entfernt. Auch wenn »versteckt« nicht das richtige Wort war, um es zu beschreiben. Es war ein beeindruckendes, dreistöckiges viktorianisches Gebäude, mit Mauern aus hellen Steinen unter einem reichverzierten rostbraunen Dach, einem reifbedeckten, überdurchschnittlich großen Garten, und es dominierte die anderen Häuser in der Straße. Der Garten war, wenn auch etwas überladen, sehr gepflegt, und ein frischer Anstrich umrahmte glänzende, tadellos geputzte Fenster, vor denen wohldrapierte, mit Bordüren verzierte Vorhänge hingen. Katerina machte am Gartentor halt, schürzte die Lippen und überlegte, ob all diese seelenlose Perfektion mit der Hilfe von Personal instand gehalten wurde oder ob der »Tod-auf-Beinen« das

alles selbst machte. So nannte Izzy salopp die Fahrerin des Golf GTI, der sie angefahren hatte.
Sie war dennoch erleichtert, das fragliche Auto in der Einfahrt zu sehen. Die Tatsache, daß es hier stand – glänzend, weiß und fast zu Tode poliert – signalisierte, daß sein Besitzer wirklich zu Hause war. Und das bedeutete, daß Katerina nicht umsonst zwei U-Bahnen genommen hatte, in Westminster hatte man sie sogar in den Hintern gezwickt. Trotz der Morgensonne war es sehr kalt draußen. Katerina stampfte mit den Füßen, um ihre Zehen wieder zu spüren, zog ihren karmesinroten Mantel enger um sich, drückte das Gartentor auf und ging auf die Eingangstür zu.
Sie war im Grunde ihres Wesens keine rachsüchtige Person, und sie kam nicht hierher, um die Frau absichtlich zu verletzen oder aus der Fassung zu bringen. Sie konnte schlicht den Gedanken nicht ertragen, daß sie achselzuckend über den Unfall hinwegging, ihn aus ihrem Gedächtnis verbannte und ihr Leben weiterlebte, als sei nie irgend etwas von Bedeutung geschehen. Sie mußte sich vergewissern, ob der Frau klar war – sie wirklich *begriff* –, wie unvorsichtig ihr Verhalten gewesen war, und daß zwar ihr Leben vielleicht ohne Einschränkungen weitergehen mochte, sie es aber geschafft hatte, das Leben eines anderen Menschen zu zerstören.
Als die Haustür endlich aufging, war sie aufrichtig bestürzt. Wenn sie wirklich vorgehabt hätte, diese Frau zu beschimpfen, dann hätte sie sich jetzt betrogen gefühlt, denn ganz offenkundig konnte nichts sie noch mehr aufregen, als sie es bereits war. Ihr Gesichtsausdruck war mitleiderregend, ihre grauen Augen waren rotgerändert und vom Weinen geschwollen. Ihre blasse Haut sah aus wie Kosmetiktücher kurz vorm Zerreißen.

Katerina hatte nicht im Traum daran gedacht, daß der Unfall sie so furchtbar mitnehmen könnte – die Frau war völlig aufgelöst –, und für einen Augenblick fühlte sie sich schuldig. Wie peinlich. Und wie in aller Welt konnte sie ihr plötzliches Auftauchen an der Türschwelle rechtfertigen, ohne der armen, schuldgeplagten Frau noch mehr Kummer zu bereiten?

»Ja?« sagte Gina matt und schien Katerina kaum wahrzunehmen. Ihr Blick war auf die Ranke einer Kletterpflanze gerichtet, die sich aus ihrer Verankerung über dem Portal gelöst hatte.

»Es tut mir leid«, sagte Katerina mit sanfter Stimme, »aber ich hatte das Gefühl, ich sollte Sie besuchen. Mein Name ist Katerina. Ich bin Isabel Van Aschs Tochter.«

Gina hätte beinahe gesagt: »Wer?«, aber konnte sich gerade noch rechtzeitig bremsen. Der Name hatte offenbar etwas zu bedeuten, auch wenn sie sich nicht vorstellen konnte, warum das Mädchen so mitfühlend schauen sollte.

Dann ... Van Asch. Natürlich. Das war die Tochter der Frau, die sie in jener Nacht angefahren hatte, der Motorradfahrerin, die sie für einen Mann gehalten hatte. Normalerweise hätte sie an nichts anderes denken können, aber die letzten paar Tage waren nicht gerade normal gewesen. Gina wußte, daß sie sich ihrer selbst schämen müßte, aber irgendwie brachte sie nicht die Energie auf, sich um andere Leute Sorgen zu machen ... Andrew hatte ihr Leben zerstört, und der Zwiespalt, ihn gleichzeitig zu lieben und zu hassen, zerriß sie schier ...

»Natürlich«, sagte sie und fuhr mit zittrigen Fingern durch ihre glatten, blonden Haare. »Kommen Sie doch rein.«

»D-danke«, preßte Katerina zähneklappernd raus.

Nun war sie froh, daß sie gekommen war; zumindest konnte sie die arme Frau beruhigen, bevor sie sich wirklich krank machte. Schuldgefühle waren etwas Schreckliches, dachte sie in einer erneuten Woge von Mitgefühl. Wie idiotisch von ihr, daß sie sich nicht klargemacht hatte, daß Gina Lawrence sich von sich aus schuldig fühlen würde und es ihr aller Wahrscheinlichkeit nach genauso schlecht ging wie Izzy.

»Möchten Sie Kaffee?« fragte Gina, während sie ins tadellos aufgeräumte Wohnzimmer vorausging und einen Blick auf die Uhr warf. An zartgrünen Wänden hingen geschmackvolle Drucke, und die pfirsichfarbene Sitzgarnitur aus Samt paßte exakt zu den Vorhängen. Katerina betete, daß sie mit ihren besten Turnschuhen keinen Schmutz in den Teppich trat.

»Nein, danke.« Sie schüttelte den Kopf und beschloß, sofort zur Sache zu kommen. »Sehen Sie, Sie dürfen sich wirklich nicht schuldig fühlen für das, was passiert ist, Mrs. Lawrence. Ich weiß, es muß ein fürchterlicher Schock für Sie gewesen sein, aber es *war* ein Unfall ... das hätte jedem passieren können. Wenn ich gewußt hätte, daß Sie es so schwer nehmen, wäre ich früher vorbeigekommen. Aber was geschehen ist, ist geschehen, und Gott sei Dank war's nicht zu schlimm. Mum geht's ganz gut, und die Ärzte sagen, sie kann nächste Woche aus dem Krankenhaus, und das ist wunderbar. Sie sehen also, Sie brauchen es sich wirklich nicht so zu Herzen nehmen«, schloß sie bekräftigend. »So was passiert schon mal ...«

Zwischen elf und fünfzehn Jahren, dachte Gina, während sie das Mädchen mit den sherryfarbenen Augen, der roten Nase und diesen fürchterlichen schwarzen Turnschuhen verständnislos anstarrte. Andrew war jetzt wahrscheinlich in seinem Büro, saß am Schreibtisch und kritzelte Notizen mit dem Schaeffer-Stift, den sie ihm letzte Weihnachten geschenkt hatte. Sie überlegte, ob er wohl eine der Krawatten trug, die sie für ihn gekauft hatte, und ob das gerahmte Foto von ihr, das die letzten Jahre auf seinem Schreibtisch gestanden hatte, noch dort war. Oder hatte er es schon weggeräumt und durch ein Bild von Mary Carpenter ersetzt, der Frau, mit der er sie ersetzt hatte?

Der Gedanke war so schrecklich, daß ihr sofort wieder Tränen in die brennenden Augen stiegen. Sie wischte sie hastig weg, aber das Mädchen hatte sie bereits bemerkt.

»O Gott, das tut mir so leid ...«, heulte Gina und sank in einen Sessel. »Verzeihen Sie mir, aber ich kann nicht anders ...«

»Natürlich verzeihen wir Ihnen«, unterbrach Katerina sie, sprang auf ihre Füße und eilte zu ihr. Diese Frau brauchte zweifellos professionelle Hilfe, und Psychiatrie war ein Bereich der Medizin, für den sie sich seit kurzem besonders interessierte, und man bekam schließlich nicht jeden Tag einen Fall von reaktiver Depression direkt zu Gesicht. Nebenbei, Gina Lawrence begann langsam, bei *ihr* Schuldgefühle auszulösen.

Sie legte ihre Arme tröstend um die zuckenden Schultern der Frau und sagte: »Vielleicht trinke ich doch einen Kaffee. Sie bleiben hier, und ich mach uns beiden einen.«

Als sie einige Minuten später mit einem Tablett mit Tassen, passenden Untertassen und einer Schale Schokoladenkekse zurückkam, hatte der Tränenstrom nachgelassen.

»Ich muß sagen, Sie haben wirklich ein hübsches Haus.« Katerina stellte das Tablett auf einen Teetisch mit zierlichen Beinen, der aussah, als könne er das Gewicht kaum tragen. Aber sie hatte das Gefühl, Gina Lawrence würde auf den Boden gestellte Tabletts nicht gutheißen. »Ich habe noch nie eine derart große Küche gesehen. Und alles ist so... sauber!«

»Ich konnte einfach nicht aufhören sauberzumachen«, schniefte Gina und schüttelte den Kopf, als das Mädchen ihr einen Keks anbot. »Seit Montag nacht mußte ich ständig etwas *tun*. Ich kann nicht stillsitzen... ich kann nicht schlafen, es ist so *dumm*... ich bin mitten in der Nacht aufgestanden, und bevor ich überhaupt merkte, was ich tat, schrubbte ich den Küchenboden. Letzte Nacht habe ich fünf Stunden damit zugebracht, alle Fenster zu putzen, dabei waren sie gar nicht schmutzig; ich mußte einfach *beschäftigt* sein...«

»Ich verstehe, wie Sie sich fühlen«, sagte Katerina bestimmt, »aber Sie müssen sich zwingen, sich mit dem, was geschehen ist, abzufinden, bevor Sie sich selbst krank machen. Wir geben Ihnen nicht die Schuld an Mums Unfall, also dürfen Sie sich selbst auch nicht die Schuld zuschreiben.«

Eine Weile starrte Gina Katerina an, als wäre sie völlig verrückt. Sie hatte vorher gar nicht richtig wahrgenommen, was das Mädchen sagte. Erst jetzt begriff sie, daß sie während des gesamten Gesprächs aneinander vorbeigeredet hatten. Und daß das Mädchen ernsthaft dachte, daß sie diese verfluchte Hölle auf Erden wegen eines dummen, nicht vermeidbaren Unfalls durchlebte.

»Ich fürchte, Sie irren sich«, sagte Gina und bemerkte, daß sie kurz vor einem – schrecklich unangebrachten – hysterischen Lachanfall stand. Dankenswerterweise brach er nicht los. »Ich bin nicht wegen... Ihrer Mutter in dieser Verfassung. Ich meine, natürlich tut es mir leid, aber es *ist* nur ein gebrochenes Bein...«

Sie verhaspelte sich, wußte, daß ihre Erklärung nicht genügte, und suchte nach den richtigen Worten. Sie hatte niemandem von Andrews Auszug erzählt, und nun mußte sie es – für die Ironie des Ganzen hatte sie jetzt kaum einen Sinn – zum ersten Mal einer völlig Fremden gegenüber laut aussprechen. »Sehen Sie, am Montag... hat mein Mann mich verlassen. Wegen einer anderen Frau.«

Später, viel später würde Katerina Dankgebete zum Himmel schicken für die Tatsache, daß sie kein praktizierender Psychiater war. Der Drang, die Frau zu schlagen, war so groß, daß sie ihre Hände zusammenpressen mußte. Wie die Dinge nun einmal lagen, starrte sie nur in das tränenüberströmte Gesicht der Frau und sagte, sehr langsam: »Sie egoistisches Miststück!«

Es war beinahe eine Erleichterung, jemanden zu haben, den man beschimpfen konnte. Gina, die für einen Moment ihre Tränen vergaß, warf ihr einen vernichtenden Blick zu.

»Sie können nicht älter sein als sechzehn. Wie könnten Sie das verstehen?« fragte sie. »Mein Mann hat mich verlassen, und mein Leben ist zerstört. Ich kann nicht mehr richtig denken, ich kann kaum geradeaus schauen, und Sie sitzen hier und erwarten von mir, daß mir Ihre Mutter leid tut, nur weil sie ein gebrochenes Bein hat? Die Versicherung wird sich darum kümmern«, fuhr sie spöttisch fort. »Aber mein Leben ist vorbei, und wer wird sich um *mich* kümmern?«

Katerina hatte endgültig genug. Sie war jedenfalls kein verdammter Psychiater. Wie diese Frau die Stirn hatte, Izzy so abzutun – die so verrückt und tapfer und optimistisch war, daß es einem Tränen in die Augen treiben konnte –, und statt dessen in Selbstmitleid versank, nur weil sie ein zu großer Schwächling war, um auf ihren eigenen Beinen zu stehen, das ging über ihren Verstand.

»Jetzt hören Sie mir mal zu«, sagte sie ruhig, denn Schreien würde sie nicht weiterbringen, auch wenn es sehr verlockend war. Der »Tod auf Beinen« würde einfach zurückschreien, und sie wollte, daß das, was sie zu sagen hatte, auch gehört wurde, damit es auch saß. »Sie waren diejenige, die den Unfall verursacht hat. Ihnen ist es zu verdanken, daß meine Mutter ihren Job verloren hat, ihre Wohnung und zwei Männer, die sie lange geliebt hat. Sie hat nichts mehr, und Ende der Woche werden wir beide obdachlos sein, also unterstehen Sie sich nicht, mich zu fragen, wer sich um Sie kümmern soll – Sie sollten sich schämen!«

Sie erschrak, weil sie fast völlig die Kontrolle über sich verloren hatte, stand abrupt auf und stieß dabei an das Tablett, daß die Tassen klirrten. »Tut mir leid, ich vermute, ich war ziemlich grob. Ich geh wohl besser.«

»Ja«, sagte Gina eisig, »das denke ich auch.«

5

Im Krankenhaus zu sein war gar nicht so schlecht, beschloß Izzy. Das James-Milton-Krankenhaus war für orthopädische Fälle wirklich ganz angenehm, denn Patienten mit gebrochenen Knochen waren nicht richtig krank. Und jetzt, da sie auf die Hauptstation verlegt worden war, hatte sie keine Zeit mehr, sich einsam zu fühlen. Die Station war gemischt, die Moral gut, das Essen erstaunlich geschmackvoll, und der gebrochene Oberschenkel in Bett zwölf war einfach wunderbar, auch wenn er im richtigen Leben Zahnarzt war.

Außerdem hatte man ihr Pokerspielen beigebracht, was wesentlich unterhaltsamer war, als sich mit dem Flechten eines Wäschekorbes herumzuschlagen oder mit dem zunehmend grau werdenden und ausgefransten Strickzeug, das der Beschäftigungstherapeut ihr aufgedrängt hatte: »Versuchen Sie es doch mal.«
Aber im Moment herrschte Frieden. Diejenigen im Streckverband dösten vor sich hin oder lasen, und alle anderen waren in den Fernsehraum am entgegengesetzten Ende des Flurs verschwunden; sie mußten unbedingt eine entscheidende halbe Stunde einer Seifenoper sehen, von der Izzy noch nie gehört hatte, für die sie aber offenbar lebten. Izzy nutzte die kurze Zeit der Unterbrechung und lackierte ihre Fingernägel in einem hinreißenden Fuchsia-Ton. Ihre Zehen konnte sie nicht erreichen; die würden warten müssen, bis später Katerina kam. Kurz darauf wurde ihre Aufmerksamkeit durch das Auftauchen einer Besucherin an der Flügeltür beansprucht, hauptsächlich durch ihre Stöckelschuhe, die rhythmisch auf dem polierten Parkettboden klapperten. Izzy hob kurz den Blick und sah eine große, schlanke Frau mit blondem Haar, das sie zu einem Nackenknoten frisiert hatte, und in einem exquisiten Kostüm im Chanel-Stil, elfenbeinfarben und schwarz. Sie blieb unsicher mitten in der Station stehen, musterte die Betten, die auf jeder Seite aufgereiht waren, und rückte mit einer nervösen Geste die Tasche zurecht, die sie über ihre wattierte Schulter hängen hatte.
»Die sind alle im Fernsehraum«, sagte Izzy und zeigte mit ihrem Nagellackpinsel in die Richtung. »Scheiße.« Ein glänzender Nagellacktropfen war auf ihrem Schoß gelandet und hatte ihr zweitbestes weißes T-Shirt auf ewig ruiniert. Sie grinste, denn die Besucherin hatte eine derart

schockierende Äußerung nicht erwartet, und näherte sich nun dem Fußende ihres Bettes.
»Entschuldigung. Solche Dinge sind dazu bestimmt, uns in Versuchung zu führen. Wen suchen Sie denn?« Sie persönlich hatte bereits ihre Entscheidung getroffen. Das mußte entweder die Frau des Zahnarztes sein oder die Tochter von Burton, dem Oberstleutnant der Luftwaffe. Niemand anderer auf der Station konnte es sich leisten, auch nur jemanden zu kennen, der diese Art von Kleidung trug. Die Frau sah kurz auf das Namensschild, das über Izzys Bett befestigt war, und sagte: »Ich denke, ich suche Sie.«
Obwohl sie nicht gewußt hatte, was sie zu erwarten hatte, war Gina nichtsdestoweniger verblüfft beim Anblick von Isabel Van Asch. Als sie auf der Straße gelegen hatte, ihr Gesicht hinter dem Visier ihres Motorradhelms verborgen, hatte sie sie zuerst fälschlicherweise für einen Mann gehalten. Als Folge des zweifellos entnervenden Besuchs ihrer Tochter hatte Gina sie sich als große, irgendwie maskuline Frau vorgestellt, so Mitte Vierzig, mit kurzen Haaren und einer aggressiven Art.
Aber die Person, die da vor ihr saß, war klein und unleugbar feminin. Mit ihren ausdrucksvollen schwarzen Augen, dem lächelnden Mund und dem üppigen bläulichschwarzen Haar, das ein herzförmiges Gesicht umrahmte, war sie überhaupt nicht das, was Gina sich vorgestellt hatte, während sie den Mut faßte hierherzukommen. Sie sah jünger aus als Gina selbst, trug ein weißes T-Shirt und glänzende Lycra-Leggings in Pink, und sie sah nicht im geringsten furchteinflößend aus. Doch Gina hatte in den letzten paar schwierigen Tagen gelernt, nicht alles und jeden nach dem Äußeren zu beurteilen, und war jedenfalls eingeschüchtert. Sich in Schale zu werfen und

dann zuerst das richtige Krankenhaus und dann die richtige Station zu finden, hatte sie völlig erschöpft. Sie war nahe daran, ihre Selbstbeherrschung zu verlieren, und ließ sich auf Izzys freien Besucherstuhl plumpsen.

»Aber ich kenne Sie nicht«, sagte Izzy und schaute verwirrt. Ihre dunklen Augenbrauen verschwanden in ihrem wilden Pony. Ihre Finger mit dem noch feuchten Lack hatte sie vor sich in die Luft gespreizt. Dann fragte sie, mit einer Spur Mißtrauen: »Sie sind keine Sozialarbeiterin, oder doch?«

»Bin ich nicht«, antwortete Gina so schockiert, als hätte man sie der Prostitution verdächtigt. Sah sie, um Himmels willen, wie eine Sozialarbeiterin aus?

Jetzt, da es soweit war, war sie nicht in der Lage, die richtigen Worte zu finden, um sich vorzustellen. Und sicherlich, dachte sie, und Unmut stieg in ihr hoch, hatte dieser gräßliche Teenager sie der Mutter beschrieben. Isabel Van Asch mußte wissen, wer sie war. Sie ergötzte sich nur genüßlich an dieser peinlichen Situation.

»Na gut«, sagte Izzy, augenscheinlich nicht beunruhigt. »Es ist auf jeden Fall nett, Besuch zu haben, selbst wenn es ein anonymer ist.« Mit Mühe erreichte sie eine halbvolle Schachtel mit Schokolade in der Schublade ihres Schränkchens und bot Gina welche an. »Mögen Sie Rum-Trüffel?«

»Ich bin Gina Lawrence«, platzte Gina heraus, denn irgend jemand mußte es ja aussprechen, und die Frau würde ihr ganz offenkundig den Gefallen nicht tun.

Die ausdrucksstarken Augenbrauen blieben überrascht hochgezogen. Izzy schüttelte den Kopf, und Gina roch einen Hauch teuren Parfüms. Trüffel von Thornton und ein Parfüm von Dior, dachte sie finster, ein bißchen viel für die rührselige Geschichte von Obdachlosigkeit, Verarmung und Kaum-überleben-Können, die die Tochter ihr aufgetischt hatte.

»Ich habe das Auto gefahren, das mit Ihrem Motorrad kollidiert ist«, sagte sie, wobei sie sorgfältig jedes Wort abwog. Obwohl der Unfall zweifellos ihre Schuld gewesen war, hatte der Anwalt ihr eingeschärft, auf keinen Fall etwas zuzugeben.

»Ach, richtig!« rief Izzy, durch einen Mund voller Trüffel. Dann, zu Ginas Erstaunen, streckte sie ihr die Hand entgegen. »Mensch, kein Wunder, daß Sie so zappelig waren, als Sie hereinkamen. Das ist aber nett von Ihnen, daß Sie mich besuchen. Entschuldigung, ich hätte Sie erkennen müssen, aber ich war in miserabler Verfassung in dieser Nacht. Abgesehen von Ihren Beinen, hab ich nicht viel mitgekriegt. Mein Gott, entschuldigen Sie – ich habe nicht bemerkt, daß meine Nägel noch feucht waren... schauen Sie, sind Sie wirklich sicher, daß Sie keine Schokolade möchten?«

Gina schüttelte verwirrt den Kopf. »Ihre... Tochter«, sagte sie stockend, »war gestern früh bei mir.«

»War sie das?« Nun war es Izzy, die verblüfft dreinschaute. »Warum, um alles in der Welt, hat sie das getan? Sie hat nicht mal was davon gesagt gestern abend.«

»Mrs. Van Asch«, begann Gina. »Sie...«

»Miss. Ich bin nicht verheiratet. Aber nennen Sie mich doch Izzy«, sagte Izzy und schob die Trüffelschachtel zurück in ihr Kästchen. »Das ist aber komisch. Was wollte sie denn?«

»Mein Mann hat mich verlassen«, sagte Gina hastig. Wieder war eine Hürde geschafft. Wenn sie es schnell genug aussprach, dann brachte es sie nicht zum Weinen. »Und Ihre Tochter erklärte mir, daß ich ein egoistisches Miststück sei. Sie sagte, daß Sie durch den Unfall zwei... enge ... Freunde verloren haben. Ich weiß wirklich nicht, warum ich hier bin, aber ich vermute, daß ich dachte, ich sollte Sie besuchen und mich entschuldigen. Und noch etwas verstehe ich nicht«, fügte sie mit einem Ausbruch von Ehrlichkeit, den sie der Göttin Neugier opferte, hinzu, »wie können Sie zwei Freunde gleichzeitig verlieren? Was ist passiert?«

»Sie hat Ihnen also Schuldgefühle eingeredet«, meinte Izzy nachdenklich, ein schmerzliches Lächeln in den Mundwinkeln. »Mein Gott, dieses Mädchen hat wirklich ein Talent dafür, anderen Gewissensbisse zu machen. Das gleiche macht sie mit mir, wenn ich eine Woche lang meine Kleider nicht aufgehängt habe. Trotzdem«, fügte sie streng hinzu, »sie hätte Sie nicht ein egoistisches Miststück nennen dürfen. Das geht zu weit. Machen Sie sich keine Sorgen, ich werd ein Wörtchen mit ihr reden. Sie dürfen sich wirklich nicht darüber ärgern!« Bei diesen Worten lehnte sie sich impulsiv nach vorne und nahm Ginas Hand. »Sie kann manchmal ganz schön selbstgerecht sein, aber sie meint das nicht so. Sie wissen ja, wie Teenager sind.«

Gina schüttelte traurig den Kopf. »Nein, weiß ich nicht.«

»Gut!« Izzy rollte mit den Augen. »Ich kann's Ihnen sagen. Teenager können wirklich das Allerletzte sein. Kat ist ein vollkommener Engel, aber manchmal würde ich sie am liebsten verstoßen – wie jetzt eben. Sie könnte zwölf Realschulabschlüsse machen, aber sie kann immer noch einen Idioten aus sich machen, wenn sie will. Es tut mir schrecklich leid, daß sie Sie aufgeregt hat, Mrs. Lawrence. Und wenn ich sie heute abend sehe, dann gibt's 'ne kräftige Ohrfeige, das verspreche ich Ihnen.«

»Oh, aber Sie dürfen sie nicht...« Gina unterbrach sich. Sie hatte ein paar Millisekunden zu spät bemerkt, daß die

andere Frau Spaß gemacht hatte. Ihre blassen Wangen bekamen etwas Farbe. »Bitte«, ergänzte sie hastig, »mein Name ist Gina.«
Sie hatte Izzy nicht zum Narren gehalten, und beide wußten das.
»Erzählen Sie mir von Ihren Freunden«, wechselte Gina das Thema, und Izzy zog ein Gesicht.
»Es hat auch seine witzige Seite, vermute ich, obwohl ich zu dem Zeitpunkt zu sehr neben mir stand, um den nötigen Humor dafür zu haben, und als mir klar wurde, was ich getan hatte, war ich ganz schön sauer. Vielleicht finde ich's ja in ein paar Wochen lustig.« Sie zuckte die Achseln, bewunderte zwischendurch ihre lackierten Nägel und schilderte dann kurz die Einzelheiten des Durcheinanders, was im prompten Verschwinden beider Männer, Mike und Ralph, aus ihrem Leben gipfelte.
Das unorthodoxe Arrangement – ganz zu schweigen von Izzys pragmatischer Haltung dem gegenüber – lag völlig außerhalb von Ginas Erfahrungswelt. Sie hatte nie zuvor eine Frau wie diese getroffen.
»Waren Sie nicht völlig zerstört?« fragte sie schließlich.
Izzy schaute nachdenklich. »Ich denke schon, aber Jammern und Heulen wird mich auch nicht weiterbringen, oder? Außerdem, Kat sagt, davon kriege ich Falten.«
»Hm.« Gina, die den Großteil der letzten Tage mit Jammern und Heulen verbracht hatte, wurde von Schuldgefühlen gepiekst. Gemessen daran konnte sie glücklich sein, nicht wie eine Hundertfünfzigjährige auszusehen.
»Ihre Tochter hat mir auch erzählt, daß Sie demnächst aus Ihrer Wohnung geworfen werden. Was werden Sie tun, wenn das passiert?«
»Nun«, sagte Izzy in vertraulichem Flüsterton, als eine Schwester flott hinter ihnen vorbeiging, »seit ich unter

die Männer geraten bin, wie man so schön sagt, denke ich dauernd daran, daß ich genausogut meinen Vermieter verführen könnte. Sehen Sie, wenn ich ihn nicht überzeugen kann, seinen habgierigen alten Verstand zu ändern...«

»Soll das ein Witz sein?« fragte Katerina zwei Tage später. Sie wußte nicht, ob sie lachen sollte, und der Gesichtsausdruck ihrer Mutter gefiel ihr überhaupt nicht.

»Natürlich nicht«, antwortete Izzy mit Begeisterung. »Mit so was Ernstem wie unserer bevorstehenden Stadtstreicherei würde ich doch keine Witze machen. Es ist einfach perfekt, Liebling. Die Antwort auf die Stoßgebete einer verzweifelten Mutter.«

»Aber sie ist eine alte Hexe!«

»Ist sie nicht.« Izzy sah das aufsässige Glitzern in Katerinas Augen und wußte, daß sie hart bleiben mußte. »Sie macht im Augenblick Schlimmes durch. Ich fand's furchtbar nett von ihr, uns dieses Angebot zu machen – und schließlich ist es nicht so, daß wir großartige Alternativen hätten«, erinnerte sie ihre Tochter energisch. Ich wollte Rachel und Jake fragen, ob wir eine Weile bei ihnen wohnen können, aber sie haben wirklich keinen Platz, während Gina sich in ihrem großen Haus nur selbst verrückt macht und im Moment ein bißchen Gesellschaft braucht...«

»Wie steht's mit der Bezahlung?« fragte Katerina. Der Gedanke, dieser Frau Gesellschaft leisten zu müssen, war wahrlich entmutigend; lieber würde sie mit J.R. Ewing ein heißes Bad teilen.

»Im ersten Monat zahlen wir keine Miete«, antwortete Izzy mit triumphierender Miene. »Und dann genausoviel, wie wir Markham bezahlt haben. Das ist doch ein gutes

Geschäft, oder? Sei mal ehrlich, wo würdest du lieber wohnen, in Clapham oder in Kensington? Oder hängst du wirklich so an der Plastikbank an der U-Bahn-Station Tottenham Court Road?«

Weil es darauf nun wirklich keine befriedigende Antwort gab, sagte Kat gar nichts.

»Siehst du«, schloß Izzy, froh, daß das Problem gelöst war.

»Ich mag sie trotzdem nicht.«

»Wir mieten ein paar Zimmer in ihrem Haus, wir müssen sie nicht *heiraten.*« Sie warf dem Zahnarzt ein bezauberndes Lächeln zu, als er in seinem Rollstuhl vorbeizischte, sein zerschmettertes und eingegipstes Bein im rechten Winkel von sich gestreckt. »Und da wir keine andere Wahl haben, können wir genausogut das Beste daraus machen. Wer weiß, mein Schatz? Vielleicht wird's sogar ein Riesenspaß!«

6

Gina wußte nicht, wo sie da reingeraten war. Gerade überfielen sie wieder schwere Zweifel, die von Zeit zu Zeit fast in Panik ausarteten. Sie war noch nie jemand gewesen, der impulsiv handelte, und sie konnte nicht verstehen, warum sie das gerade jetzt getan haben sollte, wo ohnehin ihr ganzes Leben auf den Kopf gestellt wurde, und das letzte, was sie jetzt brauchen konnte, war eine weitere seelische Erschütterung. Und obwohl sie versucht hatte, Andrew die Schuld dafür zuzuschieben, war ihr unangenehm bewußt, daß sie das von nun an nicht mehr tun konnte. Seit letzter Woche war sie unfreiwillig selbst für ihr Leben verantwortlich und bereits dabei, ein höllisches Durcheinander daraus zu machen. Der Krankenbesuch bei Isabel Van Asch hatte Andrew erfolgreich für eine Stunde aus ihrem Kopf verdrängt, was an sich schon ein Wunder war. Sie war hingegangen, um ihre Gewissensbisse loszuwerden, und war beeindruckt wieder weggegangen. Sie hatte nie zuvor jemanden wie Isabel – Izzy – getroffen. Die Frau war derart ungewöhnlich, daß sie für Gina eine Offenbarung war. Sich vorzustellen, wie es sein mußte, derart unbekümmert zu leben, so *sorglos* zu sein, hatte ihre Gedanken für den Rest des Nachmittags beschäftigt. Aber da sie nicht Izzy war und weil sie völlig unfähig war, ihre eigenen Sorgen wegzuschieben, war sie nach Einbruch der Dunkelheit wieder zurück in die Depression gesunken. Frauen wie Izzy wußten einfach nicht, wie es war, wenn man nicht aufhören konnte, über das Unglück nachzudenken. Das war Gina klargeworden, während sie ununterbrochen von Erinnerungen an Andrew gequält wurde.

Und dann, um halb neun an diesem Abend, war völlig unerwartet Andrew nach Hause gekommen. Sie mußte ihn sich jetzt nicht mehr vorstellen, denn er war leibhaftig hier, schmerzlich vertraut und noch schmerzlicher geschäftsmäßig.

»Wir müssen die finanziellen Aspekte der ganzen Angelegenheit besprechen«, erklärte er Gina, während er mit einem Kopfschütteln ihr Angebot eines Drinks ablehnte und seine Brieftasche mit einer raschen Bewegung seines Daumens öffnete. Er mied ihren Blick, und ein neuer Anfall von Schmerz drückte auf ihre Brust. Geh mal mit einem Schulterzucken und einem Lächeln darüber hinweg, Izzy Van Asch, dachte sie wütend. Es hatte keinen Zweck, es war nicht möglich. Wenn einem der Ehemann, den man liebte, gegenübersaß, war es menschenunmöglich.

»Wir müssen das nicht«, hatte sie heulend gesagt. »Du könntest zurückkommen. Ich *verzeihe* dir...«
Noch während die Worte aus ihr heraussprudelten, hatte sie sich für ihre eigene Schwäche verachtet. Und sie hatten sowieso nichts bewirkt. Andrew hatte ihr einen mitleidigen Blick zugeworfen und eine Rede vom Stapel gelassen, die er vorbereitet hatte. Sie gipfelte in der Feststellung, daß Gina sich darüber klarwerden müsse, daß Geld nicht auf Bäumen wuchs. Das Haus gehörte ihr. Sie hatte es von ihren Eltern geerbt, und er würde natürlich keinerlei Ansprüche darauf geltend machen. Aber was die Kreditkarten anginge, es wäre einfach nicht länger fair, daß die weiterhin dazu da wären, ihr solch kleine Annehmlichkeiten zu verschaffen wie neue Möbel, Ferien in der Sonne und die neuesten Designerklamotten.
»Ich habe mit meinem Anwalt gesprochen«, hatte Andrew dann etwas freundlicher erklärt. »Ich werde so fair wie möglich sein, aber ich muß dich warnen, Gina, ich werde dir nicht viel geben können. Meine Wohnung kostet bereits ein kleines Vermögen, allein die Miete. Und mein Anwalt sagt, daß es keinen Grund gibt, warum du nicht in der Lage sein solltest, dir Arbeit zu suchen, und deshalb...«
»Arbeit!« stieß Gina mit einem spitzen Schrei empört aus. »Aber ich arbeite nicht. Mein Job ist es, mich um meinen Mann zu kümmern! Warum sollte ich leiden müssen, ich habe mir doch nichts zuschulden kommen lassen?«
Andrew zuckte die Achseln. »Gesetz ist Gesetz. Du brauchst meinen Unterhalt nicht. Du hast dieses Haus... Marvin hat vorgeschlagen, daß du vielleicht Mieter reinnehmen könntest.«
Die Aussicht war mehr als erschreckend, sie war einfach undenkbar. Als Andrew – mit unverhohlener Erleichte-

rung – das Haus dreißig Minuten später verlassen hatte, hatte Gina sich bemüht, nicht mehr darüber nachzudenken. Um Mitternacht war sie zu dem unglücklichen Schluß gekommen, daß es nichts nützte, so zu tun, als wäre es nicht geschehen. Das machte das Ganze nicht ungeschehen. Andrews dritter Vorschlag, sie könnte das Haus verkaufen, in eine kleine Wohnung ziehen und von dem übriggebliebenen Verkaufserlös leben, stand nicht zur Debatte. Sie hatte ihr ganzes Leben hier verbracht, und die Zukunft würde schaurig genug werden, auch ohne daß sie sich selbst das einzige Heim nahm, das sie je gekannt hatte.

Arbeiten ... der bloße Gedanke jagte ihr Schauer von schlimmen Vorahnungen durch ihren Körper. Abgesehen von zwei fürchterlichen Jahren, die sie damit verbracht hatte, dauernd die Büros zu wechseln auf der Suche nach einem wenigstens halbwegs erträglichen Job, hatte sie nie gearbeitet. Andrew war in ihr Leben geplatzt, und sie hatte die Langeweile von neun bis fünf Uhr, Bürointrigen und fünfzehnminütige Teepausen hinter sich gelassen, ohne einen einzigen Blick zurückzuwerfen. Die Erleichterung war kolossal gewesen; sich um einen Mann und ein Heim zu kümmern war alles, was sie je gewollt hatte, auf immer und ewig, Amen...

Der bloße Gedanke, Fremde in ihr Haus zu lassen – Untermieter, Mieter, zahlende Gäste, man mochte sie nennen, wie man wollte –, war entsprechend alarmierend. Gina hielt inne, um diese unangenehme Möglichkeit zu durchdenken, und schenkte sich tatsächlich einen Wodka-Tonic ein. Wer hatte schließlich noch nicht diese Horrorstories gehört von dubiosen, arglistigen, unheimlichen und manchmal sogar ausgesprochen sexverrückten Typen, die ihre Vermieterinnen erst in falscher Sicherheit wiegen und dann entweder mit dem gesamten Inventar des Hauses verschwinden oder die Vermieterinnen mit Macheten niedermetzeln. Gina sah bereits ihre Überreste sorgfältig verschnürt in der Tiefkühltruhe, Seite an Seite mit der Seezunge *Bonne Femme,* und nahm einen kräftigen Schluck von ihrem Drink. Dann bemerkte sie, daß sie jeden Moment zusammenbrechen würde.

»Ich versteh immer noch nicht, warum Sie das tun«, sagte Katerina herausfordernd. »Warum sind Sie zurückgegangen zu meiner Mutter und haben sie – uns – gefragt, ob wir bei Ihnen wohnen wollen?«

Es war eine Schande, dachte Gina, daß die Tochter nicht die unbekümmerte Natur ihrer Mutter geerbt hatte. Sie dankte Gott, daß ihr Haus so groß war.

»Ich habe sie nicht gefragt, ob sie mit mir leben möchte«, antwortete sie kühl. »Ich habe ihr einen Platz zum Wohnen angeboten, und sie hat ihn angenommen.«

Katerina ließ die Kollektion Schachteln und Taschen auf das schmale Bett plumpsen und streifte den Rest des Zimmers mit einem flüchtigen Blick. Magnolienfarbene Wände, beigeweiße Vorhänge, ein beigefarbener Teppich; nicht besonders aufregend, aber blitzsauber.

»Aber warum?«

Gina beschloß, das Spiel nach ihren eigenen Regeln zu spielen. »Wenn du es wissen willst, es war reine Verzweiflung. Und wenn du es ganz genau wissen willst«, fuhr sie mit ruhiger Stimme fort, »ich brauche das Geld.«

»Natürlich«, murmelte Katerina und kümmerte sich nicht darum, ob sie verletzend klang. Sie ging zum Fenster hinüber und blickte auf blattlose Baumspitzen über den Dächern der vornehmen Häuser, die die Straße säumten,

und auf hochglanzpolierte Spitzenklasseautos, die davor geparkt waren. Ginas Behauptung, das »Geld zu brauchen«, war einfach lächerlich, beinahe ein Witz, aber sie war nicht in der Position loszulachen. Und Izzy hatte darauf gedrängt, daß sie sich gut benehmen sollte.
»Jedenfalls vielen Dank.«
»Ist schon in Ordnung«, sagte Gina verlegen. »Ich hoffe, ihr beide fühlt euch hier wohl.«
»Wir haben uns immer wohl gefühlt«, antwortete Katerina nur. »Wo auch immer wir gelebt haben.«
Sie sah noch mal aus dem Fenster und erspähte einen alten weißen Laster, der die Straße entlangächzte.
»Prima, da kommt Jake mit dem Rest unserer Sachen. Ich geh besser runter und winke ihn in die Auffahrt.«
»In die Auffahrt«, wiederholte Gina, die beim Anblick des rufschädigenden Vehikels blaß geworden war, dazu wurde es von einem Mann gefahren, dessen Haare länger waren als ihre eigenen. Marjorie Hurlingham schnitt ein Haus weiter gerade ihre Forsythien zurück. Gina betete, daß Jake und der Lastwagen nicht lange bleiben würden.

»Ich kann's immer noch nicht fassen, es ist sagenhaft!« verkündete Izzy später an diesem Nachmittag. Sie sah ihre neue Bleibe zum ersten Mal, beobachtete mit einiger Erleichterung, daß die Beziehungen zwischen ihrer Tochter und der neuen Vermieterin nicht so schlecht waren, wie sie befürchtet hatte, und strahlte über das ganze Gesicht. Katerina hatte offenkundig beschlossen, sich gut zu benehmen, das Haus war wundervoll, und es gab Zentralheizung, die tatsächlich funktionierte...

Es war halb neun abends. Izzy hatte ihr Gipsbein bequem auf Jakes Schoß liegen und unterhielt alle mit Geschichten von ihrem Krankenhausaufenthalt. Rachel, Jakes Frau, hatte noch eine Weinflasche geöffnet und sang glücklich zur Musik aus der Stereoanlage – die das einzige elektronische Gerät zu sein schien, das Izzy besaß. Katerina lag an ihrer Seite auf dem Fußboden, aß Rosinen, blätterte durch ein altes Fotoalbum und zeigte ab und zu die peinlichsten Schnappschüsse aus Izzys Flowerpower-Zeit herum.

Gina saß unglücklich auf der Kante eines Sessels. Sie fühlte sich beinahe wie eine Gastgeberin, die ihre eigene Party nicht mehr unter Kontrolle hatte. Sie hatte keine Zeit gehabt, über Andrew nachzudenken – und das Ritual, über ihr vergangenes Leben mit ihm nachzugrübeln, war tröstlich geworden, sogar notwendig –, und so fühlte sie sich irgendwie beraubt. Und Izzy, Katerina und ihre Freunde waren so völlig entspannt, lachten, neckten sich und machten den Eindruck, in Izzys Schlafzimmer zu Hause zu sein, so daß sie sich mehr als Außenseiterin fühlte als je zuvor. Dies war ihr *eigenes* Zuhause, rief sie sich ins Gedächtnis, und schon war ihr tadelloses Gästezimmer nicht mehr wiederzuerkennen.

Abgesehen von seinem langen Haar und dem goldenen Ohrring hatte Jake erstaunlich normal gewirkt; nichtsdestoweniger war Gina froh, als er und Rachel schließlich aufbrachen. Er mochte Lehrbeauftragter für Geschichte an einem der größten Polytechnika von London sein, trotzdem überlegte sie, was wohl die Nachbarn über seinen fürchterlichen Laster sagen würden. Jetzt, wo die beiden gingen, konnte sie es ebenso machen und sich in ihr Allerheiligstes, ihr eigenes Zimmer, zurückziehen. In Ruhe dasitzen und darüber nachdenken, was Andrew wohl in diesem Augenblick macht, denkt, sagt...

»Geh noch nicht«, drängte Izzy, rollte sich zu ihr herüber und streckte ihren Arm nach der halbvollen Weinflasche aus. »Verdammter Mist, ich komm nicht ran. Kat, könntest du mir einen Gefallen tun, Liebes? Mach mal Ginas Glas ordentlich voll. Gina, schau nicht so nervös! Jetzt komm schon, entspann dich!«

Gina konnte sich nicht so einfach entspannen, besonders dann nicht, wenn man sie dazu aufforderte. Ihre Beine waren ineinander verschlungen, und sie wußte nicht, wohin mit ihren Händen. Sie schaute auf ihre Uhr und sagte: »Ich sollte wirklich schon ...«

»Nein, sollten Sie nicht«, sagte Katerina unerwartet. Sie reichte Gina das Weinglas und fügte hinzu: »Sie sehen schon viel besser aus als damals, als wir uns zum letzten Mal gesehen haben, aber Sie sind immer noch nervös. Warum erzählen Sie meiner Mutter nicht, was mit Ihrem Exgatten passiert ist? Sie ist sagenhaft gut darin, Leuten wieder Mut zu machen.«

Katerina hatte Gina noch nicht verziehen, daß sie letzte Woche so selbstsüchtig gewesen war, aber sie schämte sich auch ein bißchen für ihr eigenes Verhalten an diesem Tag. Das war jetzt ihre Art der Wiedergutmachung.

»Natürlich bin ich das, ich bin brillant«, sagte Izzy, und ihre dunklen Augen strahlten. »Erzähl mir alles darüber, jedes Detail. Es ist doch einfach unfair, daß Männer solche Schweine sein können. Warum, um alles in der Welt, verlieben wir uns noch in sie?«

»... er war alles für mich«, flüsterte Gina fünfzehn Minuten später. Ihr Weinglas war unerklärlicherweise leer. Sie saß mit angezogenen Beinen im Sessel. »Als wir noch jung verheiratet waren, dachte ich, wir würden eine Familie gründen, aber Andrew sagte mir, wir bräuchten keine Kinder, um glücklich zu sein, wir hätten ja uns. Später dann, immer wenn ich auf das Thema zu sprechen kam, sagte er nur, er wolle keine Kinder... sie wären zu teuer oder zu zeitraubend, oder er müsse sich auf seine Karriere konzentrieren können ... und wenn ich mich darüber aufregte, kaufte er mir eine hübsche Halskette oder fuhr mit mir in Urlaub... ich wollte so sehr ein Baby, aber er hat es immer geschafft, mich davon zu überzeugen, daß er recht hatte. Und jetzt«, schloß sie hoffnungslos, »jetzt hat er irgendeine Frau geschwängert und seine Meinung geändert. Und ich steh da, ohne Mann, ohne Familie, und es ist zu spät für mich, irgend etwas dran zu ändern. Jetzt bin ich zu alt zum Kinderkriegen ... ich hab nichts... alles war umsonst...«

Izzy, die aufmerksam zugehört hatte, schaute sie verdutzt an. »Entschuldige«, sagte sie mit hochgezogenen Augenbrauen, »aber da kann ich nicht folgen. Er ist ein ziemlicher Scheißkerl, das geb ich zu, aber warum genau war deine Ehe umsonst?«

»Weil ich jetzt weder einen Mann noch ein Kind habe«, schniefte Gina, leicht verwirrt. »Wenn er mir vor zehn Jahren gesagt hätte, daß er mich vielleicht verläßt, hätte ich die Sache aufgeben und jemanden heiraten können, der eine Familie will.«

Izzys Blick wurde finster. »Aber du bist erst sechsunddreißig.«

»Genau! Wie lange wird es wohl dauern, bis mir überhaupt danach ist, nach einem anderen Mann Ausschau zu halten? Wie lange wird es dauern, bis ich jemanden finde, den ich heiraten möchte? Es ist einfach nicht fair«, schniefte Gina mit Tränen in den Augen. »Jedenfalls wird es dann zu spät sein, ich werde zu alt sein.«

»Das ist doch verrückt«, platzte Izzy los, setzte sich dabei ruckartig auf und verschüttete die Hälfte ihres Weines in ihren Schoß. »Wenn du so sehr ein Baby möchtest, kannst du auch eines haben. Niemand wird dich daran hindern!«
Gina überlegte einen Moment, wie es sein müßte, so sorglos zu leben, all die Konventionen vollständig zu mißachten, die ihr eigenes Leben bisher bestimmt hatten.
Aber es war zu weit weg von ihr, auch nach drei Gläsern Wein.
»*Du* verstehst das nicht«, sagte sie abwehrend und ließ den Kopf hängen. »Ich könnte das nicht. Mit so etwas könnte ich nicht allein fertig werden.«
»Aber das weißt du nicht«, behauptete Izzy, die damit kämpfte, ihre Ungeduld zu zügeln. »Du *denkst* nur, du könntest damit nicht fertig werden... ich wette jeden beliebigen Betrag mit dir, daß du das, wenn es soweit wäre, spielend schaffen würdest. Okay«, ergänzte sie mit einem Grinsen, »das würde ich wirklich, wenn ich Geld zu verwetten hätte.«
»Es nutzt nichts, ich bin nicht diese Art von Mensch«, antwortete Gina jetzt trotzig, immer noch den Tränen nahe. Ihre Charaktere, ihre Einstellungen zum Leben waren einfach zu verschieden. Sie stand leicht schwankend auf und sagte: »Ich gehe ins Bett.«
Izzy war entsprechend frustriert über Ginas Unfähigkeit zu erkennen, daß das, was sie versucht hatte zu sagen, einfach Sinn machte. Sie sah auf ihre Uhr. »Es ist erst zehn. Bleib doch, und trink noch etwas, *bitte*...«
»Ich gehe in mein Zimmer«, warf Katerina hilfsbereit ein. »Ich muß noch zwei Aufsätze beenden.«
»Nein, nein«, sagte Gina und überlegte, worauf sie sich da eingelassen hatte. Ihr Gästezimmer sah anders aus und

fühlte sich anders an – es roch sogar anders, dank Izzys Duftkerzen –, und nun begann sie, sich hier wie eine Geisel zu fühlen. Es war alles zu schnell passiert, ein schrecklicher Fehler, der lediglich dazu diente, das riesige Ausmaß des Grabens zwischen ihnen zu unterstreichen. Sie war einfach nicht dafür geschaffen, impulsiv zu sein, und sie sollte verflucht sein, wenn sie es jemals wieder sein würde. »Ich bin müde«, schloß sie und traute sich nicht mal, die Kuckucke anzuschauen, die auf ihr eigenes Drängen hin ihr privates Nest belagerten.

»Gut«, sagte Izzy, sich ihre Niederlage eingestehend. Dann wurde sie wieder lebhafter, denn es war nur eine vorübergehende Niederlage. »Es eilt schließlich nicht. Wir werden morgen wieder darüber sprechen.«

7 »Na, wie geht's denn so zu Hause?« fragte Simon, als Katerina einen Stapel Schulbücher vom Sessel neben ihm wegräumte und sich dann mit einem Seufzer reinplumpsen ließ. Es war Mittagszeit, und der Gemeinschaftsraum der Abschlußklasse dröhnte vor Geschwätz; es hörte sich eher an wie eine Cocktailparty, die voll im Gange war. Er reichte ihr seine halbvolle Coladose und bewunderte mal wieder Katerinas geschickte, schmale Finger und ihre Fähigkeit, sogar nach einer harten dreistündigen Physikprüfung so unglaublich gut auszusehen. Er hatte Katerina Van Asch während ihrer gemeinsamen Jahre an der King's-Park-Gesamtschule immer heimlich vergöttert. Sie wirklich kennenzulernen und vielleicht ihr bester Freund zu werden bedeutete ihm mehr als irgend etwas anderes auf der Welt. Wenn es Kat nicht gegeben hätte, hätte er die Schule vor eineinhalb Jahren verlassen; sie war diejenige gewesen, die ihn überredet hatte, zu bleiben und das Abitur anzusteuern, und dafür würde er ihr ewig dankbar sein. Manchmal beschlich ihn der Verdacht, daß es gar nicht so toll gewesen wäre, die Schule zu verlassen, um dann als Baßgitarrist in einer Rockband durchs Land zu gammeln. Zumindest nicht so toll, wie er es sich einmal vorgestellt hatte.

Er war dessenungeachtet fasziniert von Katerinas phantastischem Lebensstil. Er war in seinen Augen wunderbar unkonventionell und Lichtjahre von seiner eigenen, behüteten Kindheit und Jugend entfernt. In einer Doppelhaushälfte in Wimbledon zu leben, mit einem Bankmanager als Vater, einer Hausfrau als Mutter und zwei nervtötenden kleineren Schwestern, das war nicht gerade abenteuerlich.

Katerina, deren Mutter nicht an ihr herumnörgelte, sie solle die Füße von den Möbeln nehmen, wie seine Mutter es ständig tat, legte ihre langen Beine über die Stuhllehne und öffnete eine Packung Chips.

»Wie es zu Hause geht?« wiederholte sie nachdenklich. »Also, nicht so besonders. Die trübselige Gina kann anscheinend über nichts anderes reden als ihren Ehemann, Mum ist ganz versessen darauf, sie aufzumuntern, und ich verdrück mich, soweit das möglich ist. Aber die wirklich schlechte Nachricht ist, daß unsere vier mietfreien Wochen abgelaufen sind und Mums Bein immer noch in Gips ist. Als ich heute morgen weggegangen bin, war sie gerade in ›Die Bühne‹ vertieft, aber wie soll sie in ihrem Zustand Arbeit kriegen?«

»Elizabeth Taylor hat ›Die kleinen Füchse‹ in einem Rollstuhl gedreht...«, begann Simon aufgeregt, aber Katerina brachte ihn mit einem Blick zum Schweigen, der auch einen unbedeutenderen Mann zur Schnecke gemacht hätte. »Das war Elizabeth Taylor, das hier ist das wirkliche Leben.«

»Und was willst du jetzt machen?« Er blieb hartnäckig, bezaubert von ihrer lässigen Art, die Gegebenheiten hinzunehmen.

Sie hielt inne und dachte einen Augenblick über seine Frage nach, dann zuckte sie die Achseln und sagte: »Ich denk, ich such mir selber einen Job. Irgend etwas am Abend, das genügend einbringt und meinen Hausaufgaben nicht allzusehr in die Quere kommt. Wenn das nicht klappt, kann ich immer noch einen neuen und immens reichen Mann für meine Mutter suchen.«

Sie grinste plötzlich und warf die leere Chipstüte in hohem Bogen in den Abfalleimer. »Das wäre doch wirklich eine glänzende Idee. Ich könnte die anhängliche Stieftochter spielen. Ich wäre eine prima Stieftochter, findest du nicht? Und je mehr Geld er hätte, desto anhänglicher wäre ich...«

Verärgert sagte Simon: »Das soll wohl ein Witz sein.«

»Klar mach ich Witze«, heulte sie verzweifelt auf und tat so, als wolle sie ihm die Coladose an den Kopf werfen. »Wer braucht, verflucht noch mal, Männer. Jetzt hör auf, meine Höllenqualen aufzuwühlen, und erzähl mir lieber alles, was du über Medulla oblongata weißt. Wir haben heute nachmittag Biologie.«

Simon grinste. »Ich dachte, du brauchst keine Männer.«

»Brauch ich auch nicht«, entgegnete Katerina knapp. »Ich brauche nur Informationen. Außerdem bist du kein Mann. Du bist ein Junge.«

Verflucht, dachte Sam Sheridan, als er den Telefonhörer in Heathrow auflegte und zu dem Schluß kam, daß er und seine Koffer wohl ein paar Stunden totschlagen mußten, bevor sie sich gemeinsam auf den Weg nach Kingsley Grove machen konnten. Andrew war nicht im Büro, im Haus ging keiner ans Telefon, und der Jetlag kündigte sich drohend an, was ihm vielleicht recht geschah, aber das Ganze nicht unbedingt leichter machte. Wenn er im Flugzeug geschlafen hätte, statt sich auf eine Unterhaltung mit einer ziemlich anstrengenden, aber zweifellos attraktiven Anwältin einzulassen, dann wäre er jetzt nicht ganz so müde.

Aber Gina war ein Gewohnheitsmensch, beruhigte er sich selbst und sah flüchtig auf die Uhr, die er nachgestellt hatte, als das Flugzeug sich dem Ende der Transatlantikreise genähert hatte. Fast vier Uhr, und er könnte darauf wetten, daß sie bald nach Hause kommen würde, um das Abendessen zuzubereiten. Wenn er ein Taxi erwischte, könnte er um fünf dort sein, rechtzeitig, um sie am Kochen zu hindern. Dann, wenn er sich ein paar Stunden aufs Ohr gelegt hätte, könnte er die beiden zum Abendessen ausführen, um seine Rückkehr zu feiern. Es würde großartig sein, Andrew wiederzusehen, nach fast sechsmonatiger Abwesenheit. Und was Gina betraf... sie zu necken und zu schockieren, die liebe, steife, leicht zu schockierende Gina, gehörte schon immer zu seinen liebsten Freizeitvergnügen...

Verflucht, dachte Izzy, als sie hilflos in das Wohnzimmer gehüpft kam, und starrte wütend auf das nun schweigende Telefon. War den Leuten nicht klar, wieviel länger jemand mit einem gebrochenen Bein brauchte, um überhaupt in das Zimmer zu kommen, in dem das Telefon stand, ganz zu schweigen davon, die Chance zu haben, den Hörer tatsächlich abzunehmen? Gab es denn etwas

Frustrierenderes auf der Welt, als nicht herauszufinden, wer am anderen Ende der Leitung war?

Sie warf ein Kissen nach dem Apparat – verfehlte ihn um einen Meter – und erlaubte ihrer Phantasie für ein paar Sekunden die wildeste Ausschweifung. Schließlich konnte ein einziger Telefonanruf möglicherweise das ganze Leben verändern.

Was, wenn es Andrew Lloyd Webber gewesen wäre, der sie bat, die Hauptrolle in seinem neuen und größten Musical zu übernehmen? Es hätte Doug Steadman sein können, ihr Agent, der ihr telefonisch mitteilen wollte, daß ein amerikanischer Produzent sie – und nur sie – wolle, um Shirley MacLaine in einer Broadway-Show zu ersetzen. Es könnte – aber nur könnte ... ein Vertreter gewesen sein, der ihr ein sagenhaftes Angebot für Doppelfenster machte ...

»Verflucht«, wiederholte Izzy, diesmal laut. Sie drehte sich rasch um, ging in den Flur und schnappte sich im Vorbeigehen ihre Jacke und ihre Tasche. Da sie schon mal unten war, konnte sie genausogut ihr gesundes Bein trainieren und bei ein paar Geschäften vorbeischauen, bevor sie zumachten. Sie hatte etwas voreilig versprochen, heute abend für Kat und Gina zu kochen, und es wäre nicht schlecht, etwas Genießbares zu kaufen. Sie hatte das Gefühl, Gina würde etwas Nahrhafteres erwarten als Tomaten aus der Dose auf Toast.

Durch das Seitenfenster seines Taxis beobachtete Sam Sheridan mit flüchtigem Interesse das dunkelhaarige Mädchen in einem kurzen gelben Rock, das mit Krücken den Gehsteig entlanghumpelte. Ihre Beine, eines in Gips, das andere wohlgeformt in schwarzen Strümpfen, waren es, die sofort seine Aufmerksamkeit angezogen hatten.

Aber jetzt, als das Taxi das Ende von Kingsley Grove erreichte und langsam zum Stehen kam, erhaschte er im orangefarbenen Licht einer Straßenlampe einen flüchtigen Blick auf ihr Gesicht und war noch mehr beeindruckt. Eine Sekunde lang, als sie stehenblieb, um in der Jacke nach den Schlüsseln zu suchen, trafen sich ihre Blicke. Dunkle Augen, ein großer Mund, verrückte Korkenzieherlocken und eine undefinierbare Ausstrahlung... von Lebensfreude, Humor und Kühnheit ... bewirkten, daß es irgendwo in ihm klickte. Der Jetlag war wie durch ein Wunder vergessen, und Sam lächelte sie an, ohne überhaupt zu bemerken, daß er das tat, aber es war zu spät. Das Mädchen hatte sich abgewendet. Dann, während er sie beobachtete, ging sie – humpelnd, aber sehr zielstrebig – auf Andrews und Ginas Haus zu.
Es wird immer besser, dachte er, zerrte seine Koffer aus dem Taxi und drückte dem Fahrer Scheine in die Hand. Innerhalb von Sekunden hatte er sie an der Türschwelle eingeholt.
»Hallo«, sagte Sam und warf ihr ein umwerfendes Lächeln zu, das sie diesmal unmöglich übersehen konnte. »Also, ich weiß zwar nicht, wer Sie sind, aber Ihr Timing ist perfekt. Ich dachte, Gina wäre jetzt zu Hause.« Er deutete auf die dunklen Fenster. »Aber offenbar ist sie das nicht. Und ich fürchte, ich habe meine Haustürschlüssel verloren.«
Das Mädchen erwiderte seinen Blick, aber nicht sein Lächeln und sagte nichts. Sam bemerkte seinen Fehler – die Zeitverschiebung mußte ihm mehr zu schaffen machen, als ihm bewußt war – und sagte: »Verzeihung, wie ungehobelt von mir. Ich habe mich noch gar nicht vorgestellt. Ich bin...«
»Ich weiß genau, wer Sie sind«, warf Izzy schnell ein und staunte gleichzeitig über die kolossale Unverfrorenheit

des Mannes. Sie sah kurz hinunter auf die Koffer, die vor der Haustür herumstanden, und sagte: »Gina hat mir nichts davon gesagt. Haben Sie mit ihr gesprochen? Erwartet sie Sie?«
Überrascht von der wenig einladenden Schroffheit ihres Benehmens, zuckte Sam die Achseln und meinte: »Also... nein, nicht direkt. Wie ich schon sagte, sie war nicht da, als ich angerufen habe. Aber das macht nichts, wenn es das ist, worüber Sie sich Sorgen machen. Nach fünfzehn Jahren ist sie wirklich gewöhnt an meine...«
»Ich bin sicher, das ist sie«, erwiderte Izzy scharf, indem sie ihn zum zweiten Mal unterbrach und beschloß, daß es höchste Zeit sei, daß jemand Andrew Lawrence einmal deutlich sagte, was er von ihm und seinem teuflischen Verhalten hielt. Sie hatte keine Fotos von ihm gesehen und hatte sich einen etwas älteren, insgesamt weniger saloppen Mann vorgestellt. Den Typ, der lieber Nadelstreifenanzüge trug, statt eine abgewetzte lederne Fliegerjacke und alte Levi's. Aber sogar im Halbdunkeln konnte sie sehen, daß er zweifellos mehr als den ihm zustehenden Anteil an gutem Aussehen und Charme besaß. Nur Männer mit diesem speziellen trägen, unkultivierten Ausmaß an Charme konnten tun, was er getan hatte, und erwarten, sie kämen damit durch. Und nur ein Mann, dem jegliche Bescheidenheit fehlte, dachte sie düster, konnte erwarten, daß er wieder zu Hause auftauchen könnte, und schon wäre ihm verziehen, einfach so.
»O ja, ich bin mir sicher, das ist sie«, wiederholte Izzy. Sie lehnte an der kalten Steinwand des Vorbaus und ließ sehr bedächtig den Haustürschlüssel wieder in ihre Tasche gleiten. »Aber das heißt nicht, daß sie sich das noch länger gefallen lassen muß. Sie hat vielleicht zuviel Angst davor, Ihnen zu nahe zu treten, wenn sie Ihnen sagt, wie

raffiniert Sie ihr Leben zerstört haben, aber die hab ich nicht. Sehen Sie«, fuhr sie ihn an, als sie sah, daß Ginas Mann nicht im Traum daran dachte, Reue zu zeigen, »ist Ihnen nicht mal für eine Sekunde der Gedanke gekommen, daß Gina Sie vielleicht *nicht* mit offenen Armen empfangen könnte, wenn Sie hier plötzlich an der Tür stehen?«

»Um ehrlich zu sein«, sagte Sam und überlegte, was, zum Teufel, hier wohl vorging, »nein.«

»Klar, natürlich nicht, warum auch? Sie sind wirklich *unglaublich ...*«

»Ich bin wirklich sehr müde.« Langsam verlor er die Geduld. »Sehen Sie, warum erzählen Sie mir nicht einfach genau, was ich falsch gemacht haben soll. Dann, wenn Sie das losgeworden sind, könnten Sie sich vielleicht vorstellen. Nein, streichen Sie das. Sagen Sie mir erst, wer *Sie* sind, dann kann ich entscheiden, ob ich mir das antun soll, Ihnen zuzuhören oder nicht. Außerdem, wo, zum Teufel, sind Gina und Andrew? Sollten sie heute nacht nicht zurückkommen, dann spare ich Ihnen die Mühe und suche mir ein Hotel.«

»Oh, Mist.« Izzy starrte ihn an, wurde blaß und sank zurück an die rauhe Steinwand. Sie überlegte, ob wohl einmal in ihrem Leben die Zeit käme, wo sie nicht rumlaufen würde und genau die falschen Dinge zu der genau falschen Person sagen, und das auch noch auf die schlimmstmögliche Art?

»Sehen Sie, ich geh schon«, sagte Sam gereizt. Er drehte sich um, um zu gehen, und fügte noch hinzu. »Wenn es Ihnen nicht zuviel Mühe macht, könnten Sie ihnen vielleicht ausrichten, daß ich hier war.«

Izzy griff so schnell nach seinem Arm, daß sie beinahe das Gleichgewicht verloren hätte und gestürzt wäre. »Bit-

te, entschuldigen Sie. Ich habe einen abscheulichen Fehler gemacht. Sie müssen mit reinkommen.«
Jetzt war Sam sich beinahe sicher, daß er derjenige war, der einen abscheulichen Fehler gemacht hatte. Diese anfängliche, beinahe augenblickliche Anziehung hatte sich ziemlich gelegt. Diese Frau war nicht nur ungehobelt, dachte er und sah hinunter auf ihre kalten Finger um sein Handgelenk, sie war absolut verrückt.
»Bitte«, bettelte Izzy, die seine Gedanken lesen konnte und hastig den Schlüssel in das Schloß steckte. »Ich bin wirklich nicht verrückt, aber bevor ich Ihnen nicht alles erkläre, können Sie das nicht verstehen. Geben Sie mir Ihre Jacke. Was möchten Sie trinken?«
»Setzen!« befahl Sam streng. Er hatte sie ins Wohnzimmer bugsiert, im Vorbeigehen das Licht angemacht und seine Jacke über die Lehne von Ginas makellosem Sofa geworfen. Er füllte zwei Wassergläser mit Scotch, reichte eines der folgsam dasitzenden Verrückten und ließ sich im Lehnstuhl gegenüber nieder.
»So, jetzt fangen wir noch mal von vorne an. Diesmal richtig und ohne daß es in gegenseitige Beschimpfung ausartet. Wie reizend, Sie kennenzulernen, Miss ...«
»Van Asch«, murmelte Izzy, dankbar dafür, daß er die Sache in die Hand genommen und daß er sich ihre Beschimpfungen anscheinend nicht zu sehr zu Herzen genommen hatte. »Izzy.«
»Ja.« Er nickte, und ein Lächeln umspielte seine Lippen. »Sie sehen aus wie eine Izzy. Mein Name ist Sam Sheridan.«
»Hallo, Sam Sheridan.«
»Und für wen genau haben Sie mich gehalten?«
»Ginas Mann«, gestand sie. Mit hochgezogenen Augenbrauen betrachtete sie forschend sein Gesicht, wie er

wohl reagieren würde. Dann fügte sie schnell hinzu: »Sobald Sie die beiden erwähnten, wußte ich, daß Sie nicht Bescheid wissen. Sie haben sich getrennt. Andrew ist vor ein paar Wochen ausgezogen, und Gina ist völlig außer sich.«

»Was ist passiert?« fragte Sam, jetzt ernst geworden. Er konnte sich vorstellen, was Andrews Auszug für Gina bedeuten mußte. Ihr ganzes Leben hatte sich nur um ihn gedreht.

»Er hat eine andere kennengelernt«, erklärte Izzy. »Und sie ist schwanger. Sie leben in Barbican zusammen.« Dann hielt sie inne, zog die Augenbrauen hoch und sagte: »Sind Sie ein Freund oder ein Verwandter?«

Sam nippte an seinem Drink. »Ein Freund. Ein alter Freund.«

»Von Andrew?«

»Ja.« Er zuckte mit den Achseln. »Eigentlich von beiden. Ich war Trauzeuge bei ihrer Hochzeit. Als ich vor sechs Jahren in die Staaten ging, gaben sie mir einen Hausschlüssel. Immer wenn ich hierherkomme, wohne ich hier. Mein Gott«, er schüttelte ungläubig den Kopf, »es muß die Hölle sein für Gina.«

»Andrew hätte Sie warnen sollen«, sagte Izzy. Während er anderweitig beschäftigt war, ergriff sie die Gelegenheit, diesen ausgesprochen attraktiven »Freund der Familie«, von dem sie bisher noch nie gehört hatte, zu begutachten. Allein schon die Sonnenbräune, um irgendwo anzufangen, gepaart mit diesen faszinierenden graugrünen Augen, hätte schon ausgereicht, um Eindruck zu machen. Aber Sam Sheridan beließ es nicht dabei; sein Haar mit den sonnengebleichten Strähnen war lang genug, um interessant zu sein, während im Kontrast dazu die Augenbrauen dunkel und sehr ausdrucksvoll waren. Sein

Mund war perfekt. Und was den Rest des Körpers betraf... Da sie seit kurzem sexuell irgendwie in der Luft hing, war es eine hübsche Abwechslung, hier sitzen zu können und einen derart unverschämt gutaussehenden Mann zu bewundern. Sie mochten einen nicht sonderlich vielversprechenden Start gehabt haben, dachte sie vergnügt, aber wer wußte, was passieren würde, wenn Sam Sheridan in das »Nonnenkloster«, wie Kat es nannte, einziehen würde?

»Ich war im letzten Monat auf Hawaii«, sagte er. »Vielleicht hat er versucht, mich zu erreichen, und es nicht geschafft.« Er spähte wieder zu Izzy rüber und sagte: »Aber ich weiß immer noch nicht, wer *Sie* sind.«

Das ließ sich schon eher hören, beschloß Izzy. Mit den Fingern ihrer freien Hand fuhr sie durch ihre zerwühlten Locken. Plötzlich grinste sie.

»Ich wohne hier. Wir sind Ginas neue Mieter.«

»Wir?«

»Meine Tochter, Katerina. Aber wir sind schon fast stubenrein«, fügte sie hinzu, als sie seinen besorgten Blick bemerkte. »Es gibt keinen Grund zur Aufregung, ich bin sicher, dieses Haus ist groß genug, um noch einen mehr zu verkraften.«

Sie war älter, als er ursprünglich gedacht hatte, eher eine Frau als ein Mädchen. Sam schätzte sie so um die Dreißig; trotzdem fand er es außerordentlich schwierig, sie sich als Mutter vorzustellen. Sie sah nicht danach aus. Außerdem, sosehr er Kinder auch mochte – in entsprechender Dosierung –, war er sich nicht ganz sicher, ob er das Haus mit einem brüllenden Kleinkind teilen wollte, das zweifellos morgens zu unchristlich früher Stunde wach war, genau dann, wenn er seinen Schlaf am meisten brauchte.

»Ich weiß nicht so recht«, sagte er und sah auf die Uhr. »Die Situation hat sich ja jetzt verändert, ich glaube wirklich, es wäre besser, wenn ich in ein Hotel gehe.«
In dem Moment hörten sie die Haustür auf- und wieder zugehen und Ginas Stöckelschuhe im Flur.
»Sprechen Sie mit ihr«, sagte Izzy, griff nach ihren Krücken und hangelte sich daran hoch. »Ich bin sicher, sie möchte, daß Sie bleiben. Wenn Sie mich suchen«, fügte sie mit einem Lächeln über die Schulter hinzu, »ich bin in der Küche. Sie sind doch kein Vegetarier, oder?«
»Nein.« Sie *war* verrückt, beschloß Sam. Schön, aber definitiv verrückt. »Warum?«
»Ich mache ein Stroganoff«, erklärte Izzy geduldig. »Und da es Ihre Schuld ist, daß ich so spät dran bin, ist es wohl das mindeste, daß Sie die Verantwortung dafür übernehmen und zum Essen bleiben.«

8

»O Sam, wie konnte er mir das nur antun?« schniefte Gina mehr als eine Stunde später. Mit einem völlig durchweichten Taschentuch tupfte sie sich die mit Wimperntusche verschmierten Augen ab, aber sie wußte, daß die meisten Tränen bereits vergossen waren. Es war ihr zwar peinlich, daß sie vor ihm zusammengebrochen war, aber gleichzeitig war seine Anwesenheit ungemein tröstlich. Aufs neue wurde ihr klar, was für ein guter Freund er ihnen beiden über die Jahre gewesen war. Sie hatte sich immer über seine Besuche gefreut, aber dieses Mal war sein Kommen genau das, was sie brauchte. Sam, der einen besser aufmuntern konnte als jeder andere Mensch, den sie kannte, war an ihrer Seite. Und dieses Wissen gab ihr mehr Kraft, als sie sich vorgestellt hatte.

»Männer«, sagte Sam und stand auf, »sind berüchtigt dafür, nicht zu wissen, was das beste für sie ist. Liebes, ich geh nur schnell nachsehen, wie weit Izzy ist. Das Stroganoff riecht großartig, und ich sterbe vor Hunger.«
»Mach dir nicht allzu große Hoffnungen«, sagte Gina gereizt, »Kochen ist nicht gerade Izzys Stärke. Die anspruchsvollste Mahlzeit, die sie bisher gezaubert hat, waren Brötchen mit Fischstäbchen.«

»Sie sind nicht Izzy«, sagte Sam, als er in die Küche trat und sich ein wenig unwirklich zu fühlen begann.
Ein hochgewachsenes Mädchen mit schulterlangem, sherrybraunem Haar stand am Tisch und kippte gerade Bratkartoffeln von der Pfanne auf einen flachen blauen Teller. Sie sah auf, ohne über die Störung überrascht zu sein. »Ich bin Kat. Mum ist oben und versucht zu baden. Das Essen ist in fünf Minuten fertig.« Nach einer Pause fügte sie freundlich hinzu: »Sie scheinen verwirrt zu sein.«
»Ich bin verwirrt«, sagte Sam, fuhr sich mit der Hand durch die Haare und schüttelte dann den Kopf. »Ich habe mir unter Ihnen eine zirka Fünfjährige vorgestellt. Allerhöchstens.«
Sie lächelte, deckte den Teller mit den Bratkartoffeln zu und schob ihn in den Herd. »Ich bin reif für mein Alter. Wie geht's Gina?«
»Sie ist niedergeschlagen, aber sie wird's überleben. Haben Sie das alles gemacht?« Er empfand die größte Hochachtung vor guter Hausmannskost und beugte sich vor, um das Stroganoff besser zu sehen, in das sie gerade Crème fraîche rührte.
»Es ist nicht schwierig«, sagte Katerina. Dann fügte sie sarkastisch hinzu: »Ausgenommen, Sie wären meine Mutter.«

»Ich bin wirklich beeindruckt. Ursprünglich wollte ich Gina heute abend zum Essen ausführen, aber jetzt bin ich froh, daß ich's nicht getan habe. Was sind Sie, Profi-Küchenchef?«

»Sie ist Profi-Schülerin«, sagte Izzy, die beide von der Tür aus beobachtet hatte. Sie hatte rote Wangen vom Baden, trug einen weißen Trainingsanzug, und ihre glänzenden dunklen Haare fielen ihr über die Schultern. Abgesehen von der Tatsache, daß der Reißverschluß des Trainingsanzugs nicht ganz zugezogen war und den Blick auf einen vom Umfang her eindeutig erwachsenen Brustansatz freigab, sah sie absurd jung aus. »Also, wie lautet das Urteil?« fuhr sie fort, in ruhigem Ton, aber mit herausforderndem Blick. »Bleiben Sie nun, oder ist allein der Gedanke, das Haus mit drei neurotischen Weibsbildern zu teilen, unerträglich?«

»Einspruch«, warf Katerina ruhig ein. »Zwei neurotischen Weibsbildern und einem außerordentlich seriösen Schulmädchen.«

»Das alles«, murmelte Sam und raufte sich erneut die Haare, »und dazu noch der Jetlag.«

Sam Sheridan war nicht so weit gekommen, wie er jetzt war, indem er Frauen ignoriert oder unterschätzt hatte. Er war zusammen mit seinem Bruder Marcus aufgewachsen – der praktischerweise vier Jahre älter war als er – und hatte ihn immer heimlich beobachtet. Der hatte seinen Weg durch Schule und Universität gemacht, hatte ziemliches Chaos angerichtet durch sein überwältigendes Lächeln und seine hervorragenden Verführungstechniken und auch genauso dramatische Showdowns verursacht, jedesmal wenn er einer Freundin überdrüssig war und sie sehr unsanft los wurde. Allmählich hatte

Sam begriffen, daß sein Bruder das andere Geschlecht gar nicht so besonders mochte. Mädchen waren dazu da, daß man mit ihnen schlief. Man sprach eher über sie als mit ihnen. Sie waren, sofern es Marcus betraf, bloße Anhängsel. Und wie Zigaretten wurden sie, wenn man mit ihnen fertig war, weggeworfen. Sam dagegen hatte Mädchen nie als Belästigung empfunden, und je älter er wurde, desto schwerer fiel es ihm, die Einstellung seines Bruders zu verstehen. Er genoß ihre Gesellschaft aufrichtig und fand es mindestens genauso interessant, mit ihnen zu sprechen, wie mit Jungs. Dazu kam natürlich die sexuelle Anziehungskraft...

Aber Sam stieß wunderbarerweise nie auf die Probleme, die seinem Bruder das Leben schwergemacht hatten. Es gab zwar viele Mädchen, mit denen er befreundet war, grundverschieden von seiner aktuellen Freundin, aber er hatte einen derart unbeschwerten Charme und war so beliebt in seiner Jugend, daß der Ruhm, eine von Sams zahlreichen Freundinnen zu sein, beinahe größer war als der der richtigen Freundin. Einfach, weil ein Mädchen zu haben ganz normal war, während Freundschaft ohne Sex bewies, daß man eine Persönlichkeit hatte, die es wert war, sie kennenzulernen.

Und da Sam immer Wert darauf gelegt hatte, mit seinen Exfreundinnen auf gutem Fuß zu stehen, entstand tatsächlich keine Verbitterung. Er genoß drei wilde, glückliche Jahre an der Universität, beendete sie besser als erwartet mit einer Zwei in Ökonomie und einem großen Freundeskreis, bestehend aus beiden Geschlechtern. Keiner von denen konnte sich Sam jemals auf einem Posten in irgendeiner Wirtschaftsinstitution vorstellen, wo sein Abschluß praktischen Nutzen gehabt hätte.

Aber Sam hatte, trotz seiner unbeschwerten Art – ohne daß seine Kommilitonen davon wußten – schon eine Antwort auf seine Bedürfnisse gefunden, die da waren, einen angenehmen Lebensstandard zu haben, gekoppelt mit dem unbeschreiblichen Vergnügen, ohne Unterbrechung in Gesellschaft zu sein. Die Wochenendparties, die er in dem heruntergekommenen viktorianischen Haus gegeben hatte, das er zusammen mit drei anderen Studenten gemietet hatte, waren legendär gewesen. Da Sam von Natur aus ein Nachtmensch war, waren sie für ihn das reine Vergnügen; sie machten die Wochentage erträglich, und das erregende Gefühl, nie zu wissen, wer bei der nächsten Party auftauchen würde – die Schweizer Brieffreundin der Schwester von irgendwem oder die schauspielernde Tante der Mitbewohnerin eines anderen –, jagte ihm immer wieder Adrenalinstöße durch die Adern. In drei Jahren hatte er nie eine Party gegeben, die erfolglos gewesen war. In drei Jahren hatte er sich den Ruf erworben, großartige Parties zu veranstalten, bei denen die Leute sich trafen, debattierten, sich unterhielten, lachten und sich ineinander verliebten. Manche, wie Andrew Lawrence und Gina Harrison, hatten es sogar auf die Spitze getrieben und später geheiratet.
Aber es war die Kunst, die perfekte Atmosphäre für eines oder all diese Ereignisse zu schaffen, die Sams Phantasie wirklich fesselte. Die Leute amüsierten sich, und er war derjenige, der das zustande brachte. Und er überlegte mehr und mehr, ob es denn wirklich eine angenehmere Art gab, den Rest seines bis dahin glücklichen und ungemein vergnüglichen Lebens zu verbringen.
Dennoch war es nicht leicht gewesen. Die Banken davon zu überzeugen, ihm Kredit zu geben, hatte wesentlich mehr geistige Beweglichkeit erfordert als die Abschluß-

examen. Einige seiner finanziellen Transaktionen waren – offen gesagt – dubios gewesen, und als er den Pachtvertrag für ein weniger begehrenswertes Lokal in Manchester übernommen hatte, war ein wöchentlicher Balanceakt gefolgt zwischen den Forderungen der Kreditinstitute und denen seines Personals. Dann, als die Kunde vom neuesten Nachtclub sich zu verbreiten begann, war es selbst für den entschlossenen Sam manchmal strapaziös, ständig den nötigen Ausgleich zwischen dem erwünschten Publikum und dem weniger erwünschten, das dafür aber mit Geldscheinen wedelte, herzustellen. Aber vor allen Dingen wußte er, daß sein eigener Club von Anfang an einen tadellosen Ruf bewahren mußte. Seine Kundschaft mußte nicht wahnsinnig reich sein; aber es war einfach ein Muß, daß es die richtigen Leute waren. Leute, die zu der besonderen Atmosphäre beitrugen, die er brauchte, um sicherzustellen, daß das *Steps* ein ultimativ angenehmer Ort wurde und blieb, wo man hinging, um sich zu amüsieren, wo man gesehen werden wollte.

Und – obwohl es anfangs nicht ohne richtigen Kampf abging – es funktionierte. Sams Ruf wurde immer besser, und innerhalb von zwei Jahren hatte er das Lokal gekauft. Achtzehn Monate später verkaufte er es mit schwindelerregendem Gewinn, zog nach London und fand zu seiner Erleichterung, daß die Straßen, wenn auch nicht mit Gold gepflastert, doch mehr als genug Leute bereithielten, die einen Nachtclub seiner Art dringend brauchten. Sie machten das *Chelsea Steps* zu einem größeren Erfolg, als er es sich je hätte träumen lassen.

Sein Freundeskreis war größer geworden. Die Zahl der Frauen, die ihn liebten – heimlich oder direkt – stieg. Die Männer, die sich des Rufes von Sam Sheridan bewußt waren, waren immer darauf eingestellt, ihn nicht zu mögen,

sobald sie ihn aber getroffen hatten, gelang es ihnen prompt nicht. Sam war genial, charmant, gelassen, konnte sich über jedes Thema unter der Sonne angeregt unterhalten, und er war nie hinter den Frauen oder Freundinnen anderer Männer her. Vor allem das beruhigte die Männer ungemein. Und es schmeichelte den alleinstehenden Mädchen noch mehr. Und die unwiderstehliche Versuchung, die er für die gebundenen Frauen darstellte – mit denen sich Sam standhaft nicht einließ –, war unbeschreiblich belebend und bewirkte nur, daß sie ihn noch mehr begehrten.
Das Rezept war von Erfolg gekrönt, und Sam war so klug, dabei zu bleiben. Als er vor nunmehr sechs Jahren seinen Plan verkündet hatte, einen neuen Club in New York zu eröffnen, waren seine Freunde entsetzt gewesen. Jeder hatte ihn vor dem finanziellen Risiko eines solchen Unternehmens gewarnt, aber er hatte nicht darauf gehört. Er hatte die Führung des *Chelsea Steps* seinem zweiten Geschäftsführer, Toby Madison, übertragen und sich selbst ein Jahr Zeit gegeben, seinen langgehegten amerikanischen Traum zu erfüllen oder aber aufzugeben.
Und, so war Sam nun mal, er hatte Erfolg gehabt, obwohl jeder befürchtet hatte, er würde scheitern. Das *New York Steps*, zum exakt richtigen Zeitpunkt und am genau passenden Ort eröffnet, war von Beginn an ein Erfolg. Sams internationaler Freundeskreis wuchs weiter, und sein Erfolg, anscheinend so mühelos erreicht, ebenso. Niemand wußte so genau, wie Sam das schaffte, aber es funktionierte. Und Sam selbst, der das Ganze wie ein ungeheures Privatvergnügen handhabte, genoß sein Leben in vollen Zügen, schien nie zu schlafen, und er sorgte dafür, daß er soviel Spaß wie möglich bei seinem verlängerten USA-Urlaub hatte.

Aber obwohl New York wunderbar war, einfach Spitze und in der Tat genau seine Stadt, war es doch nicht sein Zuhause. Während der letzten paar Jahre waren seine Englandreisen ihm immer zu kurz erschienen, und ihre Bedeutung für ihn war langsam gewachsen. Als er anfing, von englischem Regen zu träumen – wirklich zu träumen –, von Mädchen ohne Schulterpolster, von Hefeaufstrich auf Toast und von Leuten, die noch nie eine Psychoanalyse gemacht hatten, da wußte er, daß es an der Zeit war, nach Hause zurückzukehren.

Im Eßzimmer wurde währenddessen Izzys stetig wachsendes Interesse an Sam von Gina mit an Entsetzen grenzender Ängstlichkeit beobachtet. Das Essen war noch nicht mal beendet, und sie hatten bereits eine lockere Umgangsform miteinander erreicht.

Sie nippte an ihrem Wein und spähte über den kerzenerleuchteten Tisch zu Izzy hinüber, die sich offenbar pudelwohl fühlte. Und sie ließ alles auch noch so mühelos aussehen, dachte Gina verstimmt. Warum, weil sie einfach eine überwältigende Ausstrahlung hatte. Sie hätte Jahre gebraucht, um jemanden gut genug zu kennen, daß sie ihm die Art von Fragen gestellt hätte, die Izzy schon nach Stunden stellte.

»Aber wie kannst du nur sechs Jahre in New York verbracht haben und immer noch nicht verheiratet sein?« fragte Izzy gerade, schob ihre Ärmel hoch und lehnte sich mit ihren braunen Armen auf den Tisch. Träge pickte sie ein Stück Zucchini vom Gemüseteller, hielt kurz inne, um es entsprechend zu bewundern, und steckte es dann in den Mund. »In New York heiratet einfach jeder.«

»Vielleicht bin ich schwul.« Sam zog amüsiert die Augenbrauen hoch.

»Bist du aber nicht.«
»Mum«, sagte Katerina warnend. »Das weißt du nicht. Hör auf, es wird langsam peinlich.«
»Natürlich ist er nicht schwul«, sagte Izzy mit einer ungeduldigen Handbewegung. »Jetzt komm schon, Sam, erzähl uns alles. Hast du New York wegen einer Frau verlassen? War es wahre Liebe? War's übel? War sie zu reich oder zu arm? War sie...«
Sie wollte schon sagen »verheiratet« und hielt sich gerade noch rechtzeitig zurück, aus Rücksicht auf Ginas Gefühle. Sam durchschaute sie und sprang mühelos in die Bresche: »Sie war äußerst hartnäckig. Wirklich der Traum jedes Seemanns. Eine, die nicht aufgeben wollte.«
»Aufdringlich«, meinte Izzy und versorgte sich mit einem zweiten Stück Zucchini. Dann grinste sie. »Das könnte ich nicht.«
»Meine Mutter«, stöhnte Katerina. »Das scheue Wesen in Person.«

»Ich möchte nicht, daß das witzig klingt«, begann Gina, knetete ihre Finger, und man sah ihr an, daß sie sich in ihrer Haut tatsächlich nicht wohl fühlte.
»Wenn das so ist«, antwortete Izzy trocken, »dann werd ich nicht lachen.«
Gina kannte Sam lange genug, und sie war sich seiner Wirkung auf Frauen nur allzu bewußt. In seiner Gegenwart vergaßen sie einfach, wie man nein sagte. Und nun konnte sie direkt zusehen, wie das ganze Spiel abzulaufen begann, direkt hier, in ihrem eigenen Haus. Izzy in die Küche zu locken, um mit ihr allein sprechen zu können, war noch einfach gewesen. Die richtigen Worte zu finden für das, was sie sagen mußte, war schon nicht mehr so einfach.

»Sieh mal, das mag jetzt nicht sonderlich fair klingen«, begann sie, machte eine Pause und atmete tief durch. Ihre Finger zerfetzten gerade eine Papierserviette.

»Jedenfalls ist es frustrierend«, bemerkte Izzy gutgelaunt, »darauf zu warten, was *das* nun eigentlich ist.«

»Sam ist ein sehr attraktiver Mann«, stieß Gina hervor, und Izzy riß die Augenbrauen hoch.

»Mein Gott, ich glaub's nicht«, lachte sie. »Du bist heimlich verrückt nach ihm, und du willst, daß ich ein paar Worte für dich einlege. Gut, sag nichts mehr ... ich werde die Diskretion selbst sein, und bevor du es auch nur bemerkst, wirst du ...«

»Nein!«

Izzy lächelte noch. Gina war wirklich leicht zu erschrecken. »Gut«, sagte sie, »wenn es das nicht ist, was ist es dann?«

»Ich habe gesehen, wie ihr euch anschaut.« In ihrem Kummer sprudelten die Worte nur so hervor. »Ich könnte es nicht ertragen, wenn du und Sam ...«

»Wenn wir *was*?«

»Etwas anfangen würdet«, sagte Gina unglücklich. »In meinem Haus. Mein Mann hat mich verlassen, wegen einer anderen Frau, mir ist es noch nie in meinem Leben so schlecht gegangen, ich könnte das einfach nicht ertragen.« Sie zögerte und fuhr dann mit leiser Stimme fort. »Tut mir leid, ich kann nicht anders. Ich hab dich gewarnt, daß das, was ich zu sagen hätte, nicht fair sein würde.«

Izzy versuchte, ihre Bestürzung zu verbergen, aber es gelang ihr nicht. Sie starrte auf die kleinen Töpfe mit Mousse au chocolat, die auf dem Küchentisch aufgereiht standen, und bemerkte, daß sie keinen Hunger mehr hatte. »Du willst, daß Kat und ich ausziehen.«

»Das habe ich nicht gemeint.« Gina, die verlegener war als je zuvor, schüttelte ihren Kopf. »Aber nein, ich möchte wirklich nicht, daß ihr auszieht. Ich möchte nur nicht, daß du und Sam ... etwas miteinander anfangt. Ich möchte mich in meinem eigenen Haus nicht wie ein Anstandswauwau fühlen.«

»Und wenn ich verspreche, ihn in Ruhe zu lassen, dann bist du glücklich?« Diesmal mußte Izzy ihr Lächeln verbergen. Hielt Gina sie für eine absolute Nymphomanin?

»Ich hab vergessen, wie man glücklich ist«, sagte Gina ungeheuer erleichtert. Da Izzys Amüsement seine Wirkung auf sie nicht verfehlt hatte, zuckte sie die Achseln und bemühte sich auch um ein kleines Lächeln. »Sagen wir mal, ich werde erträglicher sein.«

9

»Ganz schön unverschämt«, protestierte Katerina am folgenden Morgen. Sie wusch gerade die Reste der Mousse au chocolat ab und schrubbte die Schale. »Das ist gefühlsmäßige Erpressung.«

»Finanzielle Erpressung«, korrigierte Izzy, die eine Schachtel Goldpailletten herausgeholt hatte und sie auf ein dunkelblaues T-Shirt-Kleid nähte, so daß sie von ihrer linken Schulter bis rechts zur Taille reichten. »Sie weiß, daß wir es uns nicht leisten können auszuziehen.«

Katerina sah sie altklug an. »Er sieht ziemlich gut aus. Hat das deine Pläne durchkreuzt? Wirst du jetzt viktorianisch sittenstreng?«

»Überhaupt nicht. Es ist ziemlich aufregend.«

»Hm.« Katerina war nicht überzeugt. »Klingt für mich nicht besonders aufregend.«

»Du bist noch zu jung, um das zu verstehen«, teilte Izzy ihr freundlich mit. »Männer wie Sam sind nicht daran gewöhnt, nicht zu bekommen, was sie wollen. Ich werde ihn blenden und neugierig machen, und je länger er warten muß, um so größer wird die Versuchung sein. Es wird sicherlich ein großartiger Spaß.«

»Woher willst du das wissen?« Katerina wischte den Löffel ein letztes Mal ab. »Du hast dir noch nie große Mühe gemacht, einen zu kriegen.«

Izzy wirkte gelassen. »Mach dir keine Sorgen, es funktioniert immer. Ich habe es in Liebesromanen gelesen.«

Sam hätte problemlos den ganzen Tag durchschlafen können, aber er wußte aus Erfahrung, daß der einzige Weg, dem Jetlag ein Schnippchen zu schlagen, war, ihn zu ignorieren. Außerdem hatte er viel zu tun.

»Oh, du gehst aus?« fragte Gina ängstlich, als er mittags nach unten kam, in einem zerknitterten weißen Hemd und Jeans. Seine Haare waren noch naß von der Dusche. Mit seiner tiefen Hawaii-Bräune und den sonnengebleichten Haaren sah er noch exotischer aus als sonst, und Gina überlegte unglücklich, wie um alles in der Welt sie ernsthaft von Izzy erwarten konnte, daß sie seinem Charme gegenüber immun blieb.

Sie war nervös, weil sie wußte, früher oder später würde er Andrew treffen, wandte den Blick ab und beschäftigte sich eingehend mit der Kaffeemaschine. »Schwarz oder mit Milch? Wenn du Hunger hast, mache ich dir ein Schinkenbrötchen ...«

»Ich möchte nicht, daß du auf mich wartest«, sagte Sam, der genau wußte, was sie beschäftigte. Er nahm ihr die Dose mit dem Kaffeepulver aus der Hand, schob sie sanft zu einem Stuhl und bemerkte dabei, wieviel Gewicht sie

verloren hatte. »Und wenn hier einer Schinkenbrötchen benötigt, dann bist du das.«
»Ich habe im Moment nicht soviel Appetit«, murmelte Gina. Dann fügte sie abwehrend hinzu: »Keine Angst, ich bin nicht magersüchtig.«
Sam nickte. »Gut, genehmigt, unter diesen Umständen.«
Gina ließ sich jedoch nicht ablenken. Abrupt sagte sie: »Ich weiß immer noch nicht, wohin du willst. Hast du schon mit Andrew gesprochen?«
»Nein.« Sam hatte die Absicht, ihn heute nachmittag anzurufen, deshalb konnte er wahrheitsgemäß antworten. »Ich gehe in den Club. Und ich muß mich um einen fahrbaren Untersatz kümmern – ich werde vorläufig einen Wagen mieten – und dann, dachte ich, seh ich mich nach einer Wohnung um. Wer weiß«, fügte er scherzhaft hinzu, »am Schluß wohne ich gleich nebenan. Ist das nicht ein grauenerregender Gedanke?«
»Nein, überhaupt nicht«, sagte Gina, die spürte, daß er sie aufmuntern wollte. Sie gab ihm einen schnellen, unbeholfenen Kuß auf die Wange und meinte: »Und du mußt dich mit dem Wohnungsuchen nicht so beeilen. Kauf nicht einfach das nächstbeste. Es ist schön, dich hierzuhaben.«
Ihre absolute Unfähigkeit zu lügen war eine ihrer gewinnendsten Eigenschaften. Sam zauste ihr weiches, blondes Haar und sagte: »Danke, mein Schatz.« Dann grinste er und fügte hinzu: »Aber laß dir eines gesagt sein. Solltest du darüber nachdenken, in die Politik zu gehen, tu's nicht.«

Alte Freundschaften sterben nur schwer, und Sam hatte keinerlei Absicht, Andrew seines Handelns wegen zu kritisieren. So etwas passierte, jeden Tag mußten langdau-

ernde Ehen dran glauben, und Sam hatte nicht vor, irgendwelche Schuldzuweisungen zu verteilen. Langfristig konnte sich genausogut herausstellen, daß es das beste gewesen war, was beiden, Gina und Andrew, überhaupt passieren konnte.
Solange Andrew, überlegte er nüchtern, als er in seinem extrem sauberen, neu gemieteten Auto den Barbican entlangfuhr, nicht den größten, dümmsten Fehler seines Lebens begangen hatte.

Die Tapas-Bar war ziemlich voll jetzt nach Feierabend, die Leute tranken noch schnell etwas, bevor sie sich auf den Heimweg machten. Obwohl draußen ein paar Tische frei waren – es war ein milder, sonniger Nachmittag, einer der ersten der Saison –, hatte Andrew es offenbar vorgezogen, im Dämmerlicht des Lokals zu sitzen. Als er eine Flasche Rioja und eine Schüssel Tapas bezahlte, bemerkte Sam, daß er ebenfalls Gewicht verloren hatte; sein graphitgrauer Anzug war ihm zu groß, und der Hemdkragen lag lose um den Hals. Es war sechs Monate her, daß er ihn gesehen hatte, und er wirkte um fünf Jahre älter.
»Nun, bist du glücklich?«
Andrew füllte ihre Gläser und zog eine Grimasse. »Ich hab's getan, also muß ich wohl? Jetzt ist es zu spät, meine Meinung zu ändern.«
Sam sagte nichts und wartete, daß er fortfuhr. Er war schon immer gut darin gewesen, anderen Leuten zuzuhören.
»Du wirst sie kennenlernen«, sprach Andrew weiter und sah auf die Uhr. »Sie kommt um halb sieben hierher. Gott... ich weiß nicht... ich dachte, ich liebe sie, aber es ist nicht leicht. Wenn Gegensätze sich wirklich anziehen,

würden sie und Gina sich prima verstehen. Weißt du, daß sie nicht ein einziges Mal gekocht hat, seit ich in der Wohnung bin?«

»Arbeitet sie?« fragte Sam sanft und versuchte, nicht zu lächeln.

»Sie hat an dem Tag gekündigt, an dem ich Gina verlassen habe. Sie macht auch nichts im Haushalt... sie macht überhaupt *nichts*.« Andrew verschüttete vor Erregung seinen Wein. »Zum Teufel, wir hätten einen schönen Ausblick, wenn wir durch die Fenster etwas sehen könnten. Statt dessen gehen wir aus; ich habe schon ein Vermögen in italienischen Restaurants ausgegeben, weil sie Gelüste nach *Spaghetti alle vongole* entwickelt hat, und wir verbringen die Abende damit, uns gegenseitig zu versichern, wie glücklich wir sind, daß wir uns gefunden haben. Dann gehen wir zurück in die Wohnung und vögeln wie die Verrückten. Danach«, schloß er lahm, »schläft Marcy ein, und ich bügle mein Hemd für den nächsten Tag.«

»Was denkst du, ist *sie* glücklich?« fragte Sam und kämpfte nun wirklich darum, einen ernsten Gesichtsausdruck zu wahren.

»Ist der Papst Katholik?« gab Andrew zurück. »Natürlich ist sie glücklich – sie macht nichts, was sie nicht machen möchte, sie hat alles, was sie sich je gewünscht hat...«

»Was wirst du also tun?«

Andrew spreizte verzweifelt seine Hände. »Hab ich noch nicht genug getan? Sie wird mein Kind zur Welt bringen – denn sie hat sich nicht mal die Mühe gemacht, auch nur daran zu denken, daß sie die verfluchte Pille nicht vergißt – und ich habe meine Frau verlassen. Da gibt's für mich nichts mehr zu tun, außer damit zu leben.« Er schüttelte den Kopf, leerte dann sein Glas und schob die

Schüssel mit den Tapas weg, ohne sie auch nur berührt zu haben. »Lust ist nicht Liebe, Sam. Laß dir das von einem Experten gesagt sein, und sei nie so verrückt, sie dafür zu halten.«

Marcy kam spät, mit wiegenden Hüften betrat sie um zehn vor sieben die dunkle Bar. Sams erster Gedanke war, daß Andrew nicht gescherzt hatte, als er sagte, Gina und Marcy seien absolute Gegensätze. Die Schwangerschaft war noch nicht soweit fortgeschritten, nichtsdestoweniger war sie entschieden plump; ihre Beine, in hellgrauen Strumpfhosen, erinnerten ihn an diese in Stein gehauenen, pausbäckigen Engel, die um Brunnen herumtanzten, und ihr rosa Lambswoolpullover spannte über einem beeindruckenden Busen. Obwohl sie ein unleugbar hübsches Gesicht hatte – rosafarbene Wangen, große graue Augen und einen schmalen Kirschmund –, ihr schulterlanges dunkelbraunes Haar sah ungekämmt aus, und das einzige Make-up, das sie anscheinend trug, waren die Reste der Wimperntusche von gestern, unter ihren Augen verschmiert.

Sie war jedenfalls nicht das, was er erwartet hatte, und zum ersten Mal in seinem Leben wurde Sam von dem Abgrund, der zwischen seinen Erwartungen und der Realität klaffte, aus dem Gleichgewicht gebracht. Marcys leise, absolut gekünstelte Stimme, ihre einschläfernden Bewegungen und die langsame, monotone Bedächtigkeit, mit der sie sich durch vier Schüssel Tapas aß, alles zusammen vermittelte den Eindruck, als wären ihre Batterien fast leer. Nicht daß sie etwas Falsches gesagt hätte; sie war die Freundlichkeit in Person und lächelte sogar, wenn es angebracht war. Nur, Sam konnte sich beim besten Willen nicht vorstellen, daß sie je soviel Energie aufbringen könnte, wirklich zu lachen.

»Sie wohnen also momentan bei Gina«, bemerkte sie, als sie das letzte Salatblatt mit einem Stück krustigen Brotes verschlungen hatte. »Was für einen Eindruck macht sie auf Sie? Arme Gina, wir machen uns solche Sorgen um sie. Wird sie gut damit fertig?«

Sam stellte sich Ginas Reaktion vor, sollte sie je herausfinden, daß sie Marcys Mitgefühl besaß. Das gäbe gewaltigen Aufruhr, mutmaßte er.

»Tatsache ist«, antwortete er leichthin, »daß sie außerordentlich gut damit fertig wird.«

»Es muß schrecklich für sie sein«, fuhr Marcy fort, schob ihr Haar aus dem Gesicht und nahm einen Schluck Perrier. »Ich hoffe, Sie können unsere Situation verstehen. Wir haben das nicht beabsichtigt ... es ist einfach passiert. Das letzte, was ich wollte, ist, jemand anders weh zu tun, aber wenn Leute sich verlieben, dann sind sie machtlos dagegen, Sam.« Nach einer kleinen Pause lächelte sie Andrew an. »Vollkommen machtlos.«

»O Kat, du mußt unbedingt in den Club kommen«, flehte Izzy. »Sam hat uns eingeladen. Es wird wundervoll.«

»Simon und ich haben eine Menge zu arbeiten«, antwortete Katerina ruhig. Sie wickelte einen langen, marineblauen Schal von ihrem Hals, knallte einen Stapel Bücher auf den Küchentisch und deutete Simon, er solle sich setzen.

Simon war von der Einladung in Bann geschlagen und wie immer von Izzy überwältigt. »Vielleicht könnten wir nur kurz...«

»Nein, können wir nicht...« Katerina brachte ihn mit einem Blick zum Schweigen. »Eine Nacht im *Chelsea Steps* wird für mein Leben nicht halb so förderlich sein wie ein

guter Abschluß in Physik. Du brauchst mich gar nicht so anzuschauen, Simon – ich denke nur praktisch.«
Manchmal, dachte Simon düster, war Kat eine verfluchte Spur zu praktisch. Er spähte zu Izzy rüber, sie möge ihn unterstützen, aber er wurde wieder enttäuscht, denn sie zuckte nur die Achseln und sagte: »Sie ist nicht meine Tochter. Ich habe das falsche Baby aus dem Krankenhaus mit nach Hause genommen, das weiß ich. Irgendwo da draußen in der großen weiten Welt ist meine richtige Tochter und amüsiert sich.« Dann, quasi als Entschuldigung, warf sie beiden eine Kußhand zu. »Schätzchen, ich hoffe, ihr verbringt einen ganz reizenden Abend. In der Zwischenzeit werden wir alten Greise auf unserem Weg zum Grab noch versuchen, uns ein wenig zu amüsieren. Wo hab ich denn nur meine Seniorenkarte hingelegt…?«

10

Um halb elf war das *Chelsea Steps* beinahe voll. Sam hatte seine kurze geschäftliche Besprechung mit Toby Madison beendet und sich versichert, daß während seiner Abwesenheit alles glatt verlaufen war, und jetzt machte er sich wieder mit alten Freunden vertraut. Izzy war in ihrem Element, sie war gerade in ein angeregtes Gespräch mit einem Rennfahrer vertieft, dessen rechter Arm in Gips war. Gina war kurz allein an der Bar und überlegte, ob sie sich je in ihrem Leben unwohler gefühlt hatte.
Es war einfach nicht fair, dachte sie traurig. Jeder andere schien in der Lage zu sein, sich völlig mühelos auf das Ambiente eines Nachtclubs einzustellen; war sie die einzige, die dazu völlig unfähig war? Als Andrews Frau war sie eine angemessene Gastgeberin gewesen, wenn nicht

sogar eine brillante, aber hier... jetzt... sie konnte sich noch nicht einmal vorstellen, wie man das machte. So verkehrten Singles in Gesellschaft miteinander – das war es, worin sich Singles wie Sam und Izzy auszeichneten –, aber sie war zu lange verheiratet gewesen, um sich noch daran zu erinnern, wie es war, ein Single zu sein. Sie beherrschte es nicht. Sie wollte nur noch nach Hause gehen, ins Bett kriechen und so tun, als wäre in den letzten paar Monaten nichts geschehen.

Einen Augenblick später tauchte Sam plötzlich neben ihr auf. »So schlimm, hm?«

»Das... das ist ein reizender Club«, stammelte Gina, die nicht wollte, daß er sie für eine völlige Versagerin hielt. Sie deutete auf das mitternachtsblaue und bronzefarbene Dekor rund um sich und sagte: »Und er geht offenbar gut. Alle amüsieren sich... haben ihr Vergnügen... ich lese immer in der Zeitung davon...«

»Du brauchst dich nicht schuldig zu fühlen, bloß weil du dich nicht amüsierst«, sagte er liebenswürdig. »Tut mir leid, ich hätte dich nicht dazu überreden sollen mitzukommen.«

»Ich glaube nicht, daß ich ein besonders geselliger Mensch bin«, meinte Gina verzagt. »Izzy amüsiert sich prächtig, und bei ihr sieht alles so einfach aus.«

»Sie hat auch genug Übung«, antwortete Sam trocken, seinen Blick auf Izzy gerichtet. Paillettenglitzernd strebte sie an der Seite des Rennfahrers gerade der Bar zu auf der Suche nach einer weiteren Flasche Champagner. So stark Sam sich anfangs auch zu ihr hingezogen gefühlt hatte, war er doch nicht blind gegenüber ihren Fehlern. Unter den gegebenen Umständen wäre es das mindeste gewesen, Gina Gesellschaft zu leisten. Er nahm Ginas Arm und sagte: »Komm, laß uns nach Hause gehen.«

Sie sah erschrocken hoch. »Wir können Izzy nicht allein lassen.«
»Warum nicht?« fragte Sam gelassen. »Sie hat dich allein gelassen.«
Der Gedanke, Sam und Izzy könnten eine Affäre haben, hatte Gina mit Schrecken erfüllt, aber die Aussicht auf Reibereien zwischen den beiden war noch unangenehmer. Sie nahm Izzy in Schutz und sagte: »Nur für ein paar Minuten, ehrlich.«
Er grinste. »Keine Panik. Ich hab dir nicht vorgeschlagen, sie auf die Straße zu setzen. Ich sage nur, daß sie ab und zu ein wenig gedankenlos sein kann. Loyal«, gestand er zu, denn die verbale Attacke, die sie letzte Nacht gegen ihn losgelassen hatte, hatte er noch frisch im Gedächtnis, »aber trotzdem gedankenlos.«
»Aber wir können sie nicht einfach im Stich lassen«, protestierte Gina schwach. »Und du willst auch nicht gehen. Warum nehme ich nicht einfach ein Taxi? Mir geht's prima, wirklich.«
»Jetzt halt den Mund«, sagte Sam liebevoll. »Komm schon, wir sagen Izzy, daß wir gehen. Sie ist ein großes Mädchen. Ich bin sicher, sie findet allein nach Hause.«

Nur Katerina Van Asch konnte drei geschlagene Stunden damit verbringen, den menschlichen Reproduktionsprozeß zu diskutieren – und zwar bis in Details, die einen schwindelig machen konnten –, ohne auch nur einen Gedanken daran zu verschwenden, was das bei ihrem Mitlerner auslösen könnte. Simon war langsam wirklich frustriert.
»So«, sagte sie gerade und griff über den Samtteppich rüber zu der Schüssel mit der Lakritzmischung, »laß uns das noch mal durchgehen. Ich bin immer noch nicht

ganz glücklich über unseren Stand bei den Testosteronen.«
Simon war über den Stand seiner eigenen Testosterone nicht glücklich, denn der war sprunghaft angestiegen; er war sich sicher, daß das nicht gut für seine Gesundheit sein konnte. Er setzte sich auf und warf ihr einen vorwurfsvollen Blick zu.
»Was ist los?« fragte Katerina, die sich gerade umdrehte und seinen Blick bemerkte. Sogar in ihrem abgetragenen orangefarbenen Sweatshirt, einem kurzen gelben Rock und einer dunkelgrünen Wollstrumpfhose sah sie unwiderstehlich aus. »Simon, was ist heute abend nur mit dir los? Du konzentrierst dich überhaupt nicht.«
Simon nahm seinen ganzen Mut zusammen, warf sein glattes blondes Haar zurück und sagte: »Denkst du, es wäre vernünftig, in eine wichtige Matheprüfung zu gehen, ohne jemals eine mathematische Gleichung gelöst zu haben?«
Er war heute abend wirklich in einer seltsamen Stimmung, beschloß Katerina. Doch sie ließ ihm seinen Willen und antwortete ergeben: »Nein, natürlich nicht.«
»Oder ... eine Chemieprüfung, wenn du nie selbst einen Versuch durchgeführt hast?«
»Nein.«
»Aber du erwartest, Biologie zu bestehen, nur auf Grund dessen, was du aus den Büchern gelernt hast«, fuhr er hartnäckig fort und wurde etwas rot. »Ist das nicht ... unlogisch?«
Katerina hatte einige Sekunden über sein Argument nachgedacht und grinste dann über das ganze Gesicht. »Du meinst, ich sollte dich umbringen und dann deinen Körper mit Ginas bestem Tranchiermesser und ihrer Augenbrauenpinzette sezieren? Simon, das ist wirklich großzügig von dir, aber ...«

Im nächsten Moment hatte er seine Arme um sie geschlungen, seinen Mund auf ihren gepreßt, und sein rasendes Herz pochte an ihrer Brust. Katerina war erstaunt und hätte beinahe laut aufgelacht, spürte aber, daß das nicht gerade diplomatisch gewesen wäre. Sie mochte zwar wenig Erfahrung haben, aber trotzdem wußte sie, daß Küssen und Lachen nicht zusammenpassen. »Ich liebe dich, Kat«, murmelte Simon und konnte kaum glauben, daß seine Träume nun doch noch wahr wurden. »Du mußt wissen, wie sehr ich dich liebe, es macht mich schier verrückt...«
»Und du denkst, wir hätten eine Chance, unsere Note zu verbessern, wenn wir ein bißchen praktische Erfahrung auf diesem Gebiet hätten«, sagte sie und machte sich freundlich von ihm los. Wenn das alles war, was sexuelle Leidenschaft sein sollte, dann würde sie eine Lakritzmischung vorziehen.
»Simon, es ist lieb von dir, dieses Angebot, aber ich kann wirklich nicht. Es wäre... irgendwie nicht richtig.«
»O verflucht«, murmelte Simon unglücklich. Ihm wurde klar, daß er soeben all seine Chancen bei Katerina – vielleicht seine einzige Chance – verspielt hatte. Er ließ sich zurück auf seinen Ellenbogen fallen und schaute mürrisch auf den Stapel Bücher vor dem Kamin. »Ich vermute, du willst mich jetzt nie wieder sehen.«
»Sei nicht bescheuert«, antwortete sie lächelnd und schob ihm seine halbvolle Bierdose hinüber. »Du bist mein bester Freund, oder etwa nicht?«
Sein Gesichtsausdruck war immer noch trotzig. »Ich wäre lieber dein richtiger Freund.«
»Nein, wärst du nicht.« Sie drückte seine Hand. »Ich bin eine siebzehnjährige Jungfrau und obendrein vermutlich frigide. Dagegen kann ich nichts machen; vielleicht rebelliere ich unbewußt gegen meine Erziehung. Aber es ist

nicht deine Schuld, okay?« beharrte sie, diesmal eindringlicher. »Es ist meine.«
»Eines Tages«, sagte Simon resigniert, »wird irgendein Mann auftauchen und dein Herz im Sturm erobern, und du wirst nicht wissen, was dich erwischt hat.«
»Er wird nicht wissen, was ihn erwischt hat«, antwortete Katerina munter. »Aber es werden wahrscheinlich meine Physikbücher sein. Ich hab's dir gesagt, Simon, ich bin einfach nicht für dieses ganze Liebe-und-Sex-Geschäft geschaffen. Das bin einfach nicht ich.«

Einzig und allein ein bißchen gute, altmodische, erotische Anziehungskraft konnte einem auf die Sprünge helfen, dachte Izzy, als sie am nächsten Morgen ihr linkes Bein betrachtete, mit dem sie offenkundig keine Sprünge machen konnte. Aber obwohl das erotische Knistern noch da war – zumindest was sie betraf –, so schien doch der Plan der letzten Nacht irgendwie völlig danebengegangen zu sein. Sie hatte mit Nicky Holmes-Pierce geschwatzt, einem Rennfahrer, der sie verehrte und gleichzeitig der Exehemann einer ihrer ältesten Freundinnen war, und sie hatte gehofft, damit Sam zu beweisen, daß sie nicht allzu versessen auf ihn war; als Nebeneffekt sollte doch sein Interesse geweckt werden. Statt dessen hatte er jedoch einfach mit Gina den Club verlassen und schien diesen Morgen, bis jetzt, völlig desinteressiert. Dabei hatte sie sich sogar geschminkt.
Die Sonne schien durchs Küchenfenster, und er, er hockte vor einem Haufen von Prospekten von Immobilienmaklern, die über den Küchentisch verstreut waren, und ignorierte sie total. Gina war einkaufen gegangen, Katerina in der Schule, und der lockere, kumpelhafte Umgang,

den sie bisher gepflegt hatten, war ernsthaft gefährdet. Izzy war in Gefahr, jegliches Vertrauen in Liebesromane zu verlieren.

»Ich könnte dir helfen, eine Wohnung zu finden, wenn du möchtest«, bot sie an, schwang mit ihrem gesunden Bein gegen ihren Stuhl und bemühte sich, das Gleichgewicht wiederherzustellen.

Ohne auch nur zu ihr hinzusehen, meinte Sam: »Ich hatte gedacht, du wärest zu beschäftigt damit, irgendeinen Job zu suchen.«

Reizend, dachte Izzy. Laut sagte sie: »Warum, macht Gina sich Sorgen um ihre Miete?«

»Sie hat nichts gesagt«, antwortete Sam ruhig. »Dazu hat sie zu gute Manieren. Vielleicht dachte ich deshalb, ich sollte es mal erwähnen.«

Sie warf mit einem Ruck ihr Haar zurück und sagte verärgert: »Ich hatte einen Job, genau bis zu dem Moment, als diese Verrückte mit ihren schrecklich guten Manieren in mein Leben raste. Der Unfall war nicht meine Schuld, das weißt du.«

»Ich weiß.« Sam lächelte, weil sie so entrüstet aussah. Aber er ließ sich nicht ablenken. »Und ich bin sicher, du würdest ihre Großzügigkeit nicht ausnützen«, fuhr er nun sanfter fort. »Aber ich habe Gina sehr gern, und sie hat gerade einiges durchgemacht. Sie braucht möglichst viel Unterstützung.«

»Ich glaube, mir springt gleich der Draht aus dem BH«, entgegnete Izzy scharf, und ihre dunklen Augen blitzten.

Du trägst nicht mal einen, dachte Sam und bewunderte die Konturen ihrer Brüste, die sich unter dem Khaki-Hemd abzeichneten. Er nahm die Adressenliste und stand auf. »Okay, sei nicht eingeschnappt. Willst du nun mitkommen oder nicht?«

»Bist du wieder eklig zu mir?« Izzy betrachtete ihn mißtrauisch.
»Nur dann, wenn es das ist, was du wirklich willst.«
Die Spannung war weg. Sie grinste plötzlich. »Ich würde unerhörte Schmeichelei vorziehen, falls du das einrichten kannst.«
»Unerhörte Schmeichelei«, sagte Sam nachdenklich, als er ihr die Tür aufhielt und sie mit unbewegtem Gesicht durchwinkte. »In dem Fall sollte ich dir sagen, daß ich dich heute morgen im Badezimmer singen gehört habe, und ich muß gestehen, ich war beeindruckt. Sogar sehr beeindruckt. Du hast eine außergewöhnliche Stimme, Miss Van Asch, wirklich überwältigend...«
»Schwachkopf.« Izzy lachte schallend. »Das war Liza Minelli im Radio.«

11

Zwei Stunden lang waren sie von einer Wohnung zur nächsten gefahren, alle in sehr guten Londoner Gegenden. Sam schaute sie nur kurz an und lehnte sie ab; alles Wohnungen, für die Izzy ihr letztes Hemd geopfert hätte. Schließlich fand Sam, wonach er gesucht hatte. Die Wohnung lag im obersten Stockwerk eines vornehmen, aber nicht protzigen, flachen Wohnblocks im Holland Park. Sie war hell, sehr geräumig und verfügte über einen spektakulären Ausblick auf den Park.
»Ja, die ist es«, sagte er nach seiner Besichtigungsrunde durch die Schlafzimmer. Er stand mitten im großen Wohnzimmer, die Hände in die hinteren Taschen seiner Levi's gesteckt, sah durch die zimmerhohen Fenster auf den Park und nickte noch mal bestätigend. Dann wandte

er sich an den Makler, dem es die Sprache verschlagen hatte: »Ich nehme sie.«
Sam dabei zu beobachten, wie er sich eine Wohnung suchte, war eine erbauliche Erfahrung. Izzy war begeistert, wie leicht ihm das gefallen war, und sagte bewundernd: »Ich habe Männer gekannt, die länger brauchten, um sich für ein neues T-Shirt zu entscheiden.«
»Ach, aber ich weiß, was ich will«, sagte Sam, und seine Augen funkelten amüsiert. »Und ich weiß, was ich mag. Warum sollte ich also Zeit verschwenden?«
Izzy schauderte unwillkürlich und überlegte, ob er – unter der supercoolen Fassade – sie wollte. Der Gedanke war außerordentlich faszinierend. Verflucht, dachte sie, sie hätte jetzt alles darum gegeben, nicht in diesem Gips zu stecken...
Da gerade Mittagszeit war, gingen sie in ein nahegelegenes Weinlokal zum Feiern. Sam zog die Augenbrauen in die Höhe, als Izzy eine sehr teure Flasche Wein bestellte.
»Keine Panik«, sagte sie spöttisch, stöberte in der Tasche nach ihrer Geldbörse und schwenkte sie vor seinen Augen. »Wir haben alles, was wir brauchen. Außerdem könnten wir ohnehin nicht schnell abhauen und die Zeche prellen.«
Sam war klar, daß sie ihm etwas beweisen wollte. Er nickte zustimmend und lehnte sich in seinem Stuhl zurück.
»Okay, wenn du dir sicher bist.«
»Ich bin mir sicher«, sagte Izzy und vertiefte sich in die Speisekarte. »Du bist hier nicht der einzige, der weiß, was er will... ich will Hummersalat. Komm schon, such dir was Schönes aus. Das geht auf meine Rechnung.«
Sam zog eine Augenbraue hoch. »Hast du Kreditkarten geklaut?«

»Mr. Sheridan, Sie haben wirklich eine schmutzige, argwöhnische Phantasie.« Sie warf ihm einen warnenden Blick zu und blinzelte dann. »Nur kleine goldene.«

»So, jetzt erzähl mal«, sagte sie fünf Minuten später, »wie geht's Andrew? Hast du den Kerl getroffen? Ist es wirklich die größte Liebesgeschichte aller Zeiten?«
»Woher wußtest du, daß ich ihn gesehen habe?« entgegnete Sam überrascht.
Izzy zuckte die Achseln. »Das war anzunehmen, oder nicht? Er ist dein Freund, und du verschwendest gewöhnlich keine Zeit. Du hast ihn sehen müssen.«
»Ich schätze, ja.« Er lächelte und gab ihr recht. Er mochte Frauen, die auf Draht waren. »Es läuft nicht so besonders. Wenn Marcy nicht schwanger wäre, wäre er wie der Blitz wieder bei Gina.«
Izzy rührte hingebungsvoll mit einem Finger in ihrem Wein und meinte: »Dann hat Gina ja Glück, daß Marcy schwanger ist. Andernfalls wäre sie vielleicht so dumm, ihn wieder zu nehmen.«
»Und du und Katerina, ihr müßtet euch eine andere Wohnung suchen«, bemerkte Sam trocken.
Izzy wurde böse. »Das war jetzt ziemlich billig. Zufällig habe ich keine besonders hohe Meinung von Männern wie Andrew Lawrence, er ist ein Mistkerl erster Güte.«
»Hat dein Mann dich wegen einer anderen Frau verlassen?«
»Mich?« Sie war überrascht, tat es dann aber mit einem Schulterzucken ab.
»Kats Vater hat mir angeboten, mich zu heiraten, falls du dir darüber Gedanken machst, aber ich habe ihm einen Korb gegeben – sehr höflich – und bin rechtzeitig ausgestiegen.«

»Warum?« fragte Sam interessiert.
»Weil ich früher oder später wie Gina geendet wäre.« Sie machte eine Pause, nippte an ihrem Drink und fügte hinzu: »Und weil er bereits verheiratet war, als ich ihn kennenlernte.«
»Hm.«
»Ich wußte das damals nicht. Ich war achtzehn und ziemlich naiv, und als ich herausfand, daß er eine Frau hatte, war's schon zu spät; ich war bereits schwanger. Ende der häßlichen Geschichte«, erklärte Izzy, als der Kellner mit ihrem Essen kam. »Und schau mich nicht so an, denn es war nicht tragisch und hat mein Leben nicht ruiniert. Ich habe eine bessere Tochter, als man sie sich als Mutter nur wünschen kann, und die Erfahrung hat mich alles gelehrt, was man über Männer wissen muß. Ich hab es dir nur erzählt, damit du verstehst, warum ich so hart über Gina und Andrew denke. Und du hast noch nichts über Marcy gesagt«, beschwerte sie sich und lenkte ihn so geschickt wieder zurück zum eigentlichen Thema. Sie nahm eine Hummerschere, neigte den Kopf zur Seite und sagte: »Du hast sie doch getroffen? Also, wie ist sie, total bescheuert?«

»Das Leben ist wirklich hart«, sagte Katerina spöttisch, als sie nach dem Abendessen abspülte. Izzy lehnte am Abtropfgestell und trocknete Teller ab, während sie sie mit Einzelheiten ihrer Erlebnisse des Tages unterhielt.
»Die Wohnung ist so was von schön«, erzählte sie enthusiastisch. »Die Wohnungen waren alle schön... überleg mal, mein Schatz, eines Tages, wenn wir unermeßlich reich sind, dann werden wir in einem Apartment leben, das genauso märchenhaft ist wie das von Sam. Wäre das nicht super?«

»Entschuldige meine Mutter bitte, sie ist eine unheilbare Traumtänzerin.«
Katerina grinste Sam an, der gerade in die Küche gekommen war. Dann wandte sie ihre Aufmerksamkeit wieder Izzy zu, und ihr Gesichtsausdruck veränderte sich. Sie sah plötzlich alarmiert aus.
»Mum, deine Goldkette – du trägst sie nicht!«
Izzys Hand griff automatisch zu ihrem V-Ausschnitt. Dann zuckte sie die Achseln. »Ich muß sie oben gelassen haben.«
»Aber du nimmst sie doch nie ab«, begann Katerina. »Immer ...«
»Sie ist oben«, wiederholte Izzy bestimmt, bevor sie noch mehr sagen konnte. »Jetzt gib mir den Teller, ehe du das Blümchenmuster wegschrubbst. Wenn ich mal unglaublich reich bin, dann besorge ich mir eine neue Tochter«, fuhr sie sanft fort in Richtung Sam, mit der flehentlichen Bitte im Blick, keine Kommentare abzugeben über ihre geröteten Wangen. »Eine, die nicht dauernd an ihrer armen, alten Mutter herumnörgelt.«

Als Sam zurück ins Wohnzimmer kam, hatte Gina es sich auf dem Sofa bequem gemacht und war gerade dabei, auf der Rückseite einer Stromrechnung Summen zu addieren. Er hatte ihr zwar diesen Morgen einen ansehnlichen Scheck ausgestellt, doch ihre schmalen blonden Augenbrauen waren immer noch sorgenvoll gerunzelt.
»Alles in Ordnung?« fragte er, während er sie leicht an der Schulter berührte. Gina fuhr hoch.
»Soweit ja.« Gina brachte ein schwaches Lächeln zustande. »Ich hasse es, wie eine hilflose Hausfrau zu klingen, aber ich habe schlicht nicht gewußt, wieviel es kostet, nur zu leben.«

Sam fühlte wieder Ärger in sich aufsteigen, weil er sich in Erinnerung rief, welch unbekümmerte Haltung Izzy Van Asch solchen irdischen Dingen wie Planung des Haushaltsgeldes gegenüber hatte, und er sagte schroff: »Besonders wenn du nassauernde Mieter unterstützen mußt. Schatz, du bist zu gelassen... wenn Izzy nicht bald Geld herausrückt, mußt du sie bitten auszuziehen.«
Gina sah überrascht hoch. Dann sagte sie mit energischem Kopfschütteln: »Oh, ich hatte keine Möglichkeit, es dir zu sagen. Sie hat mir für zwei Monate die Miete bezahlt.«
Jetzt war es Sam, der überrascht war. »Gut«, antwortete er ein wenig besänftigt. »Es war auch allerhöchste Zeit.« Sie mußte die Halskette verkauft haben, während er beim Makler Verträge unterschrieb, überlegte er. Zumindest bewies das, daß das Schicksal anderer ihr nicht gleichgültig war.
Er war zufrieden mit sich ... und, um fair zu sein, mit Izzy... und sagte: »Mein kleiner Plausch mit ihr heute mittag hat also doch etwas bewirkt.«
»Ich weiß nicht, vielleicht hat er das.« Gina hatte sich wieder ihren Rechnungen zugewandt. Dann fügte sie abwesend hinzu: »Aber Izzy hat mir das Geld gestern gegeben.«

Am folgenden Freitag wurde Izzy der Gips abgenommen, und es war die reine Wonne. Als Izzy einige Stunden später wieder auf dem Heimweg war, entdeckte sie einen anderen Vorteil. Sie konnte sich wieder leise bewegen, ohne daß ihre Ankunft überall durch das laute, verräterische Tack-Tack ihrer Krücken angekündigt wurde.
»Ich bin wieder da!« verkündete sie begeistert und riß die Tür zu Katerinas Zimmer auf.

Katerina hatte auf ihrem Bett gelegen, sprang entsetzt hoch und schob hastig das Buch, das sie gerade gelesen hatte, unter die Kissen. »Mutter! Wie wäre es, wenn du anklopfen würdest?«

»Ich wollte dich überraschen«, sagte Izzy gelassen. Sie ging auf das Bett zu und fügte mit einem lüsternen Grinsen hinzu: »Und es sieht fast so aus, als hätte ich das auch. Was versteckst du da?«

»Hausaufgaben«, protestierte Katerina, wurde rot und fragte sich, warum ausgerechnet sie die neugierigste Mutter auf diesem Erdball haben mußte.

Aber es war hoffnungslos; Izzy war nicht länger durch ein Gipsbein behindert und hatte sich auch schon auf sie geworfen. Sie kitzelte sie mitleidlos mit der einen Hand und zerrte mit der anderen das Buch aus seinem Versteck. Dann zog sie sich triumphierend an den Türrahmen zurück und hielt es in die Höhe.

»›Die Freuden der Sexualität‹! Ehrlich, mein Schatz, was für eine Geldverschwendung. Ich hätte dir erzählen können, wie schön es ist, umsonst.«

»Gib's mir zurück«, heulte Katerina gekränkt. Wenn Izzy in dieser Laune war, war sie nicht zu bremsen. Und man wußte nicht, was sie anstellen würde, um Kats Verlegenheit voll auszukosten.

»Aber, mein Herz, ich dachte, du interessierst dich nicht für Jungs«, fuhr sie schadenfroh fort. »Und selbst wenn du es tun würdest, diese Bilder hier würden genügen, um *jede* lebenslang von ihnen fernzuhalten. Schau dir doch mal den Haarschnitt von diesem Kerl an. Und sein Bart erst... igitt!«

Katerina war nicht an Jungs interessiert, aber Simons unerwarteter und unbeholfener Verführungsversuch letzte Woche hatte sie stärker berührt, als sie gedacht hatte.

Für den Bruchteil einer Sekunde war sie versucht gewesen weiterzumachen, nur um zu sehen, wie »es« war, und nur das Kichern, das sie überwältigt hatte, hatte sie gerettet. Das konnte sie sich aber erst später eingestehen. Aber war sie wirklich gerettet worden? Sex mochte ein Geheimnis für sie sein, aber jeder andere schien ihn zu genießen, und wenn es wirklich so phantastisch war, dann verpaßte sie womöglich was. Sie hatte über die Angelegenheit ziemlich lange und ernsthaft nachgedacht und dann beschlossen, mit Simon kein Rückspiel anzufangen. Er war zwar ein großartiger Freund, aber sie spürte instinktiv, daß es mehr Gefühle zwischen Liebenden geben müsse. Nichtsdestoweniger wollte sie zumindest den eher technischen Aspekten der Prozedur ein wenig Aufmerksamkeit zuwenden. Es war schließlich nur vernünftig, vorbereitet zu sein. Wenn dann der richtige Mann kam, würde sie zumindest nicht Gefahr laufen, sich zum völligen Idioten zu machen, indem sie alles hoffnungslos mißverstand. Das wäre, dachte sie schauernd, noch erniedrigender, als die Chemieprüfung nur als Letzte zu schaffen.

Aber jetzt, angesichts des Gelächters ihrer Mutter, realisierte sie, daß nur die Wahrheit helfen konnte, und sie sagte entschlossen: »Rein wissenschaftliche Neugier, sonst nichts. Mach jetzt keinen Aufstand deshalb, Mum.«

»Einen Aufstand...« murmelte Izzy, entdeckte eine der detaillierteren Illustrationen im Buch und wischte sich mit ihrem Handrücken Tränen aus den Augen. »Oh, Kat, schau mich nicht so an... es ist nur so *verrückt*...«

»Ich könnte dir auch dein anderes Bein brechen«, bot Katerina an und ging auf sie zu. »Schau, Mum, warum beruhigst du dich nicht und gibst mir nur...«

Sie machte einen Satz nach vorn, aber es war zu spät. Izzy flitzte durch die Tür nach draußen zum Treppenabsatz und warf das Buch die Treppe runter.
Genau in diesem Moment hörten beide die Haustür gehen. Katerina hielt den Atem an. Izzy, immer noch von Lachen geschüttelt, schlich barfuß vor und spähte über das geschnitzte hölzerne Treppengeländer hinunter zu Sam, der unten an der Treppe stand, mit dem Buch in der Hand.
»Bitte, mein Herr«, sagte Izzy mit großen unschuldigen Augen, »können wir bitte unser Buch zurückhaben?«
Sam bemerkte, daß das langersehnte Abnehmen des Gipsverbandes stattgefunden hatte, und warf einen Blick auf den Umschlag des Buches. Dann sah er, ohne eine Miene zu verziehen, wieder zu Izzy hoch.
»Hab ich gerade gestört«, fragte er trocken, »oder ist das eine Einladung?«
Izzy verschluckte ein Kichern und sagte ernst: »Nur Wiederholung. Jetzt, wo ich mein Bein wiederhabe, dachte ich, ich sollte mein Gedächtnis etwas auffrischen. Es ist schon so lange her, vielleicht habe ich vergessen, wie es geht.«

12

Izzy war durch ihre Untätigkeit zu Tode gelangweilt und feierte ihre Rückkehr in die Welt der Zweibeiner dadurch, daß sie losging und sich Arbeit suchte. Die Jobaussichten für Sängerinnen waren genauso gräßlich wie immer, und so kostete es sie zwei Stunden Schmeichelei und einen extrem kurzen Rock, um Bernie Cooper zu überreden, sie wieder in *Plattform Eins* zu übernehmen, den in keinster Weise feudalen Club in Soho, in dem sie bis zu ihrem Unfall gearbeitet hatte.

Aber inzwischen war sie von einer enorm gut ausgestatteten Bluessängerin ersetzt worden, sie hieß Arlette, und Bernie konnte ihr nur einen Abend pro Woche bieten. Das wiederum bedeutete, daß sie gezwungen war, auch noch einen Kneipenjob anzunehmen.

Die Arbeit in *Brennan's Bar* – in der Nähe von Covent Garden – war hart, die Atmosphäre hektisch und die Bezahlung lächerlich gering, aber sie ließ ihr genug freie Tage, so daß sie zum Vorsingen gehen konnte.

Ginas Nächte waren mittlerweile zunehmend länger und unerträglicher geworden. Die Tage konnte sie gerade noch überstehen, denn dann waren zumindest die Geschäfte offen. Aber die einsamen Abende – wenn sowohl Izzy als auch Sam an ihre jeweiligen Arbeitsplätze verschwunden waren und Katerina sich zum Lernen in ihr Zimmer zurückgezogen hatte – waren elend und endlos. Noch schlimmer war es, da sie einen sehr leichten Schlaf hatte, so daß sie regelmäßig gegen drei Uhr morgens bei Sams und Izzys Heimkehr geweckt wurde. Sie lachten und scherzten miteinander, während sie noch irgendeine Kleinigkeit aßen und ein Video anschauten, bevor sie schließlich ein oder zwei Stunden später zu Bett gingen.

Eines Nachts, nachdem sie sich selbst eingeredet hatte, daß die beiden sicherlich nicht über sie reden würden, glitt Gina aus dem Bett und zog einen dünnen Morgenmantel über. Sie hörten sich so an, als ob sie eine Menge Spaß hätten unten... und sie war so *alleine*...

Aber das Gelächter war verstummt, als sie durch die Halle schlich, und als sie an der Wohnzimmertür stehenblieb, konnte sie deutlich ihre gedämpften Stimmen hören.

»... es ist einfach verrückt«, sagte Izzy gerade mit der für sie typischen Ungeduld. »Ich habe versucht, ihr klarzumachen, daß sie ihr Leben verschwendet, aber sie weigert

sich einfach, irgend etwas dagegen zu unternehmen. Beinahe so, als ob sie es genießen würde, unglücklich zu sein.«
Gina fröstelte und mußte sich an die Wand lehnen.
»Natürlich tut sie das nicht«, hörte sie Sam vernünftig entgegnen. »Sie kann sich nur im Moment selbst nicht helfen. Ich weiß, das ist frustrierend ...«
»Verdammt richtig, das ist frustrierend«, sagte Izzy erregt. »Sie gibt mehr Geld für Kleider aus, als die Royals zusammen, dann schiebt sie Panik, weil sie die Gasrechnung nicht bezahlen kann.«
»Glaubt man deiner Tochter, dann ist das genau das, was du auch tust.«
»Aber ich gerate nicht in Panik, ich genieße es!« konterte Izzy. »Wirklich frustrierend ist doch die Tatsache, daß Gina es tut und sich trotzdem noch elend fühlt.«
»Sie braucht etwas, um sich abzulenken«, sagte Sam durch das Klirren von Gläsern. »Irgendeinen Job, auch wenn sie letzthin, als ich das erwähnte, darauf reagierte, als hätte ich ihr vorgeschlagen, auf den Strich zu gehen.«
»Sie könnte meinen Job übernehmen.« Izzy lachte jetzt. »Und ich überwache ihr Scheckheft. Arme alte Gina, sie tut mir leid, aber manchmal wünsche ich mir, ich könnte ihr ein bißchen Verstand in ihren Kopf schütteln. Bei Gott, wie viele Wochen ist es schon her, daß sie wenigstens mal gelächelt hat?«
»Sie ist unglücklich«, schalt Sam sie. »Warst du noch nie unglücklich?«
Im nächsten Augenblick stieß Izzy einen schrillen Schrei aus. »Verdammt noch mal, doch. Genau in diesem Moment bin ich unglücklich. Sam, wie *konntest* du nur?« protestierte sie mit gequälter Stimme. »Dieses letzte Stück Pizza war meines!«

»So, wir werden jetzt eine Lösung für dich finden«, verkündete Izzy einige Tage später, bugsierte Gina auf die Terrasse zu einem hoffentlich produktiven Gespräch von Frau zu Frau, und schwenkte nachdrücklich eine Flasche Chardonnay.
»Es ist erst halb zwölf«, protestierte Gina und starrte erschrocken auf den Wein.
»Es wird schon noch später.« Izzy zwinkerte ihr zu und fuhr entschlossen fort. »Außerdem ist es nötig. Ich möchte, daß du vollkommen ehrlich bist, und ich möchte, daß du dich entspannst. Wenn das nichts nützt«, fügte sie liebevoll hinzu, »greifen wir auf Pentothal zurück.«
»Ich weiß, was du mir sagen wirst«, meinte Gina mit einer Spur Trotz. Sie kam sich wieder vor wie mit fünfzehn.

»Ich werde dir überhaupt nichts sagen«, antwortete Izzy, schenkte Wein ein, schleuderte ihre Schuhe weg und machte es sich auf der Holzbank bequem. »Zum einen bin ich kaum in einer Position, um dir eine Predigt zu halten. Zum anderen, deine Probleme gehen mich – genaugenommen – überhaupt nichts an.«
»Warum hast du mich dann hier rausgeschleppt?« fragte Gina.
»Trink deinen Wein, bevor er verdunstet«, gab Izzy streng zurück, denn sie wußte aus Erfahrung, daß Gina es fertigbrachte, sich stundenlang an einem Glas festzuhalten. »Die Sache ist die, ich würde gerne helfen, und deshalb habe ich überlegt, ob es irgend etwas gibt, was ich tun könnte.«
Gina war das Ganze peinlich, und sie dachte, wenn sie Izzys Gespräch mit Sam nicht belauscht hätte, wäre sie vielleicht gerührt gewesen über ihr Mitgefühl. Sie zuckte die Achseln und sagte: »Ich glaube nicht.«

Man mußte ihr aber auch alles aus der Nase ziehen. Izzy wartete, bis Gina ein Schlückchen Wein getrunken hatte, und versuchte es dann noch mal. »Schau mal, ich möchte wirklich helfen. Was wünschst du dir am allermeisten?«

Erschrocken wegen dieser direkten Frage, füllten sich Ginas Augen mit Tränen. »Ich würde gern die letzten zwei Monate ungeschehen machen.«

»Aber die gab's nun mal«, sagte Izzy unbarmherzig. »Also, halten wir das mal fest, was würdest du dir sonst am allermeisten wünschen?«

Das war nicht fair. Gina fummelte nach einem Taschentuch und murmelte: »Ich weiß nicht.«

»Gut, wäre es nicht schön, wieder ein bißchen mehr Vertrauen zu haben, ein wenig rauszukommen und neue Freunde zu gewinnen?«

»Sag mir nicht«, Ginas Mund wurde schmäler, »ich solle mir Arbeit suchen.«

»Ich sag nicht, daß du irgend etwas tun sollst«, erinnerte Izzy sie, auch wenn es ein Kampf war, es nicht doch zu sagen. Dann hatte sie plötzlich eine Idee. »Soll ich dir sagen, was ich tun würde, an deiner Stelle?«

Alles war besser, als diese Inquisition länger zu ertragen. Gina nickte.

»Ich würde genau wissen wollen, ob mein Ehemann mich wirklich aus gutem Grund verlassen hat«, sagte Izzy, setzte sich zurück und improvisierte schnell.

»Ich würde ihn mit seiner neuen Freundin sehen wollen, so daß ich wenigstens aufhören kann, mir den Kopf über sie zu zerbrechen. Es wäre nicht leicht, aber das wäre es wert, denn dann wüßte ich, es ist vorbei, und ich könnte mein Leben weiterleben. Und ich würde mir sicher irgendeinen Job suchen, auch wenn ich schreckliche

Angst davor hätte, weil ich jahrelang nicht mehr in der Arbeit war und deshalb denke, ich mache einen Idioten aus mir... oh, bitte.« Sie stockte, als sie bemerkte, daß Gina hemmungslos weinte. »Entschuldige, ich bin zu weit gegangen. Schau, ich hör schon auf. Ich werde kein Wort mehr sagen, aber bitte weine nicht mehr.«

»Nein, nein«, heulte Gina, ihr Taschentuch war schon völlig durchweicht. »Du hast vollkommen recht«, schniefte sie. »Das ist genau das, was ich tun möchte.«

»Wir hätten anrufen sollen«, sagte Gina furchtsam, als Izzy den Golf rückwärts in eine Parklücke unterhalb von Andrews Apartmentblock manövrierte. Der Mut verließ sie, jetzt, wo sie tatsächlich hier waren.
»Auf gar keinen Fall«, sagte Izzy energisch, schaltete den Motor ab und unterbrach Julio Iglesias mitten im Lied. »Dieses Mal wirst du die Oberhand haben. So in Schale geworfen, wie du bist.« Sie deutete anerkennend auf Ginas elegantes Seidenkleid, den Silberschmuck und das perfekt geschminkte Gesicht. »Und sie werden völlig ahnungslos und unvorbereitet sein. Das wird sicher ein königlicher Spaß«, schloß sie mit Bestimmtheit und betete, daß sie nicht gerade einen entsetzlichen Fehler machte.

Marcy war, als sie die Tür öffnete, absolut ahnungslos. Ihr kastanienbraunes Haar war ungekämmt, ihr wenig schmeichelhafter, sackartiger Pullover und die Trainingshose sahen aus, als ob sie darin geschlafen hätte, und ihr Gesicht war blaß.
»Ja?« sagte sie, auf die Türklinke gestützt, und sah die zwei Frauen desinteressiert an. Hinter ihr plärrte ein Fernsehgerät. Was auch immer Gina sich in diesen end-

los quälenden Nächten vorgestellt hatte, das war es nicht.
»Wir sind gekommen, um Andrew zu besuchen«, sagte Izzy hilfreich, als deutlich wurde, daß Gina zu verblüfft war, um überhaupt etwas zu sagen.
»Oh, er ist nicht da.« Die Frau hörte sich erleichtert an, als ob seine Abwesenheit das Problem gelöst hätte.
»Erwarten Sie ihn« – Izzy erlaubte sich eine kurze Pause und sprach dann weiter – »in Kürze zurück?«
»Er ist nur mal schnell rüber zum Supermarkt.« Unerwartet lächelte Marcy. »Er wird nicht lange weg sein.«
In all den Jahren, die sie mit Andrew verheiratet gewesen war, hatte er die Existenz solcher Einrichtungen nicht einmal wahrgenommen. Der Gedanke, daß er genau in diesem Moment in einem Supermarkt war, verblüffte Gina, und sie hätte beinahe laut aufgelacht, weil die Vorstellung so absurd war, aber dann gewann sie ihre Fassung wieder.
»In dem Fall«, sagte sie so sanft, daß sogar Izzy sie bewundernd anschaute, »können wir ja vielleicht reinkommen und auf ihn warten. Ich bin Gina Lawrence, Andrews Frau. Und das ist meine Freundin, Izzy Van Asch.«

Die Wohnung war der absolute Gipfel. Sie war klein und sehr niedrig, um damit anzufangen, und die stickige Zentralheizung und ein unerhörtes Ausmaß an Unordnung im ganzen Zimmer vermittelten ein klaustrophobisches Gefühl. Gina wurde bei dem entsetzlichen Anblick noch vergnügter. Marcy hatte zwar enttäuschend darauf reagiert, als sie sich vorgestellt hatte – sie selbst hatte sich nämlich auf einen dramatischen Auftritt eingestellt und nur ein leicht überraschtes »Oh, in Ordnung, dann müssen Sie natürlich reinkommen« geerntet –, aber anddererseits hätte sie Izzy umarmen können dafür, daß sie sie hierhergebracht hatte. Das alles war so viel weniger erschreckend, als sie sich ausgemalt hatte, und Marcy zu treffen hatte sie mit einem so plötzlichen, wilden Optimismus erfüllt, daß sie wußte, sie konnte nichts falsch machen. Baby hin oder her, Andrew mußte zwangsläufig früher oder später zu ihr zurückkommen. Diese plumpe, träge, schlampige Kreatur war einfach keine Bedrohung für ihre Ehe...

»Tee«, verkündete Marcy, als sie mit zwei unübertrefflichen Bechern aus der Küche zurückkam, dazu einem Suppenlöffel, mit dem man die Teebeutel herausfischen konnte, und einer Riesentüte Knabberzeug mit Garnelengeschmack. »Ich muß wirklich sagen, das ist alles sehr zivilisiert.« Mit einem Seufzer der Erleichterung plumpste sie in einen Sessel. Ihre grauen Augen huschten zwischen den beiden Gästen hin und her, sie zeigte in Richtung der Teebecher und lächelte noch einmal. »Ich bin so froh, daß Sie sich getraut haben, uns zu besuchen. Probleme mit Exfrauen und Schwiegereltern sind so unnötig. Ich habe immer gedacht... bitte Gina, bedienen Sie sich doch selbst bei den Chips...«

Andrews Reaktion, als er fünfzehn Minuten später zurück in das Apartment kam, war wesentlich befriedigender. Er kam erschöpft an der Tür an, dickbauchige Einkaufstüten in beiden Händen. Er starrte seine von ihm getrennt lebende Frau an und sagte: »Jesus!«

Izzy öffnete den Mund, bereit, nochmals in die Bresche zu springen, aber Gina war schneller als sie.

»Andrew«, sagte sie würdevoll, schlug ein schlankes Bein über das andere und glättete das Seidenkleid mit einer gelassenen, beinahe königlichen Geste über ihren Knien.

»Wie erfreulich, *dich* wiederzusehen, nach all der Zeit. Ich fürchte, unser kurzer Besuch kommt ein wenig überraschend, aber ich hatte das Gefühl, eine derart wichtige Angelegenheit läßt sich schlecht am Telefon besprechen. Ich hoffe, du nimmst es uns nicht übel, daß wir hierher in dein...« Das Wort »Liebesnest« hing unausgesprochen im Raum. Izzy hielt in den Atem an. »...in dein Zuhause eingedrungen sind«, fuhr Gina fort, und nur die Andeutung eines Lächelns war in ihren Mundwinkeln zu erkennen. »Aber wir müssen uns wirklich über die Einzelheiten unserer Scheidung unterhalten.«

»Das war phantastisch«, rief Izzy, als sie wieder auf dem Weg zum Auto waren. Sie platzte vor Stolz. »*Du* warst phantastisch. Wirklich, ich bin schwer beeindruckt. Hast du sein Gesicht gesehen, als du angefangen hast, von der Scheidung zu sprechen...!«
»Ja«, sagte Gina. Sie war so in ihre Gedanken versunken, daß sie sich kaum auf das konzentrieren konnte, was Izzy sagte. »Und erst die Frau, die er sich da aufgehalst hat. Was für eine dumme Pute. Ich dachte, er wäre zumindest für eine weggegangen, die ein bißchen Pep hat... aber du warst derart brillant...« Sie war hin und weg vor Bewunderung, schüttelte ihren Kopf und begann dann zu grinsen. »Fühlst du dich nicht tausendmal besser, jetzt, wo du ihn gesehen hast?«
»Besser, als ich mich seit Monaten gefühlt habe«, stimmte Gina glücklich zu. Sie blieb an der Gehsteigkante stehen, sah zu Andrews Apartment hoch und stellte fest, daß sie sich jetzt, endlich, wieder lebendig fühlte. Sie konnte sich nicht zurückhalten, griff nach Izzys Arm und drückte ihn. »Besser, als ich mich je im Leben gefühlt habe! O Izzy, ich dachte, ich hätte ihn verloren... es ist mir

nicht mal in den Sinn gekommen, daß ich ihn zurückbekommen könnte. Und das verdanke ich alles dir, weil du mich hierhergebracht hast...«

Izzy blieb stehen. Ihr Herz beinahe auch. Irgendwie, irgendwo schienen sie und Gina sich völlig mißzuverstehen. »Aber du willst ihn nicht zurück!« widersprach sie streng. »Er ist ein Lügner und Betrüger, und du bist besser dran ohne ihn. Du bist hierhergekommen, um dir das Ganze zu beweisen ... um die alten Gespenster zu bannen...«

»Aber jetzt habe ich herausgefunden, daß das gar nicht nötig ist«, antwortete Gina mit freudestrahlenden Augen. »Und ich kann aufhören, mir Sorgen zu machen, weil alles in Ordnung kommen wird. Er liebt sie nicht, siehst du das nicht? Er *wird* zurückkommen.«

»Mein Gott«, stöhnte Izzy. Aber Gina bemerkte es nicht einmal, sie war mit ihren Gedanken meilenweit weg.

»Er wird zurückkommen«, wiederholte sie mit träumerischer Überzeugung. »Zu mir.«

13

»Das ist alles meine Schuld«, gestand Izzy trübsinnig, als Sam sie am Abend mit zur Arbeit nahm, auf seinem Weg zum *Chelsea Steps*. Sie schaute in ihren Taschenspiegel, vervollkommnete ihre Lippen mit einem Lippenstift und sagte: »Ich hab absoluten Mist gebaut bei der ganzen Sache. Dabei wollte ich nur helfen«, fügte sie mit einer ungeduldigen Geste hinzu.

»Und ich hab mich gewundert, warum sie soviel vergnügter war«, bemerkte Sam trocken. Er fuhr schwungvoll auf die Überholspur, um einem Kombi auszuweichen. »Aber ist das wirklich so schrecklich?«

Sie waren am Trafalgar Square angekommen. Der Anblick der Nelson-Säule erinnerte Izzy daran, daß sie Cadbury's Flake in der Tasche hatte. Sie wühlte in ihrer Tasche, bis sie sie gefunden hatte, und bot Sam die Hälfte an.
Zu ihrem noch größeren Glück schüttelte er den Kopf, was bedeutete, daß sie alles allein essen konnte. »Gina ist wie eine Süchtige, die nach sechs Wochen Entzug wieder einen Schuß kriegt«, teilte sie ihm zwischen den einzelnen Bissen mit. »Es ist absolut verheerend. Überleg nur, in welchem Zustand sie sein wird, wenn die Wirkung nachläßt.«
Sam war amüsiert über ihre Meinung. Sie hörte sich an wie eine Kummerkastentante. Genauso amüsant fand er ihre Fähigkeit, gleichzeitig Schokolade zu essen und sich die Wimpern zu tuschen. »Machst du nie einen Fehler?« fragte er.
»Doch, Millionen.« Ihre Make-up war vollendet. Izzy ließ die Wimperntusche zurück in die voluminöse Tasche fallen und verputzte den Rest der Schokolade, indem sie ihre Finger ableckte. »Aber das macht mich nur noch mehr zur Expertin. Ich seh bei jedem anderen, was er falsch macht. Und das einzige, was ich nie machen würde«, fügte sie unbekümmert hinzu, »ist, hinter einem Mann herzusein, der nicht hinter mir her ist. Da mußt du einfach eins vor den Latz kriegen. Das ist schlicht und ergreifend *dumm.*«

Brennan's Bar war noch relativ leer, als Ralph reinkam. Izzys Magen machte einen schnellen Salto rückwärts, und für den Bruchteil einer Sekunde zog sie in Erwägung, hinter dem Tresen abzutauchen. Da sie aber gerade dabei war, einem beleibten Geschäftsmann sein Wechselgeld zu geben, war es schlicht nicht möglich.

Er dagegen zuckte nicht einmal zusammen, als er sie sah. »Hallo Izzy«, sagte er gelassen, ein zaghaftes Lächeln in den Mundwinkeln. »Ist ja prima. Von allen Bars in der Welt mußt du ausgerechnet in dieser arbeiten.«
Er mochte Schauspieler sein, aber die beiläufige Art täuschte Izzy keinen Augenblick. Mit einem Grinsen sagte sie: »Du wußtest, daß ich hier bin.«
»Das spricht sich rum.« Er lehnte am Tresen, braungebrannt und mit zusammengekniffenen Augen, ziemlich gut aussehend in seinem beigefarbenen Trenchcoat, den er über einem T-Shirt und einer weißen Jeans trug, und musterte Izzy mit geübter Gründlichkeit. Dann zündete er sich eine Gauloise an, und Izzy wurde klar, daß er gerade auf Alain Delon machte, was bedeutete, daß er unter seiner coolen Fassade nervös sein mußte. »Also, wie geht's dir?«
Zumindest sprach er nicht mit französischem Akzent. Sie machte ein paar Schritte zurück und zeigte ihm ihre Beine – froh, daß sie ihr kurzes, graphitfarbenes Lycra-Kleid trug, sagte sie lediglich: »Wiederhergestellt.«
Er nickte. »Und wie geht's Kat?«
Ralph und Katerina hatten sich immer prächtig verstanden. Alles andere als eine Vaterfigur, hatte er trotzdem eine enge und aufrichtig herzliche Beziehung zu Kat hergestellt, und ihre gutartigen Wortgefechte konnten die beiden stundenlang beschäftigen, mit wachsender Begeisterung. Izzy spürte eine Welle von nachträglicher Dankbarkeit aufsteigen, griff nach einer Flasche Lanson und sagte: »Komm, das geht auf meine Rechnung. Es ist wirklich schön, dich wiederzusehen.«
Glücklicherweise blieb es an der Bar ruhig, und sie konnten all den Klatsch über alte Freunde nachholen.

»Und wie steht's mit dir?« fragte sie schließlich. Sie kannte Ralph gut genug, um zu bemerken, daß er ihr etwas vorenthielt.

Er lächelte nur ein wenig, darum bemüht, nicht zu selbstzufrieden auszusehen. »Oh, nicht gerade schlecht. Man macht so dies und das, wie du weißt.«

»Wie kann ich es wissen, wenn du es mir nicht erzählst?« Sie blieb hartnäckig und begann sich zu amüsieren. Sam war schließlich immer noch off limits!, und falls Ralph doch noch beschlossen hatte, ihr zu verzeihen, dann ... überlegte sie, er hatte einfach wunderbare Augen, und er konnte sie immer zum Lachen bringen. Außerdem, als Sam sie mit Kats Sexhandbuch erwischt hatte, lag mehr als ein Körnchen Wahrheit in ihrer schnippischen Antwort, daß sie ziemlich außer Übung war...

Gut, um die Wahrheit zu sagen, mein Agent hat mich heute nachmittag angerufen«, gab er zu und fing an zu grinsen, »um mir zu sagen, daß ich die Hauptrolle in einer neuen Fernsehserie kriege.«

Izzys schriller Schrei des Entzückens verblüffte sogar die abgebrühten Börsenmakler, die an einem Tisch in der Nähe saßen. »Ralph, das ist ja phantastisch! Mein Gott, du mußt begeistert sein... los, erzähl mir alles, jede Kleinigkeit... schnell, trink noch ein Glas Champagner... du solltest das wirklich feiern!« Sie lehnte sich über den polierten Tresen, nahm sein Gesicht in ihre Hände und gab ihm einen Kuß. Zu ihrem Entzücken machte er keinerlei Anstalten, sich dagegen zu wehren.

»Vielleicht wollte ich mit jemandem feiern, der es wirklich verstehen würde.« Dann kniff er wieder die Augen zusammen und sagte: »Siehst du den anderen Typen noch?«

»Natürlich nicht!«

»Irgend einen anderen?«

Noch nicht, dachte Izzy, und kreuzte die Finger unter dem Tresen. »Wer in der Welt möchte schon mit einem hoffnungslosen Fall wie mir etwas anfangen?« sagte sie flapsig. Da er sie weiterhin anstarrte, lächelte sie und schüttelte den Kopf. »Nein. Keinen anderen.«

Ralph entspannte sich endlich. »Wenn das so ist, wann kannst du hier weg?«

»Ah, da bist du ja«, sagte Sam, durchquerte die Bar und beobachtete amüsiert, wie Izzy beim Klang seiner Stimme herumfuhr. Was ihn noch neugieriger machte, waren ihre Wangen, die sich plötzlich tiefrot färbten, denn solange er sie kannte, war sie nie rot geworden.

»Sam ... was, um alles in der Welt, tust du hier?« fragte sie, viel zu schnell.

»Das nenn ich Dankbarkeit!« erteilte er ihr einen spöttischen Verweis, dann zwinkerte er ihr zu und zog ihren Geldbeutel aus seinem Jackett. »Ich hab ihn im Wagen gefunden, auf dem Boden. Der muß dir aus deiner unmöglichen Tasche gefallen sein, als du dich geschminkt hast. Oh, und ich hab Kat angerufen, falls du deswegen Panik kriegen solltest«, fuhr er locker fort, offensichtlich bemerkte er Ralphs Anwesenheit nicht, der mit finsterem Gesicht neben ihm saß. »Sie sagte, falls wir vorhätten, auf dem Nachhauseweg beim Chinesen vorbeizuschauen, dann hätte sie gern Zitronenhähnchen mit gebackenem Reis und zwei Portionen Ananasschnitze.«

»Was hab ich denn gesagt?« protestierte Sam, als sie einige Stunden später nach Hause fuhren.

Izzy, auf deren Schoß sechs Schachteln chinesisches Essen bedenklich schwankten, warf ihm von der Seite einen argwöhnischen Blick zu, aber sein makelloses Profil gab nichts preis.

»Du weißt genau, was du gesagt hast«, hielt sie ihm vor, immer noch unentschlossen, ob sie nun lachen oder ihm einen Karton Garnelen über den Kopf kippen sollte.
»Okay.« Er nickte und amüsierte sich im stillen. »Aber was habe ich gesagt, was so verkehrt war? Dieser Typ ist so schnell rausgestürmt, daß ich nicht mal die Gelegenheit hatte, das Medaillon an seinem Hals zu bewundern.«
»Er trägt keine Medaillons.« Izzy konnte sich ein Lächeln nicht verkneifen. Sie war es gewesen, die Ralph vor zwei Jahren mitteilen mußte, daß richtige Männer keine Halsketten tragen. »Und bevor du weiterredest«, fuhr sie streng fort, »du sprichst über den Mann, den ich geliebt habe.«
Sam war mit der Geschichte von Izzys jüngsten Liebschaften vertraut. »Meinst du nicht einen der Männer, die du geliebt hast?« fragte er, ohne eine Miene zu verziehen.
»Das ist nicht lustig«, sagte sie, leicht irritiert. »Und du hast das absichtlich gesagt, um ihm einen falschen Eindruck zu vermitteln. Du magst das amüsant finden, aber ich habe den gesamten Lohn für diesen Abend für die Flasche Champagner ausgegeben.«
»Und ich hab jetzt deine Hoffnung auf eine romantische Versöhnung zunichte gemacht«, antwortete er vergnügt. »Wirklich, Isabel. Ich hab gedacht, du bist nicht hinter Männern her, die nichts von dir wollen. Wenn er nicht mal mit diesem kleinen Mißverständnis von heute abend zurechtkommt, dann kann er so verliebt nicht sein.«
Wütend schrie sie: »Du hast mein nicht vorhandenes Liebesleben ruiniert, und das geht dich verdammt noch mal nichts an! Wie würde es dir gefallen, wenn ich mich einmischen würde, gerade wenn du dich an irgendeine Tussi im *Steps* ranmachst?«

Wie wohl? Sam kannte Izzy Van Asch nun seit einigen Wochen, und seine Gefühle ihr gegenüber waren immer noch ausgesprochen gemischt. Anfangs hatte er sich wahnsinnig zu ihr hingezogen gefühlt, es hatte ihn schier umgehauen, aber Izzy hatte so viel mehr als nur diese körperliche Attraktivität, ihre großen braunen Augen, die ungebändigten Haare, einen kurvenreichen Körper und umwerfende – jetzt, wo man sie beide sehen konnte – Beine. Sie verbreitete Lebenslust, lachte mehr als jeder, den er jemals kennengelernt hatte, und ihr Optimismus war grenzenlos.

Gleichzeitig konnte sie jedoch gedankenlos, unlogisch und aufreizend unbekümmert sein in ihrem Verhalten und ihrem Lebensstil. Unglaublich großzügig an einem Tag, brachte sie es fertig, am nächsten Tag schamlos einen Fünfer von ihrer Tochter zu schnorren. Und obwohl sie zweifellos fähig war, hart zu arbeiten, wenn es ihr gerade paßte, konnte sie besser einen Tag in genußsüchtiger Trägheit vertrödeln als jede andere Frau, die er kannte. Sie war zum Verzweifeln, liebevoll und ausgesprochen erstaunlich – und er war nie ganz sicher, ob die Dinge, die sie sagte und tat, absichtlich dazu bestimmt waren, zu schockieren –, so daß Sam sich nicht entscheiden konnte, was er lieber täte: ein wenig dringend benötigten Verstand in ihren Wirrkopf schütteln oder sie aufs Bett werfen.

Und hier, überlegte er wehmütig, lag die andere Hälfte seines Dilemmas. Frauen für sich zu gewinnen war nie etwas gewesen, worum er sich Gedanken machen mußte. Es passierte einfach, und diejenigen, die ihn nicht anzogen, freundlich abzuweisen war das einzige ein wenig knifflige Problem gewesen. Eines stand fest, keine andere Frau auf diesem Planeten hatte jemals so wider-

sprüchliche Signale ausgesandt wie Izzy. Immer wieder, jedesmal wenn er gedacht hatte, er hätte sie durchschaut, bewies sie ihm geschickt das Gegenteil, und er überlegte ... von neuem ... ob er sie überhaupt kannte.
Bis jetzt war er durch ihr Verhalten sowohl amüsiert als auch fasziniert. Heute nacht jedoch hatte sich etwas verändert. Und vielleicht sollte er, grübelte Sam, als er vor dem Haus vorfuhr und den Motor abstellte, heute nacht etwas unternehmen.
»Du hast meine Frage noch nicht beantwortet.« Izzy sah ihn wild an. Sie hatte ihm noch nicht verziehen.
»Ach ja, die Tussi.« Sam nickte und dachte einen Augenblick über die Frage nach. Dann nahm er den lästigen Stapel Schachteln von ihrem Schoß und schenkte ihr ein kurzes Lächeln. »Ich vermute, es würde davon abhängen«, meinte er schließlich, »wie sie ist.«

Es war nicht gerade die romantischste Situation, dachte Izzy, aber zumindest passierte es endlich ...
Sie war gerade dabei, die schmutzigen Teller in die Spüle zu stellen, als Sam hinter ihr auftauchte und seine Hände auf die Spültischkante legte, links und rechts neben ihr, so daß sie richtiggehend eingesperrt war. Sie berührten sich nicht, aber sie konnte spüren, wie sein warmer Atem ihre Haare bewegte, und den schwachen Duft seines Rasierwassers riechen.
Sie hoffte, daß er nicht das feine Zittern ihrer Nackenhaare sah, drehte den Heißwasserhahn auf und goß viel zu viel Fairy ins Becken. Sie hatte eigentlich nicht vorgehabt, jetzt abzuspülen, aber es sah gut aus, und eine derartige Häuslichkeits-Show mußte beeindrucken. Sam machte immer spitze Bemerkungen über ihren erschreckenden Mangel an hausfraulichen Qualitäten.

»Komm schon, sei ehrlich«, murmelte er, während sie zusah, wie der Schaum wie Champagner über die Ecken der Spüle quoll. »Ralph war wirklich überhaupt nicht dein Typ.«
»Er war zwei Jahre lang mein Typ«, antwortete Izzy, nach außen hin ruhig. Ihre Hände aber zitterten, deshalb griff sie nach Ginas geliebten Gummihandschuhen, streifte sie schnell über und tauchte sie in den Abwasch. Mit einer Kopfbewegung Richtung Geschirrhandtuch sagte sie: »Und falls du dich wirklich nützlich machen willst, kannst du abtrocknen.«
Sam machte einen kleinen Schritt rückwärts und bewunderte das tiefe V gebräunter Haut, das ihr Kleid preisgab, es war faktisch rückenfrei. Er widerstand der Versuchung, mit einem Finger ihr Rückgrat zu kosen, und sagte nur sanft: »Du wechselst das Thema.«
»Welches Thema denn?« Sie atmete tief durch, das beruhigte, und ließ frisches Wasser über eine Schüssel laufen, die sie geschrubbt hatte. »Ich weiß nur, daß Gina es nicht ausstehen kann, wenn das Geschirr nicht weggeräumt ist.«
»Izzy«, sagte er freundlich. »Du magst ja vieles sein, aber du bist nicht dumm.«
Unfähig, über eine passende Antwort auf seine Bemerkung nachzudenken, ging Izzy auf Nummer Sicher und sagte gar nichts. Einen Augenblick später berührte Sams Mund ihre feinen Nackenhaare, und Izzy, die auf so was gefaßt gewesen war, war völlig unfähig, etwas gegen das sehnsüchtige Erschauern zu tun, das aus ihrem Bauch hochstieg. Als seine warmen Hände sich um ihre Taille legten und seine Lippen zu ihrer Schulter wanderten, gab sie beinahe auf.
Aber das war Ginas Haus, und sie hatte ihr etwas versprochen. Außerdem, Sam zog ohnehin in weniger als

zwei Wochen aus ... ein wenig zu warten hatte noch niemandem geschadet. Schon gar nicht, ermahnte sie sich, einem Mann wie Sam Sheridan, der wahrscheinlich noch nie in seinem Leben warten mußte.

Aber seine Zunge bewegte sich gerade langsam entlang ihres Schlüsselbeins. Da war Izzy schon immer besonders empfindlich gewesen, das war einfach nicht fair. Sie wand sich vor unterdrücktem Verlangen und mußte den letzten Rest von Willenskraft aufbieten, um sich nicht umzudrehen.

Statt dessen konzentrierte sie sich wild entschlossen auf den Abwasch, und schaffte es – irgendwie – einen weiteren Teller abzuspülen. Dann, als sie endlich zu der Auffassung gelangte, sie sei wieder in der Lage, annähernd normal zu sprechen, sagte sie absichtlich schnoddrig: »Haben die irgend etwas in deine Garnelen getan, Sam, oder stehst du vielleicht ein wenig auf Gummihandschuhe?«

Mit einem Achselzucken drückte er ihr einen leichten Kuß auf den Kopf und trat zurück. »Ich bin nur neugierig.«

»Auf mich?« fragte Izzy. Sie schwankte zwischen Erleichterung, weil er aufgehört hatte, und Verärgerung, weil er es nicht weiter versucht hatte. Schließlich gab es nichts Übleres, als zu schnell aufzugeben. »Du hast gedacht, ich wäre eine leichte Beute«, fuhr sie fort und schaute ihn herausfordernd an. »Stimmt doch?«

»Überhaupt nicht.« Er ging zum Küchenschrank, öffnete eine Flasche Scotch und schenkte zwei Gläser ein. »Ich war einfach neugierig, wie ich's gesagt habe. Ich möchte dich nicht schockieren«, fügte er mit schwachem Lächeln hinzu, »aber wenn zwei Menschen sich attraktiv finden, wenn beide ungebunden sind und über ein gewisses Alter hinaus ... nun, dann ...«

»Ich hab schon davon gehört«, antwortete Izzy hastig. Sie wollte ihn nicht ärgern und lächelte zurück. »Kat hat mir alles über die Vögel und Bienen erzählt, als sie zwölf war. Aber ...«

»Aber?« wiederholte Sam mit einer Spur Ironie in der Stimme.

Izzy war es unangenehm klar, daß sie das alles nicht richtig durchdacht hatte, sie wischte mit dem Rücken ihrer schaumigen Hand eine Haarsträhne aus der Stirn und sagte, so liebenswürdig sie konnte: »Also, es würde etwas kaputtmachen. Wir verstehen uns jetzt gut. Wir sind Freunde, oder nicht?«

Sam nickte. Er glaubte ihr nicht eine Sekunde, war aber neugierig zu hören, was sie auf Lager hatte.

»Es könnte unsere Freundschaft zerstören«, meinte sie schnell, »und das wäre schrecklich.«

»Würde es nicht, und außerdem wäre es überhaupt nicht schrecklich.«

Jetzt atmete sie tief durch. »Es ist einfach keine gute Idee.«

»Okay.« Er hob die Hände. »Wenn es das ist, was du wirklich empfindest. Wir müssen deshalb ja nicht in Panik geraten. Es war nur so ein Gedanke.«

»Nett von dir, daß du an mich gedacht hast«, sagte Izzy matt und war beleidigt, daß er sich weigerte, auch nur einen ernsthaften Versuch zu machen, sie zu verführen. Falls das alles an Hartnäckigkeit war, die er aufbringen konnte, dann war es kein Wunder, daß er nie geheiratet hatte.

»Ist schon in Ordnung«, sagte Sam, jetzt offen amüsiert. »Das war mein Fehler. Ich hätte wissen müssen, daß du nicht zu der Sorte Mädchen gehörst.«

»Du bist nicht böse?«

Er schenkte ihr ein wehmütiges Lächeln. »Fast gar nicht, danke.«
»Gut.« Sie wollte ihr Glück erzwingen, das wußte sie, aber der Sieg über jemanden so Ersehnenswerten wie Sam war unendlich süß. Und bald... ungefähr in zwei Wochen, um genau zu sein... würde sie einen noch größeren erringen. Sie warf das Spültuch in die Spüle, ging durch die schwach erleuchtete Küche, stellte sich auf die Zehenspitzen und gab ihm einen liebevollen schwesterlichen Kuß auf die Wange. »Gute Freunde sind wichtiger als Liebhaber«, murmelte sie. »Immer.«
»Hängt davon ab, wie gut sie sind«, sagte Sam, der sich unter Kontrolle hatte. Dieses Miststück, dachte er, er wußte jetzt, daß sie ihn an der Nase herumführte.
»Gute Nacht, Sam«, sagte Izzy ernst. »Gute Nacht, mein lieber Freund.«

14

Die Erkenntnis, daß sie Andrew zurückbekommen könnte, hatte Gina schlagartig aktiv werden lassen. Sie hatte begonnen, einen stürmischen Feldzug zu planen, um das zu erreichen, und sich halsstarrig geweigert, auf Izzys Proteste zu hören, daß sie das alles ganz sicher nicht so gemeint hätte. Die schreckliche Apathie, die sie die letzten Monate nicht losgelassen hatte, streifte sie ab wie Clark Kent seine Bürokleidung und ersetzte sie durch eine wahre Welle von Enthusiasmus. Sie hatte beinahe sieben Kilo an Gewicht verloren – was ihr wirklich nicht stand –, jetzt hatte sie wieder Appetit und begann zu essen, sie hatte sich die Haare wieder kurz geschnitten und ihre Beine mit Hilfe von Wachs zu einer Augenweide gemacht. Ungeachtet der wenig freundlichen Briefe von der

Bank, stürzte sie sich in eine neuerliche Kauforgie, aber dieses Mal mit Freuden und voller Absicht, denn nichts war zu gut für Andrew. Wer würde sich im Traum einfallen lassen, Unterwäsche zu tragen, die nicht zur Kleidung paßte, und Kleidung, die nicht zu den Charles-Jourdan-Schuhen paßte.

Und da nun nichts mehr unmöglich schien, erschreckte der Gedanke, die neu entdeckte Unabhängigkeit durch einen Job zu gewinnen, Gina nicht mehr zu Tode. Ihr Vorhaben, sich selbst zu beweisen, daß sie völlig anders war als diese träge, ungepflegte Kreatur, mit der Andrew so stumpfsinnig – und vorübergehend – gelebt hatte, war ein wesentlich effektiverer Ansporn als Izzys nebulöse Ermahnungen, »doch mal rauszugehen und etwas zu tun«, es je gewesen waren.

»Wohin gehst du?« fragte Izzy mißtrauisch ein paar Tage später, als Gina unten auftauchte, geschminkt, parfümiert und mit einem neuen marineblauen Kostüm im Chanel-Stil, das verdächtig nach einem Modell aussah und das zweifellos den Zweigstellenleiter der Bank erneut in tiefe Depressionen stürzen würde. Unter diesen Umständen tat er Izzy sogar leid.

Gina, die eine neue, ein wenig tiefere und hoffentlich respektgebietendere Stimme in ihrem Schlafzimmer einstudiert hatte, sagte: »Ich habe gleich einen Vorstellungstermin.«

Aber Izzy wirkte nur noch beunruhigter.

»Fehlt dir irgend etwas Ansteckendes?«

»Nein, mir fehlt nichts.« Enttäuscht kehrte Gina zu ihrer normalen Stimme zurück. »Du solltest mich eigentlich unterstützen.«

»Das hab ich versucht«, erinnerte Izzy sie. »Und es ist verflucht schiefgegangen.« Dann riß sie sich zusammen. »Aber

ich freue mich, daß du dir Arbeit suchst; das wird dir sicher unglaublich gut tun. Was ist es denn für eine Stelle?«
Es würde ihr zweifellos unglaublich gut tun, dachte Gina, kaum in der Lage, ein Lächeln zu unterdrücken. Sie war den Plan hundertmal durchgegangen, allein der Gedanke daran versetzte ihr einen Adrenalinstoß. Das Vorstellungsgespräch war auf elf Uhr festgesetzt und mußte mittags vorbei sein. Dann, mit dem Job in der Tasche, würde sie kurz vor halb eins in Andrews Büro ankommen und darauf bestehen... *darauf bestehen,* daß er mit ihr zum Essen ging, um zu feiern. Von hier an wurden die Einzelheiten etwas verschwommener; sie wußte nur, Andrew würde sie in neuem und absolutem Top-Zustand sehen, sie würde ihn treffen, ohne diese gräßliche Marcy im Schlepptau, und es würde der glücklichste Nachmittag ihres Lebens werden...
»Bist du *sicher*, daß es dir gutgeht?« Izzy wedelte mit der Hand vor ihrem Gesicht und holte sie wieder auf den Boden zurück.
»Natürlich. Es handelt sich um Verkauf«, sagte Gina mit erneuertem Stolz, »bei Therese Verdun, gleich bei der Bond Street.«
Therese Verdun war eines der exklusivsten Bekleidungsgeschäfte in London.
Natürlich, dachte Izzy, ich hätte es mir denken können.

»Ja?« bellte Andrew, als seine Sekretärin mittags in sein Büro durchstellte.
»Äh, Mr. Lawrence, Ihre Frau ist hier und möchte Sie sehen«, sagte Pam und versuchte ihrer Erregung Herr zu werden.
Letzte Nacht war sie lange aufgeblieben, um sich den Film *Fatal Attraction* anzuschauen, deshalb setzte sie

große Hoffnung in dieses Zusammentreffen, das im richtigen Leben stattfand. Gina schaute zwar nicht so aus, als hätte sie ein Gewehr dabei, aber man wußte ja nie. Und Andrew Lawrence war in den letzten paar Wochen in derart mieser Stimmung gewesen, daß Pam, was immer ihm jetzt auch zustoßen mochte, es bereits verziehen hatte.

»Schicken Sie sie rein«, befahl die blecherne Stimme durch die Sprechanlage. Gina lächelte Pam an. Pam, die gerade beschloß, daß sie schließlich nicht unbedingt in die Mittagspause gehen mußte, lächelte zurück. Andrew, in seinem Büro versteckt, lächelte überhaupt nicht.

»Liebling!« sagte Gina, als die Tür sanft hinter ihr geschlossen worden war. Sie stieß auf ihn herab, wie ein schmaler, eleganter Vogel, hüllte ihn in eine Wolke von frisch gesprühtem Shalimar und küßte ihn auf die Wange. »Na, ist das eine Überraschung? Ich hätte dich anrufen sollen, aber ich war so aufgeregt, ich mußte einfach kommen und es dir erzählen... ich habe gerade den fabelhaftesten aller Arbeitsplätze gefunden, und ich wollte, daß du der erste bist, der es erfährt!«

»Das ist...«, begann Andrew, den ihr Erscheinen völlig überrumpelt hatte; aber Gina hatte die Sätze zu oft geprobt, um ihm zu erlauben, sie zu unterbrechen.

»Und das alles verdanke ich dir, denn wenn du mich nicht verlassen hättest, hätte ich nicht einmal darüber nachgedacht, arbeiten zu gehen!« schnatterte sie fröhlich. »Deshalb bestehe ich darauf, absolut, dich zum Essen auszuführen.«

»Gut, aber...«

»Keine Ausreden«, fuhr sie mit gespieltem Ernst fort. »Ich habe es mit Pam abgecheckt, um sicherzugehen, daß du keine anderweitigen Verabredungen hast, und außerdem... warum, um alles in der Welt, sollte man Wert auf eine zivilisierte Scheidung legen, wenn man seinem Ehemann nicht ab und zu ein wunderbares Mittagessen bei Emile spendieren kann?«

Es ging alles katastrophal schief, dachte sie wie betäubt eine Stunde später. Hier war sie nun, machte und sagte alles wie geplant, hier saßen sie in Andrews bevorzugtem – und ruinös teurem – Restaurant, und hier war Andrew, der sich weigerte mitzumachen, mit der Halsstarrigkeit eines kleinen Jungen, der nicht zurück ins Internat wollte.
»Noch eine Flasche Wein?« fragte sie verzweifelt, aber er schüttelte nur den Kopf und sah wieder auf die Uhr. Gina schaute sich hilflos um. An den anderen Tischen saßen nur Paare, die sich amüsierten. Sie begann in Windeseile ein lebhaftes Gespräch. Ihr neuer Job wurde bedeutender und bedeutender... praktisch leitete sie die gesamte Firma ... und Andrew war immer noch nicht so beeindruckt, wie er es hätte sein sollen. Er zeigte auch wenig sichtbares Interesse an ihren deutlich übertriebenen Geschichten über das Zusammenleben mit Izzy und Sam. Wenn er sich nicht bald zusammenriß und sich ein bißchen anstrengte, dachte Gina, als die ersten Zeichen von Panik an ihr zu zerren begannen, dann wußte sie nicht, was sie tun würde.
»Ich hoffe, Marcy kocht dir kein zu opulentes Abendessen«, sagte sie, obwohl er wirklich nicht viel gegessen hatte.
Andrew schüttelte den Kopf. Wenn er noch mal auf die Uhr sah, dachte Gina, würde sie sie ihm vom Handgelenk reißen und quer durchs Restaurant werfen.
»Und das Baby?« fuhr sie fort, eine Spur zu munter. »Geht da alles glatt? Ich hoffe doch, Marcy ist ja voll mit Geburtsvorbereitungskursen beschäftigt...«

»Gina, laß das«, sagte er abrupt. »Schau mal, ich danke dir für das Essen, und ich freue mich wirklich über deinen Job, aber ich muß zurück ins Büro. Du brauchst mich nicht zurückzubringen, ich kann ein Taxi nehmen.«
Die Phantasie war nicht Wirklichkeit geworden; die Farce war vorbei. Gina war nicht in der Lage, das zu ertragen. Ihre Augen füllten sich mit Tränen, sie stand ruckartig auf, fegte die Gabel von ihrem Teller und bespritzte ihren Rock mit Madeira-Sauce. »Andrew, bitte, du kannst so nicht gehen. Du verstehst nicht ...«
»Ich verstehe sehr wohl.« Er wußte nicht, wer mehr zu bedauern war, Gina oder er selbst. Er war lediglich unglücklich, wohingegen sie unter einem chronischen Mangel an Selbstvertrauen litt. »Du hast dir einen wunderbaren Job beschafft, du fängst ein neues Leben an, und ich bin *froh* darüber.«
Jetzt flossen die Tränen, ruinierten ihr Make-up und zogen die Aufmerksamkeit der anderen Gäste auf sich. »Aber ich *habe* kein neues Leben«, schluchzte sie, während sie verzweifelt mit einer schneeweißen Serviette an dem burgunderfarbenen Fleck auf ihrem Rock herumwischte. »Und ich habe auch keinen wundervollen Job. Ich habe überhaupt keinen Job, weil sie mich nicht genommen haben. Sie sagten, ich bräuchte Erfahrung«, heulte sie anklagend, »und ich hatte keine, weil ich immer nur deine Frau gewesen bin!«
Irgendwie schaffte er es, sie aus dem Restaurant zu schieben. Eine Handvoll Zehner, die er eigentlich nicht entbehren konnte, deckten gerade so die Rechnung. Als sie am Auto ankamen, heulte Gina erbärmlich und konnte kaum mehr stehen. Die Tatsache, daß sie blind war für die erstaunten Blicke der Passanten, überzeugte ihn davon, daß ihr Kummer echt war.

»Ich kann nicht fahren, l... laß mich nicht f... fahren«, bettelte sie schluchzend. »Das letzte Mal, als ich in der Verfassung war, habe ich beinahe jemanden get... tötet.«
»Gut, mach dir keine Sorgen«, sagte er und betete, daß er noch nicht zu weit gegangen war. »Ich werde dich heimbringen.«
»Ich schäme mich so.«
»Mannomann«, sagte ein Mann, der gerade einen Laster entlud. »Was hat sie sich denn geholt, Syphilis?«
»Steig ein«, befahl Andrew, hin und her gerissen zwischen Verärgerung und Mitgefühl. Wieder einmal lastete das erdrückende Gewicht von Verantwortung auf ihm. Er akzeptierte zwar, daß er an diesem ganzen erbärmlichen Durcheinander schuld war, fragte sich aber trotzdem, warum gerade er derjenige sein mußte, dessen Frau nicht damit fertig wurde, während andere Männer einfach davonkamen.

»Mannomann«, sagte Katerina und wiederholte unwissentlich die Worte des Lastwagenfahrers, als sie die Haustür öffnete und Ginas geschwollenes, verschmiertes Gesicht sah.
»Tut mir leid.« Andrew deutete entschuldigend Richtung Türklingel. »Gina konnte ihren Schlüssel nicht finden.«
Katerina betrachtete ihn interessiert. Eine in Tränen aufgelöste Gina war nichts Neues – auch wenn sie heute besonders furchtbar aussah –, aber soweit Katerina sich erinnern konnte, hatte sie das Haus heute morgen in ungewöhnlich guter Stimmung verlassen, als sie zum Vorstellungsgespräch ging. So wie sie jetzt aussah, konnte sie nur vermuten, daß Gina den Job nicht bekommen hatte.
»Schon in Ordnung«, antwortete sie munter und überlegte, ob der Mann der Besitzer des Bekleidungsgeschäftes war. »Aber ich bin neugierig. Wer sind Sie?«

Die Situation war ziemlich bizarr; im Moment hatte er Gina beinahe vergessen. Er hatte sich schon zusammengereimt, wer Katerina war, und konnte nur ihren unerschrockenen Blick erwidern. Sie trug ein ausgewaschenes, honigfarbenes Sweatshirt und knielange weiße Leggings, ihr glänzendes braunes Haar hing bis auf die Schultern. Ihre Augen waren riesig und hellbraun, ihre Zähne sehr weiß. In der rechten Hand hielt sie einen Stift; in der linken ein Marmeladenbrot.

»Andrew Lawrence«, sagte er und erwartete, daß ihr Gesichtsausdruck sich veränderte und Verachtung ausdrückte. Daß Izzy ihn nicht leiden konnte, war während ihres kurzen Treffens letzte Woche nur allzu deutlich geworden.

Katerina jedoch lächelte und warf ihm einen so komplizenhaften Blick zu, daß er sofort wußte, sie war auf seiner Seite. Die Erleichterung war überwältigend.

»Klar sind Sie das.« Sie trat zur Seite und ließ ihn Gina in das Wohnzimmer führen. Andrew war nicht in der Lage, seinen Blick von ihrem Rücken zu wenden; diese schmalen Hüften und langen Beine waren in ihrer schlichten Eleganz hypnotisierend. Sie konnte kaum älter als achtzehn Jahre sein. »Ich überlasse Sie jetzt besser sich selbst.« Auf dem Wohnzimmerteppich waren Schulbücher verstreut. Innerhalb von Sekunden hatte Katerina sie aufgesammelt und stand im Türrahmen. Als sie Andrew dabei zusah, wie er seine Frau in einen der pfirsichfarbenen Sessel plazierte, sagte sie ruhig: »Wissen Sie, wer ich bin?«

Er richtete sich auf, zog seine Krawatte zurecht und ließ Ginas Autoschlüssel auf den Teetisch fallen. Er mochte nicht viel zu dem Gespräch im Restaurant beigetragen haben, aber zumindest hatte er zugehört. »Sie sind die Tüchtige«, sagte er mit ruhiger Stimme, »die das Geschirr spült.« »Genau.« Jetzt lachte Katerina. »Natürlich bin ich das. Wie klug von Ihnen, das zu erraten.«

Er hatte vorgehabt, Gina abzusetzen und sofort wieder zu gehen. Statt dessen rief er im Büro an und sagte, er würde heute nachmittag nicht mehr kommen, was den Büroklatsch unglaublich anheizen würde. Und nach einer halben Stunde halbherzigen Versuchs, seine untröstliche Frau zu trösten, wurde er durch das Geräusch von Schritten, die die Treppe herunterkamen, belohnt. Er riß Gina ihre Teetasse aus der Hand und murmelte irgend etwas von Auffüllen, schoß durch die Tür und stolperte fast in Katerina hinein.

Sie trug eine weiße Jeansjacke und eine große Segeltuchtasche, vollgestopft mit Büchern.

»Wie läuft's?«

Andrew verzog sein Gesicht. »So wie immer. Sehen Sie, ich wollte gerade gehen, aber ich würde gerne mit Ihnen reden... über Gina. Kann ich Sie irgendwo absetzen?«

»Ich fürchte, nein.«

»Oh.«

»Es ist nicht so, daß ich das Angebot nicht zu schätzen wüßte«, erklärte sie und begann zu lächeln. Er sah so bestürzt aus, fast bemitleidenswert. Sie flüsterte weithin hörbar, während sie sich zu ihm hinbeugte: »Sie haben kein Auto.«

»Verdammt.« Gleichzeitig war Andrew erleichtert, weil die Ablehnung sich nicht auf ihn bezog. Er verdrängte, daß er sich schon das Essen nicht hatte leisten können, und sagte: »Ich rufe ein Taxi.«

Katerina lächelte noch mehr, als sie ihre schwere Tasche schulterte. »Warum gehen wir nicht einfach zur U-Bahn-Station? Dann können wir uns unterwegs unterhalten.«

Ich bin im Victoria and Albert Museum, und irgend etwas sehr Seltsames geschieht mit mir, dachte Katerina eine Stunde später. Sie wußte nicht, wie oder warum es geschah; es war einfach so. Und um nichts, aber auch gar nichts auf der Welt konnte sie es aufhalten oder kontrollieren.

Sie wußte nicht einmal, was sie überhaupt in diesem Museum zu suchen hatten; es war einfach zuviel zu erzählen gewesen und zuwenig Zeit, um es zu sagen. Dann hatte Andrew vorgeschlagen, unterwegs irgendwo einen Kaffee zu trinken, und irgendwo war dann irgendwie das gute alte V&A geworden. Jetzt saßen sie also nebeneinander im Restaurant im Erdgeschoß, eingekreist von lärmenden, übergewichtigen Amerikanern und schlanken, plappernden Japanern, und Katerina spürte lediglich die Tragweite der Situation, die sie immer noch nicht ganz verstand. Nach außen hin war sie sie selbst, drehte eine Haarsträhne zwischen zwei Fingern, während sie – in praktischen Worten – Ginas mangelndes Selbstvertrauen diskutierte und was man daran ändern könne.

Aber im Inneren war sie nicht mehr sie selbst. Während ihr Mund sprach, hatte sich in ihrem Magen ein gigantischer Kloß gebildet, und ihr Handgelenk, das Andrew zufällig berührt hatte, brannte, *brannte* wirklich, nur durch diesen kurzen körperlichen Kontakt. Jedenfalls, solange sie weitersprach – und über seine Eheprobleme in einer distanzierten, erwachsenen Art zu sprechen war erstaunlich einfach –, konnte sie Andrew Lawrence genauer studieren. Er sah nicht unglaublich gut aus wie manch andere Männer ... Sam zum Beispiel ..., aber da war etwas in seinen grauen Augen, seinen schmalen Wangen und dem glatten hellbraunen Haar, das wesentlich anziehender war. Er sah abgehärmt aus, schien gegen eine Übermacht zu kämpfen, um das Beste aus der Situation zu machen, in die er sich manövriert hatte, und wenn er lächelte, veränderten sich seine Züge; sein ganzes Gesicht leuchtete auf, und die Jahre schmolzen dahin.

»Ich sollte Ihnen das wirklich nicht alles erzählen«, sagte er endlich und rührte in seinem längst kalten Milchkaffee. »Schließlich ist es nicht Ihr Problem.«

»Aber es ist so schrecklich«, stieß Katerina hervor, und ihre Augen füllten sich fast mit für sie uncharakteristischen Tränen. »Und so unfair ... Gott, wir hatten keine Ahnung! Mum sagte, daß ...«

»Ja?« Andrew hakte freundlich nach. »Was hat Mum gesagt?«

Sie konnte ihn nicht anlügen, fixierte ihn mit ihren riesigen braunen Augen und murmelte: »Nun, sie erwähnte beiläufig, daß Marcy eine ziemlich dumme Pute sei.«

Er nahm die Worte mit einem nachdenklichen Nicken zur Kenntnis, dann lächelte er, denn schließlich war er hier, mit Katerina Van Asch. Das Leben bot anscheinend auch Entschädigungen. Er überlegte gerade, wie er diese besondere Entschädigung, die sich ihm bot, handhaben sollte. Das Bedürfnis, sie noch mal zu berühren ... rein zufällig natürlich ... war beinahe überwältigend.

»Es ist alles meine Schuld; ich habe mich wie ein kompletter Idiot benommen«, gestand er. »Ich war verheiratet, ich dachte, ich hätte mich in eine andere Frau verliebt ... und als ich feststellte, daß das nicht zutraf, war es bereits zu spät.«

»Sie sollten sich nicht die Schuld geben«, sagte Katerina entrüstet. »Es war einfach dumm von ihr, schwanger zu werden. Eine Menge anderer Männer hätten sie schlicht sitzenlassen.«

Das Restaurant leerte sich schnell; es war fast sechs Uhr, und Reinigungskräfte schoben schon ihre Maschinen herum. Andrew wußte um ihre mißbilligenden Blicke und daß die Zeit knapp wurde. Er konnte sich nicht mehr stoppen. Er nahm Katerinas Hand, drückte sie kurz und lächelte. »Danke, ich wünschte, ich hätte Sie vor sechs Monaten getroffen.« Noch besser wäre, dachte er, er wäre zwanzig Jahre jünger und noch ledig.
Aber Katerina wußte nur, daß Andrew Lawrence bereits ihr Leben verändert und daß sie siebzehn Jahre Vorsicht in den Wind geschrieben hatte. Sie streckte ihre Hand nach seiner aus, die er bereits zurückgezogen hatte, und hielt sie fest. Sie zitterte ein wenig, ihren Magen spürte sie schon lange nicht mehr, und sie war in ihrem Leben noch nie glücklicher gewesen.
»Das macht nichts«, hörte sie sich wie von weit weg sagen. »Du hast mich jetzt getroffen.«

15

Izzy war wild entschlossen, sich nichts anmerken zu lassen und nicht ungeduldig zu sein. Aber gleichzeitig war ihr nervenaufreibend klar, daß ein alleinstehender Mann wie Sam dauernd in Gefahr war. Eine weniger geduldige Frau als Izzy konnte ihn sich schnappen. Sie hielt schicklich Abstand, als er endlich in sein neues Apartment umzog, und schaffte es, in einem Zustand intensiver und köstlicher Vorfreude beinahe eine Woche lang durchzuhalten.
Als sie am darauffolgenden Samstag nachmittag aufwachte und feststellte, daß jetzt exakt die richtige Zeit war, Sam zu besuchen und ihren brillanten Plan endlich in die langersehnte Tat umzusetzen, wurde die Vorfreu-

de plötzlich fast unerträglich. Die Sonne schien. Es war warm. Letzte Nacht hatte sie einen äußerst lukrativen Job angeboten bekommen – so lukrativ, daß sie sich sofort ein besonders raffiniertes Kleid genehmigte, für das sie sich schon seit Wochen begeistert hatte. Und das Beste kam noch. Als sie endlich aufstand und ins leere Zimmer ihrer Tochter schlenderte, sah sie, daß Katerina darauf verzichtet hatte, ihre heißgeliebte rosafarbene Latzhose anzuziehen. Wenn das nicht Schicksal war, dachte Izzy glücklich, dann wußte sie nicht, was sonst, warf die Hose über den Arm und stürzte ins Badezimmer. Gina war unten und sah sich verzweifelt einen alten Schwarzweißfilm an.

»Wohin geht's denn?« fragte sie, als Izzy in ihrer blaßrosa Latzhose auftauchte. Sie trug sie über einem weißen Trägerhemd und hatte einen marineblau-pinkfarbenen Seidenschal um die Taille geschlungen. Marineblaue Lidschatten und mehr Wimperntusche als üblich trugen dazu bei, ihre Augen riesig erscheinen zu lassen, und sie hatte rosafarbenen Lippenstift aufgelegt. Eine dumme Frage, dachte Gina kläglich. Natürlich irgendwohin, wo sie sich prächtig amüsieren konnte.

Izzy bemerkte die Spur von Verzweiflung im Tonfall und daß Gina drauf und dran war zu fragen, ob sie mitkommen könne, und erwiderte lebhaft: »Mich von meiner besten Seite zeigen, beim Vorsingen.« Dann mußte sie über sich selbst lächeln. Denn irgendwie war dies genau das, was sie tun würde. Was das betraf, würde es sogar wechselseitig sein.

»Oh.« Gina verlor das Interesse und wandte sich wieder ihrem Film zu, der sie zweifellos zum Weinen bringen würde. »Übrigens, Kat bat mich, dir zu sagen, daß sie zu Simon gefahren ist. Es würde spät werden.«

Glückstreffer, dachte Izzy, schnappte sich Katerinas Krokodilohrringe aus der Schale am Kaminsims und befestigte sie sofort an ihren Ohren. Laut sagte sie: »Ein Hurra auf die Prüfungen«, denn Katerina haßte es, wenn sie sich ihre Ohrringe auslieh. Sie neigte den Kopf, überprüfte sich im Spiegel und fügte hinzu: »Obwohl, wenn du mich fragst, da steckt mehr dahinter, wenn sie immer verschwindet, das sieht ein Blinder.«

»Was, um alles in der Welt, meinst du?« Gina hatte letzte Nacht einen schauerlichen Bericht über Junkies im Teenageralter gesehen und dachte sofort an Drogen. Gott, das hatte ihr gerade noch gefehlt...

»Kat und Simon«, erklärte Izzy geduldig. »Sie können wirklich nicht soviel Zeit zusammen nur mit Lernen verbringen. Hast du nicht bemerkt, wie verändert sie die letzten paar Wochen war? *Daran* sind nicht Chemie und Physik schuld«, schloß sie zufrieden, lockerte ihr Haar und zog die Hosenträger zurecht, damit mehr von ihrem Brustansatz zu sehen war. »Ich weiß, ich kann es ja selbst kaum glauben, aber es sieht so aus, als habe meine prächtige, zurückgebliebene Tochter doch noch herausgefunden, woraus kleine Jungs gemacht sind. Gott beschütze ihr Herz, sie ist *verlüübt.*«

»Du hast Krokodile an den Ohren«, konstatierte Sam, der gerade unter der Dusche gestanden hatte, als es an der Tür läutete. Die Tatsache, daß er nur ein olivgrünes Handtuch um die Hüften geschlungen hatte, machte Izzy unglaublich nervös, was lächerlich war. Wenn sie ihr Vorhaben heute abend ausführte, erinnerte sie sich, dann würde er letztendlich wesentlich weniger als ein Handtuch tragen.

»Da sind Haare auf deiner Brust«, erwiderte sie; ein schwacher Scherz, selbst bei ihren fürchterlichen Standards.

Er zwinkerte. »Ah, aber ich habe sie mir nicht von Katerina geborgt, ohne sie vorher zu fragen.«
»Woher willst du wissen, daß ich sie nicht gefragt habe?«
»Wenn du gefragt hättest«, sagte er grinsend, »hätte sie nein gesagt.«
Izzy biß sich beinahe auf die Unterlippe, aber der einzige Effekt wären lippenstiftverschmierte Zähne gewesen, also nahm sie lieber einen zerknirschten Ausdruck an. »Wirst du jetzt die Polizei rufen?«
»Nicht, wenn du Champagner mitgebracht hast«, sagte er, zu der riesigen Einkaufstasche spähend, die sie an ihre Brust gedrückt hielt.
»Alleinstehende Männer sind bekannt dafür, daß ihre Kühlschränke voll sind mit Champagner«, antwortete sie und ging Richtung Küche. »Dafür ist sonst fast nichts drin. Ich hab was viel Nützlicheres mitgebracht. Essen.«
»Du meinst, du wirst kochen?« Sam sah beunruhigt aus. »Zum Essen?«
»Keine Angst, ich war in einem italienischen Feinkostgeschäft«, sagte sie besänftigend. »Wir müssen es lediglich auspacken.«

Er konnte es nicht genau sagen, aber irgend etwas stimmte mit Izzy heute nicht. Bei einem gemütlichen späten Mittagessen mit geräuchertem Lachs, marinierten Muscheln, Salaten, Baguette und Camembert unterhielten sie sich zwanglos wie immer... wie es im *Chelsea Steps* lief, über Katerinas knospendes Liebesleben, Ginas drittes erfolgloses Vorstellungsgespräch... aber da war noch etwas anderes. Zwei Gläser Champagner hatten Izzy nicht in diesen Zustand versetzt; sie verbarg irgend etwas.

»Mach dir keine Sorgen um Katerina und Simon«, sagte er schließlich und beäugte sie mißtrauisch. »Was ist dir zugestoßen? Bist du verliebt?«
Izzy schob eine blaue Traube in den Mund und lächelte. »Ich? In wen könnte ich denn verliebt sein?«
»Ich weiß nicht. Zweifellos in jemand absolut Unpassenden.«
Wenn er sich den Medaillonmann in Erinnerung rief, den er letzte Woche im Pub getroffen hatte, durchzuckte ihn Unbehagen. Er war überrascht, wie sehr es ihn interessierte. »Du hast einen fürchterlichen Geschmack, was Männer betrifft, das weißt du.«
Sie schüttelte energisch den Kopf. »Hab ich nicht.«
»Doch, hast du.«
Wie süß, dachte Izzy entzückt. Was für eine Ironie. Sie wickelte eine Haarsträhne um ihre Finger und sah Sam mit einem unschuldigen Blick an. »Haben wir jetzt unseren ersten Krach?«
»Vielleicht.« Herrgott, sie war zum Haareraufen. »Warum, bist du deswegen gekommen?«
»Überhaupt nicht. Es ist nur so, daß ich recht habe und du unrecht, und ich liebe es, wenn das so ist.«
Soweit Sam sich erinnern konnte, war das noch nie der Fall gewesen. Izzy hatte ausgesprochenes Talent dafür, Fehler zu machen, sie machte einfach *alles* falsch. »Also, wer ist es?« fragte er und versuchte so zu klingen, als mache es ihm nichts aus.
Izzy fühlte sich prächtig und begann die letzten Trauben abzuzupfen. »Gut, ich weiß nicht, ob ich richtig verliebt bin, aber ein gewisses Verlangen spielt sicherlich eine Rolle. Er ist unglaublich attraktiv.«
»Oh, allererste Sahne«, rächte sich Sam. »Erzähl mir nicht, er trage auch noch weiße Kunstlederschuhe.«

»Du brauchst dich nicht über mich lustig machen«, sagte sie mit unbewegtem Gesicht. »Das Aussehen ist wichtig. Würdest du mit einem häßlichen Entlein ausgehen?«
Er bemerkte, daß er dieses Wortgefecht verlieren könnte, und sagte: »Es ist also wirklich ernst zwischen dir und diesem... Mann?«
Der Köder war gut, und Sam hatte angebissen. Izzy war zufrieden. Ihre Mission war – im Augenblick zumindest – erfüllt, sie leerte ihr Glas und schob ihren Stuhl zurück. Mit einem beiläufigen Achselzucken sagte sie: »Wer weiß, was passiert? Vielleicht wird's ernst. Wie auch immer, es macht sicherlich Spaß, das rauszufinden.«
Als sie nach ihrer Tasche griff, fragte Sam: »Du arbeitest heute?«
Izzy zog eine Grimasse. »Ja, und du?«
Er nickte.
»Gut. Ich bin jetzt weg.« Sie warf ihre Tasche über die Schulter und warf ihm ein strahlendes Lächeln zu. »Eine schöne Nacht wünsche ich dir, Sam. Amüsier dich! Ich werde das ganz bestimmt tun.«

Kurz nach Mitternacht erspähte Sam in der Menschenmenge am Rand der Tanzfläche Izzy. Sie wandte ihm den Rücken zu, und er konnte nicht sehen, mit wem sie da stand. Er zögerte kurz an der Bar, nicht ganz sicher, ob er ihren neuen Begleiter wirklich treffen wollte. Er war den ganzen Abend über ungewöhnlich nervös gewesen und traute sich selbst nicht so recht über den Weg. Vielleicht sagte er etwas, was er besser nicht sagen sollte.
Aber in dem Moment drehte Izzy sich um, entdeckte ihn, lächelte und kam rüber. Sie sah großartig aus in einem schillernden petrolblauen Kleid, das er noch nicht kann-

te, und mit locker zu einem Knoten hochgerafften Haaren. Sie gab ihm einen flüchtigen Kuß.
»Sam, ich liebe dein Lokal! Eben bin ich in Rod Stewart gelaufen...«
»Solange du ihm nichts vorsingst«, erwiderte Sam gelassen. Wenn es galt, ihre Karriere zu fördern, würde Izzy nicht zweimal überlegen und eine derartige Show abziehen. Er spähte über ihre Schulter und sagte: »Wo ist nun Mr. Universum?«
»Wer?«
»Das weißbeschuhte Wunder. Hast du ihn nicht mitgebracht, oder ist er unter dem Gewicht seines Schmucks zusammengebrochen?«
Izzy lächelte und lehnte sich an die Bar. »Ach, vielleicht ist er hier. Vielleicht spiele ich nur die Unnahbare, wie sie einem in den Zeitschriften immer nahelegen.«
»Du meinst, er ist nicht hier?« sagte Sam, ein wenig erleichtert. »Komm, ich spendier dir einen Drink.«
»Ich will keinen Drink.« Sie schüttelte den Kopf in Richtung des Barkeepers, der gerade auf sie zukam, machte eine winzige Pause und sagte dann langsam: »Ich möchte tanzen. Mit dir.«
Es war, als würde sie mit einem Holzklotz tanzen. »Tut mir leid«, flüsterte Sam ihr ins Ohr. »Ich kann das nicht machen. Ich tanze nicht mit Kundinnen.«
»Ich weiß«, antwortete Izzy, durch die momentane Zurückweisung enttäuscht. Sie bemühte sich wirklich, die langsame, gefühlvolle Musik tat – weiß Gott – ihr Bestes, aber Sam blieb so steif, wie ein Holzklotz nur steif sein konnte. »Aber ich bin keine wirkliche Kundin«, schalt sie ihn, »ich sollte nicht dazuzählen.«
»Ich weiß, ich weiß. Aber die Leute beobachten uns.« Sam überlegte, ob Izzy eine Ahnung hatte, wie unwohl er

sich gerade fühlte. Außerdem, wie war es möglich, daß sie dazu fähig war, mit so offenkundiger Schicklichkeit zu tanzen – ihre Körper berührten sich kaum, verflucht noch mal –, während sie es gleichzeitig fertigbrachte, ihm den untrüglichen Eindruck zu vermitteln, das sei mehr Verführung als ein Tanz?
»Dein Ruf wird ruiniert sein«, murmelte sie, während sie unmerklich näher kam, so daß er ihr Parfüm einatmen konnte. »Du weißt, was Frauen von Männern halten, die nicht tanzen können.«
»Ich kann tanzen«, preßte Sam zwischen seinen Zähnen hervor. »Ich kann's nur hier nicht.«
»Oh.« Izzy lächelte. »Also, wo genau kannst du es?«
»Was?«
»Komm schon, beweis es mir.«
Irgend etwas ging hier vor. In ihren Augen lag Unschuld, gleichzeitig sah sie aus, als würde sie gleich mit dem wunderbarsten Geheimnis herausplatzen. Als die Musik aufhörte, ergriff Sam ihre Hand und führte sie von der Tanzfläche weg. Er ignorierte die neugierigen Blicke, die die Stammgäste ihm zuwarfen.
Als sie in seinem Büro im ersten Stock ankamen, schob er Izzy rein und schloß hinter sich ab.
»Raus damit. Was soll das alles?«
»Alfieee«, sang Izzy in sich hinein. Aber ermutigt durch die Tatsache, daß er ihren Arm noch nicht losgelassen hatte, sagte sie: »Ich wollte nur wissen, ob du wirklich tanzen kannst.«
»Sehr witzig.«
»Mensch, Sam.« Sie klimperte mit ihren langen Wimpern. »Du bist wahnsinnig attraktiv, wenn du dich ärgerst.«
»Izzy, der Club ist brechend voll, Elton John wird jeden Moment eintreffen, und die Presseleute streunen

draußen rum wie läufige Meerkatzen. Ich hab was Besseres zu tun, als hier zu stehen und ...«
»Warum hältst du nicht den Mund«, sagte Izzy liebenswürdig, »und gibst mir einen Kuß?«

16

Zwei Minuten später machte sie einen unsicheren Schritt rückwärts und atmete langsam aus.
»Mensch, Izzy. Du bist wahnsinnig attraktiv, wenn du zerzaust bist«, äffte Sam sie nach.
Sie schüttelte den Kopf und brachte mit einer Hand ihre Haare in Ordnung. »Ich habe einfach nicht damit gerechnet ... tja, daß du das tust.«
»Du hast darum gebeten.« Er zuckte die Achseln, ein schwaches Lächeln umspielte seine Lippen. »Und du hast ihn gekriegt.«
»Oh, ich hab ihn gekriegt, in Ordnung.« Izzy überlegte, ob eine Wiederholungsvorstellung drin wäre. »Ich bin nur überrascht.«
»Weil du mich schockieren wolltest und es nicht geschafft hast? Wirklich, Izzy, ich bin nicht so naiv ... und du bist nicht so raffiniert, wenn ich das so sagen darf, obwohl ich immer noch nicht verstehe, warum du deine Meinung über mich geändert haben solltest. Vor ein paar Wochen«, erinnerte er sie spitz, »hast du nicht gedacht, es wäre eine besonders gute Idee.«
Sie hatte vorgehabt, die Verführerin zu sein, jetzt war Izzy überrumpelt. Sie hatte einfach nicht erwartet, daß Sam so gebieterisch ist, so völlig kontrolliert. »Vor ein paar Wochen«, murmelte sie und wurde ein wenig rot bei der Lüge, die sie ihm auftischte, »hast du noch in Ginas Haus gewohnt. Ich dachte, es wäre ihr gegenüber nicht

nett, wenn irgend etwas ... passiert ... wäre zwischen uns. Sie fühlt sich ohnehin schon einsam genug.«
»Wirklich«, sagte Sam gedehnt. »Wie unglaublich rücksichtsvoll von dir.«
Izzy zuckte die Achseln und sagte ganz bescheiden nichts.
»Und ich«, fuhr er sanft fort, »habe gedacht, es könnte vielleicht etwas damit zu tun haben, daß Gina dich faktisch gebeten hat, dich nicht auf mich einzulassen, solange wir beide unter ihrem Dach leben.«
Sie begann schallend zu lachen. »Du Schwindler! Was hast du gemacht, die Tage auf deinem Kalender durchgestrichen und mit dir selbst gewettet, wie lange es dauern würde, bis ich mich schamlos in deine Arme werfen würde, ich unverschämtes Flittchen?«
»Ich hab mit meiner gesamten Belegschaft gewettet, wo denkst du hin?« Er schaffte es, ein unbewegtes Gesicht zu machen, aber Izzys Fähigkeit, über sich selbst zu lachen, war eine der Eigenschaften, die er am unwiderstehlichsten fand. Viel zu viele Frauen, die es darauf anlegten, einen guten Eindruck zu machen, verloren ihren Sinn für Humor vollständig, wann immer sie selbst zur Zielscheibe des Scherzes wurden. Izzy jedoch lächelte immer noch, ziemlich unverfroren.
»Und, hast du gewonnen?«
Als er sie erneut an sich zog, den Duft von Diorella einatmete und spürte, wie ihr Körper unter seiner Berührung hilflos erschauerte, erkannte Sam, daß ihre Erregung so groß war wie seine. »Ich denke«, flüsterte er ihr ins Ohr, »ich bin gerade dabei, das herauszufinden.«
Das Klingeln des Telefons auf seinem Tisch sorgte Augenblicke später für eine abrupte Unterbrechung. Izzy, die praktisch drauf saß, als es läutete, machte einen Riesensatz.

»Das wird Wendy sein, am Empfang, um mir mitzuteilen, daß Elton John angekommen ist«, sagte Sam widerstrebend. Izzy verzog das Gesicht. »Sag ihm, daß er gerade einen Fan verloren hat.«

Aber als Sam den Hörer abnahm und eine Weile zuhörte, wußte sie plötzlich, daß etwas schieflief.

»Sag ihr, ich bin nicht da«, meinte er knapp, und Izzy verließ der Mut. Dann fauchte er schließlich ins Telefon: »Schon gut, ich komm runter« und knallte den Hörer auf die Gabel.

»Scheiße«, sagte Sam inbrünstig.

»Ich pflichte dir bei«, murmelte sie und machte sich auf das Schlimmste gefaßt. »Wer ist es?«

Sam schaute auf seine Uhr, dann in Izzys enttäuschtes Gesicht, stieß einen Seufzer aus und sagte: »Ihr Name ist Vivienne Bresnick; ich habe sie vor einem Jahr in New York kennengelernt, und wir hatten eine dieser Beziehungen, in denen dauernd Schluß gemacht wird... es war von Anfang an zum Scheitern verurteilt, aber Vivienne ist eine dieser Frauen, die sich nicht so leicht abschütteln lassen. Sie gibt einfach nicht auf. Ich habe nicht ihretwegen New York verlassen«, meinte er gelassen, »aber sie war sicher ein zusätzlicher Anreiz.«

»Du bist also nicht wahnsinnig in sie verliebt?« Izzy wurde wieder lebhaft bei dem Gedanken, daß nicht alles verloren war.

»Bin ich nicht«, antwortete er mit fester Stimme und einem Anflug von Spott in seinen Mundwinkeln. »Aber sie taucht hier mitten in der Nacht auf und wird wahrscheinlich nicht seelenruhig mit dem nächsten Flugzeug zurück in die Staaten fliegen.« Er strich mit einem Finger zärtlich über ihre Wange und fügte mit einem Lächeln des Bedauerns hinzu: »Das tut mir wirklich leid.«

Ein Gespräch über Coitus interruptus, dachte Izzy. Von allem anderen abgesehen, hatte sie umsonst ihre Beine rasiert. »Es tut dir nicht halb so leid wie mir«, sagte sie bedauernd.

Sie hatte mit sich selbst gewettet, daß Vivienne Bresnick groß, braungebrannt und gefährlich blond sein würde, deshalb hätte Izzy sie sofort erkannt, auch wenn sie nicht von Koffern umgeben gewesen wäre – ein Set von Louis-Vuitton-Koffern, was sonst.

»Sam!« rief Vivienne, warf ihr fast taillenlanges Haar zurück und flog in seine Arme, sobald er am Treppenabsatz auftauchte. »Ich weiß, ich hätte anrufen sollen, aber ich wollte dich überraschen.«

»Und ich überlasse großzügig Vivienne das Feld«, murmelte Izzy in sich hinein, als sie unbemerkt durch den schwacherleuchteten, eichengetäfelten Flur und aus dem Club schlüpfte. Vielleicht würde sie kurz beim Chinesen vorbeischauen auf dem Heimweg und Schweinefleisch Su Ma und Garnelen mit Ananas mitnehmen, als Festschmaus für Katerina.

Aber als sie vierzig Minuten später das Haus betrat, war ihre Tochter nicht da.

Wie war es nur möglich, so glücklich zu sein, wunderte sich Katerina, die immer noch nicht glauben konnte, daß ein derartiger Zustand – auf den sie ein Recht hatte – wirklich existieren konnte. Als sie in die Straße einbogen, die sie zurück zum Kingsley Grove führen würde, begann die Freude sich jedoch teilweise aufzulösen. Sie lehnte sich fester in Andrews Arm, den er um ihre Taille geschlungen hatte, und betete, der Abend möge sich ins Unendliche ausdehnen...

»Ich wünschte, es wäre mehr möglich«, sagte Andrew, der anscheinend ihre Gedanken lesen konnte.
Als Antwort drückte Katerina seinen Arm. »Es macht mir nichts aus, es reicht schon. Schließlich haben wir uns beide.«
»Aber ich möchte mehr.« Er betrachtete verstimmt die Dächer der prächtigen gregorianischen Häuserreihe, deren Silhouetten in den orangeroten Himmel aufragten, und dachte über die Ironie nach, daß es so viele Häuser gab und sie nirgendwo hinkonnten – er nirgendwo eine ganze Nacht mit Kat verbringen konnte.
Er zog sie langsam in den Schatten, lehnte sie zurück an eine hohe Steinmauer, küßte sie und sagte: »Es ist nicht fair dir gegenüber.« Als sie den Mund aufmachte, um zu protestieren, bedeckte er ihn mit seinen Fingern. »Es ist uns beiden gegenüber nicht fair, aber besonders dir gegenüber. So sollte ein schönes, siebzehnjähriges Schulmädchen nicht seine Abende verbringen.«
»Du weißt nicht, wie meine Abende bisher waren. Alles, was ich bisher gemacht habe, ist lernen. Du würdest nicht glauben, für wie *wichtig* ich das gehalten habe. Ich habe einfach nicht gewußt, daß es andere Dinge im Leben gibt, die wichtiger sein könnten...«
»Und du weißt nicht, wie wichtig du für mich bist«, murmelte Andrew, »aber das ist nicht das, was du verdienst. Ich bin zu alt für dich, ich lebe in Scheidung, und ich bin gefangen in einer hoffnungslosen Beziehung zu einer Frau, die...«
»Aber das ist nicht deine Schuld«, unterbrach ihn Katerina, bevor er das Baby erwähnen konnte. Sie haßte es, auch nur daran zu denken; in ihren Phantasien brach Marcy immer tränenüberströmt zusammen, gestand, daß Andrew doch nicht der Vater sei, und wanderte prompt nach Neuseeland aus.

»Was macht das für einen Unterschied?« Andrew schaute finster in die Dunkelheit. »Ich bin erledigt, finanziell. Das einzige, was ich möchte, ist, schnell mit dir in ein Hotel verschwinden, und nicht einmal das kann ich mir im Moment leisten.«

Katerina war insgeheim erleichtert. Bei allem, was sie für Andrew empfand, ihr Gewissen machte ihr doch zu schaffen; solange sie noch nicht miteinander schliefen, konnte sie sich immer noch einreden, daß das, was sie tat, nicht *allzu* falsch war.

Und obwohl sie wußte, daß das verrückt war, hatte sie doch Angst vor diesem letzten Schritt. Mit Andrew zusammenzusein ... ihn zu küssen, Stunden in seinen Armen zu liegen und sich gegenseitig zu versichern, wie sehr sie sich nach einander sehnten ... das war eine Sache, aber es wirklich zu *tun,* eine ganz andere, und alles in allem eine beängstigende Aussicht. Sie wüßte nicht, was sie tun sollte. Sie könnte alles verkehrt machen, das wäre peinlich, und Andrew könnte das Interesse an ihr verlieren. Die Vorstellung war zu erschreckend, um überhaupt darüber nachzudenken.

»Es macht nichts«, wiederholte sie, strich Andrew das Haar aus der Stirn und beobachtete, wie die Falten auf wunderbare Art und Weise verschwanden. Wenn sie nur ihre anderen Probleme so leicht lösen könnte.

»Ich liebe dich«, sagte Andrew, und sie erschauerte. Wie konnten diese kleinen Worte sie derart erschauern lassen?

»Ich weiß«, sagte sie schlicht, schmiegte sich wieder in seine Arme und weigerte sich standhaft, an Gina, Marcy... das ungeborene Kind... zu denken. »Ich liebe dich auch.«

»Aber ich *liebe* dich«, wiederholte Vivienne, unglaublich enttäuscht angesichts Sams kompromißloser Haltung. Sie warf sich auf das Sofa, schwang ihre Haare zurück und kümmerte sich absichtlich nicht um ihren hochgeschobenen Rocksaum. Sie trug ein hellgraues Jersey-Top, das ihre unbritische Bräune hervorhob; nur leichte Schatten um ihre wunderschönen Augen verrieten, daß sie zu lange nicht geschlafen hatte.
»Und du brauchst nicht auf deine Uhr zu schauen«, sagte sie verzweifelt. »Mein Gott, Sam, du weißt doch sicher, wie man einem Mädchen das Gefühl vermittelt, willkommen zu sein.«
Es war fünf Uhr früh, und er hatte gerade überlegt, ob Izzy schon schlief. Wenn Vivienne nicht aufgetaucht wäre mit ihrem gewohnten Gefühl für das passende Timing...
»Du hättest mich wissen lassen sollen, daß du rüberkommst.« Er wollte sich nicht setzen, schritt im Wohnzimmer auf und ab, trank schwarzen Kaffee und beobachtete den Sonnenaufgang über dem Park.
»Du hättest nur verrückt gespielt«, schmollte Vivienne und vergrub sich noch mehr in ihrem Sessel. Sam bemerkte, wie schnell er wieder den englischen Tonfall angenommen hatte; ihre träge gedehnten Vokale hörten sich unglaublich affektiert an. Hinzu kam, daß sie immer einen leichten Hang zum Dramatischen gehabt hatte.
»Ich hätte dir gesagt, daß du die Reise umsonst machst.« Ein ausgewachsener Krach war nicht gerade das, was er jetzt brauchen konnte; er hatte um neun Uhr einen geschäftlichen Termin, und ein paar Stunden Schlaf vorher wären ganz hilfreich.
»Oh, Sam!« Sie streifte ihre Schuhe ab und zog die Beine hoch in den Sessel. »Also, was willst du jetzt machen, mich auf die Straße setzen?«

Das wäre wahrscheinlich das beste. Der Grund, warum Vivienne es so schwer fand, zu glauben, daß er nichts mehr von ihr wissen wollte, hatte auch mit ihrem Bankguthaben zu tun. Sie war die einzige Tochter von Gerald Bresnick, einem texanischen Ölbaron, und konnte höchstwahrscheinlich – wenn sie wirklich wollte – das gesamte Savoy mieten und hätte immer noch Kleingeld übrig für den Türsteher.
»Ich geh jetzt ins Bett«, sagte Sam ruhig. Er hatte keine Zeit für Debatten. »Du kannst im Gästezimmer schlafen, falls du bleibst.«
»Das haut mich um«, sagte Vivienne nachdenklich, mit schelmischem Unterton. »Du hörst dich beinahe an wie mein Exmann.«
Sam ging zur Tür, ohne zu antworten.
»Dabei dachte ich, du könntest mein nächster Ehemann werden.«
Er drehte sich um, um sie anzuschauen. »Vivienne, es ist vorbei. Du hättest wirklich nicht herkommen sollen.«
»Vielleicht nicht.« Sie zuckte die Achseln, offenbar völlig gelassen, dann warf sie ihm ein schwaches, sehnsuchtsvolles Lächeln zu. »Aber andererseits, vielleicht doch... Meine Mutter hat mir beigebracht, falls ein Mann es wert ist, daß man hinter ihm herjagt, dann ist er es wert, daß man ihm durch die ganze Welt hinterherjagt, also war's nicht gar so weit, von den Staaten hierherzufliegen. Außerdem«, fügte sie mit einer beiläufigen Geste hinzu, »was, zum Teufel, habe ich schon zu verlieren?«
Zum zweiten Mal hielt Sam entschlossen den Mund. Izzys Bild tauchte vor seinem inneren Auge auf... die notorisch ungeduldige, unzuverlässige, Warum-sich-mit-einem-Mann-begnügen-wenn-man-zwei-haben-kann-Izzy-Van-Asch, mit der er so viel lieber die Nacht verbracht hätte.

Vivienne mochte nichts zu verlieren haben, dachte er boshaft, aber falls es ihre Absicht gewesen war, rüberzukommen und jede romantische Verbindung zu verstören, die er gerade dabei war einzugehen, dann hatte sie die erste Runde gewonnen, spielend.

17 Es war so hart, fröhlich auszusehen, wenn man sich am liebsten im Bett verkriechen wollte; sollte die Welt sich doch allein weiterdrehen. Und es war noch härter, beschloß Gina bitter, wenn sie ruhig hinnehmen mußte, wie Izzy einer ihrer bevorzugten Freizeitbeschäftigungen frönte – sich zum Ausgehen vorbereiten.
Jetzt, als Izzy zum dritten Mal innerhalb von fünfzehn Minuten ins Wohnzimmer stürmte und eine extravagante Drehung vollführte, um ihr rotes Samtkleid herzuzeigen – diesmal mit roten Schuhen –, gab Gina den Versuch auf.
»Na?« fragte Izzy, mit glänzenden Lippen und um Zustimmung heischend. »Was sieht besser aus, rot oder schwarz? Sind die Strümpfe zu sehr...?«
An den Strümpfen waren rote Schleifen befestigt. Izzy sollte auf einem Wohltätigkeitsball in Henley singen und sah aus wie ein Saloonmädchen. Und sie sah aus, dachte Gina, genau wie... Izzy.
Der aufsteigende Unmut machte sich nun Luft. »Wenn du schon fragst«, gab sie zurück, »sie sind absolut scheußlich. Aber ich bin sicher, du wirst sie auf jeden Fall tragen.«
Izzy blieb mitten in der Drehung stehen. »Was?«
»Du wolltest meine Meinung hören, ich hab sie dir gesagt.«
Es war erstaunlich befriedigend, zu sehen, wie Izzys Gesichtsausdruck sich veränderte und ihr breites Lächeln gefror. Warum mußte sie immer so verflucht gute Laune

haben? »Obwohl ich nicht weiß, warum du dich darum kümmerst, denn du hast dich noch nie auch nur einen Deut dafür interessiert, was ich sage«, fuhr Gina fort, insgeheim verblüfft über den eigenen Mut, aber gleichzeitig beinahe aufgeheitert dadurch. »Du machst einfach unbekümmert weiter, glaubst, alles sei großartig, und überlegst keine Sekunde, was andere Leute von dir denken könnten.«

Izzy war zwar daran gewöhnt, mit gelegentlichen Zwischenrufern fertig zu werden, wenn sie arbeitete, aber dieser Frontalangriff auf ihre Persönlichkeit verschlug ihr für einen Moment völlig die Sprache, so verblüfft war sie.

»So ist das«, sagte sie schließlich, und überlegte, ob Gina vielleicht gerade mit einer Art Nervenzusammenbruch kämpfte. Abgesehen davon, daß sie heute mal das Bad eine Stunde lang in Beschlag genommen hatte, konnte sie sich nicht vorstellen, was sie so geärgert hatte, um einen derartigen Ausbruch auszulösen. »Und was genau denken andere Leute über mich?«

»Ich weiß es nicht«, sagte Gina gehässig. Der Adrenalinstoß ebbte ab; sie hatte Izzy verletzen wollen, und sie hatte es geschafft. Jetzt schämte sie sich ein bißchen.

»Nein, los jetzt. Sag's mir.« Izzys Augen begannen zu glitzern. »Das interessiert mich.«

»Du bist fast vierzig«, sagte Gina abwehrend. »Du solltest nicht Strümpfe mit Schleifchen tragen.«

»Und?«

Gina rutschte nervös auf ihrem Stuhl hin und her. »Gut. Wenn du es wissen willst, ich finde es peinlich, wenn meine Freunde mich fragen, womit du dir deinen Lebensunterhalt verdienst, und ich muß ihnen sagen, als Bardame.« Jetzt war es raus. Und es stimmte; von allem anderen abgesehen, war Izzy zu *alt,* um Bardame zu sein.

»So ist das«, sagte Izzy noch mal. Der Schock verwandelte sich jetzt in Wut; wie konnte Gina es wagen, so hochnäsig auf ihre Art, Geld für die Miete zu verdienen, herabzusehen? Sie neigte den Kopf zur Seite und fragte freundlich nach: »Ist es dir auch peinlich, wenn sie dich fragen, wie du für deinen Lebensunterhalt sorgst?«
Miststück, dachte Gina und wurde rot. Sie strich zitternd ihre Haare zurück, fühlte sich langsam ausmanövriert und sagte: »Letztendlich bin ich nicht dazu gezwungen, in einer Bar zu arbeiten.«
»Das bist du natürlich nicht. Du Glückliche«, gab Izzy zurück. Dann fügte sie aus schierem Stolz hinzu: »Und das ist auch nicht mein *Beruf.* Ich bin Sängerin.«
»Ich weiß, daß du Sängerin bist. Jeder weiß, daß du *Sängerin* bist«, schrie Gina, ohne diesmal auch nur zu überlegen. »Du erzählst es der ganzen verdammten Welt, und wenn du es schon wissen willst, das ist es, was alles so lächerlich macht ... Soweit ich weiß, hast du dein ganzes Leben damit zugebracht, zu denken, daß du eines Tages entdeckt und so was wie ein Star sein würdest, und du merkst nicht mal, daß es da draußen Hunderttausende von Leuten gibt, die genauso gut singen können wie du. Singen können ist einfach... nichts!«
Ihr ganzer Frust brach aus ihr heraus. Der Frust, nicht geliebt zu werden und immer allein zu sein, während der Rest der Welt sich amüsierte. Der Frust, erst gegen ein Uhr früh einschlafen zu können, um dann um zwei Uhr von Izzys Schlüssel an der Eingangstür und ihren Schritten auf der Treppe wieder geweckt zu werden. Der Frust, die letzten zweieinhalb Monate nur ans Telefon zu gehen, um dauernd sagen zu müssen: »Es ist für dich...«

»In Ordnung, vielen Dank«, sagte Izzy schließlich. »Aber sag mir doch noch, wie man sich fühlt, wenn man perfekt ist.«

Izzy trug trotzig ihre roten Schleifen und sang sich bei ihrem stundenlangen Auftritt beim Davenham-Sommerball das Herz aus dem Leibe. Ob irgend jemand das auch wirklich zu würdigen wußte, war eine andere Sache. Die Stimmung war grandios und der allgemeine Geräuschpegel unglaublich. Sie hätte Hymnen singen können, und sie hätten weiter schrill gelacht und getanzt, ohne sie zu beachten.

Außerdem war es verdammt heiß, und als sie, begleitet von Applaus hier und da, die Bühne verließ, hingen sowohl ihre Schleifen als auch ihre hochgesteckten Haare herunter. Aber erst als sie Sam sah, der neben der Bühne auf sie wartete, realisierte sie, wie miserabel sie sich wirklich fühlte.

»Mist, ich weine nie«, murmelte sie, an seine Brust gelehnt. Sie wollte gar nicht mehr weg von ihm, denn dann würde er die Spuren von Wimperntusche auf seinem weißen T-Shirt sehen. »Ich hab zwar keine Ahnung, was du hier machst, aber ich bin schrecklich froh, dich zu sehen... es war die fürchterlichste Nacht...«

Brötchen flogen durch die Luft, was offenbar ihre Bestimmung war bei solchen Anlässen. Sam legte seinen Arm um Izzys Taille, führte sie durch den Irrgarten flaschenübersäter Tische und kreisender Tänzer und ging mit ihr hinaus.

»Ich weine wirklich nie«, wiederholte sie mit gedämpfter Stimme, als sie sich endlich auf eine Steinbank setzten. Sie schneuzte in das Taschentuch, das er ihr gegeben hatte, schüttelte den Kopf und zitterte. »Aber du würdest ehrlich nicht glauben, wie Gina heute abend auf mich losgegangen ist... und jetzt müssen wir ausziehen. Das ist einfach ein beschissener Zeitpunkt wegen Kats Prüfungen, die fangen bald an...«

»Gina hat mich angerufen. Sie hat mir erzählt, was passiert ist, und bat mich, hierherzukommen und dich zu suchen.«

»Wozu?« schniefte Izzy. »Sind ihr noch ungefähr ein Dutzend andere Gründe eingefallen, warum ich mich wegen meiner selbst schämen sollte?«

»Es tut ihr leid«, sagte er fest. »Sie möchte, daß du weißt, daß sie das alles nicht so gemeint hat, aber sie fürchtete, daß du dich weigern würdest, ihr zuzuhören, wenn sie selbst gekommen wäre.«

»Da hat sie recht gehabt.«

»Und sie hatte auch Angst«, fuhr er fort, »daß du heute nacht nicht nach Hause gehen würdest.«

»Du meinst, sie hat sich Sorgen gemacht, ich könnte mich reinschleichen, meinen Kram packen und mich mit ihrem wertvollen Royal-Doulton-Speiseservice davonmachen«, meinte Izzy bissig und hob trotzig ihr Kinn. »Laut Gina bin ich das Gespött von London und den umliegenden Grafschaften und so gesellschaftsfähig wie eine Wanze.«

»Schau, es tut ihr wirklich leid«, sagte Sam erleichtert, als er sah, daß die Tränen nicht mehr flossen. »Und wenn du jetzt böse auf sie wärst, würde dir niemand die Schuld geben. Aber sie hat in Wirklichkeit nichts an dir auszusetzen... sondern an sich selbst.«

»Wirklich?« Es war eine Genugtuung, zu wissen, daß Gina Schuldgefühle hatte, aber Izzy würde nicht so schnell einlenken. »Sie hat mich wirklich wie eine Idiotin hingestellt.«

»Und du bist nicht der Typ, um lange zu grollen«, fuhr Sam fort. Seine Stimme war leise und ermutigend. »Das ist nicht dein Stil.«
»Niemand hat je so mit mir gesprochen«, entgegnete sie, »wie also will irgendeiner wissen, was mein Stil ist? Sie hat mich *verletzt*, Sam.«
»Ich weiß, ich weiß, aber sie beneidet dich.«
Izzy zog ein Gesicht. »Und ich hätte dir beinahe geglaubt. Das hat du jetzt gründlich ruiniert.«
»Du bist glücklich, sie ist es nicht«, sagte er nur.
»Ich bin nicht glücklich. Ich bin eine Bardame.«
Er umarmte sie. »Du bist Sängerin.«
»Aber eine erfolglose, ohne jede Zukunft.« Sie entzog sich ihm, schüttelte den Kopf und sah bedauernswert aus. »Das war es, was wirklich *weh* getan hat, Sam. Gina hatte in diesem Punkt recht.«

Zum ersten Mal war Katerina ernsthaft versucht, ihrer Mutter von Andrew zu erzählen. Die Art, wie jeder sich um Gina kümmerte, sie vom richtigen Leben abschirmte und endlos Rücksicht auf sie nahm, machte sie krank. Wenn sie ihr wundervolles Geheimnis mit Izzy teilen würde, wäre das alles leichter erträglich.
Und obwohl sie nicht geplant hatte, sich in Andrew Lawrence zu verlieben, schuf es auf seltsame Art einen Ausgleich, was Izzy sicherlich getröstet hätte...
Eine Art sechster Sinn hielt sie davon ab, es auszusprechen. Katerina setzte sich auf Izzys Bettkante und reichte ihr eine Tasse Instantkaffee: »Schau, du brauchst keinen Gedanken an meine Prüfungen zu verschwenden. Sie ist ein absolutes Miststück, und es ist mir egal, wo wir wohnen und wie schnell wir ausziehen.«

Zog man in Betracht, daß es halb neun Uhr früh war, dann war Izzy erstaunlich munter. Sie zerzauste das glänzende Haar ihrer Tochter und grinste. »Wir werden nicht ausziehen. Gina hat sich entschuldigt, und wir haben das alles hinter uns.«
Katerina zog ein Gesicht. »Ich kann mir nicht vorstellen, daß Gina sich für irgend etwas entschuldigt. Wie war's denn?«
»Oh, sehr Kleines Frauchen. Sie hat ein bißchen geweint, ist ein bißchen zu Kreuze gekrochen, hat ein bißchen gelogen ... und ich war schrecklich verständnisvoll; verletzt und erniedrigt, aber bereit, ihr zu verzeihen, weil ich ein so wundervoller Mensch bin.«
»Pfui Teufel. Hört sich fürchterlich an.«
»Es war nicht fürchterlich«, spielte Izzy die Heilige. »Es war gewissermaßen geistig anregend. Von jetzt ab werden wir uns alle wunderbar verstehen, da bin ich sicher.«
»Warum?« Katerina blitzte sie mißtrauisch an.
»Weil Verzeihen eine Tugend ist, mein Liebling.« Dann zwinkerte Izzy und leerte ihre Kaffeetasse. »Und weil das alte Miststück, um wettzumachen, daß sie ein altes Miststück ist, auf die Miete für diesen Monat verzichtet.«

18

Doug Steadman war am Telefon, als Izzy die Tür öffnete und zwischen Stapeln von Papierkram in sein Büro trat. Andere Theateragenten, dachte sie amüsiert, hatten Plüschgarnituren, verspiegelte Fenster und ganze Reihen von Aktenschränken in militärischer Formation an der Wand. Manche hatten Computer, Klimaanlage und

beunruhigend effizientes Personal, das beides bedienen konnte.
Nur Doug konnte in solchem Dickenschen Durcheinander arbeiten und schaffte es – irgendwie –, davon auch noch zu leben.
Er winkte ihr geistesabwesend zu, straffte dabei den Saum seines Hemdes und sagte: »Ja fein, ich werde es ihm sagen, wenn er das nächste Mal anruft.« Sobald er den Hörer aufgelegt hatte, läutete es wieder. Izzy, die an derartiges gewöhnt war, räumte einige überquellende Ablagen vom einzigen Besucherstuhl im Büro und setzte sich.
Zehn Minuten später legte Doug den Hörer neben den Apparat, nahm einen geräuschvollen Schluck Diätcola aus der Dose, die gefährlich nahe am Rand seines Schreibtisches stand, und wischte sich das Gesicht mit einem riesigen Taschentuch ab. Dann grinste er und sagte: »Hallo.«
»Ich hätte meine dunkle Sonnenbrille aufsetzen sollen«, tadelte ihn Izzy. »Dann hättest du gedacht, ich sei Cher, und hättest sofort das Telefon ausgestöpselt.«
»Ich hätte dir gesagt, du sollst nachmittags wiederkommen.« Er brüllte vor Lachen über diesen Einfall. »Sie hat erst um halb vier einen Termin.«
»Träum schön weiter, Doug.«
Er zuckte die Achseln und freute sich immer noch über seinen Scherz. »Wir haben alle unsere kleinen Träume... egal, wie ist es gestern abend gelaufen? Irgendeine Einundzwanzigster-Geburtstags-Fete in Wimbledon, oder nicht?«
Sein Gedächtnis war ungefähr so effizient wie sein Ablagesystem. Sosehr Izzy ihren Agenten auch bewunderte, manchmal überlegte sie, ob ihr Durchbruch, der ihr nur

ein einziges Mal im Leben gelingen würde, vielleicht kommen und wieder gehen würde, ohne daß sie auch nur davon gehört hatte, weil Doug, überarbeitet und unter Druck, es schlicht vergessen hatte.

»Davenham Hall«, erinnerte sie ihn, schlüpfte aus ihrer Jacke und schob die Ärmel ihres weißen T-Shirts hoch. Die Sonne brannte durch die staubigen Fenster, aber wenn sie es riskierte, sie zu öffnen, könnte ein einziger Luftzug fünf Millionen Blätter durch die Luft wirbeln, und Dougs störanfälliges Ablagesystem wäre für immer zerstört. »In Henley«, fügte sie hinzu, während sie es sich im Sessel bequem machte. Eine Idee begann zu keimen, und statt weiter über den Abend zu reden, warf sie ihm einen milde vorwurfsvollen Blick zu.

»Wie dem auch sei«, sagte Doug leichthin, ohne das geringste Schuldbewußtsein. Dann spähte er rüber zum ausgestöpselten Telefon und erinnerte sich, daß Zeit Geld war. Er wischte sich nochmals über das Gesicht und sagte: »Also, was führt dich her, mein Schatz? Nicht, daß es nicht immer eine Wonne wäre, dich zu sehen, aber ...«

»Ungefähr vor einem Jahr hast du mir zwei Wochen in einem Hotel in Berkshire vermittelt«, sagte Izzy, lehnte sich nach vorne und stützte ihre Ellenbogen auf seinen Schreibtisch. »Ich glaube, es hieß Allerton Towers. Und ich habe mir die Einnahmen mit einem anderen deiner Klienten geteilt, ein blonder Knabe in den Zwanzigern. Er sang und spielte Gitarre. Er ist jetzt nicht bei dir – er erzählte mir, er wolle wieder unterrichten. Doug, kannst du dich an seinen Namen erinnern?«

Er runzelte die Stirn, überlegte einige Sekunden angestrengt, dann schüttelte er den Kopf. »Könnte ich jetzt nicht sagen, Süße. Kannst du mir nicht noch ein paar Anhaltspunkte geben?«

Izzy hatte nicht ernsthaft von ihm erwartet, daß er sich erinnerte. Dougs Gedächtnis war notorisch selektiv; wenn er sich an etwas nicht mehr erinnern mußte, tat er es auch nicht. Aber als sie sich in sein Büro in Soho geschleppt hatte, hatte sie gehofft, ihn so drangsalieren zu können, daß er ein paar Stapel Akten durchsuchte, um eine Antwort zu finden.
»Nein«, sagte sie hilflos, »aber ich muß mich wirklich mit ihm in Verbindung setzen. Er heißt Billy oder Bobby... was in der Richtung... und er lebte damals in Willesden. Du mußt ihn in deiner Kartei haben«, fuhr sie fort. »Wenn du mir eine Liste aller deiner ehemaligen Klienten geben könntest, würde ich sicher seinen Namen erkennen, sobald ich ihn sehe.«
Sie mußte diesen Namen finden, deshalb war sie schließlich hergekommen, aber die Tatsache, daß Doug unruhig in seinem Sessel hin und her rutschte – falls er eine derartige Liste besaß, dann hatte er offenkundig nicht die leiseste Vorstellung, wo er sie finden sollte –, schien in diesem Moment ein gutes Zeichen zu sein.
»Du hast keine Liste«, erklärte sie mit ausdrucksloser Stimme.
»Doch, hab ich«, protestierte Doug. »Irgendwo...«
»Du brauchst einen Personal Organizer.«
Er runzelte die Stirn. »Du meinst einen Filofax? Izzy, erspar mir das!«
»Ich meine die laufende-sprechende-ablegende-hartarbeitende Spezies von Personal Organizer«, verkündete Izzy triumphierend. »Und ich kenne genau die richtige Person für diesen Job.«
Jetzt sah Doug vollkommen entsetzt aus. *»Dich?«*
»Jetzt spinn nicht«, antwortete sie mit großzügigem Lächeln. »Ich sagte ›organisiert‹, oder nicht?«

Wirklich das allerletzte, was Gina tun wollte, war, für Douglas Steadman zu arbeiten, aber nach den Ereignissen der letzten paar Tage hatte sie nicht den Mut, nein zu sagen. Sie hatte sich abscheulich verhalten, und dafür mußte sie jetzt büßen, sagte sie sich selbst, als sie die Schultern ihres adretten marineblauen Kostüms zurechtzupfte und den Sitz der Bluse im Garderobenspiegel prüfte. Außerdem, so schrecklich konnte es nicht sein; alles, was sie laut Izzy zu tun hatte, war, ein Ablagesystem in irgendeine Ordnung zu bringen, ans Telefon zu gehen und Termine zu vereinbaren. Sie wäre so eine Art Sekretärin und Empfangsdame in einem, und schließlich bedeutete das, daß sie an ihrem Schreibtisch sitzend neue Leute kennenlernen und so die ersten Schritte in Richtung auf ein neues Leben machen würde.

Izzy lag in voller Länge auf dem Sofa, als Gina nach weniger als zwei Stunden wieder nach Hause kam. Sie stopfte den Umschlag, auf den sie eben gekritzelt hatte, in ihre Hemdtasche, setzte sich auf und fragte düster: »Du bist gegangen?«

»Das ist ein Schweinestall«, entgegnete Gina vorwurfsvoll und sah sie herausfordernd an, als warte sie darauf, daß sie es abstreitet. »Warum hast du mir das nicht gesagt?«

»Du hättest den Job nicht angenommen. Und jetzt gibst du auf, nur weil es da nicht aussieht wie in *Schöner Wohnen.*« Dann fügte sie leicht irritiert hinzu: »Und was, in aller Welt, hast du damit vor?«

Gina hatte ihre Tasche auf einen Stuhl plumpsen lassen und entfernte gerade sorgfältig das Preisschild von einer großen Spraydose Deodorant für Männer.

»Wer sagt, daß ich aufgebe?« entgegnete sie, ließ das Deo zurück in ihre Tasche fallen und ging zur Tür. »Ich bin nach Hause gekommen, um mir was Passenderes anzuziehen. Dieses Büro muß man, verflucht noch mal, saubermachen.«

»Mit Deodorant?« fragte Izzy zaghaft, und zum ersten Mal seit Wochen lächelte Gina wirklich.

»Das ist für Douglas Steadman«, antwortete sie munter. »Du hast mir erzählt, er sei ein netter Mann, und das ist er. Aber, Izzy, jemand muß etwas für ihn tun. Er *riecht.*«

Doug Steadman wußte vielleicht in den folgenden Tagen nicht, wie ihm geschah – oder seinem armen Büro –, aber für Gina gehörten sie zu den befriedigendsten ihres Lebens. Zu ihrem eigenen Erstaunen ging es ihr wirklich gut, und die reine Freude, das unordentliche, staubige Chaos in absolute Ordnung zu bringen, zauberte Farbe auf ihre Wangen, was seit Monaten nicht mehr der Fall gewesen war. Sie brachte etwas zustande, tat etwas, was lohnend war ... und die Tatsache, daß die Aufgabe wahrhaft gewaltig war, bewirkte nur, daß es noch mehr Spaß machte, sie in Angriff zu nehmen.

Die Akten waren in Teekisten gestapelt, und Doug – zusammen mit seinem wertvollen Telefon – war auf den breiten Gang vor dem Büro verbannt. Gina schrubbte und scheuerte auch die allerletzte abscheuliche Ecke, warf die alten, ramponierten Teppiche raus, polierte die Holzdielen, putzte die Fenster, bis sie glänzten, und wusch das Nikotin von den Wänden. Dann – gerade als er erleichtert aufatmete – es war vorbei, er könnte wieder einziehen –, tauchte sie mit drei enormen Eimern Farbe auf und begann, alles weiß zu streichen. Mit Ausnahme der Decke, für die sie zartes Gelb gewählt hatte.

»Mein Gott«, Izzy stockte der Atem, als sie es eine Woche später zum ersten Mal sah. »Wo ist das an der Wand hingekommen?«
»Was?« fragte Gina und schaute besorgt drein. Als ob sie irgendeinen unersetzbaren Preis weggeworfen hätte...
»Das Poster, auf dem Prinzessin Diana sich gerade entblättert!« Izzy schob ihren Arm unter den von Doug – es war viel schöner, ihm nahe zu sein, heutzutage –, schaute sich im Büro um und pfiff anerkennend. Ginas unermüdliche Anstrengungen hatten Doug so beschämt, daß er es zuließ, in ein Inneneinrichtungsgeschäft gescheucht zu werden. Und er rückte wunderbarerweise für vier gelbe Rollos, Messingleuchter und einen graphitgrauen Schreibtisch Geld heraus. Der Preis des Schreibtisches verschlug ihm den Atem, aber Gina bestätigte ihm, er sei perfekt. Sogar die Theaterposter waren säuberlich gerahmt, bemerkte Izzy, statt vergilbt und mit eingerollten Ecken an der Wand zu kleben.
Aber nicht nur das Büro allein war verändert, dachte sie, zufrieden mit sich selbst, daß sie das so glänzend hingekriegt hatte. Die Veränderung von Gina war noch wesentlich verblüffender; wer hätte sich vorstellen können, daß sie es genießen würde, so schmutzig zu werden, und daß sie so lächeln konnte...
»Es ist hübsch, oder?« sagte Gina gerade, Stolz in den Augen und ihre Haare immer noch mit Farbe besprenkelt. »Es sieht wie ein richtiges Büro aus. Natürlich muß das Ablagesystem noch durchorganisiert werden, aber wenn ich gleich damit anfange, müßte ich bis Freitag damit fertig sein.«
Die Akten waren immer noch in den Teekisten, aber die Aktenschränke, staubfrei und glänzend, waren leer und

aufnahmebereit. Sie hatte Doug zugehört und im Kern erfaßt, was nötig sein würde, und hatte bereits beschlossen, wie das System funktionieren würde. Und schließlich hatten sie sich auf eines geeinigt: kein Computer. Mit Registern und einem System von Querverweisen konnte sie umgehen, aber Programme und Disketten waren etwas, was sie beide verschreckte.

»Es ist großartig, wirklich großartig«, sagte Izzy und schaute sehnsüchtig auf die Kisten mit den Akten. »Und sobald das alles organisiert ist, werdet ihr in der Lage sein, mir den Namen von dem Typen zu sagen, der im Allerton Towers Gitarre gespielt hat.«

Gina sah überrascht hoch. »Allerton Towers? Andrew und ich sind letztes Jahr ziemlich regelmäßig dorthingefahren... wir hatten Freunde in Berkshire.« Sie runzelte kurz die Stirn, konzentrierte sich, dann hellte sich ihr Gesicht auf. »Du redest doch wohl nicht zufällig von Benny Dunaway, oder doch?«

19

Sie wußte einfach nicht, was zuerst dagewesen war, die Henne oder das Ei, stellte Izzy ein paar Tage später fest. Gina war in der Arbeit, Kat in der Schule, und sie hatte die sonnenüberflutete Terrasse für sich allein. In drei Stunden würde sie Benny treffen – er lebte noch in Willesden und war dort Mathelehrer an der örtlichen Gesamtschule –, und er wäre in der Lage, ihr zu sagen, was zuerst dagewesen war. Aber, übermannt von Schamgefühl wegen ihrer Unwissenheit, brauchte sie dringend etwas... irgend etwas... was sie ihm zeigen konnte, um ihm zu beweisen, daß es ihr ernst war.

Und alles, was sie bis jetzt hatte, dachte sie, waren unordentlich vollgekritzelte Zettel, die eher aussahen wie die Einkaufslisten einer resignierten Hausfrau.
Sie begutachtete sie stirnrunzelnd und stellte fest, falls er ihr Punkte dafür geben würde, dürfte sie sich glücklich schätzen, eineinhalb von zehn zu erreichen. Das war also das bunte Gemisch ihrer bisherigen Ideen, und es kam ihr selbst – und vermutlich auch den kritischen Augen eines Mathematikers – reichlich pathetisch vor.
Sie beschloß, daß sie zumindest dafür sorgen konnte, daß sie beeindruckender *aussahen* – die Präsentation ist wichtig, wie ihr alter Englischlehrer immer zu sagen pflegte, besonders wenn er Izzys Arbeit einer eingehenden Prüfung unterzog –, raffte die Zettel zusammen und sprang auf. Katerina, der perfekte Präsentation angeboren schien, besaß Schnellhefter, Lineale, Filzstifte und Textmarker in rauhen Mengen...
Izzy war nicht mehr aufzuhalten. Zuerst besorgte sie sich eine Auswahl farbiger Stifte, ein Snoopy-Lineal und einen knallrosafarbenen Textmarker. Dann sichtete sie vorsichtig die A-4-Ordner auf der Suche nach einem Packen leeren Papiers. Die meisten Blätter waren mit unverständlichen Aufsätzen beschrieben, voll von säuberlich gezeichneten Diagrammen und Gleichungen. Meine schlaue Tochter, dachte sie mit neuem Stolz, als sie gerade eine Seite weiterblätterte und ein loses, gefaltetes Blatt unlinierten Papiers herausrutschte und in ihren Schoß fiel.
Izzy faltete es achtlos auseinander und begann zu lesen. Zehn Minuten später, nachdem sie den Inhalt des Blattes dreimal gelesen und intensiv darüber nachgedacht hatte, stand sie langsam auf, faltete das einzelne Blatt sorgfältig zusammen und steckte es in ihre Jeanstasche.

»Izzy, toll, daß du kommst!« Benny Dunaway stand an der Eingangstür seines viktorianischen Hauses, breitete seine Arme aus und gab ihr einen dicken Kuß. Izzy schämte sich ein wenig, daß sie sich nicht einmal an den Namen dieses wirklich netten Mannes hatte erinnern können. Sie umarmte ihn auch und ließ sich von ihm ins Haus führen.
»Das wird den Nachbarn ein bißchen Gesprächsstoff liefern«, sagte er munter. »Jetzt, wo ich ordentlicher Lehrer bin, habe ich nicht so oft die Gelegenheit, eine entzückende Frau zu küssen... von meiner Frau abgesehen, selbstverständlich«, fügte er grinsend hinzu. »Los, komm in die Küche, und erzähl, was du so treibst. Was möchtest du, Tee, Kaffee oder ein Bier? Nein, setz dich in den Stuhl... der da hat ein wackeliges Bein...«
Es war alles in Ordnung für diejenigen, denen es nichts ausmachte, was zu riskieren, erklärte er beim Kaffeetrinken, aber als das Baby kam – vor acht Monaten, achteinhalb Pfund schwer und mit einem weißblonden Haarschopf, der es aussehen ließ wie eine Pusteblume –, war er gezwungen gewesen, seiner Verantwortung gerecht zu werden. Unterrichten mochte nicht soviel Spaß machen wie Singen, aber er war gut darin, es schützte sie vor dem Gerichtsvollzieher, und die Familie mußte nicht hungern. Hin und wieder nahm er seine Gitarre, ging runter in die Dorfkneipe und ließ ein wenig Dampf ab, und in seiner Freizeit frönte er immer noch dem Songschreiben...
»Genau dabei hast du mich heute erwischt«, sagte er und füllte erneut ihre Kaffeetasse, bevor er sich in seinem Sessel zurücklehnte und eine Zigarette anzündete. »So, jetzt erzähl mir mal genau, was für eine Art Hilfe du brauchst.«
»Du mußt mich für ziemlich unverfroren halten, daß ich dich so aus heiterem Himmel überfalle«, sagte Izzy. »Ich

singe immer noch, aber... ich komme nicht weiter. Und ich bin nicht reich«, fügte sie mit einem kurzen Lächeln hinzu. »Benny, wenn ich irgend etwas erreichen will, muß ich lernen, Songs zu schreiben, und ich habe nicht die geringste Ahnung, wie ich das machen soll. Kann das jeder? Was kommt zuerst, die Melodie oder der Text? Und ist es möglich, einen kompletten Trottel zu unterrichten«, schloß sie mit Schamröte im Gesicht, »der, was Musik betrifft... ein Analphabet ist?«

Benny warf den Kopf zurück und brüllte vor Lachen. »Ist das dein Ernst... du kannst wirklich keine Noten lesen?«

»Ich kann sie nicht lesen, ich kann sie nicht schreiben, ich beherrsche kein Instrument«, gestand Izzy. »Ich weiß, ich bin nur eine Schwindlerin mit einem guten Gedächtnis. Und falls du irgendeine Möglichkeit siehst, mich zu unterrichten, dann warne ich dich lieber gleich. Ich kann dich nicht einmal bezahlen, so pleite bin ich.« Nach einer kurzen Pause warf sie ihm ein hoffnungsvolles, betörendes Lächeln zu. »Aber ich könnte dir für die nächsten Jahre kostenloses Babysitten versprechen...«

Benny war ein großartiger Lehrer und genoß nichts mehr als eine wirkliche Herausforderung. Izzy hatte eine hervorragende Stimme und mehr Enthusiasmus als seine fünfundzwanzig Fünftkläßler... so wie sie ihm gegenüber saß, strahlte sie Energie und Lerneifer aus.

»Ich kann im Kopf Lieder machen«, fuhr sie fort und fürchtete, daß er gleich ablehnen würde. »Ich verbessere sie auch dauernd, ich kann sie nur nicht aufschreiben... ich hab sie sogar mal auf einen Kassettenrekorder aufgenommen, aber es klang ziemlich bescheuert hinterher... ich bin mir sicher, ich könnte es richtig machen, wenn ich sie nur richtig rausbringen würde...«

»Wenn das so ist, dann sollten wir besser anfangen. Wie könnte ich es mir je verzeihen«, fügte er trocken hinzu, als Izzy erleichtert aufschrie, »wenn ich mir die Gelegenheit entgehen lassen würde, die Songschreiberin des Jahrhunderts zu unterrichten?«

»Nenn mich einfach McCartney.« Izzy warf ihre Locken zurück und schenkte ihm ihr heiterstes Lächeln.

»Gern geschehen«, sagte Benny und ahmte die Geste nach, indem er mit seinen Fingern durch sein sich lichtendes, blondes Haar fuhr.

»Nenn mich nur Mr. Zwanzig Prozent vom Gewinn. Wieviel sind zwanzig Prozent von siebenundachtzig Millionen Pfund?«

»Du bist der Mathelehrer, ich bin die geniale Songschreiberin«, schalt Izzy ihn. »*Du* rechnest das aus.«

Wenn es Vivienne Bresnick nicht peinlich war, die Haustür nur mit einem schmalen Handtuch bekleidet zu öffnen, dann würde sich Izzy dadurch auch nicht aus der Fassung bringen lassen.

»Hallo«, sagte sie, nahm die Sonnenbrille ab und beneidete das Mädchen um seine Sonnenbräune. »Zum Glück bin ich nicht der Mann, der den Zähler ablesen will.«

»Zum Glück für wen?« entgegnete Vivienne, die Izzy ebenfalls taxierte. »Sie wären vielleicht überwältigend.« Dann machte sie eine Pause und begann zu lachen. »Ich wollte Sie nicht kränken. Was ich damit sagen wollte, Sie hätten auch ein überwältigender Mann sein können, während Sie in Wirklichkeit Izzy Van Asch sind. Stimmt doch?«

»Brillant.« Izzy war beeindruckt, sowohl davon, daß sie richtig geraten hatte, als auch von der Tatsache, daß das Mädchen Sinn für Humor zu haben schien, was sie nicht erwartet hatte. »Ich weiß auch, wer Sie sind.«

»Wunderbar, dann brauchen wir uns nicht mit diesen langweiligen Vorstellungsritualen abzumühen. Jedenfalls schön, Sie kennenzulernen«, sagte Vivienne, trat einen Schritt zurück und bat Izzy in die Wohnung. »Sam ist nicht hier, er mußte zu irgendeiner Verabredung, aber er müßte bald zurück sein. Kann ich Ihnen etwas zu trinken anbieten, während Sie warten?«

»Nur Kaffee, danke.« Izzys Bewunderung stieg, als sie das Wohnzimmer sah. Es war offenkundig, daß eine Frau es in Beschlag genommen hatte – einzelne Schuhe, ein abgestreiftes Negligé, Hochglanzmagazine und eine Auswahl Ohrringe und Kosmetika, die auf dem Kaminsims zwischen den Spiegeln herumlagen. Das Mädchen war unordentlich, und das geradezu auf eine herausfordernde Art. Das mußte, dachte sie in einer Art kameradschaftlichem Wohlwollen, das nur eine Leidensgenossin empfinden konnte, Sam vollkommen wild machen.

»Ich weiß schon.« Vivienne sah den Blick und lächelte ohne jedes Schuldbewußtsein. »Hier sieht's fürchterlich aus. Ich verstehe nicht, wie das zustande kommt...«

»Mir geht's genauso«, sagte Izzy bestätigend. »Meine Tochter meint, ich hätte das Urbedürfnis, mein Territorium zu markieren.« Dann, falls Vivienne dachte, das sollte eine Art Seitenhieb sein, sagte sie: »Also, woher haben Sie gewußt, daß ich ich bin?«

Das Kaffeewasser brauchte eine Weile. Vivienne griff nach dem elfenbeinfarbenen Negligé, zog es über, ließ das Handtuch auf den Boden rutschen und trat einen Schritt zur Seite. Dann neigte sie den Kopf, betrachtete Izzy nachdenklich und sagte: »Sam erzählte es mir. Eine kontaktfreudige Dame mit verrücktem Haar, sagte er...

oder so was in der Richtung. Sie haben eine nette Tochter, kein Geld und eine ganz gute Stimme, richtig?«
»Richtig«, Izzy grinste. Es schien alles in allem eine gerechte Kurzbeschreibung zu sein. »Außer, daß ich ›überragend‹ zu der Stimme gesagt hätte. Und meine Tochter«, fügte sie noch hinzu, »ist nicht nur nett, sie ist grandios.«
»Meine Stimme reicht nicht mal für die Badewanne«, sagte Vivienne. »So, jetzt sind Sie dran. Was hat Sam über mich gesagt?«
»Reich. Blond. Und reich.« Izzy platzte vor Lachen. War das wirklich ihre Rivalin? »Ich kann mir nicht vorstellen, was mit ihm los ist... ich würde Sie auf der Stelle heiraten!«
Vivienne erinnerte sich daran, daß sie Kaffee machen wollte. Sie gab Izzy eine Tasse und setzte sich anmutig aufs Sofa. »Aber eines hat er mir nicht erzählt... entschuldigen Sie, wenn das eine zu direkte Frage ist... hattet ihr beide etwas miteinander, als ich aufgetaucht bin? Hab ich dem alten Jungen einen Knüppel zwischen die Beine geworfen?«
»Nein«, antwortete Izzy wahrheitsgemäß auf den ersten Teil der Frage.
Vivienne nickte. »Gut, in Ordnung. Das macht die Sache weniger kompliziert, vermute ich.« Dann zuckte sie die Achseln und grinste. »Es ist nur, weil es da noch etwas gibt, was Sam mir nicht gesagt hat, nämlich, wie gut Sie aussehen.«
Kompliment für Kompliment, dachte Izzy. Sie nahm einen Schluck Kaffee und sagte langsam: »Ich habe Sie in der Nacht gesehen, als Sie im *Steps* aufgetaucht sind. Und ich kann Ihnen gar nicht sagen, wie ich es bewundert habe... Ihr Gepäck.«
So ein Mädchen mußte einem einfach sympathisch sein,

beschloß Izzy fünfzehn Minuten später, als Vivienne Sams Schlüssel in der Haustür hörte und zum ersten Mal das feuchte Handtuch zu bemerken schien, das mitten auf dem Teppich lag. Statt es aufzuheben, beförderte sie es mit einem Tritt Richtung Teetisch. Zu ihrer eigenen Überraschung mochte sie Vivienne mehr und mehr. Außerdem war sie äußerst neugierig, die beiden zusammen zu sehen. Was auch immer Sam in dieser Nacht im *Steps* gesagt haben mochte, Izzy fand es schwierig, zu glauben, daß er mit Vivienne das Apartment teilen konnte und nicht mit ihr schlief.

»Schau, Schatz... Izzy ist hier«, verkündete Vivienne erfreut, und Izzy mußte sich zwingen, nicht ihr Haar zu ordnen, denn das letzte Mal, als Sam sie gesehen hatte, hatte sie teuflisch gut ausgesehen, und sie wollte nicht, daß er dachte, daß sie sich in eine Vogelscheuche verwandelt hatte. Im Moment, neben Vivienne, fühlte sie sich dünn, häßlich und absolut unbedeutend. Wie konnten schließlich Jeans und ein schlabbriges schwarzes Sweatshirt mit elfenbeinfarbener Seide, meterlangen braunen Beinen und einem umwerfenden Brustansatz konkurrieren? Sams Gesichtsausdruck jedoch verriet rein gar nichts. Das gewohnt träge Grinsen, das eine Sekunde später auftauchte, war unverändert. Izzy überlegte, ob er je wirklich überrascht war.

»Wir haben uns prächtig unterhalten«, fuhr Vivienne fort, ihr texanischer Tonfall verstärkte sich, als sie sich streckte wie eine Katze und auf den Sessel neben sich klopfte. Dann fügte sie Izzy zuzwinkernd hinzu: »Wir haben nur über dich gesprochen.«

»Nein, haben wir nicht«, warf Izzy hastig ein. Sie strahlte Sam an, der Viviennes unausgesprochenes Angebot nicht akzeptiert hatte – er lehnte statt dessen am Fen-

sterbrett –, und meinte: »In Wirklichkeit haben wir über jemanden wesentlich Interessanteren gesprochen. Mich.«
»Wesentlich interessanter, natürlich«, stimmte er zu und schaffte es, ein unbewegtes Gesicht zu machen.
»Natürlich«, wiederholte sie gelassen. Deswegen war sie schließlich hergekommen. »Ich habe Vivienne gerade erzählt, das ich Songs schreiben werde. Dieser brillante Freund von mir wird mir dabei helfen... bis du schaust, werden wir Simon und Garfunkel garfunkelmäßig überrunden...«
»Das letztemal, als Izzy von einer Sache so begeistert war«, informierte Sam Vivienne trocken, »handelte es sich um Erdnußbuttereis.«
»Dieses Mal ist es mir ernst«, betonte sie stolz.
»Aber du hast doch gesagt, du kannst keine Noten lesen.«
»Aber Benny kann's. Ich habe alle Ideen«, erklärte Izzy und klopfte sich an die Stirn, »und er hat das Know-how. Was Gina in dieser Nacht gesagt hat, hat es mir bewußt gemacht. Ich muß etwas tun... und jetzt ist es soweit!«
»Und du hast vorher nie daran gedacht, das zu machen?« fragte Vivienne, die erstaunt dreinschaute.
»Ich hab nicht gedacht, daß ich dazu in der Lage wäre«, gestand Izzy. »Wo ich doch nicht einmal ein Instrument beherrsche; ich vermute, ich dachte einfach, das wäre vollkommen unmöglich. So, als würde man eines Morgens aufwachen und könnte plötzlich Russisch, oder man schaut in den Spiegel und stellt fest, daß die Augen auf einmal grün sind.«
Vivienne platzte los vor Lachen. »Liebes, du hättest nur fragen müssen. Ich hätte dir meine getönten Kontaktlinsen geborgt.«

20 Sie befand sich in einer merkwürdigen Situation, überlegte Izzy nachdenklich, als sie sich an dem Abend für die Arbeit herrichtete. Bis zu diesem Nachmittag war Vivienne Bresnick nichts anderes gewesen als ein Störfaktor. Jetzt, wo sie sie kennengelernt hatte, mochte sie das Mädchen sehr und wünschte ihr und Sam sogar alles Gute. Sie waren ein derart beeindruckendes Paar... paßten in vielerlei Hinsicht so perfekt zusammen... es war unmöglich, sich vorzustellen, daß sie nicht glücklich miteinander waren.

Soweit Izzy selbst betroffen war, wußte sie nicht, ob es traurig oder zum Lachen war. Und noch frustrierender war die Tatsache, daß sie noch nicht einmal wußte, ob Sam und Vivienne wieder miteinander schliefen oder nicht.

Sie zupfte ihre getuschten Wimpern zurecht, machte einen Schritt zurück und überlegte müßig, wie sie wohl mit strohblonden Haaren und bahamablauen Augen aussehen würde. Laut sagte sie, zum zweiten Mal innerhalb von zwanzig Minuten: »Sie ist wirklich sehr nett, weißt du.«

Gina, die gerade auf dem Wohnzimmerboden saß und einen Karton voller ramponierter Akten sichtete, blickte hoch zu Izzys Spiegelbild.

»Natürlich ist sie das«, erwiderte sie ruhig. »Sie ist Sams Freundin, oder? Warum sollte er seine Zeit mit irgendeiner hirnlosen Tussi verschwenden?«

Izzy zuckte die Achseln. »Männer haben keinen Geschmack, das ist ein allgemeiner Mangel.« Sie überlegte, ob sie Andrew als typisches Beispiel aufführen sollte,

entschied sich dann aber dagegen. Seit Gina in der Agentur arbeitete, sah sie soviel glücklicher aus. Wenn die alten Wunden jetzt langsam heilten, wäre sie nicht diejenige, die sie wieder aufreißen würde.
»Sam doch nicht«, sagte Gina kategorisch, lehnte sich zurück auf ihre Fersen und streckte ihre schmerzenden Schultern. Wirklich, manchmal überlegte sie, ob Doug überhaupt wußte, was die Wörter »alphabetische Ordnung« bedeuteten. Hätte man die Schachtel einem Schimpansen gegeben, hätte er ein organisierteres Chaos zustande gebracht. »Aber bist du nicht froh, daß du dich nicht auf ihn eingelassen hast?« fuhr sie mit liebenswürdiger Stimme fort. »Du siehst ja jetzt, daß es niemals funktioniert hätte... du bist einfach nicht Sams Typ.«

Katerina arbeitete in ihrem Zimmer, damit beschäftigt, die Hausaufgaben einer Woche an einem Abend zu bewältigen, und versuchte, alle Gedanken an Andrew aus ihrem Kopf zu verbannen und sich statt dessen auf die weniger erregende Aussicht auf die bevorstehenden Prüfungen zu konzentrieren. Liebe und Aufsätze gingen nicht zusammen – sie wußte das, kümmerte sich aber nicht darum –, und obwohl sie beschämend weit mit ihrer Wiederholung des Stoffs zurücklag, konnte sie nicht mal die Kraft aufbringen, in Panik zu geraten.
Es war fast ein Uhr nachts, als sie Izzy nach Hause kommen hörte. Katerina klammerte ihren Filzstift an ihren Schreibblock, rappelte sich hoch und hoffte, ihre Mutter würde mit Garnelencrackern ankommen.
»Hallo, Süße.« Als sie die Tür zum Zimmer ihrer Tochter aufstieß, überlegte Izzy, ob es möglich wäre, vor Stolz zu platzen. Wie konnte ein siebzehnjähriges Mädchen – das wundersame Produkt ihres desorganisierten und unwür-

digen Körpers – so schön, so brillant... und so gut sein? Katerina saß zwischen ihren Büchern und grinste zurück. Izzy hatte tatsächlich eine Tüte vom Chinesen dabei. »Wie war die Arbeit?«
»Das Letzte, aber das ist ja nichts Neues.« Sie fiel auf das Bett, stieß einen exaltierten Seufzer aus und nahm sich eine Handvoll Lakritzmischung. Sie liebte ihre nächtlichen Unterhaltungen, wenn der Rest der Welt zu schlafen schien. »Aber das macht mir nichts aus. Ich weiß schon, du denkst sicher, ich baue wieder mal Luftschlösser, aber ich hab's wirklich im Gefühl, daß es was wird, diese Songschreiberei. Überleg mal, wenn das anläuft...«
Wenn siebzehn Jahre lang die Tochter ihrer Mutter zu sein sie etwas gelehrt hatten, dann war es, nicht einmal den Versuch zu wagen, ihren ewigen Optimismus zu unterdrücken. Sie hatten alles überlebt, und das allein war bereits etwas, worauf man stolz sein konnte. Sie lehnte sich vor und gab Izzy einen herzhaften Kuß. »Wenn irgendeiner das kann, dann du.«
»Mit Bennys Hilfe«, gestand Izzy. »Sam denkt, ich wäre komplett verrückt; er sagte, es wäre so, als würde man einem Blinden beibringen, ein Meisterwerk zu malen.«
Katerina nickte; die Beobachtung war irgendwie zutreffend.
»Aber selbst dann, wenn du nicht komponieren kannst«, protestierte sie, »dann kannst du doch den Text schreiben. Schau dir Tim Brooke-Taylor an... er hat sein Glück gemacht.«
Izzy lachte. »Tim Rice, Liebes. Aber ja, die Texte sind wichtig.« Das war der perfekte Einstieg, dachte sie erleichtert. »Tatsache ist, ich...«
»Mum, wenn diese Kneipe so schrecklich ist, warum hörst du dann nicht auf?« unterbrach Katerina. Sie hatte sich dar-

über vor kurzem Gedanken gemacht, und die Lösung war so offensichtlich, daß sie nicht verstand, warum Izzy nicht selbst darauf gekommen war. »Warum fragst du nicht Sam, ob du im *Steps* arbeiten kannst? Das Trinkgeld wäre besser, die Bezahlung kann auch nicht so schlecht sein, und schließlich ist es keine Spelunke. Es ist sogar das Gegenteil einer Spelunke«, fügte sie überredend hinzu, als ihr eine Meldung aus dem Daily Mirror von letzter Woche einfiel. »Wenn's schon gut genug für die Royals ist ...«

Izzy rutschte unbehaglich auf der Bettkante hin und her. Sie griff nach den Resten der Lakritzmischung und sagte: »Ich hab ihn schon gefragt. Er sagte, er hätte nichts frei.«

Um ihrer Mutter willen war Katerina empört. »Das Schwein! Was soll das auf gut deutsch heißen?«

»Er will mich dort nicht.« Es hatte Izzy geärgert, und deshalb hatte sie es damals nicht erwähnt, aber sie würde Katerina nicht nach den eventuellen Warums und Wiesos forschen lassen. Wenn sie gerade optimistisch gestimmt war, gelang es ihr, sich einzureden, daß die Geschäftspolitik kein Vermischen von Geschäft und Vergnügen erlaubte. Und falls es das nicht war, dann hieß es einfach, daß er sie zu gut kannte, was nicht gerade das Selbstvertrauen einer Frau verstärkte.

Außerdem hatte sie mit ihrer Tochter Wichtigeres zu diskutieren. »Kat«, begann sie. »Ich habe etwas zu ...«

»So ein Scheißkerl!« Katerina explodierte, ihre braunen Augen blitzten vor Entrüstung. »Was denkt er eigentlich, wer er ist?«

»Das macht nichts«, sagte Izzy schärfer, als sie beabsichtigt hatte. »Kat, in einem Nachtclub zu arbeiten – sogar dem *Steps* – ist nicht das, wovon ich träume. Hör jetzt auf, mich zu unterbrechen, weil ich gerade versuche, dir etwas zu sagen.«

»Entschuldige«, sagte Katerina zerknirscht. Sie verschränkte die Arme und lehnte sich in ihre Kissen zurück, ganz aufmerksame Zuhörerin.
»Und es ist wichtig«, sagte Izzy ernst, »denn du weißt, daß ich nie absichtlich meine Nase in deine persönlichen... Dinge stecken würde.«
Wäre Katerina ein Thermometer gewesen, wäre ihre Quecksilbersäule abgesackt. Ganz simpel, sie fröstelte.
»Heute morgen«, fuhr ihre Mutter fort, offenkundig blind gegenüber der Wirkung, die ihre Worte hatten, »brauchte ich Schreibpapier, und ich wußte, du hast welches, hier oben.«
»Ja«, antwortete Katerina vorsichtig. Das war es also. Andrew konnte ihr – aus verständlichen Gründen – seine Briefe nicht per Post schicken, also händigte er sie ihr aus, wenn sie sich trafen, und sie konnte sie nach ihrer Rückkehr lesen, immer wieder, in der Abgeschiedenheit ihres eigenen Zimmers, und sich versichern, daß seine Gefühle ihr gegenüber ernsthaft waren.
Und während jede Mutter auf dieser Welt schockiert und mit Abscheu auf die Entdeckung solcher Briefe reagiert hätte, war ihre eigene Mutter gerade dabei, stellte sie mit aufsteigender Panik fest, den typischen Nonkonformismus à la Izzy zu produzieren. Sie würde es verstehen und in eines ihrer peinlichen Von-Frau-zu-Frau-Gespräche eintauchen, die man einer Tochter nicht antun sollte. Außerdem, dachte sie, während Groll sich mit Panik mischte, waren diese Briefe an sie adressiert, und sie hatte sie mit größtmöglicher Vorsicht zwischen den Seiten ihrer Physikaufgaben versteckt. Keine vernünftige Mutter würde auch nur auf die Idee kommen, dort nachzuschauen. Sie waren *privat*.

»Ich habe das hier gefunden«, fuhr Izzy fort, griff in ihre Tasche und zog ein gefaltetes Blatt Papier heraus.
»Mum, das geht dich nichts an«, sagte Katerina kampfbereit.
»Ich weiß, klar weiß ich das«, antwortete ihre Mutter ohne jeden Vorwurf in der Stimme. »Aber jetzt, wo ich's nun mal gelesen habe, geht's mich was an.«
Sie faltete den Brief auseinander. Als Katerina klar wurde, daß sie beabsichtigte, ihn laut vorzulesen, wurde sie doch von Angst gepackt. Zuerst die Erniedrigung, dann das Verhör, dachte sie wütend. Und es war unmöglich, vorauszusagen, was Izzy noch einfallen würde. Sie traute ihr alles zu.
»Das ist nicht fair«, bat sie flehentlich, unfähig, auch nur alle erschreckenden Möglichkeiten ins Auge zu fassen. Wenn Izzy es Gina sagen würde... »Es ist privat, und ich möchte nicht darüber diskutieren, also, warum gibst du mir das nicht einfach« – sie schnellte nach vorne und versuchte, Izzy den Brief wegzuschnappen, aber die hüpfte schnell außer Reichweite – »und vergißt, daß du es je gesehen hast?«
»Junge Liebe!« rief Izzy, ihre dunklen Augen funkelten vor Vergnügen. »Wirklich, Schatz, ich bin nicht so alt, daß ich mich nicht mehr erinnern kann, wie man sich da fühlt... aber man muß sich deshalb nicht schämen.« Sie tippte mit ihrem Zeigefinger auf das Blatt und fuhr triumphierend fort: »Das ist brillant! Besser noch, es *funktioniert.*«
»Funktioniert«, wiederholte Katerina und sank in ihre Kissen zurück. Jetzt war's soweit; sie gab auf. Sie schloß die Augen für eine Sekunde, öffnete sie dann wieder langsam und sagte gequält: »Mutter, wovon, um alles in der Welt, redest du?«

Izzy las laut vor:

»Nie, nie
Verstanden wie
Der Rest der Welt
Sich fühlt, bis jetzt.
War ich je, je
Lebendig bis jetzt?
Du zeigtest mir, wie
Die Liebe ist.
Glücklich, glückliche Welt,
Ich bin jetzt Frau,
Du hast mich gelehrt,
Wie man liebt. Und jetzt
Gehör ich zu dir,
Für immer, immer.«

»Never, never
Understood how
The rest of the world
Felt, until now.
Was I ever, ever
Alive before now?
You showed me how
It could be.
Lucky me, lucky world
I'm a woman, not a girl.
You taught me how
To love. And now,
As long as I have you
You'll always, always
Have me.«

Izzy hörte auf zu lesen. Katerina war so sehr auf die Auseinandersetzung eingestellt, daß sie beinahe geschrien hätte: »Aber darüber reden wir doch gar nicht.« Sie mußte sich zusammenreißen, es nicht zu tun.
Ihr Geheimnis war nicht gelüftet. Sie war noch mal davongekommen, und als die Erkenntnis sich langsam setzte, wußte sie, daß das wirklich ein glücklicher Ausgang war, denn nicht in einer Million Jahre hätte Izzy die Neuigkeit, daß sie ein Verhältnis mit Andrew hatte, so auf die leichte Schulter genommen, wie sie sich das – ein paar bizarre Augenblicke lang – vorgestellt hatte. Nicht einmal Izzy, dachte Katerina ironisch, war so liberal.
»Es ist ein Gedicht«, sagte sie und sackte noch tiefer in ihren Kissenkokon, verbarg aber ihre Erleichterung hinter Gehässigkeit.

»Und es ist total beschissen. Du hättest es nicht lesen sollen.«

»Es ist nicht total beschissen«, widersprach Izzy ihr. »Ich geb zu, Goethe müßte deshalb nicht schlaflose Nächte verbringen...« Sie machte eine Pause und kniff in die kalte Hand ihrer Tochter. »Aber das wollte ich dir doch erzählen, Schatz. Als ich es gelesen habe, war das kein Gedicht... es war ein Song! Ich habe die Musik gehört... ich wußte genau, wie es klingen würde ... kraftvoll und schlicht unvergeßlich, glücklich und gleichzeitig traurig... es ist die Art Song, an die die Leute sich ihr Leben lang erinnern.«

Jetzt mußte Katerina doch lächeln. »Mutter«, sagte sie nachsichtig, »du bist verrückt.«

»Nein, bin ich nicht«, insistierte Izzy. »Ich hab recht!«

»Total verrückt.«

Izzy wedelte mit dem Blatt Papier. »Aber läßt du mich's zu einem Erfolg machen? Darf ich's wenigstens *versuchen*?«

In ein paar Tagen, dachte Katerina, würde ihre Mutter wieder alles vergessen haben. Ihr Enthusiasmus, von dem sie immer völlig vereinnahmt wurde, hielt selten lange vor. Dieser Anfall könnte sich glücklich schätzen, wenn er eine Woche überlebte.

»Klar kannst du es benutzen«, sagte sie großzügig, »wenn du es wirklich willst.«

»Du bist ein Engel«, erklärte Izzy und umarmte sie. »Überleg mal«, fügte sie mit einem Anflug von Triumph hinzu, »das könnte wirklich der Anfang von etwas Großem sein... Ruhm, Glück und Gigolos als Spielzeug, bis uns alles zu den Ohren rauskommt...«

»Ich bin zu alt für Spielzeug«, protestierte Katerina.

»Die sind für mich, verrücktes Huhn.« Izzy warf ihr einen mitleidigen Blick zu und grinste dann. »Du brauchst keine – du hast ja schon die Liebe deines Lebens gefunden. Wo wir gerade von Liebe sprechen«, fuhr sie fort und senkte die Stimme zu einem konspirativen Flüstern, »was hat er gesagt, als er das Gedicht gelesen hat? Was hat Simon davon gehalten?«

Sie rief sich ins Gedächtnis, daß sie wenigstens nicht log. Katerina begegnete dem Blick ihrer Mutter mit Gleichmut.

»Nichts«, antwortete sie mit ruhiger Stimme. »Ich hab's ihm nicht gegeben.«

21

Der Arzt war sehr bestimmt gewesen, obwohl Marcy noch nicht verstand, wie das wirklich wahr sein konnte. Jetzt, zurück in der Wohnung, starrte sie auf ihr nacktes Spiegelbild und fuhr mit zitternder Hand prüfend über die gerundete Schwellung ihres Bauches. Wie konnte sie nicht schwanger sein, so, wie sie aussah?

Aber es war... eine Scheinschwangerschaft, hatte er ihr gesagt. Es existierte kein Baby. Mein Gott, die Natur war unheimlich, dachte Marcy und wußte nicht, ob sie lachen oder weinen sollte über den seltsamen Streich, den ihr Körper ihr gespielt hatte. Und nicht nur einen seltsamen Streich, sondern auch einen besonders grausamen. Sie hatte sich so sehr nach einem Baby gesehnt, daß es manchmal so aussah, als könnte sie an nichts anderes mehr denken. Und die Feststellung, daß sie endlich schwanger war, war eine der wunderbarsten Entdeckungen ihres Lebens gewesen. Sie hatte sich vollständig gefühlt... erfüllt... und so glücklich, daß es direkt sündhaft war.

Sie hatte damit gerechnet, daß Andrews Reaktion anfangs weniger enthusiastisch sein würde. Die beteuerte Freude war durch Unbehagen gedämpft, vielleicht sogar eine Spur Panik, aber das war unter den Umständen vorauszusehen gewesen. Konsequenterweise hatte sie ihn nicht sofort unter Druck gesetzt, sondern lediglich ihre eigene Freude genossen. Sie hatte ihm Zeit zugestanden, sich mit der Vorstellung abzufinden, und nur nebenbei erwähnt, daß dies möglicherweise die Entschuldigung sei, auf die er gewartet hätte – die perfekte Gelegenheit –, sich aus seiner unglücklichen Ehe zu verabschieden. Und nach und nach, wie sie es vorausgesehen hatte, hatte er sich damit abgefunden. Die bevorstehende Vaterschaft besaß große Anziehungskraft; Andrew war es klargeworden, daß es eigentlich das war, was wichtig war, was nötig war, um ihr Leben zu vervollständigen, und ihr Glück war im Gegenzug vollkommen geworden. Es war alles einfach perfekt...

Und alles war nur eine Lüge gewesen, denn es gab gar kein Baby. Sogar ihre Gelüste auf salzige und saure Knabbereien und *Spaghetti alle vongole* waren nichts anderes als eine unerklärliche Einbildung gewesen.

Marcy zog ihren Morgenmantel über und verdeckte so ihren verräterischen Körper, dann wendete sie sich vom Spiegel ab und spürte eine erste Angstattacke. Es war nicht ihre Schuld. Sie hatte es nicht mit Vorsatz getan. Aber würde Andrew ihr glauben?

Als sie ihm gesagt hatte, sie nähme die Pille, war das nur die erste Lüge gewesen. Die zweite wäre nicht so leicht aus der Welt zu schaffen, nämlich, daß der Schwangerschaftstest aus der Apotheke positiv ausgefallen ist.

Sie hatte ihm wirklich nichts vormachen wollen. Es war ihr unter den Umständen nur so unnötig erschienen, und

als sie entdeckt hatte, daß so ein verrücktes kleines Test-Set beinahe zehn Pfund kostete, hatte sie schockiert an der Theke der Apotheke kehrtgemacht und das Geld statt dessen für den neuesten Roman von Jackie Collins und einen Becher Schokoladeneis von Häagen Daz ausgegeben.
Nun wünschte sie sich inbrünstig, sie hätte das nicht getan, aber die bedrückende Frage blieb: Was würde Andrew sagen, wenn er es herausfand?
Sie mußte nicht lange warten. Anders als üblich – und weil, was Marcy nicht wußte, Katerina ihn nicht direkt nach Büroschluß treffen konnte, was sie normalerweise tat – war er um halb sechs zu Hause. Und dieses Mal war ihr sein irritierter Blick schmerzhaft bewußt, als er sich umschaute und sah, daß sie, wieder einmal, die kleine Wohnung noch nicht aufgeräumt hatte.
»Liebling«, sagte sie, ging auf ihn zu und gab ihm einen Kuß. Er wäre auf seinem Mund gelandet, wenn er sich nicht im letzten Moment weggedreht und ihr nur seine bleiche, nach Rasierwasser duftende Wange überlassen hätte. »Du bist früh dran.«
»Hätte es einen Unterschied gemacht?« entgegnete er und deutete auf den Teetisch, der von Zeitschriften und Tassen übersät war. Er war früh dran, hungrig und müde, und Marcy war nicht in der Lage, irgendwelche Arbeiten zu erledigen. Das, kombiniert mit der Tatsache, daß Katerina ihn nicht trösten konnte, vervollkommnete seinen Verdruß. In ihrem überängstlichen Zustand wurde Marcy noch empfindlicher für ihre eigene, prekäre Situation.
»Ich werde uns etwas zu essen machen«, sagte sie und überlegte zur selben Zeit, was, um alles in der Welt, sie hervorzaubern könnte. Sie wußte nur, daß genug Ahorn-

sirup und Walnußcreme da war, um eine ganze Schulklasse zu füttern, Unmengen von Chips und vielleicht etwas Malzbrot, das nur ein bißchen schimmelig war. »Mein Herz, du siehst erschöpft aus. Warum setzt du dich nicht hin und entspannst dich ein bißchen?«

»Ich muß später noch mal weg.« Andrew starrte auf den Bildschirm des Fernsehers, während er sprach. Katerina hatte gesagt, sie könnte ihn vielleicht um neun Uhr treffen. »Eine Gruppe holländischer Kunden bleibt über Nacht; sie haben mich eingeladen, mit ihnen in ein Restaurant in Belgravia zu gehen.«

»In dem Fall ist es besser, wenn du jetzt nichts ißt«, sagte Marcy erleichtert. Das bedeutete auch, daß sie ihre Lieblingsseifenoper in Ruhe anschauen konnte.

Andrew nickte, in Gedanken woanders. Dann, als würde er sich seiner Pflichten erinnern, sagte er: »Und was hast du heute so gemacht?«

Angst schnürte Marcys Magen zusammen. Instinktiv legte sie sich die Hand auf die arglistige Rundung.

»Ich war beim Arzt.«

Jetzt hatte sie Andrews Aufmerksamkeit erregt. Er setzte sich auf, seine grauen Augen suchten ihr Gesicht. »Was hat er gesagt? Ist irgend etwas nicht in Ordnung?«

Sie liebte ihn. Er hatte ihretwegen seine Frau verlassen. Und es war nicht ihre Schuld, daß die Natur sich ausgerechnet sie ausgesucht hatte, um einen derart üblen Streich zu spielen.

Marcy kreuzte die Finger in den Falten ihres Morgenmantels, lächelte und schüttelte den Kopf. Wie Scarlett O'Hara würde sie morgen darüber nachdenken. »Alles in Ordnung«, versicherte sie freundlich. »Mir geht's gut, Liebling. Uns beiden geht's gut.«

Als er erkannte, wer die Person vor ihm war, die ihm den Rücken zuwandte, bremste Sam den Wagen auf Schritttempo herunter und bewunderte, wie das nun einmal seine Art war, den Reiz derart schöner Beine und eines perfekten Pos. Was diese spezielle Person gerade machte, die da von einer Dänischen Dogge den Gehsteig entlanggezerrt wurde, konnte er sich nicht vorstellen, aber sie waren ein umwerfendes Paar...

»Hallo«, sagte er, als er neben ihr herfuhr. Der Hund wedelte mit dem Schwanz, machte sofort einen Satz auf das offene Fenster zu und schnüffelte interessiert.

Mit einem Blick auf die schwere Kette um seinen Hals schüttelte Sam die dargebotene Pfote und sagte feierlich: »Sie müssen Izzys neuester Freund sein.«

»Sehr witzig«, sagte Izzy mit einem halben Lächeln. »Wo warst du, als wir dich gebraucht haben? Jericho wollte nicht die U-Bahn nehmen, was bedeutet, daß wir den ganzen Weg von Hampstead hierher laufen mußten.«

Jericho, dessen dunkelbraune Augen sogar größer waren als die von Izzy, bellte fröhlich zustimmend und versuchte, Sams Gesicht abzulecken.

»Und jetzt seid ihr beinahe zu Hause«, bemerkte er, während er den Hund zurückschob. »Ich würde euch natürlich gerne mitnehmen, aber...«

»Du hast vergessen, den Lastwagen mitzubringen«, ergänzte Izzy und hob ihre freie Hand. »Ist schon in Ordnung. Wir haben uns daran gewöhnt. Den Taxifahrern, die wir anhalten wollten, ist es genauso ergangen.«

Er lachte über ihren Gesichtsausdruck. »Also, was soll das alles bedeuten? Hast du das Songschreiben aufgegeben und bist jetzt statt dessen Hundesitter? Ich weiß nicht, wie ich es dir beibringen soll, mein Herz, aber du

wirst wohl zweimal um die Erde laufen müssen, bis dieses neue Geschäft dich reich macht.«
»Er gehört uns«, antwortete Izzy stolz. »Unser neuer Untermieter.« Dann konnte sie das Grinsen nicht mehr unterdrücken. »Aber dieses Mal haben wir uns einen stubenreinen geholt.«

Sams neue Waschmaschine war kaputt, und er war rübergekommen nach Kingsley Grove, um ihre zu benutzen, und er war ziemlich erstaunt gewesen, zu erfahren, daß Gina sich einen Hund angeschafft hatte. Aber erst als er ihren Gesichtsausdruck sah, als Jericho in die Küche stürmte, wurde ihm bewußt, daß Izzy es getan hatte.
»Aaah!« rief Gina und ging rückwärts in die Ecke neben dem Kühlschrank.
»Wuff«, antwortete Jericho und betrachtete sie mit höflichem Interesse.
Sam hingegen wünschte sich in diesem Moment eine Kamera.
»Wessen Hund ist das?« quiekte Gina und zeigte mit zitterndem Finger auf den Eindringling, währenddessen Jericho, der auf ein Keks hoffte, nach vorne sprang und versuchte, die ausgestreckte Hand zu erreichen, bevor sie zurückgezogen wurde. Enttäuscht schnüffelte er stattdessen an Ginas schlanken Fesseln.
»Ist er nicht prächtig?« seufzte Izzy, völlig unbekümmert wegen des Chaos, das sie gerade verursachte. Dann hielt sie das Ende der Leine in Richtung der sich verkriechenden Gina und verkündete: »Er gehört dir.«
»Nein, tut er nicht.«
»Doch, natürlich; er ist ein Geschenk. Ein Dankeschön«, fügte sie glücklich hinzu, »denn wenn du nicht gewesen wärst, hätte ich nie festgestellt, daß ich Songschreiberin

werden müßte, wenn ich es je zu etwas bringen wollte. Du hast mein Leben verändert, Gina«, schloß sie mit dankbar strahlenden Augen. »Und ich habe tagelang überlegt, was ich dir schenken könnte...«

Einen Ehemann, dachte Gina wie betäubt. Und ein friedliches Heim, ohne Hunde, ohne Van Aschs.

»... dann habe ich heute nachmittag diese Anzeige gesehen, und alles war bestens. Ich bin rüber nach Hampstead und habe ihn mir angesehen!«

»Er schaut drein, als wolle er nach mir schnappen«, sagte Gina mit kraftloser Stimme, aber Izzy war bereits auf den Knien, knuddelte liebevoll die enormen Ohren des Hundes und befreite ihn von der Leine. »Er ist nur hungrig, sonst nichts. Wir beide sind hungrig. Oh, schau mal, er gibt schon wieder die Pfote... ist er nicht süß? Überleg nur«, fügte sie triumphierend hinzu, »welche Vorteile es hat, einen Hund zu haben!«

»Einbrecher«, sagte Sam. Izzy war ganz entschieden ein Schandfleck, aber ihr Herz war unbestritten am richtigen Fleck. Er war selbst ein Hundenarr und unfähig, so unparteiisch zu bleiben, wie er es hätte sein sollen. Solange er Gina kannte, wußte er, wie sehr sie Hunden mißtraute.

»Männer!« schrie Izzy, so überwältigt von ihrem eigenen Gedankengang, daß sie unfähig war, die Entdeckung für sich zu behalten.

»Siehst du, das macht das Ganze brillant! Ich habe in derselben Zeitung einen Artikel über die Jagd nach Ehemännern gelesen... über die Wege, neue Männer kennenzulernen«, verbesserte sie sich schnell. »Und an der Spitze der Liste stand, den Hund in den Park ausführen. Man kommt ins Gespräch, ohne daß es auffällig wäre, du sagst einfach: ›Hallo, wie geht's denn heute morgen?‹ und, ehe du dich versiehst, lädt der Zahnarzt mit dem sandfarbenen Retriever dich zum Essen ein. Es ist ein Kinderspiel!«

Sam mußte sie einfach bewundern. Er holte sich ein Bier aus dem Kühlschrank, setzte sich und genoß die Debatte.

»Außerdem ist es gesund«, fügte Izzy hinzu, denn Gina schien nicht so überwältigt von ihrem Geschenk, wie sie es hätte sein sollen. »Und Sam hat natürlich völlig recht; er wird sämtliche Einbrecher in die Flucht schlagen, von Sternsingern ganz zu schweigen, mit einem Blick...«

»Ich habe Angst vor Hunden.« Gina sprach durch zusammengepreßte Zähne; in dem Augenblick beäugte Jericho sie scharf und sabberte. Wenn Izzy ihr schon einen Hund schenken mußte, warum hatte es nicht wenigstens irgendwas Kleines und Niedliches sein können?

»Aber das ist lächerlich«, erklärte Izzy leidenschaftlich, immer noch auf einem Knie, mit ausgebreiteten Armen. »Unmöglich kann sich ein Mensch vor Jericho fürchten! Der einzige Grund, warum seine Vorbesitzer ihn weggeben mußten, war, daß er Angst vor ihrem Pudel hatte. Er braucht Liebe und Verständnis«, fuhr sie fort und spürte, daß sie Ginas schwachen Punkt erwischt hatte, »er muß wieder vertrauen lernen. Und er braucht viele, viele Spaziergänge im Park...«

Es sagte einiges über Izzys Überredungskünste aus, daß sie es innerhalb von zwei Stunden geschafft hatte, Gina und Jericho, wenn auch widerstrebend, in Marsch zu setzen in den nahegelegenen Park mit der Anweisung, eine Runde um den Teich zu drehen und die letzten Sonnenstrahlen zu genießen. Sam jedoch war doppelt beeindruckt, als Izzy sich unmittelbar danach auf das Telefon stürzte und inständig nicht weniger als drei hundebesitzende Freunde zu einem Spaziergang überredete. Ob sie ihr wohl den größten nur denkbaren Gefallen tun und eben schnell mit ihren Tieren kurz Gassi gehen könnten, und zwar um den Teich an der Ostseite von Kensington Gardens, und im Vorbeigehen ein paar freundliche Worte zu der nervösen Blonden mit der Dänischen Dogge sagen könnten, sie wäre für immer zutiefst in ihrer Schuld... Das wahre Wunder aber war, daß sie sich bereit erklärten, das zu tun. Aber wenn Izzy eines im Überfluß besaß, rief Sam sich ins Gedächtnis, dann war es Charme. Außerdem hatte sie auch extrem ulkige Freunde.

»Deine Wäsche ist fertig«, beobachtete sie, als die Maschine schließlich vierzig Minuten später rumpelnd zum Stillstand kam.

»Und du versuchst, das Thema zu wechseln.« Saubere Hemden waren nur zum Teil der Anlaß für seinen Besuch. Seltsamer noch als Izzys Freunde war sein Drang... beinahe ein physisches Bedürfnis... gewesen, sie wiederzusehen. Er mochte noch mit seinem unerwünschten Gast belastet sein, aber Sam hatte diesen Abend in seinem Büro nicht vergessen, wenngleich – soweit es Izzy betraf – er nie stattgefunden zu haben schien. Es stand wieder eins zu eins, dachte er, und ihr offenkundiger Gedächtnisschwund in bezug auf das Geschehene wurde langsam, soweit es ihn betraf, verflucht irritierend.

»Ich mache mir Sorgen um das rote Hemd«, sagte Izzy, die nichts vergessen hatte. Vorher hatte es Spaß gemacht, solange sie auf den richtigen Augenblick gewartet und das Wechselspiel zwischen ihnen genossen hatte. Jetzt war die Situation jedoch eine andere. Vivienne zu kennen und zu mögen hatte ihren Gefühlen einen gehörigen Dämpfer versetzt, und sie hatte beschlossen, auf Distanz zu bleiben, bis die Situation sich von allein geklärt hatte. Es würde keinesfalls schaden, sagte sie sich selbst, und in der Zwischenzeit konnte sie ihre Aufmerksamkeit auf ihre Arbeit lenken.

Jetzt war sie etwas aus der Fassung gebracht und wiederholte: »Dein rotes Hemd. Es könnte eingelaufen sein.«

Sam schaute sie nur an und sagte nichts.

»Oh, Mist«, sagte Izzy gefühlvoll. Um irgend etwas zu tun, riß sie die Waschmaschinentür auf und zog feuchte Wäsche heraus. »Schau, ob du es wolltest oder nicht, es bleibt die Tatsache, daß Vivienne mit dir zusammen in deiner Wohnung lebt.«

»Wohnt«, korrigierte er sie. »Nicht lebt.«

»Was auch immer«, seufzte sie. Es war einfacher zu sprechen, wenn sie ihn dabei nicht anschauen mußte. Ernsthafter Augenkontakt war unter den gegebenen Umständen bestimmt verwirrend. »Einmal im Leben versuche ich, mich anständig zu verhalten, dann ist es nicht fair von dir, es mir so schwer zu machen.«

»Mir gegenüber ist es auch nicht besonders fair«, erinnerte sie Sam. Er trommelte mit den Fingern auf seine leere Bierflasche und überlegte, wieviel das wohl mit dem neuen Mann zu tun hatte, von dem sie ihm erzählt hatte, dem »sehr attraktiven Mann«, hinter dem sie her war. Er runzelte die Stirn. »Siehst du den Typen noch?«

Izzy hatte ihren kleinen Scherz längst vergessen und dachte, er spreche von Benny Dunaway. Immer noch mit dem Rücken zu Sam sagte sie: »Na klar.«

»Na klar«, wiederholte er mit einer Spur Ironie. Sie war zwar entschlossen, sich nicht zwischen Vivienne und ihn zu stellen, aber die Frage ihrer eigenen Monogamie kam ihr nicht in den Sinn. Offenbar stand die in ihren Augen einfach nicht zur Debatte.

Ein Mordsgebell unterbrach in diesem Moment seine Gedanken, was genau das richtige war, beschloß Sam. Solange Vivienne in seiner Wohnung war und Izzy weiterhin ihren Bettgefährten traf, gab's nicht viel zu sagen oder zu tun.

Im nächsten Augenblick stieß Jericho die Küchentür auf, entdeckte Izzy vor der Waschmaschine kauernd und stürzte sich erfreut auf sie. Sams rotes Hemd flog in hohem Bogen in die Wasserschüssel des Hundes.

»Und?« fragte Sam.

Ginas Gesicht war gerötet, und sie war außer Atem. »Und was?«

»Hat er sich gut benommen?« fragte Izzy munter, und Gina wirbelte herum und schaute noch verblüffter als vorher.

»Wer?«

Izzy verdrehte verzweifelt die Augen. »Jericho! Behalten wir ihn, oder muß er zurück in ein Leben erbärmlicher Tyrannei unter den Pfoten eines Pudels namens Pete?«

»Oh... er hat sich sehr gut benommen«, antwortete Gina nicht besonders überzeugend. Mit einem schnellen Blick in seine Richtung – er steckte gerade seine Nase in den Ärmel des unseligen roten Hemdes – atmete sie tief durch und versuchte, ihre Atmung zu regulieren. »Ich glaube nicht, daß es sehr fair wäre, ihn zurückzuschicken«, fuhr sie mit einem kurzen, zögernden Lächeln fort. »Nicht jetzt, wo er uns schon kennt.«

»Natürlich wär's das nicht.« Izzy lächelte zurück und griff spielerisch nach dem Ohr des Hundes. »Schau ihn dir an, er ist müde. Aber was ist mit dir? Hat dir der Spaziergang Spaß gemacht?«

Gina setzte sich abrupt auf einen der Küchenstühle, mit strahlenden Augen. »Das hat er, in der Tat. Und ich habe dir nicht geglaubt, als du es gesagt hast«, fügte sie hinzu, hin und her gerissen zwischen Peinlichkeit und Stolz, »aber du hattest absolut recht damit, daß man andere Leute trifft, die ihre Hunde ausführen. Es scheint, ja... zu klappen.«

»Himmel, ist das aufregend!« Izzy schickte ein Dankesgebet gen Himmel. Sie war sich ziemlich sicher gewesen, was Tom und Luke betraf, aber Alastair hatte gesagt, er hätte eigentlich keine Zeit.

»Also, wie viele Männer haben dich angesprochen?«

»Nun«, sagte Gina und errötete. »Sage und schreibe fünf.«

22

Es war nicht leicht, ihre klare Vorstellung darüber, wie »Never, Never« klingen sollte, jemandem zu vermitteln, der sich mit der Logistik eines solchen Projekts rumschlagen mußte und dafür zu sorgen hatte, daß es funktionierte. »Frustration« war nicht das richtige Wort dafür; zeitweise raufte Izzy sich die Haare, und ihre Stimme war heiser von der Anstrengung, den korrekten Ton eines Tenorsaxophons nachzuahmen, während Benny die Stirn runzelte und zum zehnten Mal fragte, ob sie absolut sicher war, daß es der Stimme genau einen halben Takt vorausgehen sollte. Ob sie nicht glaubte, daß es besser wäre, die Noten aufeinander abzustimmen und dem Klavier zu erlauben, den Echoeffekt zu bilden...

Aber langsam, mit viel Konzentration, wenigen spannungsgeladenen Augenblicken und vielen Stunden harter Arbeit, geschah das Wunder. Der Song nahm erkennbare Formen an, und wenn Izzy ein paar der ältesten Regeln des Komponierens gebrochen hatte, hatte Benny ihr eine der Fähigkeiten demonstriert, die jeder große Lehrer

besaß, und hatte ihr das erlaubt. Einige der Fehler waren enorm gewesen. Erstaunlicherweise hatten andere aber funktioniert, und das unerwartete Abweichen von Konventionen hatte mitgeholfen, einen undefinierbaren Zauber zu bewirken.
Und Izzy wollte – wie ein Kind, das endlich die Kunst des Fahrradfahrens beherrscht – gar nicht mehr aufhören. Nachdem sie »Never, Never« aus Katerinas Gedicht gemacht hatte, sprudelte sie jetzt über vor eigenen Ideen. Verse purzelten mühelos auf die Seiten ihres Schreibblocks, und sobald sie sie sah, hörte sie sofort die Begleitmusik. Benny hatte Mühe, mitzuhalten, ihre Einfälle zu skizzieren, bevor sie wieder vergessen waren. Er biß sich immer wieder auf die Zunge, wenn sie Bemerkungen fallenließ wie: »Das Stück ist ein Duett für Stimme und Klarinette«, und erlaubte Izzys unverbildeter Vorstellungskraft, sich frei zu entfalten. Und das war tatsächlich etwas, was Musiker überall lernen mußten, entdeckte er später am Abend, als Izzy zur Arbeit gegangen war und er sich über die kommentierten Partituren setzte, die er entsprechend ihren wirren Anweisungen hingekritzelt hatte. Einige ihrer Ideen waren schlichtweg unmöglich, während andere, obwohl technisch machbar, in der Praxis nie funktionieren würden. Aber einige, das mußte er zugeben, waren erstaunlich gut. Izzy hatte nicht gescherzt, als sie ihm gesagt hatte, sie wisse, daß sie es könne. Und ein Schauer erfaßte Benny, als ihm zum ersten Mal klar wurde, daß sie mit professioneller Hilfe, der richtigen Begleitung und einer Menge Glück vielleicht... nur vielleicht... großartig sein könnte.

»Mann, bin ich froh, daß ich dich angerufen habe«, gestand Vivienne, kippte ihren Drink runter und bot Izzy eine Zigarette an. »Es ist einfach so langweilig hier, wenn Sam seine Runden dreht. Und ich kenn doch keinen Menschen. Ich bin mir sicher, der einzige Grund, warum er mich ermuntert, ins Steps zu kommen, ist, daß er hofft, ich lerne hier einen anderen Typen kennen und lasse ihn in Ruhe.«

»Glaubst du, du lernst einen kennen?« Izzy versuchte, nicht zu optimistisch auszusehen.

Vivienne lachte: »Das ist doch nicht dein Ernst? Izzy, wir haben das, was Zeitungsfritzen eine ›stürmische Beziehung‹ nennen. Da muß schon ein bißchen mehr passieren als so ein kleiner Rückschlag, daß ich nach Hause zu Papi laufe. Ich habe Sam noch nicht aufgegeben, noch lange nicht.«

Oh, Miiist, dachte Izzy, denn texanischer Slang ist fürchterlich ansteckend.

»Aber das soll nicht heißen, daß ich mich in der Zwischenzeit nicht ein wenig amüsieren kann«, fügte Vivienne hinzu und ließ ihre Augen umherschweifen. »Und wer weiß, wenn Sam erstmal sieht, wie ich mich mit anderen Leuten amüsiere, vielleicht kommt er dann mit sich selbst ins reine.«

»Das könnte ich auch machen, ein paar neue Leute kennenlernen«, sagte Izzy nachdenklich, als sie sich an das deprimierende Gespräch erinnerte, das sie an diesem Tag mit Benny geführt hatte. »Du kennst nicht zufällig irgendwelche reichen Plattenproduzenten, vermute ich?«

Vivienne drückte ihre angerauchte Zigarette aus und zog ein Gesicht. »Ich bin ein egoistisches Miststück – ich hab dich nicht mal gefragt, wie du mit deiner Songschreiberei vorankommst. Also, wie läuft's?«

»Hervorragend«, sagte Izzy, dann schüttelte sie den Kopf. »Aber die Songs zu schreiben ist der leichtere Teil. Als

nächstes muß man damit in ein Aufnahmestudio und ein Demoband produzieren.«
»Das ist doch prächtig... wann findet das statt? Kann ich mitkommen und zuschauen?«
Izzy lächelte. »Es findet statt, wenn wir es uns leisten können, ein Studio zu mieten. Erinnere dich daran, was Sam dir über mich gesagt hat: verrückte Haare, großartige Stimme, keine Kohle. Nur, ein halbwegs anständiges Studio für einen einzigen Tag zu mieten, das kostet zwölfhundert Pfund. Das ist mehr, als sowohl Benny als auch ich aufbringen können...«
»Oh.« Vivienne schaute überrascht; das lag außerhalb ihrer Erfahrungen. Dann hellte sich ihr Gesicht auf. »Leih's dir«, sagte sie prompt. »Von Sam! Er würde dir das Geld sofort geben, und sobald du reich bist, kannst du es ihm zurückzahlen.«
An diese Lösung hatte Izzy auch schon gedacht. Eine Sekunde lang dachte sie noch mal darüber nach, dann schüttelte sie den Kopf noch einmal. »Das kann ich wirklich nicht.«
Vivienne war perplex. »Warum nicht?«
Izzy rutschte unbehaglich auf ihrem Stuhl hin und her und sagte: »Es ist schwer zu erklären, ich weiß nur, daß ich es allein versuchen und schaffen muß. In Sams Augen bin ich ein wandelndes Desaster, finanziell gesehen. Eine Verschwenderin. Und damit hat er absolut recht«, gab sie mit einem kurzen Lächeln zu, »aber ich kann nicht anders, so bin ich nun mal. Wenn ich ihn fragen würde, ob er mir das Geld borgt, würde ich mich... unwohl fühlen.«
Das war nicht das Wort, nach dem sie gesucht hatte, aber das tat's auch. In Sams Schuld zu stehen würde seine Meinung über sie bestärken, das spürte sie. Und eine Frau hatte schließlich auch ihren Stolz.

»Du meinst, er würde dir eine Standpauke halten?« fragte Vivienne, die immer noch versuchte, das zu verstehen. »Er würde dich dauernd fragen, wann er sein Geld zurückbekäme? Jesus, was für ein Bastard! Ich hätte nie gedacht, daß er so ist.«
»Nein, nein«, sagte Izzy hastig. »Ist er auch nicht. Er würde kein Wort darüber verlieren.« Mit einer verzweifelten Geste schloß sie: »Genau das ist es, was es unerträglich machen würde.«
»Nein, laß das«, sagte Vivienne einen Augenblick später, als Izzy nach ihrem Geldbeutel griff und Anstalten machte aufzustehen. »Das geht auf meine Rechnung. Schließlich hab ich dich hergeschleppt.«
Izzy prustete los vor Lachen. »Erzähl mir jetzt nicht, ich hätte dir meine Geschichte vom armen Mädchen mit den Schwedenhölzern erzählt, und du hättest jetzt einen Anfall von Schuldgefühl. Hör zu, das Gute an Verschwendern ist, daß sie immer eine Runde ausgeben können. Also, anstatt mich so anzuschauen, sag mir lieber, was du möchtest? Noch einen Tequila Sunrise?«
Aber Vivienne packte sie am Arm und zog sie kopfschüttelnd wieder zurück auf ihren Stuhl. »Sam hat mich heute hierhergebracht, also ist es wohl das mindeste, daß Essen und Getränke frei sind. Und ich habe ihn eben nur aus einem einzigen Grund vorgeschlagen, weil ich dachte, ihr seid so gute Freunde. Was ich wirklich möchte«, fuhr sie fort, während sie den Barkeeper auf sich aufmerksam machte und ihre Bestellung aufgab, »ich würde dir das Geld, das du brauchst, gern selber leihen.«
Izzy riß den Mund auf. Es war ihr schon schwergefallen, das alles preiszugeben, aber sie hatte nicht eine Sekunde daran gedacht, daß Vivienne ein derartiges Angebot machen könnte. »Mein Gott«, sagte sie endlich, »ist das dein Ernst?«

»Warum sollte das nicht mein Ernst sein?« entgegnete Vivienne liebenswürdig, als der Barkeeper mit einer Flasche Moët und zwei Gläsern auftauchte. »So viel ist es auch wieder nicht. Du kannst es mir zurückzahlen, wann immer du willst.« Sie lächelte, dankte dem Barkeeper und zwinkerte Izzy zu. »Und Sam braucht nichts davon zu erfahren.«

»Das ist phantastisch«, sagte Izzy, überwältigt von Dankbarkeit. »Ich weiß gar nicht, wie ich dir danken soll.«

»Zur Hölle, wozu sind Freunde denn da?« Vivienne lachte und begann, den Champagner einzuschenken. Izzy bedeckte ihr Glas hastig mit ihrer Hand.

»Ich möchte nicht, daß Sam mir vorwirft, ich würde schnorren. Ich bleibe bei Orangensaft. Wirklich.«

»Wir feiern«, insistierte Vivienne, zog ihre Hand weg und füllte das Glas mit Moët. »Laß dich von Sam nicht einschüchtern, Süße. Das ist nicht dein Stil.«

»Na gut, wenn das so ist«, sagte Izzy glücklich, »Prost.«

Zehn Tage später schaute sie aus dem Fenster des Büros von Doug Steadman und lauschte dem Klang ihrer eigenen Stimme, die durch den Raum tönte. Hinter ihr saßen schweigend Gina und Doug, Benny und Vivienne und hörten sich das Ergebnis eines Neunzehn-Stunden-Tages in einem Aufnahmestudio an, das ein Freund von Benny ihnen empfohlen hatte. Das Demo-Band umfaßte vier Stücke, und sie waren jetzt fast am Ende. Izzys Stimme folgte den quälenden, wehmütigen Tönen des Tenorsaxophons, dann verfiel sie beinahe in ein Flüstern, als die letzten Takte von »Never, Never« einsetzten. Einen Herzschlag lang Stille, dann das anschwellende Crescendo, eingeleitet von einem sanften Trommelwirbel... Sie hatte sich um den Effekt bemüht, den Julias letzte inbrünstige Worte an den abwesenden Romeo hatten... die

letzte, kraftvolle Zeile, die diesmal hoch über das Sax aufstieg... und dann war es zu Ende.
Auf die Reaktion ihrer Zuhörer zu warten, das war schlimmer als jedes Vorsingen. Sie war unfähig, sich umzudrehen, statt dessen streckte sie die Hand nach Jericho aus und streichelte seinen glatten Kopf. Seine Barthaare kitzelten ihr Handgelenk. Ihre Finger zitterten, und sie fühlte sich etwas benommen...
Die momentane Stille wurde jedoch durch einen ohrenbetäubenden anerkennenden Pfiff durchbrochen, wie nur ein echter Texaner ihn loslassen konnte. Vivienne schrie überglücklich: »Izzy, du bist ein Star.«
Als Izzy sich schließlich umdrehte, um sie anzuschauen, führte Gina die Applaudierenden an. Jericho stellte fest, daß die eigenartige Stille vorbei war, begann erfreut zu jaulen und fegte mit seinem Schwanz eine Kaffeetasse vom Tisch. Benny grinste breit. Gina, die immer noch klatschte, sagte immer wieder: »Das war phantastisch.«
Aber Izzy wartete auf Doug, der bis jetzt noch nichts gesagt hatte. Sie war das finanzielle Wagnis eingegangen und hatte ihr Bestes gegeben, aber da er ihr Agent war und ein Profi, brauchte sie vor allem seine Anerkennung. Sie sah ihn mit wachsender Nervosität an, wollte etwas sagen, aber die Worte blieben ihr im Hals stecken, und alles, was herauskam, war ein heiseres Krächzen.
Aber Doug, der sich gerade aus seinem Stuhl hievte und sein Gesicht mit einem blau-weiß gepunkteten Taschentuch abwischte, hatte nicht die Absicht, etwas zu sagen. Statt dessen durchquerte er das kleine Büro, blieb vor Izzy stehen und wartete eine volle Sekunde, bevor er lächelte. Dann nahm er ihren Kopf in seine Hände und gab ihr einen lauten Kuß, zuerst auf die eine Wange, dann auf die andere. Izzys Augen füllten sich mit Tränen.

»Gefallen sie dir wirklich?« flüsterte sie, als er einen Schritt zurücktrat und sie auf Armeslänge von sich hielt.
»Gefallen sie mir?« Doug schüttelte den Kopf, und ihn packte ein beinahe väterliches Gefühl für diese zuversichtliche, eigensinnige Frau, die er nun schon so viele Jahre kannte. Ihr Optimismus und ihre Energie waren grenzenlos; sie hatte sich nie vor irgend jemandem oder irgend etwas in ihrem Leben gefürchtet. Wo er sie jetzt so sah, unsicher und verzweifelt auf Anerkennung wartend, liebte er sie nur noch mehr.
»Du kennst mich«, sagte er mit mißbilligendem Blick. »Mir *gefallen* Roger Whittaker und Val Doonican. Deine Songs sind vielleicht nicht mein persönlicher Stil, aber sogar ich kann sagen, daß sie gut sind. Sehr gut.« Er machte eine Pause, dann gestand er barsch: »Ich habe nicht erwartet, daß sie das sind, aber sie sind es.«
Izzys Wangen waren naß, und ihre Wimperntusche löste sich auf. Sie schniefte und lächelte: »Gefallen sie dir nicht wenigstens ein kleines bißchen?«
»Hör auf zu heulen«, befahl Doug. »Natürlich tun sie das. Wann hat mir je etwas mißfallen, das mich reich machen wird?«

23

Katerina hatte ihr hellbraunes Haar zu einem Knoten hochgerafft, trug ein geschmackvolles schwarzes Kleid und Schuhe mit ungewohnt hohen Absätzen. Andrew bemerkte, daß sie sich angestrengt hatte, um älter auszusehen, und war berührt von ihren Bemühungen. Sie konnte jetzt spielend als einundzwanzig gelten, was – unter den gegebenen Umständen – wenig Anlaß bot, die Augenbrauen hochzuziehen. Nicht daß der Altersunter-

schied zwischen ihnen einen von beiden noch länger gestört hätte, aber verstohlene Blicke und unverhohlenes Grinsen waren auch nicht sonderlich angenehm.
Katerina jedoch hatte keine besonderen Hemmungen. Sie zog verblüfft die Augenbrauen in die Höhe, als sie hörte, wie Andrew der hübschen Empfangsdame des Hotels ihre Namen angab. Sie prustete sofort los. Sogar die Empfangsdame mußte lächeln.
»Was ist los?« Er sah sich verstört um.
»Mr. und Mrs. Lawrence«, kicherte Katerina. »Das kannst du nicht hinschreiben! Wir müssen nicht so tun, als ob wir verheiratet wären, oder?«
Es war einfach süß von ihm, daß er sie quasi als sein Eigentum schützen wollte. Dann sah sie seinen Gesichtsausdruck, hängte sich bei ihm ein und zwickte ihn. »Außerdem gibt's keinen Grund, das peinlich zu finden. Die Leute werden sowieso herumraten, wenn sie uns während des Essens ununterbrochen reden sehen. Verheiratete Paare tun das nicht – das steht so in ihren Verträgen.«
Andrew lächelte der Empfangsdame verlegen zu und gab Katerina seinen Stift. Sie unterschrieb prahlerisch mit ihrem Namen. »Da! Hier muß schließlich keiner inkognito unterwegs sein!«
Ich schon, dachte Andrew gequält. Zumindest würde er die Rechnung in bar bezahlen. Er würde ganz sicher nicht das Risiko eingehen, Marcy die Möglichkeit zu bieten, daß sie einen verräterischen Visa-Fehltritt in seinem Anzug entdeckte ...
»Soll ich den Portier bitten, Ihr Gepäck ins Zimmer zu bringen?« fragte die Empfangsdame. Sie grinste Katerina an und wünschte sich, nur die Hälfte der Gäste würde so ehrlich sein.

»Das ist schon in Ordnung«, zwinkerte Katerina. »Ich möchte nicht, daß er sich verletzt. Schließlich ist es wirklich eine unglaublich schwere Zahnbürste.«

Sie überlegte, ob ihre Hungerattacken psychisch bedingt waren. Wollte sie wirklich essen, oder wollte sie nur Zeit gewinnen, indem sie einfach den Moment verdrängte, in dem nur noch sie drei zusammen wären: Andrew, sie selbst und das große Doppelbett?

Aber nein, selbst die gespielte Soll's-der-Teufel-holen-Tapferkeit war nur Fassade. Als der erste Gang serviert wurde, war sie froh, festzustellen, daß sie tatsächlich Hunger hatte.

»Nun, was denkt deine Mutter, wo du heute nacht bist?« fragte Andrew, als sie gerade die letzte Languste mit den Fingern knackte. Er selbst hatte keinen Hunger, er hatte sein eigenes Essen faktisch nicht angerührt; Katerina dabei zuzusehen, wie sie ihr Essen genoß, war Freude genug.

»Bei der Liebe meines Lebens.« Sie grinste mit vollem Mund. »Simon natürlich, obwohl es sehr wahrscheinlich ist, daß sie es vergißt; offenbar hat Mum heute nachmittag Doug ihr Demo-Band vorgespielt, und er war beeindruckt. Als ich von der Schule nach Hause kam, war eine ziemlich laute Party in Gang. Also habe ich ihnen gesagt, daß ich bei dieser Art Ablenkung wirklich nicht für meine Prüfungen lernen könne und daß ich zu Simon fahren würde. Sie werden mich nicht vermissen«, schloß sie leichthin. »Als ich gegangen bin, hat Sams Freundin Gina gerade Charleston beigebracht, und Izzy hat auf Bette Middler gemacht, mit einer Zucchini als Mikrophon. Benny und Jericho haben Klavier gespielt... ziemlich schlecht, muß ich sagen... und Doug bettelte sie an, sie sollten ›Paddy McGinty hat 'ne Farm‹ spielen...«

Das klang alles ziemlich unwahrscheinlich; Andrew konnte sich schlicht nicht vorstellen, daß sich derartiges im ruhigen Kingsley Grove abspielte. Die Bürgerwacht mußte vor Zorn und Mißbilligung beben.
»Wir haben kein Klavier«, sagte er schließlich.
Katerina leckte ihre fettigen Finger ab. »*Ihr* hattet keines«, korrigierte sie ihn. »*Wir* schon.«
Er konnte sich auch Gina nicht Charleston tanzend vorstellen, trotz Katerinas wiederholten Beteuerungen, daß sie – langsam, aber sicher – auftauen würde. »Sie kommt ganz gut«, so hatte sie es beschrieben, und obwohl sie sich anfangs gegenseitig zuwider gewesen waren, hatte ihre Beziehung sich offenbar in den letzten Wochen entspannt. Katerina billigte die Tatsache, daß Gina schließlich »den Hintern hochgekriegt« und zu arbeiten begonnen hatte, während Gina wiederum Katerinas Kochkünste schätzte, ebenso ihre Gewohnheit abzuspülen. Noch befremdlicher war, daß Katerina Gesprächen gegenüber ziemlich offen war, die Gina – seine verlassene Frau – betrafen, während jede Erwähnung von Marcy mit promptem Erstarren quittiert wurde.
»Wann beginnen deine Prüfungen?« fragte er mehr aus dem Wunsch heraus, das Thema zu wechseln, als aus einem anderen Grund. Solange er Katerina kannte, hatte sie sich hineingesteigert, das Abitur zu schaffen, aber jetzt erwähnte sie es kaum mehr.
Der Kellner kam in dem Moment mit dem Hauptgang, köstliche Lammkoteletts für ihn und Tournedos Rossini für Katerina. Sie zuckte die Achseln und lächelte: »Neun Uhr morgen früh.«
»Du machst Witze!«
»Keine Panik!« Sie nahm seine Hand, genauso wie an ihrem ersten Tag im Victoria and Albert Museum. »Ich

hab's dir nur nicht erzählt, weil ich nicht wollte, daß es unsere Nacht zerstört. Als du gesagt hast, du hättest ein Zimmer hier bestellt, war ich so glücklich. Nichts ist wichtig, nur wir.«

Für den Bruchteil einer Sekunde überlegte Andrew, ob es ausgereicht hätte, daß er die Nacht storniert, wenn er es vorher gewußt hätte. Obwohl er Katerina sehr liebte, war er sich doch schmerzhaft der Unterschiede bewußt, die sie trennten, und er wußte, wie wichtig ihre Prüfungen für sie waren.

Doch nein, er mußte sich eingestehen, daß er das nicht getan hätte. Ihre wertvolle Zeit zusammen war ihm noch wichtiger. Und diese Nacht aller Nächte war der Höhepunkt einer lange gehegten Sehnsucht...

»Wir müssen um halb acht hier los«, warnte er sie. Der morgendliche Stoßverkehr vom ländlichen Berkshire ins Londoner Zentrum war höllisch.

»In dem Fall«, sagte Katerina mit glänzenden Augen und leicht zitternder Hand, als sie ihr Glas hob zum Anstoßen, »gehen wir besser sehr früh zu Bett.«

Hatte es je eine nervenaufreibendere Prüfung gegeben als die, die sie jetzt gleich bestehen mußte? Im Schlafzimmer wartete Andrew auf sie. Katerina betrachtete ihr Spiegelbild im Badezimmer und rief sich ins Gedächtnis, daß, solange ein Paar sich wirklich liebte, nichts anderes zählte. Sie verstand nicht, warum sie sich so fühlte. Wenn miteinander schlafen so natürlich war und... wunderbar, warum fühlte sie sich dann, als würde sie krank werden?

Sie benahm sich töricht, dachte sie energisch, griff nach ihrer Zahnbürste und drehte den Kaltwasserhahn voll auf. Was für eine Niete; siebzehn Jahre alt und benahm sich wie ein Kind. Da es absolut nichts gab, wovor sie sich fürchten mußte, würde sie sich auch nicht fürchten. Nichts dürfte die bedeutsamste Nacht ihres Lebens zerstören...

Viel später, als Andrew eingeschlafen war, rollte sich Katerina auf ihre Seite und starrte auf die leuchtendblauen Ziffern auf dem Wecker neben ihrem Bett. Halb zwei Uhr früh, sie hatte es getan, und es war in Ordnung gewesen. Nicht wie im Kino, dachte sie mit einem gequälten Lächeln, aber was soll's? In Ordnung ist in Ordnung, zumindest war es besser, als sie erwartet hatte, und es hatte wirklich nicht lange gedauert, was ein zusätzliches Plus war. Sie hatte ihren großen Zeh nicht in Andrews Ohr gesteckt, nicht im falschen Moment gekichert oder sich hoffnungslos in einer dieser schrecklichen Positionen verheddert, die in dem Buch beschrieben waren, um das Izzy so ein Aufsehen gemacht hatte.

Sie hatte keinen Idioten aus sich gemacht, und dafür konnte sie nur dankbar sein. Ekstase würde wohl – hoffentlich – später dazukommen, aber in der Zwischenzeit war es etwas, ohne das sie ziemlich glücklich leben konnte. Und, sie hatte ihren Stolz nicht verloren.

»Liebes«, murmelte Andrew und legte seinen Arm um ihre schmale Taille. Als er Katerina an sich zog, bemerkte er, daß sie ihn erneut erregte. »Bist du zu müde...?«

Er küßte ihren Nacken. Sie entwand sich ihm, in Panik, daß er es vergessen würde, griff unter das Kopfkissen und zog eine kleine, flache Schachtel aus dem Versteck.

»Das ist das letzte«, sagte sie und fühlte sich auf lächerliche Weise wie ihr alter Lehrer, der sparsam farbige Filzstifte verteilte.

»Falsch.« Andrew, der den Wecker auf halb sieben gestellt hatte, lächelte in die Dunkelheit. »Es sind immer drei in einer Packung.«

»Falsch«, antwortete Katerina, insgeheim erleichtert. »Ich habe eines vorher mit Wasser gefüllt und ein bißchen rumgeschwenkt. Nur um sicherzugehen, daß sie wirklich funktionieren.«

Simon hing am Schultor herum, als Andrews Auto um fünf nach neun kreischend zum Stehen kam und Katerina, immer noch in dem kleinen Schwarzen vom letzten Abend, barfuß aus der Beifahrertür sprang.
»Jesus, Kat! Bist du von Sinnen?« Seine Stimme verriet seine Erregung und Wut. Wie sie derart dumme Risiken eingehen konnte, ging ihm einfach nicht in den Kopf.
Er war nicht in der Lage, den Fahrer des Autos anzuschauen, und wendete die Augen ab, als Katerina sich durch das offene Fenster beugte und Andrew einen hastigen Abschiedskuß gab.
»Kein Grund zur Aufregung«, sagte sie munter und löste ihren Arm aus seiner feuchten Hand, als Andrews Auto verschwand und Simon versuchte, sie durchs Tor zu ziehen. »Ich bin ja da, und wir haben noch sieben Minuten. Wir haben sogar noch Zeit für einen schnellen Kaffee, wenn wir ...«
»Was!« schrie Simon, seine blonden Haare standen ihm praktisch zu Berge.
Sie grinste. »Nur ein kleiner Scherz meinerseits.«
»Du bist ein Scherzkeks.« Er funkelte sie an. »Ich kann nicht glauben, was mit dir passiert, Kat. Eine Affäre mit einem verheirateten Mann zu haben ist nicht besonders klug, es zeugt nicht gerade von Intelligenz... und du scheinst dir der Gefahr nicht einmal bewußt zu sein...«
Sie versuchte, ihn aus seiner schlechten Laune zu holen – so hatte sie ihn noch nie erlebt –, und lächelte. »Ich bin vielleicht nicht intelligent, aber sogar ich habe schon von

Safer Sex gehört«, wandte sie ein. »Kondome regieren, beruhigt?«
Aber Simons Augenbrauen blieben grimmig gerunzelt. »Ich spreche nicht über diese Art von Gefahr.«
»Und du hast nicht die Erfahrung, um mir eine Standpauke über eine andere zu halten«, erklärte Katerina entschieden, als sie die Stufen zum Haupteingang der Schule hinaufstiegen. »Also, halt mir auch keine.«
Kopfschüttelnd sagte er: »Du machst einen Idioten aus dir.«
Sie antwortete ihm mit einem eisigen Blick. »Und du fängst an, unglaublich zu langweilen.«
Vor ihnen, am Ende des Ganges, war der Prüfungsraum. Vor der Tür stand ihr Physiklehrer, der ihnen verzweifelt deutete, sie sollten sich beeilen und sich auf ihre Plätze setzen.
»Ich versuche nur, dein Freund zu sein«, sagte Simon leise. Katerina schämte sich ein bißchen und drückte seine Hand. »Du versuchst es nur auf die falsche Art. Ach, Simon, ich habe eine Woche lang nicht gelernt. Ich habe Angst. Gib mir einen Kuß, und wünsch mir Glück.«
»Nein«, sagte er bitter und dachte an den Vorfall am Schultor. »Du hast bereits einen bekommen.«

24

»Es war nicht nötig, daß du extra hierherkommst«, protestierte Gina, als Izzy im Büro ankam. Izzy war ganz außer Atem. Sie hatte sich anstrengen müssen, mit Jericho Schritt zu halten, wenn er, ohne zu schauen, mit ihr im Schlepptau über die Straße rannte. Sie plumpste in den Sessel am Fenster und leerte eine Flasche Perrier auf einen Zug.

»Ich bin aufgeregt«, sagte sie, wischte sich den Mund ab und kickte ihre Sandalen weg. Jericho schnappte sich sofort eine und verzog sich unter Ginas Schreibtisch. »Komm, erzähl mir noch mal, was sie am Telefon gesagt haben.«
»Die Leute von MBT haben dein Band gehört«, wiederholte Gina geduldig. »Sie fanden es interessant. Einer ihrer A&R-Männer wird heute nacht in die *Plattform Eins* kommen und dir zuhören. Er heißt Joel McGill und wird sich dir nach der Show vorstellen.«
Izzy gefiel der Klang. Joel McGill, das war ein guter Name, ein gutes Omen. Sie hatte ihn den ganzen Weg von Kensington nach Soho vor sich hingesungen. Außerdem hatte sie schon eine ziemlich genaue Vorstellung davon, wie er aussah: groß und dunkelhaarig, mit spitzbübischen Augen, einem umwerfenden Lächeln und ohne Freundin. Und er wäre geblendet, absolut hingerissen von Izzy Van Asch...
»Gina«, sagte sie und unterbrach ihre Träumerei, »sei ein Engel, und leih mir hundert Pfund.«
Gina schaute verwirrt drein. »Willst du ihn bestechen?«
»Ein neues Kleid«, bettelte Izzy. »Oh, bitte, ich brauch was Besonderes.«
»Aber Izzy, du hast einen ganzen Schrank von Besonderem zu Hause. Da muß doch was in deiner Sammlung sein, was du anziehen kannst.« Gina, die sich selbst seit mehr als einem Monat kein einziges neues Stück mehr geleistet hatte, stapelte Papiere und schaute mißbilligend. »Kann nicht Vivienne dir Geld leihen?«
»Ich hab's zuerst bei ihr probiert«, gestand Izzy mit entwaffnender Ehrlichkeit. »Sie war nicht zu Hause.«

Keine zwei Minuten nachdem Izzy, Jericho und Ginas hundert Pfund abgezogen waren, ging die Tür erneut auf.

Gina setzte sich gerade hin und schenkte dem Besucher ihr schönstes Empfangsdamenlächeln.
»Hallo«, sagte der Besucher und lächelte derart zurück, daß sie beinahe über die Schulter geschaut hätte, ob da jemand Interessanterer hinter ihr lauerte. »Sie sind neu. Und das Büro auch.« In einer nur leicht übertriebenen, künstlichen Pause sah er sich um, bevor er seinen Blick wieder Gina zuwandte. »Ich wollte Doug sehen. Bin ich im falschen Gebäude?«
Sie spürte, wie sie rot wurde. Unglücklicherweise bekam sie dann auch eine Unmenge von Flecken rund um ihren Hals. Mein Gott, wie gut er aussah.
»Das Gebäude stimmt«, sagte sie beinahe so atemlos, wie Izzy es vorher war, »aber ich fürchte, Doug ist im Moment nicht da. Vielleicht kann ich Ihnen helfen?«
»Ich bin sicher, Sie können.« Er setzte sich in den Stuhl ihr gegenüber, fuhr mit seinen Fingern durchs Haar und gewährte Gina erneut die Gnade seiner Aufmerksamkeit, derart vollendet, daß ihre Knie unter dem Schreibtisch weich wurden.
»Ich bin Gina Lawrence«, sagte sie, um die Stille zu unterbrechen, die ihren Besucher anscheinend nicht im geringsten zu stören schien. »Ich bin... ich bin Dougs neue Assistentin.«
Er nickte, immer noch lächelnd, und deutete dann auf das Büro rundherum. »Und Sie haben das alles hier zustande gebracht?«
Jetzt war Gina mit Nicken dran. Ihr Nacken war, wie sie feststellte, völlig starr geworden.
»Dann haben Sie Wunder vollbracht. Unglaublich, wie Sie diesen Ort umgemodelt haben.«
Gina konnte nicht glauben, wie er sie umgemodelt hatte. Seit Andrews Weggang war sie physisch nicht in der La-

ge gewesen, auch nur ein wenig normal auf die Aufmerksamkeit irgendeines Mannes zu reagieren. Nicht, daß dazu immens viele Gelegenheiten bestanden hätten, aber freundliche Worte oder aufmunternde Blicke hatten sie nicht auftauen können. Sie war dem anderen Geschlecht gegenüber immun.

Aber hier und jetzt waren die lange schlafenden Hormone gerade dabei, mit ungeheurer Geschwindigkeit wieder zum Leben zu erwachen...

»Entschuldigung, wie ungezogen von mir«, sagte der Besucher, griff in die Tasche seines Jacketts und zog einen großen, gefalteten Umschlag heraus.

»Sie haben zu tun, und ich verschwende Ihre Zeit. Mein Name ist Ralph Henson, und ich bin hier, um einen Vertrag zurückzubringen. Ich habe ihn gelesen und an der vorgesehenen Stelle unterschrieben. Alles, was Doug tun muß, ist, ihn irgendwo zu vergraben... obwohl anscheinend kein Platz mehr übriggeblieben ist, wo er irgend etwas vergraben könnte.«

Gina war froh, etwas tun zu können, und erleichtert, zu entdecken, daß ihre Beine noch ihren Dienst versahen. Sie wandte sich vom D zum H im Aktenschrank und zog einen umfangreichen grauen Ordner heraus. »Von jetzt an kommt alles hier rein.«

Ralph grinste. »Erstaunlich. Das ist schon mehr als ein Wunder.«

»Mann, ITV«, sagte Gina, die auf den Vertrag spähte.

Nervös, aber attraktiv, dachte Ralph und bewunderte den exzellenten Schnitt ihres blonden Bubikopfs, als sie ihren Kopf beugte, um den Ordner an seinem Platz im Aktenschrank zu verstauen. Noch besser war, daß sein Name ihr offensichtlich nichts sagte.

»Ich weiß«, er zuckte bescheiden die Schultern. »Der Produzent hat mich gewarnt. Sobald die Serie mal laufen würde, wäre mein Leben nicht mehr dasselbe. Ich weiß wirklich nicht, ob ich feiern soll oder in Panik geraten.«

»Aber das ist toll.« Ginas Augen glänzten. »Sie müssen feiern.«

»Einverstanden.« Ralph stand auf und hatte sich auf dem Schreibtisch aufgestützt. »Aber nur, wenn Sie mit mir feiern. Heute abend.«

Gina konnte sein After-shave riechen. Sie wußte, sie mußte ihn mißverstanden haben. »Was?«

»Abendessen im *Bouboulina.* Acht Uhr«, sagte er ruhig. Er berührte ihre Hand mit seinem Zeigefinger und fügte hinzu: »Sie sind nicht verheiratet; das habe ich zuerst überprüft.«

»Aber ... aber ich kenne Sie nicht«, stammelte sie. So was war ihr noch nie in ihrem Leben passiert. In der einen Minute hatte sie noch harmlos vor sich hin phantasiert, und in der nächsten wurde es auf unheimliche Art Realität. »Und Sie kennen mich nicht.«

Ralph, der gedacht hatte, er kenne Izzy Van Asch, zuckte nur mit den Achseln. »Manchmal ist das der beste Weg. Sie müssen nur ja sagen.«

»Nein«, sagte Gina panisch.

»Haben Sie Angst vor mir?«

»Nein!«

»Dann sagen Sie ja.«

Sie schloß für eine Sekunde die Augen. Was würde Izzy jetzt machen? War es eine derart schwere Prüfung, mit einem attraktiven Mann essen zu gehen? Und was würde sie später mehr bereuen: die Einladung anzunehmen oder sie abzulehnen? »Gut«, sagte Gina, bevor sie die Möglichkeit hatte, völlig in Panik zu geraten. »Okay, ja.«

»Schon besser.« Ralph hatte gelauscht, als Izzy Gina umgarnt hatte, ihr doch Geld zu leihen, und er hatte Izzy beobachtet, als sie zehn Minuten später das Gebäude verließ – sie war von einem riesigen Hund den Gehsteig entlanggeschleift worden und sah höchst zufrieden mit sich selbst aus – jetzt konnte er es kaum erwarten, ihr Gesicht zu sehen, wenn er heute abend bei ihr zu Hause auftauchte. Er zog einen abgenutzten Filofax aus seiner anderen Tasche und zückte einen Stift. »Geben Sie mir Ihre Adresse, und ich hole Sie um Punkt acht Uhr ab.«

Dieses eine Mal nahm Andrew nicht einmal den Zustand des Schlafzimmers wahr. Er schob einen Frotteemantel und eine Schachtel Papiertücher weg, setzte sich auf die Bettkante und starrte an die Wand. Hinter ihm trocknete Marcy ihre Augen und griff nach seiner Hand.

»O Liebling, es tut mir leid.« Die Worte kamen stoßweise, zwischen Schluchzern heraus. Zu ihrer Erleichterung flossen die Tränen wie auf Bestellung. »Es ist gestern nachmittag passiert. Ich hab mich den ganzen Morgen nicht besonders wohl gefühlt, dann, nach dem Mittagessen, bekam ich diese fürchterlichen Krämpfe. Es geschah alles so... schnell.« Ermutigt durch die Tatsache, daß Andrew ihre Hand hielt, füllten sich ihre Augen erneut mit Tränen. »Als der Arzt schließlich kam, war schon alles vorbei. Das Baby war schon weg.«

Andrew nahm sie in die Arme und hielt sie fest, während sie an seiner Brust schluchzte. »Du solltest in der Klinik sein«, sagte er, völlig betäubt von den Neuigkeiten. »Du hättest mich anrufen sollen, um Gottes willen.«

»Der Arzt hat mich untersucht und mir versichert, daß ich in Ordnung bin«, wisperte Marcy tapfer. »Und ich wollte dich nicht stören... ich weiß, wie wichtig deine

Konferenz war. Es gab nichts für dich zu tun, und ich wollte allein sein, um zurechtzukommen mit... mit dem, was passiert ist.«

»Du hättest anrufen sollen«, wiederholte Andrew, strich über ihr Haar und wunderte sich, wie es möglich war, sich so betäubt zu fühlen. Schuld mischte sich mit Erleichterung, daß sie nicht versucht hatte, ihn zu erreichen, aber für den Verlust des Babys konnte er keinerlei Empfindung aufbringen. Ein Kind war noch nie etwas gewesen, was er sich innig wünschte, und selbst als er wußte, daß Marcy schwanger war, fand er es auf seltsame Art schwierig, sich das Endergebnis vorzustellen.

Nur, daß es jetzt kein Ergebnis mehr geben würde. Was für ihn hieß, daß sein Schicksal – Marcy, Heirat und Vaterschaft – nicht länger besiegelt war. Katerina...

»Armer Liebling«, sagte er abwesend, mit seinen Gedanken weit weg. »Kann ich irgend etwas für dich tun? Was hättest du gerne?«

Sex wäre nett gewesen. Marcy überlegte, wie bald sie auf anständige Art wieder diese Seite ihrer Beziehung aufnehmen könnte. Die Aussicht auf Wochen erzwungener Enthaltsamkeit war nicht gerade ermunternd.

»Ich bin in Ordnung«, sagte sie, ihre Stimme heiser vom Weinen. »Wie war denn deine Konferenz?«

»Hm?« Andrew war immer noch in Gedanken versunken. Er hatte mit Katerina vereinbart, sie heute abend später zu treffen; er war natürlich nicht in der Lage, das zu tun. Er konnte schwerlich Marcy im Stich lassen, aber konnte er es wagen, sie in Ginas Haus anzurufen und sie von den veränderten Umständen zu unterrichten?

»Die Konferenz«, wiederholte Marcy, kuschelte sich in seinen Arm und war dankbar, daß er keine schwierigeren Fragen gestellt hatte. »War sie ein Erfolg?«

Katerinas Bild, wie sie im Bett saß, ihren Morgenkaffee schlürfte und ihn anlächelte, schoß ihm durch den Kopf. Nackt, glücklich und äußerst begehrenswert, war sie alles, was er sich je erträumt hatte.

»Oh, ja«, sagte er, während er überlegte, ob die Telefonschnur bis ins Bad reichte. »Es lief sehr gut. Sogar ausgesprochen gut.«

25 Izzy hatte sich noch nicht entschieden, ob sie über Ralphs schmutzigen Trick lachen sollte oder wütend sein. Einerseits war es schmeichelhaft, zu wissen, daß er sich noch etwas aus ihr machte, aber auf der anderen Seite wurde Gina benutzt, und sie würde verletzt sein. Und Izzy selbst war es, die dann unter den Konsequenzen leiden müßte.

Die Entscheidung wurde ihr schlagartig abgenommen, als sie um Viertel vor acht an die Tür ging, um zu öffnen. Ralph schauspielerte allzu offensichtlich, als er nach künstlichem Zögern erstaunt sagte: »Ich glaube es nicht! Izzy...?«

»Komm, laß den Scheiß, Ralph.« Sie packte ihn am Arm und zog ihn energisch rein. Als sie im Wohnzimmer waren, schloß sie die Tür, lehnte sich dagegen und ließ den tollen graphitfarbenen Anzug, das blaßrosafarbene Hemd und... würg... die grauen Schuhe auf sich wirken. Als er den Arm hob, um eine Locke zurückzustreichen, erspähte sie sogar ein goldenes Armband. Gott sei Dank war Sam nicht hier.

»Schau mal«, begann sie mit leiser Stimme und todernst. »Gina wird jede Minute hier unten sein, und weil sie nicht weiß, was für ein Bastard du bist, hat sie vier Stunden da-

mit zugebracht, sich für den Abend mit dir herzurichten. Sie hat nicht einen anderen Mann angeschaut, seit ihr Ehemann sie verlassen hat. Das ist ihr erstes Rendezvous seit schätzungsweise fünfzehn Jahren. Also, ich warne dich, wenn du ihr weh tust, steckst du in ziemlich großen Schwierigkeiten.«
»Aber ...«, sagte Ralph. Er sah gekränkt aus, und insgeheim verfluchte er das Mißlingen seines Plans. Er hatte auf den Überraschungseffekt gebaut; es war ihm einfach nicht in den Sinn gekommen, daß Gina Izzy den Namen des Mannes nennen könnte, der sie zum Essen ausführen wollte.
»Aber gar nichts.« Izzy hörte Ginas Schritte auf der Treppe. »Denk nur dran, daß ich dich höchstpersönlich umbringen werde, wenn du sie verletzt.«
»Hast du die Türglocke gehört?« fragte Gina. Sie war unglaublich nervös, und vor Aufregung war ihr ganz schwindelig. In dem Moment läutete das Telefon.
»Ralph und ich haben uns gerade vorgestellt«, erklärte Izzy. »Kümmere dich nicht drum, ich geh ran. Ihr zwei geht und amüsiert euch. Und sorge dafür, daß er dich in einen teuren Laden führt«, fügte sie hinzu und gönnte Ralph eines ihrer unschuldigsten Lächeln. »Er sieht aus, als könnte er es sich leisten, einer Frau einen schönen Abend zu machen ...«
»Hören Sie nicht auf Izzy«, hörte sie Gina sagen, als sie aus dem Zimmer ging. »Sie macht nur Spaß.«
Izzy nahm den Hörer in der Küche ab und sagte »Hallo?«
Andrew zögerte. Es war nicht Gina, aber war es wirklich Kat?
»Hallo«, wiederholte Izzy mit neutraler Stimme, die in Gedanken schon einen Mordplan schmiedete.
Am anderen Ende der Leitung wartete Andrew ängstlich darauf, daß sie noch etwas anderes sagte, so daß er ir-

gendeinen Hinweis darauf bekäme, ob das ihre Stimme war. Und Izzy, die ihn atmen hören konnte, beantwortete schnell sein Stoßgebet. Mit verächtlicher Stimme sagte sie: »Verpiß dich, Perversling« und hängte ein.
Bestimmt nicht Kat, dachte Andrew.

Falls Joel McGill groß, dunkelhaarig und gutaussehend war, so wie sie sich ihn vorgestellt hatte, dann mußte er sich unter irgendeinem der Tische verstecken. Denn mit bloßem Auge war kein Mann zu sehen, der – auch nur im entferntesten – auf die Beschreibung paßte.
Sie ließ sich davon jedoch nicht aus dem Konzept bringen. Da niemand im Publikum ein Jackett trug, auf dem das berühmte gelbweiße MBT-Logo prangte, nicht einmal ein kleines Abzeichen, das verkündete: »Ich bin ein A&R-Mann«, hatte sie sich schlicht die Seele aus dem Leib gesungen und sichergestellt, daß auch der am wenigsten interessierte und am unmöglichsten aussehende Gast während ihres Auftritts einmal ihre ungeteilte Aufmerksamkeit und ein betörendes Lächeln geschenkt bekam.
Jetzt war der vorletzte Song des Abends dran, und sie ging von der Bühne auf die Geschäftsleute zu, die an den vordersten Tischen saßen. Hinter ihr schlug Terry, der Pianist, die ersten Blues-Akkorde von »My Baby Just Cares For Me« an, und das Publikum erkannte die Melodie und fing erneut an zu klatschen. Die Stammgäste unter ihnen wußten, daß dies einer ihrer besonderen Favoriten war. Für das Finale würde Izzy auf die Bühne zurückgehen und »Cabaret« schmettern, und jedes Rückgrat im Haus würde zittern, denn die Kraft und Leidenschaft ihrer Stimme machten es unmöglich, es nicht zu tun.

Der Abend war gut verlaufen, das Publikum wohlwollend, und Izzy fühlte sich wohl, als sie zwischen den Tischen durchging. Als das Lied beinahe zu Ende war, machte sie sich auf den Rückweg zur Bühne und lächelte dabei gewohnheitsmäßig einen der ruhiger aussehenden Geschäftsleute mittleren Alters an. Sie war mitten im Text, als sie einen Schrei ausstieß. »Huch!«

Die Hand des ruhigen Geschäftsmannes mittleren Alters, die ihr Kleid entlanggeglitten war und sie in den Oberschenkel gekniffen hatte, war blitzartig wieder verschwunden. Izzy wirbelte herum, starrte ihn an, sah sein mißtrauisches Lächeln. Sie sang weiter, als sei das Zögern absichtlich gewesen, und ignorierte kühl die Stupser seiner Begleiter.

»Letzter Song«, murmelte sie ins Mikrophon und nickte Terry zu, um ihm zu bedeuten, daß sie stehenbleiben würde, wo sie war. Das Publikum applaudierte erneut, als Terry langsam »Cabaret« anstimmte, und Izzy, die dem ruhigen Geschäftsmann ein ermutigendes Lächeln zuwarf, betete inbrünstiger als je in ihrem Leben, er möge nicht der Mann von MBT sein.

»*There's no use sitting, alone in your room. Come, hear the music play…*«, sang sie, kam näher und streckte die Hand aus, bis ihre Finger nur noch Zentimeter von seiner Schulter entfernt waren. Er grinste jetzt hoch zu ihr, zeigte seine gelben Zähne, und sein Gesicht glänzte von Schweiß.

Es war so, wie ein Heftpflaster abzuziehen, mit einem einzigen Ruck. Izzy tanzte zurück auf die Bühne, fast bevor er merkte, was geschehen war.

»*…Life is a grey toupee, old son, come to the grey toupee…*« sang sie voller Freude, schwenkte die Trophäe über ihrem Haupt wie ein großes haariges Taschentuch, und

die Zuhörer, viele von ihnen waren Zeugen des primitiven Übergriffs des Geschäftsmannes gewesen, bogen sich vor Lachen. Ein paar Bravorufe lösten einen wahren Beifallssturm aus. Izzy verbeugte sich und warf das Toupet zurück zu seinem Besitzer, der vor Wut beinahe platzte. Seine Freunde lachten lauter als alle anderen.
»Da ich stark bezweifle, daß ich hier weiterarbeite«, verkündete Izzy, das Mikrophon zwischen beiden Händen, »möchte ich Ihnen nur sagen, daß ich hoffe, die Show hat Ihnen gefallen. Sie waren ein wundervolles Publikum. Danke schön und gute Nacht.«

Joel McGill lachte immer noch Tränen, als er in das winzige Kabuff kam, das Izzy ihre Garderobe nannte. Sie mußte ihn auf den einzigen Stuhl setzen, ihm eine Packung Kleenex reichen und einen Drink geben, bevor er überhaupt sprechen konnte.
»Ich dachte, das gehört zur Vorstellung«, brachte er schließlich raus, obwohl seine Schultern immer noch zuckten. »Dann wurde mir klar, daß dem nicht so war...«
»Das ist noch gar nichts«, entgegnete Izzy. »Denken Sie nur, wie ich mich gefühlt habe. Ich wußte nicht, ob er Sie war... oder Sie er...« Sie überlegte eine Sekunde und zuckte dann die Achseln. »Wenn Sie wissen, was ich meine.«
»Ich weiß, was Sie meinen«, stimmte er zu und wischte sich die Augen mit einem pfirsichfarbenen Papiertüchlein. »Das war phantastisch. Ich glaube, ich liebe Sie.«
Das war schon die Hälfte ihrer Phantasien, dachte Izzy mit einem gequälten Lächeln, aber die andere Hälfte schien ein bißchen schiefgelaufen zu sein. Joel McGill war einssechzig groß, mit orangefarbenen Haaren, die mit Brillantine an den Kopf geklebt waren, einer dünnen runden Brille und der schmalsten Nase, die sie je gese-

hen hatte. Es war ihr nicht eingefallen, während sie das Publikum musterte, nach einem Mann Ausschau zu halten, der einen pastellblauen Pullover trug sowie ein orangefarbenes Hemd über einer Art Schottenhose, die man eher auf einem Golfplatz antraf.

»Sie sehen nicht aus wie ein A&R-Manager«, sagte sie schließlich.

»Nein?« Immer noch lächelnd, zog Joel McGill geräuschvoll Luft durch die Nase. »Wie sehe ich denn aus?«

»Jack Niklaus?«

Er warf ihr einen Blick zu, der besagte, daß sie ihn enttäuscht hatte. »Wirklich?«

»Also gut. Wie ein Bahndetektiv«, gestand sie widerstrebend, und er prustete erneut los vor Lachen.

»Ich weiß nicht, warum Sie mich dazu bringen mußten, es zu sagen«, murrte Izzy. »Schließlich wird das meine Karriereaussichten nicht gerade vergrößern.«

»Hören Sie«, sagte er, lehnte sich vor und stopfte das Papiertaschentuch in die rückwärtige Tasche seiner schrecklichen Hose. »Ich bin einer der besten A&R-Manager in diesem Geschäft. Das bedeutet glücklicherweise, daß ich es nicht nötig habe, wie einer auszusehen. Wichtig für mich ist es, neue Talente zu entdecken, ihr Potential zu bewerten und sie unter Vertrag zu nehmen. Nun, gestern habe ich eine Menge Zeit damit verbracht, mir Ihr Demo-Band anzuhören, und heute nacht habe ich Sie gesehen... in Aktion, sozusagen.«

»Mm?« sagte Izzy extrem vorsichtig. Ihr Puls raste, und ihre Fingernägel waren in ihre Handflächen gegraben.

»Und da mir beides sehr gefallen hat, was ich gehört und was ich gesehen habe, warum hören Sie nicht auf zu grummeln und lassen mich derjenige sein, der sich um Ihre Karriere sorgt?«

»Sie meinen ...?«

»Ich biete Ihnen einen Vertrag von MBT Records«, sagte Joel McGill mit einem merkwürdig einnehmenden Grinsen. »Obwohl es dabei, fürchte ich, eine Bedingung geben muß.«

Alles, dachte Izzy leidenschaftlich, einfach alles. Wenn es erforderlich wäre, würde sie sogar Schottenhosen tragen. Beinahe sprachlos vor Freude und Dankbarkeit, brachte sie lediglich heraus: »Was ...?«

»Der Trick mit dem Toupet«, teilte er ihr mit und mühte sich vergeblich, ein unbewegtes Gesicht zu machen. »Was auch immer Sie machen, probieren Sie ihn nicht mit dem Präsidenten von MBT. Nicht, solange Sie nicht wirklich jung sterben wollen.«

Sie hatte zwar ein schlechtes Gewissen, weil sie für die morgige Prüfung lernen sollte, Chemie, aber statt dessen hatte Katerina sich einen Schokoladenkuchen gebacken und gegessen, während sie gedankenlos eine einstündige Serie anschaute, die sie nie zuvor gesehen hatte und sicherlich nicht noch mal anschauen würde. Glücklicherweise waren Izzy und Gina nicht da, was bedeutete, daß keine von beiden bemerken konnte, daß sie den frühen Abend damit verbracht hatte, allein in einer Weinbar in Kensington High Street zu sitzen, eine Cola zu schlürfen und auf Andrew zu warten.

Als er nach endlosen neunzig Minuten des Wartens immer noch nicht gekommen war, war sie nach Hause zurückgekehrt und angestrengt bemüht, ihre Phantasie nicht durchgehen zu lassen. Er könnte im Krankenhaus sein, er könnte tot sein, Marcy könnte im Krankenhaus sein ... Die Möglichkeiten waren sowohl unzählig als auch quälend ...

Als das Telefon um Viertel nach elf schrillte, sprangen Katerina und Jericho gleichzeitig hoch. Kuchenbrösel wurden über den Teppich verstreut, als sie losrannte, um abzuheben. »Hallo?« flüsterte sie, und dieses Mal war es so unzweifelhaft ihre Stimme, daß Andrew nicht zögerte.

»Liebling, ich bin's. Es tut mir so furchtbar leid, ich habe versucht, dich zu erreichen, aber ich bin jetzt im Badezimmer, und Marcy ist nebenan.«

»Bist du in Ordnung?« Ihre Hände zitterten unkontrollierbar. Sie glitt an der Wand entlang zu Boden, duckte sich, um Jerichos schokoladigen Küssen zu entgehen, und hockte auf ihren Fersen. »Was ist passiert?«

»Marcy hatte gestern eine Fehlgeburt.«

»Was!«

»Sie hat das Baby verloren«, wiederholte Andrew ruhig. Es wäre unangebracht gewesen, zu erfreut zu klingen, dabei war es gleichzeitig die Antwort auf ihre nicht ausgesprochenen Stoßgebete gewesen...

»Oh, arme Marcy«, hauchte Katerina, ihre Handflächen waren jetzt schweißnaß. Zur selben Zeit überkam sie eine Woge der Erleichterung, weil Andrew nichts fehlte. »Ist sie... sehr erregt?«

»Ja«, sagte er kurz. »Deshalb konnte ich sie auch nicht allein lassen. Liebling, das verstehst du doch, oder? Ich wollte dich heute abend sehen, aber...«

»Schsch.« Ungebeten schoß ihr das Bild von sich und Andrew im Bett durch den Kopf. Während sie ihre Jungfräulichkeit verloren hatte, hatte Marcy das Baby verloren. Von Scham überwältigt meinte sie: »Sag das nicht. Natürlich hast du bei ihr bleiben müssen. Hör mal, ich muß jetzt Schluß machen. Irgend jemand kommt gerade nach Hause.«

»Aber...«

Sie unterbrach ihn mitten in der Widerrede, hängte ruhig den Hörer auf und stellte dann fest, daß sie sich krank fühlte. Sie war *die Andere*, und plötzlich war sie sich nicht länger sicher, ob sie in der Lage war, damit zurechtzukommen. Simon hatte recht gehabt; es war nicht besonders klug, und es war kein Spiel. Es wurde plötzlich erschreckend real.

Den Telefonhörer in ihrem Schoß, beobachtete sie Gina – *die andere Andere*, wenn sie es wüßte –, wie sie Ralph liebevoll zum Abschied zuwinkte. »Mann, hast du mich erschreckt.« Ginas Augen strahlten. Sie sah so *glücklich* aus.

»Entschuldige«, sagte Katerina, stand auf und fühlte sich schrecklich alt. »Ich habe telefoniert. Also, wie war dein Rendezvous mit dem Schauspieler? Ich dachte, du würdest ihn vielleicht auf einen Kaffee reinbitten.«

Sie hatte sich darauf eingestellt, Ralph zu treffen und ihn an die Wand zu spielen. Jetzt war sie froh, daß sie das nicht tun mußte.

»Ich habe ihn gefragt, aber er muß morgen früh um fünf aufstehen.« Gina errötete ein wenig und sah glücklicher aus als je zuvor. Katerina brachte ein Lächeln zustande und dachte: Ralph, du Feigling.

»Hattest du denn einen netten Abend?« gab sie das Stichwort. »Wirst du ihn wiedersehen?«

»Wir hatten einen wundervollen Abend«, antwortete Gina stolz. »Und ja, ich sehe ihn wieder. Morgen abend, um genau zu sein.«

»Morgen!« Katerina versuchte, nicht verblüfft dreinzuschauen. »Um Gottes willen, der muß ja scharf sein.«

»Ich weiß«, sagte Gina, so betäubt vor Freude, daß sie den Kleiderständer verfehlte, als sie versuchte, ihre

Jacke aufzuhängen. »Es ist unglaublich. Wir haben anscheinend sehr viel gemeinsam...«

26

Verführungsregel Nummer eins, dachte Vivienne vergnügt, als sie an Sams Schlafzimmertür klopfte: Erwisch dein Zielobjekt nackt und unvorbereitet.

Es blieb eine Weile still, dann sagte Sam: »Verschwinde«, was nicht gerade ein sonderlich vielversprechender Anfang war, aber Vivienne beschloß, genug sei genug. Die Art und Weise, wie sie die letzten paar Wochen miteinander umgegangen waren, war komplett verrückt. Sie lächelte über sich selbst und klopfte noch mal.

»Ich habe gesagt... verschwinde.«

Regel Nummer zwei, rief Vivienne sich ins Gedächtnis: Biete deinem Zielobjekt unvorstellbare Freuden an.

»Ich mache Frühstück«, erklärte sie. »Schinken- und Champignon-Sandwiches... aber wenn du lieber weiterschläfst...«

Wieder herrschte geraume Zeit Stille. Schließlich murmelte er: »Jetzt bin ich schon wach. Okay.«

»Verbindlichsten Dank«, antwortete Vivienne gelassen. »Es ist in zehn Minuten fertig.«

Kurz darauf hörte sie die Dusche, wie sie es vorausgesehen hatte. Sie grinste in sich hinein, ging zurück in die Küche und schaltete den Grill auf die kleinste Stufe.

Der Lärm der Dusche sorgte dafür, daß Sam nicht hörte, wie die Badezimmertür geöffnet wurde. Vivienne ergötzte sich mit voyeuristischer Freude daran, ihn durch das Milchglas zu beobachten, schlüpfte aus ihrem Kleid und ging ruhig auf die Duschkabine zu.

»Was zum...«, stotterte Sam, als Fleisch auf Fleisch traf.

»Schsch, kein Grund zur Aufregung«, murmelte Vivienne hinter ihm. »Ich bin ausgebildete Rettungsschwimmerin. Du wirst nicht ertrinken.«

Es hatte keinen Zweck; sie hatte ihn erwischt. Noch bevor er Zeit hatte zu protestieren, wußte er, daß er verloren war. Vivienne bewegte ihre Hände mit seifiger, glatter Leichtigkeit über seinen Körper und preßte sich an ihn. Innerhalb von Sekunden war Sam erregt.

»Das ist verrückt«, stöhnte er. Er hatte den festen Willen, die erotische Wirkung ihrer warmen, feuchten Haut und ihrer streichelnden Finger zu ignorieren, und es mißlang ihm gründlich.

»Aber hygienisch«, murmelte Vivienne, ihre Brüste glitten aufreizend an seinem Rücken entlang, ihre Zunge kreiste auf einem Schulterblatt. Sie konnte ihre Belustigung nicht länger für sich behalten und meinte: »Das ist es wohl, was ihr Briten gut, sauber und vergnüglich nennt.«

Sam drehte sich endlich um, um sie anzuschauen, gab sich bereitwillig geschlagen, nahm sie in die Arme und küßte sie. Augenblicke später sagte er mit etwas schiefem Lächeln: »Wir Briten nennen es Kopf und Kragen riskieren.«

»Also gut«, erwiderte Vivienne heiser und drehte das Wasser ab, »wenn du unbedingt seriös und langweilig sein willst, dann müssen wir uns vermutlich in die Sicherheit eines Betts zurückziehen.«

Später rollte Sam wieder auf seine Seite. »Na«, fragte er, »war das seriös und langweilig?«

Vivienne war so glücklich, daß sie hätte platzen können. Sie lächelte ihn an. »Wie ihr Briten wohl sagt«, teilte sie ihm feierlich mit, »es war angenehm, wirklich ... ziemlich gut ... absoluut faabelhaft ... Spitzenklasse ... alles in allem ziiemlich großartig ...«

»Oh, Izzy«, rief Vivienne, vor Freude außer sich. »Das ist phantastisch ... Jesus, jetzt hast du es wirklich geschafft!« Izzy grinste, als der Chauffeur, der geschworen hatte, sein Name sei George, die Tür der glänzenden, absurd langen Limousine aufhielt. »Mein größter Wunsch«, erklärte sie, während sie mit ihren Fingern liebevoll über die elfenbeinfarbene Polsterung strich. »Selbst wenn es mir nur sechs Stunden lang gehört.«

»Und was ist dein zweitgrößter Wunsch?« fragte Vivienne, die sich auf die Cocktailtruhe stürzte. Izzy zwinkerte dem Chauffeur zu. »Wilder Sex auf den Rücksitzen einer Limousine.«

»Gott, das wirft mich um. George, Sie hören doch nicht zu, oder?«

»Nein, Madam«, antwortete George mit unbewegtem Gesicht.

»Also, wo fahren wir hin?« fuhr Vivienne fort, schenkte gigantische Drinks ein und reichte Izzy einen, als der riesige Wagen losschnurrte.

»Ist das dein Ernst?« Izzy verzog schmerzlich das Gesicht. »In diesem Ding? *Überallhin!*«

Als sie am *Chelsea Steps* ankamen, war es beinahe halb zwei, und eine Unmenge von Paparazzi lungerten draußen auf dem Bürgersteig herum. Innerhalb von Sekunden umschwärmten sie bereits die Leihlimousine.

»Mein Gott«, sagte Izzy, von Ehrfurcht ergriffen. »Ich bin schneller berühmt geworden, als ich dachte.«

Doch der Gesichtsausdruck der Fotografen veränderte sich schlagartig, als George die hintere Tür öffnete.

»Scheiße, Sie sind nicht Tash Janssen«, schrie einer mit offenkundiger Abscheu.

»Das habe ich auch nie behauptet«, erwiderte Izzy hochmütig. »Trottel.«

Er zuckte die Achseln und seufzte. »Und wer sind Sie dann? Irgend jemand?«

Izzy beachtete ihn nicht und wandte sich dem Chauffeur zu. »Lassen Sie niemanden an den Wagen, George. Wir werden nur ein paar Stunden bleiben. Und keinen Tratsch mit diesen Trotteln in der Zwischenzeit, falls Ihnen Ihr Job lieb ist.«

»Natürlich, Madam.« Er tippte grüßend an seine Mütze.

Der Fotograf betrachtete Izzy mißtrauisch. »Hey, *sind* Sie irgend jemand?«

Sie warf ihm ein mitleidiges Lächeln zu. »Warum fragen Sie nicht Tash Janssen, ob ich ›irgend jemand‹ bin, okay? Er wird in fünf Minuten dasein. Vielleicht sagt er's Ihnen.«

Im Club wogte eine Menge Leiber. Izzy spähte durch die Menge und sagte: »Da ist Sam. Was möchtest du, höflich sein und Hallo sagen oder ihn ignorieren?«

Vivienne hüstelte vornehm. Ihre grünen Augen blitzten. »Also ... es ist so, du bist nicht die einzige, die was zu feiern hat.«

»Du meinst ...«, Izzy starrte sie an. »Du und Sam?«

»Hey, wir heiraten nicht oder etwas dergleichen«, kicherte Vivienne. »Du brauchst nicht so geplättet dreinzuschauen.«

»Aber ihr ...«

»Haben miteinander geschlafen«, ergänzte Vivienne mit typischer Offenheit. Sie seufzte selig. »Und es war großartig, wie immer. Ich meine, wirklich. Sam Sheridan ist einfach phantastisch im Bett.«

Ich wette, das ist er, dachte Izzy wehmütig, aber sie schaffte es, zu lächeln und sich für ihre Freundin zu freuen. Was sie nie besessen hatte, konnte sie nicht vermissen, rief sie sich ins Gedächtnis, und selbst wenn sie normalerweise an diese Sprüche nicht glaubte, in Zeiten wie diesen kamen sie ihr ganz gelegen.

»Ich bin froh«, sagte sie ehrlich, als Sam auf sie zukam. »Aber vergiß nicht, ich möchte von diesem Plattenvertrag vorerst nichts verraten. Er denkt immer noch, ich wäre ein dummes Frauenzimmer, und ich warte darauf, bis ich es ihm wirklich zeigen kann...«

»Izz, von mir erfährt er kein Wort«, protestierte Vivienne. »Ich liebe unser Geheimnis. Heute nachmittag erst hat er dich auf ziemlich niederträchtige Art schlechtgemacht, und ich habe zu dir gehalten.«

Ungläubig fragte Izzy: »Was hat er denn über mich gesagt?«

»Ach... irgend etwas über Tash Janssen, der heute in den Club kommt«, sagte Vivienne vage. »Sam sagte, wenn du ihn siehst, wirst du sofort sein Groupie.«

»Und was hast du gesagt?« Izzys dunkle Augenbrauen waren unter ihren Haaren verschwunden.

Vivienne zwinkerte. »Warum, Goldstück«, sagte sie neckisch gedehnt. »Ich sagte, keinesfalls würde irgendein reicher Rockstar es umsonst kriegen. Du würdest es ihm in Rechnung stellen!«

Izzy war so verärgert über Sam, daß sie sich nicht mal zutraute, mit ihm zu sprechen. Sie ließ die beiden allein und machte sich auf zu einem Rundgang. Und obwohl sie sich sehr bemühte, nicht über die verpaßte Gelegenheit mit Sam nachzudenken, ganz zu schweigen von dem neuen absurden Paar Gina und Ralph, mußte sie doch feststellen, daß der Rest der Welt anscheinend zu zweit rumlief.

Ich brauche keinen Mann, erinnerte sie sich selbst mürrisch. Ich habe statt dessen einen Plattenvertrag.
Aber es war eine schrecklich lange Zeit gewesen; die Tage mit Ralph und Mike und den wunderbar angepaßten Ausflüchten, die ihr Leben so vollkommen gemacht hatten, waren längst vorbei, und jetzt hatte sich sogar Katerina verliebt...
Sie mußte zur Seite treten, um einem Pärchen auszuweichen, das sich an der Taille fest umschlungen hielt. Dabei spähte sie rüber und sah Vivienne mit Sam drüben an der Bar lachen. Kümmere dich nicht um Gina, dachte Izzy in einem verzweifelten Versuch, Humor aufzubringen, der völlig verschieden war von ihrer vorherigen guten Laune; wie es aussah, würde es nicht lange dauern, bis sie diejenige sein würde, die Jericho in den Park ausführte auf der Suche nach Männern.
Sobald sie vom Klo zurückkam, wo die Aufregung groß war und Lippenstifte und Schwarzenegger-starkes Haarspray verschwenderisch geschwungen wurden in Erwartung der bevorstehenden Ankunft von Tash Janssen, beobachtete sie den Eingang, an dem es zuging wie vor einem Bienenstock, und sie stellte fest, daß er tatsächlich angekommen war. Obwohl das *Chelsea Steps* dafür bekannt war, daß man eine zurückhaltende, wenig Wirbel machende Geschäftspolitik betrieb, und obwohl es jetzt keine Stampede gab oder hysterische Schreie des Entzückens, so löste das Erscheinen eines der skandalträchtigsten und berühmtesten Rockstars der Welt doch mehr aus als nur einen Schauder des Interesses.
Izzy mußte unwillkürlich lächeln, als Blondinen mit frischem Lippenstift und kurzem Rock aus dem Klo strömten und zur Tanzfläche eilten. Der Discjockey, der offensichtlich Humor besaß, legte prompt eine Platte auf, auf

die es beinahe unmöglich war zu tanzen. Die Blondinen zögerten zuerst, zogen sich dann resignierend an den Rand der Tanzfläche zurück, taten so, als hätten sie ohnehin nicht tanzen wollen, und warfen ihm eisige Blicke der Verachtung zu.

»Hm«, murmelte Vivienne, die wieder an Izzys Seite auftauchte, und starrte schamlos in Richtung Tash Janssen. »Ich muß zugeben, er sieht ausgesprochen gut aus. Wenn ich nicht in Sam verliebt wäre, könnte ich sogar versucht sein, es selbst bei ihm mal zu probieren.«

Izzy beobachtete, wie das Gefolge von Janssen – alle männlich, bis jetzt zumindest – sich am begehrtesten Tisch im *Chelsea Steps* niederließ. Der Sänger mit seinen stacheligen dunklen Haaren, schweren Lidern, noch dunkleren Augen und einem schmalen, gebräunten Gesicht war salopp gekleidet, er trug ein rotes Hemd und weiße Jeans. Es lag ein Hauch trügerischer melancholischer Sehnsucht über ihm, als er seinen Drink nahm und einem seiner schwarzgekleideten Bodyguards ein paar Worte zuflüsterte. Als er sein Glas in einem Zug geleert hatte, tauchte innerhalb von Sekunden ein neues vor ihm auf.

»Absolut gefährlich«, verkündete Vivienne und klang begeistert. »Schau dir nur mal den Mund an ...«

Izzy war, ob sie wollte oder nicht, neugierig; wie konnte ein Mann, der eigentlich nicht so gut aussah, eine derartige Anziehungskraft auf so viele Frauen haben? Und hatte diese Anziehungskraft bereits vor seinem Erfolg existiert, oder war sie quasi das Ergebnis davon? Wie es wohl sein mochte, eine derartige Aura zu verströmen ... von buchstäblich Millionen von Menschen überall in der Welt erkannt zu werden ... einfach Tash Janssen zu sein?

»Du bist nicht gerade begeistert«, beobachtete Vivienne und sah sie scharf von der Seite an.

Izzy, die meilenweit entfernt gewesen war, murmelte abwesend: »Ich denke nach.«
»Denk nie nach«, erklärte Vivienne, denn das war einer der Lieblingssprüche ihres Vaters. »Handle.«
Izzy grinste. »Führ mich nicht in Versuchung.«
»Was auch immer es sein wird, wird es Sam ärgern?« Vivienne sah jetzt interessiert aus.
»Oh, ja.«
»Wird er auf mich böse sein?«
»Neiiin...«
»Wenn das so ist«, sagte Vivienne, erleichtert lächelnd und mit ihrem Glas bei Izzys anstoßend, »was, zur Hölle, tust du dann hier, hängst bei mir rum und quasselst? Mach schon.«
»Ich glaub's einfach nicht«, murmelte Sam zwanzig Minuten später, als der dickere von Tash Janssens Gorillas quer über die Tanzfläche auf Izzy zusteuerte, die gerade sittsam allein an einem kleinen Tisch in der hintersten Ecke des Clubs saß.
»Vielleicht fordert er sie zum Tanzen auf«, schlug Vivienne vor und bemühte sich angestrengt, nicht zu lachen. Der Gorilla sprach Izzy an und bedeutete ihr, sie möge ihm folgen.
»Worauf will sie hinaus?« Sam hatte nie vollständig seine Angst überwunden, daß Izzy eines Abends – denn sie hatte keine Hemmungen – vor einem seiner am meisten gefeierten Gäste einfach lossingen würde...
Vivienne, die seine Gedanken erriet, drückte seinen Arm. »Nein, du kannst da jetzt nicht rübergehen«, ermahnte sie ihn streng. »Er hat sie zu sich gebeten, oder nicht? Sie hat sich ihm nicht aufgedrängt...«
Etwas unwillig gestand Sam ein, daß das stimmte. Aber er war noch nicht beruhigt. »Sie hat das geplant, irgend-

wie«, sagte er düster, seine Augen schmal wie Schlitze, als er zusah, wie Tash Janssen aufstand und Izzys höflich ausgestreckte Hand schüttelte. »Ich weiß nicht, wie sie es angestellt hat...«

»Meine Güte«, sagte Vivienne gutgelaunt. »So ein Wirbel wegen Izzy. Mein Herz, bist du sicher, daß du auch nicht ein kleines bißchen eifersüchtig bist?«

»Selbstverständlich bin ich nicht eifersüchtig«, antwortete Sam ruhig. Er machte eine Pause und nahm einen Schluck von seinem Drink. »Ich möchte nur nicht, daß sie anfängt zu singen...«

27 Aus nächster Nähe war der Anblick Tash Janssens noch umwerfender. Izzy saß neben ihm, ihre Hände brav verschränkt, und überlegte, wie oft er wohl wilden Sex auf den Rücksitzen einer Limousine genossen hatte. Dann verbannte sie solche Überlegungen schnell, falls er Gedanken lesen konnte.

»Gut«, verkündete er schließlich, nachdem er sie einer gründlichen Musterung unterzogen hatte. »Ich muß sagen, ich habe schon viele Zettel ausgehändigt bekommen, aber noch keinen wie Ihren.«

»Nein?« sagte Izzy mit vollendeter Höflichkeit. Die Notiz, die sie ihrem Lieblingskellner anvertraut hatte, lag jetzt vor ihnen auf dem Tisch, aber Tash Janssen zitierte den ersten Satz, ohne draufzuschauen.

»Ich biete Ihnen nicht meinen Körper an, ich bin nicht blond, und ich bin alt genug, um Ihre Mutter zu sein. Aber ich möchte Ihnen gerne ganz seriös einen Song anbieten, der Sie vielleicht sehr interessieren wird.«

»Ja«, antwortete Izzy schlicht.

»Sie sind nicht alt genug, um meine Mutter zu sein«, stellte er mit einem schiefen Lächeln fest.
»Das war geschwindelt«, gestand sie, und ein Lächeln stahl sich in ihre Mundwinkel.
»Und Sie sagen, der Song sei großartig?«
»Der Beste.«
»Noch eine... Schwindelei?«
Er amüsierte sich. Izzy war sich völlig darüber im klaren, daß er sie nicht ernst nahm. Gleichzeitig spürte sie, daß sie, auch wenn er ihr nicht glaubte, sein Interesse geweckt hatte, vorübergehend zumindest.
»Dieser Song«, sagte sie sanft, »ist der Beste«.«
Tash Janssen lachte laut und schaute kurz auf seine Uhr. »Schauen Sie, sind Sie sicher, daß Sie Ihre Meinung nicht ändern und doch mit mir schlafen wollen?«
»Es würde nur *fünf* Minuten dauern...« protestierte Izzy, der aufging, daß die sanfte Annäherung nicht funktionierte und sie Gefahr lief, ihn zu verlieren.
Er hob die Augenbrauen. »Entschuldigen Sie, aber das ist schlicht nicht *wahr...*«
»Meinen Song anzuhören, Blödmann.«
Er hob erleichtert die Hände. »Ich dachte schon, wir diskutieren über meine Potenz. Okay, okay. Warum schicken Sie mir nicht das Band zu, an meine Plattenfirma? Ich verspreche, es mir anzuhören.«
»Nein«, sagte Izzy, öffnete ihre Tasche, holte eine Kopie des Demobandes heraus und zog es schnell wieder weg, als er die Hand ausstreckte, um es zu nehmen. »Ich habe draußen einen Wagen stehen. Kommen Sie mit, und hören Sie es sich jetzt an.«

»Ich... glaube... es... einfach... nicht«, sagte Sam durch zusammengepreßte Zähne. Vivienne war außer sich vor

Freude und erwiderte tröstend: »Jetzt komm schon. Sie ist schließlich erwachsen.«
»Diese Frau ist der zweitunmoralischste Erwachsene, den ich kenne.« Sam spähte zu den entschwindenden Gestalten rüber und beobachtete, daß Tash Janssens Hand leicht auf Izzys Schulter lag.
»Und sie ist gerade rausgegangen – praktisch Arm in Arm, verflucht noch mal – mit dem nächstbesten.«
»Vielleicht«, schlug Vivienne vor, »sind sie raus, um seine Parkuhr zu füttern.«

Izzy war hochzufrieden, als sie den Gesichtsausdruck des Fotografen sah, der doch an ihr gezweifelt hatte. Sie grinste Tash Janssen an und sagte: »Ihren Wagen oder meinen?« und ging drei Schritte auf die Leihlimousine zu, bevor er den Mund aufmachen konnte. Mit einem Achselzucken fuhr sie sanft fort: »Also meinen. Danke, George... wäre es unhöflich, Sie zu bitten, ein paar Minuten vor dem Wagen zu warten? Mr. Janssen und ich haben ein vertrauliches Gespräch zu führen.«
»Voller Überraschungen«, bemerkte Tash Janssen, als sie sicher im Wagen waren, von abgedunkelten Scheiben vor neugierigen Augen und Kameralinsen geschützt. Er lehnte sich näher zu Izzy und murmelte ihr verschwörerisch ins Ohr: »Haben Sie es je auf den Rücksitzen eines solchen Gefährts getrieben?«
»Schon bevor Sie geboren waren«, seufzte Izzy. Sie schob ihn wieder in eine aufrechte Position und fuhr fort: »Schauen Sie, jetzt kann uns niemand hören, Sie können also die Rockstar-Masche sein lassen. Benehmen Sie sich einfach fünf Minuten lang wie ein normaler Mensch, und hören Sie sich meinen Song an.«

Er lachte. »Haben Sie je daran gedacht, Lehrerin zu werden?«
»Schhh.« Izzy schob die Kassette in den Rekorder und schaltete auf Quadrophonie.
»Ihre Hände zittern«, bemerkte er.
»Weil ich nervös bin.«
Er sah sie neugierig an. »Sie haben mich praktisch gekidnappt. Warum sollten Sie Angst haben?«
Sie wandte ihm ihr Gesicht zu, ihre dunklen Augen waren weit aufgerissen, und sagte langsam: »Das ist wichtig für mich. Ich habe Angst, daß Sie sich nicht die Mühe machen, genau zuzuhören, weil Sie das Ganze als einen Scherz betrachten. Mir ist es aber ernst.«
Nach einer Weile nahm er ihre Hand, küßte sie, legte sie sorgfältig wieder zurück auf den Sitz neben sich: »Tut mir leid. Ich werde genau zuhören. Ich kann auch ernst sein.«
Die ersten Takte von »Never, Never« durchfluteten den Wagen, und er hörte zu. Izzy beobachtete ihn dabei – er hatte die Augen geschlossen und die Beine weit von sich gestreckt – und wagte während der gesamten vier Minuten kaum zu atmen.
Als der Song zu Ende war und er sich nicht bewegte, dachte sie einen Moment, er würde schlafen. Dann öffnete er langsam ein Auge. »Spiel's noch mal.«
»Bitte«, murmelte Izzy und spulte das Band zurück.
Er lächelte, bevor er die Augen wieder schloß. »Bitte.«
Fünfzehn Minuten später, als »Never, Never« zum vierten Mal zu Ende ging, setzte er sich auf, nahm die Kassette raus, drehte sie zwischen seinen Fingern und schaute sie gedankenverloren an. Weil er immer noch nichts dazu gesagt hatte, platzte Izzy beinahe vor Spannung.
»Und?« fragte sie schließlich und mit großer Mühe, denn ihre Zunge steckte praktisch fest.

»Ich bin beeindruckt«, antwortete er und klang dabei ein wenig amüsiert. »Aber du wußtest ja, daß ich beeindruckt sein würde, sonst hättest du dir nicht die Mühe gemacht, mich hier raus zu schleppen. Was ich nicht verstehe, ist, warum *du* es nicht singen willst.«

»Ich hab dich nicht rausgeschleppt«, erinnerte sie ihn ruhig. »Und ich möchte es singen. Sogar sehr.«

»Warum bietest du es dann mir an?«

Izzy atmete tief durch und inhalierte dabei den Duft von Lederpolstern, Zigarren und Kölnisch Wasser. »Weil ich möchte, daß wir es zusammen singen.«

Er sah verblüfft aus. »Ein Duett?«

»Das ist, glaube ich, der Terminus technicus«, stimmte sie mit einem kurzen Lächeln zu.

»Ich singe nicht im Duett.«

»Vielleicht solltest du. Das Publikum mag das. Schau dir Tina Turner und Mick Jagger an.«

»Und?« half Tash nach.

»Tina Turner und ... David Bowie.«

»Ganz zu schweigen von Bryan Adams und Tina Turner.«

Tash warf ihr einen gequälten Blick zu. »Kermit und Miss Piggy ...«

»Elton John und Kiki Dee!« Izzy unterbrach ihn schnell, bevor er sich wieder über sie lustig machen konnte. »Oh, bitte ... die Fans lieben so was.«

»Ehrlich? Und wie viele Fans hast *du*?«

»Ungefähr siebzehn«, sagte Izzy. Sie hatte beschlossen, daß es wohl klug wäre, den Toupet-Mann von der Liste zu streichen. Sie machte eine kleine Pause und fügte dann hinzu: »Und einen Hund.«

»Ich seh schon«, meinte Tash nachdenklich. »Ist der Hund groß oder klein?«

Sie riskierte ein Lächeln, denn schließlich hatte er noch nicht nein gesagt... und er saß immer noch in ihrem Wagen... und weil sie langsam anfing zu glauben, daß er vielleicht, nur vielleicht, ernsthaft über ihren Vorschlag nachdachte.

»Warum?« entgegnete sie unschuldig. »Ist Größe wirklich wichtig?«

»Das mußt schon du mir sagen«, erwiderte er, lehnte sich zurück und klopfte die Kassette müßig auf seinen jeansumspannten Oberschenkel. Dann drehte er sich abrupt ihr zu und betrachtete sie mit durchdringenden, dunklen Augen. »Nein, sag mir, wie lange du das Ganze geplant hast.«

Eine Sekunde überlegte Izzy, ob er mehr beeindruckt wäre, wenn sie Wochen oder Monate sagen würde. Vielleicht, wenn er dachte, daß sie den Song extra für ihn geschrieben hatte... daß es ihr nie in den Sinn gekommen ist, daß jemand anderer ihn singen könnte...

Aber das waren wirklich keine Augen, die man belügen konnte, stellte sie fest, und die Ereignisse des Abends holten sie langsam ein. Sie hatte einfach keine Energie mehr übrig, jetzt zu improvisieren.

»Ungefähr vor einer Stunde«, gab sie mit einem leichten Achselzucken zu. »Als du im Club angekommen bist.«

Tash bemühte sich, unbeteiligt dreinzuschauen. »Es war also eine spontane Eingebung, eine impulsive Handlung. Wie ungemein schmeichelhaft.«

»Aber ist es deswegen eine schlechte Idee?« fragte Izzy etwas irritiert, denn er lachte sie jetzt aus. »Ist dein Rockstar-Ego zu groß? Wirst du nicht damit fertig, daß ich den Song nicht für dich geschrieben habe?«

»Ein bißchen Diplomatie hat noch nie geschadet«, antwortete er ungerührt, »aber ich darf wohl behaupten, ich fasse mich rechtzeitig wieder. Ist das hier dein richtiger Name?«

Er hielt die Kassette hoch vor das gedämpfte Licht und kniff die Augen zusammen, als er das Label zum ersten Mal prüfend betrachtete. Izzy war völlig überrumpelt von dem plötzlichen Themenwechsel und sagte brummig: »Natürlich ist das mein verdammter Name.«

»Hm.« Er unterbrach sich, offensichtlich gedankenverloren. Im nächsten Augenblick nahm er, ohne sie anzuschauen, ihre Hand und führte sie an seine Lippen. Die Geste war absolut unschuldig. Ihr Effekt aber war äußerst erotisch. Izzy zitterte am ganzen Körper und murmelte schwach: »Hm was?«

»Tash und Van Asch«, sagte er lächelnd. »Ich weiß nicht, wie es dir geht, aber für mich hört es sich ziemlich gut an…«

28

Sam war kein Fan von Musicals und hatte zwei der begehrtesten Eintrittskarten für die neue Andrew-Lloyd-Webber-Show, die gerade im West End anlief, bekommen. Er fuhr am späten Nachmittag kurz nach Kingsley Grove und bot sie Gina an.

Gina liebte Musicals und war entzückt. »Bleib zum Essen«, drängte sie und wandte ihre Aufmerksamkeit wieder der Schüssel zu, in der sie gerade Teig knetete, neigte den Kopf in Richtung des Tellers mit den Filetsteaks auf dem Kühlschrank. »Bœuf en croûte, und ich mach wieder mal zuviel, du mußt einfach mitessen.«

Sam zögerte. »Ich bin wirklich nur vorbeigekommen, um dir die Karten zu geben«, sagte er und erlaubte sich nicht einmal zu überlegen, wo Izzy sein könnte und ob sie letz-

te Nacht überhaupt nach Hause gekommen war. »Vivienne wartet auf mich in der Wohnung...«
»Ruf sie an«, sagte Gina glücklich. »Sag ihr, sie soll auch kommen. Je mehr, desto besser!«
Einen Augenblick später hörte er oben Schritte und eine Schlafzimmertür zuklappen. »Ist das Izzy?«
Gina, die gerade energisch den Teig ausrollte, strich eine Haarsträhne aus der Stirn und schüttelte den Kopf. »Ich habe sie heute morgen gegen sechs nach Hause kommen hören, aber als ich aus der Arbeit zurückkam, war sie schon wieder weg. Das war eben Kat, die du gehört hast.«
Sam strengte sich an, nicht an Izzy und Tash Janssen zusammen im Bett zu denken. Statt dessen wandte er seine Aufmerksamkeit wieder Gina zu und bemerkte, wieviel besser sie in den letzten Wochen aussah. »Du bist fröhlich.«
Gina drehte sich um und lächelte ihn an. »Bin ich, nicht wahr?«
Zumindest darüber konnte er sich freuen. Es war an der Zeit, daß Gina etwas Glück hatte. Er neigte leicht seinen Kopf.
»Nun?«
»Oh, Sam«, hauchte sie, wischte sich mit dem Arm über die Wange und beschmierte sich mit Mehl. »Ich habe jemanden getroffen, jemand wirklich Netten ... und ich weiß, es ist viel zu früh, auch nur über die Zukunft nachzudenken, aber er ist etwas *Besonderes*...«
»Das freut mich«, sagte Sam, stand auf und küßte ihre mehlfreie Wange. Mit gespielter Strenge fügte er hinzu: »Und Sie selbst sind auch nicht ohne, Mrs. Lawrence, also lassen Sie ihn nicht denken, er hätte eine Art Monopol darauf, etwas Besonderes zu sein.«

Gina schüttelte den Kopf. »Im Moment kann ich noch nicht glauben, wie glücklich ich bin. Und du wirst ihn kennenlernen, wenn du zum Essen bleibst. Ich erwarte ihn um halb sieben.«
»In dem Fall«, sagte Sam und griff nach dem Telefon, »wie könnte ich da ablehnen? Ich werde Vivienne sagen, sie soll unterwegs noch Wein holen.«
Als er den Hörer wieder auflegte, sagte er: »Wobei kann ich dir helfen?«
Es läutete an der Tür. Gina, deren Arme bis zum Ellenbogen voller Mehl waren, lächelte. »Geh an die Tür.«
Da weder Sam noch Gina von Ralphs Tendenz zu Überpünktlichkeit wußten, eine Unart, die Katerina immer für ein Nebenprodukt der Tatsache gehalten hatte, daß das Schauspielergeschäft so notorisch unsicher war, kam keinem von beiden in den Sinn, daß das Läuten an der Tür um Viertel vor sechs irgend etwas mit seiner erwarteten Ankunft um halb sieben zu tun haben könnte.
Sam, der die Tür öffnete und ihn sofort erkannte, war nur für einen Moment überrascht. »Oh, hallo«, sagte er leichthin, erspähte eine goldene Kette und unterdrückte ein Grinsen.
»Izzy ist leider nicht da, tut mir leid. Hat sie Sie erwartet?«
»Äh ...« Ralph hatte vorübergehend die Fassung verloren. Hinter Sam entdeckte er Gina im Gang.
»Sie wird bald zurück sein«, fuhr Sam fort und war sich in keinster Weise darüber im klaren, welches Chaos er gerade anrichtete. »Warum kommen Sie nicht rein und warten?«
»Äh ... äh ...«
»Was ist los?« fragte Gina mit unnatürlich hoher Stimme. Sie fühlte sich, als hätte jemand mitten in der Sendung

das Programm gewechselt. Jede Farbe war aus ihrem Gesicht gewichen.
Sam, der ein gutes Namensgedächtnis hatte, trat zur Seite, so daß sie einen ungehinderten Blick auf ihren Besucher hatte. »Es ist Ralph, Liebes. Habt ihr beide euch schon mal gesehen? Ich habe ihm gerade gesagt, wenn er mit Izzy verabredet ist, soll er auf einen Drink reinkommen, während er wartet.«
Gina starrte zuerst Ralph an, dann Sam. Sie fragte sich, ob sie gerade verrückt wurde, und sagte langsam: »Wovon... sprichst... du? Soll das ein Scherz sein?«
Improvisation war noch nie Ralphs Stärke gewesen.
»Verdammte Scheiße«, sagte er gefühlvoll.
»Was?« fragte Sam, drehte sich zu Gina um und bemerkte, daß sie jeden Moment umkippen würde.
Ihr Gesichtsausdruck verriet sie schließlich.
Sein Herz blieb fast stehen, und er stieß hervor: »Oh, Mist.«

Izzy kam um sieben nach Hause und traf Sam, der in der Küche auf sie wartete, allein an. Ihr Tag bei MTB in Mayfair hatte ihr Auftrieb gegeben. Sie war von Joel McGill dem Präsidenten der Gesellschaft vorgestellt worden, den Managern und Finanzdirektoren und dem Produzenten, mit dem sie arbeiten würde. Sie war bester Laune. Und am Abend würde sie mit Tash zum Essen gehen.
»Hallo, Liebling!« rief sie, als Jericho sich hochrappelte und auf sie zusprang. Dann grinste sie Sam an und stellte fest, daß es keinen Zweck hatte, sie konnte ihr wunderbares Geheimnis nicht länger vor ihm geheimhalten. »Hallo Sam. Rate mal, wo ich gewesen bin.«
Dann, als er zu ihr hochschaute, sah sie die kalte Wut in seinen Augen. »Meinst du, abgesehen vom Bett dieses widerlichen Kerls?« stieß er verächtlich hervor. »Ich weiß

es wirklich nicht, Izzy. Du könntest überall gewesen sein, eine Menge Unheil angerichtet und alle möglichen Leben unschuldiger Leute zerstört haben.«

Izzy war durch die unerwartete Attacke völlig überrascht und starrte ihn eine Sekunde lang ausdruckslos an. Sie hatte Sam noch nie zuvor so wütend gesehen. Dann begriff sie, er meinte Tash. Sam hatte sie gewarnt, sie solle ihm fernbleiben, und sie hatte seine Anweisung ignoriert. Rockstars waren anscheinend nicht die einzigen mit einem ungeheuer großen Ego... »Nicht daß es dich irgend etwas angehen würde«, antwortete sie brummig, denn sie war mit froher Botschaft nach Hause gekommen, und er machte alles kaputt, »aber ich habe nicht mit Tash Janssen geschlafen. Ich habe nicht die geringste *Absicht,* mit ihm zu schlafen...«

»Natürlich nicht«, spottete Sam voller Sarkasmus. »Komm schon, laß mich raten. Du hast die letzte Nacht damit verbracht, seine Kunstsammlung zu bewundern!«

»Wir haben die letzte Nacht damit verbracht, uns über Musik zu unterhalten«, erwiderte Izzy scharf, ein schwaches Lächeln umspielte ihre Mundwinkel. Himmel, sie hätte sich nicht träumen lassen, daß Sam derart eifersüchtig reagierte. Es mußte ihm also noch an ihr liegen...

»So, ihr beide habt euch also über Musik unterhalten«, fuhr er gefährlich ruhig fort.

»Wir haben auch Tee getrunken«, gestand Izzy freiwillig und begann sich langsam zu amüsieren. »Und ich habe sechs Schokoladenkekse gegessen.«

»Wo war Gina?«

»Was?«

»Letzte Nacht«, half Sam nach und steuerte unerbittlich auf den entscheidenden Schlag zu. »Während du weg warst. Wo war sie?«

»Du meinst *unsere* Gina?« Izzy war verwirrt durch den abrupten Themenwechsel und sagte: »Sie war nicht dort! Sie ist zum Essen ausgegangen mit... jemand anderem.«
»Und mit wem genau ist sie zum Essen ausgegangen?«
»O verdammt!« Izzy verstand jetzt endlich, wovon er redete, und schloß entsetzt die Augen. »Verdammt noch mal. Verfluchter Ralph...«
»Verfluchter wer?« fragte er und unterdrückte das Verlangen, ihr die Seele aus dem Leib zu schütteln. Izzys Fähigkeit, durchs Leben zu gondeln und sich von aller Schuld freizusprechen, war einfach atemberaubend. »Wie, zum Teufel, konntest du danebenstehen und es geschehen lassen? Du hast es *absichtlich getan.*«
»Hab ich nicht!« Ihre Finger waren in die Ecke des Küchenschrankes gekrallt. Sie zitterte jetzt vor Wut. »Ich hab ihm gesagt, er soll ihr nicht weh tun.«
»Und wenn du es zuerst ihr gesagt hättest, wäre sie jetzt nicht verletzt. Aber du hast es vorgezogen, es nicht zu tun, oder? Denn es hat dir Spaß gemacht, mit dem Versteckspiel weiterzumachen... dann hast du deinen Freunden eine gute Geschichte zu erzählen.« Er sah sie voller Verachtung an. »Vielleicht hast du Janssen letzte Nacht davon erzählt.«
Izzy konnte ihre Wut nicht mehr länger unterdrücken, griff nach dem nächstbesten Gegenstand, der ihr unter die Finger kam, und warf ihn nach ihm. Die viktorianische Porzellanvase verfehlte ihn um ein, zwei Meter, krachte auf spektakuläre Weise an die gegenüberliegende Wand und zersplitterte in tausend Stücke.
Sam war nicht mal zusammengezuckt, er höhnte nur spöttisch: »Gut gemacht. Gina wird sich sicher freuen.«
»Ich werde sie ersetzen«, schrie Izzy.

»Natürlich wirst du das«, erwiderte er eisig. »Sobald du es geschafft hast, sie dazu zu überreden, dir das Geld zu leihen.«
»Hört auf damit«, sagte Gina ruhig von der Tür aus. »Alle beide.«
Izzys Augen füllten sich prompt mit Tränen. »Tut mir leid.«
»Das macht nichts.« Gina war verblüfft über Izzys Reaktion – sie weinte nie – und schüttelte den Kopf. »Andrew hat sie mir letztes Jahr zu Weihnachten geschenkt. Ich habe sie nie gemocht.«
»Ich meinte ... Ralph«, schniefte Izzy. »Ich wollte dich nicht täuschen, obwohl ich weiß, daß ich das getan habe... Du hast nur so glücklich ausgesehen...«
»Ich weiß«, sagte Gina besänftigend. »Es war nicht deine Schuld. Ich war nur ein wenig schockiert, als ich feststellte, wer er ist, aber das ist wohl nicht das Ende der Welt, oder?«
Sam war beleidigt, weil sie Izzys Partei ergriff gegen ihn und die Sache so leichthin abtat. »Aber du hast mir erzählt, wie sehr du ihn mochtest. Du hast gesagt...«
»Vielleicht hab ich das«, unterbrach Gina ihn, ohne Sam auch nur anzuschauen. »Aber wie aufgelöst soll ich deiner Meinung nach sein? Ich war mit Andrew fünfzehn Jahre lang verheiratet. Mein Gott, Ralph habe ich erst vor ein paar Tagen kennengelernt.«
Izzy wühlte blind in ihrer Tasche auf der Suche nach einem Taschentuch und wollte immer noch verzweifelt alles wiedergutmachen, da stieß sie auf ihre Geldbörse. Das erste, was sie getan hatte, nachdem sie das Büro von MBT verlassen hatte, war, zur Bank zu rennen und sich einen Gutteil ihres Vorschusses auszahlen zu lassen. Sams Spott hatte sie gekränkt, also zog sie ein dickes

Bündel Banknoten heraus. »Hier ist das Geld, das du mir letztes Mal geliehen hast«, sagte sie schnell und drückte es der verblüfften Gina in die Hand. »Und das ist für die Vase.« Weil sie nicht genug Bargeld in der Börse hatte, um eine letzte große Geste machen zu können und es in Sams schreckliches Gesicht werfen, nahm sie ihr Scheckheft und schrieb einen Scheck über tausenddreihundert Pfund aus. Sie schob ihn quer über den Küchentisch zu ihm rüber und sagte: »Das ist für Vivienne. Keine Sorge, er wird nicht platzen.«

Als er aufstand, um zu gehen, warf er ihr einen letzten spöttischen Blick zu. »Sie hatte also recht«, sagte er ruhig, »du *läßt* dich dafür bezahlen.«

»Ich weiß nicht, warum er derart auf dich losgegangen ist«, sagte Gina später, während Izzy sich schminkte. »Das paßt einfach nicht zu Sam.«

»Entschuldige ihn nicht.« Izzy war auf die Wimperntusche konzentriert und tat es mit einem Schulterzucken ab. »Er ist ein launischer Mistkerl, und es ist mir völlig egal, was er von mir denkt. Sag mal, bist du sicher, daß du allein zu Hause bleiben möchtest, heute abend? Du kannst jederzeit mitkommen.«

Gina lachte. »Ich bin sicher, Tash Janssen wäre erfreut darüber. Wo liegt das Problem – brauchst du etwa eine Anstandsdame?«

»Wenn's nach Sam geht«, antwortete Izzy mit dem Lippenstift in der Hand und einem furchtsamen Gesicht, »dann brauche ich sechs.«

Als Katerina fünf Minuten später den Kopf ins Wohnzimmer streckte, sagte Izzy gerade »... es tut mir wirklich leid wegen Ralph, weißt du?«

»Klar weiß ich das«, antwortete Gina besänftigend. »Sam hat die Sache nur in den falschen Hals gekriegt. Ich weiß, daß du nie absichtlich etwas tun würdest, um mir weh zu tun.«
Katerina, die gerade ankündigen wollte, daß sie zu Simon gehen wollte, spürte, wie ihr Herz für ein paar Schläge aussetzte. Wie würde Gina sich fühlen, wenn sie wüßte, daß Katerina in weniger als einer Stunde Andrew treffen würde? Gab es überhaupt etwas Verletzenderes? War sie wirklich das größte Miststück überhaupt oder einfach nur das hilflose Opfer der Umstände?
Abrupt und dabei Ginas Blick meidend, sagte sie: »Ich bin jetzt weg.«
»Komm nicht zu spät.« Izzy drehte sich lächelnd zu ihr um. »Und Kopf hoch, Schatz. Denk dran, nur noch die eine Prüfung morgen früh, dann ist es geschafft. Oh, und sag Simon, ich führ euch beide morgen abend zum Essen aus, wir müssen feiern. Wir gehen in irgendeinen exquisiten Schuppen!«
Katerina zögerte, dann sagte sie unglücklich: »Ich weiß nicht, ob Simon ...«
»Ich geh mit euch beiden aus«, wiederholte Izzy streng. »Denn ihr habt es wirklich verdient. Und so kann ich Simon für all die Hilfe und Gastfreundschaft danken, die er dir die letzten Wochen hat zukommen lassen. Frag ihn, ob es irgend etwas Besonderes gibt, wohin er gern möchte, ja, dann kann ich den Tisch reservieren lassen.«

29

Izzy drehte sich im Beifahrersitz des dunkelgrauen Bentley um und schaute zu, wie das elektronisch gesteuerte Tor sich lautlos hinter ihr schloß, und sie fühlte sich plötzlich fast wie eine Märchenprinzessin. Man konnte durch die Bäume, die die Kurve der Auffahrt säumten, bereits einen Blick von Stanford Manor erhaschen, mit seinen vielen Türmchen, einfach prachtvoll. Izzy schluckte und versuchte, nicht allzu beeindruckt dreinzuschauen. Jericho steckte seinen Kopf zwischen den Vordersitzen durch und winselte. Als der Wagen am Ende der Auffahrt stehenblieb, schlang Izzy die Leine dreimal um ihr Handgelenk, falls Tash Wachhunde hatte.

Es waren keine zu sehen, zumindest nicht, als er kam, um sie zu begrüßen. Jericho sprang sofort an ihm hoch und beschnüffelte ihn mit offensichtlicher Freude.

»Dein größter Fan, nehme ich an«, bemerkte Tash und tätschelte ihn. Izzy sah, wie sehr Jericho haarte, und betete, die Wagenpolsterung möge nicht voller Hundehaare sein.

»Mein Anstandswauwau«, korrigierte sie ihn und zitterte plötzlich, obwohl es noch warm war. Als Tash seine Aufmerksamkeit wieder ihr zuwandte, spürte sie, wie ihre Beine zu zittern begannen.

Letzte Nacht war es das wichtigste gewesen, ihn dazu zu überreden, ihre Musik anzuhören und sie ernst zu nehmen, und sie hatte sich selbst nicht gestattet, auch nur daran zu denken, wie ausnehmend attraktiv er wirklich war. Jetzt traf es sie jedoch wie ein Blitz. Er war umwerfend. Tatsache. Einige Millionen weiblicher Wesen, dachte sie mit einem kurzen Lächeln, konnten nicht irren.

Der Fahrer, der sie abgeholt und hierher nach Stanford Manor gebracht hatte, war inzwischen weg. Izzy folgte Tash und Jericho in die riesige, hohe Eingangshalle und bewunderte dabei Tashs großen, athletisch proportionierten Körper.

Heute abend trug er ein blaßrosa Hemd, ausgewaschene

Jeans und keine Schuhe, und er roch nach After-shave von Calvin Klein. Er sah alles in allem normaler aus als letzte Nacht. Es war ein verrückter Gedanke, daß er Besitzer dieses großen Hauses war, von seinen Zweitwohnungen in Paris und New York ganz zu schweigen. Es war einfach irre, wieviel Geld diese rauhe, sexy Stimme ihm eingebracht hatte...

»Wie alt bist du?« fragte sie, sah die Butzenscheiben an und hinauf zur Galerie der Dichter, die drei Seiten der Halle säumten. Tash warf ihr von der Seite her einen Blick zu. »Alt genug, um dein Sohn zu sein, wenn's nach dir geht.«

»Im Ernst, es interessiert mich.«

»Dreiunddreißig.«

Drei Jahre jünger als ich, dachte Izzy. »Und wie oft warst du verheiratet?«

Er lächelte amüsiert. »Nur zweimal. Obwohl ich die Neigung dazu habe, verbandelt zu sein. Jedesmal, wenn ich einem hübschen Mädchen einen Ring kaufe, stellt sich heraus, daß sie von mir erwartet, daß ich sie heirate.«

Wenn es irgend etwas bei Tash Janssen gab, was berühmter war als seine Stimme, dann war es seine Vorliebe für Blondinen. Sie waren aufsehenerregend schön, groß und berüchtigt dafür, über nicht sonderlich viel Grips zu verfügen. Eine oder zwei von ihnen hatte man sogar in Verdacht gehabt, daß sie mit der komplexen Anforderung, beim Schreiben Buchstaben aneinanderzureihen, nicht zurechtkämen. Izzy wunderte sich, warum jemand wie Tash Janssen, ganz offensichtlich intelligenzmäßig auf Draht, sich selbst auf solche Weibchen beschränken sollte, wenn er doch jede haben konnte, die er wollte. »Vielleicht solltest du in Zukunft bei signierten Fotos bleiben«, schlug sie abwesend vor.

Er lächelte. »Vielleicht. Und was ist mit dir?«

»Gott, wie liebenswürdig.« Izzy spielte die Überraschte. »Ich hätte gern ein Motorrad.«
»Ich werd's mir notieren. Hier entlang.«
Er öffnete eine geschnitzte Eichentür und winkte sie durch ins Speisezimmer. »Ich meinte, wie alt du bist und wie oft du verheiratet warst?«
»Sechsunddreißig«, sagte Izzy. »Und nie. Ich gehöre nicht zu dem Typ, der heiratet.«
»›Never, Never‹«, bemerkte Tash trocken, zog einen Stuhl für sie her und versicherte sich, daß sie bequem saß, bevor er sich selbst ihr gegenüber hinsetzte. Der Tisch, an dem spielend ein Rugbyteam Platz gefunden hätte, war mit einer dunkelblauen Leinendecke überzogen und für zwei Personen gedeckt, mit schwerem Silberbesteck, glitzernden Kristallkelchen und einer Flasche Chablis in einem Eiskübel, Kerzen brannten, Bienenwachs tropfte von ihnen herunter, und sie warfen einen aprikosenfarbenen Schimmer auf das Geschehen.
Izzy steckte kurz ihren Finger in die Flamme einer Kerze und hielt ihn dann, geschwärzt, in die Höhe. »Das ist es doch, was passiert, wenn man heiratet.«
Er grinste und schenkte Wein ein. »Du meinst finanziell? Genau das ist es, wenn du ich wärst.«
Die Abfindungen, die seine Exfrauen bekommen hatten, waren legendär, was ihn aber nicht zu verwirren schien. »Macht es dir nichts aus?« fragte Izzy, aufrichtig interessiert. Tash zuckte die Achseln und antwortete etwas gelangweilt. »Was soll's, es ist nur Geld. Und anscheinend macht es die Mädels glücklich.«
»Ich möchte reich sein«, sagte Izzy sehnsüchtig.
Ohne eine Miene zu verziehen, antwortete er: »Das ist ganz einfach. Du mußt lediglich mich heiraten und dich dann wieder scheiden lassen.«

In dem Moment ging eine andere Tür auf, und ihr Abendessen wurde serviert, von einer lebhaften Frau mittleren Alters, die aussah wie eine Lehrerin. Izzy, die beinahe erwartete, daß man sie ermahnte, sie solle ihr Gemüse auch aufessen, lächelte die Frau an, als die Teller serviert waren, und erntete einen leeren Blick.
»Mrs. Bishop hat es sich zur festen Regel gemacht, daß sie alle meine weiblichen Freunde mißbilligt«, erklärte Tash, als sie wieder allein waren.
»Ich habe nicht erwartet, daß du so lebst.« Izzy schüttelte den Kopf, verwirrt von der steifen Situation. Sie hatte sich vorgestellt, es gäbe Groupies von einer Wand zur anderen, Nonstopmusik, 'ne Menge Bier und Flipper. Die Stille hier und die *Schöner-Wohnen*-Perfektion waren entmutigend. »Fühlst du dich hier wohl? Bist du *glücklich*?«
Tash zog verwundert die Augenbrauen hoch. »Du meinst, ob es mein Leben ruiniert hat, Multimillionär zu werden? Liebes, ich bin in einer Siedlung mit Sozialwohnungen in Neasden aufgewachsen, mit drei Brüdern und zwei Schwestern. Jetzt kann ich es mir leisten, so zu leben. Wärst du unglücklich?«
Izzy war jedoch noch nicht überzeugt. Trotz des exzellenten Essens hatte sie den Appetit verloren. »Möglich«, antwortete sie und schob ihren Teller zur Seite. »Natürlich, so was findest du erst raus, wenn es passiert, aber ich war immer arm, und ich bin neugierig. Es macht mir Spaß, Geld für Dinge auszugeben, die ich mir jetzt nicht leisten kann, wie zum Beispiel groß zum Essen zu gehen, obwohl ich das Geld für die Stromrechnung sparen sollte.« Sie hielt inne und fügte dann hilflos hinzu: »Aber was machst du, wenn du Spaß haben willst?«
»Ich kann nicht glauben, daß du das gefragt hast«, sagte Tash gedehnt, seine Augen funkelten vor Vergnügen. Die

Maske, die er während des Essens aufgesetzt hatte, fiel nun von ihm ab, er stand langsam auf und streckte ihr seine Hand entgegen. »Komm schon.«
»Was?« Izzy schluckte, ihr Magen schlug Purzelbäume, als er seine Finger um ihre schlang. »Wohin...?«
»Du wolltest wissen, was ich tue, wenn ich Spaß haben will«, erinnerte er sie. »Komm mit, dann zeig ich's dir.«

Das Aufnahmestudio, das in einem ehemaligen Weinkeller untergebracht war, war – für Izzy zumindest – in jeder Hinsicht eine Offenbarung. Das Demo-Band in den renommierten Glass Studios in Chelsea zu produzieren war aufregend gewesen, aber dann war sie nur noch die Ausführende gewesen, sie sang, wenn man sie anwies zu singen, und tat insgesamt das, was man ihr sagte, während der Produzent und die Toningenieure ihr unergründliches Wunder im Kontrollraum nebenan vollbrachten.
Jetzt saß sie an dem ausgeklügelten Mischpult und durfte tatsächlich mit den Effekten des Midi-Synthesizers herumexperimentieren. Für Izzy tat sich eine neue Welt auf. Wer mußte noch irgendwelche Noten schreiben können, wenn jeder Ton, den man auf dem Keyboard anschlug, sofort auf einem Computerbildschirm auftauchte und auf Diskette gespeichert wurde? Wer mußte noch Schlagzeug spielen können, wenn auf einen Knopfdruck hin dasselbe Keyboard jede Note in ein solches verwandeln konnte, gespielt von der kleinen Trommel, der großen Trommel, dem kleinen Becken oder dem Besen? Wer hatte es nötig, darum zu kämpfen, die exakte Tonlage des Widerhalls nachzuahmen, die eine Schlußzeile benötigte, wenn man ein Gerät hatte, das in der Lage war, all dies zu tun? Noch erstaunlicher war die Veränderung, die mit Tash vor sich gegangen war. Verschwunden war

die Trägheit, das Flair von Langeweile, das sie als erstes im *Chelsea Steps* beobachtet hatte. Sobald er einen Stuhl herangezogen und angefangen hatte, ihr die verschiedenen Funktionen der zahllosen Geräte zu demonstrieren, war er lebendig geworden. Musik zu machen – das war es, was ihm Spaß machte. Das war Tash Janssens Vorstellung von Spaß, und was alle vorherigen Zweideutigkeiten betraf, das wurde Izzy jetzt klar, könnte sie ihre Jeans und das T-Shirt ausziehen und nackt durchs Studio tanzen, er würde es nicht einmal bemerken.

»Schalt hier ein«, wies er sie an und war so vertieft in die Kolonnen von Symbolen auf dem Bildschirm, daß er nicht einmal bemerkte, daß seine Finger auf Izzys Knie lagen. Izzy strengte sich an, davon ebenfalls keine Notiz zu nehmen. Während es leicht gewesen war, seine Annäherungsversuche gestern abend zurückzuweisen, war dieser abrupte Wechsel zur Gleichgültigkeit – und der Tatsache, daß er nicht länger versuchte, sie zu verführen – lächerlich erotisch. Sie drückte den Schalter, den er ihr gezeigt hatte, und sah sich im Raum um, um sich von seiner Nähe abzulenken. Die Wände waren mit Korkfliesen unterschiedlicher Stärke tapeziert, um den Schall zu dämpfen, und der Steinboden war mit Matten bedeckt. Einladender wirkte das abgenutzte grüne Samtsofa, das an der Wand hinter ihnen stand. Abgesehen von dem schwachen Surren des Bandes, das sie in Bewegung gesetzt hatte, war es vollkommen still im Raum.

»Jetzt drück ›play‹«, sagte Tash, als das Band zu Ende gespult war.

Izzy war hingerissen von seiner Ernsthaftigkeit und gehorchte. Augenblicke später füllten die ersten Takte von »Never, Never« den Raum. Sie setzte sich auf und sagte: »Oh…!«

Als das Band zu Ende war, schaute sie mit neuem Respekt zu Tash hinüber. »Du hast das alles aus dem Gedächtnis gespielt.«
Er lächelte. »Da du mir das Band nicht überlassen hattest, blieb mir nicht viel anderes übrig. Es ist nicht genau das gleiche, aber ich wollte mit der Melodie spielen ... ich bin ein wenig aus der Übung, was diese Art Musik betrifft.«
»Ich wußte, du schaffst es, du kannst es«, seufzte Izzy. Er mochte zwar nicht daran gewöhnt sein, etwas anderes als Hardrock zu produzieren, aber diese rauhe Stimme paßte wunderbar zu dem langsameren, sanfteren Tempo von »Never, Never«. Unwillkürlich spürte sie einen Kloß im Hals. Sie hatte gewußt, daß er es konnte, aber sie hatte sich nicht vorgestellt, daß er es so gut machen würde. Jetzt wurde ihr zum ersten Mal klar, welche Auswirkung diese impulsive Bekanntschaft auf ihr weiteres Leben haben konnte ...
Zwei Stunden später legte sie die Kopfhörer, die sie getragen hatte, auf den Tisch und schüttelte ihr Haar in Form. Izzy ließ sich aufs Sofa fallen. Adrenalin tobte immer noch durch ihre Adern, aber es schien kein Ventil zu finden. Sie versuchte, nicht zu Tash zu schauen, der ihr den Rücken zuwandte – sie wollte nicht sehen, wie seine Jeans sich an seine schmalen Hüften schmiegten, wenn er sich über das Mischpult beugte, um den Computer auszuschalten –, und sagte nur: »Das ist es also, was du tust, wenn du Spaß haben willst.«
»Mm.« Er stand zwar mit dem Rücken zu ihr, aber sie glaubte, daß er lächelte. »Besser als Sex, denkst du nicht?«
»Das hängt von der Person ab, mit der du es machst.«
Jetzt lächelte er wirklich. »Ich dachte, du wolltest nicht mit mir schlafen.«

»Ich wollte nicht mit dem berühmten Tash Janssen schlafen«, antwortete sie vorsichtig. »Aber du bist anders.«
Izzy hielt den Atem an, als er sich umdrehte und vor ihr stehenblieb. Er zog sie zu sich hoch. Noch langsamer zeichnete er mit seinem Zeigefinger die Konturen ihrer Wange nach. Sie war hoffnungslos erregt, unfähig, ihr Verlangen zu verbergen, ihre Wangen waren gerötet, und sie zitterte.
»Wir sind Geschäftspartner«, erinnerte er sie. »Ich glaube nicht, daß es besonders klug wäre. Ich denke wirklich, wir sollten nicht riskieren, das kaputtzumachen.«
O Scheiße, dachte Izzy und wußte nicht, ob sie mit ihm darüber diskutieren sollte oder großzügig aufgeben. Was für eine Erniedrigung! Und wie würde Sam lachen, wenn er je rausfinden würde, daß sie von niemand anderem als Tash Janssen, dem skrupellosesten Verführer seit Valentino, zurückgewiesen worden war.
»Richtig«, sagte sie brav und versuchte geschäftsmäßig und unbeteiligt zu klingen. »Natürlich. Schau, Jericho müßte längst schlafen. Ich geh jetzt besser...«
Aber sie ging nirgendwohin, denn in diesem Moment beugte Tash seinen Kopf vor und küßte sie, langsam, genießerisch und mit umwerfender Finesse. Das war der ungeschäftsmäßigste Kuß, den sie je erlebt hatte, und ihre Sinne tobten.
Izzy war nun endgültig durcheinander.
»War nur ein Test«, murmelte Tash, spähte über ihre Schulter und traf Jerichos ruhigen Blick. Er blinzelte nicht einmal.
»Was?«
»Dein Hund da. Er ist ein lausiger Anstandswauwau.«
Sie war überrascht. »Natürlich ist er das. Hätte ich ihn sonst mit hierhergebracht?«

»Ich weiß nicht.« Er fuhr mit seiner Hand in ihre Haare und streichelte träge die empfindliche Stelle ihres Nackens. »Ich weiß nicht, was du tust.«
Izzy dachte, daß sie wohl Gefahr lief, gleich vor Frust zu explodieren. Sie versuchte, sich nicht zu krümmen, und sagte leise. »Schau, du hast gesagt, wir sind Geschäftspartner. Das jetzt ist nicht gerade fair...«
»Du hast gesagt, du wolltest nicht mit mir schlafen«, erinnerte er sie zum zweiten Mal. Dann lächelte er. »Vielleicht habe ich auch gelogen.«
»Ich habe nicht gelogen«, protestierte Izzy und wollte, daß er sie verstand. »Ich habe nur meine Meinung geändert.«
Er unterdrückte ein Lachen und zog sie wieder an sich. »Gut, mach das nicht noch mal. Zumindest nicht in den nächsten paar Stunden...«

30

Tash hatte einen leichten Schlaf. Durch halbgeschlossene Lider sah er eine Weile zu, wie Izzy durch das Schlafzimmer kroch, um in der Dunkelheit ihre Kleider zu finden. Schließlich sagte er: »Was, zum Teufel, machst du da eigentlich?«
»Ich suche meine Schuhe.« Izzy hatte kaum geschlafen, sie drehte sich nicht zu ihm um. Sie hatte wachgelegen und bitter bereut, was sie getan hatte, noch bevor er einen nackten Arm ausgestreckt und im Schlaf »Anna« gemurmelt hatte. Sie hatte bereits gewußt, daß sie einen Fehler gemacht hatte, aber das war der Moment gewesen, als ihr klar wurde, daß sie nicht länger bleiben konnte. Sie hatte sich genauso verhalten, wie Sam es vorausgesagt hatte, und nun litt sie unter den unvermeidlichen

Folgen. Sie war nur ein Flittchen. Und wo, zum Teufel, waren eigentlich ihre Schuhe?

»Du mußt nicht gehen.« Tash klang amüsiert, machte aber keine Anstalten, sie aufzuhalten. »Das Frühstück wird ab halb neun serviert. Warum kommst du nicht einfach zurück ins Bett und ...«

»Nein, danke.« Izzy unterbrach ihn abrupt, weil sie spürte, daß er ihr ihren Willen ließ. Genauso wie er vermutlich vielen Frauen in der Vergangenheit ihren Willen gelassen hatte, dachte sie mit einem Anflug von Scham. »Ich geh nach Hause.«

Dieses Mal gähnte er und machte eine unbestimmte Geste. »Wenn es das ist, was du willst, gut. Sag nicht, ich hätte es dir nicht angeboten.«

»Keine Sorge«, antwortete sie ruhig, ihre letzten Reste Stolz zusammenkratzend. »Ich werde überhaupt nichts sagen.«

Tash lächelte in sich hinein, als die zwei Gestalten vor ihm auftauchten, eingeschlossen von den Kegeln der Scheinwerfer. Izzy Van Asch war eine verflucht störrische Lady. Eine störrische Lady, die noch dazu barfuß war. Er war beeindruckt, wie weit die beiden gekommen waren in den etwa zwanzig Minuten, seit sie das Haus verlassen hatten.

Er bremste und fuhr langsam neben ihnen her, kurbelte das Fenster runter und hielt einen ihrer Schuhe hinaus. »Okay, Aschenputtel, du hast es mir gezeigt. Wolltest du wirklich den ganzen Weg nach Kensington zurück zu Fuß gehen?«

Da Kensington über zwanzig Meilen entfernt war, hatte Izzy natürlich nicht die Absicht gehabt. Sobald sie das nächste Dorf erreicht hätte – sie hätte schwören können, sie wären letzte Nacht an einem vorbeigekommen –, hätte sie eine Telefonzelle gesucht und ein Taxi gerufen. Aber das Dorf hatte sich auf mysteriöse Art von Tashs abgelegenem Haus entfernt, ihre Fußsohlen brannten, und sie war hungrig...

»Komm schon, steig ein«, sagte Tash, der ihren Mut bewunderte. »Schau, der arme alte Jericho möchte mitfahren, selbst wenn du nicht willst.«

Jericho, schamlos wie immer, preßte seine Nase an die Scheibe. Izzy mußte lachen über seinen Gesichtsausdruck. Als Tash die hintere Tür öffnete, sprang der Hund mit der Grazie eines ungeduldigen Groupies auf die Rückbank .

»Ich steh nicht für jede um halb sechs Uhr früh auf, weißt du«, bemerkte er, als Izzy auf den Beifahrersitz glitt.

»Ich bin nicht jede.«

»Das bist du wirklich nicht. Du bist eine ganze Ecke sturer als die meisten Leute, die ich kenne.«

Sie frühstückten in einem Hotel in Windsor auf der Terrasse und betrachteten eine Pferdekoppel mit Polo-Ponies, die zu ihrem morgendlichen Galopp auf dem taunassen Rasen des Great Windsor Park unterwegs waren. Jericho schlang Würstchen hinunter und wärmte sich in der frühen Morgensonne. Er war im Himmel. Das war auch das Hotelpersonal, als man feststellte, daß der Gast Tash Janssen war. »Ich habe mich billig gefühlt«, erklärte Izzy, der es wesentlich besser ging nach fünf Schinkenbrötchen und einigen Tassen starken schwarzen Kaffees. »Vielleicht hab ich das auch.« Hinter seiner dunklen Brille grinste Tash sie spöttisch an. »Ist dir nie in den Sinn gekommen, daß jedesmal, wenn eine Frau sich fragt, wie es wohl wäre, mit einem Rockstar ins Bett zu gehen, dann ich derjenige bin, der es ausbaden muß? Die wollen nicht *mich,* die wollen nur eine Berühmtheit vögeln, und ich muß dann eine gute Vorstellung abliefern, wenn nicht, rennen sie raus und erzählen allen ihren Freundinnen, was für ein hoffnungsloser Fall ich bin.«

Izzy hatte es noch nie von dieser Seite betrachtet. Sie klaute einen gegrillten Champignon von seinem Teller und sagte: »Du warst nicht hoffnungslos, du warst ziemlich gut.«

»Klar war ich gut!« Er zog in gespielter Verzweiflung eine Augenbraue hoch. »Es wäre nicht gesund für mein Ego gewesen, wenn du losgerannt wärst und den Zeitungen mitgeteilt hättest: ›Wir wollten einen Song zusammen einspielen, aber er war so fürchterlich im Bett, ich konnte einfach nicht weitermachen. Ich werde statt dessen mit Des O'Connor singen.‹«

»Des O'Connor«, hauchte Izzy ehrfürchtig. »Ich hab nicht an ihn gedacht. Wie *dumm* von mir...«

Katerinas Herzschlag setzte aus, als sie um die Ecke kam und Andrew sah, der in seinem Auto auf sie wartete. Das konnte sie jetzt überhaupt nicht brauchen, aber gleichzeitig war sie nicht sonderlich überrascht, ihn hier zu sehen. Die letzte Nacht war schrecklich gewesen, er hatte es nicht besonders gut aufgenommen. Katerina überlegte, ob er auch so wenig geschlafen hatte wie sie. Der große Unterschied war allerdings, daß er nicht gezwungen war, in weniger als einer halben Stunde das Abschlußexamen in Physik zu schreiben. »Kat, wir müssen miteinander reden.« Andrew sah wirklich nicht so aus, als hätte er geschlafen. Sein schmales Gesicht war beinahe grau vor Angst, und das Auto war voller Zigarettenqualm. Da eine Gruppe von Katerinas Klassenkameraden näher kam, war sie nicht gewillt, sich hier am Gehsteig in ein Streitgespräch verwickeln zu lassen. Sie zog die Beifahrertür zu und sagte müde: »Ich werde meine Meinung nicht ändern, Andrew. Wir können uns nicht mehr treffen. Es ist *falsch*, und ich war ein egoistisches Miststück...«

»Aber ich liebe dich«, sagte er drängend und versuchte ihre Hand zu nehmen. »Und du liebst mich auch, also, wie kann es dann falsch sein? Nichts anderes zählt.«

»Gina zählt.« Katerina schloß die Augen. Als sie sie eine Sekunde später wieder öffnete, sah sie Simon auf sie zukommen, der so tat, als würde er nicht ins Auto schauen. »Und Marcy auch. Sie hatte einen Abgang. Du solltest dich um sie kümmern.«

Sie hielt strikt Distanz zu ihm. Andrew, der sie in die Arme nehmen wollte, wußte, daß sie nicht wirklich meinte, was sie sagte.

»Ich möchte mich um dich kümmern«, sagte er und hoffte inständig, sie möge mit diesem dummen Spiel aufhören. »Kat, ich habe noch nie jemanden so geliebt, wie ich dich liebe.«

Simon, der um die letzte Ecke bog, schluckte schwer, als er sah, wer ihm vom Schultor her zuwinkte. Mist, was sollte er jetzt machen?

»Simon!« Izzy rief ihn, als ob er sie nicht bemerkt hätte. Wer konnte schon Izzy Van Asch übersehen, dachte er und errötete vor Freude bei ihrem Anblick, auch wenn sein Kopf mit dem unmittelbaren Problem beschäftigt war, wie er verhindern konnte, daß sie Kat und Andrew zusammen sah.

»Ich mußte einfach kommen und Kat Glück wünschen für heute vormittag, aber sie ist noch nicht da«, erklärte sie, ihre dunklen Augen leuchteten amüsiert. »Ich glaub's einfach nicht – zum ersten Mal in meinem Leben bin ich früh dran und sie spät.«

Simon kreuzte die Finger auf dem Rücken und sagte: »Sie wird jeden Moment hier sein.«
»Und wie geht's dir? Bist du nervös?«
»Äh... ja.« Das war untertrieben. Er wurde prompt eine Spur röter, als Izzy ihm einen Kuß auf die Wange drückte.
»Nun, das mußt du nicht. Ihr beide werdet es hervorragend meistern, ich weiß das. Und außerdem sollt ihr euch auf heute abend freuen«, fügte sie aufmunternd hinzu. »Was hast du beschlossen, wohin möchtest du gehen?«
Simon hatte keine blasse Ahnung, wovon sie sprach. Er überlegte einen Moment.« Also, Cambridge wäre mir am liebsten. Obwohl Mum nicht sonderlich begeistert ist von dem Gedanken, daß ich ausziehe.«
Izzy lachte. »Ich rede von Restaurants, nicht von Universitäten. Ehrlich, meine Tochter! Hat sie dir nicht einmal gesagt, daß ich euch beide heute zum Essen ausführe?«
Simon war etwas abgelenkt von der Feststellung, daß das elegante bronzefarbene Auto, das am Randstein parkte, das neueste Mercedesmodell war und daß der große, plumpe Hund, der aus dem offenen Fenster spähte, Jericho war. Er sagte: »Hm... sie muß vergessen haben, es zu erwähnen.«
»Es ist das Auto von Tash Janssen.« Izzy war seinem Blick gefolgt und lächelte über seinen Gesichtsausdruck. Klar, Kat hatte auch Stillschweigen über Tash bewahrt.
Er schluckte. »Wirklich?«
»Wirklich. Also, was ist jetzt mit dem Essen heute abend? Wohin möchtest du gehen?«
Katerinas Mutter war wirklich erstaunlich, dachte Simon. Ehrfürchtig verrenkte er sich den Hals und versuchte einen Blick auf den Fahrer zu erhaschen. Die getönten

Scheiben waren nicht gerade hilfreich, aber er konnte die Silhouette seines Helden erspähen, der eine Sonnenbrille trug und mit seinen Fingern gelangweilt auf das Lenkrad klopfte.

»Ich wollte immer schon mal ins *Hard Rock Café*«, sagte Simon hoffnungsvoll und überlegte, ob durch irgendein Wunder vielleicht auch Tash Janssen dort sein würde.

Etwas enttäuscht meinte Izzy: »Nicht *Le Gavroche*?«

»Egal, wohin. Ganz egal.«

Erfreut warf sie ihr Haar zurück. »Also ins *Le Gavroche*. Falls wir so kurzfristig einen Tisch dort bekommen. Simon, wo ist Kat?«

Nur um die Ecke, sie streitet mit ihrem Geliebten. Simon ergriff erneut Panik bei dem Gedanken, wie nahe Mutter und Tochter einander waren, und murmelte hastig: »Machen Sie sich keine Sorgen, sie kommt nicht zu spät. Kennen Sie wirklich Tash Janssen?«

Izzy zögerte und überlegte, wo Kat sein könnte. Es war zwar unwahrscheinlich, aber immerhin gab es die Möglichkeit, daß sie vielleicht verschlafen hatte. »Wir nehmen einen Song zusammen auf«, antwortete sie abwesend. »Denkst du, wir sollten nach ihr suchen?«

»Nein.« Simon erschauerte. »Sie kommt nie zu spät. Sie wird rechtzeitig da sein. *Le Gavroche*... ist das nicht ein bißchen teuer? Haben die auch englisches Essen?«

»Sie haben das beste Essen«, erklärte Izzy mit einer ausladenden Geste. Im nächsten Augenblick spähte sie hinter Simon, und ihre Augen strahlten. »Da ist sie! Liebling...«

Katerina war nicht in der Stimmung für Umarmungen und Küsse und Kosenamen. Hinter sich konnte sie Andrews Reifen quietschen hören bei seinem übellaunigen Start. Vor ihr stand Izzy, die immer noch die Sachen von letzter Nacht trug, sie sah hoffnungslos unmütterlich aus in ihren hautengen Jeans und dem spitzenbesetzten schulterlosen Top. Simon war offensichtlich hingerissen, er sah über sie hinweg, und einige Schüler kreisten sehnsüchtig um einen bronzemetalliclackierten Sportwagen am Bürgersteig, der, da war sich Kat ganz sicher, irgendwie mit Izzy zu tun haben mußte.

»Mum, ich hab heute eine Prüfung.«

»Klar hast du das! Liebes, ich habe gerade mit Simon gesprochen. Wir gehen heute abend alle ins *Le Gavroche,* aber wir mußten einfach kommen und dir Glück wünschen. Platz, Jericho! Kat, sag hallo zu Tash Janssen. Tash, das ist meine brillante Tochter.«

Izzy platzte vor Stolz, riß die Fahrertür des Mercedes auf, und die Mädchen, die auf dem Gehsteig rumlungerten, sperrten erstaunt ihre Münder auf. Katerina, die ziemlich gereizt war nach der schwierigen Begegnung mit Andrew, konnte es kaum ertragen, dem Blick von Tash Janssen zu begegnen. Sie hätte ihre Mutter am liebsten ermordet.

»Sag hallo«, drängte Izzy, verwundert über die mangelnde Begeisterung ihrer Tochter. »Wir sind den ganzen Weg hierhergefahren, um dich zu sehen ...«

»Ich habe euch nicht darum gebeten«, erwiderte Katerina brummig und stellte fest, daß sie jeden Moment in Tränen ausbrechen würde. Das war einfach zuviel, es war ihr so peinlich, sie war sprachlos. Die anderen Mädchen kicherten wie Fünfjährige, sie schoben sich gegenseitig näher heran, um einen besseren Blick auf diesen doofen Rockstar zu erhaschen, und sie war diejenige, die sich später mit ihren albernen Fragen rumschlagen müßte. Das sah Izzy ähnlich, dachte sie bitter, aus ihren Abiturprüfungen einen verdammten Zirkus zu machen.

Simon spähte auf seine Uhr und sagte: »Es ist neun, Kat.«
»Wir müssen gehen«, erklärte sie barsch und wollte sich schon davonmachen.
Enttäuscht umarmte Izzy sie. »Also, viel Glück, Liebes. Du machst es bestimmt ganz großartig, ich weiß, daß du das tun wirst.«
Katerina versuchte, nicht zurückzuzucken, als ihre Mutter sie küßte, es rief einfach zu sehr die Erinnerung daran wach, wie Andrew eben im Auto versucht hatte, seine Arme um sie zu schlingen. »Mum, laß das«, sagte sie. »Alle schauen zu.«
»Und?« erklärte Izzy und versuchte, ihr ein Lächeln zu entlocken, was völlig mißlang. »Wen kümmert's?«
»Mich kümmert's«, fuhr Katerina sie an. Dann, grausamer, als sie beabsichtigt hatte, fügte sie hinzu: »Wir sind nicht *alle* scharf darauf, im Mittelpunkt der Aufmerksamkeit zu stehen, verstehst du. Nicht die ganze verdammte Zeit.«

31 Es hatte keinen Zweck. Zur Mittagszeit war es überdeutlich, daß seine Unfähigkeit, sich zu konzentrieren, seine Arbeit beeinträchtigte. Sogar Pam, seine Sekretärin, hatte sich veranlaßt gesehen, sich zu erkundigen, ob irgend etwas nicht in Ordnung sei.
Nichts ist in Ordnung, wollte Andrew sie anschreien. Er haßte es, wie sie ihre Augenbrauen ungläubig hochzog und jeden Fehler betonte, als sie ihm sein Diktat zur Kontrolle vorlas.
»Vielleicht bekommen Sie eine Sommergrippe«, meinte sie und glaubte nicht eine Sekunde daran, daß er wirklich krank war. Irgend etwas war im Gange, und ihre rege

Phantasie war bereits damit beschäftigt, sich auszumalen, was es sein könnte. Dreimal hatte sie diese Woche Telefonanrufe von Marcy Carpenter entgegengenommen und ihr gesagt, Andrew wäre in einer Besprechung, während er in Wirklichkeit zu einem seiner verlängerten »Arbeitsessen« gegangen war. Pam, die ihre kurzen Mittagspausen damit verbrachte, Eierbrötchen mit Kresse und Liebesromane aus der örtlichen Leihbibliothek runterzuschlingen, hoffte immer noch, daß Andrew und Gina wieder zusammenkämen. Gina hatte immer an ihren Geburtstag gedacht, ihr Komplimente für ihre Strickjacken gemacht und war interessiert genug gewesen, sie zumindest zu fragen, wie es ihr gehe, während Marcy Carpenter nur eine selbstsüchtige, faule Schlampe war.
»Ich habe ein wenig Kopfschmerzen«, log Andrew. Seine Kopfschmerzen bestanden darin, Katerina zur Vernunft zu bringen, ihr klarzumachen, daß Schuldgefühle und ein lächerliches Gefühl von Verpflichtung Gina gegenüber keine hinreichenden Gründe waren, um ihre Liebesbeziehung zu beenden.
Immer praktisch denkend, sagte Pam: »Ich habe Aspirin in meiner Handtasche.«
Gina hatte immer Aspirin in ihrer Tasche rumgeschleppt. Für einen flüchtigen Moment wünschte Andrew sich, sie möge ein ganzes Röhrchen davon schlucken, dann könnte sie – wenn auch unwissentlich – seinem Glück nicht mehr im Weg stehen. Es war absurd, dachte er mit wachsendem Verdruß, daß Katerina sich gezwungen fühlen sollte, die Gefühle der Frau zu schützen, von der er sich getrennt hatte. Wer konnte schließlich sagen, ob es Gina überhaupt kümmern würde...?
»Danke«, antwortete er abwesend, stand auf und fegte dabei beinahe einen Stapel Akten vom Schreibtisch. »Aber

ich denke, ich werde statt dessen ein wenig frische Luft schnappen. Ich bin um zwei wieder zurück, falls jemand nach mir fragt.«

Innerhalb von Sekunden war er aus dem Büro verschwunden. Obwohl es erst fünf vor zwölf war, zog Pam ihr Lunchpaket aus ihrer voluminösen Handtasche und machte es sich bequem, um ein paar Extrakapitel von »Eine Ehe, die im Himmel geschlossen wurde« von Desirée Bell zu genießen. Sie hatte sich das schließlich verdient, dachte sie und biß kräftig in einen Apfel. Wenn Andrew Lawrence ihr noch nicht einmal alles Gute zum Geburtstag wünschen konnte, brauchte er nicht zu erwarten, daß sie sich mit seinem saumäßigen, inkompetenten Diktat abplagte.

Andrew wußte, wo Gina arbeitete, weil Katerina es ihm einmal erzählt hatte, aber er mußte in die Gelben Seiten schauen, um die genaue Adresse zu finden. Voller Enthusiasmus – es sprang einfach ins Auge, und er hatte keine Erklärung dafür, warum er nicht schon früher daraufgekommen war – fuhr er direkt zu Doug Steadmans Büro, nahm zwei Stufen auf einmal und blieb erst wieder stehen, um durchzuatmen, als er am Treppenabsatz angekommen war, wo ein schmales, hochglanzpoliertes Schild verkündete D. STEADMAN, THEATERAGENT.

»Andrew!« Gina sah verblüfft hoch. Automatisch brachte sie mit ihrer linken Hand ihr glattes blondes Haar in Ordnung, was sie immer tat, wenn sie überrascht wurde. Daß sie nicht länger ihren Ehering trug, deutete er als ermutigendes Zeichen.

»Ich mußte dich einfach sehen«, erklärte er mit entschlossenem Blick, und Gina fühlte, wie ihr Herz klopfte. War es etwa zwischen Andrew und Marcy aus? War er gekommen, um sie um Verzeihung zu bitten? Wollte er wirklich zu ihr zurückkommen?

»J... ja?« stammelte sie, drehte nervös einen Stift zwischen ihren Fingern und wünschte, sie hätte nicht ein vier Jahre altes Kleid an. Außerdem hatte sie heute morgen keine Zeit gehabt, ihre Haare mit ihrer gewöhnlichen Liebe zum Detail trockenzufönen. Und warum, warum nur hatte sie sich von Izzy dazu überreden lassen, ihren Ehering nicht mehr zu tragen?

»Wir müssen miteinander reden, Gina. Über etwas sehr Wichtiges.«

Zumindest war Doug nicht im Büro. Zuhörer hätte sie jetzt schwerlich ertragen, dachte Gina, auch wenn es offenbar Debra Winger in dem Film »Ein Offizier und Gentleman« nicht gestört hatte.

»Gut«, murmelte sie, griff mit zitternder Hand nach dem Telefonhörer und hängte ihn aus. Sie mußte nur noch beten, daß niemand ins Büro kam und sie unterbrach. »Worüber müssen wir reden?«

Andrew hatte vorgehabt, direkt zur Sache zu kommen, aber jetzt wurde ihm klar, daß er, wollte er Verwirrung vermeiden, Gina erst über ein oder zwei wesentliche Details ins Bild setzen mußte.

»Schau, die Situation zwischen Marcy und mir... also, es klappt nicht. Ich habe gedacht, ich liebe sie, aber jetzt stelle ich fest, daß das nicht stimmt. Wenn ich ehrlich bin, es ging von Anfang an schief.«

Mein Gott, dachte Gina und versuchte sich zu beherrschen. Es passiert wirklich! Ich glaub es nicht...

»Das Baby«, murmelte sie und fühlte sich so benommen, daß sie sich an der Tischkante festhalten mußte.

Andrew sah kurz etwas erstaunt aus. Er hatte vergessen, daß sie nichts davon wußte. »Oh, sie hat es verloren.« Er tat das Thema mit einer nichtssagenden Geste ab. »Eine Fehlgeburt, vor ein paar Wochen. Ich sollte das nicht sagen, natürlich, aber in mancherlei Hinsicht war ich erleichtert, so wie die Dinge zwischen uns liefen. Sobald sie etwas findet, zieht Marcy aus der Wohnung aus. Es war einfach eine dieser Geschichten, wirklich. Ich vermute, wir alle machen Fehler.«

O Gott, dachte Gina. O Gott, er will mich wieder zurück...

»So, das wäre also erledigt.« Andrew atmete tief durch. »Ich mußte dir das erklären, sonst würdest du denken, ich hätte mich unmöglich verhalten. Die Sache ist nämlich die, ich habe jemand anderen kennengelernt. Und dieses Mal ist es ernst. Das einzige Problem im Augenblick ist, daß sie denkt, du wärest böse, wenn du es rausbekommst.«

Gina wollte ihr Haar ordnen, aber ihr Arm war so schwer, daß sie ihn nicht heben konnte. Ihr ganzer Körper fühlte sich bleischwer an. Ihr Herzschlag hatte sich bedrohlich verlangsamt.

»Was?«

»Natürlich wußte ich, daß es dir nichts ausmachen würde«, fuhr Andrew fort auf seine herzliche Art. Es war der beste Weg, beschloß er; wenn er stark genug war, konnte er Gina klarmachen, daß das die einzig richtige Art war, es aufzunehmen. »Wir sind schließlich praktisch geschieden, aber sie hat sich trotzdem noch Gedanken gemacht.« Er lehnte sich vor und fügte vertraulich hinzu: »Ich fürchte, sie hat Angst, du würdest nie wieder mit ihr sprechen oder irgend etwas Lächerliches in der Art.«

Gina saß da, völlig verstört. Es war, als würde man denken, man habe eine olympische Medaille gewonnen, und dann würde einem gesagt, daß man disqualifiziert worden ist, ohne eigenes Verschulden. Nachdem sie realisiert hatte, daß Andrew von einer anderen Frau sprach, war sie einige Sekunden wie betäubt gewesen, dann hat-

te sie versucht, sich die Fremde vorzustellen – eine schicke, dunkelhaarige Geschiedene vielleicht –, in die er jetzt verliebt war.
Aber jetzt... jetzt machte er ihr eben deutlich, daß sie die Frau kannte, und das war noch nicht das Schlimmste. Es reichte, daß es keine Fremde war, aber sie brachte es einfach nicht fertig, auch nur zu raten, wer es sein könnte.
Bis Andrew in seinem Eifer, die Sache zu klären, sagte: »Sie wird in meine Wohnung ziehen, du mußt dir also keine Sorgen machen, daß es zu Hause irgendwelche Unannehmlichkeiten gibt.«
Es wurde immer schwerer für Gina zu atmen. Der Verrat traf sie wie ein Hammerschlag. Sie konnte es nicht glauben.
»Du. Du und... Izzy...«, sagte sie mit schwacher Stimme.
»Izzy?« Andrew starrte sie verwundert an, er mußte fast lachen. Wie konnte jemand so danebenliegen?
»Tu mir einen Gefallen, altes Haus! Ich rede nicht von Izzy. Es ist Kat.«

Izzy hatte den Tag mit Tash in seiner Plattenfirma verbracht und entdeckt, wie die andere Hälfte der Musikindustrie aussah. MBT, das Label, bei dem sie unter Vertrag stand, war eine junge, ehrgeizige Firma mit dem guten Ruf, sie würde vielversprechende neue Talente fördern. Im Gegensatz dazu war Stellar Records schlicht die größte Firma in diesem Geschäft, und die Zentrale machte das deutlich. Stellar House in Highgate war so groß wie ein Museum und doppelt so beeindruckend. Mit offenem Mund war Izzy hinter Tash die endlosen, mit Platten geschmückten Korridore entlanggelaufen und war unterwegs einer Menge wichtiger Leute vorgestellt worden. Innerhalb einer Stunde nach ihrer Ankunft war sein Mana-

ger herbeizitiert worden, und Faxe wurden hin und her geschickt. Treffen waren vereinbart worden zwischen Tashs »Leuten« und ihren. Bei einem opulenten Mahl wurden die Verträge entworfen. Und Izzy war eindringlich gewarnt worden – und das gleich bei mehreren Gelegenheiten –, daß sie unter keinen Umständen irgend etwas tun, sagen oder gar denken dürfe, das irgendwie Tashs Karriere abträglich sein könnte.
Tash hatte sie deshalb von der Seite her beobachtet und auf die Explosion gewartet, aber Izzy hielt es für derart witzig, daß sie nur lachen mußte. »Sie meinen, etwa seine tiefsten, dunkelsten, beschämendsten Geheimnisse auszuplaudern?« entgegnete sie, mit einem Zwinkern in Richtung seines Managers. Harvey Purnell hatte gehustet, seine Krawatte zurechtgerückt und steif geantwortet: »Genau das meine ich, Miss Van Asch.«
»Keine Panik«, erwiderte sie mit einem Grinsen. »Ich werde kein Sterbenswörtchen darüber verlieren, daß er all seine Pullover selber strickt. Zu niemandem.«

»Ich hatte davon gehört, daß du dir Arbeit mit nach Hause nimmst«, brummelte Vivienne, als Sam den Computer abstellte, »aber das ist einfach lächerlich.«
Er schien einfach nie zu Hause zu sein, in letzter Zeit zumindest, stellte sie gereizt fest. Und jetzt sah es so aus, als würde er die paar Stunden, die er zu Hause war, auch noch mit langweiligem Papierkram verbringen.
Sam entgegnete jedoch nur trocken: »Jetzt sei nicht eingeschnappt. Das ist für Katerina.«
»Ach wirklich?«
»Sie hat gerade ihr Abitur hinter sich, und ich wollte ihr etwas geben, was ihr nützt, wenn sie ihr Medizinstudium anfängt. Da wir gerade dabei sind, im Steps unsere Com-

puter auszutauschen, dachte ich, ich könnte ihn ihr schenken.«

Vivienne wurde etwas sanfter. Sam mochte Katerina sehr. Sie arbeitete hart und schien viele der Eigenschaften zu besitzen, die Izzy – *seiner* Ansicht nach – leider fehlten. Vivienne hatte nie zuvor ein siebzehnjähriges Mädchen getroffen, das von Logarithmen träumte und anscheinend keinerlei Interesse an Jungs hatte. Ihrer Ansicht nach waren attraktive Mädchen wie Katerina nicht dafür geschaffen, ihr Teenagerleben ernsthaften Studien zu widmen. Es war ganz sicher nicht *natürlich*...

32

Als sie um halb sieben in Kingsley Grove ankamen, war jedoch nur Gina da.

»Es ist ein Geschenk für Kat«, erklärte Vivienne enthusiastisch, als Sam den Computer durch das Eßzimmer trug und ihn vorsichtig auf den polierten Tisch stellte. Wenn er ihn aufbauen und in Gang setzen könnte, bevor sie nach Hause kam, wäre das noch besser.

»Katerina wohnt nicht mehr hier.«

»Was?« Sam richtete sich auf und drehte sich um, um Gina anzuschauen, die diese Worte in einem äußerst lässigen Ton gesagt hatte. »Sie war gestern doch hier.«

»Sie wohnt hier nicht mehr«, wiederholte Gina mit einem Achselzucken.

Sam runzelte die Stirn. Vivienne hörte die Eingangstür schlagen, spähte durch das Eßzimmerfenster und sagte: »Das macht nichts, denn jetzt ist sie da. Schnell Sam – steck ihn ein, und laß ihn irgend etwas Schlaues machen!«

»Du steckst ihn nicht ein.« Als Katerinas Schlüssel sich in der Tür drehte, wanderte Ginas Blick kurz zum Kamin hinüber. Ihren Ehering ins Feuer zu werfen, das hatte sie vorher zutiefst befriedigt. Noch besser war es gewesen, Katerinas sorgfältig beschriftete Abitur-Ordner zu leeren, ihren Inhalt obendrauf zu legen und das Ganze in Flammen aufgehen zu sehen.

»So, jetzt sag mir«, fragte Gina ruhig, als Katerina ins Zimmer kam, »wie lange du schon meinen Ehemann bumst.«
Katerina fröstelte. Simon, der einen Schritt hinter ihr war, fiel beinahe um.
Mist, ich glaub das nicht, dachte Sam.
»Sag mir«, wiederholte Gina langsam und mechanisch, »wie lange du schon... mit ihm schläfst.«
O Gott. Katerina hielt sich am Türgriff fest, sah in die eisigen grauen Augen, und ihr wurde übel. Sie hatte das nicht gewollt. Sie wollte Gina nicht verletzen. Sie wollte überhaupt niemanden verletzen...
Aber es war passiert, und es gab keinen Ausweg. Gina wußte Bescheid. Das Spiel war aus. Sie wünschte, sie würde sich nicht so elend fühlen.
»Nicht lange«, antwortete sie mit kaum hörbarer Stimme. »Seit ein paar Wochen, das ist alles. Gina, es tut mir so leid...«
»Es tut dir nicht leid. Du bist ein verlogenes Miststück«, zischte Gina mit haßerfüllten Augen. »Ein verlogenes, scheinheiliges, hinterhältiges Miststück.«
Katerina sah aus, als würde sie jeden Moment umkippen. Da Simon offenbar keinerlei Anstalten machte, sich nützlich zu machen, rannte Vivienne hinüber zu ihr und hielt sie fest. Sie legte den Arm um Katerinas schmale Taille und führte sie zum nächsten Sessel. Vivienne war schockiert von Ginas gehässigem Ausbruch, überrascht und insgeheim fasziniert von der Enthüllung. Sie mußte

sich von Izzys Tochter ein völlig neues Bild machen. »Ist ja schon gut«, murmelte sie mitfühlend. Das arme Kind war Gina, die in voller Fahrt war, offensichtlich nicht gewachsen, im Moment zumindest nicht. Sie brauchte jemanden an ihrer Seite.

»Ich kann immer noch nicht glauben, was ich da höre«, sagte Sam. Da er Katerina viel besser kannte, als Vivienne dies tat, war er noch mehr verblüfft. Instinktiv ging er jedoch auf Gina zu, die eben erst die schlimmsten sechs Monate ihres Lebens überstanden hatte und jetzt schon wieder einen schweren Schlag einstecken mußte. Andrew und *Katerina*, um Himmels willen.

Simon, der sich den ganzen Tag auf *Le Gavroche* gefreut hatte und den seine Mutter genötigt hatte, das beste Tweed-Jackett seines Vaters anzuziehen, sprang erschrocken zur Seite, als die Haustür aufging und wieder zufiel. Im nächsten Augenblick brach ihm der Schweiß aus; Izzy hatte Tash Janssen mitgebracht. O Gott, o Gott...

»Du lieber Himmel«, rief Izzy, als sie das Stilleben vor sich betrachtete. »Warum ist es hier plötzlich so still?« Sie grinste Vivienne an und ignorierte Sam gezielt. Vergnügt fuhr sie fort: »Ihr müßt über mich gesprochen haben.«

»Mum...« Es war mehr ein verzweifeltes Krächzen. Izzys Gesichtsausdruck veränderte sich schlagartig, und sie war sofort an Katerinas Seite.

»Liebes, deine Prüfung! War's so schlimm? Es kann doch nicht so schlimm gewesen sein, du hast dich doch so gründlich vorbereitet...«

»Deine Tochter ist nicht wegen ihrer Prüfungen durcheinander«, warf Gina eisig ein. »Sie ist durcheinander, weil ich rausgefunden habe, daß sie ein schmutziges Verhältnis mit meinem Ehemann hat.«

Katerina klammerte sich an Izzy. Sam legte seine Hand auf Ginas Arm. Von seinem Platz an der Tür her pfiff Tash leise. Das war spannend.

»Das ist doch lächerlich.« Izzy schaute mißbilligend und mit fragendem Blick von Gina zu Vivienne. Hatte Gina irgendeine Art Nervenzusammenbruch? Und wenn, warum unternahm niemand etwas dagegen? Wie konnten sie dastehen und zulassen, daß sie der armen Kat irgendwelche Anschuldigungen entgegenschleuderte, die doch offenkundig falsch waren?

Aber alle ließen es geschehen. Und Vivienne, diesmal ohne ihr gewohntes Lächeln, nickte ihr zu, als ob sie lautlos bestätigen wollte, daß das, was Gina gesagt hatte, stimmte. Mit wachsendem Unbehagen sagte Izzy: »Kommt schon! Soll das ein Witz sein? Kat kennt Andrew nicht mal.«

»Oh, sie kennt ihn sehr wohl.« Gina erschauerte und wünschte, jemand würde ihr einen Drink einschenken. »Sie kennt ihn im wahrsten Sinn des Wortes. Offensichtlich sind sie ineinander verliebt, und sobald er es geschafft hat, Marcy loszuwerden, wird Kat bei ihm einziehen. Es ist alles ganz schrecklich romantisch...«

Izzy packte Katerinas Hände. Langsam und ruhig fragte sie: »Ist das wahr?«

»Nein.« Katerina schüttelte inständig um Verständnis bittend den Kopf. Ihre Stimme brach, als sie fortfuhr: »Nein, nicht ganz. Ich sehe ihn nicht mehr. Es ist jetzt aus.«

»Aber du hattest ein Verhältnis mit ihm?« Izzy mußte sichergehen, daß sie es wirklich richtig verstanden hatte. »Mit Andrew Lawrence?«

Katerina war das personifizierte Elend, sie nickte. »Ja.«

Sam war auf beinahe alles vorbereitet, nur nicht auf das, was jetzt folgte. Der Schlag hallte durch den Raum, und

Katerinas Kopf flog nach hinten, Izzys Fingerabdrücke zeichneten sich weiß auf Kats Wange ab. Sogar Gina war entsetzt.
»Wie konntest du das tun?«, schrie Izzy, ohne die Umstehenden zu beachten. Ihre dunklen Augen funkelten, ihr ganzer Körper bebte vor Zorn. »Du dummes, gefühlloses, betrügerisches Miststück.«
Bevor sie sie erneut schlagen konnte, intervenierte Sam. Izzy war anscheinend durch die letzten siebzehn Jahre gegondelt, ohne sich mit den Problemen auseinandersetzen zu müssen, die normalerweise zur Mutterschaft gehörten. Jetzt jedoch, schockiert und entsetzt über den Fehltritt ihrer Tochter – und der Tatsache, daß sie doch nicht perfekt war –, war sie nicht in der Lage, sich zu beherrschen.
»Laß das«, sagte er und zog sie weg, als Katerina in Tränen ausbrach und Vivienne sie zu trösten versuchte. Izzys Reaktion kam ihm etwas scheinheilig vor. Sie war nicht gerade ein Vorbild, dem eine Tochter nacheifern konnte.
»Den Teufel werd ich tun«, brüllte Izzy, versuchte sich loszumachen und war nun selbst den Tränen nahe. »Es ist abscheulich. Wir wohnen in diesem Haus«, fuhr sie fort, drehte sich wieder zu Katerina um, und die Worte blieben ihr fast im Hals stecken, »und du hast das in der übelsten Art ausgenutzt. Du bist nur eine schamlose Hure. Mein Gott... ich schäme mich so für dich...«
In ihrem Elend hatte Katerina dennoch erwartet, daß der einzige Mensch, der ihre Situation verstehen und sie automatisch verteidigen würde, ihre Mutter wäre. So wie sie Izzy über die Jahre hinweg unterstützt hatte in ihrem unkonventionellen Leben mit all den Ausflüchten und dem Chaos, so hatte sie umgekehrt Trost und Verständ-

nis erwartet. Aber das hatte sie nicht bekommen. Izzy hatte sie fallenlassen. Und noch unglaublicher, sie hatte sie zum ersten Mal in ihrem Leben geschlagen.

»Ich bin keine Hure«, schrie sie zurück, sprang auf und warf ihre Haare zurück. »Du bist diejenige, die mit bekifften Rockstars schläft, verflucht noch mal. Wenn hier jemand eine Hure ist, dann du!«

Tash, amüsiert und ein wenig verwirrt zugleich von dem, was hier ablief, hatte ein paar Sekunden zuvor noch gedacht, daß er einen Joint gebrauchen könnte. Jetzt zog er eine Augenbraue hoch, lächelte und erntete dafür nur einen Blick unverhohlener Verachtung von Sam.

»Wie kannst du es wagen, mir Moralpredigten zu halten?« Katerina hatte wütend die Fäuste geballt, während sie fortfuhr. »Du warst nie eine richtige Mutter. Richtige Mütter hören ihren Kindern zu und kümmern sich um sie. Sie haben ein richtiges Zuhause. Manchmal haben sie sogar einen Ehemann. Warum konnte ich nicht eine solche Mutter haben«, heulte sie, und es war ihr bewußt, daß sie zu weit gegangen war, aber sie konnte es nicht mehr zurücknehmen. »Warum habe ich dich gekriegt?«

Der abschließenden, schrecklichen Beschimpfung folgte entsetztes Schweigen, das von einem lauten Knurren von Simons leerem Magen unterbrochen wurde. Aufs höchste gedemütigt, ließ er seinen Kopf hängen und murmelte: »Entschuldigung.«

Tash, der neben ihm stand, konnte seine Belustigung nicht verbergen.

»Du mußt dich nicht entschuldigen.« Izzy, immer noch völlig schockiert, drehte sich zu Simon um. »Oh, du armer Junge... wie konnte Katerina dir das antun? Es muß schrecklich für dich sein, es so zu erfahren...«

» O Gott, o Gott. Plötzlich befand Simon sich selbst im

Zentrum des Betrugs. Mit purpurroten Wangen versuchte er den Betrogenen zu mimen, aber Katerina ließ das nicht so stehen.
»Jetzt laßt uns gleich reinen Tisch machen, oder? Simon ist – und war auch nie – mein fester Freund.« Und dann, weil's ohnehin schon egal war, fügte sie leicht triumphierend hinzu: »Obwohl er natürlich ein großartiges Alibi abgab.«
Innerhalb von zwei Sekunden war aus dem harmlosen Simon der Mitwisser Simon geworden, ein Mittäter und nun Staatsfeind Nummer zwei. Ginas und Izzys Gesichtsausdruck sagten alles.
Sam, der Andrew Lawrence länger kannte als sonst jemand im Raum, überlegte, was Andrew sich, zum Teufel, dabei gedacht haben mochte. Von seiner Frau getrennt, gerade dabei, seine schwangere Freundin loszuwerden, und jetzt in eine Affäre mit einem hoffnungslos unerfahrenen Teenager verwickelt. Es war der blanke Wahnsinn ...
Im Moment jedoch mußte irgend jemand etwas unternehmen, bevor Izzy und Kat handgreiflich wurden. Er zog seine Autoschlüssel aus der Tasche und sagte: »Vivienne, fahr mit Kat in die Wohnung.«
»Andrews Wohnung?« warf Gina schneidend ein. »Wird's da nicht ein bißchen eng?«
»Hör auf damit.« Sam brachte sie mit einem Blick zum Schweigen, dann wandte er sich an Tash. »Vielleicht sollten Sie uns jetzt allein lassen, wir haben hier ein Problem.«
Zwei Dinge machten Tash neugierig. Erstens war Sam Sheridan offenbar nicht allzu beeindruckt davon, daß er hier mit Izzy aufgetaucht war; er begann zu überlegen, ob zwischen den beiden nicht bis vor kurzem heimlich etwas gelaufen war. Die Verhältnisse in diesem Haus, überlegte er, waren ausgesprochen kompliziert.

Und was das andere Objekt seines Interesses betraf...
»Ich war gerade dabei zu gehen«, sagte er gedehnt und war nicht fähig, der Gelegenheit zu widerstehen, das zu sagen, was offenbar noch niemandem aufgefallen war. Er ging auf Izzy zu und küßte sie kurz auf den Mund. »Ruf mich morgen an, und sag, wie du dich entschieden hast.«
Außer sich und verwirrt sagte sie: »Was entschieden?«
»Das Geschäft.« Vorsichtig strich er eine dunkle Haarsträhne aus ihrem Gesicht. »Du hast einen Vertrag mit Stellar unterschrieben, heute nachmittag, aber ich hätte Verständnis dafür, wenn du jetzt davon zurücktrittst.«
Izzy war immer noch verwirrt. Was, um alles in der Welt, hatte das mit Andrew Lawrence zu tun?
»Deine Tochter«, erklärte Tash mit einem kurzen boshaften Blick Richtung Sam. »Und die rührenden Verse von ihr. Ich denke, wir können mit Sicherheit annehmen, angesichts dieser Umstände, daß sie nicht von Lothar Matthäus geträumt hat, als sie ›Never, Never‹ geschrieben hat.«

33

»Du kannst hier bei uns wohnen«, sagte Sam am nächsten Morgen zu Katerina. Sie war um halb neun kurz weggegangen und eine halbe Stunde später mit der neuesten Ausgabe des *Evening Standard* zurückgekommen. Ihr Kaffee war kalt geworden, während sie die Kleinanzeigen studierte und einige markierte. Blaß, wildentschlossen und nicht gewillt, die gestrige verheerende Enthüllung auch nur zu diskutieren, kaute sie an ihrem Stift und schüttelte den Kopf.
»Klar kann ich bleiben. Ihr seid die Guten, und ich bin die Aussätzige. Keine Sorge, ich find schon was, und zwar schnell.«

»Eine Bruchbude, in der es von Ratten wimmelt«, warf Vivienne ein und schnappte sich ein Stück Toast, das Sam für Katerina gemacht hatte und das noch immer unberührt dalag. »Schatz, du kannst das nicht machen. Wovon willst du leben?«
Tiefe Schatten unter den Augen, weil sie zuwenig geschlafen hatte, zuckte Katerina die Achseln. »Ich such mir einen Job.«
Sam hatte ihr bereits Geld angeboten und war höflich, aber bestimmt zurückgewiesen worden. Sie war genauso stur wie ihre Mutter, dachte er ein wenig verzweifelt; der einzige Unterschied war, daß Izzy das Darlehen eingesteckt hätte, ohne auch nur mit der Wimper zu zucken.
»Komm, laß mich Izzy anrufen«, drängte Vivienne, den Mund voller Toast. »Sie war letzte Nacht einfach aufgeregt – sie wird's jetzt überstanden haben. Bitte, laß mich anrufen.«
»Nein.« Düster erinnerte Katerina sich an die schrecklichen Dinge, die sie einander an den Kopf geworfen hatten... die Ohrfeige... Izzys Reaktion, als ihr klar wurde, daß »Never, Never« nicht für Simon, sondern für Andrew geschrieben worden war... »Ich will sie nicht sehen. Und ich will nicht mit ihr reden.«
Vivienne sah das Mädchen an, das vor ihr auf dem Stuhl saß, in einem olivgrünen T-Shirt und weißen Shorts und die langen, braungebrannten Beine untergeschlagen. Bis gestern hatte sie Izzy um ihre einfache, unkomplizierte Beziehung zu ihrer Tochter beneidet. Sie konnte sich lebhaft vorstellen, was ihre Freundin gerade durchmachte.
»Schätzchen, deine Mutter liebt dich. Sie macht sich Sorgen um dich.«
»Quatsch.« Katerina sah nicht hoch. Gefährlich den Tränen nahe, sagte sie: »Denkst du, ich habe mir um sie kei-

ne Sorgen gemacht? Ich habe meine Mutter mein Leben lang unterstützt. Das ist das erste Mal, daß ich ihre Unterstützung gebraucht habe... und sie hat sie mir verweigert. Sie hat mich im Stich gelassen, und ich glaube nicht, daß ich ihr das je verzeihen werde. Sie haßt mich für das, was ich getan habe, und ich hasse sie auch. Von jetzt an kann sie tun und lassen, was sie will, mit ihren dämlichen Männern und ihrer dämlichen Musik. Ich kümmere mich nicht mehr darum, welches Chaos sie anrichtet.«
»Vergiß Izzy jetzt mal für einen Moment«, entgegnete Sam, der einen weiteren Ausbruch in Kauf nahm. Insgeheim dachte er, Andrew hätte zumindest die Kastration verdient. »Was ist jetzt mit dir und Andrew?«
Diesmal sah Katerina hoch. Er sah ihre traurigen Augen und die entschlossen zusammengepreßten Lippen. »Das ist ja der Witz an der Sache«, antwortete sie bitter. »Ich hatte wirklich mit ihm Schluß gemacht... alles hinter mir gelassen. Aber nach all dem kann ich ihn schließlich genausogut weiterhin treffen.«

»Kat, steig wieder ins Auto. Du brauchst dir das nicht anzusehen.«
Es war halb vier Uhr nachmittag, und Sam verlor langsam die Geduld. Katerinas Suche nach einem möblierten Zimmer hatte sie von einer trübseligen Adresse zur nächsten geführt, und die angebotenen Unterkünfte waren so schmutzig, daß er es kaum ertragen konnte. Immer noch kampflustig, hatte sie ihm zuerst nur widerwillig erlaubt, sie zu begleiten, aber er war verdammt froh, daß er es getan hatte, sonst wäre sie jetzt möglicherweise schon vergewaltigt oder ermordet worden. Sogar bei Tageslicht wirkten die Gebäude bedrohlich.

Jetzt waren sie gerade im tiefsten East End, vor der Finnegan Street 14. Die Fenster waren zerbrochen und starrten vor Schmutz, und an der bröckeligen Hauswand waren trübäugige, flaschenschwingende Penner aufgereiht.
»Es ist billig«, antwortete Katerina kurz angebunden und beachtete ihn nicht. »Und ich kann es mir leisten.«
Sam konnte sie nicht allein gehen lassen. Er schloß das Auto ab und legte seine Hand auf ihre Schulter, als sie sich der Haustür näherten. »Du kannst wirklich nicht an so einem Ort leben, auch nicht vorübergehend. Ich versteh nicht, warum ich dir nicht genug Geld leihen darf, damit du dir was Anständiges mieten kannst.«
»Oh, bitte.« Katerina warf ihm einen resignierten Blick zu. »Das haben wir doch schon mal durchgekaut. Ich weiß zufällig genau, wie es dir geht, wenn du einer Van Asch Geld leihst.«
Sie klopfte an die Tür und las das Graffito, das aufgesprüht war. »Wer immer das geschrieben hat, er steht mit der Rechtschreibung auf Kriegsfuß.«
»Du bist nicht Izzy.« Sam blieb hartnäckig. »Außerdem ist das nicht dasselbe.«
»Natürlich ist es dasselbe.« Sie mußte lächeln. »Ich wäre nicht in der Lage, es dir in den nächsten Jahren zurückzuzahlen.«
»Aber das macht nichts!« Wütend griff er nach ihrer Hand. »Komm schon, wir gehen. Hier ist keiner.«
Als die Tür knarrend aufging, schlug ihnen ein Geruch von Moder und Katzenpisse entgegen.
»Nur einen schnellen Blick«, sagte Katerina. Sie würde sich von Sam Sheridan nicht einmal das Geld für eine Busfahrkarte leihen. »Komm schon. Vielleicht hat es ja versteckte Qualitäten.«

Es hatte keine versteckten Qualitäten. Es bot alles ganz offen, von den rußgeschwärzten Wänden bis zum scheußlichen Vorleger, der nur zur Hälfte den nackten Fußboden bedeckte. Die Möbel, soweit es welche gab, waren unglaublich klapprig, die Vorhänge waren zu schmal für das schmutzige Fenster, und die einzige Lichtquelle war eine nackte Glühbirne, die von der Decke baumelte.

Als die dürre Vermieterin Katerina das Zimmer anbot und diese es akzeptierte, verschlug es Sam die Sprache. Sie tat es absichtlich, das wurde ihm jetzt klar, und um nichts auf dieser Welt konnte er sie davon abbringen.

»Gut«, sagte er gedehnt, als sie wieder draußen waren. »Bist du jetzt glücklich?«

Innerlich fühlte sich Katerina ein wenig elend. Nichts schien mehr wirklich zu sein. Es war, als würde ihr Körper Entscheidungen treffen, ohne ihr Gehirn um Rat zu fragen. Das waren einfach Dinge, die sie tun mußte, Arbeit finden und einen Platz zum Wohnen.

»Geht's denn darum?« entgegnete sie mit einer vagen Geste. »Zumindest sind alle anderen glücklich.«

»O ja, wahnsinnig glücklich.« Sam jagte den Motor hoch und riß damit die Penner aus ihrem kollektiven Stumpfsinn. Mit quietschenden Reifen fuhr er los. »Sie werden alle begeistert sein, wenn sie rausfinden, wo du wohnst, da bin ich mir sicher.«

Katerina starrte abwesend aus dem Fenster. »Es geht sie ohnehin nichts an«, murmelte sie. »Es war sehr nett von dir, mich herumzufahren, aber auch dich gehen diese Probleme schließlich nichts an.«

Sie war entschlossen, sich selbst zu bestrafen. Mehr als je zuvor wünschte sich Sam, Andrew damit zu konfrontieren und ihm klarzumachen, welch unermeßlichen

Schaden er angerichtet hatte. Eine Midlife-crisis war eine Sache, dachte er gereizt, aber das hier bedeutete, das Leben anderer Leute zu zerstören.

Nach seinem Telefonanruf war Izzy um sieben Uhr in Sams Wohnung angekommen. Ihrer Aufmachung nach zu urteilen – einem neuen schwarzen Paillettenkleid und grotesk hohen Stöckelschuhen –, war sie nicht gerade gramgebeugt aus Sorge um ihre Tochter.

»Sie wohnt jetzt zur Untermiete in Stepney und hat einen Job bei Burger King gefunden«, sagte er knapp. »Außerdem sagt sie, sie werde nicht Medizin studieren.«

»Und?« entgegnete Izzy, die immer noch vor Wut auf ihn kochte und es haßte, wie er jetzt versuchte, ihr das Gefühl zu vermitteln, sie sei ein widerspenstiges Schulmädchen. »Und was sollte ich deiner Meinung nach tun? Sie entführen und in einen Schrank sperren?«

»Es ist wirklich ergreifend, zu sehen, wie ernst du deine elterliche Sorgepflicht nimmst.« Zu seiner Verärgerung kam noch Sarkasmus hinzu. Izzys Verhalten mochte in der Vergangenheit gepaßt haben, aber es war das letzte, was Katerina jetzt brauchen konnte.

Als ob ihr das bewußt würde, veränderte sich Izzys Gesichtsausdruck. Sie sank auf die Lehne der Sitzbank, sah ihn nicht mehr an und seufzte tief. »Klar, natürlich bin ich nicht glücklich darüber, aber ich kann da wirklich nicht viel machen. Sie ist fast achtzehn, und sie hat ein Verhältnis mit einem Mann, der alt genug ist, um ihr Vater zu sein, Himmel noch mal. Vielleicht kann sie ein paar Wochen in einem Untermietzimmer in Ruhe über alles nachdenken.«

»Izzy, dieses spezielle Zimmer muß man gesehen haben, um es glauben zu können. Es ist eine Gefahr für die Ge-

sundheit.« Er reichte ihr einen Zettel. »Hier ist die Adresse.«
»Nein.« Sie schüttelte den Kopf und weigerte sich, ihn zu nehmen. »Ich werde das nicht tun. Ich werde nicht billigen, was Kat getan hat.«
»Du machst einen Fehler«, warnte Sam. »Sie braucht dich.«
Izzys Augen funkelten, ihr Temperament ging wieder mit ihr durch. »Und du bist die so lange entbehrte Vaterfigur, vermute ich«, fuhr sie ihn an, von seiner Kritik getroffen. »Vielleicht, wenn du einmal ein eigenes Kind erzogen hast, und zwar allein, dann höre ich eventuell auf deine klugen Ratschläge. Aber bis dahin werde ich tun, was ich – als Mutter – für das Beste halte. Okay?«
Er hatte ihren Stolz verletzt. Zu spät wurde Sam klar, daß, wenn er Izzy gedrängt hätte, Katerina zu verstoßen, es durchaus möglich gewesen wäre, daß sie das Gegenteil getan hätte.
»Behalte zumindest die Adresse«, sagte er resigniert. »Und falls du ihr über den Weg laufen solltest, versuch ihr klarzumachen, daß sie ihren Medizinstudienplatz nicht aufgeben darf.«
Izzy warf ihm einen spöttischen Blick zu. Solche Kommentare bewiesen nur, daß er Katerina wirklich schlecht kannte. »Sie hat das vielleicht gesagt, aber sie hat es nicht so gemeint«, antwortete sie beinahe mitleidig. »Medizin bedeutet ihr mehr als alles andere. Es ist das einzige, was sie immer wollte.«

»Schnitt«, schrie der Aufnahmeleiter, und mit einem erleichterten Glucksen fiel Izzy in Tashs Arme.
»Hast du dich je unpassend gekleidet gefühlt?« fragte er gedehnt und half ihr aus dem bodenlangen, dunkel-

grünen Samtmantel, der an ihrem feuchten Körper klebte.

»Hast du je daran gedacht, einen Killer anzuheuern«, entgegnete Izzy, »der sich um den Sadisten kümmert, der solche Einfälle hat?«

Das Set, in dem ein Teil des Videos für »Never, Never« gedreht wurde, stellte das winterliche Moskau dar. In Wirklichkeit war die erste Augustwoche die heißeste dieses Sommers. Izzy konnte einfach nicht verstehen, wie vierzig Sekunden Film für das Video siebeneinhalb Stunden Produktionszeit verschlingen sollten.

»Du siehst schon wieder auf die Uhr«, bemerkte Tash trocken. »Wo liegt das Problem? Triffst du dich mit deinem Liebhaber?«

Es war schon einen Monat her, daß Izzy Sam gesehen hatte, doch aus irgendeinem Grund vermutete Tash immer noch, daß sie beide eine heimliche Affäre hätten. Manchmal schimmerte durch seine Scherze diesbezüglich ein wenig Ernst. Izzy war frustriert von der Tatsache, daß sie – diesmal zumindest – völlig unschuldig war, gleichzeitig aber war sie berührt von Tashs unerwarteter und doch offenkundiger Unsicherheit. Sie streckte sich und küßte ihn auf die Mundwinkel.

»Ich hab's dir heute morgen gesagt«, erklärte sie ruhig, da ihr klar war, daß die Maskenbildnerin und der Beleuchter hinter ihnen lauschten. »In Wimbledon gibt's ein Haus, das ich mir anschauen werde. Der Makler erwartet mich um sechs.«

»Wofür willst du ein Haus?« Tash runzelte die Stirn. Während der letzten Wochen hatten sie die meiste Zeit zusammen verbracht. Man hatte nicht darüber gesprochen... es hatte keine formalen Absprachen gegeben..., aber inzwischen hatte Izzy mit ihren Kleidern einen seiner Schränke beinahe gefüllt. Das Mandelshampoo, das sie immer benutzte, stand in seinem Badezimmer auf der Ablage neben ihrer Zahnbürste, und einige Paar Ersatzschuhe lagen in seinem Schlafzimmer herum. »Ist mit meinem Haus irgend etwas nicht in Ordnung?«

»Nichts, nur daß es *dein* Haus ist.« Izzy grinste. Das war möglicherweise das Romantischste, was er ihr je gesagt hatte, bis jetzt zumindest. »Ich möchte mein eigenes.«

»Warum?«

»Weil ich noch nie eines gehabt habe. Kein anständiges«, korrigierte sie, schraubte eine Flasche lauwarmes Mineralwasser auf und hielt auf halbem Weg zu ihrem Mund inne. »Außerdem, vor über einem Monat ist Kat weg. Es ist Zeit, daß wir dieses kleine Problem aus der Welt schaffen, und da sie kaum nach Kingsley Grove zurückkommen kann, dachte ich, ich such uns etwas an einem neutralen Ort.«

Anfänglich fand Tash Izzys Entschlossenheit und natürliche Unabhängigkeit sehr anziehend, aber jetzt überlegte er, daß diese Eigenschaften auch Nachteile hatten. Er war es nicht gewöhnt, in irgendeiner Form zurückgewiesen zu werden, und genau das war es, was sie gerade tat.

»Vielleicht will sie gar nicht mit dir zusammenwohnen«, erwiderte er und hielt ihr den dunkelgrünen Samtmantel hin, als der Aufnahmeleiter das Zeichen gab, daß sie wieder weitermachen könnten.

»Natürlich will sie.« Izzy zweifelte keine Minute daran. Sie hatten Streit gehabt, und sie hatten beide Dinge gesagt und getan, die sie nicht so gemeint hatten. Aber jetzt war es an der Zeit, darüber hinwegzukommen. Katerina mußte wieder nach Hause zurückkehren. »Sie ist nicht der Typ, der ewig beleidigt ist. Morgen um diese Zeit wird die ganze dumme Angelegenheit vergessen sein. Und schau mich nicht so an«, fügte sie hinzu, als die Schneemaschinen starteten und ein Schauer von Styroporflocken ihnen wie Wespen ins Gesicht wirbelten. »Sie ist meine *Tochter*, verflucht noch mal. Ich kenne sie seit Jahren!«

34

Katerina fühlte sich wie ein Zombie, überhaupt nicht wie sie selbst. Alles war so gräßlich, daß sie aufgehört hatte, darüber nachzudenken. Sie begutachtete ihr scheußliches neues Leben. Und als sie das tat, wußte sie, daß sie es nicht ertragen würde.
Aber sie mußte es ertragen, denn das war ihr neues Leben, und sie hatte es so verdient. Jeden Tag arbeitete sie mörderische Schichten bei Burger King, ertrug das anzügliche Grinsen der Belegschaft und den Geruch gebratener Zwiebeln, der an ihrer Haut klebte und sich anscheinend nie ganz abwaschen ließ. Ihre Füße schmerzten, und in ihrem Kopf drehte sich alles. Die Arbeit war primitiv, und sie verdiente wenig. Sie hatte jede Nacht, wenn sie nach Hause kam, nur noch die Energie, zu baden und Radio zu hören, ihren einzigen Luxus. Danach fiel sie ins Bett.
Und alles wegen Andrew Lawrence; das war das Merkwürdigste. Nichts passierte ohne Grund, rief Katerina sich ins Gedächtnis, und ihr Grund war Andrew gewesen. Er liebte sie noch, klar, und kam sooft er konnte vorbei, aber Marcy machte alles so unangenehm wie möglich für ihn und hatte keinerlei Versuche unternommen, sich eine Wohnung zu suchen. Katerina hatte nicht gelogen, als sie Sam gesagt hatte, daß sie Andrew nicht mehr liebe, und sie war Marcy beinahe dankbar dafür, daß sie sich nicht vom Fleck rührte. Das bewahrte sie

zumindest davor, weitere Fehler zu machen – das wäre es nämlich, bei Andrew einzuziehen, das wußte sie jetzt.
Es war trotzdem alles ein Riesendurcheinander. An manchen Abenden freute sie sich sogar auf seine Besuche, einfach weil es ihr guttat zu wissen, daß sich noch jemand um sie kümmerte. Glücklicherweise erlaubte ihr Drachen von Vermieterin keine Besuche über Nacht. So blieb ihr das Problem erspart, ihm zu verweigern, die Nächte mit ihr zu verbringen. Aber während Sex sie nicht mehr reizte, waren Umarmungen und Mitgefühl sehr willkommen. Besonders wenn sie daran dachte, daß ihre Zukunft nicht mehr der Medizin gehörte, sondern auf Holzkohle gegrillten Triple-Deckern aus Rindfleisch...

Katerina wurde dreißig Sekunden vorher gewarnt, daß Izzy gleich auftauchen würde, dank Mrs. Talmages Leidenschaft, durch die Vorhänge zu spähen.
»Mensch! Da kommt 'n Mordsauto«, berichtete ihre Vermieterin und spähte durch die schmutzige Scheibe, während Katerina gerade die Miete für eine Woche bezahlte. »Wie so 'n Ding aus Dallas... ey, Schätzchen, komm, und schau dir das an! 'ne Frau mit 'nem verdammt großen Hund kommt raus.«
Katerinas sauer verdientes Geld verschwand blitzartig in der Schürzentasche von Mrs. Talmage. Katerina spähte aus dem Fenster und sagte: »Das ist meine Mutter.«
»Nie! Mit so 'nem Auto?«
Resigniert sah Katerina schon ihre Miete sich verdoppeln. Die kleinen Augen ihrer Vermieterin glitzerten neugierig, ihr Gehirn arbeitete offensichtlich stärker als üblicherweise.

»Es ist nicht ihr Auto«, antwortete sie barsch. »Sie gibt nur an, wie immer. Mrs. Talmage, könnten Sie ihr sagen, daß ich nicht da bin?«

Die hellen Augen wurden größer und drückten Verblüffung aus. »Was, du willst deine eigene Mutter nicht sehen? Laß das, Mädchen. Sie kommt dich besuchen, und du kannst ihr wenigstens eine Tasse Tee anbieten. Ihr sagen, daß du nich' da bist, also, ich weiß nicht...«

»Liebes«, rief Izzy, genauso wie Katerina es sich vorgestellt hatte. »Komm her, und umarme mich!«

Es war absolut typisch für ihre Mutter, dachte Katerina, in ein Zimmer zu platzen, eingehüllt in Schals und Parfümduft und mit viel zuviel Make-up, und so zu tun, als wäre überhaupt nichts geschehen. Natürlich hatte sie für zusätzliche emotionale Erpressung gesorgt in Gestalt von Jericho, der erfreut bellte und vor Begeisterung an ihr hochsprang. Aber so glücklich sie war, Jericho wiederzusehen, so hatte sie nicht die Absicht, Izzy zu gestatten, sie zu töchterlicher Unterwerfung zu zwingen. Als Izzy sie zärtlich umarmte, erlaubte sie das höflich, aber sagte nichts. Statt dessen konzentrierte sie sich darauf, sich daran zu erinnern, wie hart ihre Mutter sie angegriffen hatte, als sie sie am dringendsten gebraucht hätte.

»Na ja«, sagte Izzy, küßte Katerinas kalte Wange und schaute sich in dem Untermietzimmer um, mit seinen scheußlich gestrichenen Wänden und den unsäglichen Möbeln. »Wir haben ja schon gräßliche Wohnungen gehabt, Liebes, aber das ist wirklich das letzte Loch. War das deine Vermieterin, die eben die Tür aufgemacht hat? Ich dachte schon, ihre kleinen Schweinsäuglein fallen ihr raus, als sie mich gesehen hat.«

»Vielleicht weil du falsche Wimpern trägst«, bemerkte Katerina und befreite sich aus der Umklammerung ihrer Mutter. »Möchtest du eine Tasse Tee?«
»Wer bin ich denn, irgendeine Großtante?« Izzy hatte den alten Bullerofen schon entdeckt, auf dem eine verbeulte Blechkanne stand. Mehr als alles andere hatte der erbärmliche Anblick dieser zwei Gegenstände sie in ihrer Entschlossenheit bestärkt, ihre wertvolle Tochter aus diesem schrecklichen Zimmer herauszuholen. »Liebes, du siehst schmal aus... du brauchst was Ordentliches zu essen. Schnapp dir deine Schuhe, und komm mit mir ins *Langan*.«
Katerina, die in letzter Zeit wenig gegessen hatte, war beinahe versucht zuzustimmen. Dann schüttelte sie den Kopf. »Nein, danke.«
»Aber ich habe für halb neun einen Tisch reserviert«, protestierte Izzy. Sie begann ihre Fassung zu verlieren. Nach außen hin munter und ruhig, hätte niemand vermutet, daß in ihr ein einziger Aufruhr herrschte. Diese Wiederannährung am heutigen Abend hatte sie seit Tagen sorgfältig geplant.
»Du kannst ja hingehen.« Katerina, die ebenfalls damit kämpfte, ruhig zu bleiben, ließ sich nicht auf emotionale Erpressung ein. Brutaler, als sie beabsichtigt hatte, fügte sie hinzu: »Ich bin sicher, du und Tash, ihr werdet euch auch allein dort amüsieren.«

»O Kat, laß das.« Izzy sah niedergeschlagen aus. Sie nestelte an dem smaragdgrünen Schal, den sie um den Hals trug, ging einen Schritt zurück und setzte sich abrupt auf die Kante des ungemachten Betts. »Liebes, wir können so nicht weitermachen. Ich hab dich vermißt. Wir müssen darüber reden.«

»Wir haben schon darüber geredet«, antwortete Katerina kalt. »Ich weiß genau, was du von mir hältst, und das ist dein gutes Recht. Ich muß dir nur nicht dabei zuhören, wenn du es sagst, wenn ich nicht will.«

Das lief nicht gerade nach Plan. Izzy, den Tränen nahe, riß die falschen Wimpern runter, die die Maskenbildnerin zuvor so sorgfältig aufgeklebt hatte. »Hör zu«, bat sie verzweifelt, »ich versteh das mit Andrew. Ich werde kein Wort gegen ihn sagen. Aber Kat, du kannst nicht länger an diesem fürchterlichen Ort leben... ich bin hergekommen, um dir zu sagen, daß ich ein Haus in Wimbledon gemietet habe, nur für uns zwei. Wir können wieder so leben, wie wir es immer getan haben...« In einem hoffnungslosen Versuch, humorvoll zu sein, weil das Katerina vielleicht umstimmen würde, zwang sie sich selbst zu einem Lächeln und fügte hinzu: »Nur mit mehr Geld, natürlich.«

Katerina hatte ihre Mutter nie zuvor betteln hören. Für eine Sekunde war sie unschlüssig. Aber es hatte keinen Zweck; es war nun mal passiert, und es war zu spät, zu versuchen, so zu tun, als wäre das nicht der Fall.

»Können wir nicht«, antwortete sie und ignorierte den traurigen Blick ihrer Mutter. »Alles ist jetzt anders. Jede lebt ihr Leben – und du hast ja jetzt die zwei Dinge, die du immer wolltest: Erfolg und Geld.«

Izzy schluckte. Dachte Kat wirklich so über sie?

»Was ist mit deinem Studium?« fragte sie schließlich, um das Thema zu wechseln. »Wirst du das schaffen, hier zu wohnen und jeden Tag nach Westminster zu fahren? Du wirst nicht studieren können und gleichzeitig jeden Abend arbeiten.«

Katerina kümmerte sich nicht mehr darum, ging zur Tür und hielt sie auf, in der Hoffnung, Izzy würde den Hinweis verstehen und gehen. »Das wird kein Problem sein«, sag-

te sie barsch und gleichzeitig beiläufig. »Denn ich werde nicht studieren.«
»Aber …«
»Das ist nicht geschwindelt, es ist schlicht die Wahrheit. Sie würden mich ohnehin nicht mehr nehmen. Weißt du, ich habe mein Abitur nicht bestanden.«

Als Andrew eineinhalb Stunden später kam, lag Katerina im Bett.
»Du hast geweint«, sagte er, legte seine Arme um sie und spürte – wie Izzy vorher –, wie dünn sie geworden war. »Mein Engel, du sollst nicht weinen. Alles kommt in Ordnung. Marcy zieht am Montag aus … in weniger als vier Tagen werden wir für den Rest unseres Lebens zusammensein können.«
Katerina hatte die bitteren Tränen bereits geweint, biß die Zähne zusammen und kroch wieder zwischen die Laken. Heute war anscheinend der Tag, an dem man ihr anbot, irgendwo zu wohnen, bei Leuten, mit denen sie nicht länger zusammenleben wollte.
Aber sie wollte heute nacht nicht mehr streiten. Was sie jetzt am meisten brauchte, nach dieser belastenden Begegnung mit Izzy, waren körperliches Wohlbefinden und ein bißchen liebevolle Zärtlichkeit. Und hier war Andrew, in seinem zerknitterten grauen Anzug, der auf der Bettkante saß und überlegte, was er tun konnte, um sie aufzumuntern.
Er sah sich in dem trostlosen Zimmer um und sagte ängstlich: »Wie wär's mit einem Essen vom Chinesen? Ich könnte Hähnchen holen mit Ananas und gebratenem Reis …«
Das mußte auch der Tag sein, dachte sie, an dem man ihr Essen anbot, das sie nicht wollte.

»Ich möchte nichts vom Chinesen.« Langsam, halb geistesabwesend fuhr sie mit der Hand unter sein Jackett und strich mit den Fingern an der Hemdnaht entlang. Seine Atmung beschleunigte sich sofort, und in seine Augen trat ein Hoffnungsschimmer. Er hatte verstanden, daß die letzten Monate nicht einfach für sie gewesen waren, aber dennoch hatte es sein Ego nicht gerade aufgebaut, wenn er bei jeder Art körperlicher Annäherung konsequent zurückgewiesen worden war. Sie hatten sich seit mehr als sechs Wochen nicht geliebt, und die Strapaze, Katerina so sehr zu begehren, wie er es tat – während er andererseits gezwungen war, mit Marcy zu leben, die ihn begehrte –, hatte ihre Spuren hinterlassen.

»Nein.« Er war vorsichtig, falls er zuviel in ihre zaghafte Geste hineininterpretierte, und legte seine Hand mit gespielter Sorge auf ihre Stirn. »Du willst nichts vom Chinesen? Soll ich jetzt den Notarzt rufen?«

Katerina lächelte: »Nein, nicht gerade jetzt.«

»Wie wär's dann mit etwas Indischem? Passanda-Lamm? Tikka-Huhn und Naan-Brot?«

Schlagartig erinnerte Katerina sich daran, daß Passanda-Lamm eines der indischen Lieblingsgerichte von Simon war. Armer Simon, ihn hatte sie auch nicht besonders nett behandelt.

Aber sie brauchte Andrews Anwesenheit, zumindest für die nächste Zeit. Und obwohl sie ihn jetzt vielleicht ausnutzte, war es ja nicht gerade so, als würde sie ihn bitten, etwas unaussprechlich Gräßliches zu machen. Verflucht noch mal, es würde ihn glücklich machen ...

»Ich möchte auch nichts vom Inder«, sagte Katerina, lockerte seine Krawatte und überlegte, ob sie wohl je wieder wirklich glücklich sein würde. »Ich möchte, daß du heute nacht hierbleibst. Ich möchte Sex. Ich möchte dich ...«

35 Da ihr letztes Treffen nicht gerade ein rauschender Erfolg gewesen war, erwiderte Sam Izzys Gruß mit einem kühlen Nicken und unterhielt sich weiter mit dem australischen Schauspieler, der zur Zeit in einer West-End-Show das Publikum zu Begeisterungsstürmen hinriß und gerade mit einer besonders reizenden Blonden im *Chelsea Step* aufgetaucht war.

Izzy ließ sich so jedoch nicht abspeisen, blieb einfach neben ihm stehen und wartete, bis das kurze Gespräch beendet war. Sie betrachtete desinteressiert die umwerfende Aufmachung der Blondine und sah über die gleichfalls unverhüllte Aufmerksamkeit hinweg, die ihr Begleiter ihr widmete.

»Wolltest du zu mir?« fragte Sam schließlich, drehte sich zu ihr um und sah ein wenig überrascht aus. Er suchte die Leute um sie herum ab und fügte hinzu: »Du bist nicht mit deinem Freund hier?«

»Nein. Und ja, ich wollte zu dir.« Izzy war nicht in der Stimmung für Spielchen, sondern kurz angebunden und direkt. »Wann wirst du hier fertig sein?«

»Vier Uhr.« Er runzelte die Stirn, weil er spürte, daß etwas nicht stimmte. »Vielleicht um halb vier. Warum, ist irgend etwas nicht in Ordnung?«

»Genau«, antwortete sie mit ausdrucksloser Stimme und war schon am Gehen. »Es ist sogar ziemlich übel.«

Der Club war noch voll, als Sam ihn Toby Madison übergab und alle sich selbst überließ. Obwohl es erst Viertel nach drei war, saß Izzy draußen auf dem Kotflügel eines in zweiter Reihe geparkten Mercedes, trank aus einer Co-

ladose und zupfte an dem schmalen Riß auf dem Knie ihrer ausgewaschenen Jeans.
Betroffen von ihrer offensichtlich gedrückten Stimmung, blinzelte Sam ihr zu und drückte kurz ihre Finger, als er sich auf den Beifahrersitz fallen ließ. »Okay. Zu dir oder zu mir?« Das brachte ihm das erste Lächeln dieses Abends ein – allerdings nur ein schwaches.
»Ich dachte, vielleicht an einen neutralen Ort«, sagte Izzy und drehte den Zündschlüssel um. »Vielleicht zu *Bert's*.«

Bert war vor fünfzehn Jahren gestorben, aber sein Sohn Quentin, der jetzt das Fernfahrer-Café in Chiswick besaß und führte, hatte es nicht verkommen lassen. Er machte immer noch die beste und größte Pfanne Gröstl in London, und nie hatte jemand vorgeschlagen, daß das Café umgetauft werden sollte.
Wenn irgend etwas Izzy aufmuntern konnte, dann die verrauchte, gemütliche Atmosphäre bei *Bert's* – dort war immer etwas los, egal zu welcher Tages- oder Nachtzeit – und dazu ein Teller voller gebratener Champignons, Schinken und Tomaten.
Jetzt, wo das Essen vor ihr stand, konnte sie sich nicht vorstellen, daß sie es auch essen würde.
»Schau, du hast recht gehabt, und ich lag falsch«, sagte sie endlich und sah dabei Sam zu, wie er Zucker in seinen Tee rührte. »Das sollte zumindest dich aufmuntern.«
»Du meinst Kat?« Er hatte schon vermutet, daß es darum gehen würde. Es war wenig wahrscheinlich, daß Izzy zu ihm kommen würde, wenn sie Probleme mit Tash Janssen hatte.
»Mir geht's beschissen«, stieß sie hervor, ihre dunklen Augen glänzten beinahe fiebrig. »Ich mußte mich nie darum bemühen, eine gute Mutter zu sein ... es war nie nötig,

daß ich es versuchte..., und jetzt, wo all das geschehen ist, hab ich mich wirklich angestrengt, das Richtige zu tun, und alles wird nur noch schlimmer. Ich habe mich einen Monat lang zurückgehalten, weil ich dachte, sie braucht Zeit, um selbst damit klarzukommen, und es hat mich beinahe umgebracht, das zu tun. Aber heute abend bin ich zu ihr gefahren... ich dachte, wir könnten alles vergessen ... aber sie hatte keinerlei Interesse daran. O Sam, ich glaube, sie haßt mich wirklich. Und jetzt weiß ich nicht mehr, was ich tun soll.«

»Sie haßt dich nicht«, sagte er bestimmt. »Das tut sie ganz sicher nicht. Sie wird sich früher oder später wieder beruhigen, offenbar braucht sie ein wenig mehr Zeit.«

So sehr der australische Schauspieler im *Chelsea Steps* Izzys Figur vorher bewundert hatte, so beäugten sie jetzt ein paar Lastwagenfahrer am Nachbartisch mit offenkundigem Wohlgefallen. Sie sahen ehrlich bestürzt aus, als sie zu weinen anfing.

»Ich habe mir heute ein Haus in Wimbledon angesehen«, erklärte sie zwischen den Schluchzern. Wortlos reichte Sam ihr eine Papierserviette, als die Tränen in ihren Teller zu tropfen begannen. »Es war ein wunderschönes Haus, hundertmal besser als alles, was wir bisher gemietet hatten – von Ginas Haus natürlich abgesehen. Ich wollte es für uns beide, aber sie hat sich geweigert, auch nur darüber nachzudenken. Sie will nicht umziehen. Sie sagt, sie hat ihr Abitur nicht bestanden, also aus der Traum vom Medizinstudium. Ich weiß nicht, ob sie sich selbst bestrafen will oder mich, und ich ertrag es nicht, wie sie ihr Leben ruiniert...«

»Schhh«, murmelte Sam, als ihre Stimme zitterte. »Du gibst dir die Schuld, und das solltest du nicht.«

»Natürlich soll ich das«, heulte sie, schob ihren Teller zur Seite und wischte sich das Gesicht mit der Serviette ab. »Es ist alles meine Schuld.«

Die anderen Gäste hörten interessiert zu. Sam achtete nicht auf sie, stand auf, ging um den Tisch herum, setzte sich neben Izzy und legte seinen Arm um ihre Schulter. Er war an ihre laute, überschwengliche Art gewöhnt und an ihre immer optimistische Lebenseinstellung, er hatte sich nicht vorstellen können, daß sie derart verletzlich war, und es berührte ihn mehr, als er sich eingestehen wollte.

Für Izzy war es angenehm, daß Sam ihr zuhörte – und sie festhielt –, und ungemein beruhigend. Ihre schreckliche Sorge um Kat konnte sie schlecht mit Gina teilen, und Tash war einfach nicht interessiert genug.

»Kannst du mit ihr reden?« flehte sie, sich an ihn klammernd und den gewohnten, wunderbaren Duft seines After-shaves einatmend. »Dich haßt sie nicht. Vielleicht hört sie auf dich... paß ein bißchen auf, was du sagst...«

»Ich werde mein Bestes tun«, versicherte Sam ihr und erinnerte sich daran, als er das letzte Mal Izzy so nahe war. Diese Nacht im *Chelsea Steps*, als Vivienne ohne Vorwarnung aufgetaucht war. Wer weiß, wie die Dinge sich entwickelt hätten, wenn Viviennes Flug auch nur ein paar Stunden Verspätung gehabt hätte? »Ich kann nichts garantieren, aber ich werd's versuchen. Und falls du wirklich dein Essen hier nicht anrühren willst, dann gehen wir besser. Wer weiß, was ein Klatschreporter daraus machen würde, wenn er zufällig hier reinkäme.«

Sam fuhr. Sogar die Autofahrt erinnerte ihn an ihre gemeinsamen Fahrten vom *Chelsea Steps* nach Hause. Izzy hatte immer mehrere Schachteln chinesisches Essen auf ihrem Schoß gehabt, ihm die schlimmsten Witze erzählt, die sie in der Nacht gehört hatte, und mit bösartiger Genauigkeit die seltsamsten ihrer Gäste, die sie an der Bar bedient hatte, nachgeahmt.

Dieses Mal lachte sie nicht.

»Es ist alles so sinnlos«, sagte sie resigniert, als er – um sie von Kat abzulenken – danach gefragt hatte, wie es mit ihrer Musik vorangehe. »›Never, Never‹ kommt in acht Tagen raus. Ich hab gehört, wie sie es im Radio angekündigt haben, und der DJ hat darauf getippt, es werde die Nummer eins werden. Heute morgen hatten wir ein Interview mit *Capital.* Heute nachmittag haben wir das Video abgedreht, und morgen haben wir drei weitere Interviews mit Musikzeitschriften und der *Mail on Sunday.* Davon habe ich immer geträumt«, schloß sie mit einer abweisenden Geste, die die weiche Lederpolsterung des Mercedes mit einschloß, »und das ist mein Wagen, auch ein wahrgewordener Traum, aber es bedeutet mir nichts mehr, weil Kat nicht da ist, um es mit mir zu genießen. Ich wollte, daß sie stolz auf mich wäre... und sie ist es nicht, also ist alles umsonst...«

Sie waren in Kingsley Grove angekommen. Der Morgen graute, der Himmel war violett, und ein Milchwagen klapperte die Straße entlang, als Sam stehenblieb und den Motor ausschaltete.

»Ich weiß, es ist nicht leicht, aber vielleicht braucht sie nur noch ein bißchen mehr Zeit.« Wieder mußte er Izzys Finger von ihrem Knie wegziehen. Der Riß war inzwischen ziemlich groß. »Ich werde zu ihr gehen. Mit ihr reden. Aber sie wird nicht notwendigerweise auch zur Kenntnis nehmen, was ich sage.«

Izzys Unterlippe zitterte, und er mußte den Drang bekämpfen, sie zu küssen.

»Sie mag dich«, sagte sie wehmütig. »Und ich weiß, daß sie deine Meinung respektiert.«
Er drückte ihre Hand und lächelte. »Wenn das so ist, dann sollte ich sie ihr kundtun. Und in der Zwischenzeit mußt du Geduld haben. Wann ziehst du denn in dein neues Haus? Brauchst du dabei irgendwelche Hilfe?«
Sam war so lieb, so aufmerksam. Izzy schloß die Augen für einen Moment, von Erschöpfung übermannt, und dachte zum ersten Mal darüber nach, wie glücklich Vivienne sein konnte, ihn zu haben.
»Danke, nicht nötig.« Sie schüttelte den Kopf. »Ich habe den Vertrag nicht unterzeichnet. Das Haus sollte für Kat und mich sein. Jetzt, wo ich weiß, daß sie kein Interesse daran hat, gibt's keinen Grund für mich, es zu nehmen.«
»Hm. Dann wird zumindest Gina sich freuen.«
Izzy beobachtete den Milchwagen, als er in einem gemächlichen Tempo an ihnen vorbeiklapperte. Sie überlegte, ob der Milchmann, der vor sich hinpfiff und sehr vergnügt schien, eine normale glückliche Familie und ein normales glückliches Leben hatte.
»Ich weiß nicht, ob sie sich freut oder nicht«, antwortete sie langsam. »Aber ich ziehe trotzdem von Kingsley Grove weg. Tash hat mich gefragt, ob ich mit ihm zusammenwohnen will.«
Sam verließ der Mut. Er hatte keine Ahnung gehabt, daß die Beziehung zwischen den beiden so weit gediehen war. Und der Ruf des Mannes, Frauen in sein Bett zu zerren und dann wieder fallenzulassen, war ebenfalls nicht gerade ermutigend.
»Hältst du das für besonders schlau?« fragte er, und sein Ton verriet seine Einschätzung der Dinge.
Izzy jedoch zuckte nur die Achseln und warf trotzig ihr Haar zurück. Unbewußt wiederholte sie Katerinas Er-

klärung, warum sie bei Andrew bleibe. Sie schaute Sam mit ihren dunklen Augen an und antwortete: »Ist das wirklich noch wichtig? Es wird nicht ewig dauern, aber wen kümmert's? Meine Tochter möchte nicht mit mir leben, also kann ich ebensogut mit jemandem zusammenziehen, der das will.«

36

Es gab solche und solche Fehler, überlegte Izzy eine Woche später. Wenn sie daran dachte, wie ihre Entscheidung, zu Tash nach Stanford Manor zu ziehen, fast ausschließlich mit Mißbilligung aufgenommen worden war, dann schien es – alles in allem – nicht einer der übelsten Fehler gewesen zu sein, den sie gemacht hatte.
»Ihr kennt euch doch kaum«, hatte Gina ein bißchen gereizt gesagt, als sie ihr ihre Absichten mitteilte. Aber Gina war, das wußte sie, mehr beschäftigt mit der Tatsache, daß sie allein in Kingsley Grove sein würde, als einzige Gesellschaft blieb Jericho.
»Es ist bescheuert«, hatte Sam abweisend bemerkt, aber nur, weil er Tash nicht leiden konnte und weil er vielleicht neidisch darauf war, daß Izzy in einem Zwei-Millionen-Haus leben würde.
Sogar Doug Steadman hatte seine Zweifel. »Wenn du mich fragst, Schätzchen, dann machst du einen Fehler«, meinte er, seine Stirn sorgenvoll in Falten gelegt. »Nicht, daß dein Privatleben mich irgend etwas angehen würde, aber wird er nicht denken, du... na, du wärst leicht zu haben?«
Zumindest Vivienne hatte ihr nicht gesagt, sie mache einen Idioten aus sich. Vivienne hielt es für einen absoluten Heuler, ein wahnsinnig aufregendes Abenteuer, und

Izzy hatte es ihr gedankt und die langweiligen Panikmacher ignoriert. Statt dessen konzentrierte sie sich auf die angenehmen Aspekte der Situation. Sie würde selbst reich werden, erfolgreich, berühmt ... und die Mätresse eines der schönsten und begehrenswertesten Männer auf der Welt. Wen kümmerte es, ob andere Leute dachten, sie sei leicht zu haben? Tash hatte ihren Körper bereits gehabt; jetzt würde er auch noch das Vergnügen haben, ihre Kochkunst zu genießen.
Und bis jetzt war es aufregend gewesen. Die Propheten des Untergangs mochten vielleicht hinter vorgehaltener Hand tuscheln, aber sie fühlte sich wohl, und ihr neues Leben hatte sie zumindest teilweise von ihrem Problem mit ihrer Tochter abgelenkt.
Ja, es gab zweifellos Vorteile, wenn man die Geliebte eines reichen Mannes war, dachte Izzy, schob die Gedanken an Katerina strikt zur Seite und schaute über den Swimmingpool, der türkisfarben in der Augustsonne glitzerte. Sie hatte einen Teller Räucherlachsbrötchen vertilgt – indem sie den Lachs aß und die Brötchen liegenließ –, und jetzt hatte sie Lust zu schwimmen. Sie hatte auch Lust auf Tash, aber der war in seinem Aufnahmestudio und arbeitete ein paar Ideen für sein neues Album aus. Anscheinend brauchte er keine Pause.
Ebensowenig mochte er es, daß man dabei war, wenn er ernsthaft damit beschäftigt war, Songs zu schreiben. Izzy überlegte, daß es gut gewesen war, daß sie nicht erwartet hatte, sie hätten eine Art Flitterwochen am Anfang ihres Zusammenlebens. Sie hatte eine Menge freier Zeit zur Verfügung, um ihr neues Heim zu erkunden und das Beste aus dessen Vorzügen zu machen. Und obwohl sie viel Spaß hatte, fand sie es nicht so einfach, sich zu erholen, wie sie gedacht hatte. Oben ohne sonnenzubaden kam

nicht in Frage wegen der lautlosen und nervtötenden Anwesenheit der Sicherheitsleute, die auf dem Grundstück herumschlichen und die sie auf diese distanzierte und lässige Art behandelten, die andeutete, daß sie sie für einen weiteren weiblichen Gast in der langen Reihe hielten, deren Namen man sich nicht einmal merken mußte. Und trotz ihrer Anstrengungen, freundlich zu sein, war die beeindruckende Mrs. Bishop noch weniger gesprächig als am Abend ihres ersten Besuches. Alle Versuche, ins Gespräch zu kommen, fielen auf äußerst unfruchtbaren Boden. Jedem Kompliment für das Essen wurde mit einem unbewegten Blick begegnet. Izzy hatte schon erwogen, wie sie wohl reagieren würde, wenn sie sich über die Kochkünste beschweren würde, aber es gab nichts, worüber man sich beschweren konnte. Alles in Stanford Manor funktionierte vollkommen effizient, denn so wollte es Tash und verlangte es von seinem Personal. Sie hatte es noch nicht geschafft, denjenigen zu erwischen, aber einer von ihnen rollte tatsächlich die Zahnpastatube in ihrem Badezimmer täglich ein Stück ein...

Vier Stunden später tauchte Tash endlich draußen auf. Izzy war geschwommen und eingedöst und hatte sich – weil sie vergessen hatte, sich noch mal mit Ambre Solaire einzucremen – eine rötliche Tönung ihrer Haut eingefangen.

Er rückte seine Sonnenbrille zurecht und beobachtete die schlafende Izzy. Ihr dunkles Haar umrahmte sie in glänzender, verschwenderischer Fülle, wunderschöne Brüste quollen aus ihrem pfauenblauen Bikini, und eine Hand lag auf dem Teller mit den geschändeten Brötchen. Izzy, bewundernswerte Izzy. Sie faszinierte und amüsierte ihn gleichermaßen, hinzu kam, daß sie so gar nicht wie seine sonstigen Freundinnen war, unterschiedlicher war es gar nicht mehr möglich. Gescheit, scharfsinnig und entschlossen, in der von ihr gewählten Karriere erfolgreich zu sein, war sie nichtsdestoweniger manchmal anrührend naiv. Besonders unterhaltsam fand er ihre unschuldigen Ideen, die das Musikgeschäft betrafen, und ihre Pläne, wie sie das Geld genießen würde, das der Erfolg ihr bringen müßte.

Er fischte einen Eiswürfel aus dem Glas in seiner Hand und ließ ihn in die Höhlung ihres Bauchnabels fallen. Er grinste, als sie aufschrie und sich blitzartig aufsetzte.

»Wach auf. Mrs. Bishop möchte wissen, warum du es für passend hältst, ihre Brötchen zu massakrieren. Sie sagt, wenn du nicht alles bis auf den letzten Krümel aufißt, dann geht sie.«

»O Gott... duuu!« Sie hatte zu spät bemerkt, daß er gescherzt hatte, sank zurück auf ihre Sonnenliege und zielte mit dem Eiswürfel auf seinen Schritt. »Das wäre mehr, als man hoffen darf«, grummelte sie und spähte über ihre Schulter, falls der alte Drachen irgendwo hinter ihr lauerte. Dann musterte sie mit einem Blick mißbilligend ihre gerötete Brust. »Und das ist auch nicht lustig. Verflucht, wie werde ich morgen aussehen? Wir haben den Fototermin, und ich komme mit einer verbrannten Nase an... au, das tut weh!«

Sie wand sich, als er ihr mit den Fingernägeln an ihrem Schlüsselbein entlangfuhr, dann lächelte sie, denn zumindest hatte er gute Laune. Während Tash sich selbst nie als reizbar beschreiben würde, hatte sie bereits entdeckt, daß er eine Tendenz hatte, miserable Laune zu haben, wenn die Arbeit nicht gelingen wollte. Er konnte äußerst charmant sein, aber einige verschwendete Stunden in seinem wertvollen Aufnahmestudio konnten ihn in einen mäkeligen, reizbaren Menschen verwandeln, mit einem äußerst aufbrausenden Temperament. Izzy konnte diese Reizbarkeit nicht ganz nachvollziehen – denn das half ja nicht weiter –, und sie weigerte sich hartnäckig, sich davon beunruhigen zu lassen. Entweder lachte sie oder ignorierte ihn in einer solchen Stimmung. Aber zweifellos war es schöner, überlegte sie, wenn es nicht so war.

»Jemand könnte uns beobachten«, protestierte sie und versuchte sich wegzudrehen, als Tash begann, ihr die Bikiniträger von den sonnenverbrannten Schultern zu schieben.

»Und?« Er zog sie zurück, bevor sie in dem Teller mit Brötchen landete. »Wäre das wirklich so schlimm? Liebes, dann macht's doch doppelt soviel Spaß.«

Zweifellos hatten seine früheren Freundinnen solchen Vorschlägen zugestimmt, aber Izzy hatte keine Lust, eine Vorstellung für die Sicherheitsleute zu geben. Sie stand auf, klemmte einen Finger in eine Gürtelschlaufe seiner Jeans und führte ihn ins Haus. Als sie im Schlafzimmer angekommen waren, knöpfte sie langsam sein weißes Hemd auf und murmelte: »Das macht mehr Spaß.«

Danach, als er einen Joint anzündete und tief inhalierte, sagte Tash: »Ich hab vergessen, es dir zu sagen. Vorher hat jemand angerufen und wollte dich sprechen.«

Izzy war mit Drogen nicht einverstanden, egal welche, aber da er gelacht und sie prüde genannt hatte, als sie versucht hatte, ihm zu erklären, welchen Schaden sie anrichten konnten, hatte sie sich nicht weiter damit abgegeben. Zumindest war es nur Marihuana, tröstete sie sich. Es hätte schlimmer sein können.

»Und?« fragte sie, räkelte sich faul und schwelgte in dem Luxus, nicht aufstehen und zur Arbeit zu müssen, in ir-

gendeinen überfüllten Pub oder eine verrauchte Bar ohne Klimaanlage. »Wer war's? Soll ich zurückrufen?«
Tash schüttelte den Kopf. »Nee. Er sagte, er fliege heute nachmittag in die Staaten, also hab ich die Nachricht angenommen. Es war dein Freund Sam Sheridan.« Ihm war klar, daß Sam seine Beziehung zu Izzy mißbilligte, und er berichtete ein wenig spöttisch. »Er wollte dich nur wissen lassen, daß er mit Katerina geredet hat, daß es aber nicht sonderlich erfolgreich gewesen war.«
»Was!« Izzy sprang ruckartig auf und verhedderte sich in den Bettüchern. »Warum hast du mir das nicht früher gesagt? Warum, um alles in der Welt, hast du mich nicht geholt, als er angerufen hat?«
Tashs Augen verdunkelten sich. Er starrte auf die glühende Spitze seines Joints. »Ich hatte zu tun. Ich wußte nicht, wo du warst. Schau, ist das so tragisch? Der Mann ist ein Trottel, und was er zu sagen hatte, war wohl kaum von weltbewegender Bedeutung.«
Izzy warf ihm einen vernichtenden Blick zu, griff nach dem Telefon neben dem Bett und wählte Sams Nummer. Sekunden später legte sie abrupt auf und sagte: »Verfluchter Anrufbeantworter. Vielen Dank, Tash. Meine Tochter mag dir vielleicht nicht wichtig sein, aber für mich ist sie wichtig.«
Als ob wir das nicht alle wüßten, dachte er resigniert und zog zum letzten Mal an der Zigarette, dann drückte er sie aus. Izzys Besessenheit bezüglich Katerina verstand er einfach nicht. Rebellion gehörte zum Erwachsenwerden. Als er siebzehn Jahre alt war, war er zu Hause ausgezogen, hatte in einem leerstehenden Haus in Bayswater gehaust und das eisige, unmöblierte Kellergeschoß mit einem LSD-Süchtigen und einem Zwei-Zentner-Transvestiten geteilt. Und es hatte ihm, um Himmels willen, nicht geschadet.

Aber das Marihuana begann zu wirken, und er konnte sich jetzt wirklich nicht durch einen Streit aus der Ruhe bringen lassen.

»Mein Engel, beruhig dich«, sagte er besänftigend. »Okay, tut mir leid, daß ich dich wütend gemacht habe. Aber ich war wirklich sehr beschäftigt, als das Telefon geläutet hat... und ich hätte dich geholt, wenn Sam etwas Positiveres zu berichten gehabt hätte, wirklich.«

Izzy verarbeitete das schweigend. Vielleicht hatte sie zu hart reagiert. Tash ärgerte sie nicht absichtlich, er hatte es schlicht für nicht wichtig gehalten.

»In Ordnung«, sagte sie schließlich, denn ihr war klar, daß ein großer Krach das letzte war, was sie jetzt brauchen konnten. Die Maschinerie der Öffentlichkeitsarbeit lief allmählich auf vollen Touren; praktisch täglich innerhalb der nächsten vierzehn Tage hatten sie irgendwelche Interviews zu absolvieren, mit Journalisten, die gierig darauf waren, über die neueste Beziehung von Tash aufgeklärt zu werden. »In Ordnung, mir tut's auch leid. Ich mache mir einfach Sorgen um Kat, das ist alles.«

»Kein Problem«, sagte er sanft und war erleichtert, daß er eine Krise verhindern konnte. Er schlüpfte aus dem Bett, ging nackt quer durchs Zimmer zu der großen Kommode und holte ein schmales, schwarzmattiertes Schmuckkästchen heraus. »Hier, das hatte ich mir für den Tag aufgehoben, an dem ›Never, Never‹ die Nummer eins geworden ist.« Mit einem schiefen Lächeln ließ er es in ihren Schoß fallen. Izzy brauchte nicht zu wissen, daß er die mit Smaragden und Saphiren besetzten Ohrringe von Bulgari für Anna gekauft hatte. Es hatte doch noch einen Vorteil gehabt, daß er drei Tage vor ihrem Geburtstag mit ihr gebrochen hatte; er hatte sich nie darum gekümmert, die Ohrringe wieder ins Geschäft zurückzubringen.

»Aber vielleicht solltest du es jetzt aufmachen. Nur eine Kleinigkeit, um dich aufzumuntern.«
Wenn Kat sie schon nicht mochte, Tash zumindest mochte sie. Izzy war überwältigt von der Größe und Schönheit der Steine und von seinem Einfühlungsvermögen. Er hatte genau die Art Ohrringe gewählt, von denen er wußte, sie würden ihr gefallen. Sie kniete sich hin und schlang ihre Arme um seinen Nacken. Zu bewegt, um sprechen zu können, lehnte sie sich an ihn und küßte seinen schönen Mund.
»Ich bin zu alt dafür«, murmelte Tash.
»Ich bin sicher, du hältst es durch«, antwortete Izzy. Ihre Lippen preßten sich gegen seine, als sie lächelte. »Was, zum Teufel, soll's? Ich riskiere es, wenn du willst...«

37

Später, viel später erst würde Gina es zu würdigen wissen, welche Rolle zwei fingernagelgroße rosafarbene Papierfetzen in ihrem Leben gespielt hatten. In dem Moment jedoch kam ihr das nicht einmal in den Sinn; sie hatte schon genug Schwierigkeiten, keine Miene zu verziehen.
Draußen goß es in Strömen. Das überwältigende Schauspiel von gezackten Blitzen vor einem indigoblauen Himmel hatte sie vor zwei Minuten ans Fenster gezogen. Doug hing in seinem Stuhl, das Telefon ans Ohr geklemmt, sah hoch und sagte hoffnungsvoll: »Kaffee?« Aber Gina hörte ihn nicht. Auf der Straße unten stieg gerade Ralph aus einem Taxi aus und warf einen kurzen Blick in den Außenspiegel, um sein Aussehen zu überprüfen. Sie hatte ihn seit dem erniedrigenden Nachmittag in Kingsley Grove nicht mehr zu Gesicht gekriegt. Ihr

schien auf einen Schlag die Luft wegzubleiben. Er war einer von Dougs erfolgreichsten Klienten, und sie hatte gewußt, daß sie darauf gefaßt sein mußte, ihn wiederzusehen, aber jetzt, da es passierte, war sie völlig unvorbereitet. Egal wie oft sie sich gesagt hatte, daß er ihr nichts bedeutete, es hatte nie überzeugend geklungen. Ralph war zu charmant und attraktiv. Man konnte ihn nicht ignorieren. Er war der Inbegriff eines coolen Typen...

»Mit drei Stück Zucker?« schmeichelte Doug, der überhaupt nicht cool war. Dank Ginas Geschenken wie Deodorant und After-shave war zwar sein Körpergeruch verschwunden und er roch nur noch gut, aber immer wenn er sich mit einer geschäftlichen Entscheidung abquälte, konnte nichts auf der Welt verhindern, daß sich unter seinen Achseln feuchte Flecke bildeten. Pokern, hatte Izzy ihm einmal ernst bedeutet, würde nie seine Stärke werden.

Aber wenn sie Kaffee kochte, hätte sie wenigstens etwas zu tun und würde nicht dumm herumsitzen, während Ralph höflich Konversation betreiben und innerlich über ihre Einfältigkeit grinsen würde. Sie trat vom Fenster weg, schaltete den Kessel an und füllte Instantkaffee in zwei Tassen, während sie den rhythmischen Schritten Ralphs lauschte, der zuversichtlich die Treppe heraufkam.

Der beigefarbene Trenchcoat war zwar naßgeregnet, aber ansonsten makellos, ebenso wie der – natürlich passende – Schal und der Schirm. Das kragenlange blonde Haar war noch blonder geworden durch die neu hinzugefügten, kunstvoll gestylten Strähnen. Seine Haut war dunkler und glatter als je zuvor. Gina ergriff Ehrfurcht vor solcher Perfektion – sie hatte gewußt, daß er so sein würde –, und sie beugte sich über den Kaffee, wobei sie viel mehr Zucker in Dougs Tasse löffelte als gewöhnlich. Da sie normalerweise zu wenig Zucker reintat, in einem vergeblichen Versuch, seinen Bauch zu verkleinern, würde er denken, er hätte heute Geburtstag.

»Doug, wie geht's dir?« Ralph hatte tatsächlich besonders sorgfältig auf sein Aussehen geachtet, denn er wollte Gina beeindrucken – zugegeben, auch wenn er sie anfangs dazu benutzt hatte, wieder an Izzy ranzukommen, so hatte er sie doch sehr schnell wirklich gemocht –, und er machte einen Schritt nach vorne und schüttelte seinem Agenten begeistert die Hand. »Himmel, was für ein Wetter! Ich bin nur schnell vorbeigekommen, um dich wissen zu lassen, daß wir die Fernsehserie abgedreht haben. Die Produzenten sind wirklich angetan von mir, und der Regisseur hat vorgeschlagen, mich in einem Stück zu besetzen, mit dem er gerade zu tun hat; es läuft also alles bestens. Hallo Gina«, fügte er hinzu, als sähe er sie gerade erst. »Du siehst gut aus. Sehr gut. Für den alten Sklaventreiber zu arbeiten bekommt dir anscheinend gut.«

Er war ... *goldig*, dachte Gina, zwang sich zu einem kurzen Lächeln und versuchte ansonsten so zu wirken, als ginge sie seine Anwesenheit nichts an.

»Das hat weniger mit dem Alten zu tun«, klagte Doug und schaute zwischen den beiden hin und her. Irgend etwas ging hier vor. Er war zwar nicht berühmt für sein diplomatisches Geschick, trotzdem hatte er das Gefühl, ein kurzer Sprung zum Zeitungshändler um die Ecke wäre nicht schlecht. »Teufel, ich hab keine Zigaretten mehr. Gina, mach dem jungen Mann einen Kaffee, und unterhalte ihn, bis ich zurück bin, tust du das? Es dauert nur fünf Minuten.«

»Fein«, sagte Ralph.

Hilfe, dachte Gina, o Hilfe!

Aber wenigstens einmal im Leben nahte die Hilfe bereits. Als die Tür hinter Doug ins Schloß fiel, setzte sich Ralph einfach in den Besuchersessel und wickelte seinen Kaschmirschal vom Hals. Und das Wunder, um das Gina gefleht hatte, geschah schließlich.

»Ich wollte dich wiedersehen.« Er nahm eine vertrauliche Miene an, strich sich das Haar aus der Stirn und neigte leicht den Kopf, als würde er sie intensiv betrachten. »Du bist wirklich aufgeblüht, Gina... Schau, es tut mir wirklich leid wegen dieses Mißverständnisses, aber ich bin sicher, wir können das jetzt hinter uns lassen.«

Gina konnte nicht sprechen. Wenn sie versuchen würde, den Mund aufzumachen, dann würde nur Gekicher herauskommen, sie wußte das. Wenn es irgend jemand anderer gewesen wäre, dann wäre es nicht so lustig gewesen, daß er sich beim Rasieren geschnitten hatte, aber es war der perfekte Ralph, der Inbegriff von Blasiertheit.

Sie schluckte und starrte wie versteinert auf die zwei kleinen Fetzen rosafarbenes Toilettenpapier, die an seinem Hals hingen. Sie waren blutgesprenkelt und etwa eineinhalb Zentimeter voneinander entfernt, was sie um so mehr aussehen ließ wie einen Vampirbiß. Wie auf ein Stichwort prasselte ein erneuter Regenschauer ans Fenster, und Blitze erleuchteten das Büro und brachten die Lampen zum Flackern. Es sah aus wie in einem Gruselfilm. Als dann auch noch das nachfolgende Donnern das Gebäude erschütterte, preßte Gina die Lippen zusammen und machte Fäuste, daß ihre Fingernägel ihr in die Handflächen stachen. Der Bann war nun endgültig gebrochen; er war nicht länger perfekt, und jetzt war es Ralph, der dumm aus der Wäsche guckte, und sie genoß jeden einzelnen wundervollen Augenblick...

»Was ist so lustig?« fragte er, eine Spur mißtrauisch, und sie schüttelte den Kopf.
»Nichts ... nichts. Gewitter machen mich ein bißchen nervös, das ist alles. Hm ... ich weiß nicht mehr, ob du Zucker nimmst.«
Seinem Gesichtsausdruck nach hätte sie vermuten können, er habe Heroin gespritzt. Ralph achtete fanatisch auf seinen Körper.
»Danke.« Er nahm die Tasse und warf ihr ein gewinnendes Lächeln zu. Gina stellte sich für einen Moment vor, seine Eckzähne wären etwas länger geworden; sie unterdrückte erneut einen Ausbruch von Heiterkeit und ließ sich zurück auf ihren Stuhl plumpsen.
»Und ich mache dich nervös?« Er sagte das sehr freundlich und mit gespielter Ungläubigkeit. Die grotesken Schnipsel aus rosafarbenem Toilettenpapier flatterten zustimmend. »Liebes, das ist wirklich nicht nötig. Warum lassen wir die Vergangenheit nicht einfach ruhen und probieren es noch einmal? Ich könnte mich heute abend freimachen, wenn du gerne mit mir essen gehen würdest.«
»Ich ... ich habe heute abend schon was vor.« Sie hatte es geschafft, die Worte rauszubringen. »Tut mir leid.«
Er schüttelte noch mal den Kopf. Flatter, flatter. »Oh, Liebes. Sag jetzt nicht, du wärst noch böse auf mich.«
»Nicht ... böse.« Sie lief jetzt ernsthaft Gefahr, sich selbst naßzumachen, und preßte die Knie zusammen. »Nur be ... beschäftigt.«
Ralph zuckte die Achseln und lehnte sich vor, um einen Schluck Kaffee zu nehmen. Ein Zucken war's, das es schließlich auslöste. Völlig versteinert sah Gina zu, wie eines der Papierfetzchen in seiner Tasse landete.

»... zum Schreien! Und was hat er gemacht? Was ist dann passiert?«
Gina hatte seit ihrer Kindheit nicht mehr so viel gelacht und wischte sich mit einem mit Wimperntusche verschmierten Taschentuch die Augen. Sie hatte Seitenstechen. Immer wenn sie dachte, daß der hysterische Anfall vorbei sei, mußte sie sich nur an Ralphs Gesichtsausdruck erinnern, mit dem er das fremdartige Objekt in seiner Kaffeetasse angestarrt hatte, und sie platzte wieder los.
»Er ... er ... hat's erkannt!« Sie verschluckte sich und packte hilfesuchend Dougs Arm. »Und dann muß ihm klargeworden sein, wie dumm er ausgesehen haben mußte, und er wurde dunkelrot ... wie eine Aubergine. Ich konnte einfach nicht mehr, ich platzte vor Lachen, und er wurde noch röter ... dann sprang er auf und schrie: ›Du verdammtes kleines Miststück‹ und stürmte aus dem Zimmer. Ich fürchte, deine Türangeln werden nicht mehr dieselben sein ...«
Doug grinste; armer alter Ralph. Gina hatte seine Eitelkeit beleidigt und ihm damit den grausamsten aller Schläge versetzt. Er würde sich zweifellos einen anderen Agenten suchen, aber Doug machte das nichts aus. Wie konnte jemand – besonders jemand, der so wenig perfekt war wie er –, einer so wundervollen Geschichte widerstehen? Und zu sehen, wie Gina ihren wohlverdienten Triumph genoß, war einfach eine wahre Freude.
»Vermutlich bin ich ein Miststück«, fuhr sie ohne Reue fort. »Wenn's jemand anderer gewesen wäre, hätte ich ihn direkt darauf angesprochen, so wie du es jemandem sagst, wenn das Etikett aus dem Pullover schaut. Aber Ralph ist so eitel ...« Und wieder war es um sie geschehen, ihr Stuhl wackelte, und sie hielt sich die Seiten. Plötzlich

ermutigt durch das Geheimnis, das sie teilten, und die beinahe festliche Stimmung, schaute Doug schnell auf die Uhr und meinte: »Es ist halb sechs. Hast du wirklich schon was vor heute abend, oder hättest du Lust, zu Russell rüberzugehen und einen Wein zu trinken?«
Ihre zweite Einladung innerhalb einer Stunde. Dieses Mal zögerte Gina keine Sekunde. »Ich denke, das ist besser«, sagte sie grinsend. »Zu meiner eigenen Sicherheit. Kannst du dir vorstellen, was die Leute denken würden, wenn ich auf dem ganzen Heimweg kichernd in der U-Bahn sitze?«

Sie tranken eine Flasche Beaujolais und aßen saftige Schinken-Spargel-Quiche in einer Ecke des dunklen und belebten Lokals und lachten und spotteten weiter über Ralph, seinen Snobismus und seine fein säuberlich aufeinander abgestimmte Garderobe.
»Aber du mußt ihn anfangs gemocht haben, sonst wärest du nicht mit ihm ausgegangen«, wagte Doug schließlich zu sagen.
Gina spielte mit ihrem Glas. »Wahrscheinlich. Gut, ich war geschmeichelt, denn er schien so charmant und aufmerksam, aber er war nie wirklich mein Typ. Es war nur schon so lange her gewesen, daß ein Mann mir soviel Aufmerksamkeit geschenkt hat, deshalb habe ich wohl... den Fehltritt begangen.«
Doug ging es einfach nicht in den Kopf, warum jemand von Ginas Kaliber männliche Aufmerksamkeit missen sollte. Was ihn betraf, so fand er sie ungemein anziehend, und falls er sich nicht schon längst mit der Tatsache abgefunden hätte, daß solche Frauen für ihn unerreichbar waren, hätte er schon vor Monaten sein Interesse signalisiert.

»Wenn das so ist«, sagte er augenzwinkernd, »dann bist du offenbar um Haaresbreite davongekommen. Oder soll ich sagen, um ein Barthaar?«

»O nein«, keuchte Gina und erstickte beinahe an ihrem Wein. »Bring mich nicht wieder zum Lachen...«

»Wirklich, meine Liebe«, protestierte er, ganz Unschuld. »Kann ich etwas dafür, daß ich einen rasiermesserscharfen Verstand besitze?«

»Doug...!«

»In Ordnung. Ich hör schon auf. Jetzt sag mir, welche Art von Mann wäre denn dein Typ?«

Gina überlegte einen Augenblick. »Jemand, der so wenig wie möglich wie Ralph ist.«

Doug spürte, wie sein Herzschlag sich beschleunigte. Er fingerte an der abgewetzten Manschette seines schlecht gebügelten Hemdes herum und fühlte einen schwachen – sehr schwachen – Hoffnungsschimmer. Von allen Männern auf dieser Welt, dachte er, konnte sicher keiner so wenig Ralph Henson ähnlich sein, wie er es war.

38

Eine Party zu geben hatte für Izzy immer bedeutet, herauszufinden, wieviel Geld sie gerade noch ausgeben konnte, die Summe ungefähr zu verdoppeln und dann vom Getränkemarkt zurückzuwanken mit genug Bierkisten und Weinflaschen, daß auch sicher niemand verdursten mußte. Riesenschüsseln voll Chili con carne und Spaghetti bildeten die Unterlage für den Alkohol, und ihr altersschwacher, aber zuverlässiger Plattenspieler sorgte für Musik. Egal, in welcher Wohnung sie gerade lebte, sie hatte immer Platz genug für dreißig Gäste. Sie lud fünfzig ein und pferchte sie wohl oder übel zusammen,

denn so konnten sie sich schneller kennenlernen und sich amüsieren. Die Party nahm ihren Lauf, bis der letzte Gast eingeschlafen war, und wer über Nacht blieb, half am nächsten Morgen beim Aufräumen.
So war es in den alten Zeiten immer gewesen, dachte Izzy sehnsüchtig. In Stanford Manor eine Party zu geben war etwas völlig anderes.
Es hatte schon seine Vorzüge, sich über die Kosten keine Gedanken machen zu müssen. Sie zog ihr flaschengrünes Lycra-Hemd zurecht, das sich ständig hochschob, glättete das schulterlose grüngoldene Samtmieder und lockerte zum letzten Mal ihr Haar vor dem Spiegel. Sie konnte hören, wie die Band unten in der Halle die Instrumente stimmte und dabei von der überlauten Stimme von Mrs. Bishop übertönt wurde, die die Lieferanten draußen herumkommandierte und ihnen unmißverständlich klarmachte, wer hier der Boß war. Das Essen, es wurde selbstverständlich geliefert, würde spektakulär sein, der Champagnerstrom würde nicht versiegen, und keiner der ungefähr zweihundert Gäste müßte Angst haben, daß er gedrängt würde, beim Abwasch zu helfen.

Um zehn Uhr war die Party voll im Gange. »Never, Never« war vergangene Woche erstmals unter den Top Ten gewesen und würde morgen Platz eins einnehmen, und alle feierten im voraus. Aber erst als die große Eingangstür aufging und Simon mit Katerina in die Halle kam, begann Izzy wirklich zu feiern.
Sie wollte gerade auf sie zustürzen, als Vivienne Izzy unsanft zurückzog. »Denk dran, du mußt ruhig bleiben«, mahnte sie. »Was hat Sam dir gesagt? Sie möchte wie eine Erwachsene behandelt werden. Was immer du tust, überstürz nichts.«

»Mach ich nicht.« Izzy war ganz benommen vor Freude und entschlossen, sich so weit wie möglich zu beherrschen. Simon anzurufen und ihn und Katerina zu der Party einzuladen war ein genialer Schachzug gewesen. Ganz vernünftig hatte sie erklärt, daß es, auch wenn sie und Katerina sich im Moment nicht besonders verstünden, keinen vernünftigen Grund gäbe, warum sie nicht zivilisiert miteinander umgehen sollten, auf rein gesellschaftlicher Ebene. Sie wußte, wie versessen Simon auf Stars war, das war von vornherein klar, und sie hatte fest mit seinen Überredungskünsten gerechnet – zusammen mit Katerinas tiefsitzender Neugier würde dies Kat hierherbringen.

Und es hatte funktioniert, dachte sie voller Freude und ging auf sie zu. Es hatte wirklich funktioniert...

»Du hast es geschafft. Ich bin so froh, daß ihr beide hier seid.« Mann, es war ganz schön hart, sich zusammenzureißen.

»Simon wollte kommen.« Katerina gab sich zurückhaltend, als ob sie eine exaltiertere Begrüßung erwartet hätte.

»Es ist wirklich aufregend«, sagte Simon, seine Wangen waren bereits gerötet. Er ging auf Izzy zu und drückte ihr linkisch einen Kuß auf die Wange. »Und es ist toll, wie gut Ihre Platte läuft.«

Izzy überlegte, ob Katerina absichtlich Jeans und ein altes schwarzes T-Shirt trug. Jetzt, wo sie endlich richtiges Geld verdiente, brannte sie darauf, ihre Tochter mit Geschenken zu überhäufen. Doch sie achtete darauf, ihre Gefühle zu verbergen, lächelte Simon zu und sagte: »Danke. Ich find's auch toll.«

»Unsere Abitur-Ergebnisse sind gestern rausgekommen«, sagte Katerina plötzlich. »Ich bin nicht durchgefallen.«

»Oh, Schatz ...«
»Aber die Noten sind zu schlecht für Medizin, ich hätte genausogut durchfallen können.«
»Oh.« Izzy schluckte ihre Enttäuschung hinunter und zwang sich dazu, nicht so zu reagieren, wie Kat es anscheinend erwartete. Sie schaffte ein schwaches Lächeln.
»Jetzt laß es gut sein. Schau, die Band wird gleich loslegen, und unser Trommelfell könnte darunter leiden. Warum geht ihr beide nicht einfach durch diesen Torbogen, besorgt euch etwas zu essen und zu trinken und schaut euch ein wenig um?«
Simon schaute schon. Liebäugelte. Das drohte die aufregendste Nacht seines Lebens zu werden, und er hatte bereits einige berühmte Gesichter erspäht, ganz zu schweigen von den zahlreichen leichtbekleideten Mädchen.
»Da ist Phil Collins«, sagte er, und vor Ehrfurcht versagte ihm fast die Stimme. »Und das Mädchen im Bikini – ist das nicht Fiona Dingsbums?«
»Um Himmels willen, glotz nicht«, sagte Katerina, betont unbeeindruckt. Sie schob ihn Richtung Bar und flüsterte ihm wütend zu: »Und untersteh dich, jemanden um ein Autogramm zu bitten ...«

»Gut gemacht«, sagte Vivienne beifällig, als Izzy zu ihr zurückkam. Sie hob ihren Drink, viel Wodka mit wenig Tonic, zu einem Salut und beobachtete amüsiert das entschwindende Paar.
»Arme alte Kat, was für ein Durcheinander. Sie und Simon wären wirklich ein schönes Paar, wenn sie es nur bemerken würde. Und wenn«, fiel ihr nachträglich ein, »der arme alte Simon sein unglückliches Erröten kontrollieren könnte.«

»Wenn wir schon von schönen Paaren sprechen«, sagte Izzy beiläufig, »warum ist Sam nicht mitgekommen? Ist ihm mein Zusammenleben mit Tash immer noch so zuwider?«

Sie gingen raus zum Swimmingpool, der in Flutlicht getaucht war. Vivienne war in pinkfarbenen Satin gehüllt und wogte voraus wie ein Aal auf Stöckelschuhen. Mit einem Achselzucken antwortete sie: »Wer weiß? Sam behält seine Gedanken in letzter Zeit für sich. Er fragt mich nicht mehr, was ich vorhabe, und wenn ich es ihm sage, dann hört er nicht einmal zu. Ich langweile mich zu Tode, und alles, was er dazu sagt, ist, warum ich mir keinen Job suche. Kannst du dir vorstellen, was ein solcher Rat für jemanden wie mich bedeutet?«

Izzy runzelte die Stirn. »Und was wirst du jetzt tun?«

»Was würde ein normaler Mensch wohl machen? Es ist praktisch eine Einladung zu schlechtem Benehmen.« Vivienne warf ihr goldfarbenes Haar zurück und grinste, als sie an Tashs Schlagzeuger vorbeikamen, der einfach verboten große blaue Augen hatte. »Verdammt, warum sonst wohl hätte ich mir beinahe einen Bruch geholt beim Anziehen dieses Kleides? Ich werde den Männern den Kopf verdrehen und sie bezaubern, mein Schatz, wie es schon fast aus der Mode kommt. Dieser wunderschöne Körper hat es satt, ignoriert zu werden...« Ihre Stimme verlor sich für eine Sekunde, dann fügte sie hinzu: »... und ich denke, ich habe gerade den Mann entdeckt, der ihn nicht ignorieren wird. Izzy, wer ist der Typ da drüben? Der in dem dunkelblauen Hemd...«

»O Vivienne, was ist mit Sam?« Izzy wurde langsam ärgerlich. Sie machte wirklich Ernst.

»Seit wann hat ein wenig Eifersucht nicht gewirkt? Und hör auf, das Thema zu wechseln! Sag mir sofort, wer das

ist und wieviel Geld er verdient. Das ist genau der richtige Mann für mich.«
Izzy dachte nicht, daß er das war, aber Vivienne war nicht zu stoppen. Sie weigerte sich, auf Izzys Mahnung zu hören, wie sehr ihr eigenes Liebesleben darunter gelitten habe, weil Ralph und Mike aufeinander eifersüchtig waren. Schnurstracks ging sie auf das Objekt ihrer Begierde zu und stellte sich, um ja keine Zeit zu verschwenden, gleich selbst vor.
Tash war zu beschäftigt. An ihn machte sich gerade eine besitzergreifende Wasserstoffblonde ran. Er kriegte nicht mit, was Izzy trieb, und konnte sich auch nicht darum kümmern. Also tanzte sie mit Benny Dunaway und staunte – nicht zum ersten Mal – darüber, daß ein derart vollendeter Musiker so miserabel tanzte. Derart schlecht, daß ihre armen Füße Gefahr liefen, doppelt so groß zu werden.
»Uh, entschuldige.« Benny war nicht an Champagnercocktails gewöhnt. »Jetzt weißt du, warum meine Frau sich weigert, mit mir zu tanzen.«
»Das macht nichts«, sagte Izzy heldenmütig und umarmte ihn zum Beweis. »Wenn du nicht gewesen wärst, dann wäre das alles nicht passiert. Amüsierst du dich?«
»Machst du Witze? So lebt die andere Hälfte.« Er riß die Arme auseinander, um ihr die Großartigkeit des Ereignisses zu zeigen. »Und von jetzt an wirst du auch so leben. Du hast es geschafft, mein Schatz, und ich freue mich wirklich für dich.«
Sie war gerührt. »Ehrlich?«
»Na ja, meinem Ruf in der Szene hat's auch nicht gerade geschadet.« Benny latschte noch mal auf ihre Zehen und grinste. »Hab ich vorher vergessen, das zu sagen? Das gesamte fünfte Jahr hat signierte Bilder verlangt. Keine Eile, morgen früh reicht auch noch.«

»Schön zu wissen, daß ich bei einigen Teenagern populär bin«, seufzte Izzy und beobachtete aus den Augenwinkeln, wie Katerina – die zeitweilig allein auf einem der aus Stein gemeißelten Fensterplätze saß – die Aufmerksamkeit eines Jugendlichen mit Pferdeschwanz zurückwies, der mit einem Hähnchenbein wedelte und in der anderen Hand mit einer Flasche Sol.

»Nicht von dir«, sagte Benny fröhlich. »Sie sind an Tash interessiert, Dummerchen.«

Da Simon sie verlassen hatte und sich gerade angeregt mit Tash Janssens Gitarristen unterhielt, beobachtete Katerina heimlich ihre Mutter, die zuerst mit Benny tanzte und dann mit einem schrecklich gekleideten Mann, der Joel McGill sein mußte. Ganz offensichtlich gefiel es ihr in ihrem neuen Heim, dachte sie. Ein wenig traf es sie schon, daß Izzy ihr den ganzen Abend über faktisch keinerlei Beachtung geschenkt hatte. Jeder schien jeden zu kennen. Ungeheure Mengen Alkohol verschwanden in den Kehlen, und einige der Gäste waren bereits stoned. Es war sicherlich gut, daß Sam nicht gekommen war, dachte sie, als sie Richtung Pool schaute und beobachtete, wie im Schutz des Schattens Vivienne einen völlig Fremden umschlang. Katerina beschloß, den Rest des unleugbar spektakulären Hauses zu erkunden. Sie stellte ihren Orangensaft auf den Fenstersims und ging in die entgegengesetzte Richtung, weg von den Leuten und dem Lärm, bevor der Trottel mit dem Pferdeschwanz zurückkommen und sie erneut belästigen würde.

»Sind Sie immer so ... voreilig?« fragte Terry Pleydell-Pearce etwas verwirrt. »Nicht daß ich mich beschweren möchte, verstehen Sie, aber ich möchte nicht, daß Sie denken, ich sei ein wohlhabender oder einflußreicher Mann oder irgendwas in der Art.«

»Sehe ich aus wie eine Frau, die nur an Geld interessiert ist?« Vivienne protestierte und war wirklich entsetzt über diese Verunglimpfung ihres Charakters. Sie hatte sich praktisch in den charmanten, verrückten Mann, der sein Licht unter den Scheffel stellte, verliebt, als sie ihn gesehen hatte. Der Gedanke, die Anziehung beruhe nicht auf Gegenseitigkeit, flößte ihr ein Gefühl ein, das an Panik grenzte.
»Oh, ja«, sagte er als Antwort auf ihre Frage, »Fakt ist, Sie sehen so aus.«
»Okay.« Sie war entschlossen, seine Einwände beiseite zu fegen, und änderte die Marschrichtung. »Wir werden ehrlich zueinander sein, oder? Ich erzähle das Leuten normalerweise nicht, aber es ist wirklich völlig egal, wie arm Sie sind, denn ich habe selber Geld. Wie Heu sozusagen. Mehr wie Heu...«
»Hören Sie schon auf! Sie machen mir angst.«
»Ich hatte gehofft, das würde Sie beruhigen!« Es klang wie ein Heulen. Dann grinste er, und ihr wurde klar, daß er sie auf den Arm genommen hatte. »Oh, das ist nicht fair.«
»Aber es ist beängstigend. Wenn eine reiche wundervolle blonde Texanerin derart großes Interesse an einem armen, einundvierzigjährigen Witwer zeigt, das ist... ja, nervenaufreibend.«
Er hatte sie »wundervoll« genannt. Wieder ermutigt, sagte Vivienne freundlich: »Wie schrecklich, daß Ihre Frau gestorben ist. Haben Sie Kinder?«
»Einen Jungen und ein Mädchen. Theo und Lydia.«
»Und deshalb sind Sie so arm? Sie mußten Ihren Job aufgeben, um die Kinder großzuziehen?« Sie hätte heulen können; es war alles so traurig und nobel. Dieser wunderbare Mann, mit seinen freundlichen, von Sorgen gezeichneten Augen und dem zerzausten dunklen Haar,

hatte eine Karriere aufgegeben, um seiner Familie die Liebe und emotionale Sicherheit geben zu können, die sie so dringend brauchte...

»Himmel, nein.« Terry brach in Gelächter aus. »Lydia ist verheiratet und hat zwei Kinder, und Theo ist Assistenzarzt im St. Thomas Hospital. Als ich sagte, ich bin arm, war das relativ gemeint. Ich bin Allgemeinmediziner.«

»Ein Arzt? Sie können gar nicht arm sein«, entgegnete sie, und ihre Augen leuchteten triumphierend. »Mein Gynäkologe zu Hause hat seinen eigenen Lear-Jet.«

»Glauben Sie mir.« Terry Pleydell-Pearce verzog keine Miene. »In diesem Land ist das nicht so, besonders nicht, wenn man im öffentlichen Gesundheitswesen arbeitet. Natürlich, an manchen Tagen kann ich es mir leisten, etwas zu essen. An anderen mache ich nur einen Spaziergang durch den Regent Park und stehle Brot von den Enten...«

Viviennes Augen funkelten. »Einundvierzig«, verkündete sie anklagend.

»Verzeihen Sie?«

»Sie sagten, Sie wären einundvierzig Jahre alt. Und Ihre verheiratete Tochter hat zwei Kinder?«

Der schuldbewußte Gesichtsausdruck war ein Bild für Götter. In diesem Augenblick verliebte sich Vivienne unwiderruflich.

»Wenn ein reiches, wundervolles texanisches Mathematik-Genie derart großes Interesse an einem armen einundvierzigjährigen Witwer zeigt, dann ist das nervenaufreibend«, erinnerte er sie.

»Aber wenn der arme Witwer zufällig sechsundvierzig ist, dann ist das schlicht traumatisch.«

Sie rückte näher, brannte darauf, ihn zu küssen, und berührte seine Wange. »Es muß nicht traumatisch sein.«

»Und Sie sind größer als ich.«
Es war ein äußerst schwacher Protest. Sie schlüpfte aus ihren Pumps und strich mit ihrem zitternden Zeigefinger über seinen trockenen Mund.
»Nicht mehr.«
»Ich habe noch nie jemanden wie Sie getroffen.«
Dieses Mal lächelte Vivienne. »Das will ich doch hoffen.«
»Und was geschieht jetzt?« fragte Terry Pleydell-Pearce nicht mehr ganz so gelassen.
Sie zog verwundert eine Augenbraue hoch. »Sie sind der Arzt, Herr Doktor. Sie sagen es mir.«

39 »Oh«, sagte Katerina und wurde sofort hellwach, als sie bemerkte, daß sie beobachtet wurde.
Tash war amüsiert. »Das ist eine besondere Begabung von mir.«
»Welche?«
»Leute anstarren, wenn sie schlafen. Sie spüren es im Unterbewußtsein und werden wach. Ist die Party so langweilig?«
Sie rappelte sich hoch, und er setzte sich ans andere Ende des Sofas. Überrumpelt sagte sie: »Natürlich nicht. Ich bin sicher, es ist ein schönes Fest. Ich war nur müde, das ist alles.«
Für den Bruchteil einer Sekunde überlegte Tash, ob er ihr ein paar der Tabletten in seiner Hemdtasche anbieten sollte, dann entschied er sich aber dagegen. Das Mädchen war anständig, zu anständig, und er wollte nicht riskieren, einen Reinfall zu erleben, schon gar nicht Auslöser sein dafür, im nächsten Moment eine Anti-Drogen-Rede ertragen zu müssen. »Also, was hältst du von

meinem Spielzimmer?« fragte er statt dessen und deutete auf den riesigen, kerzenerleuchteten Raum mit den Flippern, dem Billardtisch, Tischtennistischen und einem riesigen Bildschirm für Videospiele.
»Beeindruckend.« Eine Spur Sarkasmus schwang in ihrer Stimme. »Sehen Sie, Sie müssen nicht höflich Konversation mit mir machen. Sollten Sie nicht zu Ihren Gästen zurückgehen?«
Tashs Augen funkelten vergnügt. »Es ist meine Party. Ich kann machen, was ich will. Bist du immer so muffig?«
»Ich weiß nicht, warum Sie mit mir reden«, antwortete Katerina ruhig. »Außer, meine Mutter hat Sie darum gebeten. Sind Sie deshalb hier, um mir eine Predigt zu halten?«
Er zuckte die Achseln. »Was immer du mit deinem Leben machst, das ist nicht mein Ding. Das wäre ein guter Song...«
Er war tatsächlich nicht interessiert, das wurde ihr klar. Wenn sie einverstanden gewesen wäre, in das Haus in Wimbledon zu ziehen, dann würde Izzy mit ihr dort wohnen statt hier bei Tash.
Aus gutem Grund, der Gedanke munterte sie auf. Sie streckte die Hand nach seinem Drink aus und nahm einen kleinen Schluck, um ihre ausgetrocknete Zunge zu befeuchten. Zu ihrer Überraschung war es pures Mineralwasser.
Tash, der ihren schlanken Körper bewundert hatte, sagte: »Spielst du Billard?«
Zum ersten Mal lächelte Katerina. »Ist Steve Davis langweilig?«
»Okay.« Er ergriff ihre Hand und zog sie hoch. »Die Pause ist um. Das Spiel geht weiter.«

»Ich kann spielen. Ich habe nicht gesagt, daß ich es gut kann.«
»Kein Problem.« Tash zwinkerte ihr zu, als er den Tisch richtete. »Ich bin ein großartiger Lehrer.«

Vivienne war nirgends zu finden. Izzy war auf der Suche nach ihr zum Pool rausgegangen und wurde statt dessen von einem doof aussehenden Mädchen abgefangen, die sofort auf sie einredete. Ihre Wangen waren fuchsiarot, der Lidschatten ebenso, und sie hatte Haare wie Zuckerwatte, wie man sie normalerweise bei Barbie-Puppen sieht. Ihr stahlblaues Gummikleid betonte den Babyspeck um ihre Mitte, dazu trug sie purpurrote Stilettos. Izzy hielt die Luft an, um den unangenehmen Geruch von *Poison* nicht einzuatmen.
»Du bist Izzy Van Asch«, sagte das Mädchen kichernd. Sie streckte die Hand aus, bemerkte dann aber, daß sie eine brennende Zigarette zwischen den Fingern hatte, und sagte: »Huch, mein Fehler. Ich bin Mirabelle. Hallo.«
Das bist du sicher, dachte Izzy, spähte rund um den Pool und überlegte, wo Tash abgeblieben war. Das Mädchen war schlicht neben der Spur.
»Ich hab das Video letzte Nacht gesehen. Supersong. Spitze«, fuhr Mirabelle fort. »Tash ist auch super, oder? Ich weiß, daß er ein Scheißkerl ist, aber ich bin trotzdem unsterblich in ihn verliebt. Einsame Spitze.«
»Hm.« Izzy konnte auch Kat nirgends entdecken. »Kennen Sie ihn schon lange?«
Mirabelle lächelte und entblößte dabei kleine Mäusezähnchen. »Na klar, fast schon sieben Monate. Ich bin Donnys Freundin.«
Das paßte. Donny, der Keyboarder der Band, mochte musikalisch talentiert sein, aber er besaß ungefähr so

viele Gehirnzellen wie ein durchschnittlicher Kopfsalat. Izzy wollte nur noch weg und überflog mit einem prüfenden Blick noch mal die Leute am Swimmingpool auf der Suche nach irgend jemandem – egal wem –, den sie als Vorwand nutzen konnte, um zu fliehen. Sogar Mrs. Bishop...

»Ja, und ich war Annas beste Freundin.« Mirabelle schwankte ein wenig, als sie an ihrer Zigarette zog. »Du weißt schon, Tashs Freundin vor dir.«

»Ich weiß«, antwortete Izzy vorsichtig. Wohin sollte diese Unterhaltung bloß führen?

»Du bist viel älter als sie.«

»Das weiß ich auch. Schau, gibt's da irgendein Problem? Gibt es irgend etwas, was du mir sagen möchtest?«

»Doch, ich glaub schon.« Mirabelle drehte eine Strähne Zuckerwattehaar zwischen ihren Fingern, hickste zweimal und starrte sie an, mit weitgeöffneten Augen. »Hey, ich wollte dich nur kennenlernen, du bist okay. Alles bestens. Solange du Tashs Freundin bist, bin ich auch deine beste Freundin.«

Tash hätte es Spaß-und-Spiel-Zimmer nennen sollen. Als er sie das erste Mal im Vorbeigehen streifte, hatte Katerina beschlossen, im Zweifel zu seinen Gunsten zu entscheiden. Drei rote, eine rosa und eine grüne Kugel später wurde ihr klar, daß er eine andere Gunst im Auge hatte.

»Du solltest deine Finger mehr spreizen, um eine starke Brücke zu schaffen«, sagte er, trat hinter sie und beugte sich vor, um den Winkel ihres linken Armes zu korrigieren. Während er das tat, berührte sein Körper ihren; Katerina spürte den sanften Druck seiner Oberschenkel und grinste böse.

»Das ist schon viel besser«, sagte er, als sie die Kugel einlochte. »Siehst du, du brauchst nur ein wenig Führung.«

Alles, was Tash brauchte, dachte sie, war ein wenig Bromid. Aber sie machte noch keine Einwände; es würde Spaß machen, zu sehen, wie weit er glaubte gehen zu können.

Sie mußte nicht lange warten, um das herauszufinden. Tash hatte sich zuvor auf das hervorragende Koks gestürzt, das Mirabelle mitgebracht hatte, und er fand Izzys Tochter mehr und mehr begehrenswert. Sie hatte die prachtvollste Figur – und die längsten Beine –, die er seit langem gesehen hatte. Und was die glänzenden, fast taillenlangen Haare anging... Im nächsten Moment hatte er die Arme um ihre Taille geschlungen und sie zu sich hergedreht, so daß sie ihm ins Gesicht sah. Ernste, kastanienbraune Augen blickten ihn mit herzzerreißender Intensität an.

»Meine Mutter könnte jeden Augenblick reinkommen«, sagte Katerina mit leiser Stimme.

»Da müßte sie schon zuerst die Wände einreißen.« Tash grinste. »Ich habe abgeschlossen.«

Seine Hände glitten nach oben. Dann hatte er sie auch schon auf den Billardtisch gesetzt und seinen Körper zwischen ihre Oberschenkel gedrängt.

»Sie wäre aber verletzt, wenn sie wüßte, was hier vorgeht.«

Tash hatte nie begriffen, warum Frauen so versessen auf Monogamie waren, und er zuckte nur die Achseln.

»Ich denke, wir beide können ein Geheimnis für uns behalten, oder nicht?«

»Aber stört es Sie nicht«, insistierte Katerina, »daß Sie ihr vielleicht weh tun?«

Seine dunklen Augenbrauen hoben sich amüsiert. »In genau diesem Augenblick? Nein.«
»Oh, gut...«, sagte sie langsam, »wenn das so ist, dann stört es mich auch nicht, daß ich Ihnen weh tun werde.«
»Auuh«, stöhnte Tash, als ihr rechtes Knie hochschoß und einen Volltreffer landete. Er krümmte sich und taumelte rückwärts.
Katerina sprang vom Tisch und sah ihn verächtlich an: »Um Himmels willen, halten Sie sich tatsächlich für so unwiderstehlich?«
»Scheiße...«, stöhnte Tash, als der Schmerz intensiver wurde. Katerina hatte mittlerweile die Tür erreicht, schloß sie auf und warf ihm einen gespielt mitleidigen Blick zu. »Ja, ich würde sagen, das trifft auf Sie zu«, erklärte sie triumphierend. »Tash Janssen, ein verabscheuungswürdiges Stück Scheiße. Mein Gott, Sie und meine Mutter, ihr verdient euch wirklich.«

Izzy sprach gerade mit Simon in einer Ecke des Wohnzimmers. Ihre Augen leuchteten, als sie Katerina auf sie zukommen sah. »Liebes, wir hatten schon gedacht, du wärst nach Hause gegangen. Wo, um alles auf der Welt, hast du gesteckt?«
»Höflich Konversation betrieben«, antwortete Katerina munter, »das macht man doch gewöhnlich auf Parties, oder? Und es hat riesig Spaß gemacht, aber jetzt gehen wir nach Hause.« Sie tastete Simons hintere Hosentasche ab auf der Suche nach den Autoschlüsseln. »Fertig?«
»Müssen wir schon gehen?« Er sah enttäuscht aus. Die Party würde noch Stunden dauern. Es kam einem Sakrileg gleich, so früh zu gehen.
Aber Katerina war entschlossen. »Ja, wir müssen.«

»Du hast dich also amüsiert?« fragte Izzy gespannt. Abgesehen von ihrem etwas rüden Ton, sah sie vergnügt aus, beinahe in Hochstimmung. »Mit wem hast du denn gesprochen, mit jemandem Netten?«
Katerina gelang es nur mit Mühe, unbeteiligt dreinzuschauen. »Tash.«
»Oh, das freut mich wirklich.« Izzy wußte, sie sollte sich zusammenreißen, aber das waren wirklich gute Nachrichten. Sie hatte immer gewußt, daß Kat und Tash sich verstehen würden, wenn sie sich erstmal näher kennengelernt hätten. »Liebes, es ist für mich wahnsinnig wichtig, zu wissen, daß du ihn wirklich magst.«
Katerina kostete den Augenblick aus. Aus den Augenwinkeln erspähte sie Tash, der offenbar wiederhergestellt war, wie er gerade einen Arm um die plumpen braunen Schultern eines Mädchens in einem blauen Gummikleid legte. Eine Sekunde lang erwog sie, Izzy haarklein zu erzählen, was in dem kerzenerleuchteten Spielzimmer vor sich gegangen war, vor nicht einmal fünfzehn Minuten. Aber warum sollte sie? Izzy verdiente es, es auf die harte Tour rauszufinden, und es geschah ihr, verdammt noch mal, recht, denn sie hatte sich schließlich gegen die eigene Tochter gestellt, als diese sie am dringendsten gebraucht hätte.
Katerina, die in den letzten Wochen eine wirklich schlimme Zeit durchgemacht hatte, genoß das Gefühl ihrer Macht nun in vollen Zügen.
»Habe ich gesagt, daß ich ihn mag?« fragte sie übertrieben höflich. »Und ist meine Meinung über Tash Janssen wirklich irgendwie relevant? Ich sag dir was, Mum. Du hältst mir keine Reden über meinen Männergeschmack, und ich werde dir keine halten. In Ordnung?«

40 Um halb fünf machte Izzy langsam schlapp. Obwohl die meisten Gäste gegangen waren, schienen diejenigen, die übriggeblieben waren, noch lange nicht aufzugeben. Musik plärrte aus den Lautsprechern rund um den Pool, die Leute tanzten, und Joints machten die Runde, von einer unsicheren Hand zur nächsten. Eine bekannte Schauspielerin, sie spielte gerade eine Nonne in einer Fernsehserie mit hohen Einschaltquoten, wiegte sich zur Musik und entledigte sich – unter heiseren Beifallsrufen – langsam ihres Kleides. Hinter ihr lag Tash auf einer weißen Sonnenliege und lächelte sein trügerisches Lächeln, als eine schlanke Rothaarige begann, seine Schultern zu massieren.

Izzy wünschte, alles möge vorbei sein. Müde und nüchtern, wurde ihr der Kopf schwer, und ihre Augen schmerzten. Joel und Benny waren schon lange gegangen, und niemand mehr war geblieben, mit dem sie gern gesprochen hätte. Außerdem hatte sie Mühe, die Aufmerksamkeiten eines mit Whiskey abgefüllten, rotgesichtigen Mannes abzuwehren, der darauf bestand, im wirklichen Leben Konzertmanager zu sein.

»Nenn mir irgend einen Namen, ich habe sie alle gemanagt«, erklärte er und griff nach einem Drink. »Ja, alle die großen ... alle die großen Bühnen ... und nächstes Mal kannst du es sein ... da oben im Rampenlicht. Clevere kleine Dinger wie du haben wirklich eine Zukunft, und ich werde dasein, um auf dich aufzupassen, Süße ...«

Sie hörte nicht länger auf sein betrunkenes Gelaber und überlegte, wo Vivienne wohl sein mochte. Hoffentlich hatte wenigstens sie das Fest mehr genossen als sie

selbst. Alle schrien und applaudierten der Schauspielerin, als sie ihr Oberteil abstreifte und anfing, ihren BH zu öffnen. Jetzt fehlte nur noch, daß ein Pressefotograf mit gezückter Kamera aus den Büschen sprang.
Gelangweilt sah sie zu, wie Mirabelle sich auf unübertreffliche Art hochrappelte und zu Donny rüberwankte.
»Tanz mit mir, Baby«, schmeichelte sie und kauerte sich in ihren Stöckelschuhen neben ihn. »Komm schon, nur ein kleines Tänzchen.«
Donny hatte kein Interesse. »Ey, tanz mit dir selbst.«
»Aber das macht keinen Spaß«, quengelte Mirabelle und packte seinen Arm, als er versuchte, eine neue Flasche Newcastle Brown zu öffnen.
»Donneee, das macht überhaupt keinen Spaß. Ich möchte mit dir tanzen.«
Er schüttelte ihre Hand ab, griff sich dann den Saum ihres Kleides und zog daran. Dann begann er zu lachen.
»Winselndes Miststück, immer nur am Jammern. Hast du den Film *Flashdance* gesehen?«
»Ja, aber ...«
Er kriegte eine weitere Handvoll des stahlblauen Kleides zu fassen und sagte laut: »Gut, das ist *Splashdance*« und zog erneut. Im nächsten Moment stürzte Mirabelle mit einem Schrei in den Pool.
»Kann sie schwimmen?« fragte Izzy ein paar Augenblicke später, als nur Wasserblasen aufgetaucht waren.
Alle anderen schienen das ungemein amüsant zu finden. Unter dem allgemeinen Gelächter sagte Tash gedehnt: »Sie ist sicher, sie trägt schließlich ein Riesenkondom.«
Izzy war sich da nicht so sicher. Mirabelle war immer noch nicht an der Oberfläche aufgetaucht, und sie war viel zu stoned, um Faxen zu machen. Sie schüttelte Donny und wiederholte eindringlich: »Kann sie schwimmen?«

Aber Donny schien kaum mitzukriegen, was um ihn herum vorging. Mit einer vagen Geste sagte er: »Hey, woher soll ich das wissen? Könntest du vielleicht den Verschluß von dieser verfluchten Flasche aufmachen?«

Die Nacht war warm, doch Izzy brach der kalte Schweiß aus, als eine verhängnisvolle Ahnung sie packte. Um sie herum lachten alle Leute. Niemand machte Anstalten zu helfen. Die fürchterliche Party wurde zum Alptraum...

Izzy konnte nicht sonderlich gut schwimmen, aber sie wußte, daß keine Zeit mehr zu verlieren war. Sie schlüpfte aus ihren Schuhen, hielt die Luft an und sprang kopfüber rein.

Das stark chlorierte Wasser brannte in ihren Augen, und als sie den Boden des Pools berührte, schoß ein stechender Schmerz durch ihre Fußsohle, aber wie durch ein Wunder fand sie Mirabelle beinahe auf Anhieb.

Pailletten schrammten an der Innenseite ihrer Arme entlang, als sie sich abmühte, den reglosen Körper, der glitschig war in seiner Gummihülle, zu fassen zu kriegen. Izzy hatte das Gefühl, ihre Lungen würden jeden Augenblick platzen, aber sie umschlang den Brustkorb des Mädchens und zog mit aller Kraft. Seltsamerweise färbte sich das Wasser rund um sie herum rosafarben, als wären sie im Film *Der weiße Hai*.

Izzy stieß sich ab, blinzelte, als Mirabelles Zuckerwattehaar an ihrem Gesicht klebte, und strengte sich an, an die Oberfläche des Pools zu kommen, verschwommen konnte sie Leute Beifall klatschen hören...

Nur der Konzertmanager geruhte zu helfen. Zu zweit versuchten sie schließlich, Mirabelle – wie eine große, plumpe Robbe – aus dem Pool zu hieven. Izzy schnappte nach Luft, wischte sich das Wasser aus den Augen, suchte und fand endlich einen schwachen Puls. Aber in der Brust des Mädchens war es bedenklich still.

»Holt den Notarzt«, krächzte sie, bog den Kopf zurück und hielt Mirabelles Nase zu. Sie kniete sich über sie und begann mit Wiederbelebungsversuchen.

»Hey, das ist noch besser«, schrie eine nicht identifizierbare männliche Stimme. »Besser als jeder Porno. Schau her, Tash, du hast hier Konkurrenz.«

Izzy drehte Mirabelle um, preßte rhythmisch auf ihre Lungen und versuchte verzweifelt, sie zum Atmen zu kriegen. Das war schlimmer als jeder Alptraum. Und obwohl sie nicht sehen konnte, woher es kam, schien überall Blut zu sein, es mischte sich mit dem Wasser aus dem Pool und machte Flecke auf den grauen Beton, auf dem Mirabelle lag.

Endlich, als sie beinahe schon die Hoffnung aufgegeben hatte, hob sich Mirabelles Brust, und Wasser floß aus ihrem Mund. Mit einem Stöhnen – Erbrochenes folgte – fuchtelte sie wild mit den Armen herum und versuchte, ihren Kopf zu heben. Izzy rollte sie auf die Seite, damit sie nicht erstickte, und schickte ein Dankgebet gen Himmel, als der Brustkorb des Mädchens sich wieder eigenständig und regelmäßig hob und senkte.

»Ich sag euch was«, bemerkte die Schauspielerin beiläufig und schwankte etwas, als sie sich vorbeugte, um mehr zu sehen. »Das ist ein verdammt guter Trick.«

Izzy sprach durch zusammengepreßte Zähne. »Haben die gesagt, wie lange es dauert, bis der Notarzt kommt?«

Hinter ihr sagte Tash: »Sie ist okay. Laß sie jetzt einfach schlafen. Wenn jetzt ein Krankenwagen hier die Straße hochheult, dann haben die Nachbarn nur einen Grund mehr, sich zu beschweren. Und abgesoffene Dro-

gensüchtige sind auch nicht gerade die Art Publicity, die wir brauchen.«
Hustend und spuckend wischte Mirabelle sich mit dem Handrücken den Mund ab und jammerte: »Wo ist Donny? Mir ist k-kalt.«
»Hol ein paar Decken, und ruf einen Krankenwagen«, schnappte Izzy und starrte den Konzertmanager mit eisigem Blick an. »Sofort.« Dann, sie kniete immer noch und hatte Mirabelles Kopf im Schoß, wandte sie sich Tash und seinen Gästen zu.
»Ihr egoistisches, dummes ... Pack, alle miteinander. Gibt's für euch eigentlich was Wichtigeres, als stoned zu sein? Ihr habt Glück, daß sie nicht tot ist, und ihr macht euch Sorgen um schlechte Publicity. Jeder von euch hätte in diesen Pool fallen können ... und nicht einer von euch ist fähig, einen Finger krumm zu machen und zu helfen.«
»Jesus, das hat uns gerade noch gefehlt«, sagte Tash träge. Er sah zu der Rothaarigen hoch, die immer noch seine Schultern massierte, zwinkerte und fügte hinzu: »Haßt du auch diese guten Menschen? Das sind doch wirklich die langweiligsten Leute, die man auf einer Party haben kann.«
Izzy zitterte vor Wut, denn hier sprach ihr Liebhaber, und sagte eisig: »Du bist der abscheulichste Mann, den ich in meinem Leben getroffen habe. Du bist erbärmlich...«
Tashs dunkle Augen funkelten vor Vergnügen. »Aber zumindest bin ich nicht langweilig.«
In dem Moment trat eine schmale Gestalt aus dem Schatten und kam eilig auf Izzy zu. Für den Bruchteil einer Sekunde dachte sie, sie hätte Halluzinationen.
Aber Sam, der den erregten Wortwechsel die letzten dreißig Sekunden mit angehört hatte – lang genug, um

mitzubekommen, was vor sich ging –, verschwendete keine weitere Zeit mehr. Er hob Mirabelle auf und sagte kurz: »Komm, wir bringen sie mit meinem Wagen in die Klinik.«

»Oh, when the saints go marching out«, sang Tash, als sie an ihm vorbeigingen. Izzy, die hinter Sam herhinkte, blieb stehen. Wortlos drehte sie sich um und schlug ihm so kräftig in sein schmales Gesicht, wie sie konnte. Es war nicht fest genug, aber es war besser als nichts. Wenn sie ein Gewehr gehabt hätte, sie hätte es benutzt, ohne auch nur eine Sekunde zu zögern.

Erst als sie aus der Notaufnahme herauskam und Sam draußen warten sah, schaffte sie es, ein wenig zu lächeln.

»Ich habe mich gerade im Spiegel gesehen. Kein Wunder, daß sie dachten, ich wäre die Patientin.«

Sams Gesichtszüge wurden weicher. Mit ihrem weißen, wimperntuscheverschmierten Gesicht, tropfend nassen Haaren und den Beinen voller Blut hatte sie ein überzeugenderes Bild von einem Unfallopfer abgegeben als die Hälfte der Patienten im Wartezimmer, und sie sah immer noch nicht viel besser aus. Mit einem schnellen Blick auf ihren bandagierten Fuß streckte er den Arm aus, um ihr zum Auto zurückzuhelfen. »Tut's weh?«

Sie zog ein Gesicht. »Ein bißchen. Da war zerbrochenes Glas auf dem Grund des Swimmingpools, und ich hab's geschafft, darauf zu landen. O Sam, sollen wir wirklich fahren? Was ist mit Mirabelle?«

Er schob sie entschlossen durch die Schwingtür. »Sie haben sie zur Beobachtung hiergelassen, einfach um sicherzugehen, aber sie sind überzeugt davon, daß sie in Ordnung kommt. Und du brauchst mich gar nicht so an-

zuschauen«, fügte er grinsend hinzu. »Ich übernehme die Verantwortung. Du bist völlig hinüber, und ich bringe dich nach Hause.«
»Nach Hause«, murmelte Izzy, Zweifel im Gesicht.
Sie kamen ans Auto. Sam öffnete die Beifahrertür, half ihr rein und sagte lebhaft: »Zu mir nach Hause.«

Als sie in der Wohnung ankamen, setzte er sie aufs Sofa, warf ihr einen weißen Bademantel zu und rannte in die Küche.
»Zieh das an, ich mach inzwischen Kaffee.«
So erschöpft sie war, brachte Izzy doch die Energie auf, ihre Lüge plausibel klingen zu lassen. »Ich dachte, Vivienne wäre hier. Sie hat die Party schon vor Ewigkeiten verlassen und gesagt, sie würde heute früh schlafen gehen.«
Sam blieb in der Tür stehen und sah sie amüsiert an. »Aber nicht in ihrem Bett, wie's scheint. Macht nichts, Izzy. Netter Versuch.«
Als er mit dem Kaffee und ein paar Schokokeksen zurückkam, hatte der Schock zu wirken begonnen. Izzy war in den weißen Bademantel gewickelt und zitterte so sehr, daß das Sofa praktisch unter ihr vibrierte. Sie sah so uncharakteristisch zerbrechlich und unglücklich aus, daß Sams Herz ihr zuflog.
»Ich vermute, du hast darauf gewartet«, sagte sie und nahm den Becher, den er ihr reichte, in beide Hände, damit sie nichts verschüttete.
»Auf was?«
»Mir zu sagen: ›Ich hab dich gewarnt.‹«
»Ich habe darauf gewartet«, sagte er wahrheitsgemäß, »aber das ist jetzt nicht mehr so wichtig. Ich bin mehr damit beschäftigt, wie du dich fühlst.«

Izzy zuckte die Achseln, ihre dunklen Augen waren weit aufgerissen, aber dankenswerterweise trocken. »Glücklich, denk ich, daß ich heil da rausgekommen bin. Wütend, schuldbewußt... O Sam, wie konnte ich nur so dumm sein? Als ich Tash kennenlernte, dachte ich wirklich, er wäre ein netter Mensch.«

»Weil er wollte, daß du das denkst.«

Sie schniefte. »Mein Gott, ich hab überhaupt keine Menschenkenntnis. Stell dir vor, welchen Schaden ich anrichten würde, wenn ich je Geschworene sein müßte.«

Sam legte seine Beine auf den Teetisch, machte die Keksschachtel auf und meinte gelassen: »Jeder macht mal Fehler.«

»Du nie.«

»Ich habe Vivienne hier einziehen lassen.«

Die Zeichen von Viviennes Belagerung der Wohnung waren rund um sie herum verstreut. Geistesabwesend hatte Izzy sich einen Schokokeks genommen, den sie gar nicht wollte. Jetzt schmolz die Schokolade zwischen ihren Fingern, und Izzy starrte auf ein Paar schwarzgoldene Stilettos, die einen Stuhl besetzten, und auf die CDs, die wie Spielkarten auf dem Boden neben der Stereoanlage herumlagen. Vivienne hatte die Anlage nicht ausgeschaltet, und ein halbvolles Weinglas stand etwas wackelig oben drauf. Es war ein wenig angenehm zu wissen, wie sehr Viviennes Schlamperei Sam irritierte. Vielleicht hatte er ja recht.

»Aber sie ist nicht... gruslig wie Tash. Sie verliert nicht den Verstand im Drogenrausch. Er schert sich um nichts und niemanden... er ist praktisch ein Psychopath. Du kannst sie nicht vergleichen, Sam. Vivienne ist nur unglücklich, weil du ihr nicht genug Beachtung schenkst.«

Sie sprach jetzt ruhiger, und ihre Zähne hörten auf zu klappern. Sam strich eine noch feuchte Locke aus ihrem

Nacken, atmete den Chlorgeruch ein und zuckte die Schultern. »Das beweist doch, daß ich recht habe. Wenn ich nicht den Fehler gemacht hätte, sie hier wohnen zu lassen, dann wäre sie jetzt nicht unglücklich. Wenn Vivienne und ich zusammen wirklich glücklich wären, dann würde ich ihr Aufmerksamkeit schenken.«

»Macht es dir nichts aus, daß sie heute nacht nicht nach Hause gekommen ist?« Izzy konnte es immer noch kaum glauben. Ihrer Überzeugung nach waren die beiden ein schönes Paar.

»Ich bin erleichtert.« Er zögerte und fügte dann trocken hinzu: »So ist es einfacher. Sie kann selbst entscheiden, und ihr Stolz wird nicht verletzt. Wie du vielleicht bemerkt hast, hat Vivienne eine ganze Menge Stolz.«

Izzy fand es schwierig, seine warmen Finger an ihrem Nacken zu ignorieren, die ruhig ihre Haare zurückstrichen. Sie zitterte unkontrolliert und starrte auf ihre schokoladenverschmierte Hand.

»Du brauchst ein heißes Bad und eine ordentliche Mütze Schlaf«, fuhr er sanft fort, und zum ersten Mal füllten sich ihre Augen mit Tränen. Was sie am meisten brauchte, war eine richtige Umarmung und jemand, der ihr sagte, sie sei kein kompletter Idiot.

Zu ihrem größten Entsetzen hörte sie sich selbst mit leiser, beinahe pathetischer Stimme sagen: »Du bist so ein netter Mensch. Du hast mich mal gemocht, nicht, Sam? Ich wünschte, du hättest nicht damit aufgehört. Ich ... ich wünsche mir, daß du mich jetzt nicht haßt.«

Sie bekam ihre Umarmung nicht. Er atmete tief durch, kniff sie kurz und aufmunternd in die Schulter und sagte: »Sei nicht dumm, natürlich hasse ich dich nicht« und stand auf.

»Tut mir leid«, murmelte Izzy, wischte sich die Augen und fühlte sich idiotischer als je zuvor.

Sam brachte beinahe übermenschliche Selbstbeherrschung auf. Er wischte die Entschuldigung mit einer leichten Geste beiseite. Sie war verletzbar, erschöpft und sehr aufgebracht über Tash. Jetzt war wohl kaum der Augenblick, um Izzy zu sagen, wie er wirklich fühlte.
»Du hattest eine traumatische Nacht«, sagte er mit einem angespannten Lächeln. »Ich laß dir Badewasser ein, und dann gehst du zu Bett.«
In einem hoffnungslosen Versuch, es wieder gutzumachen, sagte Izzy schwach: »Könntest du mir einen großen Gefallen tun?«
Das, dachte Sam, war gerade das, worum er sich so sehr bemühte, es nicht zu tun. »Was?«
»Kannst du mir Badedas reintun?«

41 Es war nicht so, als hätten sie gerade etwas Unanständiges getan, aber trotzdem war es irgendwie peinlich, mit der neuen Liebe ihres Lebens auf dem Sofa erwischt zu werden, besonders wenn derjenige, der einen erwischte, der erwachsene Sohn der neuen Liebe war.
»So, so«, erklärte der spitzbübisch, stellte eine Tasche mit Schottenkaromuster auf dem Wohnzimmerboden ab und besah sich die Szene. Viviennes nackte Füße hatten auf Terrys Schoß gelegen. Sie setzte sich schuldbewußt auf und versuchte, ihren Brustansatz etwas zu bedecken.
»Theo, um Himmels willen.« Terry sah ebenso verlegen aus. »Ich dachte, du arbeitest dieses Wochenende.«
»Jemand wollte tauschen«, antwortete Theo leichthin, »also dachte ich, schau mal bei deinem Alten rein, ob's

ihm auch gutgeht.« Er blinzelte Vivienne zu. »Ich dachte, er wäre vielleicht einsam... braucht ein bißchen Gesellschaft...«
Theo Pleydell-Pearce, mit sandfarbenem Haar und gebaut wie ein amerikanischer Footballspieler, hatte die blauen Augen seines Vaters und liebenswerte Sommersprossen. Vivienne beschloß, Frechheit würde siegen – da es Terry offenkundig zu peinlich war und er nicht viel sagen würde –, also grinste sie und antwortete: »Die gleiche Idee hatte ich auch.«
»Sie sind also Patientin?« Die blauen Augen funkelten vor Vergnügen. »Einen Moment lang befürchtete ich, ich würde einen umgekehrten Hausbesuch unterbrechen.«
»Theo, das ist Vivienne Bresnick. Wir haben uns letzte Nacht auf einer Party kennengelernt...« Terry quälte sich ab, eine Erklärung zu finden, und fuhr nervös durch sein Haar. »Wir sind auf einen Kaffee hierhergekommen... wir haben uns die ganze Nacht unterhalten...«
»Was Ihr Vater zu sagen versucht«, unterbrach Vivienne freundlich, »ist, daß unsere Beziehung nicht vollendet wurde. Bis jetzt.«

Da die Morgensprechstunde um neun Uhr begann, fuhr Theo Vivienne nach Kensington zurück. Sie rasten mit offenem Verdeck schmale Landstraßen entlang, und über das Dröhnen des alten MG-Motors hinweg und Bruce Springsteens Stimme, die aus dem Kassettenrekorder plärrte, schrie er ihr zu: »So, jetzt erzählen Sie mir mal genau, was hier vorgeht.«
»Verzeihung?«
»Zwischen Ihnen und Dad. Es wäre einfacher, wenn Sie mir schlicht die Wahrheit sagten. War's etwas Einmali-

ges, aus einer Alkohollaune heraus, oder beabsichtigen Sie wirklich, ihn wiederzusehen?«
Sie lehnte sich rüber und machte die Musik aus. Theo drosselte zuvorkommend die Geschwindigkeit, so daß sie sprechen konnte, ohne schreien zu müssen.
»Ihr Vater ist einer der nettesten Männer, die ich je getroffen habe«, sagte Vivienne vorsichtig. »Und mehr als alles in der Welt möchte ich ihn weiterhin treffen.«
Er nickte. »Gut. Entschuldigen Sie, falls ich Ihnen zu nahe getreten bin, aber Sie sollen verstehen, warum ich fragen mußte. Seit meine Mutter gestorben ist, gab's genug Frauen, die an ihm interessiert waren, aber Sie sind nicht gerade der ...«
»Ich weiß, ich weiß.« Vivienne hatte die ganze Nacht damit zugebracht, seinen Argumenten zuzuhören. »Ich bin keine typische Dame der Grafschaft, in Twinset und derben Straßenschuhen, mit einem Labrador auf den Fersen und einem Jagdstuhl unterm Hintern. Ich habe nie im Leben dieses seltsame Teegebäck gebacken. Aber als ich Ihren Vater gesehen habe, hat etwas ... geklickt. Ich mag ihn wirklich«, schloß sie mit einer simplen Geste. »Und ich denke, er mag mich.«
Mit einem Seitenblick erfaßte Theo das enganliegende rosafarbene Satinkleid, die langen gebräunten Oberschenkel, den erstaunlichen Busen und die wallenden blonden Haare. »Das überrascht mich nicht.«
Vivienne lächelte. »Und außerdem habe ich eine großartige Persönlichkeit.«
»Das beginne ich gerade festzustellen«, gab er zu. »Ich kann's wirklich kaum erwarten, die Gesichter all dieser tweedtragenden Ladies zu sehen, wenn sie herausfinden, welcher Konkurrenz sie sich jetzt stellen müssen.«

Sam lag ausgestreckt auf dem Sofa, in einer weißen Baumwollhose und einem grauen Sweatshirt, umgeben von Papieren, an denen er arbeitete, als Vivienne ins Apartment kam. Sie hatte nicht erwartet, daß er so früh am Morgen schon wach war, zögerte einen Moment an der Eingangstür, bevor sie ihre Schuhe wegkickte und ihre Tasche auf einen Stuhl fallen ließ. Trotz der Heiterkeit der letzten zwölf Stunden wurde sie nun von einem Anfall von Selbstzweifeln gepackt. Sam sah so umwerfend gut aus, er hatte einen perfekten Körper, wie konnte sie nur daran denken, ihn zu verlassen? Sie bewunderte ihn immer noch, aber es war nicht genug gewesen. Nichts, was sie je tun könnte, würde Sam dazu bringen, sie ebenfalls anzubeten. Sie hatte alles getan, was in ihrer Kraft stand, aber der nötige Funke war einfach nicht übergesprungen.

Er sah von seinen Papieren hoch. »War die Party gut?«

»Nicht schlecht.« Vivienne fuhr sich mit den Fingern durch ihr windzerzaustes Haar. Dann sagte sie, mit einer Spur von Wut: »Und? Fragst du mich nicht, was ich gemacht habe?«

Es war ein allerletzter Versuch, irgendeine Reaktion zu erzwingen, nur ein Fünkchen Eifersucht, aber Sam blickte zu ihrer offenen Handtasche und lächelte amüsiert. Er notierte noch schnell eine Änderung, dann antwortete er: »Da dein BH aus deiner Handtasche hängt, glaube ich, es erraten zu können.«

Soviel zu Eifersucht und verspäteten Protesten aus Liebe. Der blaßrosafarbene BH war neu und teuer, aber eine Nummer zu klein, und Vivienne hatte ihn am frühen Morgen lediglich ausgezogen, weil es bequemer war. Sie war Sam nicht untreu gewesen, auch wenn er das Gegenteil annahm und nicht einmal den Anstand besaß, sich das zu Herzen zu nehmen...

»Wie hast du es nur geschafft, so gefühllos zu sein?« Sie heulte beinahe, und schließlich reagierte Sam.

»Schh«, sagte er scharf. »Izzy schläft im Gästezimmer. Mach nicht solchen Lärm.«

Das lenkte Vivienne sofort ab. »Izzy ist hier? Warum?«

»Während du weg warst, deinen BH ausgezogen hast und dich amüsiertest, hat Izzy festgestellt, was für ein Bastard Tash Janssen in Wirklichkeit ist.« Sam, der noch nicht geschlafen hatte, verkürzte die Fakten. »Sie hat ihn verlassen.«

»Und sie ist hierhergekommen?«

»Ich habe sie hergebracht.«

Vivienne schüttelte verblüfft den Kopf. »Du meinst, sie hat dich angerufen?«

»Ich dachte, du würdest vielleicht abgeholt werden wollen«, sagte Sam gelassen. »Also bin ich rausgefahren, als ich im Club fertig war. Aber du warst nicht da, Izzy schon.«

In dem Moment fiel ihr Blick hinter ihn, und sie sah das grüngoldene Bustier, das feucht über einem Stuhl hing. Es war unverkennbar das Oberteil, das Izzy getragen hatte. Immer noch verwirrt, runzelte sie die Stirn und sagte mißtrauisch: »Habt ihr eine Affäre, du und Izzy?«

»Nein.« Sam schien durch die Vermutung nicht im geringsten aus der Fassung zu geraten, er schüttelte nur den Kopf. »Haben wir nicht.«

»Hm.« Vivienne war plötzlich erschöpft, drehte sich um und ging auf das Schlafzimmer zu. »Also mit keiner von uns. Kein Wunder, daß wir es so verdammt satt haben.«

»Wie stelle ich es nur an, aus allem so ein unglaubliches Durcheinander zu machen?« fragte Izzy verzweifelt bei einem Essen bei *Langan*. Drei Tage waren seit der Party vergangen, zwei Tage, seit sie zurück nach Kingsley Grove gezogen war, und die Frage hatte ihr seitdem keine Ruhe mehr gelassen.

»Ich weiß es nicht.« Gina versuchte eine witzige Bemerkung zu machen. »Ich vermute, manche Leute sind einfach von Natur aus Chaoten.«

»Ha, ha.« Izzy zog ein Gesicht. »Nein, ich meine es ernst. Schau nur, was mir die letzten paar Monate alles passiert ist. Eine grandios gescheiterte Liebesaffäre, eine Tochter, die sich mir entfremdet hat. Gut, Kat redet mit mir – aber nur gerade noch. Wir hatten immer so viel Spaß miteinander ...«

»Vor ein paar Monaten«, sagte Gina und tunkte einen Happen Hühnchenbrust mit einem Spieß in die Tarragona-Sauce, »hattest du ein Aufnahmestudio noch nicht einmal von innen gesehen und hast in einem windigen Club für ein Butterbrot gearbeitet. Heute lädst du mich zum Essen ein, hast mich in deinem eigenen Mercedes hierhergebracht und hast eine Single auf Platz zwei in den Charts. Du wolltest immer Erfolg haben, jetzt hast du ihn.«

»Hast du je davon gehört, daß man sich an die Spitze schlafen kann?« erwiderte Izzy und nahm einen Schluck Wein. »Alle behandeln mich wie ein Anhängsel Tash Janssens, das ist alles. Ohne ihn wäre ich immer noch ein Niemand. Und ich bin wohl kaum eine erfolgreiche Mutter, verflucht noch mal.«

Dies war ein heikles Thema. Gina fror jedesmal, wenn Katerinas Name auch nur erwähnt wurde. Mit einem Achselzucken sah sie rüber zu den Gästen am Nachbartisch und bemerkte, daß diese sie beobachteten. Es war berauschend, von zwei derart attraktiven Männern betrachtet zu werden, auch wenn ihre Aufmerksamkeit hauptsächlich Izzy galt.

»Die Partnerwahl deiner Tochter ist wohl kaum dein Fehler«, preßte sie hervor.
»Aber es geht mich trotzdem etwas an! Alles ist kaputt, und ich weiß einfach nicht, was ich falsch gemacht habe. Mir ging's noch nie so miserabel. Und du«, fuhr sie anklagend fort, »hast nie besser ausgesehen. Ich bin, bei Gott, froh, daß du es nicht geschafft hast, zu dieser fürchterlichen Party zu kommen, aber was ist los gewesen? Ist Ralph wieder aufgetaucht ...?«
Indirekt, dachte Gina, war Ralph für ihr neugewonnenes Wohlbefinden verantwortlich. Aus irgendeinem Grund war sie zwar nicht in der Lage gewesen, sich das zu erklären. Indem sie aus seinem Ego die Luft abgelassen hatte, hatte sie ihrem eigenen ungeheuren Auftrieb verschafft, und die Beziehung zwischen ihr und Doug hatte sich daraufhin sprunghaft verbessert. Quasi über Nacht war aus ihm weniger ein Arbeitgeber, sondern mehr ein richtiger Freund geworden ...
Einen Augenblick lang war sie beinahe versucht, Izzy zu erzählen, daß Doug sie an dem Abend ins Theater ausgeführt hatte, aber sie hielt den Mund. Izzy würde entweder sofort Schlüsse ziehen und sich eine große Romanze ausmalen oder aber sie fasziniert und ungläubig anstarren, was alles kaputtmachen würde. Es war schließlich nicht so gewesen, daß sie irgendeine Verabredung gehabt hatte. Sie genoß es einfach, mit Doug zusammenzusein, und sie konnte sich in seiner anspruchslosen Begleitung entspannen.
»Ralph ist nicht wieder aufgetaucht«, sagte sie munter, aß weiter und hatte sich völlig unter Kontrolle. »Wenn du vernünftig bist, glaubst du mir.«
»Ich bin nie vernünftig.« Izzy starrte trübsinnig auf ihr kaum berührtes Essen. »Ich bin eine absolute Versagerin.«

»Entschuldigen Sie.« Der mutigere der beiden Männer am Nachbartisch lehnte sich in seinem Stuhl zurück und zog ihre Aufmerksamkeit auf sich. »Sind Sie nicht Izzy Van Asch?«

Erkannt zu werden, das war beinahe so toll, wie sie es sich vorgestellt hatte. Aber es schien immer im falschen Moment zu passieren. Sie zwang sich zu einem wohlwollenden Lächeln. »Ja, bin ich.«

»Das haben wir uns gedacht.« Er grinste blöd seinen Freund an und sagte dann: »Und, wie ist es so, mit Tash Janssen zu bumsen?«

Gina verkroch sich in ihrem Stuhl und hielt den Atem an, während sie wartete, was als nächstes passieren würde. Endlich lächelte Izzy.

»Fürchterlich«, erwiderte sie sanft. »Sein Willy ist noch kleiner als deiner.«

Katastrophen, das war ein Gesetz, kamen immer im Dreierpack. Soweit es Doug betraf, drohten sie sich sogar zu vervielfachen. Je mehr er sich abmühte, um so mehr Dinge schienen schiefzugehen.

»Tut mir leid«, sagte er wieder, während er sein Taschentuch rauszog, um seine Stirn abzuwischen, und es schaffte, dabei Whiskey über sein Jackett zu schütten. »Das ist das schlechteste Stück, das ich je gesehen habe. Du willst doch nicht wirklich wieder reingehen. Sollten wir nicht lieber den zweiten Akt sausenlassen und statt dessen irgendwohin essen gehen?«

Wenn das eine richtige Verabredung gewesen wäre, hätte Gina durchaus peinlich berührt gewesen sein können durch die beinahe absurden Ereignisse des Abends. Da es aber keine war, konnte sie nicht verstehen, warum Doug so besorgt sein sollte. Es war schließlich nicht sein Fehler, daß sein Auto in der Park Lane kaputtging und an den Straßenrand geschoben werden mußte, wie es ebensowenig seine Schuld war, daß das neue Stück, zu dem er sie eingeladen hatte, eine der lausigsten Komödien war, die je auf die Bühne gebracht worden waren. Da es keine richtige Verabredung war, machte es nicht einmal etwas aus, daß sie zu guter Letzt eine vom Regen ruinierte Frisur, Ölflecke auf dem Mantel und zwei gebrochene Fingernägel hatte. Sie wollte sich nur amüsieren.

»Wir können jetzt nicht gehen!« Sie war schockiert. »Mavis wartet darauf, daß wir hinterher in ihre Garderobe kommen und ihr gratulieren. Das Stück mag ja nicht besonders gut sein, aber sie spielt sich die Seele aus dem Leib, und es ist ihr erster großer Auftritt. Das mindeste ist, daß wir ihr sagen, wie gut sie ist.«

Doug begriff nicht, wie sie so vergnügt sein konnte. Er schaute auf sein nasses Jackett und war noch mehr gedemütigt, als er bemerkte, daß sein neues Hemd, das er kurz zuvor aus der Schachtel genommen hatte, deutlich die verräterischen Falten eben dieser Schachtel zeigte. Er konnte sich nicht mehr daran erinnern, wann er das letzte Mal so viel Aufwand betrieben hatte, bevor er ins Theater ging. Jetzt war er unglücklich, weil ihm bewußt war, daß er in etwa so elegant gekleidet war wie ein Nilpferd in einem Regenmantel.

Es sollte noch schlimmer kommen. Es schien unmöglich zu sein, daß jemand, der so nervös war, einschlafen konnte, aber Doug schämte sich entsetzlich, als er mitten im zweiten Akt plötzlich aus dem Schlaf aufschreckte. Er war vom Lärm seines eigenen Schnarchens aufgeweckt worden. Gina neben ihm wurde geschüttelt von unterdrücktem Lachen.

»Ich bin ein hoffnungsloser Fall«, sagte er traurig, als sie ihre Pflicht getan und Mavis in ihrer kleinen Garderobe besucht hatten. Als sie durch den Bühnenausgang hinausgingen, der in eine schmale Seitenstraße führte, stellten sie fest, daß es inzwischen nicht aus Eimern, sondern eher aus Wannen goß und daß weit und breit kein Taxi zu sehen war.

»Das bist du ganz sicher nicht.« Gina drückte seinen Arm, und sie traten auf die Straße. »Du hast dem Publikum das beste Lachen des Abends verschafft. Und das wirklich Schöne an schlechten Stücken ist, daß sie Wunder bewirken, was den Appetit betrifft... Schau, warum gehen wir nicht zu dem kleinen Italiener dort drüben, dann brauchen wir uns kein Taxi zu suchen.«

Doug zuckte zusammen, als der schmalhüftige Kellner hinter ihm vorbeihuschte und ihn nur um Millimeter verfehlte, bevor er in die Küche verschwand. Augenblicke später ging die Schwingtür wieder auf, und ein anderer Kellner flatterte vorbei mit Tellern voll dampfender Pasta. Anthony Hopkins, dachte er düster – denn jemand hatte mal gesagt, er sehe ihm ein wenig ähnlich, und weil der große Schauspieler insgeheim immer sein Idol war –, hätte man nie an den schlechtesten Tisch des Lokals gesetzt.

Gina war in die Speisekarte vertieft. »Ich nehme Moules à la marinière.«

»Du wirst dir eine Fischvergiftung holen.« Er sah bekümmerter drein als sonst. »Das würde den Abend so richtig nett abrunden.«

Das Essen war tatsächlich exzellent. Als sie ihren Espresso getrunken hatten, war Doug beinahe in Gefahr, tatsächlich bessere Laune zu kriegen, aber das Schicksal hatte ihn noch fest in seinem unbarmherzigen Griff.

Mit einem diskreten Hüsteln kam der Geschäftsführer an ihren Tisch. »Entschuldigen Sie, Sir«, sagte er und klang überhaupt nicht so, als täte es ihm leid, »aber haben Sie auch andere Zahlungsmittel? Diese Kreditkarte ist abgelaufen.«

»Es macht wirklich nichts«, wiederholte Gina zum vierten Mal, als sie ins Taxi stiegen. »Du kannst es mir morgen zurückgeben, wenn es dich glücklicher macht, aber es ist völlig unnötig, sich dafür zu entschuldigen. Das hätte jedem passieren können.«

Anthony Hopkins wäre es nicht passiert, dachte Doug verzweifelt und schwieg. Verfluchte Kreditkarten, verfluchte scheinheilige Geschäftsführer, verfluchtes Pannenauto, verflucht, verfluchter Regen...

42 Das Wetter verschlechterte sich weiter. Zwei Wochen später, am dritten Freitag im Oktober, waren London und der Südosten Englands fest im Griff des schlimmsten Hurrikans des Jahrzehnts. Izzy war in Schottland, zur Aufzeichnung eines »Hogmanay«-Specials, und Ginas eigener Fernseher funktionierte nicht, weil die Stromleitungen zusammengebrochen waren, deshalb beschloß sie, es wäre wohl das Vernünftigste, früh schlafen zu gehen. Im Licht einer flackernden Kerze ging sie langsam die Treppen hoch, betete, daß die Ziegel nicht durch den tosenden Sturm vom Dach gefegt würden, und überlegte, ob sie überhaupt einschlafen könnte. Als sie eineinhalb Stunden später gerade eindöste, läutete unten das Telefon, und sie war schlagar-

tig wieder hellwach und besorgt. Wer würde schon um halb ein Uhr nachts anrufen, außer er hätte schlechte Nachrichten?
Der Parkettboden unter ihren nackten Füßen war kalt. Ginas Herz klopfte, als sie den Hörer abnahm. Vorsichtig sagte sie: »Hallo.«
Zuerst konnte sie nicht feststellen, wer am anderen Ende der Leitung war. Die Verbindung war fürchterlich, es rauschte und knackte in der Leitung. Gina strengte sich an, etwas zu verstehen, und schließlich hörte sie etwas, das wie Schluchzen und krampfhaftes Luftholen klang. Nicht Izzy, sicher nicht Izzy ...
»Hallo, wer ist dran?« sagte sie, dieses Mal lauter. Die alles verhüllende Dunkelheit war unheimlich, und draußen heulte immer noch der Wind.
»Mum«, ertönte ein dünnes Stimmchen zwischen einzelnen Schluchzern. »Mum, bist du das?«
Gina hatte Katerina weder gesprochen noch gesehen seit diesem Alptraum, als sie von ihrer Affäre mit Andrew erfahren hatte. Ihr Griff um den Hörer wurde fester, und die Besorgnis wich dem Ärger.
»Deine Mutter ist nicht da«, antwortete sie kalt. »Sie ist in Schottland.«
»W...was? Wo?«
»Edinburgh. Sie wird Montag abend zurück sein.«
Eine von statischen Störungen unterbrochene Stille folgte. Dann heulte Katerina, beinahe wie ein gequältes Tier: »Aber ich will meine Mum!«
Sie hörte sich fürchterlich an. Gina wollte zuerst spontan den Hörer auflegen, doch jetzt wurde sie langsam weich und holte tief Luft.
»Schau, sie hat mir die Nummer des Hotels hinterlassen, aber wir haben hier Stromausfall, und es würde dauern,

sie zu finden. Warum rufst du nicht die Auskunft an und fragst die; sie ist im Swallow Royal in Edinburgh.«
»Ich will... meine... Mum«, wiederholte Katerina, sie verschluckte fast die Wörter. »Ich... will...«
»Was ist los? Bist du krank?«
»Ich will meine Mum.«
Sie klang fast verrückt vor Kummer. Gina fühlte sich immer unwohler in ihrer Haut und sagte: »Die Auskunft. Das Swallow Royal in Edinburgh. Die können dir die Nummer geben. Schau Katerina, wenn du krank bist...«
Die Leitung war plötzlich tot. Katerina hatte aufgelegt. Mit einem Seufzer legte Gina den Hörer auf und tastete sich Richtung Treppe vor. Katerinas Probleme gingen sie schließlich nichts an.
Aber es hatte keinen Zweck. Nach kurzem Zögern drehte sie um, fummelte in der pechschwarzen Dunkelheit nach dem Notizblock neben dem Telefon, auf den Izzy die Nummer des Hotels gekritzelt hatte. Sobald sie es geschafft haben würde, die Streichhölzer zu finden und die Kerze anzuzünden, könnte sie selbst mit Izzy sprechen, rausfinden, was los war, und sich wieder beruhigen. Dann könnte sie wieder schlafen.

Vierzig Minuten später fuhr Gina vor Kälte und vor Angst zähneklappernd das Auto quietschend aus der Einfahrt auf die Straße und zuckte zusammen, als der Sturm an die Seiten ihres kleinen Golf schlug und Zweige und Blätter gegen die Windschutzscheibe wirbelte.
Die Telefonleitungen nach Schottland waren unterbrochen. Während sie in Sams Wohnung angerufen und darauf gewartet hatte, daß jemand ranging, war ihr eigenes Telefon plötzlich auch tot. Der Hurrikan richtete überall Verwüstungen an. Und obwohl sie versucht hatte, sich

einzureden, daß Katerina das bekommen hatte, was sie verdiente, hatte die pure Verzweiflung in der Stimme des Mädchens sie im Innersten getroffen. Sie hatte sich am Telefon mehr wie eine Siebenjährige als eine Siebzehnjährige angehört, und sie brauchte dringend Hilfe. Sie litt und war allein. Und Gina wußte nur zu genau, wie sich *das* anfühlte. Sie fuhr durch die Stadt, durch die der Sturm tobte, und überlegte, ob sie je in ihrem Leben mehr in Panik gewesen war. Die Straßen waren, Gott sei Dank, wie leergefegt, aber durch die Luft wirbelten Blätter und Abfall. Als ein dreieckiges Warnschild von einer Baustelle an die Beifahrertür krachte, schrie Gina laut auf, fuhr aber weiter. Sie durfte jetzt nicht aufgeben. Es konnte nicht mehr weiter als eine Meile zu Katerinas Untermietzimmer sein. Nicht länger als weitere zehn fürchterliche Minuten...

Sie hämmerte an die Haustür, und es erschien ihr wie eine Ewigkeit; sie kämpfte darum, nicht vom heulenden Sturm umgeworfen zu werden und sich Gehör zu verschaffen. Schließlich, als sie gerade aufgeben wollte, ging die Tür auf. Katerinas spitzes, weißes Gesicht tauchte in dem schmalen Spalt hinter der Sicherheitskette auf.

»O mein Gott«, heulte sie. »Was willst *du* denn?«

Es war nicht gerade der Empfang, den Gina erwartet hatte. Hoffnungslos gereizt durch die alptraumhafte Fahrt, schnappte sie zurück: »Reizend. Läßt du mich rein?«

Katerinas Augen füllten sich erneut mit Tränen. »Warum?«

»Weil es beinahe zwei Uhr früh ist und ich hierhergefahren bin, um sicherzugehen, daß du in Ordnung bist.« Gina sprach durch zusammengebissene Zähne – soviel zu aufrichtiger Sorge. »Aber wenn du nur beschissen undankbar sein wirst, dann gehe ich wohl besser.«

Katerina wischte sich die nassen Wangen mit dem Handrücken ab und ließ das Gehörte schweigend auf sich wirken. Sie hatte Gina nie zuvor fluchen hören.
»Okay«, murmelte sie, denn es war ohnehin schon egal; es war ihr gleichgültig, was passierte. »Komm rein.«
Die Stromversorgung funktionierte mittlerweile wieder, obwohl Gina beinahe wünschte, sie würde es nicht tun. Das grauenvolle, kleine Untermietzimmer war die absolute Hölle, und Katerina – normalerweise so gepflegt – sah erbärmlich aus. Sie schaute sich mit abweisender Miene in dem Chaos um, knetete ihre Finger und sagte: »Oh, tut mir leid, ist es nicht gut genug für dich? Wenn du mir gesagt hättest, daß du kommst, hätte ich das Silber poliert und ein Abendkleid angezogen.«
Sie sah aus, als hätte sie eine Woche durchgeheult. Ihr langes Haar, normalerweise sauber und glänzend wie eine Kastanie, hing in Rattenschwänzen herunter, und der dunkelblaue Pulli und die Jeans, die sie trug, sahen drei Nummern zu groß aus. Auf dem ungemachten Bett in der Ecke waren Dutzende von Blättern verstreut.
»Komm schon«, spottete Katerina, die den mißbilligenden Blick von Gina sah. »Sag mir, daß ich mich selbst habe gehenlassen und daß mir das völlig recht geschieht.«
Das Zimmer hatte keine Heizung. Mit einem Schauder erwiderte Gina ruhig: »Gut, du hast dich sicher gehenlassen.«
»Oh, verschwinde endlich.« Katerinas Gesicht verzerrte sich vor Kummer, und sie drehte sich weg. Das war mehr, als sie ertragen konnte. »Laß mich einfach allein... ich hab dich nicht gebeten zu kommen... ich möchte meine Mum...«
Dieser abschließende aufrichtige Aufschrei war zuviel für Gina. Das vor allem hatte sie hierhergebracht, eine

bittere Erinnerung an den Schmerz, den sie empfunden hatte, als ihre Mutter vor vielen Jahren gestorben war. Ohne zu überlegen, ging sie quer durchs Zimmer und nahm Katerinas dünnen, zitternden Körper in ihre Arme.

»Kat, hör auf damit. Du kannst so nicht weitermachen. Ich bin hier, weil ich mir Sorgen um dich mache... Wir machen uns Gedanken wegen dir... und du machst dich selbst krank, wenn du uns nicht helfen läßt.«

Katerinas Körper wurde steif. Für den Bruchteil einer Sekunde dachte Gina, sie würde sie schlagen. Dann, zögernd, die Tränen liefen ihr über Gesicht und Hals, drehte sie sich um, klammerte sich an sie und vergrub ihren Kopf an Ginas Schulter.

»Es tut mir so leid. Es tut mir so leid, ich weiß nicht, was mit mir los ist«, schluchzte sie hilflos. »Ich dachte, ich habe einen Nervenzusammenbruch, aber die Leute wissen das normalerweise nicht, wenn es so ist. Ich habe mich seit Wochen fürchterlich gefühlt, aber die letzten Tage waren ein Alptraum... alles ist immer schlimmer geworden, und ich kann nichts mehr machen, nur noch heulen...«

»Schh«, murmelte Gina besänftigend. Sie hatte zwar keine Erfahrung mit kleinen Kindern, aber sie fand es einfach, Katerina wie eine verzweifelte Siebenjährige zu behandeln. »Jetzt komm, setz dich, und erzähl mir, was los ist. Erzähl mir alles, damit wir das Problem lösen können.«

Katerina schniefte und hing immer noch an ihr. »Und du haßt mich wirklich nicht?«

»Ich bin hier, oder nicht? Natürlich hasse ich dich nicht.«

»Aber ich war ein solches Miststück. Ich hasse mich.«

Gina war schon versucht, vorzuschlagen, daß ein Bad ihren Zustand verbessern könnte, doch statt dessen umarmte sie sie. »Und jetzt bestrafst du dich selbst. Ist dir

nie in den Sinn gekommen, daß es genauso Andrews Schuld war wie deine? Sogar mehr. Er war schließlich derjenige, der es besser hätte wissen müssen.«
Irgend etwas war offenbar zwischen den beiden schiefgelaufen. Zu ihrer eigenen Überraschung war Gina mehr erleichtert wegen Katerina als ihrer selbst wegen. Andrew war labil, während Katerina nur naiv gewesen war, und sie hatte Besseres verdient.
»Ich hasse ihn«, sagte Katerina düster. »Und jetzt werde ich dir etwas sagen, da wirst du mich wirklich hassen.«
»Was?«
»Ich glaube, ich bin schwanger.«
Die Siebenjährige in ihren Armen hatte sich in Luft aufgelöst. Izzys Tochter war schließlich fast eine Erwachsene mit ausgewachsenen Problemen. Ginas Mut sank, und sie fragte: »Hast du es ihm gesagt?«
Katerina nickte.
»Und?«
»Er sagte: ›Oh, verfluchte Scheiße, nicht schon wieder.‹«

Der Hurrikan hatte sich am frühen Morgen gelegt. Der Kofferraum des Golf war beladen mit Einkaufstaschen mit Katerinas Habseligkeiten, und Gina fuhr sie durch die müllübersäten Straßen zurück nach Kingsley Grove, dann ließ sie ihr ein heißes Bad ein, warf den blauen Pulli und die Jeans direkt in die Waschmaschine und begann Frühstück zu machen.
»Ich kann's noch nicht glauben, daß ich hier bin.« Katerina war vierzig Minuten später wieder unten erschienen in einem von Izzys umwerfenden seidenen Morgenmänteln, trank eine Tasse starken Kaffee und stürzte sich hungrig auf die Rühreier mit Schinken. »Ich kann nicht glauben, daß mir das Essen schmeckt...«

Sie hatte zwar keine persönliche Erfahrung mit solchen Dingen, aber Gina hatte genug Leidensgeschichten von schwangeren Freundinnen gehört, daß sie ernsthaft daran zweifelte, ob Katerina in einem derartigen Zustand war. Kaffee und Gebratenes um acht Uhr früh waren unter solchen Umständen absolut undenkbar.
»Das Telefon funktioniert wieder«, sagte sie und zuckte innerlich zusammen, als Katerina ihre Eier in Tomatenketchup ertränkte und mit schwarzem Pfeffer würzte. »Ich habe gerade das Amt angerufen. Du kannst mit Izzy telefonieren, sobald du fertig gegessen hast.«
Katerina zögerte, dann warf sie ihr ein zaghaftes Lächeln zu. »Mum hat zu tun. Ich möchte sie nicht erschrecken. Außerdem fühl ich mich schon wieder besser.«
»Gut.«
»Du denkst wirklich, daß ich nicht schwanger bin?« Katerina hatte sich selbst während der vergangenen Wochen in eine Verfassung gebracht, daß Gina es nicht weiter verwunderlich fand, daß ihre Regel ausblieb. Sie hatte das anfangs gesagt, um sie zu beruhigen, jetzt aber war sie übervorsichtig.
»Sobald die Apotheken aufmachen, geh ich los und hole eines dieser Test-Sets, dann wissen wir es genau«, sagte sie vorsichtig. Es war seltsam, aber angenehm, so eine persönliche Angelegenheit mit Katerina zu besprechen. »Obwohl du gesagt hast, du hättest verhütet.«
»Oh, ja.« Zum ersten Mal, weil es eine derartige Erleichterung war, sich endlich jemandem anvertraut zu haben, nickte Katerina und grinste: »Und es ist eine bekannte Tatsache«, fügte sie hinzu, während sie die Finger kreuzte und inständig flehte, Gina möge recht haben, »daß gute Lümmeltüten einen nicht im Stich lassen...«

43 Als Izzy drei Tage später in Kingsley Grove ankam, dachte sie zuerst, sie würde träumen. Als das Erstaunen dem Entzücken wich, war sie jedoch vorsichtig genug, nicht zu viele Fragen zu stellen, und sie nahm die Rückkehr ihrer Tochter einfach wie ein lange ersehntes Wunder hin. Ebensosehr freute sie sich, daß es so aussah, als hätten die letzten traumatischen Monate nicht existiert. Katerinas Augen strahlten, sie hatte gute Laune und war die Liebenswürdigkeit in Person. Sie war auch wieder genauso direkt in ihrer Wortwahl.

»Wer hat deine Haare so zugerichtet?« fragte sie vorwurfsvoll, und Izzy – die in einen Salon in Mayfair geschleppt worden war, zu einem der Chef-Stylisten von MBT – senkte verschämt ihren fuchsroten Kopf.

»Ich weiß schon, die haben gesagt, es müsse diese Farbe sein, das komme im Fernsehen besser raus.«

Katerina war gerade dabei, Käsesoufflé zu machen. Sie hatte die Eier geschlagen, machte eine kurze Pause und wischte sich die Finger an einem feuchten Tuch ab. »Die Farbe ist gut. Ich mag rote Bete. Ich meinte, du hast sie schneiden lassen.«

»Es ist nicht geschnitten«, sagte Izzy abwehrend, »es ist eingelegt.«

Aber Katerina betrachtete das Ergebnis mißbilligend. Izzy und ihre ungebändigten Ringellocken gehörten einfach zusammen, während MTB anscheinend versuchte, sie zu irgend etwas Gekünsteltem zu machen. »Ich habe deine Haare immer geschnitten«, sagte sie. »Ich kann das besser als sonst jemand. Sag deiner trendigen Plattenfirma, daß wir uns in Zukunft um diese Dinge selber kümmern. Ich schneide sie, und du färbst, so wie wir es immer gemacht haben.«

Aber das allerbeste war, daß Katerina entschieden hatte, ihr Abitur zu wiederholen. Wenn sie nicht gerade kochte – als sei das irgendwie eine Wiedergutmachung für ihr früheres schlechtes Benehmen –, hockte sie stundenlang über ihren Büchern und schrieb gewissenhaft ihre Notizen neu, die Gina zerstört hatte.

»Ich weiß immer noch nicht, wie du es angestellt hast«, sagte Izzy dankbar, als sie und Gina am nächsten Abend allein waren. »Ich trau mich kaum zu fragen.«

Jericho war beinahe sicher, daß Izzy ein Smartie hinter das Sofa hatte fallen lassen, und er wühlte wie ein Irrer zwischen den Kissen. Gina zog ihn runter. »Sie ist nur rechtzeitig wieder zu Verstand gekommen«, antwortete sie mit ruhiger Stimme. Da es keinen Sinn hatte, das Ganze zu gefährden, hatte sie es nicht für nötig befunden, Katerinas falschen Alarm auch nur zu erwähnen. Zwei Schwangerschaftstests waren negativ ausgefallen, und ein Besuch bei ihrem Arzt hatte sie versichert, daß, sobald sie sich erholt hätte und wieder richtig essen würde, ihre Regel wieder einsetzen würde.

Izzy sah sie mißtrauisch an. »Da muß noch mehr gewesen sein als nur das«, insistierte sie, aber Gina zuckte nur die Achseln und spielte mit Jerichos Ohren.

»Wir hatten den gleichen Mann. Einen dummen, schwachen Mann vielleicht... aber zumindest wußten wir beide, was die andere durchgemacht hatte. Sobald sie das begriffen hatte, war der Rest ziemlich einfach.«

»Gut, ein Hoch auf dumme Männer«, sagte Izzy, leerte den Rest der Smarties in ihre Hand und tat so, als sähe sie Jerichos herzzerreißenden Blick nicht. »Aber ich denke immer noch, du hast mir nicht alles erzählt.«

Gina grinste. »Kat und ich sind Mitglieder eines exklusiven Clubs. Vielleicht, wenn du auch gern eine Affäre mit Andrew hättest...«
Mit einem dankbaren Jaulen verschlang Jericho ein orangefarbenes Smartie, seine Lieblingsfarbe. Izzy zog ein Gesicht. »Ich passe.«

»...und solange Sie von mir nicht erwarten, daß ich Sie wie eine Herzogin behandle, die Tag und Nacht von hinten und vorne und von der Seite bedient werden will... ich meine, im Moment sehen Sie ja gerade wie ein ganz nettes junges Ding aus, aber lassen Sie sich von mir gesagt sein, manche Leute haben eine ganz verrückte altmodische Seite in ihrem Charakter, wenn's drauf ankommt, und ich würde mir irgendeinen Quatsch in der Richtung nicht mal eine Minute lang gefallen lassen...«
Izzy hielt, vollkommen fasziniert, die Luft an und sagte nichts, aus Angst, den Bann zu brechen. Lucille Devlin aus Dublin war schlicht die erstaunlichste Frau, die sie je in ihrem Leben getroffen hatte. Und sie sagte die längsten Sätze.
»...aber wenn Sie einigermaßen meinen Vorstellungen entsprechen und wenn Sie denken, wir könnten zusammenpassen«, fuhr Lucille fort, die anscheinend nie Luft holen mußte, »dann wär ich glücklich, Ihr Haus für Sie in Ordnung zu halten, ich seh's einfach so, das ist eine Erholung von meinem nichtsnutzigen, jämmerlichen alten Schwein von einem Ehemann ... ich sing selber ein bißchen, wissen Sie, die Leute haben immer gesagt, das wär' die beste Stimme von ganz Irland, aber natürlich hat sie sich als Fluch genauso wie als Segen rausgestellt, bin ich doch glatt losgezogen und treff den alten Scheißkerl gleich bei meinem ersten Engagement, ich mit meinen

neunzehn Jahren sing da in Daleys Bar, und er macht gleich das verfluchte Ding steif…«

Izzy lag in der Badewanne und konnte nicht begreifen, warum sie nicht die glücklichste Frau auf der Welt war. Sie hatte Katerina wieder, so gut wie neu und arbeitend wie ein Pferd, um sicherzugehen, daß ihr Abitur diesmal glänzende Noten bringen würde.

Sie hatte das Haus ihrer Träume, ein wunderbares vierstöckiges georgianisches Haus in Bloomsbury. Sie hatte es von einem der leitenden Angestellten von MBT gemietet, während er und seine Frau ein Jahr in Los Angeles verbrachten.

Ihr Debüt-Soloalbum wurde gerade produziert, und der erste Titel, er hieß »Kiss«, kam nächste Woche als Single raus. Sie hatte bis nach Weihnachten einen öffentlichen Auftritt nach dem anderen, eine Einkaufstüte, die mit Fanpost überquoll, in der Schlafzimmerecke, das Angebot für eine Europatournee, gesponsert von einem Saftfabrikanten…

Und sie hatte die dralle Lucille Devlin, mit ihrem tomatenroten Haar, Technicolor-Klamotten und der Fähigkeit, ununterbrochen zu schwatzen, sie war ein volles Unterhaltungsprogramm. Wie konnte jemand sich in Lucilles Gesellschaft nicht amüsieren, überlegte Izzy und trommelte mit ihren Zehen verstimmt an die Seite der Wanne. Lucille war in der Lage, ganz Rußland aufzumuntern.

Aber aus irgendeinem Grund funktionierte es bei ihr nicht. Der Erfolg, nach dem sie sich so lange gesehnt hatte und der sie eigentlich hätte glücklich machen müssen, erfüllte seinen Zweck nicht. Öffentliche Anerkennung – sogar in Form von Lucille, die wie eine Verrückte staubsaugte und immer wieder in ihrem voluminösen irischen

Alt *»I want you to kiss me, to know that you've missed me«* sang – war einfach nicht genug, um den bleischweren Kloß in ihrem Magen aufzulösen und das Gefühl auszulöschen, daß da irgendwie *mehr* sein müßte.

Drei Stunden später, zu unruhig, um zu Hause zu bleiben, und vage auf der Suche nach diesem schwer definierbaren Mehr, begab Izzy sich in die aufmunternd familiäre Atmosphäre des *Chelsea Steps*. Sie war beinahe sicher, daß Sam, der länger in den Staaten gewesen war, jetzt wieder zurück war. Es war verrückt, sie wußte das, aber ihre Sehnsucht, ihn wiederzusehen, war beinahe überwältigend gewesen. Und jetzt, wo sie hier war, schlug sogar ihr Herz ein bißchen schneller aus Vorfreude...

Sam dagegen bemerkte die Aufregung, noch bevor ihm klar war, daß Izzy der Grund dafür war. Er fluchte leise in sich hinein und ging eilig quer über die volle Tanzfläche zu der schmaleren Bar am anderen Ende des Clubs. Er wußte instinktiv, daß die zwei arroganten und superreichen Argentinier in das Problem verwickelt waren. Er hatte bereits Zweifel gehabt, als sie angekommen waren. Das *Chelsea Steps*, das vor allem anderen dafür berühmt war, daß es innerhalb seiner Türen niemals Ärger gab, brauchte solche Gäste wie ein Loch im Kopf. Sam gefror das Blut in den Adern, als ein weiterer Schwall männlicher Ungeheuerlichkeiten sein Ohr erreichte, und er stellte sich vor, was ein Loch im Kopf eines superreichen Argentiniers für das Geschäft bedeuten würde. Er konnte nur noch beten, daß keiner von ihnen ein Gewehr bei sich hatte.

Als er die Quelle des Aufruhrs erreichte, kam er gerade rechtzeitig, um zu sehen, wie Izzy eine derbe Ohrfeige auf der braungebrannten Wange des jüngeren Argentiniers plazierte und einen Sturzbach von Schimpfwörtern über beide ergoß. Sam hätte sie eigenhändig umbringen können. Er bahnte sich einen Weg durch die Menge, die sich versammelt hatte, um Izzy in Aktion zuzusehen, packte sie am Arm und zog sie ungerührt zur Seite.

»Beruhige dich«, sagte er scharf, denn Izzy schien immer in irgendwelche Tumulte verwickelt zu sein, und es konnte nicht immer die Schuld anderer Leute sein.

»Dieser schmierige Bastard!« Izzy hatte keineswegs die Absicht, sich zu beruhigen. Ihre dunklen Augen blitzten, als sie den dünnen und genauso wütenden Argentinier anstarrte, der nun außer sich vor Wut in seiner Sprache schimpfte. »Er hat seine widerliche Hand in das Rückenteil meines Kleides geschoben.«

»Welches Kleid?« konterte Sam, besah sich die enge apricotfarbene Kreation, die an jeder Kurve klebte und in der Mitte des Oberschenkels endete. Anscheinend bekam Izzy für immer mehr Geld, das sie für Kleider ausgab, immer weniger Kleid. »Oh, und das gibt ihm also das Recht, mich zu begrapschen?« fragte sie wütend. Ihre Wangen wurden rot, als ihr klar wurde, daß er ihr die Schuld zuschob. »Komm schon, Sam! Auf wessen Seite stehst du?«

Sam war so müde, daß er kaum mehr denken konnte. Er hatte nach New York fliegen müssen, weil sein angeblich verläßlicher Manager dort wegen Kokainbesitzes verhaftet worden war. Jetzt war er zurück in London, litt mehr denn je unter Jetlag und mußte sich nun auch noch hiermit abplagen. Izzy mochte es im Moment nicht klarsein, aber sie war drauf und dran, den guten Ruf von *Chelsea Steps* zu riskieren.

»Ich bin dafür, daß du deine Stimme unter Kontrolle kriegst und die anderen Gäste ihren Abend genießen läßt«, antwortete er gelassen, schob sie zu einem kleinen Tisch und drückte ihren steifen Körper in einen der Stühle.

»Aber er ist über mich *hergefallen*...«

»Und du bist in meinem Club und nicht beim Wrestling. Um Himmels willen, wenn du dich hättest beschweren wollen, hättest du nur kommen und es mir sagen müssen, dann hätte ich mich in Ruhe damit befassen können.«

Sam konnte einen manchmal wirklich enttäuschen. Izzy, die sich so darauf gefreut hatte, ihn zu sehen, spürte, wie ihr Tränen der Wut in die Augen schossen. »Du meinst, ich hätte mich ruhig nacheinander von ihnen vergewaltigen lassen sollen...«

»Jetzt mach dich nicht lächerlich«, schnappte er zurück. »Was ich sage, ist, daß es anscheinend immer dir passiert, oder etwa nicht? Und ehrlich gesagt, was erwartest du, wenn du dich anziehst wie eine Edelnutte? Jeder denkt doch, du willst auf dich aufmerksam machen... bei Gott, alles, was du je wolltest, ist Aufmerksamkeit ... und jetzt, wo du sehr bekannt wirst, wirst du lernen müssen, dich entsprechend zu benehmen.«

»Hör auf!« schrie Izzy. Sie war nicht fähig, diese Ungerechtigkeit auch nur einen Moment länger zu ertragen. Ihr Herz raste jetzt tatsächlich, sie entwand ihre Hand Sams gönnerhaftem Griff und stand ruckartig auf. »Ich laß mich lieber von schmierigen Perversen betatschen, als mir eine Standpauke von einem Mistkerl anzuhören, der sich mehr um seinen wertvollen Club kümmert als um seine Freunde. Und als was für ein Freund du dich entpuppt hast«, fügte sie durch die Zähne hinzu. »Wenn ich nur dran denke, welch nette Dinge ich Vivienne über dich gesagt habe...«

Vivienne. Noch ein Problem, das Sam jetzt nicht unbedingt brauchen konnte. Vivienne hatte sich während der letzten Wochen äußerst merkwürdig verhalten. »Du hättest dich nicht darum kümmern sollen«, sagte er abrupt, als Izzy sich umdrehte, um zu gehen.

»Das mußt ausgerechnet du mir sagen«, zischte sie mit so viel Sarkasmus, wie sie nur aufbringen konnte. »Sei unbesorgt, es war alles gelogen. Und sie hat es mir ohnehin nicht geglaubt.«

44 »Mir geht's miserabel«, verkündete Vivienne, als Izzy am nächsten Morgen den Telefonhörer abnahm. »Geh mit mir einkaufen.«

»Was hat Sam dir erzählt?« fragte Izzy mißtrauisch, und ein schnaubendes Geräusch drang an ihr Ohr.

»Sam wer?«

Sie machten sich auf, um in der Bond Street und darum herum ihr Unwesen zu treiben, Vivienne als erfahrene Expertin und Izzy als enthusiastischer Neuling in der Kunst der Verschwendung. South Molton Street war ein besonders guter Ausgangspunkt; nach zwanzig Minuten bei Browns wurde Izzy klar, daß sie mehr Geld für ein pinkfarbenes Velourhemd und einen weißen Kaschmirpullover rausgeworfen hatte, als sie normalerweise in einem Monat verdiente. Vivienne war praktisch mit Designer-Label großgeworden, und sie verschwendete nie auch nur einen Blick auf die Preisschilder. Sie küßte ihre Gold Card und wurde stolze Besitzerin eines kaffeebraunen Seidenkleides mit passender Jacke, dreier Leggings und eines aufsehenerregenden schwarz-bronzefarbenen Pailletten-Tops eines jungen japanischen Modeschöpfers mit fürchterlich vielen Y im Namen.

»Besser?« fragte Izzy zwei Stunden später, als sie in einem überfüllten Bistro einkehrten auf einen Cappuccino und einige Stück amarettogetränkten Schokokuchen. Sie spähte auf den Berg Einkaufstüten, der an die Tischbeine gelehnt war, und schätzte, daß sie genug Geld ausgegeben hatten, um Ferien auf den Barbados zu finanzieren. Vivienne zündete sich eine Zigarette an. »Es hilft, denke ich. Es hilft immer.« Dann lehnte sie sich vor. »Aber ich hab dir immer noch nicht erzählt, warum es mir so miserabel geht.«

»Das ist einfach.« Izzy zog ein furchteinflößendes Gesicht und erschreckte mehrere Gäste in der Nähe. »Du lebst mit einem unsäglichen Scheusal zusammen. Das reicht, da würde sich jeder miserabel fühlen.«

»Ich liebe ihn so sehr.«

»Oh, Vee.« Izzys Gesichtszüge wurden weicher. »Immer noch? Ich dachte wirklich, du wärst darüber hinweg.«

Vivienne hatte den Schaum von ihrem Cappuccino gelöffelt und runzelte die Stirn. »Nicht Sam, doofe Nuß. Ich spreche von Terry.«

»Was!« Izzy beugte sich blitzartig vor, bemerkte nicht einmal, daß ihre linke Brust im Schokokuchen landete: »Wer? Du hast mir überhaupt nichts davon erzählt.«

Vivienne hatte niemandem davon erzählt, solche Angst hatte sie, den Zauber zu brechen. Aber jetzt konnte sie einfach nicht mehr anders.

»Der Mann, den ich auf Tashs Party getroffen habe«, erklärte sie, drückte ihre Zigarette aus und zündete sofort die nächste an, auch wenn Terry passionierter Nichtraucher war. »Oh, Izzy, er ist wunderbar. Ich liebe ihn wahnsinnig... er ist alles, was ich mir von einem Mann gewünscht habe.«

Zögernd, weil sie das Märchen unterbrechen würde, fragte Izzy vorsichtig: »Das hast du auch über Sam gesagt.«

»Ja, aber Sam hat meine Liebe nicht erwidert.« Vivienne schüttelte den Kopf und lächelte dann zaghaft: »Und Terry tut das.«
»Wenn das so ist, dann verstehe ich nicht, warum du nicht wahnsinnig glücklich bist. Du liebst diesen Typen, er liebt dich ... ihr beide seid also verrückt aufeinander ... und dir geht's miserabel!« Izzy war ernsthaft verwirrt. Dann sagte sie: »Uuh, sag mir jetzt nicht – das verfluchte Wort mit V.«
»Nein, er ist nicht verheiratet. Er ist Witwer mit zwei erwachsenen Kindern. Ich habe sie kennengelernt, sie mögen mich. Zur Hölle, sogar seine verfluchte Katze mag mich ...«
Jetzt platzte Izzy beinahe vor Frust, und sie kreischte: »Also, was dann?«
»Er nimmt mich einfach nicht ernst.« Einen Augenblick lang sah Vivienne aus, als würde sie gleich in Tränen ausbrechen. »Oh, Izzy, es ist so lächerlich. Er sagt, ich wäre zu jung, zu schön und viel, viel zu reich, um an jemandem wie ihm interessiert zu sein. Ich habe versucht, ihm zu erklären, daß nichts davon von Bedeutung ist, ich habe mir die Lippen fransig geredet, aber er weigert sich einfach, mir zu glauben. Und was kann ich machen?« Sie spreizte verzweifelt die Hände und verbrannte mit ihrer Zigarette beinahe die Hose eines Kellners, der gerade vorbeiging. »Ich kann mich nicht älter machen.«
Ungeachtet des traurigen Gesichtsausdruckes von Vivienne mußte Izzy lächeln. Sie stellte sich gerade das weltweit erste Facelifting bei einem Mann vor.
»Vielleicht, wenn du aufhörst, Make-up aufzutragen«, schlug sie hoffnungsvoll vor.
»Das hab ich letzte Woche versucht. Aber ich hab lediglich krank ausgesehen.«

»Und was hat er gemacht?«
»Meinen Blutdruck gemessen.«
»Mein Gott! Ist er ein Perverser?«
Jetzt mußte sogar Vivienne lachen. »Nein, Arzt.«
Izzy war erleichtert, weil Vivienne schließlich doch ein wenig aufgemuntert schien, und absolut fasziniert. »Los, wie ist es, mit ihm zu schlafen?« fragte sie gierig. »Ich war immer der Meinung, Mediziner müßten großartig im Bett sein, weil sie genau wissen, wo alles ist...«
Zu ihrem Erstaunen wurde Vivienne tatsächlich rot. »Er ist großartig«, gab sie zu und senkte die Stimme, um das mittelalterliche Paar am Nachbartisch zu enttäuschen, das die letzten zehn Minuten voll damit beschäftigt war zu lauschen. »Obwohl wir es bis jetzt nur zweimal gemacht haben. Er wollte überhaupt nicht, denn er sagte, er habe Angst, sich zu sehr darauf einzulassen, also mußte ich ihn verführen.«
Das war einfach zu romantisch. Izzy war vor Neugierde ganz atemlos und sagte nur: »Und?«
Viviennes grüne Augen funkelten. Die Röte und der texanische Slang wurden intensiver. »Deine Vermutung trifft zu. Er weiß genau, wo alles ist.«
Einige Minuten später wurden sie durch einen Kellner unterbrochen, der eine Flasche ziemlich guten Beaujolais brachte. »Mit der besten Empfehlung von dem Paar am Nachbartisch«, murmelte er mit einem diskreten Nicken in Richtung ihrer Nachbarn.
»Du lieber Himmel.« Izzy drehte sich in ihrem Stuhl um, um sie sich genauer anzusehen, und stellte fest, daß sie gerade gehen wollten. »Wirklich sehr nett, aber ich weiß nicht, was wir gemacht haben, um das zu verdienen.«
»Sie sind Izzy Van Asch«, sagte die Frau schüchtern. »Un-

ser Sohn Giles ist völlig verrückt nach Ihnen. Er singt den ganzen Tag ›Never, Never‹ und füllt sein Sammelalbum mit Zeitungsfotos von Ihnen.«

»Mann.« Ungemein geschmeichelt von dem Kompliment und noch nicht daran gewöhnt, daß völlig Fremde auf sie aufmerksam wurden, wurde Izzy röter als Vivienne vorher. »Das freut mich sehr, daß er mich mag. Wie alt ist Ihr Sohn?«

»Sieben.«

Als sie einen Gruß und eine ordentlich schnörkelige Unterschrift auf die Rückseite einer Speisekarte gekritzelt hatte, nahm sie der Mann mittleren Alters entgegen, zögerte eine Sekunde, dann legte er eine Visitenkarte auf den Tisch neben den Wein. »Eigentlich«, sagte er mit einem schüchternen Lächeln, »hoffe ich, Sie halten uns nicht für aufdringlich, aber der Wein ist auch für Ihre Freundin. Wir würden so gerne wissen, ob alles in Ordnung kommt«, erklärte er und bemerkte Viviennes erstaunten Blick, »zwischen Ihnen und Ihrem netten Doktor.«

Izzy hielt alles für schrecklich lustig. »Ich weiß«, sagte sie mit einem schelmischen Grinsen, »das würden wir alle gerne!«

»Also, du kannst dieses nette Paar nicht enttäuschen«, mahnte sie, als sie wieder allein waren. Sie schenkte den Wein ein und fügte hinzu: »Und es ist wirklich nicht überraschend, daß der gute Doktor wenig Neigung zeigt, dich ernst zu nehmen. Schließlich lebst du immer noch mit einem anderen Mann zusammen.«

»Sam ist kein Mann, er ist eine Maschine.« Vivienne warf mit neuer Entschlossenheit ihre blonden Haare zurück. »Und du hast natürlich recht. Jetzt ist es Zeit zu handeln.

Ich habe mein Bestes versucht, aber ich denke, ich war einfach nicht sein Frauentyp. Er hat sich immer beklagt, daß mein einziges Hobby Einkaufen ist; ich denke, er braucht jemanden mit eigenen Interessen, entweder einer tollen Karriere oder einer Obsession fürs Bergsteigen ...«

Sie hielt inne, trank einen Schluck Beaujolais und sagte dann ein wenig beschämt: »... irgend etwas, was sie so beschäftigt, daß sie nicht dauernd hinter ihm herrennen kann wie eine verlorene Puppe. Ich bin dauernd hinter Sam hergerannt, aber er braucht in Wirklichkeit eine unabhängige Frau. Eine, die er genug bewundert, um selber hinter ihr herzurennen.«

45 Nachdem es die letzten paar Wochen zugegangen war wie auf dem Jahrmarkt, war Gina beinahe erleichtert, das Haus wieder für sich zu haben. Nach der Arbeit nach Hause zu kommen und Ruhe und Frieden vorzufinden – abgesehen von Jerichos Begrüßungsgebell – hatte zweifellos seine Vorteile. Ein noch größerer Luxus war die Tatsache, daß das Bad immer frei und das Wasser heiß war. Diesen Abend hatte sie für halb neun Doug zum Essen eingeladen, und sie beschloß, zuerst zu duschen und später zu kochen; so würde sie den ersten Sendetermin von Izzys neuem Video nicht verpassen. »Kiss« kam um sieben in *Top of the Pops*.

Gina hatte eine fürchterliche Singstimme, aber da sie allein im Haus war, machte das nichts. *»I want you to kiss me, to know that you've missed me, like I've missed you and your smile ...«*, schmetterte sie unmelodisch und hielt ihr Gesicht direkt in den wundervoll heißen Wasserstrahl. Shampoo lief über ihren Körper und hatte ihre Ohren völlig verstopft, was ihre Lautstärke beim Singen immens erhöhte.

Minuten später wurde ihr klar, daß unten die Türglocke läutete und Jericho beinahe durchdrehte bei seinem Versuch, die Tür zu öffnen und zu sehen, wer es ist.

Sicher nicht Doug, dachte Gina, sprang aus der Dusche und trocknete sich ein wenig ab, bevor sie ihren alten Frotteemantel anzog, den Gürtel umband und nach unten rannte.

»Wer ist da?« Sie mußte schreien, um sich über Jerichos Gebell Gehör zu verschaffen.

»Ich.«

Gina fror. Ein paar Sekunden lang war sie nicht in der Lage, sich zu bewegen. Schließlich griff sie nach Jerichos Halsband und zerrte ihn – unter empörtem Protestgejaule – in das Wohnzimmer und schloß ihn ein.

Als sie zurückkam, öffnete sie die Haustür und schaute ihren Besucher mit unbewegter Miene an: »Was willst du?«

»Dich sehen.« Andrew spähte besorgt über ihre Schulter Richtung Wohnzimmer. »Was, um alles auf der Welt, war das? Hört sich an wie ein Rudel Werwölfe.«

»Er wird sich gleich beruhigen. Warum willst du mich sehen?«

Er war sichtlich nervös durch die Beinahebegegnung mit Jericho und zitterte, als eine Bö des eisigen Novemberwindes in das Steinportal fuhr. »Gina, kann ich reinkommen?«

Sie ging voraus in die Küche und überlegte, warum er wohl wirklich gekommen war, und sie staunte gleichzeitig über ihre Selbstbeherrschung. Das war ihr Exehemann – nein, er war noch ihr Ehemann, die Scheidung war noch nicht durch –, und sie hatte ihn über fünfzehn Jahre lang geliebt. Jetzt war es jedoch, als stünde sie einem Fremden gegenüber, von dem sie unschöne Dinge gehört hatte, und die Vorstellung, daß sie einst Mann und Frau gewesen waren, schien beinahe grotesk. Sie schätzte, daß er direkt vom Büro gekommen war; sein grauer Anzug war zerknittert, sein hellbraunes Haar ungekämmt. Als ihr klar wurde, daß ihr eigenes Haar zerzaust und naß von der Dusche war, staunte Gina darüber, daß ihre Hände bequem in den Taschen ihres Bademantels blieben und sie nicht das geringste Bedürfnis verspürte, auch nur zu versuchen, ihr Aussehen attraktiver zu machen. Wenn Andrew der Milchmann gewesen wäre, hätte sie das getan, aber er war es nicht. Er war nur ihr Ehemann...

»Also?« fragte sie gelassen und setzte sich auf einen der Küchenstühle.

Andrew holte tief Luft, um sich zu beruhigen. Die Begrüßung war nicht gerade vielversprechend, aber er war jetzt hier, und er hatte diese Situation die ganze Woche über immer wieder durchgespielt. Er war sich der Tatsache bewußt, daß er sich schlecht benommen hatte, aber das war alles Teil einer seltsamen Midlife-crisis gewesen, etwas, was viele Männer durchmachten, und wie alle Krisen war sie vorübergegangen. Er wußte jetzt, daß er hierhergehörte. Und Gina war seine Frau; sie würde ihm verzeihen...

»Liebling, mir ist klar, wie sehr ich dich verletzt haben muß. Ich habe mich wie ein Idiot benommen, aber das habe ich jetzt alles hinter mir. Du bist diejenige, die ich liebe, nur dich habe ich je wirklich geliebt.« Verdammt, er hatte nicht gewollt, daß es klingt wie ein Satz aus einer Komödie von Noël Coward. Die Worte, die er so sorgfältig geplant hatte, klangen nicht nur in seinen Ohren lächerlich. Andrew ergriff leichte Panik, und er machte einen Schritt auf sie zu. »Nein, sag nichts. Ich versuche dir zu erklären, daß ich einen schrecklichen Fehler gemacht habe und daß es mir leid tut. Ich verstehe es selbst nicht. Marcy und Katerina haben mir nichts bedeutet, nicht soviel wie du! O Liebling, ich möchte, daß wir das vergangene Jahr vergessen. Ich möchte dich lieben und wieder glücklich machen, so glücklich, wie du zuvor warst...«

Gina blickte ihn an, sprachlos. Im nächsten Moment, bevor sie die Chance hatte, zu begreifen, was vor sich ging, war Andrew neben ihrem Stuhl auf die Knie gefallen, hatte sie in seine Arme gezogen und sie so wild umarmt, daß sie kaum atmen konnte.

Es wäre lächerlich gewesen, wenn sie nicht zu verblüfft – oder zu atemlos – gewesen wäre, um zu lachen. Er hatte wirklich sein Möglichstes getan, um nicht nur ihr eigenes Glück, sondern genauso das von Marcy und Kat zu zerstören – und das waren nur die Frauen, von denen sie wußte –, und jetzt dachte Andrew anscheinend ernsthaft, daß sie ihn noch genug liebte, um zu verzeihen und zu vergessen und ihn wieder im Eheleben willkommen zu heißen, als wäre nie etwas geschehen.

Er hatte sich wie Zellophan um sie geschlungen und küßte wie von Sinnen ihre Schulter.

Sie wunderte sich insgeheim immer noch, daß sie so ruhig bleiben konnte, schaute schnell auf ihre Uhr – es war jetzt fünf vor sieben – und murmelte: »Du weißt nicht, wie oft ich von diesem Augenblick geträumt habe. Ich habe darum gebetet, daß du eines Tages zu mir zurückkommst... und jetzt ist es endlich passiert. Ich kann es kaum glauben.«

»O Liebling.« Andrew umarmte sie noch fester und bedeckte ihr Gesicht mit triumphierenden Küssen. »Ich habe gewußt, du würdest mich verstehen. Ich liebe dich so sehr.«
Sie rückte langsam und widerstrebend von ihm ab, strich mit ihren schlanken Fingern über seine Arme und kniff ihn sanft in die Hand. Sie flüsterte: »Möchtest du mit mir schlafen? Jetzt?«
Andrew bebte vor Begierde. Er hatte seit Wochen keinen Sex mehr gehabt. Er riß seine Krawatte auf und ließ Hemdenknöpfe über den Küchenboden springen. Als Ginas Finger sich seiner Gürtelschnalle näherten und anfingen, sie aufzumachen, keuchte er laut.
»O mein Gott, ... ja, ja ...«
Sie hatte ihn genau dort, wo sie ihn haben wollte. Gina hatte sich nie in ihrem Leben mächtiger gefühlt. Sie neigte den Kopf, um ihr Lächeln zu verbergen, griff mit ihrer freien Hand hinter sich und fand das kurze, scharfe, gezackte Messer, mit dem sie die Tomaten für die Lasagne hatte schneiden wollen.
Andrew öffnete erschrocken die Augen, als kaltes Metall völlig unerwartet warmes Fleisch berührte, und keuchte erneut. Als er sah, was Gina in der Hand hatte, stöhnte er laut auf vor Panik.
»Das ist interessant«, sagte sie beinahe beiläufig. »Dein ganzer Körper ist vor Angst erstarrt. Nun, fast dein ganzer Körper.« Ihr Lächeln wurde breiter. »Natürlich ist ein gewisser kleiner Teil davon so enttäuschend, wie er immer war. Manche Dinge ändern sich nicht.«
»G... Gina. Um G... Gottes willen ...«
Sie konnte seine Zähne klappern hören. Müßig drehte sie das Messer herum, so daß die Klinge im Licht funkelte, und sah dann noch mal auf die Uhr. Beinahe sieben Uhr.

»Nur gut, daß ich keine rasende Geistesgestörte bin, Andrew«, sagte sie freundlich. »Denn eine rasende, geistesgestörte, verlassene Ehefrau würde keine Sekunde zögern. Sie würde das lästige kleine Anhängsel schneller abschneiden, als du schauen könntest. Und viele Leute würden sie dazu beglückwünschen.« Sie machte eine Pause, dann schüttelte sie den Kopf und warf das Messer in die Spüle, wo es in sicherer Entfernung war. Sie lehnte sich im Stuhl zurück und sagte munter: »Du hast Glück, daß ich nicht geistesgestört bin. Und ich hätte keine Lust, ins Gefängnis zu gehen... stell dir nur mal vor, was für einen Freudentag meine Nachbarn hätten, wenn sie es in der Zeitung lesen. Du kannst es also jetzt wegpacken« – mit einem kurzen Nicken in Richtung des erstarrten Penis, wickelte sie ihren Bademantel enger um sich und zog den Gürtel fest – »und gehen. Ich bin sicher, du findest allein raus.«

Als er gegangen war, schenkte Gina sich einen riesigen Gin-Tonic ein und ging rüber ins Wohnzimmer, wo sie mürrisch von Jericho empfangen wurde, der ziemlich böse darüber war, daß er von all dem Spaß ausgeschlossen worden war.

»Krieg dich wieder ein, Süßer«, tröstete sie ihn, rieb seine Ohren und erlaubte ihm zum ersten Mal, sich neben sie aufs Sofa zu legen. »Es war schließlich eine sehr heikle Situation. Und du hättest dich vielleicht nicht so gut beherrscht wie ich.«

Mit einem lauten Bellen bedeutete Jericho, daß er ihr verziehen hatte, und versuchte auf ihren Schoß zu klettern. Gina hielt die Fernbedienung Richtung Fernsehgerät in der Ecke. »Jetzt sei ruhig, und paß auf, Jericho. *Top of the Pops* fängt gleich an, und deine Lieblingssängerin kommt heute. *Nein,* nicht Cilla Black...«

Sie schaffte es einfach nicht, die süßen kleinen Cocktailtomaten zu zerschneiden, und verzichtete deshalb auf hausgemachte Lasagne. Sie schickte Doug statt dessen zu dem neuen mexikanischen Restaurant in der Kensington High Street, um Essen zu holen. Erst als sie zu Ende gegessen hatten, berichtete sie ihm, was geschehen war.
»Also, ich finde das phantastisch«, erklärte Doug, als sie ihm alles erzählt hatte. Sein Gesicht verzog sich zu einem Lächeln der offenen Bewunderung, und er überlegte, wie er sie nur je als »dieses magere, nervöse, rechthaberische Weibsbild« hatte sehen können. Während der letzten Monate war aus Gina eine ruhige, elegante Frau geworden, die wußte, was sie wollte, und es nicht länger nötig hatte, ihr Leben über die Sorte Mann zu definieren, der sie wie Dreck behandelte und sie nicht einmal verdiente. Doug war nie verheiratet gewesen; er hatte nicht einmal richtig geliebt, aber ihm war klar, daß er gerade gefährlich nahe an den Abgrund schlitterte. Er wußte auch, daß er Gina nie wie Dreck behandeln würde.
Das Haar in der Suppe war natürlich, daß es ziemlich unwahrscheinlich schien, daß er je auch nur in die Lage kommen würde, sie schlecht oder gut zu behandeln, denn sie hatte noch in keinster Weise zu erkennen gegeben, daß sie auch nur bemerkte, daß er ein *Mann* war.
»Ich habe ihm wirklich Angst eingejagt«, stimmte sie befriedigt zu. »Oh, Doug, du hättest sein Gesicht sehen sollen... ich wünschte, Kat und Izzy hätten das sehen können... ich kann immer noch nicht glauben, daß ich es getan habe!«
»Du kannst alles, was du willst.« Er war sehr stolz auf sie. Zuerst Ralph, jetzt Andrew. Ihre Hochstimmung war ansteckend; er hob sein Glas mit mexikanischem Bier, prostete ihr zu und überlegte, ob er es wagen sollte, seinen

ganzen Mut zusammenzunehmen und ihr einen kleinen Kuß zu geben, quasi als Gratulation. Das wollte er jetzt mehr als alles andere auf der Welt.
Gina nickte und lächelte immer noch in sich hinein. »Du hast recht. Weiß, was du willst, und pack's an. Das ist Izzys Motto, und es hat Wunder bei ihr bewirkt. Von jetzt an werde ich dafür sorgen, daß es auch bei mir wirkt.«
Es war mehr als ein guter Ratschlag, dachte er, als sie ihr Glas hob und verwegen mit ihm anstieß. Es war Schicksal. Er war hier und Andrew nicht. Sie waren Freunde und feierten miteinander, und Gina – in einem karmesinroten Kaschmirpullover und einer cremefarbenen Leinenhose – hatte nie begehrenswerter ausgesehen. Und er hatte sich, Gott sei Dank, dagegen entschieden, sein neues, lodernd orangefarbenes Hemd zu tragen, das sich ganz fürchterlich mit ihrem roten Oberteil gebissen hätte. Es war Schicksal, es *mußte* so sein.
Schnell nutzte er den schicksalhaften Augenblick und war entschlossen, sich selbst keine Zeit zu lassen, einen Rückzieher zu machen. Er lehnte sich vor und zielte nach ihrer Wange. Er verrechnete sich ein wenig, und sein Mund landete auf ihrem Kinn, direkt links unterhalb der Unterlippe. Das war nicht richtig, das war völlig verrückt. Er umklammerte immer noch sein Bier, änderte die Stellung und spürte, wie sein Arm versehentlich die kaschmirweiche Schwellung ihrer Brust berührte... O Gott, tatsächlich ihre Brust... bevor er es schaffte, mehr durch Glück als sonst etwas, ihren Mund zu finden...
Gina war, zum zweiten Mal an diesem Abend, verblüfft, atmete den irgendwie überwältigenden Geruch des After-shaves ein, das sie ihrem Chef zum Geburtstag geschenkt hatte, und versuchte, nicht zusammenzuzucken. Doug freute sich für sie und war stolz darauf, wie sie mit

Andrew zurechtgekommen war, sagte sie sich und unterdrückte das Bedürfnis auszuweichen. Außerdem ging es nicht, beim Kuß eines Freundes zurückzuzucken, selbst wenn er noch so ungeschickt und feucht war.

Sie hatte geduldig gewartet, bis es zu Ende war. Dann fand sie sich einige Sekunden später immer noch wartend, legte ihm freundlich, aber bestimmt die Hand auf die Schulter und entwand sich seinem Griff. Es war unmöglich, Doug böse zu sein; er war zu zurückhaltend ... zu nett ... aber genug war genug.

»Dein Bier«, sagte sie freundlich, als noch mehr Feuchtigkeit – diesmal eiskalte – ihren Schoß traf. »Doug, ich glaube, du verschüttest es.«

Soviel zum Schicksal, dachte Doug, dessen Leidenschaft verglühte, als er sah, wie unbewegt sie war. War es je für Anthony Hopkins so gewesen?

»Tut mir leid«, murmelte er, sein Gesicht brannte vor Scham. Der Augenblick Verrücktheit war vorbei; vermutlich sollte er dankbar sein, daß er zumindest mit intakten Geschlechtsteilen davongekommen war. »Es tut mir leid, es war nur ...«

»Das macht überhaupt nichts«, unterbrach Gina ihn lebhaft, als sie merkte, daß er sich noch einmal für alles entschuldigen wollte. Mit einem offenen Lächeln sprang sie auf. »Wirklich. Diese Hose ist wundervoll. Ich schmeiß sie einfach in die Waschmaschine, und sie kommt immer raus wie neu.«

46

Izzy war ziemlich erledigt, nachdem sie elf gräßliche Stunden in einem Südlondoner Plattenstudio zugebracht hatte, und sie brauchte eine Weile, um das Wesentliche von dem zu erfassen, was ihre Haushälterin ihr erzählte, als sie um sieben Uhr abends nach Hause kam. Lucille spürte, daß sie durcheinander war, schenkte ihr einen enormen Gin-Tonic ein und goß noch ein paar Zentimeter Bushmills in ein Glas, um Izzy beim Trinken Gesellschaft zu leisten.

»Er hat vor einer Stunde angerufen«, wiederholte sie geduldig, »und ich hab ihm gesagt, daß Sie nicht da sind, aber daß Sie sicherlich um acht zurück sind. Schau'n Sie, er hat sich wie ein richtig netter Gentleman angehört, und ich kann Ihnen sagen, der war enttäuscht, daß er nicht mit Ihnen reden konnte, also hab ich ihm gesagt, daß Sie keine Pläne für den Rest des Abends haben, weil Sie doch das Flugzeug nach Rom so früh erwischen müssen morgen früh, und dann ist mir eingefallen, daß der gute Junge vielleicht gern vorbeikommen möchte und Sie sehen, bevor Sie wegfliegen.« Lucille unterbrach kurz, um Luft zu holen und einen stärkenden Schluck irischen Whiskey zu nehmen, in den nur ein Barbar Eis hineintun würde, und leckte sich anerkennend die Lippen. »Also, er hat gesagt, das paßt ihm ganz gut, also hab ich ihm gesagt, er soll irgendwann nach halb neun kommen, damit Sie sich vorher frischmachen können. Izzy, ich sag Ihnen was, der Mann hat eine so nette Stimme... er hat mir fast das Herz gebrochen, nur am Telefon... oh, und ich hab ihm gesagt, er soll vorher nichts essen, denn er kann genausogut hier mit Ihnen essen.« Mit einer schwungvollen Geste verschwand der Rest des Whiskeys in ihrer Kehle. Izzy sah dabei zu. Dann sah sie hilflos zu, wie Lucille aufstand und sich in einen riesigen bananengelben Mantel zwang, der ihr bis unter die Knie reichte.

»Dieser wundervolle Gentleman«, begann Izzy, denn es sah so aus, als hätte sie zumindest jetzt die Chance, etwas zu sagen. »Äh... wer ist er?«

Es war kälter geworden. Lucille hörte mitten in ihrer Tätigkeit auf, sie war gerade dabei gewesen, einen türkisgelb gestreiften Schal einige Male um ihren plumpen Nacken zu schlingen, und sah sie überrascht an. »Damit Sie's genau wissen, der Typ hat mir seinen Namen nicht gesagt, aber er hat gesagt, er ist ein Freund von Ihnen, also hab ich gedacht, am besten sag ich ihm, er soll auf jeden Fall vorbeikommen. Ich hab gewußt, es macht Ihnen nichts aus, und er hat sich wirklich so schrecklich *nett* angehört.«

Es war schwierig, sich vorzustellen, welche Art männlicher Stimme Lucille wohl am meisten zusagte. Izzy kannte Terry Wogan nicht, der konnte es also nicht sein. Aber andererseits gab's da ja Doug...

»Er kommt also zum Abendessen«, sagte sie und stellte fest, daß sie Hunger hatte. »Okay, geht in Ordnung. Was gibt's zu essen?«

»Was glauben Sie eigentlich, wer ich bin?« Jetzt waren Lucilles Augenbrauen verwundert hochgezogen. »Superwoman vielleicht? Hab ich mir nicht den ganzen Nachmittag lang die Finger wundgescheuert, jedes Fenster in diesem Haus geputzt und mich durch diesen Riesenberg Wäsche gebügelt, den sie haben wollten, damit Sie in Rom einigermaßen anständig aussehen...?«

Izzy kam ihr zuvor. »Es ist also nichts zu essen da.«

»Klar, da is' 'ne Menge zu essen«, schimpfte Lucille, schon halb aus der Tür. »Im Kühlschrank is' genug. Man muß sich nur ein bißchen drum kümmern, Sie faules Stück. Lieber Himmel, jeder wird denken, Sie können kein simples Essen kochen, ohne einen Riesenaufstand zu machen! Was sind Sie, Izzy van Asch? 'ne absolute Niete?«

»Du hast eine Eroberung gemacht«, sagte Izzy und frottierte sich das nasse Haar, während sie ins Wohnzimmer vorausging. »Meine Haushälterin ist vernarrt in deine Stimme. Noch verwunderlicher ist, daß sie den Eindruck hat, du seist ein Gentleman.«
Sam, der sowohl überrascht als auch amüsiert gewesen war über die unerwartete Einladung, die er von einer ihm unbekannten Irin am Telefon erhielt, antwortete gleichmütig: »Das ist nicht so merkwürdig. Manche Leute mögen mich wirklich.«
»Hm.« Izzy hatte ihm noch nicht verziehen, daß er sie letzte Woche im *Chelsea Steps* angeschnauzt hatte, und warf ihm einen zweifelnden Blick zu. Lucilles verletzende Bemerkungen vorher hatten ihr einen Stich versetzt, und sie hatte sich gereizt mit einem Paket Hähnchenbrust abgeplagt und einen Schmortopf zusammengebrutzelt, der Doug geschmeckt hätte. Sie hatte jedoch das Gefühl, daß Sam vielleicht darüber lachte.
Aber Sam, der gute Laune hatte, machte es sich auf Izzys neuem dunkelgrünem Samtsofa bequem und grinste zu ihr hoch.
»Okay, Miesepeter. Vielleicht war ich eklig zu dir, wenn ich mich also wirklich entschuldigen muß, dann tu ich's. Aber nur, wenn du versprichst, daß dich das aufmuntert.«
»Du warst eklig«, sagte Izzy vorwurfsvoll und zog eine gekränkte Miene, aber gleichzeitig war sie innerlich ermutigt durch dieses Eingeständnis. So lange sie sich erinnern konnte, hatte Sam nie unrecht gehabt. Sie hatte nicht gewußt, daß er überhaupt dazu fähig war, das Wort Entschuldigung auszusprechen.
Er zuckte die Achseln. »Wenn das so ist, es tut mir leid.«
»Gut.«

»Wir sind also wieder Freunde?«
»Könnte sein«, räumte Izzy ein und wurde langsam weich.
»Wenn das so ist, darf ich dir dann eine persönliche Frage stellen?«
Verdammt. Er würde sich über ihre Haare lustig machen, sie wußte es. Langsam sagte sie: »Mm?«
»Der Geruch«, schrie Sam und zeigte Richtung Küche. »Dieser fürchterliche Geruch! Was, um alles in der Welt, ist das?«

Dieses Mal gab es keinen Zweifel; Sam hatte recht. Der unbeschreiblich scheußliche Schmortopf schmeckte genauso gräßlich, wie er gerochen hatte. Izzy konnte sich einfach nicht erklären, wie manche Zutaten derart verbrannt sein konnten, während gleichzeitig manche Gemüsesorten es geschafft hatten, steinhart zu bleiben. Das schlimmste aber war, nachdem sie aus reiner Verzweiflung der abwesenden Lucille die Schuld in die Schuhe geschoben hatte, stellte sie fest, daß Sam sich nicht einen Moment lang täuschen ließ.
»Nein, das geht auf dein Konto«, ermahnte er sie. Als ob es eines Beweises bedurfte, sprang die Karotte, die er gerade hatte aufspießen wollen, von seinem Teller und landete in ihrem Schoß.
»Hundertprozentig von dir.«
»Ich habe andere Fähigkeiten«, erwiderte sie brummig, frustriert von derart trostlosem Versagen. »Hör bitte auf, zu versuchen, etwas zu essen, Sam, um Gottes willen. Warum bleiben wir nicht einfach bei dem, was wir beherrschen, und bestellen eine Pizza?«
Er lächelte. »Warum machen wir nicht einfach noch eine Flasche Wein auf statt dessen? Ich muß schließlich meinen Kummer ertränken.«

»Welchen Kummer?« fragte Izzy, nachdem sie das schauerliche Mahl in gegenseitigem Einvernehmen stehenlassen und sich vor dem Kamin im Wohnzimmer niedergelassen hatten. Sam sah überhaupt nicht besorgt aus; tatsächlich war es Ewigkeiten her, daß sie ihn so gutgelaunt erlebt hatte. Er warf ihr schnell einen Blick von der Seite zu. »Die Argentinier, die du beschimpft hast. Sie verklagen den Club.«

»Was?«

Sam lachte schallend. Izzy wurde klar, daß er sie drangekriegt hatte, und sie verfluchte ihre Naivität.

»Unfair«, brummte sie. »Ich fliege morgen nach Rom. Schieb's auf den vorgezogenen Jetlag.«

»Das ist als Entschuldigung noch mieser als der Schmortopf.«

Sie nippte an ihrem Wein und wiederholte gedehnt: »Welchen Kummer?«

»Vivienne ist vor zwei Tagen ausgezogen.«

Er sah immer noch nicht verstört aus. Seltsamerweise fühlte sie sich wegen Vivienne schuldig. Schließlich war sie diejenige gewesen, die die Freundin gedrängt hatte, etwas zu unternehmen.

»Ist es schlimm?«

Sams Augen funkelten vor Vergnügen. »Es ist verwirrend. Meine Wohnung ist so sauber wie eine Musterwohnung. In den Schränken gibt's Platz, ich kann meine Sachen wieder reinhängen, mein Fernseher ist nicht mehr nur für irgendwelche Serien zu gebrauchen, und ich muß nicht mehr im Gästebett schlafen.«

Sogar Izzy, die selbst unzählige solcher Verbrechen begangen hatte, mußte lächeln. »Wenn sie mich fragt, muß ich ihr auf jeden Fall sagen, daß du etwas niedergeschlagen warst.«

Er nickte. »Natürlich wirst du das. Arme Vivienne. Sie hat sich selbst dazu entschlossen auszuziehen. Das war wichtig für ihren Stolz. Ich bin nur froh, daß sie endlich realisiert hat, daß es nicht mehr so weitergehen konnte.«
»Du bist grausam«, protestierte sie. Jetzt tat Vivienne ihr richtig leid.
»Nein.« Sam grinste nur. »Ich bin frei.«
Mit zwei Dritteln einer Flasche Sancerre intus, begann Izzy sich zu entspannen. Es war angenehm, Sam wieder als Freund zu haben, und noch schöner war es, daß sie über das Scheitern ihrer jeweiligen Liebesbeziehungen bis ins erschreckend intime Detail reden konnten.
»Ich sehe mich schon als Siebzigjährige«, sagte sie nachdenklich, drehte ihre Haare um einen Finger und betrachtete die Farbe mit wenig Begeisterung. »Ich werde eine von diesen alten Jungfern sein, die zwischen Bergen alter Zeitungen sitzen, überall stehen halbvolle Dosen Ananas. Ich werde einen Papagei haben, ihm beibringen, alle meine Lieder zu singen, und ich werde alle meine Besucher damit zu Tode langweilen, daß ich sie daran erinnere, wie berühmt ich einmal gewesen war. Kat wird sich meiner fürchterlich schämen und versuchen, mich in einem dieser Heime für abgewrackte Künstler unterzubringen...«
Sam lehnte sich vor, um ihr nachzuschenken. »Und was ist mit mir?«
»Oh, ganz einfach. Du bist dann so ein Hauptfeldwebel-Typ, der seine Flaschen sorgfältig in der Hausbar aufreiht, markige Briefe an die *Times* schreibt und seine arme, unterdrückte Frau schikaniert. Du wirst alle deine Hemden selbst bügeln, weil sie die Falten nie richtig hinkriegt, und du hältst dir gutdressierte Labrador-Hunde.«
Er zog die Augenbrauen hoch. »Hab ich denn keine Kinder?«

Izzy hatte sich ganz freundlich über ihn lustig gemacht. Jetzt, wo sie darüber nachdachte, wurde sie ernst. »Das weiß ich nicht. Willst du welche?«

Er wäre ein wunderbarer Vater, aber irgendwie war ihr dieser Gedanke noch nicht gekommen. Es war schon schwierig genug, zu versuchen, sich die Frau vorzustellen, die er einmal heiraten würde.

»Willst du das, Sam? Eine Frau und eine Familie?«

Er grinste, weil er spürte, daß sie daran zweifelte. »Natürlich. Vielleicht. Warum, denkst du, ich werd sitzenbleiben? Quasi ein hoffnungsloser Fall? Zu... *alt*?«

Izzy setzte sich schnell auf, als er versuchte, nach ihren nackten Zehen zu greifen. »Wag es ja nicht, mich zu kitzeln! Natürlich bist du nicht zu alt. Das sind Männer nie. Es ist unfair.«

Sam sah zuerst erstaunt drein, dann wurde er neugierig. »Was soll das? Willst du etwa noch ein Kind?«

»Ich doch nicht, Dummkopf. Ich rede von Gina. Sie wollte immer nur eines, eine Familie, und dafür ist es jetzt beinahe zu spät. Während du dir noch dreißig Jahre Zeit lassen könntest, wenn du wolltest. Dann brauchst du dir nur irgendein junges Ding um die Zwanzig zu suchen und... loslegen.«

»Ich hatte eigentlich nicht vor, so lange damit zu warten«, protestierte er.

»Aber zumindest hast du diese Möglichkeit... das ist so unfair.« Sie unterbrach sich, dann sagte sie: »Erstaunlich, wie vernünftig wir uns unterhalten! Mein Gott, Sam, demnächst werden wir uns über unsere Rentenversicherung unterhalten.«

Sam hatte nicht darauf geachtet, worüber sie sprachen; er war nur froh, hier zu sein. Jetzt, wo sie ihm verziehen hatte, war Izzy in großartiger Form, und ihr jüngst erreichter Erfolg stand ihr ausgezeichnet. In ihrem dunkelblauen Jersey-Top und den weißen Leggings sah sie eher aus wie ein »junges Ding um die Zwanzig« als wie eine siebenunddreißigjährige Frau mit einer beinahe erwachsenen Tochter. Sie mochte nicht kochen können, dachte er, aber sie besaß ganz sicher mehr als ihren Anteil an anderen Vorzügen. Er sah sie an und erinnerte sich an diese wenigen kurzen Momente während der letzten Monate, in denen die Dinge zwischen ihnen beinahe in Ordnung gekommen wären, und die Ironie der Situation versetzte ihm erneut einen Schlag. Solange Vivienne stur an ihm hing, hatte er sich nicht erlaubt, intensiver darüber nachzudenken, aber wenn er ehrlich zu sich selbst war, dann fühlte er sich mehr zu Izzy hingezogen als je zu irgendeiner anderen Frau, soweit er sich erinnern konnte. Und dabei war ihre Beziehung bislang keusch gewesen, es war grotesk...

»Was ist los?« fragte sie jetzt, und ihre dunklen Augen sahen ihn durch die langen Wimpern mißtrauisch an. »Du sagst nichts mehr. Ich hasse es, wenn du so still bist. O Gott, hast du eine Lebensmittelvergiftung?«

»Es ist mehr der Gedanke, mit jemandem zu versuchen, über die Rentenplanung zu diskutieren, der denkt, eine Seidenbluse für zweihundert Pfund sei eine Investition.« Er stand auf und nahm ihr das Weinglas aus der Hand. »Komm, zeig mir dein neues Zuhause. Ich hab's noch nicht gesehen, und ich bestehe auf einer vollständigen Besichtigungstour.«

47 Als Izzy ihn von einem Zimmer zum nächsten führte, schämte sie sich noch mehr. Jedesmal, wenn sie von einer Einkaufstour nach Hause kam, mit weiteren unnötigen Anschaffungen, war sie Katerinas verzweifelten Rufen ausgesetzt, und das war schon schlimm genug, aber Sams wortlose Ungläubigkeit war noch schlimmer.
Erst als sie die Tür zum ehemaligen Kinderzimmer öffnete, sagte er endlich etwas.
»Ein Hometrainer. Ein Sonnenbett. Izzy, das ist einfach lächerlich.«
»Wir haben das Sonnenbett benutzt«, erwiderte sie abwehrend. »Es ist großartig.«
»Na, bravo. Und der Rest?«
»Ich muß fit sein. MBT plant eine Europa-Tournee für das nächste Jahr...«
»Und du hast nie im Leben trainiert.« Er warf ihr einen ungläubigen Blick zu. »Izzy, du wirfst dein Geld aus dem Fenster. Du wirst das Zeug *nie* benutzen.«
»Werd ich schon!« Es klang nicht sehr überzeugend, nicht mal für ihre eigenen Ohren.
Sam wirkte allmählich ungeduldig. »Glaub's mir«, sagte er energisch, »wirst du nicht. Und du mußt langsam begreifen, daß du so nicht weitermachen kannst, genauso schnell das Geld ausgeben, wie du es verdienst. Was passiert, wenn der Nachschub mal ausbleibt? Was machst du dann?«
»Der wird nicht ausbleiben.« Er meinte es gut, also zügelte sie ihr Temperament. »›Never, Never‹ war in siebzehn Ländern unter den ersten zehn. Die Schecks flattern nur so ins Haus...«

»Und du hast bis heute noch keine Steuererklärung abgegeben.«

»Sam, jetzt geh mir nicht auf die Nerven! ›Kiss‹ läuft hervorragend... Ich muß mir keine Sorgen um die Steuern machen...«

»Du gibst dein Geld für Schrott aus.« Er sagte es jetzt freundlicher, und Izzys Schultern sanken herab, sie gab sich geschlagen. Schließlich sagte er ihr nichts, was sie nicht schon selbst festgestellt hatte.

»Ich weiß«, sagte sie leise. »Es ist dumm, natürlich ist es dumm. Langsam denke ich, ich bin einfach nicht dafür geschaffen, reich zu sein. Ich beherrsch das nicht.«

Gerührt von diesem Eingeständnis, drehte Sam sich um, um sie anzuschauen. »Natürlich bist du nicht daran gewöhnt«, beruhigte er sie. »Aber du mußt nicht losziehen und ausgeben, ausgeben, ausgeben. Das ist keine Vorschrift, weißt du.«

Plötzlich füllten sich Izzys dunkle Augen mit Tränen.

»Natürlich ist es das«, heulte sie. »Mir geht's miserabel. Und das *hilft.*«

Er schob sie schnell aus dem Zimmer.

»Wenn's so sehr hilft, warum weinst du dann?«

Izzy wischte sich die Augen mit dem Ärmel ab. Sie wußte ja selbst keine Antwort darauf. Aber irgendwie hatte Sams Anwesenheit heute abend ihr klargemacht, wie *leer* sie sich die letzten paar Wochen gefühlt hatte. Vorher hatte sie es auf ihre Schwierigkeiten mit Katerina geschoben, aber Kat war zurückgekommen, und die quälende innere Leere war geblieben.

»Ich weiß es nicht.« Sie schüttelte ihren Kopf wie ein Kind und schämte sich zutiefst über eine derart unerklärliche Schwäche. »Ich habe alles, was ich mir je gewünscht habe... ich habe kein *Recht,* mich miserabel zu fühlen... aber

irgend etwas scheint noch zu fehlen, und ich weiß nicht einmal, was es ist.«
»Oder wer er ist?« Sam riskierte eine Vermutung und sagte langsam: »Es ist nicht Tash Janssen, oder doch?«
Es war tröstlich, zu sehen, daß sie ein verheultes Lächeln versuchte.
»Der *ganz sicher* nicht. Verflucht, ich bin halt nur dumm. Beachte mich einfach nicht.«
Das war so ziemlich das dümmste, was sie sagen konnte. Selbst wenn er aus Granit gewesen wäre, hätte er sie kaum nicht beachten können.
Um sie aufzumuntern, grinste er sie etwas schief an.
»Jedenfalls bist du ein lausiger Führer. Komm, gehen wir wieder runter.«
»Ich hab dir mein Schlafzimmer nicht gezeigt.« Izzy war besonders stolz auf ihr bezauberndes, neu renoviertes Schlafzimmer mit seiner smaragdgrünen Decke, den karmesinroten Tapeten und dem verschwenderischen karmesinrot-grünen Baldachin ihres Himmelbettes. Sie ging nach links durch den Korridor und öffnete die Tür. »Und wo du schon mal hier bist, kannst du mir die Koffer runtertragen.«
Wo er schon mal da war, konnte Sam an weitaus interessantere Dinge denken, als ein ganzes Kofferset zu schleppen. Er hatte das nicht geplant, aber Izzy so unglücklich zu sehen hatte eine Saite in ihm berührt und ihn tiefer bewegt, als es der heftigste Flirt je hätte tun können. Es hatte so viele verpaßte Gelegenheiten gegeben, und dennoch war die gegenseitige Anziehung, die ihrer bewegten und manchmal unbeständigen Beziehung zugrunde lag, immer existent...
»Den hier hab ich einfach nicht zugekriegt«, erklärte Izzy, ängstlich darauf bedacht, ihn von ihrem peinlichen Aus-

bruch abzulenken. Das letzte, was Sam jetzt brauchte, war noch ein hoffnungsloses, jammerndes Frauenzimmer.

Sie hatte viel zu viele Kleider und mindestens zwölf Paar Schuhe in den größten grauen Koffer gestopft und sich erfolglos eine Weile lang abgemüht, den Reißverschluß zuzuziehen. Jetzt hockte sie sich oben auf den Koffer und versuchte, sich so schwer wie möglich zu machen: »Komm schon, Sam – du bist hier derjenige mit Muskeln. Kannst du eben mal den Reißverschluß zumachen...«

Er mußte sich bücken, um den Koffer festzuhalten. Izzy thronte mit gekreuzten Beinen auf dem Deckel wie eine Elfe auf einem Pilz und warf ihm ein ermutigendes Lächeln zu. Sam lehnte sich auf seine Fersen zurück und atmete tief durch.

»Izzy, ich glaube, es ist an der Zeit.«

»Was ist an der Zeit?« Sie starrte ihn verdutzt an, die Lippen leicht geöffnet.

»Es ist an der Zeit, daß du aufhörst, dich miserabel zu fühlen«, sagte Sam langsam. Ihre Hände lagen auf ihren Knien, und als Sam sie mit seinen eigenen bedeckte, zog sie sie nicht weg. »Und ich denke, es ist auch an der Zeit, daß wir aufhören, nur rumzualbern. Ist doch so, oder?«

Es war mehr eine Feststellung als eine Frage, und Izzy wußte sofort, was er meinte. Zu Sams großer Erleichterung tat sie nicht so, als würde sie es nicht wissen.

»Natürlich, das stimmt schon«, antwortete sie leise, und ihr Puls begann zu rasen. Es sich selbst einzugestehen und zu sehen, daß Sam genauso fühlte, war, als würde ihr eine große Last von den Schultern genommen. Viviennes Ankunft in London und ihre unmittelbar darauf folgende, unglückselige Beziehung zu Tash hatten jeden Gedanken daran verboten, das weiterzuführen, was beinahe begonnen hatte.

Jetzt aber waren die Hindernisse aus dem Weg geräumt; es gab absolut keinen Grund mehr, warum es nicht passieren sollte.

Außer...

Er spürte ihr Zögern und fragte: »Was?«

Izzy schob ihre Haare aus dem Gesicht. »Es war die ganze Zeit da«, sagte sie zögernd. »Also, warum gerade jetzt? Warum gerade heute nacht?«

Diesmal mußte Sam lachen. Er schaute kurz zu dem prächtigen Himmelbett rüber. »Du kannst mich ja einen Opportunisten nennen, aber das ist das erste Mal, daß du mich wirklich in dein Schlafzimmer eingeladen hast. Falls du das eine Mal in Ginas Haus nicht dazuzählst, als du eine Spinne in deinem Bett gefunden und das ganze Haus zusammengeschrien hast...«

Die Antwort war gut, aber Izzy mußte sicher sein. »Schau«, versuchte sie es noch mal und sah ihn ernst an. »Ich möchte nicht, daß das nur passiert, weil ich in Tränen ausgebrochen bin und gesagt habe, daß es mir miserabel geht. Ich möchte nicht, daß ich dir leid tue, Sam.«

»Du hast mir noch nie leid getan«, sagte er wahrheitsgemäß, und sie seufzte erleichtert auf.

»Okay«, sagte Izzy, jetzt mit einem Hauch Amüsiertheit. »Ich glaube dir.«

Er zog in gespielter Verzweiflung die Augenbrauen hoch. »Das will ich aber auch gehofft haben.«

»Und jetzt möchte ich, daß du noch etwas für mich tust.«

»Und was ist das?«

»Oh, Sam.« Vorfreude und Verlangen durchfluteten sie, und sie überlegte, ob er hören konnte, wie verrückt ihr Herz gegen ihre Rippen schlug. Sie glitt vom Koffer in seine Arme. »Hör auf, Zeit zu verschwenden, und verführe mich...«

Später schien es Izzy, als ob alles in Zeitlupe passiert wäre. Jedes Stadium des wundervollen gegenseitigen Verführens dehnte sich so wunderbar, daß Zeit nicht länger irgendeine Bedeutung hatte.
Und als er schließlich ihren nackten Körper erforscht und gestreichelt hatte, bis sie darauf brannte, ihn in sich zu spüren, war ihr Wunsch erfüllt. Als Liebhaber war Sam perfekter, als sie es je gewagt hatte, sich vorzustellen. Es waren keine Worte nötig, denn er wußte intuitiv – beinahe, bevor sie es selbst wußte –, was zu tun war, um jeden magischen Moment zu verlängern in einer Intensität, daß sie nicht einmal mehr die einfachsten Worte hätte sagen können … Izzy hatte die Augen geschlossen und sich der reinen, blinden Ekstase hingegeben, sie bewegte sich mit ihm, ihre Fingernägel bohrten sich in seine Schultern, und ihre leicht geöffneten Lippen kosteten seinen Nacken. Der Augenblick kam näher, und sie wußte, Sam hielt sich zurück, wartete auf sie. Es war nicht fair … sie wollte, daß es ewig weiterging … aber die Erregung steigerte sich unkontrolliert, und nichts – nicht einmal Sam – konnte sie noch aufhalten …
»Oh …!« schrie Izzy, packte ihn und schluchzte beinahe vor Freude.
Im nächsten Moment berührte Sams Mund ihr Ohr. »Ich habe so lange darauf gewartet«, murmelte er, sein Körper straffte sich, als er sie noch fester an sich zog. »Izzy … ich liebe dich …«

Sie wachte um halb sieben auf und fand sich in Sams Armen wieder. Auch ihre Beine waren ineinander verschlungen. Er schlief nicht.
»Ich habe Hunger«, sagte sie, lächelte ihn an und genoß die glückselige Sicherheit seiner Umarmung.

Seine Finger glitten anregend über ihren Bauch. »Hm, ich auch.«

»Auf Essen«, protestierte Izzy und atmete schwer, als er sie sanft auf den Rücken rollte und anfing, mit träger Zunge die Schwellung ihrer Brust zu erforschen. Sekunden später gab sie auf und flüsterte schwach: »Aber vielleicht kann das warten ...«

Dieses Mal liebten sie sich langsam und sehnsüchtig, beinahe wie im Traum. Danach sagte Sam: »Erinnerst du dich, was ich dir gesagt habe?«

»Meinst du das Zeug, daß ich mein Geld nicht so verschleudern sollte?« Izzy zog ein Gesicht. »Sam, erzähl mir jetzt nicht, daß du mir ein Sparbuch aufschwatzen willst.«

Er gab ihr einen tadelnden Klaps auf den nackten Po. »Sei kein Klugscheißer. Es ist mir ernst.«

»Entschuldige.«

»Und ich rede speziell von drei Wörtern.«

Es war nicht sonderlich schwierig zu erraten, auf welche drei Wörter er anspielte. Izzy hatte diese Worte schon öfter in solchen Augenblicken gehört, und sie neigte dazu, sie mit äußerster Vorsicht zu genießen. Sie versuchte, dem Problem zu entgehen, schaute Sam unschuldig an und sagte: »Speziell drei Wörter? Wie ›Mein Gott – Cellulitis‹?«

Er gab ihr noch einen Klaps, diesmal fester.

»Ich habe dir gesagt, daß ich dich liebe.«

»Schon in Ordnung«, versicherte sie ihm. »Das ist garantiert nicht rechtsverbindlich.«

»Wenn du noch lange so weitermachst«, warnte er sie, »werde ich ...«

»Mich mit Seidenstrümpfen an den Bettpfosten binden und mir eine Lektion erteilen, die ich nie vergessen werde?«

Sam schloß in gespielter Verzweiflung die Augen. »Ich glaube, ich ziehe vor, daß es dir miscrabel geht... Kannst du vielleicht mal einen Augenblick ernst sein?«
»Gut.« Sie nickte und versuchte, zerknirscht auszusehen. »Aber nur, wenn du versprichst, nachher Frühstück zu machen. Ich habe *immer noch* Hunger.«
Aber Sam ließ sich nicht ablenken. »Diese drei Wörter«, sagte er nur und schaute sie an. »Ich habe das so gemeint. Und das sage ich nicht nur so dahin, falls du das denken solltest. Wenn du es genau wissen willst, es war das erste Mal.«
Izzy blieben die Einzeiler, die sie parat hatte, in der Kehle stecken. Ihr Magen machte einen unbeholfenen Hüpfer, und ihr Munde wurde trocken. O Gott, dachte sie, es war ihm wirklich ernst. Und es war einerseits fast das schönste, was er sagen konnte, andererseits auch das erschreckendste. Sie war überhaupt nicht auf eine derartige Erklärung vorbereitet – noch dazu so früh am Morgen – und sagte leise: »O Sam, tu das nicht. Bitte.«
Er beugte sich rüber und nahm ihr Kinn in seine Hand, so daß sie gezwungen war, ihn anzuschauen. »Warum nicht?«
»Weil es mir angst macht.« Schon es auszusprechen tat weh. Sam bedeutete ihr sehr viel – viel mehr, als er wahrscheinlich dachte –, aber das machte die Situation nur noch erschreckender. Tash Janssen hatte gesagt: »Ich liebe dich«, und es hatte nichts bedeutet. Ralph hatte es Dutzende Male gesagt; genauso Katerinas Vater. Und wozu war es gut gewesen, wozu hatte es geführt? Soweit es Izzy betraf, war allein die Tatsache, daß Sam dasselbe sagen konnte, Beweis genug, und zwar ohne auch nur den Schatten eines Zweifels, wie wenig solche Worte bedeuteten und wie lächerlich naiv sie in der Vergangenheit

gewesen war, ihnen Glauben zu schenken. Gott, Männer waren verräterische Scheißkerle, dachte sie traurig. Warum konnten sie Frauen nicht einfach anständig behandeln? Warum mußten sie sie immer absichtlich verwirren?

»Wovon redest du eigentlich?« fragte Sam gerade und fuhr mit seinen Fingern ungeduldig durch sein dunkelblondes Haar. »Da gibt's nichts zum Fürchten.«

Sie hatte es satt, daß sie so dumm war, darauf hereinzufallen, und das machte Izzy angst. Dieses Mal würde sie nicht einen Idioten aus sich machen lassen.

»Es ist nicht wichtig«, sagte sie leichthin. »Kein großes Problem, Sam. Ich möchte nur nicht, daß du solche Sachen sagst, das ist alles.«

»Ich wünschte, ich hätte es nicht gesagt, verflucht noch mal«, antwortete er erbittert. Das entwickelte sich absolut nicht so, wie er erwartet hatte.

»Ja.« Izzy zuckte die Achseln. »Das vermasselt nur alles, oder nicht? Ich meine, seien wir doch ehrlich; nachdem wir uns gegenseitig etwas in den Kopf gesetzt hatten während der letzten Monate, haben wir schließlich... etwas daraus gemacht. Und ich muß sagen, zumindest was mich angeht, es hat allen Erwartungen voll entsprochen. Es war großartig – vielleicht kann's sogar weiterhin großartig sein –, aber es gibt absolut keinen Grund dafür, das zu ruinieren, indem man so tut, als wäre es mehr, als es wirklich ist.«

Sam hatte nicht so getan als ob, aber er hätte sich lieber die Zunge abgebissen, als das jetzt zu sagen, angesichts von Izzys Kommentaren. Er war, wie's aussah, gut im Bett gewesen und hatte obendrein Izzys Neugier befriedigt. Aber was mehr betraf... das würde alles nur *ruinieren.*

»Ich bin vernünftig«, fuhr sie fort, drapierte das Federbett rings um sich und umschlang ihre Knie. »Realistisch. Komm mir jetzt nicht mit krummen Touren, Sam.«
»Krumme Touren waren nicht gerade das, was ich wollte«, erwiderte er boshaft.
Jetzt wich Sam Izzys Blick aus. Sie glitt näher, verlor die Bettdecke, grinste und plazierte einen Kuß auf seinem steifen Kinn. »Aber du bist drauf und dran, es zu tun«, sagte sie zwischen den Küssen, »und das ist wirklich nicht nötig. Wir haben schließlich keinen Streit.«
»Hm.«
Er wurde schwach; sie konnte es spüren. Izzy hörte ihren Magen knurren, streckte sich noch ein wenig und plazierte ihre Küsse nun näher bei seinem Mund. »Also, keine krummen Touren«, murmelte sie mit flehender Stimme. »Andererseits, wenn du dich lieber um das Frühstück kümmerst ...«
Sam mußte unwillkürlich lächeln. »Du bist ein harter Brocken.«
Sie war jetzt beinahe auf ihm. »Oh, nein«, sagte sie und verschluckte sich beinahe vor Lachen. »Ich bin ein hungriger Brocken. Verzeih mir, wenn ich etwas so Persönliches erwähne, Sam, aber du bist es, der hart ist.«

Sam war unten in der Küche, als Izzy, die gerade aus der Dusche kam, das Telefon einfiel. Sie hatte es letzte Nacht ausgestöpselt, um jede Unterbrechung zu vermeiden. Jetzt fiel ihr ein, daß Joel McGill vielleicht seit einer Stunde durchzukommen versuchte. Sobald sie das Telefon neben ihrem Bett wieder eingesteckt hatte, fing es an zu läuten.
»Kein Grund zur Panik«, sagte Izzy und klemmte den Hörer zwischen Kinn und Schulter, während sie einen

schlüsselblumenfarbenen Schlüpfer überstreifte und das dunkelblaue Jersey-Top der letzten Nacht in Richtung Wäschekorb kickte. »Ich bin wach, habe gepackt und kann starten.«

Aber es war nicht Joel, der anrief, um sie aus dem Bett zu jagen. Es war Gina, die äußerst merkwürdig klang.

»Ich habe die ganze Nacht versucht, dich zu erreichen«, sagte sie stoßweise. Im Hintergrund konnte Izzy das Klappern von Pfannen hören und ein fürchterliches Heulen.

»Die ganze Nacht? Gina, *wo* bist du? Das hört sich an wie der Whipsnade Zoo.«

Zuerst war es still, dann schnappte Ginas Stimme über.

»Es ist schlimmer als ein Zoo. O Izzy, ich brauch dich hier. Ich bin im St.-Lukas-Krankenhaus, und niemand will mir sagen, was los ist...«

»Aber warum bist du dort?« Izzy setzte sich abrupt auf die Kante des zerwühlten Betts. »Gina, wein nicht. Hattest du irgendeinen Unfall?«

»Nein, keinen Unfall.« Gina weinte nun wirklich richtig.

»O Gott, Izzy... ich hab die ganze Nacht versucht, dich anzurufen! Ich hab versucht Sam anzurufen, aber er ist auch nicht drangegangen. Wirst du herkommen und rausfinden, was los ist...?«

»Natürlich mach ich das«, sagte Izzy automatisch, ihre Gedanken überschlugen sich. »Aber warum bist du *dort*?«

»Meine Augen.« Ginas Antwort war jetzt kaum hörbar. »Es sind meine Augen. Ich glaube, ich werde... blind...«

48 Bis jetzt war Izzy Van Asch ein beispielhafter Schützling gewesen, schrieb Songs praktisch auf Bestellung, sang, wenn man sie zu singen bat, war freundlich, posierte stundenlang bei grauenvollen Fototerminen und gab traumhafte Interviews. Ihre grenzenlose Begeisterung und ihr bodenständiger Humor hatten Joel McGill vollständig von ihr eingenommen, und obwohl niemand sie als besonders pünktlich bezeichnen konnte, hatte sie weder ihn – noch sich selbst – je im Stich gelassen.

Bis jetzt. Oh, bis jetzt. Er wünschte sich inständig, er wäre nicht an das verfluchte Telefon gegangen.

»Schau«, sagte er, darum bemüht, ruhig zu bleiben, und überlegte, ob Izzy auch nur die geringste Ahnung hatte, welchen Schaden sie ihrer Karriere zufügen konnte. »Alles ist bereits arrangiert. Um Gottes willen, Izzy – du kannst mir das nicht antun! Du kannst nicht einfach *nicht* nach Rom fliegen.«

Aber Izzy war anscheinend nicht bereit, sich umstimmen zu lassen. Sie war wild entschlossen.

»Es tut mir leid, ich weiß, daß ich alles vermaßle«, antwortete sie ruhig. »Aber ich habe keine andere Wahl. Gina braucht mich, und ich kann sie nicht im Stich lassen.«

Joel war der Verzweiflung nahe. »Die Italiener werden nicht begeistert sein.«

»Das weiß ich.« Der vierzehntägige Terminplan war dichtgedrängt, voll mit Auftritten, Konzerten und Interviews. Izzy wußte, welche Arbeit es gewesen war, das alles zu organisieren. Sie seufzte, es war ein tiefer, sorgenvoller Seufzer. »Und ich wünschte, ich müßte das nicht tun.

Aber schau, Joel, jetzt, wo's nun mal passiert ist... ich kann um nichts in der Welt nach Rom fliegen.«

Das St.-Lukas-Krankenhaus mit seiner einschüchternden roten Ziegelfassade und den endlosen Korridoren mit erbsensuppengrünen Wänden und beigefarbenem Linoleum auf dem Fußboden war eines der bedrückendsten Gebäude, die Izzy je gesehen hatte. Der antiseptische Geruch war durchdringend, die Aufzüge konnte man nur als antik bezeichnen; sogar die Gesichter des medizinischen Personals, an dem sie vorbeikamen, sahen grimmig aus. Aber falls ihr erster Eindruck sie verwirrte, so war es nichts im Vergleich zu dem Schock, als sie in die Station kamen, auf der Gina lag. Nun wurde der Gestank allzu erkennbar menschlich. Izzy hielt die Luft an und sah sich widerwillig um. Der Anblick der ungefähr dreißig Frauen, von denen keine auch nur einen Tag jünger als achtzig war, die entweder in ihren Stühlen zusammengesackt waren oder wie Leichen in ihren in Reih und Glied stehenden Betten lagen, war mitleiderregend. Manche waren ruhig, während andere unverständlich vor sich hinbrabbelten. Eine fuchtelte wild in der Luft herum und stieß eine Serie gellender Schreie aus, als sie vorbeigingen. Der fürchterliche Geruch wurde intensiver. Eine andere alte Frau mit wilden Haaren schleuderte einen Plastikbecher auf den Boden und lachte gackernd, als kalter Tee über Izzys polierte, salbeigrüne Stiefel spritzte. Zwei junge Schwestern waren am anderen Ende der Station derart mit einem anderen widerspenstigen Patienten beschäftigt, daß sie ihre Anwesenheit nicht einmal bemerkt hatten. Hier gab's viel zu wenig Personal, und weit und breit war kein Arzt in Sicht. »Ist schon in Ordnung«, sagte Sam, obwohl es das offenkundig nicht war.

Er hielt Izzys Arm fester, weil er einen Moment lang befürchtete, sie würde in Ohnmacht fallen, und fuhr dann beruhigend fort: »Schau, da ist Gina. Die zweite von hinten, links.«
Es sagte viel über das Ausmaß von Ginas Qualen aus, spürte Izzy, daß sie nicht einmal mehr weinen konnte.
»Ihr seid da«, flüsterte sie fast ungläubig, als sie sich umdrehte und sie sah. »Mein Gott, ihr beide seid da...«
»Natürlich sind wir da«, sagte Izzy mit einer Stimme, die klang, als würde sie ihr nicht gehören. Sie war entsetzt über Ginas Teilnahmslosigkeit, genauso wie über ihre Leichenblässe, griff nach ihrer Hand und drückte sie: »Du mußt dir jetzt keine Sorgen mehr machen, wir werden das schon hinkriegen. Aber Gina, was ist los mit dir?«
Gina wußte nur zu gut, was mit ihr los war, aber sie konnte eine ganze Weile nicht sprechen. Sie starrte hilflos hoch zu Sam, hob ihren linken Arm – ihren gesunden Arm – und schlang ihn um seinen Hals, als er sich runterbeugte, um sie zu küssen.
»Ich habe versucht, dich anzurufen«, krächzte sie, ihr Hals war wie abgeschnürt und ihr Mund trocken. »Oh, Sam, ich hab's immer wieder versucht, aber du warst nie da...«
Das Wägelchen mit dem Telefon war an die Wand geschoben. Izzy sagte schnell: »Ich hab's geschafft, ihn zu erwischen, gleich nachdem du angerufen hast. Ich hatte letzte Nacht mein Telefon ausgesteckt, denn ich wollte schlafen... oh, Gina, es tut mir so leid.«
Sam bemerkte, daß Izzy den Tränen nahe war, und nahm die Sache in die Hand. Er zog einen orangefarbenen Plastikstuhl heran und sagte fest: »Jetzt erzähl uns mal alles. Von Anfang an. Und laß nichts aus.«

Er war stark, hatte sich unter Kontrolle. Jetzt, wo Sam hier war, dachte Gina, war es beinahe wieder möglich, zu glauben, daß alles in Ordnung käme.

»Gestern abend kam ich spät aus dem Büro«, begann sie, leckte sich die ausgetrockneten Lippen und griff nach seiner Hand. »Doug ist für ein paar Tage in Manchester, also gab's eine Menge zusätzlicher Arbeit. Egal, ich kam so um acht zurück und bin auf dem Sofa eingeschlafen. Als ich ein paar Stunden später aufwachte, dachte ich, ich sterbe – mein Kopf fühlte sich an, als würde er platzen, ich konnte mit dem rechten Auge nichts sehen, und ich wußte, ich würde krank werden. Ich versuchte aufzustehen – ich wollte ins Badezimmer –, aber es war so, als ob meine rechte Seite einfach nicht da wäre. Ich bin hingefallen« – sie machte eine Pause, dann fügte sie hinzu – »jedenfalls war ich krank.«

Zu ihrem Entsetzen bemerkte Izzy, daß die Hand, die sie gehalten hatte – Ginas rechte Hand –, tatsächlich so schlaff und leblos war wie die einer Puppe. »Was war dann?« fragte sie leise. »Was hast du dann gemacht?«

»Mich über den Fußboden zum Telefon geschleppt.« Gina schloß kurz ihre Augen. »Ich muß ausgesehen haben wie ein Idiot. Und Jericho war auch keine Hilfe, er sprang rum und dachte, das wäre irgendein tolles neues Spiel. Jedenfalls hab ich es geschafft, den Notruf zu wählen, und ein Krankenwagen hat mich hierhergebracht. Die haben an mir rumgestochen und gepiekst... und heute haben sie weitere Tests gemacht..., aber sie wollen mir nicht sagen, was mit mir nicht stimmt...«

»Weil sie die Testergebnisse noch nicht vorliegen haben«, erinnerte Sam sie freundlich. Sein Lächeln war tröstlich, aber Izzy spürte, wie besorgt er in Wirklichkeit war.

Und Gina fiel, wie es aussah, auch nicht darauf herein.

»Hör schon auf damit Sam«, sagte sie müde. »Wie oft hast du meine Mutter gesehen? Du solltest wissen, wie sie gestorben ist.«

»Wie ist sie gestorben?« fragte Izzy, nachdem schließlich ein Arzt aufgetaucht war. Er hatte die Vorhänge um Ginas Bett schwungvoll zugezogen und Izzy und Sam in das trostlose Wartezimmer verbannt, während er eine weitere Untersuchung vornahm. Alle Gedanken an die Intimitäten der letzten Nacht hatte Izzy aus ihrem Gedächtnis verbannt. Sie setzte sich ihm gegenüber hin und suchte sein Gesicht nach irgendwelchen Hinweisen ab.

Sam zögerte, dann sagte er brüsk: »Sie hatte einen Gehirntumor. Es war ziemlich traumatisch. Gina hat sie zu Hause versorgt bis zu ihrem Ende.«

Izzy warfen seine Worte fast um, ihr Herz begann zu rasen. »Einen Gehirntumor? Aber was hat das mit Gina zu tun? Sie kann einfach keinen Tumor haben. Sie ist zu... jung!«

»Ja, genau.« Er versuchte erst gar nicht, ihr in dieser Hinsicht zu widersprechen; sogar Izzy mußte einsehen, wie absurd diese Reaktion war. »Wir wissen noch nicht, was es ist. Bis wir es wissen, ist das wichtigste, Gina Mut zu machen, soweit das geht.«

»In diesem scheußlichen Loch?« Als sie hilflos Richtung Tür deutete, hörte sie erneutes Kreischen. »Was hattest du dir denn so vorgestellt, Sam? Wir tun so, als wäre nichts?«

»Miss Van Asch, ich bin mir der Tatsache bewußt, daß die Bedingungen hier nicht ideal sind, aber als Mrs. Lawrence letzte Nacht eingeliefert wurde, waren auf der neu-

rologischen Abteilung keine Betten frei. Ich kann Ihnen jedoch versichern, daß Ihre Freundin die beste Pflege und Versorgung bekommt.«
Der Arzt war überarbeitet, das Krankenhaus zu schlecht ausgestattet. Es war nicht seine Schuld, dachte Izzy, aber das bedeutete noch nicht, daß alles in Ordnung war.
»Es tut mir leid«, sagte sie und sah darüber hinweg, daß Sam ihr einen dieser Was-zur-Hölle-hast-du-jetzt-wieder-vor-Blicke zuwarf, »aber die bestmögliche Pflege ist nicht gut genug. Gina braucht die beste Pflege, Punkt. Und die bekommt sie auf dieser Station nicht.«
»Ich kann Ihnen versichern«, sagte der Arzt steif, »daß wir, sobald ein Bett in der neurologischen Abteilung frei wird, Ihre Freundin dorthin verlegen. In der Zwischenzeit jedoch bleibt uns nichts anderes übrig, als sie hierzubehalten.«
Er versuchte sie einzuschüchtern. Aber Izzy blieb fest.
»Wir haben eine Alternative«, insistierte sie. »Sehen Sie, Gina braucht Behandlung, das weiß ich. Aber sie sollte sich auch wohl fühlen. Sie braucht Ruhe und Frieden... und gutes Essen... und Schwestern, die nicht dauernd gestreßt rumlaufen...«
»Ich habe sie gefragt, ob sie privat versichert ist«, unterbrach sie der Arzt und sah auf seine Uhr. »Sie ist es nicht.«
»Ich weiß, aber ich möchte trotzdem, daß sie in eine Privatklinik gebracht wird«, sagte Izzy ausdruckslos. »Ich bezahle.«
Er warf ihr einen zweifelnden Blick zu. »Wir wissen noch nicht, wo das Problem bei Mrs. Lawrence liegt. Es könnte sehr teuer werden.«
Izzy war froh. Zu guter Letzt hatte sie etwas gefunden, das es wert war, ihr Geld dafür auszugeben. »Die Kosten sind mir gleichgültig«, sagte sie. »Es ist egal, wieviel es kostet. Ich bezahle.«

49 Als Gina erfahren hatte, daß sie ins Cullen Park Hospital gebracht werden würde, hatte sie vor Dankbarkeit beinahe geweint. Es war nicht nur für den konkurrenzlosen Luxus bekannt, mit dem es seine Klientel, die zum Großteil aus Stars bestand, verwöhnte, sondern ebenso für die ausgezeichnete medizinische Versorgung. Das Cullen war ein gutes Krankenhaus, mit den neuesten High-Tech-Apparaturen ausgestattet. Reiche Patienten aus der ganzen Welt kamen hierher zur Behandlung. Gina, die bisher nur in der Zeitung darüber gelesen hatte, wußte, wenn überhaupt jemand sie heilen konnte, dann das unvergleichliche medizinische Personal im Cullen. Falls überhaupt jemand sie heilen konnte. Das war zweifellos der Stolperstein. Denn es war gleichgültig, wie hervorragend die Ärzte sein mochten oder wie weltraumzeitaltermäßig die Technologie war, manche Krankheiten waren immer noch unheilbar. Und nach den zwei längsten, schrecklichsten Tagen ihres ganzen Lebens gab ihr immer noch niemand auch nur den geringsten Hinweis. Niemand war anscheinend bereit, ihr irgend etwas zu sagen, was vielleicht andeuten könnte, ob sie nun erwarten konnte, zu leben oder zu sterben. Andererseits aber lächelten alle viel und plauderten angeregt mit ihr über jedes beliebige Thema. Solange es nichts mit ihrer Krankheit zu tun hatte...

Es war aber, was nur natürlich war, das Thema, das jeden Gedanken von Gina beherrschte. Ihre Mutter war zweiundfünfzig gewesen, als ihr Gehirntumor sich zum ersten Mal bemerkbar gemacht hatte. Die plötzlich einsetzenden, migräneartigen Kopfschmerzen – rasende

Schmerzen und Erbrechen – waren mit besonders starken Schmerzmitteln behandelt worden und mit dem von Herzen kommenden Trost des Hausarztes, der von der Menopause gesprochen und ihr gesagt hatte, sie solle in ihrem Alter die Dinge leichter nehmen.

Im Verlauf der nächsten paar Wochen aber hatte sie sich von einer aktiven, Tennis spielenden, fröhlichen Kreuzworträtsel-Enthusiastin in eine verschreckte, introvertierte Frau verwandelt, die auf Gedeih und Verderb den verwirrendsten Stimmungswechseln und sich langsam verschlechternder Sehfähigkeit ausgeliefert war. Als der Tumor dann schließlich entdeckt wurde, war es für eine Behandlung zu spät.

Die Kopfschmerzen wurden schlimmer, eine schleichende Lähmung ihrer linken Körperhälfte machte das tägliche Leben immer schwieriger, und die unvorhersehbaren Stimmungsschwankungen wichen einem pathetischen Eifer zu gefallen und schließlich milder Euphorie.

Es hatte Gina das Herz zerrissen, dabei zusehen zu müssen, wie die Mutter, die sie so sehr liebte, langsam zerstört wurde, und sie hatte sich bemüht, sie in diesem letzten schrecklichen Sommer gut zu versorgen. Sie hatte getan, was sie konnte, ihre Mutter aus dem Krankenhaus geholt und in Kingsley Grove gepflegt, aber Liebe war nicht alles. Die bösartige Geschwulst hörte nicht auf zu wachsen, ruinierte das Gedächtnis ihrer Mutter, bis sie nicht mehr begreifen konnte, daß ihr Mann vor drei Jahren gestorben war. Am schmerzlichsten war, zumindest für Gina, zuhören zu müssen, wie ihre Mutter völlig verwirrt schrie: »Thomas, wo bist du? Hilf mir... laß mich hier nicht allein... o Thomas, ich hab solche Angst... bitte verlaß mich nicht...«

In ihrem Innersten wußte Gina, daß die Ähnlichkeit zwischen ihren eigenen Symptomen und denen ihrer Mutter zu groß war, um purer Zufall zu sein. Die Tests gingen weiter, aber in den Pausen dazwischen bemühte sie sich, sich darauf einzustellen – zumindest geistig –, daß auch sie einen Gehirntumor hatte.
Und sie hatte auch Angst... so fürchterliche, verzweifelte Angst... allein zu sein beim Sterben.

»Eben hat mir eine dieser nervtötenden Schwestern draußen einen komischen Blick zugeworfen«, brummelte Doug, als er ins Zimmer platzte und einen Strauß rosa Nelken in Ginas Schoß legte. »Ich wußte nicht, daß man sich hier fein machen muß als Besucher.«
Gina war froh um die Abwechslung und lächelte zu ihm hoch. »Vielleicht haben sie einfach nie zuvor jemanden gesehen, der ein orangefarbenes Hemd zu einem kastanienbraunen Jackett trägt.«
»Oh. Ist das schlecht?« Doug sah derart geknickt aus, daß sie ihre Nase in den Nelken vergraben mußte, um ihr Lachen zu verbergen.
»Nicht schlecht, nur... individuell. Mmm, diese Blumen duften überwältigend.«
Er wollte sie küssen, war aber nicht in der Lage, den Mut aufzubringen, statt dessen setzte er sich neben ihr Bett. »Wie fühlst du dich?«
Ihre Fähigkeit, munter auszusehen, erstaunte sie immer noch. Diese Frage wurde ihr vielleicht zwanzigmal am Tag gestellt, und sie hatte sich angewöhnt, den Leuten zu sagen, was sie gerne hören wollten, statt die weniger erfreuliche Wahrheit. Wenn sie heulte und weinte, würde das die Leute nur verschrecken, das war Gina klargeworden.

»Viel besser«, antwortete sie und strich mit den Fingern ihrer gesunden Hand durch das frischgewaschene blonde Haar. »Sie haben noch mehr Tests gemacht heute morgen, haben mir den Kopf mit Elektroden verkabelt und meine Gehirnwellen gemessen. Eine der Schwestern hat mir danach die Haare gewaschen.«

»Gut, gut.« Doug war wie von Sinnen vor Sorge, seit er aus Manchester zurückgekommen war, und jetzt sah er deutlich erleichtert aus. »Ich hoffe, daß du bald hier raus bist. Und du mußt dich eine Weile erholen, bevor wir dich wieder arbeiten lassen...«

Arbeiten, das war ein Witz. Aber sie machte mit, sah auf die Uhr an der Wand und nickte, als würde sie zustimmen. »Du wirst dir eine Aushilfe nehmen müssen. Für ein paar Wochen oder so. Ist das Büro chaotisch?«

Für einen Moment war er aus der Fassung gebracht, denn er hatte weder die Zeit noch das Bedürfnis gehabt, sich um den Zustand des Büros zu kümmern. Gina allein zählte. »Ich weiß nicht. Vielleicht. Was haben sie zur Computertomographie von gestern gesagt?«

Sie schluckte, denn sie wollte nicht daran denken. Die Ärzte waren in einem kleinen Kämmerchen neben dem Untersuchungszimmer versammelt gewesen und hatten sich flüsternd unterhalten; das einzige, was sie verstehen konnte, waren Gesprächsfetzen, sie erwähnten Ventrikel, weiße Substanz und Hemisphären, was auch immer das sein mochte. Für sie waren die ernsten Gesichter und die verstohlenen Seitenblicke in ihre Richtung von weit größerer Bedeutung als irgendwelche dummen Worte.

Noch einmal stieg fürchterliche Panik in ihr hoch. Sie wollte nicht sterben, allein und ungeliebt...

»Sie haben gar nichts gesagt.« Ihr Blick glitt noch einmal

hinter Doug, zur Wanduhr, die immer noch Viertel nach vier zeigte.
»Jedenfalls nicht zu mir.«
Gina gab sich eine Blöße. Doug bemerkte den trüben Ausdruck in ihren Augen und dachte, wenn es irgend etwas gäbe, das bewirken würde, daß es ihr wieder bessergeht... irgend etwas..., dann würde er es tun.
Ich liebe dich, dachte er, und wünschte, sie könnte seine Gedanken lesen. Er wagte es nicht, die Worte laut auszusprechen. Ich liebe dich so sehr...
»Brauchst du irgend etwas?« fragte er statt dessen und runzelte besorgt die Stirn. »Kann ich irgend etwas für dich besorgen?«
Gina wurde etwas lebhafter und nickte. Sie schob seine Blumen zur Seite und sagte: »Danke Doug. Wenn du rausgehst, könntest du Schwester Elson bitten, zu kommen und mir behilflich zu sein.«
»Was ist los?« Er sah alarmiert aus. »Fühlst du dich wieder schlechter?«
»Nein, nein.« Sie griff in ihre Nachtkästchenschublade und zog ihr Make-up-Täschchen raus. »Ich möchte nur, daß sie mir in ein sauberes Nachthemd hilft. Sam kommt um fünf, und ich möchte hübsch für ihn sein. Oh, und wenn du mir die Parfümflasche auf dem Kästchen da drüben rüberreichen könntest...«

Die Blicke, die Sam von den Schwestern zugeworfen wurden, als er ankam, waren alles andere als gleichgültig. Katerina war im Foyer zu ihm hingerannt und bemerkte, welche Wirkung er hatte, und grinste.
»Schau jetzt nicht«, sagte sie, klemmte sich Hochglanzausgaben von Harpers und Vogue unter den Arm und mußte beinahe in einen Trab verfallen, um mit ihm

Schritt zu halten, »aber ich glaube, dir wird gleich ein Bett angeboten.«
»Hm.« Sam beschleunigte unbeeindruckt seine Schritte.
»Hm?« äffte Katerina ihn nach. Sie hatte ihr Lernprogramm unterbrochen und ein langes erfreuliches Wochenende verbracht, indem sie Simon in Cambridge besuchte, und sie war bester Laune. »Also, was ist mit dir los? Jetzt, wo du Vivienne los bist, dachte ich, du würdest deine neugewonnene Freiheit genießen. Oder«, fügte sie verschmitzt hinzu, »ist dir jetzt klargeworden, daß du sie vermißt?«
»Hab ich dir je gesagt, wie sehr ich klugscheißerische Teenager verabscheue?« konterte Sam. Für ihn gab es keinen einsichtigen Grund, warum Katerina nicht von ihm und Izzy wissen sollte, aber Izzy war schüchtern geworden und benahm sich wie eine neugeborene Jungfrau. Sie hatte ihn angefleht, niemandem auch nur ein Sterbenswörtchen von ihrer Beziehung zu sagen.
Der Lift hielt im dritten Stock. Katerina zog ein Gesicht, als sie rausgingen. »Es interessiert mich eben.«
»Du bist neugierig. Vielleicht behalte ich meine Privatangelegenheiten lieber für mich.«
»Denkst du, ich würde losrennen zu den *News of the World*«, sagte sie humorvoll resigniert. »Sam, ich bin die Seele von Diskretion. Ich bin die Tochter meiner Mutter, verflucht noch mal. Ich hab genug Übung!«

Als sie in Ginas Zimmer eintraten, wurden sie beinahe umgehauen von dem überwältigenden Duft nach Miss Dior. Katerina beobachtete innerlich amüsiert, wie Gina aufschrie: »Sam!«, bevor sie feststellte, daß er nicht allein war. »Oh, und du Kat, wie nett«, ergänzte sie sich, ein bißchen weniger überschwenglich. »Holt euch Stühle und macht's euch bequem. Ich kann nach Kaffee läuten, falls ihr welchen möchtet.«

»Entspann dich, du mußt hier nicht die Gastgeberin spielen«, sagte Sam freundlich und gab ihr einen kleinen Kuß. »Wir sind gekommen, um zu sehen, wie es *dir* geht.«

Katerina machte es sich in einem Sessel bequem, der exakt zu den geblümten Tapeten paßte, und fand es unterhaltsam, zu sehen, wie Gina unter ihrem sorgfältigen Make-up errötete. Da ging sicher irgend etwas vor zwischen den beiden, heimlich. Doch nicht Sam und *Gina*...?

Zwei Tage später stattete ihr der Facharzt den Besuch ab, auf den sie gewartet hatte. Alle Tests waren ausgewertet, und jetzt war er hier, um ihr sein Urteil zu verkünden. Herzklopfend unterzog Gina sich noch einer neurologischen Untersuchung und machte sich auf schlechte Neuigkeiten gefaßt.

Aber das grausame Spiel war anscheinend noch nicht vorbei. »Sie sind ein schwieriger Fall«, sagte er schließlich, als er damit fertig war, jeden auch nur möglichen Reflex ihres Körpers zu testen. »Die guten Nachrichten sind zweifellos, daß die Lähmung auf der rechten Seite zurückgeht, die Kopfschmerzen haben aufgehört, und Sie sehen beinahe wieder normal.«

Er trug einen außerordentlich gut geschnittenen, grauen Anzug und ein blaßrosafarbenes Armani-Hemd. Ich bin Privatpatientin, dachte Gina; natürlich lächelt er und teilt mir zuerst die guten Neuigkeiten mit.

»Und die schlechten?« fragte sie und wünschte, Sam wäre hier und würde sie unterstützen, denn das bräuchte sie jetzt ganz dringend.

»Ich bin absolut offen zu Ihnen, Mrs. Lawrence.« Der Arzt setzte sich auf ihre Bettkante, um offen zu sein. Das Lächeln war einem professionellen Ernst gewichen. »Die Tests, die wir durchgeführt haben, haben eine Abnormalität gezeigt, aber die genaue Beschaffenheit dieser Abnormalität ist nicht klar.«

Wenn sie jetzt Kassenpatientin wäre, dann würde er einfach damit rausrücken und sagen: »Sie haben einen Gehirntumor und werden sterben.« Es war schließlich mehr oder weniger das, was sie ihrer Mutter in all den Jahren gesagt hatten. »Und wie geht's weiter?« drängte sie ihn, da sie sich auf das Schlimmste gefaßt gemacht hatte.

»Nun, ich denke, Ihr armes altes Gehirn braucht ein wenig Zeit, um sich zu erholen.« Er zeigte ihr erstaunlich weiße Zähne, und Gina zuckte zusammen. Solche Späße waren genau das, was sie brauchte. »Es gibt eine deutliche Schwellung in der linken Hemisphäre« – er streckte die Hand aus und tippte auf die linke Seite ihres Kopfes, um es zu betonen – »und bevor die nicht zurückgegangen ist, können wir keine eindeutigen Schlüsse ziehen. Ich schlage Ihnen also vor, daß wir Sie für ein, zwei Wochen nach Hause schicken, und dann kommen Sie noch mal zur Computertomographie. Bis dahin werden Sie wieder völlig in Ordnung sein.«

»Und was, wenn ich nicht wieder völlig in Ordnung bin?« erwiderte sie und wurde langsam ärgerlich. Dieser angeblich Wunder vollbringende Arzt in seinem Designer-Anzug und den handgearbeiteten Schuhen versuchte sie mit lächerlichen Plattheiten abzuspeisen. Sie konnte doch nicht einfach herumsitzen und *warten,* um Himmels willen, Sie mußte es wissen. *Jetzt.*

»Warum überspringen wir diese Hürde nicht einfach?« Dieses Mal versuchte er, ihre Hand beruhigend zu tätscheln, aber Gina zog sie schnell weg.
»Sagen Sie mir«, sagte sie ruhig, »was denken Sie, ist mit mir nicht in Ordnung?«
»Aber die Tests sind nicht eindeutig, es ist wirklich nicht möglich, zu...«
Er schüttelte den Kopf. Ausflüchte. Gina fixierte ihn mit festem Blick und sagte: »Aber Sie können mir nicht versichern, daß ich *keinen* Gehirntumor habe, oder?«

50

Katerina war von Lucille in Marsch gesetzt worden, um die Haustür zu öffnen, und sie war erfreut, Vivienne auf der Türschwelle zu sehen.
»Ich habe schon gedacht, wir würden dich nie wieder sehen«, rief sie, umarmte sie, und die Augen fielen ihr beinahe raus, als sie den riesigen goldenen Ohrring sah, der wie ein orientalischer Krummdolch gebogen war, passend zu Viviennes makellosen Wangenknochen.
»Und ich dachte, falls wir dich je treffen sollten, würden wir dich nicht erkennen. Jetzt, wo du die Lady eines Landarztes bist, müßtest du doch in Tweedröcken und Gummistiefeln herumstapfen.«
»Hab's einmal versucht, mochte es nicht«, gab Vivienne mit unbewegter Miene zurück und sah auf ihr alpenveilchenblaues Seidenjäckchen und den schwarzen kurzen Rock hinunter. Dann grinste sie. »Gut, das war gelogen. Hab einmal darüber nachgedacht und konnte es mir einfach nicht vorstellen. Zur Hölle, schließlich haben die Patienten jetzt etwas, worüber sie tratschen können. Ich denke, es verschönert ihren Tag.«

»Wir haben auch eine Patientin, der es nicht schaden könnte, wenn ihr Tag verschönert würde.« Katerina zog sie rein und schloß mit einem Tritt die Tür. »Komm, ich mach den Gin auf, falls Lucille ihn nicht schon in die Finger gekriegt hat. Und ich warne dich, du wirst ihn brauchen.«

Vivienne war hin und her gerissen. Einerseits war sie entsetzt darüber, wie Gina sich verändert hatte, und sie war entzückt über die herrische, geschäftige Lucille, die anscheinend den ganzen Haushalt schmiß und deren Willkommen beinhaltete, daß sie Katerina die Ginflasche entwand und den gesamten Inhalt in zwei riesige Gläser füllte.

»Dieses Mädchen schenkt immer furchtbar wenig ein«, erklärte sie über dem Geklapper von Eiswürfeln. »Nicht daß ich selber eine Gin-Tante wäre, Sie verstehen, aber ich möchte anstandshalber mittrinken. Und nichts von diesem Gift für Sie«, fügte sie hinzu und drehte sich auf dem Absatz zu Gina um. »Es richtet schreckliche Dinge im menschlichen Gehirn an, wissen Sie.«

»Hört, hört«, sagte Vivienne munter, nahm ihren Drink und sank auf das dunkelgrüne Sofa neben Gina. »Es hat mir leid getan, zu hören, daß du krank bist. Aber es muß großartig sein, wieder aus dem Krankenhaus raus zu sein.«

Gina brachte ein schwaches Lächeln zustande. Sie sah aus, fand Vivienne, wie eine starre hölzerne Gliederpuppe.

»Alle waren sehr nett. Izzy bestand darauf, daß ich hier wohne, bis es mir wieder gut genug geht... allein zurechtzukommen.« Der Ton ihrer Stimme signalisierte, daß ihr diese Vorstellung mißfiel. Hinter ihr zog Katerina ihre Augenbrauen in die Höhe.

»Also, was genau war nun los?« beharrte Vivienne, die

von Izzy nur äußerst vage Einzelheiten gehört hatte, als sie sie anrief, und deren Neugierde nun entflammt war. Es sah Katerina nicht ähnlich, so mitleidlos zu sein, wenn es um Krankheit ging.

»Ich muß noch mal rein für weitere Tests, bevor sie entscheiden, ob es sich lohnt zu operieren oder nicht.« In Ginas Augen schimmerten unvergossene Tränen, aber sie hielt sie zurück. »Auch wenn der Tumor bösartig ist, werden sie sich vielleicht nicht damit befassen...«

Vivienne riß die Augen auf. »Du hast einen *Tumor?*«

»Nicht hundertprozentig«, sagte Katerina, eine Spur ungeduldig. »Gina, es ist nicht *sicher.*«

»Natürlich nicht.« Gina zuckte reumütig die Achseln und warf Vivienne ein tapferes Lächeln zu. »Sie sind neunzig Prozent sicher, aber das ist nicht ganz sicher. Hat Izzy dir erzählt, daß meine Mutter an einem Gehirntumor gestorben ist?«

Das war fürchterlich, unglaublich. Vivienne schämte sich plötzlich, daß sie gefragt hatte, setzte sich unbehaglich zurecht und sagte: »Wo ist sie? Izzy meine ich. Ich habe ihr gesagt, ich wäre um halb acht hier...«

»Ah«, sagte Lucille, die offenbar eine gefühlsgeladene Atmosphäre nicht erkennen würde, selbst wenn sie ihr direkt in die Augen sprang, »sie ist ein ausgekochtes Stück. Sie hat mir erzählt, daß Sie nirgendwo ohne eine Stunde Verspätung ankommen, deshalb wollte sie ein schönes Bad nehmen und darauf warten, daß Sie zu spät kommen.« Sie strahlte Vivienne an. »So ein Denken, hab ich ihr gesagt, stürzt Regierungen und ist schuld, wenn ein Krieg verloren wird. Und ich hab recht, denn sie suhlt sich oben noch in der Wanne, und da sind Sie schon, nicht so viel zu spät immerhin, amüsieren sich und trinken den ganzen Gin..«

Gegen neun hatten Izzy und Vivienne das Wohnzimmer für sich. Gina hatte sich ins Bett zurückgezogen, um sich auszuruhen, und Katerina war verschwunden, um zu lernen. Lucille war nach Hause gegangen zu ihrem arg geplagten Ehemann.

»Deine Haushälterin gefällt mir, aber benimmt Gina sich nicht etwas merkwürdig?« sagte Vivienne mit charakteristischer Direktheit.

Izzy seufzte. »Ich glaube schon. Aber ich glaube auch, daß sie das Recht hat, sich merkwürdig zu benehmen, unter diesen Umständen. Es macht die Dinge nur nicht leichter.«

»Hier geht's zu wie bei ›Little Women‹«, sagte Vivienne nachdenklich und zog ihre langen Beine hoch. »Kennst du das Buch? Du hast Gina, die sich benimmt wie die heilige Beth, Kat könnte Amy sein ... verflucht, euer Problem ist, daß keine von euch einen Mann hat!«

»Es ist noch gar nicht so lange her, daß wir Probleme hatten«, konterte Izzy trocken. »Und *alle* waren von Männern verursacht worden. Dabei gibt's nichts zu gewinnen.«

Vivienne sagte selbstgefällig. »Ich habe gewonnen.«

»Und wir sind nicht völlig ausgehungert nach männlicher Gesellschaft«, erwiderte Izzy und schaute kurz auf die Uhr. »Doug ist dauernd hier. Er würde es nicht zugeben, aber ich bin sicher, er verehrt Gina heimlich.«

»Ein Hoch auf Doug.«

»Und Sam gibt's auch noch.« Izzy unterbrach sich und wartete auf die Reaktion. »Er kommt jeden Abend vorbei, um Gina zu besuchen, normalerweise so um halb zehn auf dem Weg ins Steps. Er ist sicher bald hier.«

Aber Vivienne lachte nur. »Was machst du gerade, mich auf die Probe stellen? Willst du sehen, ob ich wirklich endgültig geheilt bin? Schätzchen, ich kann in dir lesen wie in einem Buch!«

Nein, kannst du nicht, dachte Izzy erleichtert. Vivienne und Sam mochten kein Paar mehr sein, aber sie fühlte sich immer noch schuldig wegen der Sache zwischen ihr und Sam.

»Und wenn ich dich auf die Probe stelle?« fragte sie vorsichtig.

»Alles ist jetzt anders. Wie ich schon sagte, ich habe gewonnen. Den guten alten Jackpot erwischt. O Izzy, es ist, als wäre ein Traum in Erfüllung gegangen! Terry ist der Mann für mich, und jetzt, wo ich es endlich geschafft habe, ihn zu überzeugen, pfusche ich nicht an ihm rum, es wird besser und besser. Ich lebe mit einem Mann zusammen, der mich wirklich *will*...«

»Du hast mir noch nicht erklärt, wie es dazu gekommen ist«, sagte Izzy, die neugierig war, wie Vivienne es angestellt hatte. »Sam erzählte mir, daß du in ein Hotel gezogen bist. Und als nächstes habe ich gehört, daß du wieder umgezogen bist, direkt ins Liebesnest.«

»Ich bin in *das* Hotel gezogen«, korrigierte Vivienne sie triumphierend. »Das Ritz, um genau zu sein. Als der arme alte Terry hörte, wie teuer die Übernachtung dort ist, ist er beinahe in Ohnmacht gefallen. Zuerst hat er versucht, mich zu überreden, in ein billigeres zu ziehen, aber ich sagte, ich würde entweder zu ihm ziehen oder bleiben, wo ich bin. Und da er den Gedanken nicht ertragen konnte, dafür verantwortlich zu sein, daß stündlich solche Mengen Geld verschwanden, mußte er nachgeben.« Sie grinste und sagte: »Die Rechnung für die vier Tage im Ritz hat mich fast einen Riesen gekostet, mit Wäscherei und Zimmerservice. Aber zu guter Letzt, wie du siehst, war es eine hervorragende Investition.«

Dieser Art von Logik konnte Izzy nur zustimmen. Es war genau die Art, die Sam zur Verzweiflung trieb. Für einen

Moment wünschte sie beinahe, er wäre hier, um es zu hören, sein Gesichtsausdruck wäre wunderbar.
»Und du wechselst das Thema, Süße«, fuhr Vivienne fort und fixierte sie mit einem durchtriebenen Blick. »Du hast keinen Mann in deinem Leben, und das ist nicht in Ordnung. Triffst du nicht ganze Horden von gutaussehenden sexy Männern, jetzt, wo du dich in diesen Show-Biz-Kreisen rumtreibst?«
»Hauptsächlich glatzköpfige und übergewichtige«, sagte Izzy und überlegte, ob sie es ihr jetzt sagen sollte. Schließlich war dies eine ebenso gute Gelegenheit wie jede andere. Aber ihr fielen nicht die passenden Worte ein, und sie spürte, wie sie – völlig uncharakteristisch – nervös wurde. »Nicht daß sie alle Glatzen hätten«, gestand sie ein. »Manche von ihnen haben Haare. Toupets.«

Vivienne verhielt sich ihren Worten gemäß und zuckte nicht einmal zusammen, als die Türglocke ging. Izzy ging an die Tür und duckte sich schnell, bevor Sam sie küssen konnte, und drückte sich wie ein Flüchtling an die Wand.
»Ist schon in Ordnung.« Er sah sie amüsiert an. »Ich habe kein Gewehr.«
»Schhh. Vivienne ist hier.«
»So?« Völlig unbeeindruckt gab er ihr trotzdem einen Kuß. Sie schaffte es gerade noch, sich aus seiner Umarmung zu winden, nur den Bruchteil einer Sekunde, bevor Vivienne in der Wohnzimmertür auftauchte.
»Hallo, Sam. Machst du einen Krankenbesuch? Da unsere hoffnungslose Gastgeberin mir keinen angeboten hat, war ich gerade dabei, Kaffee zu kochen. Möchtest du auch eine Tasse?«
Es ging alles so zivilisiert zu, dachte Izzy zehn Minuten später verwundert. Man konnte kaum glauben, daß je et-

was zwischen Sam und Vivienne gewesen war. Ohne irgendeine sichtbare Peinlichkeit unterhielten sie sich wie alte Freunde über den letzten Klatsch im *Chelsea Steps* und Sams fast geschiedenen Nachbarn und dann weiter über Viviennes neugefundenes Glück.

»Es ist einfach wunderbar«, sagte sie enthusiastisch, ihre grünen Augen strahlten vor Verliebtheit. »Ich muß mich immer noch kneifen, um sicherzugehen, daß ich nicht träume. Und weißt du, Terry macht es überhaupt nichts aus, wenn ich meine Schuhe in der Küche stehenlasse oder wenn das Essen anbrennt.«

Sam sah erstaunt aus. »Du kochst tatsächlich Mahlzeiten für ihn?«

»Machst du Witze?« Vivienne brach in Gelächter aus. »Wir haben eine süße Frau aus dem Dorf. Sie kocht; ich wärme es auf.«

»Er wird wieder zur Vernunft kommen. Wenn der Effekt des Neuen sich abnutzt.«

»Nein, wird er nicht«, antwortete sie schlicht, nicht einmal beleidigt. »Denn er akzeptiert mich einfach so, wie ich bin. Und es geht nicht um was Neues, es ist Liebe.«

Gina saß im Bett und wartete auf ihn. Sie streckte die Arme aus für ihre gewohnte Umarmung und sagte: »Du warst ja Ewigkeiten unten. Ich habe schon gedacht, du hättest mich vergessen.«

Sam sah wunderbar aus, und er roch wundervoll. Er trug einen neuen dunkelgrauen Anzug, ein rosa-grau gestreiftes Hemd und sein Lieblings-After-shave. Sie überlegte, ob er eine Vorstellung davon hatte, wieviel seine Besuche ihr bedeuteten, wieviel er ihr inzwischen bedeutete, in diesen letzten alptraumhaften Tagen. Während Izzy großartig gewesen war, die absurd teure Krankenhausrechnung beglichen und darauf bestanden hatte, sie solle bleiben, damit man sie besser versorgen könnte, so hatte Gina doch das Gefühl, daß nur Sam wirklich verstand, was sie durchmachte. Und er kümmerte sich wirklich...

»Natürlich hab ich dich nicht vergessen«, sagte er und blätterte in dem Taschenbuch, das sie gerade gelesen hatte. »Aber Vivienne ist noch unten. Ich mußte die ganze Endlich-gefundenes-Glück-Story anhören, bevor ich flüchten konnte. Um Himmels willen, Gina!« Sein Gesichtsausdruck veränderte sich, als er den Titel des Buches las. »Was machst du denn damit?«

»Ich bin vernünftig«, antwortete sie und bekam einen Knoten im Hals, als sie spürte, wie sehr er sich sorgte. »Wir müssen den Tatsachen ins Auge sehen, Sam. Es hat keinen Sinn, so zu tun, als wäre alles bestens.«

»Indem du deine eigene Beerdigung organisierst?« fragte er und starrte entsetzt auf die dezenten dunkelblauen Buchstaben des Titels und dann auf Ginas spitzes weißes Gesicht. Er schleuderte das Buch quer durchs Zimmer und sagte: »Das ist lächerlich... du solltest nicht einmal darüber nachdenken!«

Gina hatte ihn nie zuvor so ärgerlich gesehen und brach prompt in Tränen aus. »Es muß sein, es gibt so viele Dinge, über die ich nachdenken muß... Ein Testament verfassen... den Gottesdienst organisieren... bitte, Sam, schau mich nicht so an. Ich möchte nicht, daß du... böse auf mich bist...«

Sam, dem selten die Worte fehlten, nahm sie in die Arme und ließ sie schluchzen. Schließlich sagte er: »Ich bin nicht böse auf dich. Es scheint mir nur nicht richtig zu sein, das ist alles. Ich denke nicht, du solltest dich dauernd mit etwas beschäftigen, was nicht passieren wird.«

Seine Umarmung war so warm, so tröstlich. Gina wollte nicht, daß sie aufhörte. Aber sie hatte Angst und war erschöpft von der Anstrengung, tapfer zu sein. Die Angst vor dem, was auf sie zukommen könnte, wäre für jeden schwer zu ertragen; sie konnte das nicht allein durchstehen.

Sie begann sich ein wenig besser zu fühlen. Sie hatte ein leises Scharren an der Tür gehört, hob ihr tränenüberströmtes Gesicht und sah Jericho, der am Ende des Bettes hockte und mit dem Taschenbuch kämpfte.

»Siehst du?« murmelte Sam und strich ihr durchs Haar. »Sogar der verdammte Hund stimmt mir zu.«

»Ich wüßte nicht, was ich ohne dich machen würde.« Gina warf ihm ein leichtes Lächeln zu.

»Das brauchst du auch nicht zu wissen. Ich bin schließlich hier, oder nicht?«

»Als ob du nicht schon genug Sorgen hättest. War es schlimm, Vivienne wiederzusehen und anhören zu müssen, wie es ihr geht und wie glücklich sie mit ihrem neuen Freund ist?«

»Machst du Witze?« Erleichtert, zu sehen, daß Gina jetzt munterer wirkte, wischte er mit seinem Handrücken vorsichtig die Tränen weg und grinste sie an. »Das sind die besten Neuigkeiten, die ich in diesem Jahr gehört habe.«

51

»Also, heute haben sie wirklich ein bißchen mehr Farbe im Gesicht«, erklärte Lucille aufmunternd am nächsten Morgen um halb zwölf, als sie den Staubsauger ziemlich energisch durch das Schlafzimmer schob. Sie stupste Jericho mit der Düse, bis er gekränkt aufjaulte, und fügte munter hinzu: »Sie ham ja gestern wie ein kleines

Gespenst ausgesehen... willst du wohl dein Gerippe bewegen, du dummes verrücktes Vieh... ich sag's Ihnen jetzt, ich hab ein oder zwei Gebete draufgelegt, bevor ich letzte Nacht ins Bett bin.«

»Vielleicht hat's geholfen«, schlug Gina vor und versuchte nichts zu sagen, als Jerichos Schwanz gefährlich nah dran war, in den Staubsauger zu geraten.

Lucille jedoch war nicht bereit, das kleine Wunder nur dem Allmächtigen als Verdienst anzurechnen. Sie schaltete den Staubsauger ab – zur Erleichterung sowohl von Gina als von Jericho –, neigte den Kopf und sagte verschmitzt: »Irgendwas hat geholfen, aber ich bin mir nicht ganz sicher, ob der gute Gottvater meine Gebete verstehen konnte, mein Alter hat nämlich besoffen geschnarcht, ich überleg mir, daß das vielleicht mehr mit einem bestimmten Besucher gestern zu tun gehabt hat...«

Doug Steadman war ein liebenswerter Kerl, hatte Lucille beschlossen. Er schätzte ihre Schinken-Senf-Brote sehr, vor allem, da es mehr Schinken gab als Brot, und er war immer bereit, sie mit Klatschgeschichten über ihre alten irischen Lieblingssänger zu erfreuen. Sie genoß seine täglichen Besuche ungeheuer. Und er war auch freundlich; heute morgen hatte er ihr ein eselsohrverziertes Programmheft von einem Val-Doonican-Konzert aus den Siebzigern mitgebracht, mit einem Autogramm des großen Mannes.

Wenn Doug nicht so in Gina vernarrt gewesen wäre, hätte Lucille sich fast selbst an ihn ranmachen müssen.

Bei der Erwähnung des Wortes »Besucher« waren Ginas Gedanken jedoch sofort bei Sam. Da er letzte Nacht so nachdrücklich betont hatte, daß Vivienne ihm nichts mehr bedeutete, waren ihre zaghaften Hoffnungen immens gestiegen, und sie hatte zum ersten Mal diese Woche gut geschlafen. Jetzt, da Izzys scharfsinnige Haushälterin das Thema ohnehin angeschnitten hatte, beschloß sie, den Schritt zu wagen und die Frage zu stellen, die ihr seit dem Aufwachen im Kopf herumschwirrte.

»Okay«, sagte sie und stellte sich darauf ein. »Lucille, wenn Sie einen Mann wirklich mögen und wissen, daß er sie auch mag, aber weil sie alte Freunde sind, ist noch nichts passiert... also, würden sie weitermachen wie bisher und hoffen, daß es von allein passiert? Oder denken Sie, es wäre besser, damit rauszukommen und etwas zu sagen?«

Sie spürte, wie ihr der Schweiß den Nacken hinunterlief. Gott, es war schon hart genug, das zu Lucille zu sagen... Aber das breite Lächeln der Haushälterin sagte ihr alles, was sie wissen mußte...

»Alles Gute«, erklärte Lucille triumphierend und fühlte sich, als hätte sie das Märchen selbst zustande gebracht. »Und ich, ich hab mich schon gefragt, wie lange Sie noch brauchen, bis Sie zur Vernunft kommen! Natürlich müssen Sie es ihm sagen. Er wird erleichtert sein und sich freuen, zu erfahren, wie Sie fühlen, das verspreche ich Ihnen!«

»Sind Sie sicher?« fragte Gina und seufzte. »Wirklich? Ich möchte nicht, daß er denkt, ich wäre... nun ja, zu aufdringlich.«

»Sicher, ich bin sicher«, antwortete Lucille, und ihre Geste Richtung Fenster umfaßte die gesamte männliche Bevölkerung des Londoner Nordens. »Brauchen nicht dreiviertel von denen ein bißchen Nachhilfe, einen kleinen Schubs? Denken Sie an meine Worte, ein netter Mann ist eine Kreatur, die man selten genug zur Strecke bringt, heutzutage. Wenn Sie Glück genug haben, einen zu finden, dann müssen Sie Ihrem Glücksstern danken und sich dann mit ihren Fingernägeln an ihn klammern.«

»Idioten, Idioten, verfluchte«, schrie Izzy und warf den Hörer auf die Gabel, gerade als Gina in die Küche kam. Katerina stand am Herd, rührte in einer großen Pfanne geschmolzene Schokolade und zog die Augenbrauen hoch. »Meine Mutter, die gefeierte Songschreiberin. Kannst du dir Jonathan Ross vorstellen, wie er sie nächste Woche in der Show ankündigt. Und nun, meine sehr verehrten Damen und Herren, stellt sie uns ihre letzte Single vor: ›Idioten, Idioten, verfluchte‹, wir begrüßen ...«
»Das war Doug«, schnappte Izzy und ignorierte sie. »Die Konzertagentur in Rom hat ihm gerade mitgeteilt, daß, wenn ich nicht morgen nacht dort bin, sie mich auf Schadenersatz wegen Vertragsbruch verklagen, daß mir das letzte Hemd gepfändet wird.«
»Ah, jetzt hab ich verstanden.« Katerina grinste. »›Idioten, Idioten, verfluchte‹, das ist eine Anwaltskanzlei.«
»Ich hätte dich auch zur Adoption freigeben können, weißt du?«
Gina setzte sich an den Küchentisch und legte Fürbitte ein. »Ist es wirklich so schrecklich?« fragte sie vorsichtig, falls Izzy auch über sie herfallen sollte. »Ich dachte, du freust dich auf Rom?«
Izzy war erschöpft. Wochenlang hatte sie zermürbende Stunden in den Aufnahmestudios geschuftet. Das hatte sie mehr erschöpft, als sie wahrgenommen hatte. Dutzende von Interviews und Auftritten waren auch geistig ermüdend, denn sie mußte immer darauf achten, nicht etwas Falsches zu sagen, und diese Konzentration fiel ihr nicht leicht, besonders wenn so oft das Thema Tash Janssen von den Journalisten angesprochen wurde. Sie

war es müde, manchmal bis Mitternacht mit ihrem hervorragenden, aber mäkeligen Produzenten zu arbeiten. Das einzige nicht ermüdende war die Aussicht gewesen, eine Woche in Rom zu sein, das sie immer schon besuchen wollte, was aber abgesagt werden mußte, als Gina plötzlich krank wurde.

Und das ist der ganze verfluchte Dank, den ich dafür habe, dachte sie aufsässig. Soweit zu ihrem großen Opfer und ihrem Versprechen, sich um die Kranke zu kümmern. Gina saß also hier, ihr gegenüber, trug violette Lidschatten und drängte sie, verflucht noch mal, zu fahren.

»Sei nicht sauer«, sagte Gina, verblüfft über Izzys offensichtliche Verwirrung. »Ich versuch nur zu helfen, das ist alles.«

»Du bist krank«, antwortete Izzy frei heraus. »Ich dachte, eigentlich wäre es an mir, *dir* zu helfen.«

Endlich verstand Gina, und ihr Gesicht hellte sich auf. »Das hast du auch«, sagte sie mit von Herzen kommender Dankbarkeit. »Mehr als du ahnst. Aber du hast schon genug Opfer gebracht, und du kannst nicht zulassen, daß diese Italiener dich verklagen. Mir wird's gutgehen«, fügte sie überzeugt hinzu, dachte an Sam, lächelte aber Izzy an. »Wirklich. Außerdem ist es ja nur für ein paar Tage.«

»In ein paar Tagen kann aber viel passieren«, warf Katerina ein und seufzte verzückt, als sie den ersten Löffel der noch warmen Schokoladencreme kostete.

Izzy war weicher geworden und sagte: »Zum Beispiel?«

»Mum, ich weiß, was dir an den Italienern gefällt. Du könntest da rüberfliegen wegen deines Konzerts und verheiratet zurückkommen.« Sie rollte bekräftigend mit den Augen und fügte feierlich hinzu: »Mit einem umwerfend attraktiven römischen Anwalt namens Idioteni...«

Das letzte Mal, als sie ihre Koffer für Rom gepackt hatte, hatte Sam sie auf einem Koffer geliebt. Izzy fand es insofern ziemlich ironisch, daß Gina ausgerechnet diesen speziellen Abend gewählt hatte und diesen Augenblick, um ihr ihre weltbewegende Entscheidung anzuvertrauen.

Der Unterschied war natürlich, daß sie diesmal überhaupt keinen Spaß daran hatte.

»... du siehst also, ich weiß, daß es verrückt klingt, aber ich liebe ihn wirklich«, schloß Gina, während Izzy wie ein Roboter weiterpackte. »Mein Gott, es ist wirklich eine Erleichterung, daß ich dir das erzählen kann! Denkst du, ich bin verrückt?«

Für einen Moment war Izzy nicht in der Lage zu sprechen, sie schüttelte den Kopf. Wie konnte es verrückt sein, sich in Sam Sheridan zu verlieben, wenn sie genau dasselbe getan hatte? Und wie verzweifelt wünschte sie sich jetzt, sie hätte nicht darauf bestanden, ihre Beziehung geheimzuhalten.

»Du solltest wirklich eine Küchenrolle benutzen«, sagte Gina und sah auf die wahllos durcheinandergeworfenen Seiden- und Baumwollkleider, die über den Kofferrand quollen. »Dann kriegst du keine Falten rein.«

»Mm.«

»Alles, was passiert ist, weißt du, hat mich dazu gebracht, über mein Leben nachzudenken. Besonders jetzt, wo mir vielleicht nicht mehr viel Zeit bleibt.«

»Sag das nicht«, sagte Izzy und erstarrte, aber diesmal verfiel Gina nicht in Selbstmitleid.

»Ich versuch's nur zu erklären«, fuhr sie fort und wollte, daß Izzy verstand. »Wenn du etwas wolltest, bist du losgezogen und hast es dir geholt. Ich habe dich deshalb immer bewundert. Und du bist glücklich, erfolgreich ... du

hast alles, was du wirklich willst! Ich habe also beschlossen, wie du zu sein. Ich liebe Sam, und er ist es, was ich will. Früher wäre ich zu ängstlich gewesen, es ihm zu sagen, aber jetzt weiß ich, daß das Leben zu kurz ist, um Angst zu haben.« Sie zuckte die Achseln, ihre Tapferkeit war ein wenig gespielt. »Das Schlimmste, was mir passieren kann, ist schließlich nur, daß er mir einen Korb gibt.«
Außer, das kann er nicht, dachte Izzy trostlos, ihr Magen war ein riesiger Knoten. Denn du hast einen Gehirntumor, und Sam ist praktisch dein letzter Wunsch. Er hat also wirklich keine große Wahl.

52 Izzy wußte, daß sie die volle Verantwortung für ihr eigenes Unglück trug, aber das machte es auch nicht besser. Letzte Nacht hatte sie geträumt, daß sie Gina während einer fürchterlichen Auseinandersetzung gesagt hatte, sie könne Sam nicht haben, weil er sie liebe. Gina, zutiefst aufgewühlt, hatte sich in Izzys mit Schlingpflanzen bewachsenem Fischteich ertränkt, und Sam war auf Izzy losgegangen und hatte ihr mitgeteilt, daß Gina die einzige Frau war, die er je wirklich geliebt hatte.
Es war alles sehr verwirrend, und sie war tränenüberströmt aufgewacht, nur um festzustellen, daß das, was wirklich passiert war, genauso hoffnungslos war. Gina hatte um Bestätigung gefleht, daß sie das Richtige tat, und alles, was sie entgegnen konnte, war zuzustimmen. Wie konnte sie schließlich ihrer Freundin diese letzte Chance auf Glück verweigern, wo sie doch bereits ein fürchterlich elendes und hoffnungsloses Jahr hinter sich hatte?

Es wäre um so vieles leichter gewesen, Sam nicht gegenübertreten und vorspielen zu müssen, daß nichts geschehen sei, aber nicht einmal dieser kleine Luxus war ihr vergönnt. Durch reinen Zufall hatte ein dringender Geschäftstermin ihn daran gehindert, Gina letzte Nacht zu besuchen, und als er angerufen hatte, um es zu erklären, hatte sie ihm von Izzys bevorstehender Abreise erzählt. Izzy hatte folglich keine Wahl, als Gina sie glücklich darüber informiert hatte, daß Sam sie um halb zehn am nächsten Morgen abholen und selbst zum Flughafen fahren würde.

Noch dazu war es ein unfair schöner Novembermorgen, mit strahlendem Sonnenschein und frostglitzernd, wie aus einem Disney-Film. Izzy quälte noch immer ihr Traum, und sie schaute schweigend aus dem Seitenfenster des Autos auf die bläulich glitzernde, weiße Pracht des Hyde-Parks und bemerkte nicht einmal, daß sie langsamer fuhren, bis Sam das Auto zum Stehen brachte.

»Was gibt's?« fragte sie erstaunt, als er den Motor abschaltete.

»Genaugenommen meine Gefühle«, antwortete Sam trocken. Er beugte sich über sie, öffnete ihren Sicherheitsgurt und die Beifahrertür und fügte hinzu: »Komm, gehen wir ein bißchen spazieren.«

Da sie davon ausgegangen war, daß es in Rom ein bißchen wärmer sei, trug Izzy einen rosa-grün gestreiften Blazer über einem kurzen rosafarbenen Kleid. Sie zitterte, als ein eisiger Lufthauch ins Auto drang, aber Sam gab ihr seine abgestoßene Lederjacke und ein Zeichen auszusteigen.

»Warum sagst du mir nicht, was los ist«, sagte er schließlich, als sie einige Minuten schweigend neben ihm herstapfte.

Das war das letzte, wozu Izzy sich jetzt in der Lage fühlte. Statt dessen warf sie ihm ein sprödes Lächeln zu. »Mir ist kalt.«

»Du spielst hier irgendein Spiel«, entgegnete er und erwiderte ihr Lächeln nicht. »Und ich möchte wissen, welches. Noch mehr, ich würde gerne wissen, warum du das machst.«

Und ich möchte es dir sagen, dachte sie verzweifelt, mehr als alles in der Welt. Aber ich kann nicht, denn damit würde ich Ginas Vertrauen verraten. Es wäre nicht fair. Noch schlimmer, es wäre schlicht grausam...

»Schau«, sagte sie, schob ihre Hände tief in die Taschen der Lederjacke und ging schneller, um seinem nervenaufreibend direkten Blick nicht begegnen zu müssen, »ich spiele wirklich keine Spielchen. Ich habe lange darüber nachgedacht... über das, was in dieser Nacht passiert ist, und ich weiß jetzt, daß es ein Fehler war.«

»Ach so, gut.« Obwohl sie sein Gesicht nicht sehen konnte, war der Sarkasmus in Sams Stimme unverkennbar. »Natürlich war's das. Der größte Fehler überhaupt. Ich habe selbst schon überlegt, ob ich an eine Kummerkastentante schreibe...«

»Laß das«, sagte sie unglücklich. »Ich versuch's nur zu erklären, das ist alles, und du machst es so nicht einfacher.«

Eine Hand auf ihrem Arm hinderte sie am Weitergehen, gefrorene Blätter knirschten unter Izzys Füßen, und Sam drehte sie zu sich her.

»Aber ich möchte diesen verdammten Mist nicht hören. Also, warum sollte ich es dir einfacher machen?«

Es war unfair. Alles war unfair. Sogar die Tatsache, daß Izzy wußte, ihre Nase und ihre Wangen waren rot vor Kälte, während Sams Gesicht so makellos und gebräunt wie das eines Skilehrers geblieben war, das war unfair. Warum, um alles in der Welt, dachte sie mit wachsendem Groll, konnte er nicht zumindest so rot werden wie jeder andere?

»Schau«, versuchte sie es noch mal. »Wenn es zu Fehlern kommt, bin ich Expertin. Ich seh die schon kilometerweit im voraus. Und ich habe es satt, sie zu machen... deshalb versuche ich praktisch zum ersten Mal in meinem Leben, statt dessen vernünftig zu sein.«

Sie blieb fest, als Sam sie ungläubig anstarrte.

»Vielleicht«, sagte er schließlich, »solltest du *vernünftig* definieren.«

Das war nicht einfach. Sie hatte keine Zeit zum Üben gehabt. Und es mußte glaubhaft klingen...

»Ich möchte keine weiteren Fehler mehr begehen«, sagte Izzy und schob ihre Haare mit einer trotzigen Geste aus dem Gesicht. »Sam, wir passen nicht zusammen. Schau nur, wie Vivienne dich die Wände hat hochgehen lassen mit ihrer Schlamperei und ihrer Unfähigkeit zu kochen, selbst wenn es um ihr Leben ginge... ich bin genau wie sie, nur noch schlimmer! Ich weiß, wenn wir es auch nur versuchen würden, würden wir einander am Ende hassen. Es würde einfach nicht funktionieren.«

»Ich denke, es würde.«

»Nur, weil du dickköpfig bist«, warf sie ihm vor. »Und weil du wahrscheinlich nie zuvor einen Korb bekommen hast.«

»Ich habe sicher noch nie zuvor so schwache Ausreden gehört.« Er lächelte jetzt beinahe. »Kommen noch mehr, oder war das schon alles?«

»Es ist mir ernst!« Izzy schrie, wütend darüber, daß er sich weigerte, ihr zu glauben. »Wir haben keine Zukunft, also was würde es bringen, so zu tun, als hätten wir eine?«

Er zog die Augenbrauen hoch. »Das ist also wirklich alles, worüber du dir Gedanken machst? Daß du nicht kochen kannst?«
»Nein.« Sie schüttelte langsam den Kopf. »Wir haben keine Zukunft, weil ich siebenunddreißig bin. Ich habe eine erwachsene Tochter und eine Karriere, die endlich begonnen hat. Du möchtest eine nette kleine Frau und eigene Kinder.«
Sie unterbrach, ließ die Worte wirken. »Und danach solltest du suchen, Sam. Nach einer Frau.«
Er lächelte jetzt nicht. »Vielleicht ist es das, was ich gerade tue.«
»Nein, tust du nicht.« Izzy, die keine Ahnung gehabt hatte, daß es ihm so ernst war, schloß kurz die Augen. Gina war momentan völlig vergessen. Sie wollte nicht länger Ausflüchte suchen; das war die ungeschminkte, unangenehme Wahrheit, und nicht einmal Sam konnte dagegen an. »Ich hatte meine Familie, und es ist zu spät, noch mal anzufangen. Ich kann dir nie geben, was du willst, Sam. Das ist alles, was es dazu zu sagen gibt. Ich bin einfach zu *alt*...«
»Wir müssen keine Kinder bekommen«, sagte er, aber es klang nicht vollkommen überzeugend. Izzys Augen tränten schon von der Kälte, sie schluckte schwer bei dem Versuch, den Knoten in ihrem Hals aufzulösen. Es war alles so schrecklich traurig, hier stand sie nun, erhielt tatsächlich so etwas wie einen Heiratsantrag vom nettesten Mann, den sie je kennengelernt hatte, und es gab absolut keine Möglichkeit, daß sie ihm erlauben konnte, sie zu einem Ja zu überreden.
»Aber du würdest immer welche wollen«, sagte sie traurig. »Und früher oder später würdest du es mir übelnehmen, daß ich nicht in der Lage bin, dir zu geben, was du

möchtest. Es hat keinen Zweck, Sam; ich kann mich selbst nicht jünger machen, und ich könnte es nicht ertragen, ein Intermezzo zu sein, ein Zeitvertreib, bis die richtige Frau des Weges kommt. Du hast dein Leben, und ich habe meines, und als nächstes muß ich mein Flugzeug nach Rom erreichen, bevor ich die ersten Erfrierungen habe. Wenn wir also wieder zum Auto zurückgehen könnten ...«

Das Linienflugzeug der Alitalia von Heathrow war im November nicht so voll, wie es während der Reisezeit gewesen wäre. Izzy war dankbar, einen Doppelsitz für sich allein zu haben, und betete, daß sie nicht erkannt werden würde, setzte eine Sonnenbrille auf und weinte den ganzen Flug nach Rom ruhig vor sich hin. Sie hatte das Richtige getan ... das Vernünftige ..., und es schmerzte höllisch.

Obwohl sie sich wahnsinnig bemühte, sich zusammenzureißen, war Roms Pracht und Schönheit verschwendet. Sogar die verrückten Manöver ihres Taxifahrers, der im Zickzack und laut schreiend durch die Stadt raste, konnten ihre gedrückte Stimmung nicht bessern. Izzys Augen hinter der Sonnenbrille waren immer noch geschwollen, und sie schaute abwesend auf die sonnigen Straßen, bis das Taxi schließlich vor dem Aldrovani Palace Hotel vorfuhr, wo sie die nächsten drei Tage wohnen würde.
Ihr Terminkalender war voll, sie hatte zu arbeiten und wenig Zeit, um den Stil und die Pracht des Fünf-Sterne-Hotels zu würdigen. Eine Nachricht an der Rezeption vom Konzertmanagement informierte sie, daß um vier Uhr jemand kommen würde, um sie zu einem Sound-

check und zu Proben in die Konzerthalle zu bringen. Sobald sie in ihrem Zimmer angekommen war, das auf die Borghese-Gärten in all ihrer Pracht hinausführte, zog sie sich aus und ging unter die Dusche. Als sie fünfzehn Minuten später aus dem Badezimmer kam, wartete Tash auf sie.

»Ich glaube es nicht«, sagte Izzy kategorisch. »Wie, zur Hölle, bist du in mein Zimmer gekommen?«

Das verführerische Lächeln war so vertraut, als ob ihr Verschwinden aus seinem Leben nie stattgefunden hätte.

»Liebes, in Italien bin ich ein Nationalheld«, sagte er gedehnt. »Diese hübschen kleinen Zimmermädchen würden alles für mich tun.«

»Ich kannte mal einen Italiener«, entgegnete Izzy mit vernichtendem Tonfall und prüfte, ob das Handtuch, das um ihren Körper geschlungen war, auch fest saß. »Er hatte überhaupt keinen Geschmack.«

Er sah sie vorwurfsvoll an. »Izzy. Keine Bitterkeit, bitte. Ich bin hierhergekommen, um Frieden zu schließen. Ich habe dich vermißt.«

Sie erschauerte. Seine Worte waren denen von Sam so unheimlich ähnlich. Und jetzt saß hier Tash, dunkel und gefährlich wie ein Panther in seinem schwarzen Sweatshirt und Jeans, sah sie mit diesem bestimmten Blick an und vertraute derart auf seine Unwiderstehlichkeit, daß ihm anscheinend noch nicht einmal der Gedanke gekommen war, sie könnte nein sagen.

»Nein«, sagte Izzy und sah kurz auf ihre Uhr. »Und wenn du mich entschuldigen würdest, ich bin in Eile.«

Aber er machte es sich in einem der Plüschsessel bequem. »Natürlich bist du das, mein Engel. Ich bin hier, um dich höchstpersönlich zur Konzerthalle zu bringen. Wir haben schließlich eine kurze Probe um Viertel nach vier.«

Irgendwas war hier im Gange. Argwöhnisch fragte Izzy: »Wir?«
»Haben sie vergessen, dir das zu sagen?« Er zog in gespieltem Erstaunen die dunklen Augenbrauen hoch. »Mein Manager hat das vor ein paar Tagen arrangiert. Ich bin der Überraschungsgast. In der Mitte der Vorstellung stimmst du ›Never, Never‹ an, und nach der ersten Strophe tauche ich auf der Bühne auf, unter tumultartigem Applaus und enthusiastischen Schreien des Entzückens von Tausenden von heiratsfähigen italienischen Jungfrauen. Wir singen, wir umarmen uns, wir küssen uns... und wir stehen auf der Titelseite der Zeitungen... Liebes, das ist Showbusineß!«
»Nein«, wiederholte Izzy, und ihr war klar, daß er das Ganze inszeniert hatte. »Ich will das nicht. Ich will dich dort nicht haben.«
»Ah, aber die Organisatoren wollen das. Und wenn du jetzt ablehnst, wirst du zwei Prozesse am Hals haben.« Tash zuckte die Achseln und lächelte dann wieder. »Die Vertragskopien sind deinem Agenten vor achtundvierzig Stunden zugefaxt worden. Aber mit seiner üblichen Ineffizienz hat er zweifellos vergessen, sie zu lesen. Du solltest dir einen gewiefteren Manager suchen, Izzy, wenn du in dieser Welt weiterkommen willst. Wenn du willst, kannst du dir meinen mit mir teilen.«
Er war abscheulich, aber er hatte auch recht. Izzy erkannte ein Fait accompli, wenn sie es hörte, wußte, daß sie keine Wahl hatte. Sie mußte bei dieser widerlichen, um Publicity buhlenden Scharade mitmachen. Aus reiner Verzweiflung und um ihm zu zeigen, wie sehr sie ihn verachtete, sagte sie ruhig: »Wie geht's Mirabelle?«
Tash reagierte jedoch nicht wie erwartet.

»Lustig, daß du das fragst«, antwortete er munter. »Als ich sie gestern gesehen habe, habe ich die Tatsache erwähnt, daß ich hierherfliege zu einem Gig mit dir.« Er machte eine Pause und fügte dann triumphierend hinzu: »Sie sagte: ›Izzy wer?‹«

53 Sam konnte nicht fassen, daß ein Tag, der schon so fürchterlich begonnen hatte, noch so viel schlimmer werden konnte; er konnte nicht sprechen. Beinahe genau um diese Zeit letzte Woche hatte das Zimmer, in dem er jetzt in der Falle saß, noch ein umfangreiches Sortiment von Übungsgeräten enthalten, und er hatte Izzy nur allzu deutlich gesagt, sie solle aufhören, ihr Geld zu verschwenden, und ihr Leben irgendwie in Ordnung bringen.

Heute war kein Übungsgerät mehr hier. Es war in einen kleinen Abstellraum im obersten Geschoß verbannt und durch konventionelle Schlafzimmereinrichtung ersetzt worden und durch eine dazugehörige Kranke. Izzy hatte seinen Rat befolgt, rundheraus abgelehnt, auch nur über die Möglichkeit nachzudenken, sie könnten eine gemeinsame Zukunft haben, und hatte sich statt dessen nach Rom verzogen, um ihre Karriere voranzutreiben.

Und er mußte in der Zwischenzeit mehr als nur die Suppe auslöffeln.

Sein klaustrophobisches Gefühl nahm zu, als Gina mit dünnen Fingern seine Hand umklammerte und ihn zwang, ihr wieder seine Aufmerksamkeit zuzuwenden.

»... und mir ist klar, daß ich vielleicht nicht fair bin dir gegenüber«, fuhr sie hastig fort, »aber ich bin einfach nicht tapfer genug, das allein durchzustehen. Ich fürchte mich nicht vor dem Sterben... aber ich fürchte mich davor, allein zu sterben. Und deshalb mußte ich dir sagen, was ich für dich empfinde. Ich liebe dich, Sam. Und ich muß wissen, wie du für mich empfindest, denn ich glaube nicht, daß ich stark genug bin, das alles allein durchzustehen. Gute Freunde sind nicht genug... ich brauche jemanden, der mich liebt... der bei mir ist.« Sie stockte, in ihren Augen schwammen Tränen, ihr Griff wurde fester bei der Anstrengung, die Fassung zu wahren. »Anders wäre es... unerträglich... Ich weiß ehrlich nicht, ob ich weitermachen könnte...«

Sie war offenkundig so außer sich, daß sie nicht einmal erkannte, daß sie ihn emotional erpreßte. Ebenso wie Izzy gestern überlegte Sam, daß er in dieser Angelegenheit absolut keine Wahlmöglichkeit hatte. Es war eine vollendete Tatsache, aus der es kein Entrinnen gab, ein Angebot, das er schlicht nicht ablehnen konnte. Denn was Gina betraf, sie war für ein Verbrechen bestraft worden, das sie nicht begangen hatte, und jetzt, ohne es auch nur zu bemerken, strafte sie ihn. In der Falle, dachte er düster, war nicht der richtige Ausdruck dafür.

Aber Ginas Verzweiflung war aufrichtig. Sie brauchte ihn, und er konnte sie nicht im Stich lassen.

»Ich bin da«, sagte er, nahm ihren dünnen, zitternden Körper in seine Arme und spürte, wie ihre heißen Tränen der Erleichterung sein Hemd durchnäßten. »Du bist nicht allein. Du hast mich. Du wirst mich immer haben...«

»Oh, Sam«, weinte Gina, an ihm hängend. »Ich liebe dich. Wirklich.«

»Schh«, murmelte Sam, wiegte sie wie ein Baby und zwang sich selbst, nicht an Izzy zu denken. »Du darfst nicht weinen, ich liebe dich auch.«

Katerina war gerade dabei, einen Aufsatz zu beenden, und sah grinsend hoch, als Sam ins Zimmer kam.
»Ich weiß, ich liebe meinen Computer«, sagte sie, lehnte sich im Stuhl zurück und bot ihm von der Lakritzmischung an, »aber du brauchst wirklich nicht zu klopfen, bevor du reinkommst. Unsere Beziehung ist rein platonisch.«
»Erzähl mir jetzt nichts von Beziehungen.« Mit einem Erschauern schickte Sam ein Stoßgebet gen Himmel, als Dank dafür, daß Gina zumindest nicht erwartete, daß er in dieser Richtung aktiv wurde. Soweit konnte er bei der Scharade mitmachen, aber alles auch nur entfernt Sexuelle käme nicht in Frage.
Neugierig fragte Katerina: »Probleme mit Vivienne?«
»Schlimmer.« Für einen Moment war er versucht, ihr von sich und Izzy zu erzählen, aber er wußte, das konnte er nicht machen. Sie sollte jedoch von der absurden Situation mit Gina wissen.
»Oh, mein Gott«, sagte Katerina schließlich, als er zu Ende erzählt hatte. »Ich weiß nicht, ob ich lachen oder weinen soll. Wie wirst du dich denn da wieder herauswinden?«
Er zuckte die Achseln. »Da gibt's keinen Ausweg.«
Sie schaute ihn an, völlig entsetzt. So leid Gina ihr tat, aber Sam tat ihr noch mehr leid. »Sie hat dich vollkommen in der Hand.«
»Nicht ganz.« Er zwinkerte bei der unglücklich gewählten Metapher. »Aber es ist schlimm genug.«
»Vielleicht bringt die Untersuchung nächste Woche ja Entwarnung«, sagte Katerina, nicht besonders hoffnungsvoll. »Wenn sie nicht sterben wird, bist du aus dem Schneider.«
Die andere Alternative – daß Ginas Tod gnädigerweise

plötzlich kommen würde – hing unausgesprochen in der Luft, zu brutal, um laut gesagt zu werden.

»Wir müssen abwarten und weitersehen.« Sam spähte auf seine Uhr. »Teufel, ich geh besser. Ich sollte schon vor einer Stunde im Club sein.«

Katerina sprang auf und umarmte ihn. »Armer Alter, muß auch so eine beschissene Sache passieren. Und gerade dann, wenn du dich von Vivienne befreit hast.« Sie machte sich los und begann zu lachen, als sie bemerkte, daß gelbe Fussel von ihrem Mohairpullover überall an seinem dunkelblauen Jackett klebten. »Schau, sogar mein Pulli ist hoffnungslos von dir angezogen! Ist dir je in den Sinn gekommen, Sam, daß du vielleicht einfach unwiderstehlicher bist, als dir selbst guttut?«

Es war eine Schande, dachte Sam bitter, daß Izzy die einzige sein sollte, die diese Ansicht nicht teilte.

»Danke.« Ohne eine Miene zu verziehen, bürstete er die Mohairfussel von seinem Revers. »Das ist angenehm zu wissen. Zumindest bin ich... unwiderstehlich.«

»Oh, ausgenommen für mich«, versicherte Katerina ihm ernst. »Ich bin vollständig ausgenommen. Ich weiß nicht genau, warum«, fügte sie hinzu und begann zu grinsen, »aber aus irgendeinem seltsamen Grund seh ich dich mehr als eine Vaterfigur denn als Mann!«

Beeindruckt wegen dieser zusätzlichen Ironie, erlaubte sich Sam ein schiefes Lächeln. »Danke...«

Die Atmosphäre in der Konzerthalle war erstaunlich. Izzy machte eine Pause, um Luft zu holen, und schaute verwundert auf die tobende Masse des Publikums, siebentausend Italiener applaudierten wild und schrien nach mehr. Ihr wurde klar, daß dies das Gegenmittel war, das sie so dringend brauchte. Es war ein wunderbarer

Abend, und die Leute liebten sie. Dies hier war alles, wofür sie immer gearbeitet hatte, alles, was wirklich zählte. Denn während sie Sam vielleicht... hoffentlich... vergessen können würde, die Freude, hier zu singen, würde untilgbar in ihr Gedächtnis eingeprägt sein. Sie hatte, zu guter Letzt, wirklich Erfolg, und niemand könnte ihr das wegnehmen.

Die Hitze war zum Ersticken. Sie schüttelte die feuchten Locken aus ihrem Gesicht, öffnete noch einen Knopf ihres pfauenblau-goldfarbenen Hemdes, das an ihrem schweißüberströmten Körper klebte, drehte sich um und nickte der Band zu. Trockeneis wogte bereits von hinten auf die Bühne und signalisierte Tashs Auftritt. Als Antwort auf ihr Nicken spielten die Schlagzeuger und der Saxophonist die mittlerweile berühmten ersten Takte von »Never, Never«. Das Publikum erkannte den Song sofort und schrie so begeistert, daß das hundert Jahre alte Gebäude beinahe bis auf die Grundmauern erschüttert wurde.

Izzy bedankte sich für den Beifall mit einem Wink, trat einen kleinen Schritt zurück und lächelte. Die Wolken Trockeneis waren jetzt dicht hinter ihr und glitten lautlos auf der Bühne nach vorne. Über ihr und rund um sie herum huschten lila-blaue Lichtspots wie Mondstrahlen und beleuchteten ihre einsame, reglose Gestalt. Die reinen, klaren Töne des Tenorsaxophons erhoben sich und jagten ihr einen freudigen Schauer über den Rücken. Sie atmete tief durch, hob ihr Gesicht zu den Lichtern, öffnete den Mund und begann zu singen.

Never, never
Understood how
The rest of the world

Felt, until now.
Was I ever, ever
Alive before now?
You showed me how
It could be.

Und dann erhob sich ein noch größeres Geschrei des Erstaunens und Entzückens aus dem Publikum, als, ganz in Schwarz wie der leibhaftige Teufel, Tash aus den scheinwerfererleuchteten Wolken aus Trockeneis auftauchte und langsam auf Izzy zuging. Sein Erscheinen war derart unerwartet, daß es beinahe zuviel für die Leute war; die ersten paar Sekunden, als nur sein Schatten zu erkennen war, waren die Leute nicht sicher, daß es tatsächlich Tash Janssen war. Aber dann, als die Spots direkt auf ihn gerichtet wurden, wußten sie es sicher, und dies löste tumultartigen, stürmischen Beifall aus. Schreie, Pfiffe und frenetischer Applaus brachten den Lärmpegel auf neue Höhen. Izzy, die sich immer noch nicht umgedreht hatte, um ihn anzuschauen, mußte zugeben, daß der Überraschungsauftritt tatsächlich ein planerischer Geniestreich war. Tash mochte ein Bastard sein, dachte sie, aber er war zweifellos clever.

»Never, never understood how«, sang Tash hinter ihr. Sichtlich verwirrt, wirbelte sie zu ihm herum, als gerade seine Hand um ihre Taille glitt, und das Publikum tobte erneut. Tash grinste breit, murmelte *»mi amore«* in das Mikrophon, gerade laut genug, damit siebentausend Ohrenpaare die geflüsterten Koseworte hören konnten. Dann nahm er professionell den Ton auf und setzte den Song fort. *»Lucky me, lucky world, You're a woman, not a girl.«* Die rauhe, kräftige Stimme hatte jedes weibliche Wesen in der Halle hypnotisiert, außer Izzy. Aber das war, wie

er ihr vorher gesagt hatte, Showbusineß, und sie konnte Entzückung vortäuschen, so daß sie es mit den Besten von ihnen aufnehmen konnte.

»... *You taught me how To love. And now*«, sang sie zurück und ihre Stimme wurde gefühlvoller, »*As long as I have you, You'll al-ways, al-ways have... me...*«

Das Finale war ein Triumph. Die Zuhörer waren völlig verzückt vor Freude und weigerten sich, sie gehen zu lassen. Der Applaus wollte nicht enden und erreichte neue Höhepunkte, als Tash schließlich der Band deutete, sie möge »Kiss« anstimmen. Izzy hatte es bereits allein gesungen, aber es wäre undenkbar gewesen, es jetzt nicht als Zugabe zu wiederholen. Hinzu kam, daß das Publikum den Text so gut kannte, daß es, als Tash die Zeile »*I want you to kiss me, To know that you've missed me*« unterbrach, um statt dessen Izzy zu küssen, ohne ihn weitersingen konnte.

Der Kuß dauerte länger, als Izzy erwartet hatte, aber da eine unwürdige Balgerei nicht in Frage kam, blieb ihr wenig mehr, als ihren Mund resolut geschlossen zu halten und es zu ertragen, während das Publikum, leidenschaftliche Romantiker, die sie waren, zustimmend pfiff und die Bühne mit Blumen bombardierte.

»*I want you to kiss me, to know that you've missed me*«, flüsterte Tash schließlich, seine Finger streichelten ihren Nacken unter ihren feuchten Locken, seine Hüften drückten unmerklich gegen ihre. »Und ich denke, du hast mich vermißt, Liebes.«

Das Blitzlichtgewitter blendete sie. Izzy schaute bewundernd zu ihm hoch für tausend Kameras, lächelte und sagte: »Wenn du das denkst, bist du wirklich gestört.«

Tashs Blick streifte kurz ihre schweren Bulgari-Ohrringe. »Du würdest die nicht tragen, wenn ich dir nicht noch etwas bedeutete.«

Izzy fingerte nach ihrem linken Ohrläppchen. »Ich mag sie.«
»Das solltest du auch, verflucht noch mal! Die kosten neuneinhalb tausend Pfund.« Er grinste. »Aber was soll's, du warst es wert.«
Hinter ihnen spielte die Band weiter den Refrain von »Kiss«. Rings um sie hallte die Konzerthalle wider von siebentausend textsicheren Italienern, die im Chor sangen. Genau da segelte ein zellophanumwickelter Strauß gelber Rosen durch die Luft und landete beinahe auf Izzys Füßen.
»Siehst du?« sagte Tash, nahm sie hoch und überreichte sie ihr. »Die denken auch, daß du es wert bist.«
Mit ihrer freien Hand öffnete Izzy schnell zuerst den einen Ohrring, dann den anderen. Im nächsten Moment, bevor Tash auch nur reagieren konnte, schleuderte sie sie ins Publikum.
»Du Miststück«, sagte er, und das Grinsen erstarb in seinen Augen.
»Überhaupt nicht«, konterte Izzy zuckersüß. »Das sind unsere Fans, Tash. *Sie* sind sicher diejenigen, die es wert sind…«

54 Um Ginas Aufmerksamkeiten zu entgehen, begann Sam, Arbeit zu erfinden, und Abend für Abend tauchte er früher im *Chelsea Steps* auf.
Als er am Dienstag abend um Viertel nach acht den Club aufschloß, vier Tage nach Izzys Abreise nach Rom, war nur Sarah, die blonde Empfangsdame, bereits da. Sie lümmelte auf einem der graphitgrauen Sofas neben der Bar, aß einen Mars-Riegel und beeilte sich, ein dickes, un-

heimlich aussehendes Taschenbuch zu Ende zu lesen, bevor die Arbeit begann. Sie sah erstaunt hoch, als Sam reinkam.

»Also, ich weiß, warum ich so früh hier bin«, sagte sie aufmunternd. »Ich hasse mein Ehegespons. Und was ist deine Entschuldigung?«

»Ich hasse meines auch.« Sam schob ihre Füße vom gegenüberstehenden Sofa, nahm ihr Glas in die Hand und schnupperte dran. »Und ich überprüfe ab und an gerne mein Personal. Ist das richtiger Bourbon?«

Sarah, eine Abstinenzlerin und lebenslänglicher Pepsi-Fan, kicherte. Dann fiel ihr etwas ein, und sie sagte: »Oh!« griff nach ihrer Handtasche, wühlte darin, bis sie schließlich eine gefaltete Zeitungsseite rauszog. »Ich hab's aufgehoben, falls du es noch nicht gesehen hast. Es war im *Express* von heute.«

Das *Chelsea Steps* mit seiner illustren Klientel wurde häufig in den verschiedensten Klatschspalten erwähnt. Sam nahm den Ausschnitt und hoffte, es wäre kein vernichtender Kommentar über die Tatsache, daß ein untergeordneter Royal dabei beobachtet worden war, wie er letzte Nacht ziemlich mitgenommen den Club verließ.

»Schon in Ordnung, es ist nicht über uns«, sagte Sarah, seine Gedanken lesend. Sie zeigte mit einem pflaumenblau lackierten Fingernagel auf das Foto und fügte hinzu: »Du bist doch mit Izzy Van Asch befreundet, oder nicht? Ich dachte, du würdest es gerne sehen. Sieht so aus, als seien sie und Tash Janssen wieder zusammen.«

Das tat es wirklich. Sam hatte genug Erfahrung, um zu wissen, daß man nicht alles glauben sollte, was man in der Zeitung las, aber es war hart, dies nicht zu glauben. Das Foto, aufgenommen bei ihrem Konzert in Rom, zeigte Izzy Tash Janssen umarmend und mit einem unmißverständlichen

Ausdruck des Triumphs im Gesicht. Der kurze Begleittext berichtete vom triumphalen Erfolg des Konzerts und verweilte schlüpfrig bei der offenkundigen Wiederaufnahme der Affäre. Tash Janssen hatte offenbar den sensationslüsternen Journalisten mitgeteilt, daß ihre zeitweilige Entfremdung nun hinter ihnen liege und daß der Text von »Never, Never« nie passender gewesen sei. Das glückselige Paar wohne überdies im Aldrovani Palace Hotel und soll angeblich seinen Aufenthalt verlängern...

Sam wünschte, er könnte die Vorstellung, daß Izzy und Tash wieder zusammenlebten, aus seinem Verstand löschen, aber Izzys Sprunghaftigkeit und ihr völlig fehlendes Urteilsvermögen, was Männer betraf, machten das unmöglich. Und wenn sie entschlossen war, ihre Karriere weiterzuführen, wie sie es ihm so grausam an jenem Morgen mitgeteilt hatte, mit wem könnte sie das besser als mit Tash Janssen?

»Ich finde, sie ist unglaublich.« Sarah plapperte munter weiter und streckte den Hals, um noch einmal einen Blick auf das Foto zu erhaschen. »Sie ist beinahe vierzig, aber sie sieht jünger aus als ich. Wohlgemerkt, sie reicht Tash Janssen wirklich das Wasser. Wenn sie heirateten, bekämen sie hinreißende Kinder, meinst du nicht?«

Das Bedürfnis nach Gesellschaft war ihm vorübergehend abhanden gekommen. Sam blieb beinahe bis Mitternacht oben in seinem Büro, konzentrierte sich auf einen Stapel Papiere, der noch durchzuarbeiten war.

Schließlich unterbrach ihn das Läuten des Telefons.

»Meredith Scott ist hier, Sam«, verkündete Sarah, die vom Empfang aus anrief. »Sie ist gerade reingegangen, aber sie hat nach dir gefragt, also hab ich gesagt, du würdest gleich runterkommen. War das in Ordnung?«

»Sieht fast so aus, als müßte es in Ordnung sein«, antwortete er barsch. Meredith Scott, eine der wenigen Kinderstars der Fünfziger, die den erfolgreichen Übergang ins Erwachsenendasein und zu noch größerer Berühmtheit geschafft hatte, war einfach nicht daran gewöhnt, in irgendeiner Form zurückgewiesen zu werden. Sie lebte jetzt in Hollywood und war – nützlicherweise – mit einem plastischen Chirurgen von gutem Ruf verheiratet, von Zeit zu Zeit besuchte sie das *Chelsea Steps* und war eine wundervoll gehässige Klatschtante, deren unschuldige dunkelblaue Augen von ihrer giftigen Zunge Lügen gestraft wurden.
Ihre Anwesenheit im Club war jedoch gut fürs Geschäft und Sam hatte sie immer als unterhaltsame Begleiterin empfunden. »Sag Marco, er soll einen Veuve Clicquot entkorken«, sagte er in den Hörer. »Ich bin gleich unten.«

»Darling, es ist ja Ewigkeiten her!« schrie Meredith in altvertrauter Hollywood-Manier. Ihre tadellos der Tränensäcke entledigten Augen funkelten vor Vergnügen, als sie Sam eine Sekunde lang sorgfältig musterte, bevor sie ihm ihre Wange zu einem Kuß anbot. »Und du siehst umwerfender aus als je zuvor, muß ich sagen. Komm schon Sam, brich mir das Herz, und sag mir, du bist verheiratet!«
Er sah kurz amüsiert auf ihre wohlgeformten, erstaunlich straffen Brüste, nickte in Richtung ihres Herzens und meinte: »Keine Panik, es ist sicher.«
»Na, bravo.« Sie lächelte und streckte sich zu einem erneuten, ordentlichen Kuß zu ihm hoch. »Falls es sonst nichts bewirkt, so tut es zumindest meinem Mann unendlich gut zu wissen, daß da noch ein oder zwei gutaussehende akzeptable Männer im Rennen sind. Das hält ihn bei der Stange, weißt du...«

»Ist er nicht mitgekommen?« Sam schenkte den Champagner ein und reichte ihr ein Glas. Meredith war immer ihr Geld wert, und seine Laune begann sich zu bessern.
Sie deutete ungefähr in die Richtung von Amerika. »Der arme Mann mußte bleiben und der runzeligen Gattin irgendeines Expräsidenten das Kinn liften, die – wie ich zufällig erfahren habe – ihren Gatten ohnehin verlassen wird. Ich bin hier, um für meinen neuen Film die Trommel zu rühren. Ich habe eine Serie von Talk-Shows, bei denen man für dumm verkauft wird, vor mir ... Ich weiß nur, daß ich in einer von ihnen einschlafen werde, also habe ich gedacht, ich muß zumindest die Gelegenheit beim Schopf packen und mir vorher ein bißchen Vergnügen verschaffen. Oh, und das Beste aus meinen letzten paar Tagen, in denen ich vierzig und noch was bin, machen. Nächste Woche habe ich Geburtstag, Darling ... das scheußliche halbe Jahrhundert ..., und mein Manager plant eine kolossale Party für mich. Du mußt kommen!«
Sam grinste. Meredith Scott war fünfundfünfzig, wenn's gutging, aber wer würde es wagen, sie an derart unangenehme Fakten zu erinnern?
»Natürlich komme ich. Aber erzähl mir von dem neuen Film. Wie ist er?«
Der furchteinflößende Busen, nur halb verhüllt von weißem Samt, wogte. »Absoluter Mist! Jeder einzelne der Mannschaft haßte den anderen, wir alle haßten aber noch mehr den Produzenten, und das Drehbuch ist saumäßig. Aber wenn du mich in der Aspel-Show sehen wirst, dann werde ich das verdammte Ding natürlich in den Himmel loben und erklären, daß es die wunderbarste Erfahrung meines Lebens war.« Sie machte eine Pause und trank einen Schluck von ihrem Champagner, dann fügte sie eine Spur traurig hinzu: »Ich krieg wahrschein-

lich keinen Preis für meine schauspielerische Leistung in diesem gottverdammten Film, aber ich verdiene einen Oscar dafür, daß ich für ihn werbe.«
»Das hört sich tatsächlich danach an, als bräuchtest du eine gute Party als Entschädigung.«
Aber aus Merediths Augen war der Glanz verschwunden. »Ich denke, ich ziehe einen guten Mann vor. Ich liebe meinen Mann, Sam, aber er ist nicht da. Ich vermute nicht, daß du in Betracht ziehst, mir diesen Dienst zu erweisen? Eine einsame Schauspielerin zurück in ihr Hotel zu begleiten und... ihr Gesellschaft zu leisten?«
Als er nicht antwortete, sagte sie zögernd: »Tut mir leid, aber eine Frau in meiner Stellung muß vorsichtig sein. Und zumindest weiß ich, daß ich darauf vertrauen kann, daß du diskret bist.«

Sie wohnte im Savoy. Als Sam am Eingang vorfuhr, ließ er den Motor laufen. In der Dunkelheit brachte Meredith ein halbes Lächeln zustande.
»Das ist also deine diskrete Art, mir einen Korb zu geben?«
Das Auto war erfüllt vom sinnlichen Duft ihres Parfüms. Für den Bruchteil einer Sekunde überlegte Sam, wie es wohl wirklich wäre, mit einem weltberühmten Sexsymbol zu schlafen.
Statt dessen nahm er ihre Hand und drückte sie. Der fünfzehnkarätige Diamant des Eherings bohrte sich in seine Handfläche.
»Du bist glücklich verheiratet«, sagte er freundlich. »Und auch wenn ich deinen Mann nur wenige Male getroffen habe, ich mochte ihn. Er ist ein netter Mann.«
Sie nickte. »Und du warst jetzt ein ehrenhafter. Ich vermute, du hast recht, wirklich.«

»Du weißt, daß ich recht habe.« Er beugte sich hinüber und drückte ihr einen flüchtigen Kuß auf die Wange. »Komm schon, Kopf hoch. Denk an all die Oscar-trächtigen Auftritte, die du in den nächsten Tagen hast.«
Mit einem bedauernden Grinsen sagte Meredith: »Ich hätte dir heute nacht einen verleihen können. Obwohl ich nicht denke, daß sie für diese Art Vorstellungen einen verleihen, um so schlimmer. Hey, das ist doch eine Idee für meine Party! Jeder bekommt einen Oscar... Größter Trottel... Umwerfendster Wanst... Unglaublichstes Toupet... Kleinster Pimmel...«
Erleichtert, zu sehen, daß sie ihren Humor wiedergefunden hatte, fragte Sam: »Bin ich immer noch eingeladen?«
»Natürlich! Du könntest die Größte Enttäuschung im Bett darstellen.« Sie neigte den Kopf ein wenig und fügte niederträchtig grinsend hinzu: »Weil ich dich nicht dazu überreden konnte, mit mir reinzusteigen, natürlich, aber das wird ja niemand erfahren.«
Die Gefahr war vorüber. Sam hatte die Situation erfolgreich überstanden und sagte: »Wie wär's denn mit Ehrenhaftester Nachtclub-Manager?«
»Auf keinen Fall. Es gibt nur Beschimpfungen auf dieser Oscar-Party. Und das erinnert mich...«
»An was?«
»Ich habe vorher vergessen, dich zu fragen, aber jemand hat erwähnt, daß du auf gutem Fuß mit Izzy Van Asch stehst, und dann habe ich heute morgen in der Zeitung gesehen, daß sie und Tash Janssen wieder zusammen sind.«
Sam fühlte sich, als hätte ihm jemand in den Bauch geboxt. Sein Ton blieb aber vorsichtig neutral: »J... ja.«
»Es ist ihr Lied, weißt du, ›Never, never‹«, fuhr Meredith begeistert fort. »Ich liebe es sehr, ich dachte, es wäre

wunderbar, wenn sie das auf meiner Party singen könnte. Mein Manager wird Kontakt zu ihrem aufnehmen, aber da du Izzy Van Asch ja bereits kennst, dachte ich, du könntest mal mit ihr reden. Würdest du sie bitten, mich anzurufen, Sam?«

War es sein Schicksal, den Rest seines Lebens damit zu verbringen, überlegte er schmerzlich, den Leuten zuzuhören, wie sie Izzys Loblied sangen?

»Wenn ich sie sehe«, antwortete er tonlos, »werd ich es ihr sagen. Aber es ist nicht sicher, daß ich sie sehe. Und nur weil wir... Freunde sind, das heißt noch lange nicht, daß sie ja sagt.«

»Nur wenn, also«, stimmte Meredith aufgemuntert zu. Sie hüllte sich in ihren Mantel und suchte in der Dunkelheit nach dem Türgriff. Dann fügte sie mit einem kehligen Lachen hinzu: »Aber eines muß ich dir sagen, Sam, da ist dir wirklich ein Fehler unterlaufen. Sie ist eine wunderschöne Frau. Welcher Mann möchte mit jemanden wie Izzy Van Asch ›nur befreundet‹ sein?«

Katerina und Lucille tuschelten in der Küche, als er am nächsten Morgen ins Haus kam.

»Ich hab's gesehen«, sagte Sam verdrossen, als Katerina mit einem Exemplar der gestrigen Zeitung unter seiner Nase herumwedelte.

»Sie ist absolut bescheuert!« Katerina war schockiert. »Ehrlich, manchmal frage ich mich, ob meine Mutter auch nur einen Funken Verstand besitzt. Ich weiß nicht, wie sie es ertragen kann, mit ihm auch nur zu sprechen, geschweige denn... uah!«

Sam, der ihre Gefühle teilte, nahm sich ein Stück von Katerinas Marmeladentoast. »Vielleicht stimmt's nicht.«

»Ich hab versucht, sie in ihrem Hotel anzurufen, aber sie ist nicht in ihrem Zimmer.« Sie warf ihm einen finsteren Blick über den Tisch hinweg zu. »Und Tashs Telefon ist ausgehängt. Mein Gott, wenn sie ihn je hierher mitbringt, dann zieh ich wieder aus.«

Sams Versuche, das Thema zu wechseln, wurden jedesmal von Lucille sabotiert, die sehr an der Izzy-Tash-Affäre interessiert war. »So ein fauler Zauber«, sagte sie schadenfroh, eignete sich flink die letzte Scheibe Toast an und verputzte sie mit Wonne. »Wir werden sicher gleich Mr. Tagesschau, Trevor McDonald, hier vor der Tür haben. Vielleicht sollte ich meine Dauerwelle erneuern lassen, nur um sicherzugehen.«

Katerina sah sie entsetzt an. »Warum? Erzählen Sie mir jetzt nicht, Sie finden Tash Janssen auch so unwiderstehlich!«

»Nö, der ist nicht mein Typ«, antwortete Lucille gemütlich. »Der Bursche ist viel zu mager, wenn Sie mich fragen. Aber Trevor McDonald, nun, ich hatte immer schon eine kleine heimliche Schwäche für ihn...«

»Hast du schon das Neueste von Izzy gehört?« fragte Gina, als Sam in ihr Zimmer kam.

Später, als er ging, sah er Jericho, der ausgestreckt in der Halle lag und seinen Rücken an der Heizung schmoren ließ. Als er ihn erblickte, wedelte Jericho halbherzig mit dem Schwanz. »Bist du sicher, daß es da nichts gibt, was du mich gerne fragen möchtest?« sagte Sam trocken und beugte sich runter, um den glänzenden Kopf zu streicheln. »Etwa, ob ich den Artikel über Tash und Izzy in der Zeitung gesehen habe?«

55 Das Universitätsleben tat Simon offensichtlich gut. Als er Freitag abend im Haus aufgetaucht war, mit strahlendem Lächeln und seinen Koffer schwingend, als wäre er eine Keksdose, war Katerina abermals erstaunt darüber, wie er sich verändert hatte. Er schien gewachsen zu sein, sowohl was sein Selbstbewußtsein betraf als auch seine Statur, und als die unzähmbare Lucille darauf bestand, seinen Bizeps zu fühlen, und sich tief beeindruckt zeigte, zog er mühelos die Aufmerksamkeit aller auf sich. Eine der liebsten Freizeitbeschäftigungen Katerinas war es immer gewesen, den armen Simon zu hänseln, bis er nicht mehr wußte, ob er Männlein oder Weiblein war. Jetzt war sie ziemlich verblüfft, zu entdecken, daß sie nicht einmal mehr dazu fähig war, ihn erröten zu lassen.

»Das war hervorragend«, verkündete er, nachdem er ein ausgiebiges Abendessen verdrückt hatte, selbstgemachten Hackfleisch-Kartoffelbrei-Auflauf, gefolgt von zwei Portionen Brombeer-Apfel-Kuchen. Wie es sich für ein künftiges Mitglied der Rugby-Mannschaft der Universität geziemte, tätschelte er seinen unempfindlichen Magen und leerte ein Glas Bier, das Lucille ihm aufgedrängt hatte. Mit einem anzüglichen Zwinkern in ihre Richtung fügte er hinzu: »Schließlich muß ich bei Kräften bleiben.«

Er hatte sich verändert, stellte Katerina fest. Vor nicht allzulanger Zeit wäre sie diejenige gewesen, die eine derartig vielsagende Bemerkung gemacht hätte, und Simon wäre vor Verlegenheit puterrot angelaufen. Jetzt jedoch hatte er sich voll unter Kontrolle, flirtete – der Himmel möge uns davor bewahren – mit Lucille, er war kaum als der linkisch fummelnde Schuljunge zu erkennen, mit ungefähr soviel Sexappeal wie ein Teddybär. Es war absolut lächerlich, aber angesichts eines derart abrupten Rollenwechsels, bemerkte sie, daß eher sie selbst in Gefahr war zu erröten.

Entschlossen, derart erniedrigende Blößen im Keim zu ersticken, entgegnete sie lebhaft: »Du hast es sicher nötig, bei Kräften zu bleiben, wenn du mir bei meiner Physik-Wiederholung hilfst.«

Aber Simon hatte offenkundig andere Pläne. Er schüttelte den Kopf und sagte: »Du hast genug gearbeitet. Wir können es morgen abschließend noch mal durchgehen, wenn du willst, aber es gibt keinen Grund, dich jetzt zu überlasten. Ich bin hierhergefahren, um dir ein bißchen Abstand zu verschaffen, bevor die Prüfungen nächste Woche losgehen. Geistige Entspannung ist genau das, was du jetzt brauchst. Das ist eine erwiesene Tatsache.«

Früher hatte immer Katerina die Entscheidungen getroffen, und Simon hatte sie klaglos akzeptiert. Jetzt, wo er so gebieterisch war, hatte sich alles verändert. Und obwohl sie normalerweise nie zugelassen hätte, daß man sie auch nur in die Nähe einer Kinopremiere des neuesten Schwarzenegger-Streifens geschleppt hätte, ließ sie es diesmal zu und fand zu ihrem eigenen Erstaunen und heimlichen Mißfallen, daß es wirklich ziemlich unterhaltsam war.

Der überfüllte Pub in Holborn, in dem eine der Lieblings-Amateur-Rockbands von Simon spielte, gefiel ihr ebenfalls besser, als sie sich je hätte vorstellen können, denn bis jetzt hatte sie sich standhaft geweigert, ihn zu solch wenig attraktiven Treffpunkten zu begleiten. Es war laut, es war heiß, und es gab ganz sicher kein Klavierkonzert von Debussy, aber mit einem halbvollen Glas Radler an ihre Brust gepreßt und in der Sicherheit von Simons muskulösem Arm, der sie vor den Rempeleien der Leute und dem ansteckenden Enthusiasmus der Band selbst schützte, stellte Katerina noch einmal fest, daß sie sich, trotz ihrer anfänglichen Zweifel, tatsächlich amüsierte.

Es war nach Mitternacht, als sie wieder nach Hause fuhren. Sie hatten an einer Döner-Kebab-Bude haltgemacht, jetzt setzte Katerina den Wasserkessel auf und beobachtete Simon, wie er sein Döner runterschlang.

»Was genau soll das werden, heute nacht?« fragte sie, als die letzten Salatblätter beseitigt waren. »Willst du mich testen?«

Er schaute verwundert drein. »Inwiefern testen?«

»Ich weiß nicht.« Sie beschloß, daß sie doch keinen Kaffee wollte, und setzte sich neben ihn aufs Sofa. »Ich dachte nur, du versuchst vielleicht, mir etwas zu beweisen.«

Simon begann breit zu grinsen. »Hast du wieder Sigmund Freud gelesen?«

»Nein!« Ihre Neugier war nun wirklich geweckt. Wo war der alte Simon, den sie so leicht und nach Lust und Laune manipulieren konnte? Und warum sah dieser neue Simon so viel attraktiver aus?

Sie war entschlossen, ihn zumindest einmal erröten zu lassen. Sie kickte ihre flachen schwarzen Lederpumps von den Füßen und schwang ihre Beine über seinen Schoß, wackelte mit ihren nackten Zehen und warf ihm einen schuldbewußten Blick zu. »Ich denke immer noch, ich hätte lernen sollen, aber es war sehr schön heute nacht. Danke.«

Nicht nur, daß Simon nicht errötete, nein, er nahm einen ihrer Füße, um ihn näher zu betrachten, und sagte in beiläufigem Ton: »Seltsam. Mir ist früher nie aufgefallen, daß dein mittlerer Zeh länger ist als die anderen. Sind die immer so gewesen?«

Das war zuviel. Vor langer Zeit hatte sie sich an seine Bewunderung gewöhnt. Jetzt wurde Katerina nicht damit fertig, daß sie urplötzlich fehlte. Die Kritik an ihren Zehen tat weh, und sie zog flink die schändlichen Objekte weg.

»Wag es nicht, über meine Füße zu lachen.«

»Ich habe nicht gelacht«, entgegnete Simon milde. »Nur eine Beobachtung gemacht.«

»Gut, laß das!«

Ihr Gesichtsausdruck sprach Bände. Er mußte all seine Selbstkontrolle aufbringen, um nicht laut loszulachen. Er konnte immer noch kaum glauben, daß Jessie so recht gehabt hatte.

»Wenn du das Mädchen auf ein Podest gestellt hast, wie kannst du da je erwarten, daß sie zu dir aufsieht?« Bei Jessie Charlton, der Freundin eines Zimmergenossen, hatte sich alles ganz einfach angehört, als Simon sich ihr in einer durchzechten Nacht anvertraute. »Natürlich behandelt sie dich wie den letzten Dreck. So ist das nun mal, Si. Ich sag ja nicht, du sollst dich wie ein Macho benehmen, total chauvinistisch, denn zuviel davon turnt auch ab, aber es hört sich für mich so an, als ob ein bißchen Tischrücken nicht verkehrt wäre. Versuch das Mädchen zu behandeln, als wäre sie die Glückliche. Sei ein Macho, sei geheimnisvoll, sei uninteressiert... und eh du dich's versiehst, wird sie überlegen, was, um alles in der Welt, sie falsch macht... Glaub mir, Si. Am Schluß wirst du dich praktisch gegen sie wehren müssen.«

Gute, alte Jessie, dachte er mit erneuter Bewunderung und Zuneigung. Er schuldete ihr wirklich etwas für diese weisen Worte. Jetzt konnte er nur hoffen, daß er die desinteressierte Fassade aufrechterhalten konnte, sowohl geistig als auch physisch...

»Was ist jetzt mit dem Kaffee?« fragte er nach und kämpfte immer noch damit, keine Miene zu verziehen, und Katerina stapfte in die Küche. Zwei Minuten später kam sie zurück ins Wohnzimmer mit zwei Bechern voll gräßlich starkem Instantkaffee. Sie schob einen in seine Hand und sagte: »Du hast eine Freundin, oder?«

»Hm?« Simon gab vor, mit seinem Kaffee beschäftigt zu sein, der noch scheußlicher schmeckte, als er aussah. »Nein... nein... natürlich nicht.«

Sie warf ihm einen anklagenden Blick zu. »Du mußt eine haben. Du hast dich verändert.«

»Na ja, meine Haare sind länger.«

»Simon, sei nicht so schnoddrig! Was ist los mit dir?«

Er zuckte die Achseln. »Ich bin okay.«

»Oh, ja, du bist okay.« Katerina bemerkte, daß sie nicht länger die Kühle spielen konnte, aber das war ihr jetzt gleichgültig. Sie puffte ihn ungeschickt an die Schulter. »Dir geht's prächtig. Du behandelst mich, als wäre ich ein Wesen von einem anderen Stern. Du hast mich mal gemocht...«

Frauen waren seltsame Geschöpfe, dachte Simon. Seine Schulter tat nicht weh, aber er rieb sie sich trotzdem.

»Ich mag dich immer noch, Kat.«

»Du mochtest mich wirklich«, erwiderte sie vorwurfsvoll. »Ich vermute, du denkst, ich sei seit der Sache mit Andrew so eine Art gefallene Frau. Wahrscheinlich hat deine Mutter dich gewarnt, du sollst dich fernhalten von mir.«

»Sie hat nichts dergleichen gesagt.« Weil er nämlich »die Sache mit Andrew« seiner Familie gegenüber nie erwähnt hatte, aber jetzt war es nicht angebracht, wie ein

Schwächling zu klingen. »Und ich halte dich außerdem nicht für eine gefallene Frau«, versicherte er ihr. »Schließlich bist du erst siebzehn.«

Aus schierer Verzweiflung beugte Katerina sich vor und küßte ihn, hart. Dann, als hart nicht zu funktionieren schien, wurden ihre Lippen weicher, sie schlang die Arme um Simons Nacken und drängte sich an ihn.

Er tat alles, um an andere Dinge zu denken... Mülleimer... das Rugby-Training... eiskalte Duschen... an alles andere als an das, was Katerina ihm mit ihren Händen und ihrem Mund antat.

Und er scheiterte kläglich.

»Du magst mich noch«, murmelte Katerina, ihre warmen Lippen kosteten seinen Nacken, ihr Körper wand sich vor Triumph und Freude.

»Ich habe nicht gesagt, daß ich es nicht tue«, antwortete er vorwurfsvoll und atmete den frischen Duft ihrer Haut ein. »Und das ist nicht fair. Es ist eine rein biologische Reaktion...«

»Vor nicht allzulanger Zeit wolltest du mir die biologische Reaktion praktisch demonstrieren.«

Simon hatte nie aufgehört, das zu wollen, aber trotz der Intensität seines Verlangens warnte ihn eine Art sechster Sinn, jetzt nachzugeben. Sein gerade errungener Vorteil wäre verloren, und er stünde wieder am Ausgangspunkt. Er wäre nicht länger eine Herausforderung, und Kat würde wieder vollkommen das Interesse verlieren. Bis jetzt paßten Jessies Ratschläge haarscharf. Falls es also für diese Beziehung irgendeine Zukunft geben sollte, mußte er vollkommen reserviert bleiben und... o Gott... uninteressiert...

»Das ist tatsächlich«, sagte er und bemühte sich sehr darum, sich aus dem direkten Körperkontakt zu befreien,

»schon eine Weile her. Und du hast mir, falls du dich erinnerst, einen Korb gegeben.«

Katerina konnte sich beim besten Willen nicht mehr vorstellen, warum. Noch ging ihr in den Kopf, wie sie bis jetzt nicht bemerken konnte, wie attraktiv Simon wirklich war. Er mochte nicht das sein, was die Mädchen »zum tot umfallen schön« nennen würden – ihre wahren Helden waren momentan Tom Cruise und Marty Pellow –, aber mit seinem glatten blonden Haar, seinem hübschen Gesicht und dem straffen Körper eines American-Football-Spielers war Simon tausendmal interessanter als die armseligen Freunde, die die Mädchen im richtigen Leben hatten.

»Und jetzt gibst du mir einen Korb«, sagte sie, ihr Selbstvertrauen zerschmettert und ihre Enttäuschung deutlich in den Augen ablesbar.

Simon setzte sich unbehaglich im Stuhl zurecht, wünschte, seine Erektion möge nachlassen, und hoffte, er würde das Richtige tun. Bei seinem Glück, dachte er düster, würde Kat nächste Woche einen anderen Jungen kennenlernen und sich hoffnungslos verlieben...

Er setzte jedoch seine ganze Hoffnung auf Jessie Charlton, kreuzte verstohlen die Finger und sagte: »Du wolltest unsere Freundschaft nicht aufs Spiel setzen, falls du dich erinnerst. Und später wurde mir klar, daß du recht hattest. Es ist viel besser, wir bleiben gute Freunde, Kat, ohne die Mühe mit Sex und all dem Getue.«

Zu seiner Erleichterung begann sie zu grinsen. »Sex und all das Getue. Es ist nicht so schrecklich, weißt du.«

Simon wußte es nicht. Es war äußerst beschämend, aber er mußte die Freuden der körperlichen Liebe mit einem Mädchen aus Fleisch und Blut erst noch entdecken. Wenn seine Zimmergenossen das je herausfänden, er würde sterben...

»Natürlich ist es nicht schrecklich«, antwortete er locker und gewährte Katerina die Gnade eines erfahrenen Lächelns. Unbewußt wiederholte er Izzys Argumente Sam gegenüber – und log, wie sie es getan hatte –, indem er hinzufügte: »Aber Freundschaft ist immer wichtiger als Sex, und wir sollten das nicht ruinieren, oder?«

56

Izzy war es nicht klar, wie wild um ihre vermutete Romanze mit Tash spekuliert wurde, und sie war amüsiert und erstaunt zugleich, als sie – bei ihrer Ankunft am Samstag morgen – mit einer absolut strengen Tochter-Mutter-Strafpredigt konfrontiert wurde.
Da Katerina es offenbar loswerden mußte, saß Izzy gehorsam auf ihrem Bett und wartete, bis es vorbei war, bevor sie sagte: »Aber Liebling, ich weiß, daß er ein Trottel ist. Dieser verrückte Zeitungsartikel bedeutet rein gar nichts. Ich sehe ihn wirklich nicht wieder, Pfadfinderehrenwort.«
»Oh«, sagte Katerina, und sie fiel in sich zusammen wie ein Luftballon. Leise fügte sie hinzu: »Dann ist's ja gut.«
»Und ich habe auch keinen italienischen Anwalt geheiratet«, fuhr Izzy geduldig fort. »Tatsache ist, was mich betrifft, stehen Männer in absehbarer Zukunft nicht auf der Tagesordnung. Ich werde mich auf die Arbeit konzentrieren. Arbeit, Arbeit und noch mal Arbeit.«
»Ich auch.«
Sie wollte schrecklich gerne fragen, wie es zwischen Sam und Gina stünde, aber sie hatte das Gefühl, daß Katerina noch etwas auf dem Herzen hatte, also winkte Izzy ihrer Tochter, sie solle sich neben sie setzen. Sie spielte abwesend mit ihrem langen glatten braunen Haar und sag-

te: »Ist alles in Ordnung, mein Herz? Simon ist doch... nicht etwa lästig?«

Katerina lehnte sich an die Schulter ihrer Mutter: »Nein. Er nimmt mich heute nachmittag zu einem Rugby-Spiel mit.«

»O mein Gott, wozu denn das? Du kannst Rugby doch nicht ausstehen!«

Katerina lächelte. Ihre Mutter sah einfach empört aus. »Ich könnte meine Meinung ja ändern. Ich habe noch nie ein richtiges Spiel gesehen. Vielleicht macht's Spaß.«

Es wurde immer seltsamer, dachte Izzy. Zögernd fragte sie: »Es ist also alles in Ordnung zwischen euch beiden?«

Katerina antwortete mit jämmerlicher Stimme: »Wenn du es wissen willst, ich habe beschlossen, daß ich ganz wild auf Simon bin, und er ist entschlossen, wir sollten nur gute Freunde sein.«

»Der Junge hat Nerven!«

Katerina zuckte die Achseln. »Aber warum sollte es mir weniger mies gehen wie allen anderen? Mum, ich schwöre dir, dieses Haus ist verhext... die Geschichte mit Sam und Gina ist so absurd, daß es schon peinlich ist. Dann ist da Doug, der ganz offensichtlich Gina liebt und hier herumschmachtet wie eine verlorene Seele.« Sie unterbrach sich und zählte die Katastrophen an den Fingern ab. »Dann Simon und ich, natürlich. Du und... überhaupt niemand. Lucille und jeder andere, aber vorzugsweise Trevor McDonald...«

»Was?«

»In ebendiesem Augenblick«, sagte Katerina, und ihre Stimme triefte vor Ironie, »ist Simon unten in der Küche und wird ernsthaft von unserer Haushälterin angemacht. Gestern früh hat sie sich mit dem Milchmann über eine Stunde eingeschlossen. Und was Doug betrifft, also... der

arme Mann ist einfach nicht sicher, wenn sie da ist.«
»Und Trevor McDonald?«
»Das ist nur eine Frage der Zeit«, erwiderte Katerina düster.
»Himmel.« Izzy dachte einen Augenblick angestrengt nach. »Aber Jericho ist in Ordnung?«
Ihre Tochter grinste. »Oh, Jericho ist einigermaßen glücklich.«
»Das ist doch schon was, oder nicht?«
»Aber die Nachbarn nebenan sind nicht so entzückt. Es sieht so aus, als würde er sich seit kurzem zu gut mit ihrer Labrador-Hündin verstehen. Und sie hat seit kurzem Gelüste auf Mars-Riegel und geräucherte Makrele.«

Izzy wußte nach wenigen Minuten, daß es ein schrecklicher Fehler gewesen war, Viviennes völlig überraschende Einladung zum Essen anzunehmen.
Die reine Verzweiflung hatte sie dazu getrieben, sofort zuzustimmen. Im Aufnahmestudio, wo sie ihr Album fertigstellte, konnte sie es noch vermeiden, Sam tagsüber in die Arme zu laufen, aber die Abende zu Hause waren ein Alptraum.
Sie war unfähig, mit der zunehmend gekünstelten Atmosphäre fertig zu werden, und hatte sich auf die Chance gestürzt zu entkommen. Nur ein zwangloses Essen und ein paar Flaschen Wein, hatte Vivienne ihr versichert, und eine Möglichkeit, endlich Terry Pleydell-Pearce kennenzulernen, den wundervollsten Mann im ganzen Universum.
Falls er der wundervollste Mann im ganzen Universum war, dachte sie, was, zum Teufel, machte er dann mit einer hinterlistigen, intriganten, verräterischen alten Schlampe wie Vivienne Bresnick.

»Das ist eine Inszenierung«, verkündete sie düster. »Vivienne, wie *konntest* du nur?«
Vivienne war froh, daß Malcolm Forrester als erster im Landhaus angekommen war. Izzys Reaktion nach zu urteilen, hätte sie andernfalls nur einen Blick auf den für vier Personen gedeckten Tisch geworfen und wäre schnurstracks wieder gegangen.
»Was soll das?« erwiderte sie unschuldig, sorgsam darauf bedacht, leise zu sprechen, so daß weder Terry noch Malcolm im Zimmer nebenan etwas hören konnten. »Wie ich gesagt habe, es ist nur ein netter Abend mit Freunden... kein Druck... Malcolm ist ein wirklich netter Kerl.«
»Hm.« Izzy fiel nicht einen Moment darauf herein und sagte: »Dann entschuldige bitte, wenn ich ihn nicht heirate.«
Vivienne protzte mit ihren hausfraulichen Fähigkeiten und drückte den Startknopf der Mikrowelle. »Du könntest wirklich verflucht Schlimmeres machen«, erwiderte sie leichthin. »Er ist geschieden, charmant und ein wirklicher Gentleman. Er ist jedenfalls überhaupt nicht wie Tash Janssen.«
Das war zweifellos wahr. Izzy machte ein tapferes Gesicht, bewunderte das Landhaus, das hinreißend war, lernte Terry kennen, der genauso nett war, wie Vivienne versprochen hatte, und tauschte Nettigkeiten mit Malcolm Forrester aus, der ausgerechnet Geburtshelfer war. Außerdem war er alt, ging auf die Fünfzig zu, mit silbernen Strähnen in seinem dunklen, nach hinten geklatschten Haar, einer Pünktchenkrawatte und einer onkelhaften Art, die Izzy an ihren Großvater erinnerte. Vivienne hatte ihr wahres Glück mit Terry gefunden und anscheinend beschlossen, daß Izzy ihren Horizont erweitern und einen Mann eines ähnlichen Jahrgangs zumindest in Erwägung ziehen müsse. Aber die schauderhaft höfliche

Konversation, die sich zwischen der letzten Kunstausstellung in der Tate Gallery und dem Genie von Dizzy Gillespie bewegte, hatte nur den Erfolg, daß Izzy klar wurde, wie sehr ihr Sam fehlte. Das Verlangen war so stark, daß es beinahe körperlich weh tat, und es gab keinerlei Anzeichen dafür, daß es sich verlieren würde. Jedesmal wenn Malcolm Forrester sie »meine liebe Isabel« nannte, stellte sie sich unwillkürlich Sams Gesichtsausdruck vor, wenn er hier wäre und es hören könnte. Seine grauen Augen würden vor unterdrückter Belustigung glitzern, würden sie fixieren, wie so oft im *Chelsea Steps*, und später hätten sie beide sich vor Lachen ausgeschüttet und dabei eine Portion vom Chinesen miteinander geteilt.
Ihr Appetit war nun beinahe völlig verschwunden. Sie stocherte in dem vorzüglichen Essen herum, wie es sonst nicht ihre Art war – es gab Bœuf Bourgignon mit frischem Spargel und winzigen Kartoffeln der neuen Ernte –, und hörte schweigend zu, wie Terry und Malcolm »Und-dann-hat-sie-gesagt«-Histörchen über ihre jeweiligen Enkelkinder austauschten. Sie fühlte sich noch einsamer, als sie bemerkte, daß Terry und Vivienne unter dem Tisch Händchen hielten. Sie konnten auch nicht länger als ein paar Sekunden den Blick voneinander wenden; bei jedem neuen marktschreierisch angepriesenen Beispiel kindlicher Schlauheit schaute Terry zu Vivienne hinüber, als könnte er nicht glauben, daß sie noch da ist. Dann hellte sich sein Gesicht wieder auf, und er warf ihr ein kurzes Lächeln zu...
Schließlich hielt Vivienne es nicht mehr länger aus. Sie sprang auf und verschwand in der Küche. Sie kam mit einer Flasche Champagner zurück und sagte: »Gut, Leute, das sollte eigentlich erst nach dem Essen stattfinden, aber Geduld war noch nie meine Stärke. Liebes, kannst

du das Ding aufmachen? Ich möchte mir meine Nägel nicht ruinieren.«
Es war nicht gerade die Überraschung des Jahrhunderts, aber Izzy setzte pflichtschuldig ein verdutztes Gesicht auf. Während Terry ein wenig stümperhaft mit dem Korken kämpfte, sagte Malcolm in innigem Tonfall: »Was soll das werden? Haben wir irgend etwas zu feiern?«
Viviennes violettes Seidenkleid schimmerte im Kerzenlicht; sie ließ ein freudiges Quieken hören, als der Korken an die Decke sauste und der Champagner sich über Terrys Kordhose ergoß. Als ihre Gläser endlich gefüllt waren, hängte sie sich bei ihm ein und erhob ihr Glas zu einem Trinkspruch.
»Meine Damen und Herren, wir möchten, daß Sie es als erste erfahren. Terry und ich werden heiraten!«
Inmitten der Gratulationen mit Umarmungen und Küssen sah Izzy sich plötzlich genötigt, einen entschiedenen Kuß von Malcolm Forrester über sich ergehen zu lassen.
»Fabelhaft«, erklärte er, rückte seine Krawatte zurecht und sah sie selbstgefällig an. »Wie finden Sie das, Isabel? Ist das nicht einfach fabelhaft?«
Izzy verspürte das kindliche Verlangen, sich den Mund mit ihrem Ärmel abzuwischen, und sagte: »In der Tat wunderbar, Malcolm« und spähte zu Vivienne rüber, um zu sehen, ob sie zumindest diesen Witz mit ihr teilte.
Aber Vivienne, die nie strahlender ausgesehen hatte, hatte nicht einmal zugehört. »Und natürlich«, fügte sie voller Freude hinzu, »hätten wir euch beide gerne als Taufpaten ...«
Izzy starrte sie an. »Du bist *schwanger*?«
»Noch nicht. Aber wir werden sicher keine Zeit mehr in dieser Hinsicht verschwenden.« Sie unterbrach sich, um

Terry erneut zu umarmen, und fügte hinzu: »Ich bin schließlich fast achtundzwanzig.«

»Aber das ist doch noch nicht alt«, protestierte Izzy, wandte sich Malcolm Forrester zu, damit er es bestätige, und fühlte sich innerlich wertlos. »Achtundzwanzig ist nicht *alt*!«

Aber Vivienne hatte alle einschlägigen Bücher gelesen. »Je eher es passiert, desto besser«, sagte sie schlicht. »Du warst sogar erst einundzwanzig, als Katerina geboren wurde, und was das Kinderkriegen betrifft, werde ich bereits als eine ›späte Erstgebärende‹ klassifiziert. Meine Fruchtbarkeit nimmt ab, die Möglichkeit einer Komplikation steigt mit jedem Jahr, das vergeht..., alles mögliche kann schiefgehen!«

»Achtundzwanzig ist noch nicht alt«, wiederholte Izzy stur.

»Um Himmels willen, natürlich nicht.« Malcolm Forrester kam ihr diplomatisch zu Hilfe, füllte ihre Gläser wieder und rückte nochmals seine Krawatte zurecht. »Warum, immer mehr Frauen warten heutzutage die Dreißiger ab, bevor sie eine Familie gründen. Beruflich gesehen bin ich voll dafür. Um das zu bekräftigen, warf er Izzy huldvoll sein bestes Harley-Street-Lächeln zu. »Obwohl ich persönlich nicht sagen kann, daß ich sie beneide. Zumindest sind Sie und ich über dieses Stadium hinaus und haben es gut überstanden. Wir sind die Glücklichen, Isabel, meine Liebe, stimmen Sie mir da zu? In unserem Alter haben wir es einfach nicht mehr nötig, uns über diese Dinge Gedanken zu machen.«

57 Die vergangenen eineinhalb Wochen war sie von Alpträumen geplagt worden, in denen die zweite Computertomographie einen Tumor von der Größe einer Melone gezeigt hatte, und die Realität war deshalb fast enttäuschend. Gina saß im makellosen grau-weißen Büro des Facharztes im vierten Stock des Cullen-Park-Krankenhauses mit Sam an ihrer Seite und sah ruhig einige Sekunden lang auf das Röntgenbild, bevor sie es vorsichtig auf den Tisch zurücklegte. Sie faßte nach Sams Hand, innerlich erstaunt darüber, daß sie es schaffte, ruhig zu bleiben, und sagte: »Und was passiert jetzt?«

Der Arzt lächelte nicht mehr. Gliome – schnell wachsende, bösartige Tumoren, die von Gliazellen abstammen, die das Stützgewebe des Nervensystems bilden – waren nicht amüsant. Und wie es auf dem Bild aussah, hatte er keinerlei Zweifel daran, daß das die Art Tumor war, den Gina Lawrence hatte. »Wir operieren«, antwortete er vorsichtig und wahrheitsgemäß. Die Erfahrung hatte ihn gelehrt, daß das der beste Weg war, um hysterische Schmerzen zu vermeiden. »Der Plan ist folgender: Wir versuchen, soviel von dem Tumor wie möglich zu entfernen, bevor wir mit der Strahlentherapie beginnen. Ich habe bereits alle nötigen Vorkehrungen getroffen. Die Operation ist auf morgen früh neun Uhr festgesetzt.«

»Es ist also ein Gliom«, sagte Gina. Nur das Zucken ihrer Finger, mit denen sie Sams Hand preßte, verriet ihre Höllenqualen. Es war ein Gliom gewesen, das ihre Mutter getötet hatte.

Der Arzt zögerte eine Sekunde, dann nickte er. »So leid es mir tut, aber danach sieht es aus«, antwortete er ruhig. »Mrs. Lawrence, ich wünschte, ich könnte ihnen Hoffnungsvolleres mitteilen. Es tut mir sehr leid, wirklich.«

Die Operation am nächsten Morgen dauerte bereits dreieinhalb Stunden. Doug ertrug das endlose Warten nicht mehr und ging draußen im Regen spazieren. Izzy und Sam, allein im Wartezimmer zurückgelassen, saßen auf zwei sich gegenüberstehenden Stühlen und tranken einen Kaffee nach dem anderen. Da es grausam unpassend gewesen wäre, sich einfach zu unterhalten, sagte keiner von ihnen viel. Izzy versuchte verzweifelt, sich nicht auszumalen, wie der chirurgische Eingriff unten im OP genau vor sich ging. Sie überlegte, worüber Sam wohl nachdachte. Dann versuchte sie wieder, nicht über Sam nachzudenken und darüber, wie ganz anders alles sich hätte entwickeln können, wenn es nicht all diese dummen Hindernisse zwischen ihnen gegeben hätte.
»Du zappelst herum«, sagte Sam.
Sie stellte die Tasse ab, schob ihre Hände in die Jeanstaschen, stand auf und ging zum Fenster rüber. Draußen regnete es immer noch; ein Meer von bunten Regenschirmen wogte unten in den Straßen. Katerina dürfte ungefähr jetzt ihre Abiturarbeit in Biologie beenden. Tausende von Angestellten machten gerade Mittagspause und überlegten, ob sie Hirtensalat oder Lasagne essen sollten. Und Doug, ohne Schirm und inzwischen ohne Zweifel naß bis auf die Haut, war immer noch irgendwo da draußen, lief einfach herum...
Izzy wünschte sich, sie wäre mit ihm gegangen, und sagte: »Ich weiß nicht einmal, warum wir hier sind. Wir können überhaupt nichts tun.«
»Gina wollte, daß wir hier sind.«

»Ja, aber ich hasse es.« Sie war nicht in der Lage, ihn anzuschauen, also fuhr sie fort, blindlings aus dem Fenster zu starren. »Ich fühle mich so *nutzlos*.«
»Jetzt sei nicht so verflucht egoistisch«, antwortete Sam ruhig. »Es gibt Dinge im Leben, die hast nicht mal du unter Kontrolle.«

Als der Chirurg neunzig Minuten später ins Zimmer stürzte, griff Izzy nach Dougs Hand und merkte, daß sie ebenso feucht war wie ihre eigene.
»Nun?« fragte Sam, und nur der zuckende Muskel in seinem Mundwinkel verriet seine Anspannung.
»Es war kein Tumor.« Der Arzt strahlte sie an, seine Maske hing immer noch um seinen Hals. »Wirklich außergewöhnlich... ich muß sagen, Derartiges habe ich in allen meinen Arbeitsjahren noch nicht gesehen. Die Bilder sahen so typisch aus, ich hätte ein Jahresgehalt gewettet, daß wir es hier mit einem Gliom zu tun haben...«
»Was war es also?« Izzy schrie beinahe, sie war unfähig, die Ungewißheit zu ertragen. »Wird sie wieder in Ordnung kommen? Was *war* es, wenn es kein Tumor war?«
»Es war ein Angiom«, erklärte der Arzt beschwichtigend. »Das ist eine Ansammlung abnormaler Blutgefäße, wie ein Wollknäuel, wir nennen es Blutschwamm. Sobald die Gefäßwände schwächer werden, steigt die Wahrscheinlichkeit einer Gehirnblutung, und das kann natürlich verhängnisvoll sein.« Er pausierte effektvoll, rieb sich dann die Hände und strahlte sie noch einmal triumphierend an. »Glücklicherweise waren wir schneller und konnten... die Zeitbombe entschärfen! Das Angiom von Mrs. Lawrence war sehr gut zu operieren; ich habe nur die anstößigen Gefäße abgeschnürt und sie von ihrem Blutkreislauf abgeschnitten. Die Operation war in jeder Hin-

sicht ein voller Erfolg, und es gibt keinen Grund mehr, warum Mrs. Lawrence sich nicht eines langen und gesunden Lebens erfreuen sollte.«
Izzy brach prompt in Tränen aus.
»Sie wird nicht sterben«, flüsterte Doug. Er schwitzte ordentlich und war völlig benommen, umarmte sie aber stürmisch. »Vielen Dank«, sagte Sam und schüttelte dem Arzt die Hand. Als die drei wieder allein waren, reichte er Izzy ein sauberes weißes Taschentuch. »Das sind gute Neuigkeiten«, sagte er und hörte sich etwas aufgebracht an. »Es ist nicht nötig zu heulen.«
»Der Bastard«, schluchzte Izzy, immer noch an Doug hängend. »Er hätte schon vor *Stunden* jemanden schicken können, der uns das sagt.«

»Ich habe mal einer Freundin die Haare geschnitten, da war ich sieben.« Izzy biß sich auf die Zunge und kämmte vorsichtig Ginas blondes Haar über die rasierte Stelle. »Es lief ungefähr auf dasselbe hinaus. Ihre Mutter verdrosch mich fürchterlich mit einem Gürtel, als sie es sah.«
»Laß mich in den Spiegel schauen«, sagte Gina. Sie drehte ihren Kopf hin und her und lächelte erleichtert. Jetzt, wo der Verband weg war und die Fäden gezogen waren, fiel ihr restliches Haar natürlich über die Narbe und kaschierte sie so gut, daß man sie kaum sehen konnte. »Ich kann es nicht glauben... ich dachte schon, die rasieren mir den gesamten Schädel.«
»Du siehst gut aus«, sagte Izzy und umarmte sie. »Dir geht's gut, Gott sei Dank. Und es ist wunderbar, dich wieder hier zu Hause zu haben.«
Gina war froh, daß sie bestmöglichst aussah, als Sam ein paar Stunden später kam, um sie zu besuchen.

»Noch mehr Blumen«, protestierte sie und vergrub ihre Nase in den aprikosenfarbenen Rosen und atmete ihren Duft ein. »Ich kann bald eine Zweigstelle von Fleurop eröffnen.«

Sam wirkte gereizt, zog einen Stuhl heran und setzte sich. Gina zog spöttisch eine Augenbraue hoch.

»Stimmt etwas nicht?«

Die Tatsache, daß er diese Rede eine Woche lang geplant hatte, machte es jetzt nicht einfacher, aber es mußte gesagt werden. Und schließlich, überlegte er sich, hatte er eine legitime Entschuldigung dafür, daß er es eher früher als später aussprechen mußte.

»Ich muß morgen nach New York abreisen«, sagte er ohne jede Ausflüchte. »Mit dem Club dort gibt es ernsthafte Schwierigkeiten, und es könnte eine Weile dauern, bis die beseitigt sind.«

»Sam, das ist ja fürchterlich!« Zu seiner größten Erleichterung schien Gina sich mehr um ihn zu sorgen als um sich selbst. »Welche Art Schwierigkeiten?«

»Sieht so aus, als hätte der Geschäftsführer einen Großteil des Gewinns unterschlagen, um damit seine Drogensucht zu finanzieren.« Sam unterbrach sich und zuckte dann die Achseln. »Vielleicht ist es mein eigener Fehler, weil ich nicht selber öfter ein Auge auf das Geschäft geworfen habe. Aber jetzt ist das Finanzamt bereits eingeschaltet, und es ist klar, daß es eine Weile dauern wird, bis das geregelt ist.«

»Du Ärmster«, rief sie mitfühlend. »Und auch noch jetzt, wo es auf Weihnachten zugeht. Das nennt man Pech.«

»Ja, genau.« Das war der einfachere Teil der Angelegenheit gewesen. Seine grauen Augen blickten ernst, und er sagte: »Gina, da gibt es noch etwas, was wir regeln müssen, bevor ich fahre. Ich weiß nicht genau, wie ich das sagen soll...«

Aber Gina, die sofort errötete, kam ihm zuvor. »Bitte«, bettelte sie und griff nach seiner Hand. »Du mußt es nicht sagen. Ich weiß, was es ist, und du mußt wirklich überhaupt nichts sagen. Es war alles ein dummer Fehler meinerseits... ich bin in Panik geraten, und du warst liebenswürdig genug, mich mit Geduld zu ertragen... aber das liegt jetzt alles hinter uns, und ich erwarte nicht... ich erwarte nicht von dir...«

Sie stammelte und bat ihn schweigend um Vergebung. Sie war schuldig, hatte ihn fürchterlich unter Druck gesetzt, und Sam, so war er eben, hatte es, ohne sich auch nur mit einem Wort zu beklagen, auf sich genommen. Sie konnte jetzt nur noch auf Verständnis und Absolution hoffen.

»...ich hatte nur solche Angst«, schloß sie flüsternd. »Vor dem Sterben. Allein.«

Sam konnte kaum glauben, daß alles ohne jede Anstrengung gelöst war, und er fühlte das große Gewicht der Verantwortung von seinen Schultern genommen. Das Gefühl, wieder frei zu sein, war unbeschreiblich.

»Jeder hätte Angst gehabt«, versicherte er ihr, hob ihre dünne Hand und küßte sie erleichtert. »Wenn man überlegt, was du durchgemacht hast, dann denke ich, warst du erstaunlich tapfer. Jetzt mußt du nur noch«, fügte er feierlich hinzu, »mit dem wirklich schwierigen Teil zurechtkommen.«

Gina lächelte: »Und der wäre?«

Dieses Mal beugte Sam sich aus seinem Stuhl vor und drückte einen kleinen Kuß auf ihre Wange. »Verehrte Mrs. Lawrence«, sagte er mit unbewegter Miene, »mit dem Leben natürlich.«

»Ich weiß nicht, wie Lucille damit fertig werden wird, wenn Gina zurück nach Kingsley Grove zieht«, sagte Ka-

terina trocken, zehn Tage später. »Wenn wir nicht aufpassen, dann könnte sie sogar abtrünnig werden.«
Izzy, die sich der Aufgabe gewidmet hatte, ihr Haar im guten alten Auberginetton zu färben, wischte einen Spritzer der dunkelblauen Farbe von ihrer Wange und wirbelte herum, um sie überrascht anzuschauen.
»Was?« fragte sie. »Warum, um alles in der Welt, sollte sie das tun?«
Von ihrem Standort im Bad aus beobachtete Katerina, wie ein Schwall tintenfarbener Tropfen das Becken traf. Sie hoffte, keiner würde den teuren elfenbeinfarbenen Teppich treffen, seifte sich die Arme ein und erklärte geduldig: »Wohin Gina geht, Doug folgt ihr. Mir ist nur eingefallen, daß Lucille umgekehrt vielleicht Doug folgen will.«
»Teufel.« Izzy nickte. Das machte Sinn. Vielleicht nicht für jeden, aber sicher, wenn es um Lucille ging.
»Mum, du tropfst.«
Aber Izzy, völlig gedankenverloren, nahm es kaum wahr. »Sie darf nicht gehen. Ich biete ihr eine Lohnerhöhung.«
Katerina grinste. »Sie würde Doug vorziehen, in Geschenkpapier gewickelt.«
»Sie kann ihn aber nicht haben. Armer Doug... alles, was er will, ist Gina, und sie behandelt ihn wie ein altes Möbelstück.« Sie schüttelte den Kopf. »Nein, was wir brauchen, wenn wir Lucille behalten wollen, ist irgendein Anreiz.«
»Du meinst einen anderen Mann.« Katerina griff nach der Schaumbadflasche, schüttete eine extra große Portion ins Wasser und drehte mit den Zehen den Heißwasserhahn auf.
»Anscheinend stellen wir uns im Moment nicht sonderlich geschickt an, was Männer betrifft. Kein Wunder, daß

Lucille es satt hat. Simon hat mich verlassen, Sam ist in die Staaten abgehauen ... sogar der Milchmann traut sich nicht mehr zu klingeln. Es gibt keine andere Lösung, Mum – du mußt dir einfach einen neuen Lover zulegen.«

»Entweder das«, sagte Izzy und starrte düster auf den farbgesprenkelten Teppich, »oder wir fangen an, Bittbriefe zu schreiben. An Trevor McDonald.«

58 Izzy hatte gegenwärtig kaum Zeit, durchzuatmen, geschweige denn einen Liebhaber zu finden. Weihnachten kam näher, das Album stand vor seiner Fertigstellung, und der Erfolg von »Kiss« hatte Interviews, Fototermine und Auftritte zur Folge. Sie war völlig frustriert, weil die Tatsache, daß sie ständig auf Trab gehalten wurde, nicht dazu beitrug, sie über Sam hinwegzubringen.

Der abwesende Sam, immer noch in New York, beschäftigte sie zu den unpassendsten Gelegenheiten. Izzy versuchte sich selbst zu sagen, daß es nur deshalb so war, weil sie über kein Liebesleben verfügte, aber es half nichts. Alle anderen waren glücklich – sogar Doug, der Gina immer noch in fast hündischer Ergebenheit verfolgte, schien auf seine Art glücklich –, und das machte es für sie um so schwieriger, ihr eigenes Unglück zu ertragen. Weihnachten war ihr immer die liebste Zeit im ganzen Jahr gewesen, aber dieses Mal war sie absolut nicht in festlicher Stimmung. Festlichkeit, dachte sie düster, war im Augenblick nicht das, was die Pflicht erforderte. Das einzige, was sie sich zu Weihnachten wirklich wünschte, war, einmal eine Nacht lang richtig zu schlafen.

Major Reginald Perrett-Dwyer, Exgrenadiergardist, Veteran des Zweiten Weltkriegs und regelmäßiger Leserbriefschreiber an die *Times*, mißfielen viele Dinge. Mehr als alles andere jedoch mißfielen ihm Sängerinnen mit anrüchigem Lebenswandel, wenn sie in das Haus neben seinem eigenen zogen und seine wohlgeordnete Existenz durcheinanderbrachten. Trotz seiner Beobachtungen aus dem Fenster seines Salons mußte er immer noch in Erfahrung bringen, wer tatsächlich in Nummer fünfundvierzig wohnte und wer lediglich zu Besuch war. Das ständige Kommen und Gehen von so vielen Leuten – und das offenbar zu jeder Tages- und Nachtzeit – diente nur dazu, seinen Ärger zu verstärken und seinen Blutdruck hochzutreiben.

»Drogenkonsum und Orgien«, donnerte er, knallte seinen Feldstecher auf den Tisch und starrte seine Frau an, die ihn geduldig ertrug. »Laß dir das gesagt sein, Millicent. Das ist es, was die da im Schilde führen. Wenn's nach mir ginge, würde ich das Haus im Morgengrauen stürmen. Diese Sorte Leute benötigt eine Lektion...«

»Ich hielt sie für sehr liebenswürdig«, protestierte Millicent Perrett-Dwyer, und ihre Augenbrauen zuckten ängstlich. Sie persönlich fand es ziemlich aufregend, direkt neben einem Popstar zu wohnen, und Izzy Van Asch hätte nicht freundlicher sein können, als sie letzte Woche allen Mut zusammengenommen und an der Tür geklingelt hatte, um sich ein Glas Senf zu leihen. Ihr Ehemann jedoch, der häusliche Unzulänglichkeiten zutiefst verabscheute, wußte nichts davon. Genausowenig wie er wußte, daß jedesmal, wenn er zu seinem morgendlichen gesundheitsfördernden Jogging rausging, seine Frau sofort das Radio von den Weltnachrichten auf Kanal Eins stellte und mitsang, während sie das Frühstücksgeschirr spülte.

»Nichts als faules, nichtsnutziges Pack«, schnaubte der Major und wurde noch mal wütend, als die Van Asch persönlich draußen in ihrem protzigen deutschen Wagen vorfuhr und mit langem, wehendem Haar ins Haus lief. »Schau dir das an, ich bitte dich! Kann nicht richtig einparken und hat das verdammte Ding nicht mal abgeschlossen. Das ist eine offene Einladung an Autodiebe...«
»Komm doch weg vom Fenster, mein Lieber«, bettelte seine Frau, die schreckliche Angst hatte, daß er jeden Moment eine seiner unrühmlichen Szenen liefern könnte. »Sie fügen uns schließlich keinerlei Schaden zu.«
Aber Szenen machten unglücklicherweise das Leben für Reginald Perrett-Dwyer erst lebenswert. »Schaden?« bellte er und starrte seine Frau an, als wäre sie vollkommen verrückt. »Ist dein Urteilsvermögen wirklich so armselig wie dein Gedächtnis, Frau? Wie kannst du dastehen und sagen, sie hätten uns keinen Schaden zugefügt, nach dem, was dieses lasterhafte Vieh unserer Bettina angetan hat!«

Das hier, dachte Izzy, war der lebende Beweis dafür, daß nicht alle Hunde ihren Besitzern ähnelten. Der Major, hager, aufrecht und von Natur aus mürrisch, war noch in voller Fahrt und gab nicht zu erkennen, daß ihm die Puste ausgehen könnte. Bettina, im Gegensatz dazu, blieb ruhig bei seinen Füßen stehen. Plump und gutmütig schien sie das Gekeife ihres Herrchens beinahe mit wohlwollender Amüsiertheit zu dulden. Immer wenn Izzy ihren Blick erhaschte, wedelte sie mit dem Schwanz, als würde sie lautlos um Verzeihung bitten für all das Theater.
»Sehen Sie, es tut mir wirklich leid«, sagte Izzy besänftigend. »Aber sind Sie vollkommen sicher, daß Jericho der Vater ist?«

Die Aufregung des Majors erreichte neue Höhen. »Natürlich bin ich sicher!« zischte er wütend. »Dieses Tier ist vor sechs Wochen hier angekommen. Der Tierarzt sagt, Bettina ist seit fünf Wochen schwanger. Kein anderer Hund war in ihrer Nähe... war je in ihrer Nähe..., und ich beschwere mich hiermit darüber, daß sie etwas anderes auch nur in Erwägung ziehen konnten.«
»Es war nur eine...« fing Izzy an, aber er brachte sie mit einem Blick zum Schweigen.
»Vielleicht kann auch nur jemand ihrer... Sorte derartiges in Betracht ziehen«, schloß er. »Aber ich kann Ihnen versichern, Miss Van Asch, daß Bettina in einem Haushalt aufgewachsen ist, in dem die allerhöchsten moralischen Grundsätze gelten.«

Es war die schiere Ironie, dachte Izzy einige Stunden später, daß es Major Reginald Perrett-Dwyer gewesen sein sollte, der ihr – im Endeffekt – die Neuigkeit überbracht hatte. Bis dahin war ihr der Gedanke nicht einmal gekommen. Jetzt, da sie ihr dargelegt worden waren, waren die Fakten jedoch unabweisbar. Es war sechs Wochen her, daß Jericho zu ihnen ins Haus gekommen war.
Sechs Wochen, seit sie und Sam sich geliebt hatten. Mehr als sechs Wochen seit ihrer letzten Regelblutung...
»Oh, Bettina«, murmelte Izzy resigniert in der Abgeschiedenheit ihres abgedunkelten Schlafzimmers. »Schwanger. Wir beide, du und ich.«

»Das hat keinen Zweck«, Gina seufzte. »Doug, hör auf... du machst alles falsch... das gehört nicht dahin...«
Doug, seine Stirn in konzentrierte Falten gelegt, streckte sich und trat einen Schritt zurück. Irgend etwas brach unter seinem linken Schuh.

»Oh, hervorragend«, sagte Gina verzweifelt. »Jetzt bist du auf den Weihnachtsengel getrampelt. Gut gemacht.«
Für einen Moment war er versucht, ihr zu sagen, sie solle ihren verfluchten Weihnachtsbaum selbst schmücken. Was ein unterhaltender Abend werden sollte, drohte eine noch weitere, noch größere Enttäuschung zu werden, und er war es langsam leid. Für Gina schien alles in Ordnung, sie lag ausgestreckt auf dem Sofa und bellte wie ein Hauptfeldwebel auf dem Exerzierplatz Befehle, aber Kugeln aufzuhängen und Lametta zu drapieren gehörte nicht zu seinen Stärken, und er würde sich auf keinen Fall dafür entschuldigen.
»Schau, warum holst du nicht Izzy und Kat her, damit sie das erledigen?« fragte er ruhig, zog das unfachmännisch aufgehängte Lametta vom Baum und ließ es zurück in die Schachtel fallen. »Sieht so aus, als könnte ich das einfach nicht.«
Gina war es nicht klar, daß das Blatt sich zu wenden begann, und zuckte nur die Schultern. »Wahrscheinlich muß ich das«, erwiderte sie gereizt. »Die wissen zumindest, wie es gemacht werden sollte. Wohin gehst du?«
»Nach Hause.« Doug nahm sein Jackett.
»Aber ich dachte, du bleibst zum Essen.« Sie sah erstaunt hoch. »Ich hab ein Chili aufgetaut.«
Aber Doug hatte genug. Er schlang seinen Schal um den Hals und sagte unbekümmert. »Ich gehe heute aus zum Essen.«
»Mit wem? Einem Kunden?«
»Nein. Mit Lucille Devlin.«

»Du wirst es nie erraten«, sagte Gina, als Izzy eine Stunde später in Kingsley Grove ankam. Sie klang fasziniert und gleichzeitig ein wenig aus der Fassung gebracht und fuhr fort: »Doug ist heute abend zum Essen ausgegangen. Mit Lucille.«

Du wirst es nie erraten, dachte Izzy und bemühte sich, keine Miene zu verziehen, aber in ebendiesem Augenblick ist Lucille bei mir zu Hause, trinkt Gin und heult sich die Augen aus dem Kopf, während sie sich das Video *Ryan's Tochter* anschaut.

Dann schweifte ihr Blick zur Seite auf den Tisch mit dem Stapel halbgeschriebener Weihnachtskarten und auf Ginas Adreßbuch, das offen danebenlag.

»Warum sollten sie nicht zusammen zum Essen gehen?« fragte sie leichthin. »Sie verstehen sich prächtig. Doug ist ein akzeptabler Junggeselle.«

Ginas Mund kräuselte sich mißbilligend. »Und Lucille ist eine verheiratete Frau.«

»Ich verrate dir ein Geheimnis«, vertraute Izzy ihr an. »Das ist nur eine Ehe in Anführungszeichen.«

»Wirklich?«

»Wirklich. Jetzt komm schon, sag mir, was ich mit diesem armen nackten Baum anfangen soll. Und ich werde die Trittleiter brauchen. Wo ist sie?«

»Im Schrank unter der Treppe«, antwortete Gina abwesend, mit ihren Gedanken immer noch bei Doug und Lucille.

Izzy krempelte die Ärmel ihres gelben MTB-Sweatshirts geschäftig hoch und begann den glitzernden Inhalt der Weihnachtsschachtel zu begutachten. »Ich fang hiermit an«, sagte sie und hob ein Durcheinander von elektrischen Weihnachtskerzen hoch, »und du kannst das Chili aus dem Herd holen, ich habe Hunger.«

Sobald Gina aus dem Zimmer war, ließ Izzy die Lichterkette fallen und schnappte sich das Adreßbuch. Sie fühlte sich wie eine Gelegenheitsdiebin, blätterte, bis sie zu

S kam, und seufzte erleichtert, als sie Sams New Yorker Telefonnummer erspähte. Hastig kritzelte sie sie auf die Rückseite einer nicht benutzten Weihnachtskarte und steckte diese in ihre Jeanstasche. Sie hatte noch nicht entschieden, wie sie Sam die Neuigkeit beibringen wollte, aber zumindest hatte sie jetzt die Mittel, Kontakt zu ihm aufzunehmen. Selbst wenn es nötig gewesen war, dachte sie bitter, James Bond zu spielen und die Information von einem ahnungslosen Komplizen praktisch zu stehlen.

59

Sie war vor acht Stunden an Bord des Jumbos gegangen, belebt durch ihre Entschlossenheit und mit einem fast euphorischen Gefühl wegen ihres eigenen Wagemuts. Jetzt, wo das Flugzeug zur Landung ansetzte, fiel Izzys Selbstvertrauen langsam in sich zusammen. Der Atlantische Ozean trennte sie nun nicht mehr länger von Sam, ihr Schicksal war praktisch besiegelt. Jetzt konnte sie nicht mehr kneifen. Sie war hier, persönlich, um ihn zu treffen... ihm zu sagen, daß sie schwanger ist... und seine Reaktion zu beurteilen.

Und obwohl die Aussicht eindeutig schaurig war, war es wirklich der einzige Weg. Sie war nicht in der Lage, einen Brief zu schreiben, das hatte sie nach dem vierzigsten fehlgeschlagenen Versuch geschlußfolgert. Ihr fielen einfach nicht die richtigen Worte ein. Und auch ein Anruf wäre nicht das Richtige. Abgesehen davon, daß sie zweifellos die Nerven verlieren, unzusammenhängend herumstammeln und alles falsch machen würde, wäre sie einfach nicht in der Lage, zu sagen, was sie wirklich dachte. Sie war selbst zu oft Zeugin seiner Fähigkeit gewesen,

Verzweiflung zu mimen, während er aufmunternde Worte ins Telefon sprach, um seine Reaktion für bare Münze nehmen zu können.
Nein, es kam nicht in Frage, es so zu machen. Sie mußte unbedingt selbst dasein, es ihm sagen und seine Reaktion sehen können.
Und jetzt bin ich hier, erinnerte sie sich, als das Flugzeug sich der Landebahn des John-F.-Kennedy-Flughafens näherte und der Rückschub dröhnte.
»Nervös?« fragte der Geschäftsmann mittleren Alters neben ihr, der beobachtet hatte, wie sie plötzlich blaß wurde. Izzy nickte. Sie hatte noch nie in ihrem Leben solche Angst gehabt.
»Sie können meine Hand halten, wenn Sie möchten.«
Sie mußte lächeln. Mit einem kurzen Kopfschütteln antwortete sie: »Danke, aber es ist nicht diese Art von Nervosität.«

New York lag bereits unter einer Schneedecke, und ein weiterer Schneesturm war angekündigt, noch vor Anbruch der Nacht. Izzy hatte ihren Koffer geholt – den berüchtigten Koffer – und den Zoll ohne Probleme passiert, jetzt war sie im Gedränge vor dem Terminal auf der Suche nach einem Taxi.
»Sieben Grad unter Null«, informierte der Taxifahrer sie lakonisch, spähte über seine Schulter und wirkte unbeeindruckt. »Und es wird noch schlimmer. Wohin, Lady?«
Sie mühte sich zitternd, die Worte rauszukriegen, und fuhr sich mit eisigen Fingern durch ihr feuchtes, wirres Haar: K...können Sie m...mir ein an...anständiges Hotel empfehlen?«
»Hey, Lady, ich kann das Waldorf Astoria empfehlen.« Er hatte einen Akzent wie die dickere bei *Cagney und Lacey,*

und sein Tonfall verriet seine Wut. »Ich kann auch das Tokyo Hilton empfehlen und den Happy Traveller in Milwaukee. Macht's Ihnen was aus, ein bißchen genauer zu sein?«

Klugscheißer, dachte Izzy und starrte seinen Hinterkopf an. Und dann noch daran zu denken, daß sie sich immer geweigert hatte, Vivienne zu glauben, wenn die von den New Yorker Taxifahrern erzählt hatte.

»Kein Problem«, antwortete sie knapp und mit so viel Sarkasmus, wie sie aufzubringen wagte. »Das Waldorf ist schon in Ordnung.«

Das Hotel war mehr als nur in Ordnung; es war unglaublich pompös. Als sie die Zimmerpreise hörte, hätte Izzy beinahe auf dem Absatz kehrtgemacht und wäre aus der Empfangshalle auf die Straße gestürzt. Aber die Straßen waren voller grauen Schneematsches, und sie brauchte dringend ein heißes Bad. Zudem bestand noch die gräßliche Möglichkeit, daß der Taxifahrer noch draußen war und darauf wartete, ihr Auftauchen mit einem wissenden Grinsen zu honorieren... außerdem, jetzt, wo sie so weit gekommen war, welchen Unterschied machten schon ein paar hundert Dollar mehr? Sie hatte eine Mission zu erfüllen, vielleicht die wichtigste in ihrem Leben, und sie könnte das ebensogut mit Stil tun.

Ein ausgedehntes Schaumbad, stellte sie fest, war eine großartige Sache. Man kam los von den Dingen, die getan werden mußten, auf die man sich aber nicht freute. Izzy blieb so lange wie möglich in der Wanne, sah auf ihren flachen Bauch und erinnerte sich, wie er vor achtzehn Jahren ausgesehen hatte. Sie stellte sich vor, wie er sich in naher Zukunft wieder verändern würde. Wenn sie im nächsten Sommer ein Bad nehmen würde, würde der Rest ihres Körpers untertauchen, und sie könnte beobachten, wie das Wasser an die Seiten eines glatten, runden, vorstehenden Bauches in der Größe eines Fußballs plätscherte. Hin und wieder würde die perfekte Symmetrie durch einen winzigen Arm oder ein winziges Bein zerstört werden, die dagegenboxten. Ein andermal – viel weniger erfreulich – würde sie einen Tritt in ihre Blase erhalten. Und der unbequem plazierte Bauch würde es schier unmöglich machen, ihre Fußnägel selbst zu lackieren. Die brennendste Frage jedoch war, ob Sam dann bei ihr wäre, um Zeuge der erstaunlichen Veränderungen ihres Körpers zu sein, denen sie nun ausgesetzt war. Wären sie ein richtiges Paar, wie Vivienne und Terry, oder hatte sie ihn vertrieben, als sie darauf bestanden hatte, daß eine derartige Zukunft wegen ihrer Karriere nicht in Frage käme und weil sie schon zu alt wäre, um noch einmal mit einem Baby anzufangen?

Aber obwohl sie sich das niemals so ausgesucht hätte, war sie nicht verärgert darüber, daß es passiert war. Vielleicht hatten die Hormone die Sache in die Hand genommen, aber der Gedanke, achtunddreißig und tatsächlich schwanger zu sein, schien in der Realität nicht mehr so alarmierend zu sein, wie er es in der Theorie gewesen war. Mit oder ohne Sam, sie würde damit zurechtkommen, genauso wie sie all die Jahre zurechtgekommen war, nachdem Katerina auf der Szene erschienen war.

Izzy biß sich auf die Lippen und führte sich noch einmal vor Augen, wie sie den Hörer nehmen und Sams Nummer wählen würde, die sie auswendig wußte. Es mußte sein, bevor sie völlig die Nerven verlor. Obwohl, vielleicht sollte sie zuvor ihre Zehennägel lackieren...

Das Telefon läutete siebenmal, bevor der Hörer abgenommen wurde, gerade als Izzy anfing, sich richtig krank zu fühlen. Sie rief doch nur Sam an, um ihm mitzuteilen, daß sie in New York war, um »Kiss« zu promoten, und ihm vorzuschlagen, sich auf einen Drink zu treffen.
Schließlich war das noch nicht der große Augenblick, in dem sie tief durchatmen und ihm von dem Baby erzählen müßte...
Aber die Stimme am anderen Ende der Leitung war nicht Sams. Zu allem Überfluß war es eine weibliche Stimme, sexy und langsam, und sie hörte sich an, als wäre ihre Besitzerin gerade aufgewacht.
Izzy betete, daß sie in ihrer Aufregung die falsche Nummer gewählt hatte, räusperte sich und sagte: »Äh... ist Sam zu sprechen?«
Aber der launisch wählende Finger des Schicksals meinte es nicht gut mit ihr. Die schläfrige, sexy Stimme klang keineswegs verstört und antwortete: »Ich fürchte nein, im Augenblick. Ich erwarte ihn aber in ein paar Stunden zu Hause. Soll ich ihm sagen, er soll Sie zurückrufen?«
O Mist, dachte Izzy und fühlte sich schlechter als je zuvor. Daß etwas Derartiges passieren könnte, war ihr nie in den Sinn gekommen. Mit wem auch immer sie gerade sprach, sie hörte sich jedenfalls nicht an wie irgendeine Haushaltshilfe.
»Hm. Okay.« Es hatte keinen Zweck, sie konnte jetzt nicht kneifen. Keine Nachricht zu hinterlassen, das wäre absolut unreif, und vielleicht gab es ja eine unschuldige Erklärung für die Anwesenheit des Mädchens in Sams Wohnung.
»Gut, ich habe einen Stift gefunden«, sagte die Stimme am anderen Ende. »Schießen Sie los.«

»Könnten Sie ihm sagen, daß Izzy Van Asch angerufen hat.« Den vollen Namen anzugeben, fand Izzy, klang geschäftsmäßiger. »Ich bin in New York im Waldorf Astoria, Zimmer 317. Wenn er mich anrufen könnte, sobald er zurück ist...«

»Zimmer 317, im Waldorf«, wiederholte das Mädchen. »Gut, ich hab's. Ich werde es ihm ausrichten.«

»Vielen Dank.« Sie atmete tief durch, obwohl sie nicht geplant hatte, das schon so bald zu tun, und fügte hinzu: »Tut mir leid, falls ich Sie geweckt habe.«

»Oh, das macht nichts«, kam die gutgelaunte Antwort. »Es ist sowieso Zeit für mein Bad. Tschüs.«

Die nächsten zwei Stunden schlichen dahin. Izzy hatte sich noch nie einsamer gefühlt und zappte durch fünfzig Kanäle des abscheulichen Fernsehprogramms oder lief im luxuriösen Hotelzimmer auf und ab, erfand immer neue plausible Gründe dafür, warum in Sams Apartment eine Frau sein könnte. Die einzige Schwierigkeit damit war, daß sie keinen einzigen Grund auch nur für eine Sekunde glaubte.

Aus ihrem Fenster im fünften Stock zu schauen diente nur dazu, ihr quälendes Gefühl von Einsamkeit zu verstärken. Der Schneefall war stärker geworden, weiße Flocken wirbelten gegen das Glas und flossen dann hinunter wie Tränen. Unter ihr glitzerte die erleuchtete, belebte Park Avenue, voll von New Yorkern, die versessen darauf waren, Weihnachten zu feiern. Sie wimmelten durch die Straßen auf dem Weg nach Hause oder zu irgendwelchen Parties.

Jeden Moment, dachte Izzy, als es bereits nach zehn Uhr war, würde das Telefon läuten, und sie würde Sams wunderbar vertraute Stimme hören. Er würde ohne Veranlassung bereitwillig erklären, daß seine Sekretärin – oder vielleicht seine Schwester, von deren Existenz sie bisher nichts geahnt hatte – ihm die Nachricht übermittelt hatte und daß er hoffe, sie wäre schon angezogen und fertig zum Gehen, denn er hätte einen Tisch für sie beide im Spago reserviert...

Aber das Spago, wie ihr etwas spät einfiel, war in Hollywood, und das Telefon läutete nicht.

Um halb elf hatte es immer noch nicht geläutet, und langsam begann der Jetlag zu wirken. Izzy hatte schon die Nacht zuvor nicht geschlafen, und sie kämpfte nun gegen das dringende Schlafbedürfnis, aus Angst, sie könnte das Telefon nicht hören, wenn es endlich klingelte.

Gleichzeitig war die Aussicht, in den Schlaf zu fliehen, verlockend. Sie war derart erschöpft, daß es ihrem armen Körper sicher nicht guttat, die geistige und physische Qual zu verlängern. Sie hatte jedenfalls ihre Fingernägel bereits ruiniert...

»Schatz, es wird schon spät, und du hast deine Telefonate noch immer nicht erledigt«, tadelte Rosalie Hirsch. Ihr taubengraues Seidenhemd rutschte hoch, als sie über das Bett griff, um Sams Weinglas wieder zu füllen. »Tom möchte wissen, ob du ihn morgen zum Essen treffen kannst. Und Izzy Vanirgendwer bat, du mögest sie im Waldorf anrufen, sobald du kommst. Du solltest wirklich anrufen, Sam. Vielleicht ist es wichtig.«

»Hm.« Sam bewunderte den Anblick von Rosalies Brustansatz und fuhr mit der Hand langsam über den ebenfalls dargebotenen Oberschenkel. »Ich bezweifle es.«

»Du bist gewissenlos«, protestierte sie milde und hielt den Atem an, als seine Hand sich nach oben bewegte.

»Im Gegenteil.« Er schob sie sanft zurück gegen die Kissen und lächelte ohne jedes Schuldbewußtsein. »Ich fühle mich wirklich schrecklich, weil ich diese Anrufe nicht beantworte. Aber es gibt Dinge im Leben, die sind einfach wichtiger. Stimmst du mir da zu...?«

Rosalie hätte es wirklich nichts ausgemacht, drei Stunden später vom Telefon geweckt zu werden. Jetzt aber kam die Störung in einem wirklich äußerst unpassenden Moment. Aber während Sam das verdammte Ding hätte weiterläuten lassen, schaffte sie es nicht, es zu ignorieren. Sie griff nach dem Hörer mit der Absicht, den Anrufer loszuwerden, und keuchte: »Ja.«

»Oh, ist Sam schon zurück?«

Die Frau aus dem Waldorf, dachte Rosalie und schloß die Augen. Mit einem kehligen Lachen sagte sie: »Uh... ja... er ist im Moment gerade sehr beschäftigt. Sehen Sie, es tut mir leid... oh!... aber er wird später mit Ihnen sprechen... in Ordnung?«

Sie drückte auf die Gabel, legte den Hörer nebenhin und wandte ihre Aufmerksamkeit wieder Sam zu.

»Wer war es?« murmelte er etwas amüsiert.

»Niemand von Bedeutung«, seufzte Rosalie, ihre Zehen bogen sich vor Entzücken, als sie sich ihm entgegenbeugte. »Hör nicht auf, Schatz... o mein Gott, was immer du machst, hör jetzt nicht auf...!«

60

Doug steckte bis über beide Ohren in Arbeit, als Gina ins Büro kam.

»Na, das ist eine Überraschung«, sagte er, vorsichtig seine Freude verbergend.

Gina war unglaublich nervös und nahm ihre olivgrüne Baskenmütze ab, damit er sie küssen konnte, falls er das wollte. Aber es geschah nicht. Also setzte sie sich unbeholfen in den Stuhl ihm gegenüber und legte ein großes, in Geschenkpapier verpacktes Paket auf den Tisch.

»Ich habe seit mehr als einer Woche von dir nichts gesehen und nichts gehört«, sagte sie munter.

Doug nickte zustimmend mit dem Kopf. »Ich weiß.«

»Also... habe ich gedacht, ich schau mal vorbei und sehe nach, wie es dir geht.«

»Gut«, antwortete er, schaute kurz auf seine Uhr und übersah absichtlich das Paket auf dem Tisch.

Plötzlich fiel Ginas lockere Haltung in sich zusammen. Sie hatte dieses Treffen gestern ein dutzendmal durchgespielt, aber Doug hatte offenbar seinen Text nicht gelernt. Er schien sich nicht einmal über ihren Besuch zu freuen.

»Schau, es tut mir leid, wenn ich das letzte Mal grob zu dir gewesen bin«, stieß sie hervor und spielte nervös mit den Fingern in ihrem Schoß. »Das war nicht richtig von mir, aber ich habe einfach nicht erwartet, daß du so weggehst.«

Doug hatte es selbst nicht erwartet, aber anscheinend hatte es den gewünschten Effekt gehabt. Von ihrem versöhnlichen Ton ermutigt, antwortete er ruhig: »Es schien keinen großen Sinn zu machen zu bleiben.«

»Ich weiß. Ich habe mich benommen wie ein verzogenes Frauenzimmer.« Gina sah unglücklicher aus als je zuvor. Sie glättete ihren dunkelgrünen Rock über ihren Knien, neigte den Kopf in Richtung auf das Paket. »Und es tut mir wirklich sehr leid. Ich weiß nicht, ob ich dich über Weihnachten treffe, also dachte ich, gebe ich dir dein Weihnachtsgeschenk besser jetzt.«

»Das ist sehr nett von dir«, antwortete er mit rauher Stimme. »Danke schön.«

»Also, was hast du für Pläne für Weihnachten?« Gina hatte sich fast auf die Zunge gebissen, weil sie wollte, daß sie ruhig blieb, aber die Worte purzelten trotzdem einfach heraus.
»Bleibst du in London, oder fährst du weg?«
Er zuckte die Achseln. »Ich habe mich noch nicht entschieden, obwohl, wahrscheinlich bleibe ich hier. Treffe ein paar Freunde, du weißt schon, so was.«
Es war außergewöhnlich, aber sie hatte nie zuvor die leichte, aber eindeutige Ähnlichkeit zwischen Doug und Anthony Hopkins bemerkt. Die Augen waren dieselben, stellte Gina jetzt fest, und sie schaute ihn an, als sähe sie ihn zum ersten Mal. Und die Form ihrer Münder war tatsächlich fast identisch...
Sie riß sich zusammen und versuchte ihre Eifersucht zu verbergen. »Ich vermute, du triffst Lucille.«
»Wahrscheinlich.« Doug machte es sich in seinem Stuhl bequem, insgeheim erstaunt über den Erfolg seiner Aktion, und er hatte das Gefühl, er konnte es sich leisten, edelmütig zu sein. Mit einem kurzen Lächeln fragte er: »Und was wirst du machen?«
Es ist meine eigene Schuld, dachte Gina elend. Er war immer nur nett zu mir, und ich habe ihn wie den letzten Dreck behandelt. Ich verdiene es nicht anders.
»Oh, mir wird's gutgehen.« Ihre Stimme klang unnatürlich hoch. »Ich habe momentan keine gesteigerte Lust auf wilde Parties...«
»Was ist mit Heiligabend?«
Sie wollte an Heiligabend nicht einmal denken. Wenn sie es tat, würde sie heulen. »Oh«, murmelte sie und wedelte abwehrend mit den Händen. »Mir wird's gutgehen, wirklich...«

Doug, der in seinem Leben noch nie jemandem absichtlich weh getan hatte, empfand ihre stille Traurigkeit beinahe als unerträglich.
»Wenn du nichts anderes vorhast«, riskierte er und räusperte sich, »dann könnten wir ihn gemeinsam verbringen. An Heiligabend haben viele Restaurants geöffnet, wir müßten nicht irgendwohin gehen, wo es zu... wild ist.«
»Wirklich?« Ginas blasse Wangen röteten sich. »An Heiligabend? Du möchtest mit mir zum Essen gehen?«
»Nur, wenn du Lust hast.« Doug grinste. Er hatte es geschafft. Und es war insgesamt gesehen gar nicht so schwierig gewesen.
»Wahnsinnig gern«, rief Gina, ihre Augen glitzerten, und ihr Körper sackte erleichtert zusammen. »Ich könnte mir nichts Netteres vorstellen. Aber du brauchst nicht in einem Restaurant zu reservieren, ich kann selber kochen, und wir können den Tag bei mir zu Hause verbringen.«
Doug gab vor zu zögern. »Nur, wenn du versprichst, mich nicht zu bitten, deinen Baum zu schmücken.«
»Ich werde dich um gar nichts bitten«, erklärte Gina freudig. »Außer um deine Anwesenheit. Das ist schließlich das einzig Wichtige.«

»Sie sind also zurück«, bemerkte Lucille, die das Taxi vorfahren gehört hatte und zur Tür gelaufen kam, um sie zu öffnen. Sie musterte Izzy schnell von oben bis unten und fügte hinzu: »Sie sehen ein bißchen spitz aus. Man sieht Ihnen an, daß Sie müde sind vom Flug... was Sie brauchen, Mädchen, ist ein ordentlicher Teller heißer Suppe und einen Kanten Brot dazu.«
Was Izzy brauchte, war Sam, aber sie brachte ein schwaches Lächeln zustande und ließ sich in die Küche gelei-

ten, wo ein riesiger Bottich von Lucilles berühmter Suppe auf dem Herd köchelte.

»Runter damit«, mahnte ihre Haushälterin und stellte einen randvollen Teller vor sie hin. »Wenn Sie das erst mal im Magen haben, werden Sie sich gleich besser fühlen.«

Schön wär's, dachte Izzy. Ihr Appetit hatte sie schon auf der anderen Seite des Atlantiks verlassen, aber mit Lucille als Wächterin hatte sie wenig Chancen. Sie mußte zumindest einen Löffel Suppe probieren.

»Wie geht's Jericho?« fragte sie und spähte zu dem leeren Korb.

Lucille rollte mit den Augen. »Das ist wahre Liebe! Er jault vor Bettinas Fenster, bis er sie entdeckt hat. Es ist wie damals bei Romeo und Julia und macht den Major wahnsinnig. Aber mich interessiert eigentlich mehr, wie es Ihnen geht«, fuhr sie fort, verschränkte ihre plumpen Arme vor der Brust und fixierte Izzy noch mal mit diesem nervtötend direkten Blick. »So fürchterlich, wie Sie aussehen, denke ich mal, daß die Dinge in New York nicht gerade so gelaufen sind, wie Sie das geplant hatten.«

»Was?« wich Izzy aus, beunruhigt von dem wissenden Tonfall. »Es war schließlich ein geschäftlicher Termin. Es ging gut.«

Aber Lucille war nicht bereit, sich abwimmeln zu lassen. Ihre Augen wurden weich, als ihr Blick kurz Izzys Bauch streifte. »Meine Güte, Mädel«, sagte sie freundlich. »Vielleicht können Sie andere Leute an der Nase rumführen, aber Sie reden hier mit einer irischen Katholikin. Wir sehen eine schwangere Frau auf fünfzig Schritte.«

»Was?« Izzy keuchte, sie war blaß geworden. Unabsichtlich sah sie auf ihren noch flachen Bauch und schrie: »Wie? Wie können Sie so was nur sagen?«

»Ganz einfach«, sagte Lucille mit einem bescheidenen Achselzucken. »Ich habe einen zerknüllten Brief an den Herrn persönlich gefunden, als ich unter Ihrem Bett gesaugt hab.«

Sie hatte Lucille auf Stillschweigen eingeschworen, und zwar so lange, daß zumindest Weihnachten in relativem Frieden verbracht werden konnte. Izzy wartete den Tag nach dem zweiten Weihnachtsfeiertag ab, bis sie Kat die Neuigkeit mitteilte. Aber es mußte sein, und obwohl sie immer noch wie von der Tarantel gestochen hochfuhr, sobald das Telefon läutete oder die Türglocke ging, hatte Sam nichts von sich hören lassen, nicht einmal eine Weihnachtskarte war gekommen.

Er hatte anscheinend die einsame Entscheidung getroffen, ihre unter einem schlechten Stern stehende Beziehung hinter sich zu lassen und sich statt dessen auf ein sinnliches amerikanisches Mädchen einzulassen.

Wahrscheinlich war sie eine Blondine, hatte Izzy düster beschlossen und mühte sich verzweifelt, nicht eifersüchtig zu sein. Eine schöne, heiratsfähige Blondine mit tollen Zähnen, die Sam Sheridan völlig verfallen und zweifellos gute zehn Jahre jünger als sie selbst war.

Katerina lag ausgestreckt auf dem Sofa und sah sich den Zauberer von Oz an, während sie sich systematisch durch eine Tafel Orangenschokolade arbeitete, als Izzy ins Zimmer geschlichen kam.

»Liebes«, begann sie, setzte sich auf die Lehne des Sofas und hörte ihrer eigenen Stimme zu, die in ihren Ohren nachhallte. »Ich muß dir etwas sagen.«

»Du bist schwanger.«

Soweit also Lucilles Fähigkeit, ein Geheimnis für sich zu behalten, dachte Izzy, hin und her gerissen zwischen Är-

ger und Erleichterung. Hektisch drehte sie ihr Haar um ihre Finger und sagte demütig: »Ja.«
Kat riß es förmlich hoch. Die restlichen Riegel Schokolade fielen auf den Boden. »Mein Gott, ich habe Spaß gemacht!«
»Oh.« Izzy drehte wilder als zuvor. »Ich nicht.«
»Du bist wirklich und wahrhaftig schwanger?« schrie Katerina, ihre Augen entsetzt aufgerissen. »Es ist kein falscher Alarm?«
Izzy schüttelte den Kopf und versuchte Dorothy auf dem Bildschirm zuzuhören, die den armen alten ängstlichen Löwen gerade aufmunterte. Sie konnte verstehen, wie er sich fühlte.
»Nein, es ist Fakt.«
»Uff!« stieß Katerina hervor. »Das ist widerlich! Mutter, wie konntest du nur?«
»Es ist nicht widerlich«, entgegnete Izzy, entsetzt über die heftige Reaktion ihrer Tochter. »Es tut mir leid, Liebling, ich weiß, das kommt für dich ein wenig schockartig, aber das macht es noch nicht widerlich.«
»Du bist fast vierzig Jahre alt.« Aus Katerinas Gesicht war jede Farbe entwichen, sie fühlte sich körperlich krank. »Du solltest alt genug sein, es besser zu wissen. Ist dir nie eingefallen, mal aufzuhören und zu überlegen, wie erniedrigend das für alle von uns sein wird!«
Sosehr sie es auch begrüßt hätte, Izzy war nicht so naiv gewesen, zu erwarten, daß sie sofort Verständnis fand und einen Beweis für vorbehaltlose Unterstützung. Aber der blanke Egoismus in Kats Haltung war schlicht atemberaubend.
»Ich habe niemanden umgebracht«, konterte sie, und ihre dunklen Augen blitzten. »Ich habe nicht einmal etwas getan, jemandem auch nur weh zu tun, verflucht noch mal! Ich bekomme lediglich ein Baby...«

»Das sein oder ihr ganzes Leben lang dafür bekannt sein wird«, fauchte Kat verächtlich, »Tash Janssens ungewolltes ›Kind der Liebe‹ zu sein.« Sie schauderte noch einmal bei diesem gräßlichen Gedanken. »Armer kleiner Bastard, was für ein Etikett. Von allen unpassenden Männern auf der Welt...«

Izzy starrte sie an, vor Erstaunen den Mund offen. »Kat, hör zu...«

Aber Katerina interpretierte ihren Gesichtsausdruck und ihren Blick falsch und schrie, noch entsetzter als zuvor: »O nein, sag mir jetzt nicht, du wirst ihn heiraten. Bitte sag mir das nicht.«

Izzy wußte nicht, ob sie lachen oder weinen sollte, und schüttelte statt dessen nur den Kopf. »Liebes, ich heirate niemanden, am allerwenigsten Tash Janssen. Er ist nicht der Vater.«

»Er ist es nicht?« Jetzt war Kat an der Reihe, sprachlos zu sein vor Staunen. »Wer, zum Teufel, ist es dann? O Mum, sag mir jetzt nicht, du hattest eine kleine Affäre in Rom!«

»Nein.«

Die Wut war nun der Neugier gewichen. Zu Izzys tiefster Erleichterung schien Kats Widerwille sich hauptsächlich gegen den Gedanken zu richten, Tash Janssen wäre in die Sache verwickelt.

»Dann mach schon«, drängte Kat mit unruhiger Stimme. »Ich werd jetzt nicht zwanzigmal raten. Sag mir einfach, wer es ist.«

Izzy hielt die Luft an. »Sam.«

»Was? Das kann nicht sein. Du hast nicht mit ihm geschlafen!«

»Darf eine Mutter nicht ein paar Geheimnisse vor ihrer Tochter haben?« protestierte Izzy und bemühte sich, nicht zu lachen.

»Du hast also mit ihm geschlafen, ich meine, du schläfst also mit ihm?« korrigierte Katerina sich selbst. Sie sah ihre Mutter anklagend an und sagte: »Gut, und wie lange geht diese heimliche Affäre schon?«

Als Izzy ihre traurige Geschichte zu Ende erzählt hatte, war Dorothy im Fernsehen gerade wieder in ihrem Bett in Kansas aufgewacht und überlegte, ob alles nur ein Traum gewesen war oder nicht.
»... ich habe also den Flug von New York hierher am nächsten Morgen genommen«, schloß sie achselzuckend, »und beschlossen, das wär's dann wohl. Schließlich war ich diejenige, die Sam gesagt hat, er solle sich eine andere Frau suchen. Ich kann ihm also wirklich nicht vorwerfen, daß er genau das getan hat. Es war nicht sonderlich schön, festzustellen, daß ich mir im Endeffekt selbst ins Bein geschossen habe, aber es bedeutet auch nicht das Ende der Welt.«
»Oh, Mum.« Katerina umarmte sie. »Du weißt, was du bist, oder?«
»Hoffnungslos.«
Katerina sah sie mit zärtlicher Verzweiflung an. »Wenn du meinst...«
»Ja, das meine ich.« Izzys Mund begann zu zucken. »Nur die späte Erkenntnis nutzt mir nicht viel.«

61 »Du mußt lauter sprechen, ich versteh dich schlecht«, schrie Simon in Cambridge. Dann bedeckte er den Hörer halb mit seiner Hand und sagte: »Laß das, Claire.«
»Wer ist Claire?« fragte Katerina beleidigt.

»Niemand. Entschuldige, was hast du eben gesagt? Einen Augenblick hätte ich schwören können, daß du gesagt hast, Doug und Gina würden heiraten.«
»Genau!« Katerina lachte los. »Ist das nicht erstaunlich? Offenbar ist Ginas Scheidung letzte Woche durchgegangen. Sie hat festgestellt, daß sie Doug unendlich liebt, und hatte entsetzliche Angst, Lucille könnte ihn ihr wegschnappen... also hat sie es ihm gleich am nächsten Morgen im Büro vorgeschlagen. Oh, Simon, es ist so verrückt und so süß, sie laufen rum wie ein paar mondsüchtige Teenager!«
Das Schlimme mit Kat war, dachte Simon mit einer Spur Verzweiflung, daß sie sich selbst anscheinend nie als Teenager betrachtete. Und was war so lustig dabei, mondsüchtig zu sein? Er war seit Jahren verrückt nach ihr.
»Und wann ist die Hochzeit?« fragte er durch das Knacken in der Leitung.
»Deshalb rufe ich doch an. Nächstes Wochenende, und du bist eingeladen. Du kannst doch kommen?« Katerina machte eine Pause und fügte gereizt hinzu: »Wer ist Claire?«
»Ich hab doch schon gesagt, niemand. Und natürlich komme ich.«
»Das ganze Wochenende?«
Er grinste. »Gut, in Ordnung. Ich denke, das läßt sich machen. Ich bin Freitag abend so gegen sechs bei euch. Paß auf, ich muß jetzt gehen... wir wollen gerade los zu einer Party. Tschüs, Kat.«
Er legte mit triumphierender Miene den Hörer auf, schob die Ärmel seines zerknitterten Rugby-Hemdes hoch und ging zurück zum Pokerspiel, das gerade am Küchentisch im Gang war. Seine zwei Mitbewohner zogen fragend die

Augenbrauen hoch, als er mischte und dann die Karten verteilte.
»Was soll das für eine Party sein?« fragte Kenny Bishop und stopfte das letzte Keks in sich hinein.
»Und wer, zum Teufel«, fragte Jeff Seale, »ist Claire?«

Izzy war verblüfft und erfreut über die Neuigkeit und rechnete es überglücklich sich allein als Verdienst an, Gina und Doug einander vorgestellt zu haben. Sie hatte darauf bestanden, die Kosten für den Empfang übernehmen zu dürfen. Gina wurde beinahe ohnmächtig, als ihr bewußt wurde, wieviel das alles kosten würde.
»Wir können das nicht zulassen«, protestierte sie entsetzt.
»Izzy, nein!« Wir hatten lediglich geplant, den Nebenraum in Cinos Restaurant in Kensington zu mieten. Wir würden wunderbar essen, und keiner müßte Bankrott machen. Warum können wir nicht einfach dorthin gehen?«
»Wenn ich mein Geld nicht für wichtige Dinge wie Hochzeitsempfänge ausgebe», antwortete Izzy streng, »vergeude ich es für dumme Nichtigkeiten wie ein Sonnenbett und das Finanzamt.«
»Es sieht überwältigend aus«, sagte Gina sehnsüchtig und machte schnell die glänzende Broschüre zu. »Aber es ist viel zu extravagant.«
»Das bin ich auch.« Izzy grinste. »Und jetzt hör, um Himmels willen, auf zu streiten. Es ist jetzt ohnehin zu spät. Ich habe bereits reserviert.«
»Mensch.« Gina wand sich vor Dankbarkeit und Freude. Mit leuchtenden Augen fügte sie hinzu: »Und ich werde heute nacht Sam anrufen, vielleicht kann er zur Hochzeit kommen. Warte nur, bis er davon hört.«

Für Izzy, die so verzweifelt versucht hatte, so gut wie möglich auszusehen, wenn sie Sam zum ersten Mal nach drei Monaten wiedersah, war das beinahe unhörbare Plop des Knopfes, der eben von ihrer Taille hüpfte, der krönende Abschluß.

Ihr Herz schlug ihr bis zum Halse, als er durch den überfüllten Warteraum im Standesamt auf sie zukam.

Das ist unfair, dachte Izzy elend. Sam war, was sonst, tadellos angezogen in seinem dunklen Anzug und dem weißen Hemd. Groß, gutaussehend und immer noch über dieses undefinierbare Charisma verfügend, das ihn vor anderen Männern auszeichnete – und das andere Frauen so unwiderstehlich fanden –, er hatte nie besser ausgesehen. New York und die Liebe einer jüngeren Frau taten ihm offenbar gut. Izzy wünschte, sie könnte in der Wand hinter sich verschwinden, und versuchte Trost darin zu finden, daß er die andere wenigstens nicht mitgebracht hatte, aber irgendwie half das auch nicht.

»Hallo, Izzy.« Sein knappes, höfliches Lächeln drang nicht bis zu seinen Augen vor. »Du siehst...« Er zögerte. Izzy, die genau wußte, wie sie aussah, zuckte zusammen.

»Naß aus«, fügte sie schnoddrig hinzu, sie beschloß, daß das die beste Art sei, damit umzugehen. Mit einem Nicken Richtung Fenster, auf den sturzbachartigen Regen draußen, fuhr sie fort: »Es war sonnig, als wir das Haus verließen, also habe ich nicht mal einen Mantel dabei, geschweige denn einen Regenschirm. Kat war schrecklich wütend auf mich ... sie hat heute morgen dreißig Minuten gebraucht, mein Haar zu richten, und als wir hier ankamen, sah ich aus wie eine halb ersoffene Ratte, alles hing wieder runter. Und ich hab's geschafft, mir eine Laufmasche einzuhandeln, als ich aus dem Auto gestiegen bin«, schloß sie trotzig, bevor er die Gelegenheit hatte, sie darauf hinzuweisen. »Alles in allem bin ich also total in Unordnung.«

»Ich wollte eigentlich gerade sagen, du siehst gut aus«, bemerkte Sam. »Aber wenn du das wirklich nicht tust...«

Wenn die Leute gut sagten, dann bedeutete das Izzys Erfahrung nach fast immer fett. Sie war sich nur allzu bewußt, daß sie in den letzten vierzehn Tagen beinahe sieben Pfund zugenommen hatte. Sie betete, daß er den abgesprungenen Knopf nicht bemerkte, zog den Bauch ein und wechselte schnell das Thema.

»Hat Kat dir erzählt, daß sie in ihren Prüfungen ganz hervorragend abgeschnitten hat und einen Studienplatz in Medizin bekommt?«

Sam nickte. »Du bist sicher sehr stolz auf sie.«

»Und Gina... was sagst du zu Gina?« Izzy plapperte aufgeregt weiter. »Kannst du glauben, daß sie wirklich heiraten?«

»So was soll's geben«, bemerkte er trocken.

»Oh, und du weißt auch nichts von Jericho! Er...«

Sam unterbrach sie mittendrin, legte eine Hand kurz auf den feuchten Samtärmel ihrer Jacke. »Der Standesbeamte ruft uns gerade. Wir lassen ihn besser nicht warten. Du mußt mir das von Jericho später erzählen.«

»Gut.« Sie war durcheinander wegen seines offensichtlichen Desinteresses und fuhr mit den Fingern durch ihr immer noch feuchtes Haar. »Natürlich.«

»Und, Izzy...«

»Ja?«

Die dichtbewimperten grauen Augen blieben völlig ausdruckslos. »Da liegt ein Perlenknopf auf dem Boden, bei deinem linken Fuß. Ich denke, es muß deiner sein.«

Der Empfang im Laugharne-Hotel in Mayfair war grandios. Gina, die noch strahlender aussah, seit sie vor zwei Stunden Mrs. Douglas Steadman geworden war, schlang ihre Arme um Izzy und flüsterte: »Das ist der glücklichste Tag meines Lebens. Und nichts davon wäre je passiert, wenn du nicht gewesen wärst.«
»Nicht der Rede wert«, spöttelte Izzy. Ohne Sam war es zumindest einfacher, sich normal zu benehmen. »Ich bin nur zufällig mit meinem Motorrad zum richtigen Zeitpunkt die richtige Straße entlanggefahren...«
»Mutter Teresa ist nichts gegen Izzy als Wohltäterin«, pflichtete Vivienne bei. »Denk nur... wenn sie mich nicht zu der Party bei Tash Janssen eingeladen hätte, hätte ich Terry nie getroffen.« Sie rollte ihre smaragdgrünen Augen mit schmachtendem Blick und drückte seine Hand noch fester. »Und ich hätte den Rest meines Lebens als elende alte Jungfer verbracht.«
»So wie ich, meinst du?« schlug Izzy mit schiefem Lächeln vor.
»O ja, du bist ein gutes Beispiel einer elenden alten Jungfer«, sagte Vivienne gedehnt. »Auf unserem Weg hierher sind wir an Unmengen von Plakaten vorbeigekommen mit deinem Bild drauf, dein neues Album. Darauf stand: ›Erleben Sie Izzy Van Aschs Kiss‹, und jemand hatte drunter gesprüht ›Ja, bitte‹.«
»Ich bin trotzdem eine alte Jungfer.« Einen fürchterlichen Moment lang spürte sie Tränen in ihren Augen.
»Bockmist«, erklärte Vivienne inbrünstig. »Du könntest jeden Mann haben, den du willst.« Dann drehte sie sich zu Terry um und drückte ihm einen geräuschvollen, fuchsiaroten Kuß auf die Wange. »Ausgenommen den hier natürlich.«

»Wer ist Claire?« fragte Katerina. Simon spießte gerade geräucherten Lachs auf die Gabel, entschied, daß sie sich ziemlich blechern anhörte, und verbarg sein Lächeln.

»Du fragst mich immer noch«, beklagte er sich gutmütig. »Und ich sag dir immer noch, sie ist niemand.«

»Ich glaube dir nicht.«

»Warum nicht?«

»Sie muß deine Freundin sein.«

»Und wenn sie das ist?« Er wandte herausfordernd den Kopf zur Seite und studierte ihr schönes, rebellisches Profil. »Wärst du eifersüchtig?«

Katerina aß nichts. Sie hatte ein Brötchen nervös zerpflückt und drehte jetzt Teigkügelchen zwischen ihren Fingern.

»Klar wäre ich verflucht eifersüchtig«, murrte sie, und ihre Wangen brannten vor Scham. »Ich kenn sie nicht einmal, und ich hasse sie.«

Bingo, dachte Simon und grinste. Er legte seine Gabel auf den Tisch, nahm ihre zitternde Hand in seine und sagte: »In dem Fall ist es vielleicht ganz gut, daß sie wirklich nicht existiert.«

Es war schwach und pathetisch von ihr, Izzy wußte das, aber nach vier Stunden ununterbrochener Munterkeit brauchte sie eine Pause. Ihr Mund schmerzte vom Lächeln, ihre neuen Stöckelschuhe drückten sie, und der dumme Rock – sogar ohne den Knopf – war immer noch viel zu eng. Es war hart, ohne Champagner in Gesellschaft zu sein, und noch härter, Sam auszuweichen, ohne die Distanz zwischen ihnen zu offensichtlich werden zu lassen. Das Glück anderer Leute, stellte Izzy fest, war jedenfalls nicht ansteckend. Es machte sie absolut unglücklich.

62

»Was machst du hier draußen?«
Sams Stimme ließ sie aufspringen. Izzy hatte die letzten zwanzig Minuten in der Ecke des Sofas im ansonsten leeren Hotelfoyer gehockt und spürte, wie ihr Magen die vertrauten Sprünge machte.
Dir aus dem Weg gehen, natürlich, dachte sie. Aber da sie das nicht gut sagen konnte, antwortete sie kurz: »Nichts. Nur eine kleine Pause.«
Mit einem verstohlenen Seufzer registrierte Sam, daß es nicht einfach werden würde. Irgend etwas von wirklicher Bedeutung mit Izzy zu diskutieren war nie einfach gewesen, und die Signale, die sie im Moment aussandte, waren, gelinde gesagt, nicht sehr vielversprechend.
Aber er würde es sich nie verzeihen, wenn er aufgeben würde, ohne es überhaupt versucht zu haben. Nicht, wenn er schon so weit gekommen war...
»Du hast mir das mit Jericho nicht erzählt«, erinnerte er sie, stupste ihren Fuß ein Stück zur Seite und setzte sich bequem neben sie aufs Sofa.
Mein Gott, dachte Izzy, nahe daran zu verzweifeln, nicht noch mehr höfliche Konversation.
»Es ist nicht gerade der weltbewegendste Klatsch«, sagte sie mit einem abweisenden Achselzucken. »Er hat eine arme Hündin geschwängert, das ist alles. Sie hat letzte Woche drei Junge zur Welt gebracht.«
»Hm. Es hörte sich bewegender an, so wie Katerina es mir erzählt hat.«
Izzy starrte ihn an. »Wenn du es schon wußtest, warum belästigst du mich dann mit der Frage?«
»Über das Wetter haben wir ja schon gesprochen...«

Er lächelte beinahe, aber nicht wirklich. Als ihr klar wurde, daß er sie ärgerte, schnappte sie zurück: »Behandle mich nicht so gönnerhaft.«
»Dann schmoll du nicht«, antwortete Sam munter. »Izzy, schau. Es muß nicht so sein. Ich dachte, wir wären zumindest noch Freunde.«
Je vernünftiger er war, desto mehr haßte sie ihn. Kindisch sagte sie: »Richtige Freunde schicken Weihnachtskarten.«
Er begann zu lachen. »Du hast mir keine geschickt.«
»Nur weil du mir zuerst keine geschickt hast.«
»Izzy, geht es wirklich darum?« Er stand auf, zog seine Brieftasche raus und sagte: »Möchtest du, daß ich jetzt rausgehe und eine Weihnachtskarte kaufe?«
»Oh, halt den Mund!« rief sie, entschlossen, nicht zu lächeln. Er war immer imstande gewesen, sie dazu zu bringen, dabei hatte sie es so dringend nötig, ihre Fassung zu bewahren...
Aber Sam war zum Kaminsims rübergegangen, auf dem ein Stapel der glänzenden Broschüren lag, die die Vorzüge des Laugharne-Hotels anpriesen. Er nahm die Kappe von seinem Füllfederhalter, setzte sich wieder neben sie, schrieb »Frohe Weihnachten, Izzy« über die Vorderseite einer Broschüre, dann öffnete er sie und kritzelte etwas auf die Innenseite: »In Liebe, Sam«. »Da«, sagte er, sein Gesicht wieder ausdruckslos. »Besser?«
Aber es war nicht besser. Izzy war erfüllt von Eifersucht, und ihr wurde klar, daß sie Gefahr lief, jeden Moment in Tränen auszubrechen. Sie murrte: »Das kannst du nicht schreiben, du darfst nicht schreiben ›In Liebe‹. Was würde deine Freundin davon halten?«
»Meine Freundin?« Sam unterbrach sich, dachte kurz über die Sache nach. Dann sagte er: »Welche Freundin?«

Izzy errötete. Sie wußte, daß sie sich hart an der Grenze des Erlaubten bewegte, aber der Drang, es zu sagen... und das masochistische Bedürfnis, zu wissen, wie Miss Amerika wirklich war... waren unwiderstehlich.
»Ich habe gehört, du hättest eine«, sagte sie, und ihr Herz hämmerte gegen ihre Rippen, aber ihr Ton blieb sorgsam beiläufig. »Ist sie nett?«
Aber Sam schien nicht länger zuzuhören. Statt dessen hatte er die nicht dafür vorgesehene Grußkarte Izzys Griff entwunden und kritzelte eine weitere Zeile unter seinen Namen.
Izzy war kaum in der Lage, ihre Ungeduld zu verbergen, und sie wiederholte: »Sam. Ist sie nett?«
»Wer?«
»Du weißt verflucht genau, wer!«
Er seufzte und reichte ihr die Karte. »Ich kann mir nicht vorstellen, woher du diese äußerst dubiose Information hast, aber es gibt keine Freundin. Falls du es wissen willst, ich war die letzten drei Monate geradezu anstößig keusch. Jetzt komm schon, mach deine Weihnachtskarte auf, und lies die letzte Zeile.«
Sie lautete: »P.S.: Warum hörst du nicht auf zu streiten? Sag einfach, daß du mich heiratest.«
Die Wörter verschwammen, als Izzys Augen sich mit Tränen füllten, aber dieses Mal machte sie keinen Versuch, sie zurückzuhalten. Sam sagte ihr alles, was sie hören wollte. Das schlimme war nur, er *log*...
»Ich habe mit ihr gesprochen, am Telefon«, sagte sie, ihre Stimme beinahe nur noch ein Flüstern. »Ich habe dich angerufen, und sie war in deiner Wohnung. Sam, mir ist klar, daß sie dir meine Nachricht, du sollst zurückrufen, nicht übermittelt hat, du hast also keine Schuld daran. Aber als ich das zweite Mal anrief, warst du mit ihr im

Bett. Ihr beide wart ... zusammen. Also versuch nicht, mir vorzuspielen, du hättest wie ein Heiliger gelebt in den drei Monaten, denn ich habe euch *gehört* ... und ich ertrage es nicht, daß du mich anlügst!«
Sam schwieg ein paar Sekunden. Schließlich sagte er: »Welche Nummer hast du gewählt?«
»Oh, hör schon auf«, weinte Izzy. »Es war *deine* Nummer.«
Er sagte die Nummer. Als sie nickte – denn aus irgendeinem lächerlichen Grund war sie unauslöschlich in ihr Gedächtnis eingebrannt –, lächelte er.
»Dort habe ich normalerweise gewohnt«, sagte Sam sanft. »Ich habe die Wohnung vor acht Wochen verkauft. An einen Fernsehproduzenten namens Sam Hirsch.«
Izzy hörte auf zu weinen. Sie hörte auf zu atmen. Sie wußte nicht mehr, wie man atmete ... Als sie wieder sprechen konnte, sagte sie: »Bist du sicher?«
Seine dunklen Augenbrauen hoben sich. »Ja, ich bin mir leidlich sicher. Ich habe das Geld aus dem Verkauf der Wohnung dazu benutzt, die Schulden des Clubs zu bezahlen ... Aber wenn du das überprüfen willst, dann kannst du ja die Hirschens anrufen und sie selbst fragen.«
Jede Einzelheit ihres alptraumartigen Dreißig-Stunden-Trips nach New York schoß Izzy durch den Kopf: sechzehn Stunden Flug, der ekelhafte Taxifahrer, die Qual, in ihrem Hotelzimmer zu sitzen und darauf zu warten, daß das Telefon läutete, und dann der Schmerz ...
»Oh, Sam«, sagte sie leise und schaute ihn wütend an, »warum hast du niemandem gesagt, daß du umgezogen bist?«
»Hab ich«, erwiderte er mit gespielter Entrüstung. »Als ich Gina eine Weihnachtskarte geschrieben habe, habe ich ihr meine neue Nummer und die Adresse mitgeteilt. Du hättest sie nur fragen müssen.«

»Ich bin die ganze Strecke umsonst geflogen.«
»Du meinst, du warst in New York, als du mich angerufen hast?«
Izzy schloß kurz die Augen, sie konnte es nicht fassen, daß das wirklich geschah. Sie nickte.
»Das sind ja ermutigende Neuigkeiten.« Neugierig fragte Sam: »Heißt das, daß du mich tatsächlich sehen wolltest?«
»Vielleicht.« Ihr Ton war vorsichtig, aber ihre Mundwinkel begannen zu zucken. »Verflucht noch mal, Sam. Muß ich es wirklich aussprechen? Ja, ich bin nach New York geflogen, weil ich dich sehen wollte, und ich habe es fertiggebracht, dabei einen kompletten Idioten aus mir zu machen. Jetzt hab ich es also gesagt. Bist du jetzt glücklich?«
»Vielleicht«, äffte er sie freundlich nach, grinste und zog sie in seine Arme. »Obwohl ich viel glücklicher wäre, wenn du sagen würdest, du heiratest mich.«
Izzys Unterlippe fing wieder an zu zittern. Er küßte sie, sehr kurz, dann lehnte er sich zurück und schaute in ihre braunen Augen, diesmal absolut ernst.
»Ich meine es ernst, Izzy. Ich hatte drei Monate Zeit, darüber nachzudenken, und das ist die einzige Antwort. Ich möchte keine andere Frau. Ich kann mir nicht vorstellen, je eine andere Frau zu wollen. Ich weiß jetzt, daß du versucht hast, vernünftig zu sein, als du mir gesagt hast, ich würde vielleicht eigene Kinder wollen, aber das ist nicht länger ein Problem. Ich weiß, ich bin lieber mit dir verheiratet und habe keine Kinder, als irgend jemand anderen zu heiraten und ...« Er zuckte die Achseln und ging über das Thema hinweg. »Es wäre einfach absolut sinnlos.«
»Oh.« Izzy wurde von Liebe überwältigt und schmiegte sich an ihn. Sobald sie wieder dazu imstande wäre, zu-

sammenhängend zu denken, würde sie ihm eröffnen, daß Mutter Natur entschieden hatte, den Plan zu ändern. Aber Sams Arme um ihre Taille begannen allein auf Entdeckungsreise zu gehen.

»Dein Reißverschluß ist offen«, sagte er und schaute überrascht auf ihren kurzen topasgelben Samtrock. »Was ist los, ist dir übel?«

»Ja... ja«, begann Izzy, aber in dem Moment flog die Tür zu dem blau-weißen Foyer auf.

»Da seid ihr ja«, rief Kat anklagend. »Verdammt noch mal, ihr zwei. Ich habe euch überall gesucht.«

Es war nicht gerade der beste Zeitpunkt für eine Unterbrechung. Izzy mühte sich, sich zusammenzureißen, und sagte: »Warum, ist irgendwas los?«

»Natürlich nicht.« Katerina kam auf sie zu und hatte einen braunen Umschlag dabei. »Wir haben nur überlegt, wo ihr steckt, das ist alles. Doug ist gerade eingefallen, daß er Sam das hier geben sollte, also hab ich angeboten, das zu übermitteln.«

»Sieht aus wie eine Zahlungsaufforderung vom Finanzamt«, scherzte Izzy lahm. Dann warf sie einen kurzen Blick auf das krakelige Geschreibsel auf dem Umschlag und sagte überrascht: »Das ist Lucilles Schrift.«

Katerina zwinkerte Sam zu. »Glücklicher Alter. Es ist wahrscheinlich ein unanständiges Angebot. Jetzt, wo Doug außer Reichweite ist, stürzt sie sich gleich auf den nächstbesten.«

»Danke«, sagte Sam trocken, öffnete den Umschlag und zog ein einmal zerknülltes und jetzt glattgestrichenes Stück Papier heraus. Dann runzelte er die Stirn. »Aber Lucille hat das nicht geschrieben.«

Mit einem Schrei griff Izzy danach. »Du darfst das nicht lesen!« schrie sie und versuchte, ihm den Brief zu entreißen. »Es ist meiner! Ich war gerade dabei, dir zu sagen ...«

»Da steht ›Lieber Sam‹«, betonte er, wehrte sie mühelos ab und überflog in Sekundenschnelle den Inhalt. Sein Gesichtsausdruck veränderte sich, er wandte sein Gesicht wieder Izzy zu. »Ist das wahr?«

Vertrau Lucille, dachte sie, sie nimmt alle Angelegenheiten unbekümmert und ungefragt in ihre irischen Hände. Sie versuchte, unbewegt dreinzuschauen: »Vielleicht.«

Ungeachtet der Anwesenheit seiner künftigen Stieftochter ließ Sam den Brief auf den Boden fallen und zog Izzy in seine Arme. Dieses Mal war der Kuß, den er ihr gab, nicht kurz.

»Junge Liebe«, sagte Katerina vergnügt. Unberührt thronte sie auf der Kante des Tisches und wartete geduldig, bis die Erwachsenen fertig waren. Sam, davon war sie überzeugt, hatte die Plakate bemerkt, die ihn dazu aufforderten, Izzy Van Aschs »Kiss« zu erleben.

»Gut«, sagte sie schließlich und fixierte Sam entschlossen. »Das ist alles ganz in Ordnung, aber bevor es weitergeht, muß ich dich wirklich etwas fragen.«

»Und das wäre?« fragte Sam, sein Gesichtsausdruck angemessen respektvoll. Vor Katerinas Blick verborgen, erforschte Sam verstohlen den klaffenden Reißverschluß hinten an Izzys Rock.

»Ich muß wissen«, sagte Katerina bedächtig, »ob du ehrbare Absichten meiner Mutter gegenüber hast.«